BREAK MY SOUL 2

KANE

After the rain

AMBRE EVERLESS

Couverture et maquette : Cover Your Dreams

Illustrations : Nicolas Jamoneau, Amandine Casaban

Correction : Les mots ancrés

ISBN Broché : 9798865145783

BREAK MY SOUL 2

KANE

After the rain

AMBRE EVERLESS

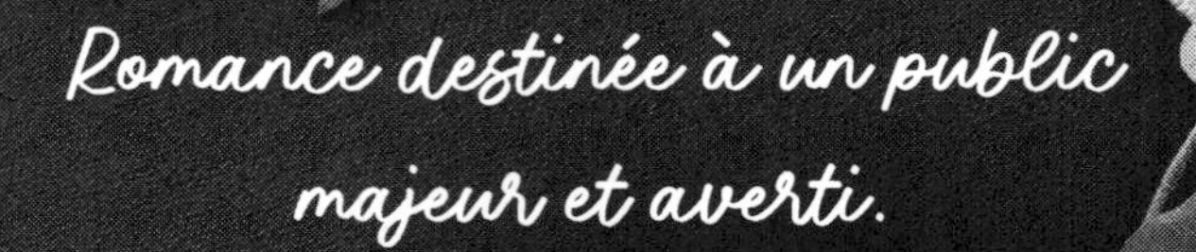

Ce roman n'est pas une *dark romance*,
mais une romance contemporaine sombre.
À l'intérieur, vous trouverez des scènes de combats plus ou moins détaillées, des scènes de relations sexuelles explicites avec consentement.
Vous trouverez l'aspect sombre de cette histoire au travers des scènes de violences sexuelles sur mineure et de souffrance psychologique.

P.-S. : Nous sommes également dans l'illégalité et j'aborde les addictions, la drogue et leurs conséquences.
Je suis responsable de ce que j'écris, mais vous êtes responsable de ce que vous lisez.

Sur ces mots, je vous souhaite une très bonne lecture !

Dédicace

Tout est éphémère, même les mauvais passages.
Les éclaircies reviennent toujours après l’orage.

Pauline Rousseau

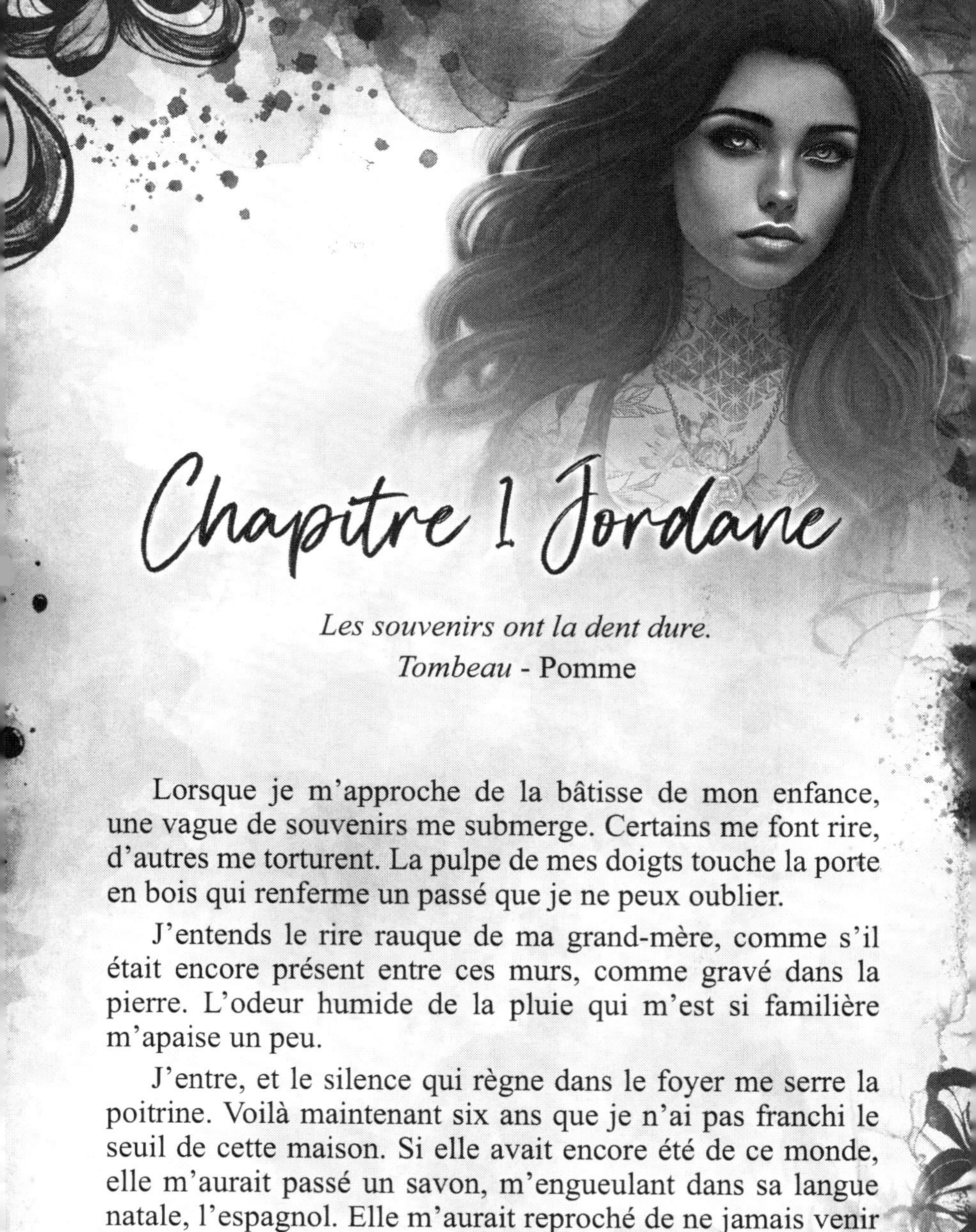

Chapitre 1 Jordane

Les souvenirs ont la dent dure.
Tombeau - Pomme

Lorsque je m'approche de la bâtisse de mon enfance, une vague de souvenirs me submerge. Certains me font rire, d'autres me torturent. La pulpe de mes doigts touche la porte en bois qui renferme un passé que je ne peux oublier.

J'entends le rire rauque de ma grand-mère, comme s'il était encore présent entre ces murs, comme gravé dans la pierre. L'odeur humide de la pluie qui m'est si familière m'apaise un peu.

J'entre, et le silence qui règne dans le foyer me serre la poitrine. Voilà maintenant six ans que je n'ai pas franchi le seuil de cette maison. Si elle avait encore été de ce monde, elle m'aurait passé un savon, m'engueulant dans sa langue natale, l'espagnol. Elle m'aurait reproché de ne jamais venir la voir, pour ensuite rire en me pinçant la joue avec amour. L'éclat de ce son résonne encore dans mon cœur.

Cameron n'est pas là, et je vois un bordel monstre trôner dans l'évier. Je me dirige mécaniquement vers celui-ci pour m'occuper de cette vaisselle sale qui me dérange. Astiquer les verres et assiettes m'occupe, c'est un peu comme laver cette crasse que je ressens en moi, cette culpabilité qui me bouffe.

Cameron. Quand je pense qu'il aurait pu être placé en foyer d'accueil d'urgence à cause de mon absence, mais heureusement, je suis intervenue à temps pour lui éviter cela.

Lorsque notre mère nous a lâchement abandonnés, il y a sept ans, nous sommes venus vivre ici avec notre grand-mère.

Abuela[1] a vendu sa propre demeure pour nous offrir le meilleur, sacrifiant son cœur et ses souvenirs pour nous permettre de revivre et de maintenir l'unité familiale qui menaçait de s'écrouler après le départ de ma mère.

Avant ça, me rendre chez elle était mon havre de paix, l'endroit où je pouvais me réfugier. Elle habitait plus loin en ville, et même si y aller était parfois compliqué, je m'en fichais. Je voulais me déconnecter de cette réalité qui me pesait, me bouffait et c'est chez elle que je réparais un peu les blessures de mon cœur.

Les larmes que je pensais taries surviennent à nouveau brutalement. Elle est morte désormais, et je ne me suis jamais sentie aussi seule. Elle était ma confidente, mon exemple, une femme forte, aimante… Tout ce que n'était pas ma propre mère. C'est comme si on avait amputé un morceau de mon âme.

Ma main essuie frénétiquement mes joues, je n'en peux plus de ne pas contrôler ce flux incessant de douleur, je dois me ressaisir. Je suis une battante, *Abuela* ne voudrait pas me voir ainsi.

Après avoir rangé un peu la cuisine, je me pose sur la marche qui se trouve devant la porte d'entrée, un endroit où j'aimais me réfugier étant petite.

Car c'est ici que je le voyais.

Les souvenirs ont la dent dure, qu'importe qu'ils soient bons ou mauvais. Une aigreur pointe son nez dans ma gorge lorsque je pense à lui. Je détourne les yeux de son ancienne

1 Grand-mère.

baraque, les concentrant sur cette rue qui m'a vue jouer avec Cameron, qui a vu les enfants que nous étions grandir, rire, s'aimer avant d'y laisser nos larmes et nos doutes.

Le temps semble s'être enfin calmé, le ciel a cessé ses sanglots lui aussi. Quelque part, je lui en veux de se remettre aussi facilement de ce chagrin que l'on avait en commun.

Mes bras se resserrent autour de mes jambes, les rabattant contre ma poitrine. J'aimerais mettre au repos mon cerveau qui ne cesse de s'activer, me ramenant toujours plus loin dans mon enfance.

Un bus apparaît au coin de la rue, me coupant dans mes divagations. Je regarde l'heure et, sans me lever, j'attends que le véhicule se stoppe. Je me souviens de l'époque où je l'empruntais moi aussi pour me rendre au collège ou au lycée. Je le vois s'immobiliser à l'arrêt de bus pour laisser descendre Cameron. Une boule se forme dans ma gorge au moment où j'aperçois sa silhouette, et c'est à peine si je la reconnais tant il a grandi.

Il va bientôt avoir quinze ans, mon frère a bien changé pendant mes cinq années à Phoenix. Il s'approche de plus en plus de moi. Dans ses yeux, si similaires aux miens, je vois un orage gronder.

Il est en colère contre moi, contre ma fuite. J'en ai parfaitement conscience, comment lui en vouloir ? Je me plonge dans ses iris, tentant de lui transmettre combien je suis désolée.

— Pourquoi t'es trempée ? me demande-t-il.

— Je suis allée voir grand-mère, et il s'est mis à pleuvoir. Triste réalité, c'est un peu comme si elle m'avait punie de ne pas avoir été là ce fameux jour, lui dis-je, la gorge nouée, peinant à parler.

— Tu aurais dû être là, on avait besoin de toi ! me lance-t-il, acerbe.

Ses mots sont tels des poignards dans mon cœur. Sa colère est normale et je mérite de la recevoir.

— Je sais, Cam », je suis désolée, vraiment désolée.

Je n'ai rien à dire de plus. Il détourne son regard pour me cacher les larmes qui pointent à ses yeux. Il a toujours été compliqué pour lui d'exprimer ses émotions, c'est ce qui semble être une tare dans notre famille.

Je me lève pour le lover contre mon corps. Il ne me rend pas mon étreinte, mais je ne me démonte pas pour autant. Un sourire étire mes lèvres, il fait désormais presque ma taille, c'est dingue.

— Tu m'as manqué. Je suis là maintenant, lui assuré-je. Je ne t'abandonnerai plus, c'est promis.

Ses bras, qui étaient jusqu'à présent lâches, se mettent à m'enlacer en retour. Je le sens se décrisper, puis il s'éloigne de moi, portant sur son visage un sourire qui m'avait terriblement manqué.

— Je vais postuler dans des salons de tatouage dans le coin, des âmes charitables reconnaîtront peut-être un jour mon talent et me prendront comme employée, sinon je chercherai un autre boulot, lui dis-je, plus pour me rassurer.

J'ai commencé à tatouer lorsque je suis arrivée à Phoenix. J'ai toujours eu ce qu'on appelle un don pour le dessin, pour moi c'est juste une facilité à esquisser ce que notre tête nous dicte, ou bien notre cœur, je ne sais pas vraiment. Je ne me suis pas talentueuse comme Michaël a pu me le dire si souvent, je suis juste un peu plus douée que d'autres et ça me sert à vivre de ma passion. Il m'a tout appris, sans lui la vie aurait été très complexe ces deux dernières années. Pas de diplôme, une scolarité médiocre, pas de thune. La seule chose que j'avais, c'étaient mes mains et cette capacité à dessiner.

Il a dû l'exploiter, la modeler pour que je puisse m'en servir pour vivre, pour subsister. Avec lui, j'ai réussi à avancer, à me relever.

Mais revenir dans le Bronx me rend fébrile, car ici, je ne suis pas *la nouvelle,* un peu étrange et discrète. Tout le monde me connaît ou connaît ma famille. Ici, je prie secrètement pour ne pas croiser le démon qui hante mes pensées. Une part de moi ne peut s'empêcher de se demander ce qu'il est devenu, s'il est toujours dans le coin.

— T'es vraiment de retour, Joe ? me demande alors mon petit frère, me sortant de mes pensées.

Je pose ma main sur le dessus de sa tête et acquiesce en ébouriffant ses cheveux en bataille.

On rentre dans la maison et mon petit frère monte directement dans sa chambre, sûrement pour s'isoler un peu. Je sens que renouer avec lui prendra du temps… Quant à moi, je décide de sortir les affaires de mon sac pour les ranger dans ce qui fut ma chambre.

Lorsque je franchis le seuil, je constate que tout est resté figé dans le temps. Ma grand-mère n'a pas déplacé un seul élément de ce qu'était mon repaire. Je souris de voir qu'elle a quand même pris la peine de nettoyer la poussière et de changer mes draps. Elle me disait toujours que tout était prêt au cas où je voudrais revenir un week-end. Mais je n'ai jamais trouvé le temps, je ne l'ai jamais vraiment pris. Probablement par égoïsme, par colère envers cette ville qui était devenue pour moi pire qu'un enfer.

À *cause de lui.*

Chapitre 2. Jordane

Au travers d'une fenêtre, je l'ai aperçu.
Sirens – Imagine Dragon

Mes dix ans.

Je suis assise en tenant Cameron dans mes bras. Il pleure sans cesse, et ça me fait mal au crâne. Maman crie dans la maison, elle fracasse des choses par terre, les bruits de verre résonnent dans notre rue.

Je suis là, tentant d'apaiser le bambin de trois ans qui pleure dans mon cou. Une soirée habituelle, sauf lorsque la pluie commence à percer le ciel. Une goutte tombe sur ma joue, la dévalant avec rapidité.

J'ai toujours été fascinée par le ciel, il change si souvent d'humeur… et j'aime l'odeur qui émane du sol lorsque les premières larmes des nuages le touchent. Je me concentre dessus, me focalise sur le son qu'elles font, *ploc, ploc, ploc*… Peut-être que si je fais ça, je ne vais plus entendre ce qui se passe derrière moi et les geignements de Cam ».

Bientôt, ce sera fini, tout se calmera. Ça se termine toujours au moment où elle s'endort sur le canapé. Il est bientôt minuit, ça ne devrait plus tarder. Heureusement, car demain je dois aller à l'école.

Le chahut se calme à l'intérieur de la maison, la voix de maman devient plus lasse, plus faible, pour finalement se taire. Cameron se calme lui aussi dans mes bras, sa respiration reste entrecoupée de sanglots, mais il semble s'apaiser. Je le porte jusqu'à l'intérieur pour le mettre dans son lit qui se trouve dans la chambre à côté de la mienne. Il est de plus en plus lourd et je ne peux retenir un soupir lorsque je le pose sur son matelas. Quand je m'éloigne de lui, il s'accroche aux barreaux pour tendre sa petite main vers moi. Je vois ses traits se plisser pour pleurer à nouveau, mais je lui mime le silence pour tenter de le stopper.

— Chut, Cam », maman s'est enfin endormie, tu sais qu'elle n'aime pas être réveillée… Il faut que tu dormes, lui dis-je avec douceur.

Je ne sais pas s'il me comprend vraiment, mais il s'apaise pour finalement se coucher. Je pose sur lui sa couverture, caresse son petit corps encore secoué par son chagrin. Une fois que je le sens plus calme, je retourne dans le salon. Mes yeux se posent sur ma mère, écroulée sur le sol et, machinalement, je tente de l'aider à se mettre plus confortablement sur le canapé.

C'est fou comme son corps est devenu mou, alors qu'il était si violent quelques minutes plus tôt. Dans ces instants, c'est comme si elle était possédée.

Je me débarrasse des bouteilles vides qui l'entourent pour les poser dans une caisse et les mettre à l'extérieur. Même rituel qui se déroule tous les soirs depuis que l'homme qui est le père de Cameron nous a quittés il y a six ans.

Lorsque je place mon chargement sur le trottoir, je me sens observée. Je relève la tête pour chercher d'où vient cette sensation et j'aperçois un visage au travers d'une fenêtre. Nos yeux se croisent. Ce garçon doit être un peu plus âgé que moi, je ne l'ai jamais rencontré avant ce soir.

Dans l'obscurité de la nuit seulement éclairée par la faible lumière des lampadaires défraîchis, je ne parviens pas à voir les détails de son visage, hormis sa tignasse brune.

Je lui fais un signe de la main pour le saluer.

Peut-être pourrions-nous devenir amis ?

Sauf qu'il ne me le rend pas et se barre dans les tréfonds de sa maison.

Tant pis, je n'ai pas besoin d'amis de toute façon, j'aime la solitude. Je rentre dans ma maison pour enfin aller me glisser sous mes draps. Je ne veux plus penser à rien, je veux juste dormir et rêver. Partir ailleurs, dans un monde où cette réalité n'existe pas.

Je ne tarde pas à m'assoupir, bercée par le calme de la nuit.

Lorsque j'entends le réveil sonner, je suis déjà éveillée. Je me lève, et mon petit frère l'est lui aussi. Je lui prépare son biberon, pendant que je fais griller le pain dur de la veille. Lorsque je cherche un peu de lait dans le frigo, je constate qu'il est pratiquement vide.

Je nourris Cameron, puis réveille maman. Il faut qu'elle s'en occupe pendant que je vais à l'école, c'est notre deal. Je secoue son épaule, et elle grogne en réponse.

— Maman, il faut te lever, je vais bientôt prendre le bus, j'ai donné à manger à Cam », il est couché dans son lit, lui dis-je.

Elle chasse mon visage qui se trouve près de son oreille, comme si elle voulait exterminer un insecte. Je prends mon sac, et pars de la maison en courant.

J'arrive à l'arrêt de bus, qui est toujours terriblement vide. J'ai l'habitude d'être seule, peu d'enfants dans cette rue sont scolarisés. Je m'adosse au mur et attends, comme chaque matin. Mais des pas attirent mon attention et je suis très vite rejointe par un garçon, je crois que c'est celui d'hier soir, il me semble reconnaître sa tignasse en bataille. Je le regarde discrètement et, à la lumière du jour, je le trouve très beau.

Son visage est fin, sa peau est aussi pâle que la mienne est bronzée. Je remarque qu'il a de jolies lèvres, un nez légèrement retroussé et des cils épais qui bordent des yeux bleu très clair.

Je me détourne de mon observation lorsque les siens me repèrent. Je sens mes joues me brûler tant je suis gênée. Je tente à tout prix de ne pas le regarder, mais je suis comme hypnotisée.

Il m'intrigue. Lui semble m'ignorer totalement, comme lassé de ma présence. Ça m'énerve.

Le véhicule qui nous mène à l'école arrive et se gare devant nous, le garçon passe devant moi sans gêne pour grimper à l'intérieur.

Aucune politesse, il est méchant ! Abuela m'a dit un jour que les hommes doivent laisser les femmes passer en premier, elle a appelé ça : la galantería[2], je crois bien.

Je m'assois sur l'un des sièges vides, très loin de lui et, très vite, il sort de mes pensées pour laisser la place à de nouvelles.

J'espère qu'aujourd'hui sera une bonne journée.

Ma main touche mon avant-bras, qui me fait encore mal. *Je les déteste tous.* Trop vite, on arrive à l'école et, en descendant, je me fais bousculer par mes camarades qui se précipitent vers l'établissement. Ils ressentent une joie que je ne comprends pas. Moi, plus je m'approche du bâtiment, plus j'ai envie de faire demi-tour.

Une boule grossit dans mon estomac.

Un mouvement me fait tourner la tête, et je constate que je ne suis pas seule. Mon voisin marche à mes côtés, comme si de rien n'était. J'admire sa taille, il doit faire au moins une tête de plus que moi, et pourtant je suis une des plus grandes parmi les filles de ma classe.

Je focalise mon esprit sur lui, et j'oublie le stress qui

---

2 La galanterie.

me noue le ventre. On avance côte à côte, en silence et, étrangement, sa présence me rassure. Il ne semble pas être comme les autres. Il ne salue personne et personne ne le salue.

On entre dans la cour, et il prend enfin ses distances, me laissant isolée dans cette surface qui m'étouffe. Je décide de me planquer dans un coin, pour plus de tranquillité. Mais c'est sans compter sur Bryan Thomkins qui arrive avec sa bande de copains. Comme tous les jours.

Il s'approche de moi, chopant une de mes mèches de cheveux pas coiffés. Il la tire et ça fait mal. Je grimace sous le geste, mais ne prononce rien. J'ai honte.

— Ça va, la souillon ? Je vois que tu n'as toujours pas appris à t'habiller correctement, ou à bien te coiffer, me dit-il en rigolant avec ses potes.

L'éclat des moqueries me blesse. Je le déteste, lui et toutes les personnes qui l'entourent. J'ai envie de lui foutre une claque qui pourrait enfin remettre son cerveau en place. Mais si je fais ça, je serai convoquée et maman sera furieuse de devoir sortir de la maison. Alors, je subis les états d'âme de ce garçon qui semble lui aussi me haïr.

La cloche retentit, il me relâche pour se barrer en classe, et c'est reparti. Comme tous les jours, c'est toujours la même chose.

On va rentrer dans nos classes, apprendre, s'ennuyer. Un quotidien qui me ronge de l'intérieur. Et de nouveau à chaque récré, on me blesse. Pendant chaque cours, je regarde le ciel en pensant à autre chose.

Bientôt, la sonnerie retentira pour annoncer la fin de cet enfer. La liberté que j'attends depuis ce matin. Par contre, je n'ai pas revu mon voisin, c'est comme s'il s'était volatilisé.

Depuis ce fameux jour, je le vois tous les matins. On se retrouve, et nous recommençons ce rituel. Je n'ai jamais entendu sa voix, j'ai pourtant essayé de lui parler, mais il ne me répond jamais.

Ce matin, je suis en retard et mon cœur manque d'exploser. La pluie tombe comme une dératée, comme si le ciel, encore une fois, crachait ma tristesse.

Ma joue me fait un mal de chien, et je n'ai qu'une envie, c'est de me mettre à courir loin de toute cette merde. Maman était fâchée dès la première heure, hier soir j'ai travaillé tard sur mes devoirs et je n'ai pas entendu mon réveil. Elle a dû s'occuper de Cameron, et ça l'a mise très en colère.

Je sens encore sa main heurter mon visage, la brûlure sur ma peau, les larmes que je me devais de retenir. Lorsque je me mets à l'abri sous l'arrêt de bus, il est déjà là. Il semble étonné de me voir, je le sais, car ses yeux se sont écarquillés en me voyant courir vers l'abri comme une dingue. Je m'adosse au mur, trempée et essoufflée.

Je n'ai pas envie de parler, tout ce qui sortirait de ma bouche serait noir et plein de méchanceté. Je le vois me regarder, et l'attention qu'il me porte me fait mal. Je ne la supporte pas, car je ne me sens pas bien. Je me sens faible, je refuse qu'il voie à quel point ce qui vient de se passer m'atteint.

— Tu n'as pas autre chose à regarder ! lui balancé-je, énervée comme jamais je ne l'ai été.

— Non, tu es mon divertissement de la matinée, me réplique-t-il d'une nonchalance étonnante tout en continuant à me fixer.

C'est la première fois que j'entends sa voix et cela me coupe la chique. J'oublie pendant quelques secondes ce qu'il s'est passé ce matin, le coup, ma joue qui me brûle et le regard de ma mère. Je suis uniquement focalisée sur ce son, que j'attendais depuis presque une semaine, depuis que je l'ai vu à sa fenêtre.

Je suis comme obnubilée.

Le bus arrive, et je suis là, bouche béante, à le regarder avancer vers l'ouverture du véhicule pour y entrer. J'accours derrière lui et me tape le culot de m'asseoir à ses côtés. Il me jette un regard courroucé, mais je n'en ai rien à faire, je veux en savoir plus.

— Comment tu t'appelles ? lui demandé-je.

Il m'observe, ne semblant absolument pas décidé à me faire la causette.

— Je vais parler tout le temps, jusqu'à obtenir les réponses à mes questions, tu vas devoir me répondre pour avoir la paix, lui lancé-je en esquissant un sourire malicieux.

Il souffle, comme agacé par mon flot de paroles beaucoup trop soudain.

— Kane, je m'appelle Kane, me répond-il alors que je m'apprêtais à parler de nouveau.

Kane, ça lui va bien. Drôlement bien même.

Il ne me demande pas comment je me nomme, mais je lui impose, car j'ai envie d'en savoir plus et qu'il en sache plus sur moi.

— Moi c'est Jordane, c'est aussi un nom de mec, mais je fais avec, lui dis-je en tendant ma main vers lui pour qu'il me la serre comme font les adultes.

Il la regarde fixement, puis se détourne vers la fenêtre pour m'ignorer de nouveau. Mince, moi qui pensais avoir brisé la glace entre nous, je me suis peut-être trompée. La déception m'envahit. Je ne sais pas pourquoi mon esprit semble faire une fixette. Je le connais à peine, mais mes yeux se posent sans cesse sur lui.

La journée passe, similaire à toutes les autres. Je frotte ma peau blessée par les mains de Bryan et sa bande. Lorsque je rentre le soir, je n'ai pas envie de revoir maman. Mais cette journée n'a pas été si merdique, finalement.

Chapitre 3. Kane

Je devrais m'en foutre.
Mélodrame – Loïc Nottet

-
<u>*Mes treize ans.*</u>

Tous les matins, elle est là, à mater ma tronche en long et en large. Elle me soûle tellement. Sa voix percute mes oreilles de manière incessante, toujours en quête de mille réponses que je n'ai pas envie de lui donner.

Ça devient irritant. Je la repousse, la rejette, l'ignore ! Mais que dalle, elle est tenace. Je ne comprends pas cet intérêt qu'elle peut me porter.

Je passe la bretelle de mon sac à dos sur mon épaule droite, celle qui ne me fait pas trop mal. Et je sors dans la fraîcheur matinale. Il pleut aujourd'hui, c'est beaucoup trop souvent dans cette région. Les gouttes glissent sur mon visage lorsque je le bascule vers les nuages, aussi gris que mon humeur. Ils semblent eux aussi être en colère.

Je me détourne de ces couleurs monotones pour regarder devant moi, et j'aperçois déjà sa silhouette au loin assise à l'abri sous le toit de l'arrêt de bus.

Elle semble plus calme que d'habitude et, à mesure que je m'approche, je vois apparaître sur son visage une coloration inhabituelle. Chaque fois que je vois qu'elle a des marques de coups, je me sens très bizarre. Je ne dirais pas que ça me fait chier, mais ça me met mal à l'aise.

Ses yeux gris clair, presque blancs, ressortent d'autant plus avec la couleur violette qui parcourt le contour de son œil. Son regard, déjà particulier habituellement, l'est encore plus actuellement.

Je l'observe, la fixe. D'habitude, ça l'énerve, mais cette fois-ci, sa tête est appuyée sur le mur décrépit et elle cogne de manière répétée son poing sur le sol. Elle ne semble même pas avoir remarqué ma présence, et je ressens comme un pincement dans ma poitrine.

Le bus arrive et elle ne m'a toujours pas accordé un regard.

Je devrais m'en foutre.

Elle a peut-être enfin lâché l'affaire et décidé de ne plus me faire chier. Je remarque qu'elle se redresse difficilement, comme si son corps pesait plus lourd que d'habitude. Pour la première fois, elle passe devant moi pour monter. Son odeur de noix de coco me vient au nez. J'aime son parfum.

Elle semble comme moi, une fille qui ne vit pas avec une cuillère en argent dans la bouche. Ses fringues ne payent pas de mine, ses chaussures sont trouées, mais ses longs cheveux bruns bouclés sentent toujours divinement bon, même s'ils sont en pagaille.

Elle s'installe avec lassitude sur un des sièges libres et, une fraction de seconde, j'ai envie de m'asseoir à côté d'elle pour en savoir plus sur ce soudain changement d'attitude… Mais je renonce vite pour me poser derrière elle.

Mon genou bat frénétiquement la mesure, et j'ignore ce qui me vaut cette nervosité.

Une part de moi veut savoir, elle veut connaître tous les détails de sa peine, mais une autre me chuchote de ne pas me mêler des histoires de cette fille, que j'en ai suffisamment à gérer. Je me détourne d'elle pour regarder les gouttes de pluie dévaler la vitre. C'est comme si elles faisaient la course entre elles. Je suis sur le point de m'assoupir lorsqu'on arrive enfin à l'école.

Cet endroit est exactement tout ce que je déteste. Il est plein de crétins qui se croient supérieurs aux autres sous prétexte que le porte-monnaie de leurs parents est plus rempli qu'un coffre-fort.

Sur le bitume qui nous mène à l'établissement, j'observe ma voisine marcher à quelques mètres de moi. Je remarque maintenant qu'elle boite légèrement. Bordel ! qu'est-ce qui a bien pu se passer ? Je ne l'ai pas vue rentrer hier, mais je suis sûr que ce n'est pas dans la soirée que ça s'est passé.

Il n'y a pas eu de cris, d'effusions… C'était relativement calme comparé à certains soirs.

Elle entre dans la cour pour s'asseoir à sa place habituelle et, au lieu de me barrer comme je le fais souvent, je l'observe de loin. En quelques secondes, j'aperçois des gars s'approcher d'elle. Ils la poussent, lui tirent les cheveux. Ça m'énerve, je ne sais même pas vraiment pourquoi…

Elle ne réagit pas, même lorsqu'un gars la traîne jusqu'à une flaque d'eau boueuse, dégueulassant ses fringues déjà sales. *Elle se laisse faire, et je crois que c'est ce qui m'agace le plus.*

Je ne peux plus rester sans rien faire. Ces gars doivent avoir à peu près mon âge, ils n'ont pas honte de s'en prendre à quelqu'un de plus jeune, encore plus à une fille !

Je m'approche rapidement, mais alors que je ne suis plus qu'à quelques mètres, Jordane se redresse fièrement et, sans que je le voie venir, fout un coup de poing dans la tronche du mec qui lui crachait dessus quelques instants plus tôt.

Il tombe à la renverse et la furie brune se rue sur lui pour faire pleuvoir sur son visage une série de coups que je n'aurais pas aimé recevoir. Ses potes fuient, la queue entre les jambes, devant cette violence, probablement pour aller prévenir un surveillant.

J'entends la sauvageonne prononcer des insultes qui feraient frémir le plus pieux des prêtres, et je ne peux réprimer le sourire qui se dessine sur mes lèvres.

Elle se redresse enfin, essoufflée, et crache à son tour sur le corps de son adversaire. Lorsque ses yeux croisent les miens, ils brûlent d'une lueur que je n'avais encore jamais vue.

Les surveillants accourent, et je sais qu'il est temps pour moi de m'éclipser. Je le devrais, mais je me mets à courir vers Jordane, lui attrape la main pour qu'on se barre de cet enfer. Elle court derrière moi, alors que je l'emmène vers ma sortie secrète.

Pourquoi je fais ça, moi ?! *J'en sais rien, bordel* !

Elle ne va pas arrêter de me gonfler après ça, mais le courage qu'elle a eu plus tôt m'a impressionné, alors je voulais la féliciter.

Je passe avec elle dans le trou du grillage, et nous voilà libres comme l'air. On continue à courir sous la pluie, nos vêtements sont trempés et, dans mon dos, un éclat de rire sort de sa bouche, je crois que c'est une des plus belles choses que j'ai pu entendre. Je ralentis, me tourne vers elle alors qu'elle ne s'arrête plus de rire. Ses cheveux sont mouillés, de l'eau dégouline sur son visage taché de boue et de bleus.

Et je crois bien que c'est la première fois que je trouve une fille aussi jolie.

Chapitre 4. Jordane

Puis, tout explose en moi.
Again - Yui

-
Mes dix ans.

Je n'arrive plus à arrêter de rire.

Bon Dieu, c'est comme si tout avait explosé en moi d'un seul coup. Je ressens trop de choses, mais ce qui domine, c'est la joie d'avoir éclaté la tronche de cet abruti. Chaque coup était si satisfaisant !

Mes cheveux dégoulinent d'eau, je suis pleine de boue, mais je m'en fiche. Je me sens si bien, là, tout de suite ! Je veux profiter de cet instant, de cette liberté qui se répand dans mes veines. Je ne veux pas penser à maman qui va me défoncer, à Cameron qui va pleurer, à ma maîtresse qui me punira probablement sévèrement. Pour lui, ce sera pire, car il est déjà au collège.

Je veux juste me régaler de cette sensation de puissance qui m'envahit et que je n'ai jamais ressentie.

— Ça va ?

La voix de Kane me coupe dans mon fou rire, me faisant

revenir peu à peu à moi. Je ressens la chaleur de sa main dans le creux de la mienne. Je me sens soudainement gelée de partout, mais je n'arrive qu'à me focaliser sur ma main dans la sienne. Je l'évalue longuement, elle est un peu plus grande que la mienne.

C'est donc à ça que ressemble une main de garçon.

Je sens mes joues devenir écarlates, une bouffée de chaleur monter le long de mon cou et je me dépêche de le lâcher. Je m'éloigne de lui, et je sens de nouveau les gouttes tomber sur mon corps et sur le sien. La réalité me revient en pleine tronche.

— Bon sang, ma mère va me scalper, balancé-je d'une voix blanche en glissant mes deux mains dans mes cheveux.

Elle va me trucider avant de me ressusciter pour finalement me renvoyer dans l'au-delà ! Pourvu que l'école n'arrive pas à la joindre. Ce n'est pas qu'elle s'inquiète pour moi, ça n'a jamais été le cas. Mais ce qu'elle déteste par-dessus tout, c'est que je dérange sa vie. Que je perturbe ses plans avec mes conneries.

— Ce mec l'avait mérité, tu devrais le faire plus souvent, peut-être qu'il te ficherait la paix, me dit Kane avec un sourire.

Sa voix me détend un peu et mes yeux se fixent sur ses lèvres qui s'étirent. C'est la première fois que je le vois sourire, et je dois dire que ça lui va bien.

— Tu parles, c'est comme taper dans un nid de fourmis. On en écrase une, mais une centaine d'autres débarquent. Je ne serai jamais tranquille avec eux, mais là, j'en pouvais plus… Ils m'ont laissé un cadeau de trop hier.

Je lui montre le bleu qui orne mon œil pour lui faire comprendre qu'ils en sont responsables.

Il hoche la tête, mais ne répond rien de plus. On est là tous les deux, au milieu de cette rue déserte. La pluie cesse lentement de tomber, mais je n'arrive pas à lâcher ce regard presque turquoise qui me fascine.

— Pourquoi m'avoir emmenée ? Je croyais que tu me détestais ?

Il détourne le regard, ne me répond pas, et ça m'agace. Sous une pulsion, je frappe de ma paume son épaule gauche, bien décidé à avoir mes réponses.

Mon coup semble lui faire mal, plus de mal que je ne l'aurais cru, car ses yeux se ferment et il se met à grimacer en posant sa main sur l'endroit où j'ai frappé. Lorsqu'il les ouvre de nouveau, de la colère s'est logée dans le fond de ses prunelles. Et sans dire un mot, sans m'engueuler, il me tourne le dos et se barre en me laissant seule.

Cette fois-ci, je ne le suis pas.

Pour une fois, je respecte cette distance qu'il me demande. Un parc se trouve pas loin, alors je décide d'aller faire de la balançoire. Ça fait combien de temps que je n'ai pas fait ça ? Juste jouer ?

Je me balance pendant ce qui me semble des heures. La sensation de flotter m'apaise, calme toute la tension que j'ai pu accumuler. La nuit ne va pas tarder à tomber, et bientôt je devrai rentrer. Je ne peux pas réprimer la boule au ventre qui se forme de nouveau à l'idée de voir maman. Je vais peut-être rester encore quelques minutes… mais Cameron. Il a besoin de moi.

Je me lève. Je vais devoir marcher une bonne heure pour arriver jusqu'à la maison, et ça me fait peur, car la nuit arrive trop vite. Des bruits de pas me font sursauter, quelqu'un me suit.

Mon cœur bat si vite qu'il me fait mal.

Boum, boum, boum.

C'est comme ça que je vais mourir ? Tuer et dévorer par des chats sauvages ? Ou pire encore… Mon corps se met un peu à trembler. Les pas s'approchent et moi j'accélère, je marche plus vite.

J'ai peur, j'ai carrément peur ! Je dois crier… crier pour qu'on m'aide, mais qui m'entendrait ? Il n'y a personne dans la rue, sauf ce qui m'effraie.

Une main se pose sur mon épaule et un hurlement sort de ma gorge en même temps que mon coude frappe dans le corps de mon ennemi. Qu'importe où, pourvu que ça me permette de partir en courant ! Un bruit sourd de douleur retentit, mais on ne me lâche pas pour autant.

— Calme-toi bon sang, Joe ! Eh ! c'est moi, Kane ! me hurle-t-il alors que je me débats comme une furie.

Je me stoppe en l'entendant et, voyant que je me calme, il chope son nez qui a commencé à saigner après le coup qu'il a reçu.

Il se tient le milieu du visage tout en gueulant.

— Putain, tu m'as fait peur ! Tu es fou ou quoi ? lui hurlé-je dessus, la main posée sur mon cœur qui ne cesse de palpiter.

Son regard noir se porte de nouveau sur moi, juste avant qu'il ne bascule la tête en avant pour stopper le saignement. Je souffle et une chose me revient en mémoire.

— Tu m'as appelée Joe ? ne puis-je me retenir de lui demander.

— Honnêtement, je pense ne plus jamais t'appeler si c'est pour me faire péter le nez, j'aurais dû te laisser rentrer toute seule.

— Je pensais que tu étais comme ces sales types qui puent l'alcool et tripotent maman. Je suis désolée, j'ai un peu flippé.

Il remonte les épaules avant de baragouiner quelque chose que je comprends à peine.

— Une fille, ça ne doit pas rentrer seule la nuit, surtout à ton âge…

Il me passe devant et continue à avancer dans cette rue qui me semble tout de suite moins dangereuse grâce à sa présence. Je le rattrape en courant, mais reste un peu derrière lui. Pour une fois, je décide de ne pas le gaver de questions. Je ne m'autorise qu'une seule demande.

— Dis, Kane, j'aime beaucoup Joe. Tu pourras continuer à m'appeler comme ça ?

Il ne dit rien, mais hausse une fois de plus les épaules.

Je vais prendre ça pour un oui !

Chapitre 5. Jordane

Peut-être est-elle un peu magicienne.
The Sound of Silence - Disturbed

Mes treize ans.

Voilà maintenant trois ans que je connais Kane. Il est devenu l'ami que je n'ai jamais eu. C'est un garçon compliqué, mais je parviens à le comprendre. Des fois, il me rejette, mais à d'autres moments, c'est lui qui revient vers moi.

Il ne vient que peu à l'école maintenant. Nos rendez-vous quotidiens lorsque nous prenions le bus se font de plus en plus rares. Ça me fait de la peine, car sans lui je me sens terriblement seule.

Notre différence d'âge forme une barrière entre nous que je déteste. Nous ne sommes plus dans la même école cette année, il est maintenant au lycée et moi je reste coincée ici, dans ce collège pourri. Ne plus pouvoir l'observer comme je le voudrais m'agace. C'est comme si Kane était de la fumée, impossible à attraper. Il change, commence à avoir une mauvaise réputation depuis qu'il traîne avec Billy et sa bande.

J'ai l'impression qu'il est toujours en colère en ce

moment, comme si cette douleur qui lui ronge le cœur depuis longtemps faisait déborder ses émotions.

Mais jamais il n'en parle, en tout cas pas à moi.

J'entends des rires masculins retentir et je suis surprise de le voir avec ses potes devant le collège. Il est adossé aux grilles avec nonchalance. Même de dos, je le reconnaîtrais entre mille. Il est le plus jeune d'entre eux, mais il les dépasse tous d'au moins une tête.

J'aime qu'il soit grand. J'aime devoir relever mon visage pour le regarder dans les yeux, moi qui suis habituellement trop grande pour le commun des mortels.

La sonnerie annonce la reprise des cours, et je n'ai qu'une envie, le rejoindre à l'extérieur. J'avance malgré mon désir de fuir en courant. Ma classe est bourrée de gosses de riche qui ne me comprendront jamais. Un mur s'élève entre eux et moi, encore plus depuis que je suis devenue une brute face aux personnes qui tentent de me maltraiter. Je ne compte plus le nombre de fois où je me suis battue depuis que je suis au collège.

Les années précédentes, Kane se battait avec moi.

Il était si violent envers les personnes qui me faisaient du mal. Mais, cette violence, je l'aimais, elle faisait écho à la mienne.

Je m'assois en classe avec lassitude. C'est tellement ennuyant, j'ai toujours l'impression que les cours sont trop faciles. Le prof entre dans la salle mais, pour une fois, il n'est pas seul. Une jeune fille le suit de près. Elle est toute petite et ressemble un peu à une poupée. Elle est tout le contraire de moi. Féminine, petite, mignonne, habillée avec des vêtements plutôt basiques comparés aux autres élèves.... mais qui restent très charmants.

Elle regarde la classe et, lorsque nos yeux se croisent, elle me fait un beau sourire. Je ne lui rends pas, je ne la connais pas.

M. Clemens nous la présente. Elle s'appelle Ellana Benish, elle vient de changer de collège suite à un déménagement. Ses cheveux courts coupés au carré sont d'un blond très clair et légèrement ondulés. Le professeur lui demande de choisir sa place et elle s'avance dans la classe pour chercher une place libre.

À cet instant, c'est un peu comme si elle devait choisir un clan. À droite, le haut du panier, devant, les intellos, et à gauche, dans la zone sinistrée, il y a moi. Il reste de la place partout, mais quand je la vois se diriger vers moi, je suis étonnée.

Elle pose son sac beige clair sur ma table et s'assoit à côté de moi avec délicatesse.

Je la fixe, peut-être que cette fille est différente.

Elle me sourit de nouveau et, cette fois, je lui rends. Elle me tend sa petite main, que je regarde avec interrogation. Elle insiste et je lui tends la mienne aussi, qu'elle serre avec force.

— Enchantée ! Moi, c'est Ella. J'espère qu'on pourra être amies ! me dit-elle, pleine d'entrain, d'une voix forte et audible de tous.

— Je suis Jordane…

— Cool, j'adore ton prénom !

Des éclats de rire se font entendre dans le fond de la classe.

— Fais gaffe à toi, Ella, tu fréquentes la racaille… Il y a des personnes à qui il ne vaut mieux pas parler, commence à balancer Ben.

Ellana se tourne lentement vers lui, mais son sourire s'est effacé. Ses yeux vert clair lancent maintenant des éclairs.

— Si j'avais besoin de conseil, je t'aurais demandé. Je me serais même mise de ton côté si j'avais souhaité entendre un mot sortir de ta bouche… mais je suis ici, alors ferme-la.

Ben semble choqué que la petite poupée lui rentre dedans comme ça. C'est qu'elle sait mordre.

— Ah oui, j'oubliais, ne m'appelle plus jamais Ella, lui dit-elle d'une aura menaçante que je suis étonnée de voir.

Elle ressemble à un chaton, mais apparemment le bébé chat a des griffes bien acérées. Je ne peux effacer le sourire qui trône sur mes lèvres.

J'aime bien cette fille, on pourrait peut-être devenir amies.

Elle se retourne vers moi de nouveau, tournant le dos à Ben et sa bande avec agacement. Elle me sourit de nouveau et j'aime ça. Sa présence me permet d'être moins seule.

Pendant toute la journée, on parle, on se découvre. Elle m'apprend qu'elle n'habite pas loin de chez moi, à quelques rues, et ça me fait plaisir. Elle semble me comprendre, être du même monde que moi, mais elle reste lumineuse. Il se dégage d'elle une chaleur qui m'attire. Des couleurs qui teintent un peu mon monde.

On va rentrer ensemble en prenant le même bus. Marchant vers le véhicule, je passe devant Kane et ses amis. Nos yeux se fixent intensément, et un sourire s'affiche discrètement aux coins de ses lèvres. Je ne peux lutter contre le mien qui s'étire. Lorsque je monte dans le car, je le vois partir avec sa bande sans m'accorder un autre regard.

C'est comme s'il attendait que je sorte. Peut-être aurait-il pris le bus avec moi si j'avais été seule… ou bien voulait-il peut-être vérifier que j'allais bien ?

Mon cœur s'accélère en même temps que mes émotions s'emballent. Je me fais peut-être des idées, mais je ne peux réprimer cet espoir qui monte en moi.

— Alors…

Je me tourne vers Ella, qui me regarde avec une expression que je peine à déchiffrer. On dirait qu'elle a vu la plus belle gourmandise de sa vie.

— Alors quoi ? lui demandé-je.

— Alors… c'est qui l'heureux élu de ton cœur ?

Mes joues me brûlent.

— Personne ! C'est juste un ami… un vieil ami d'enfance, lui dis-je avec empressement.

— C'est ça ! Mais ça ne me dit pas lequel des cinq lascars qui nous contemplaient est le prince charmant, me répond-elle.

Je ne peux pas la regarder dans les yeux. Prince charmant…

je ne suis pas sûre que le terme soit le bon.

— C'est le plus grand… murmuré-je timidement.

Dans le fond du bus, elle regarde sans gêne par la fenêtre le groupe de Kane partir en marchant.

— Bon choix, ma grande, il est tout à fait charmant ! réplique-t-elle avec joie en se rasseyant.

— Tu parles, il me voit comme une petite sœur un peu trop collante.

L'agacement transpire de ma réponse. Ella le ressent, et son sourire devient trop vite machiavélique.

— T'inquiète, ma belle, je vais faire de toi une fille qu'aucun mec ne pourra ignorer.

Elle caresse mes longs cheveux bruns, et je me demande comment elle pourrait faire ça.

Peut-être est-elle un peu magicienne.

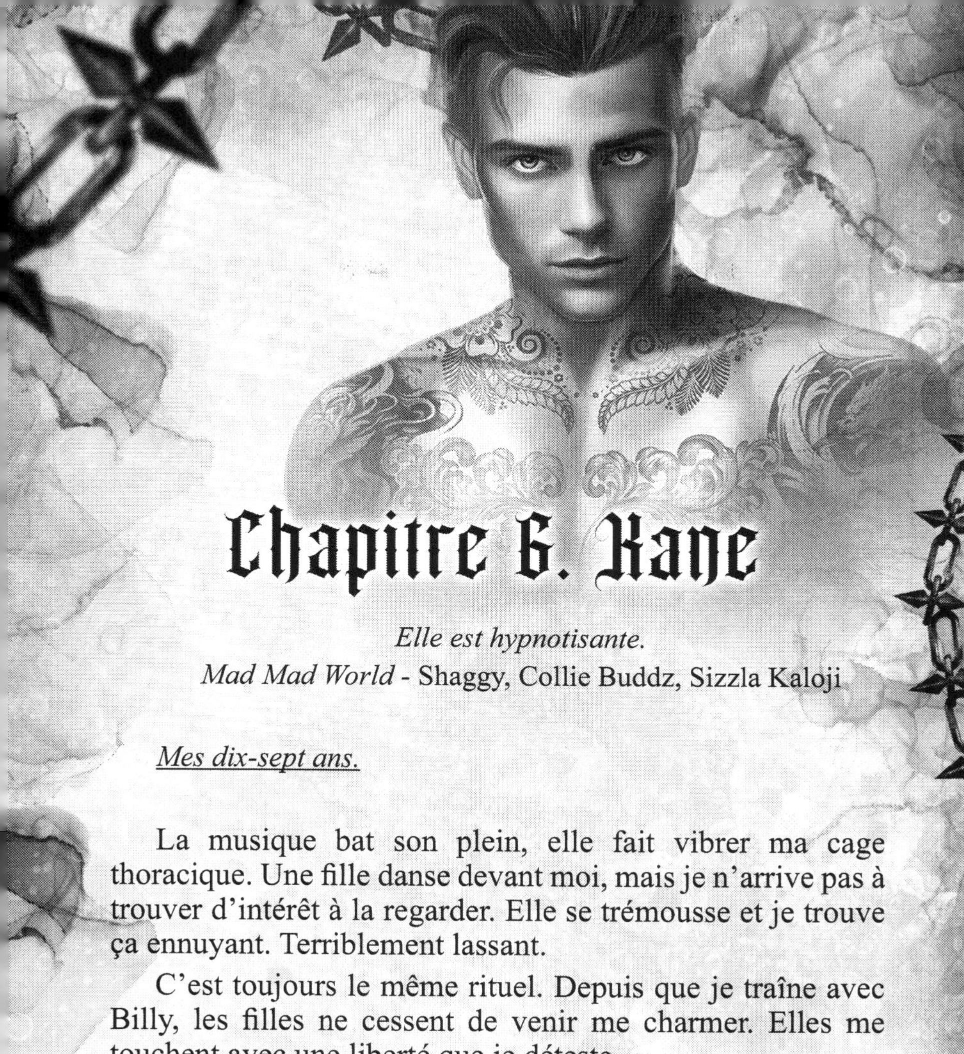

Chapitre 6. Kane

Elle est hypnotisante.
Mad Mad World - Shaggy, Collie Buddz, Sizzla Kaloji

Mes dix-sept ans.

La musique bat son plein, elle fait vibrer ma cage thoracique. Une fille danse devant moi, mais je n'arrive pas à trouver d'intérêt à la regarder. Elle se trémousse et je trouve ça ennuyant. Terriblement lassant.

C'est toujours le même rituel. Depuis que je traîne avec Billy, les filles ne cessent de venir me charmer. Elles me touchent avec une liberté que je déteste.

Mais, par moments, lorsque je bois beaucoup, leurs caresses me sont agréables. Elles me font du bien, elles me permettent d'oublier la rudesse des coups que j'ai subis ces derniers jours.

La nana s'approche de moi, me tendant un verre d'alcool que j'attrape pour l'avaler cul sec. Je prends une clope dans le paquet que j'ai posé sur la table qui se trouve à ma droite. Je la mets à ma bouche et la blonde s'empresse de l'allumer.

J'entends des bruits de voix au loin, mais l'effet des verres que j'ai bus plus tôt commence à parcourir mon corps. Une main vient me taper l'épaule, elle me dérange alors que la fille commence à baiser la peau de mon cou.

— Mec, tu ne vas pas croire qui vient d'arriver à la fête ! me chuchote Billy.

— M'en fous, tu ne vois pas que je suis occupé là…

— Si tu savais qui c'était, tu ne t'en ficherais pas, crois-moi, me répond-il en affichant un sourire sur ses lèvres.

Il m'intrigue, alors je repousse la demoiselle qui se trouve devant moi pour contempler la masse de personnes qui danse dans la pièce. Et c'est là que je la vois. Elle danse avec son amie, elle rit, sourit. Magnifique.

Elle porte une robe noire moulant son corps avec perfection. Quand est-ce que son corps s'est modifié comme ça ?!

Elle se déhanche, et c'est comme si elle effaçait toute autre présence. Elle est hypnotisante. Et puis, un pincement arrive dans ma poitrine. Une aigreur que je ne veux pas ressentir. Elle est là, visible au monde.

Tous peuvent voir sa beauté et ça, ça m'agace. Je me sens soudainement irrité, j'ai envie de lui dire de se barrer d'ici, de dégager de mon monde, de cet univers qui la salirait. Elle s'amuse, et moi je perds mon sourire.

J'étais venu pour me relaxer de cette journée pourrie que j'ai passée et voilà qu'elle l'assombrit encore un peu plus.

Avec énervement, je me lève et pars finir ma clope à l'extérieur. Prendre l'air me fera du bien, mais je n'ai pas le temps d'en profiter que des cris d'excitation retentissent à l'intérieur, attisant ma curiosité. J'ai un mauvais pressentiment et ce que je vois me fait disjoncter. Un de mes potes se colle à elle, à son corps. Il pose ses mains sur la peau mate de ses bras, caresse ses hanches.

Je vois rouge. Je ne peux réprimer ce feu qui monte en moi, prêt à me consumer. Je me dirige vers eux à grands pas pour les séparer, et pousse avec force Matt qui est trop entreprenant à mon goût.

Il tombe au sol et j'entends seulement de manière éloignée les protestations de Joe. Mon regard est fixé sur ce gars qui a osé la toucher. Elle frappe mon dos et tente de me passer devant pour aider ce traître qui s'est rétamé comme une merde.

Je la retiens par le bras et l'entraîne à ma suite vers l'extérieur de la baraque. Je ne parle pas, ne prononce pas un son alors qu'elle hurle et se déchaîne sur moi. Ses ongles se plantent dans mon avant-bras, me griffant, et son autre main ne cesse de me frapper.

Sa violence, je l'ai toujours aimée.

Une fois que nous sommes assez éloignés, je relâche ma prise et la confronte pour la première fois de la soirée, voire de la semaine.

— Rentre chez toi, Joe. Ce ne sont pas des soirées pour toi.

Mon visage bascule à l'impact de la claque qu'elle me balance. Ses yeux sont rougis et pleins de larmes de rage. Et je suis fou de la trouver sublime ainsi.

— Va te faire foutre, Kane !

Elle fait demi-tour en prononçant je ne sais combien d'insultes en espagnol. Mais je suis soulagé de voir qu'elle ne reprend pas la direction du lieu de la fête.

Elle va probablement dans son refuge. Dans cet endroit où elle retrouve la chaleur d'un foyer. Elle a de la chance d'avoir cette échappatoire, ces moments où elle peut oublier la dureté de son quotidien pour le remplacer par une douce caresse. Je l'envie pour ça.

Moi, je n'ai rien. Rien hormis la rue, cet endroit qui m'accueille quand tout devient trop difficile. Quand les cris agressent mon cœur et les coups blessent mon âme.

Je la suis de loin, ne pouvant la laisser avancer seule dans les dangers de la nuit.

Je la suis telle une ombre, une ombre qui la protégera toujours.

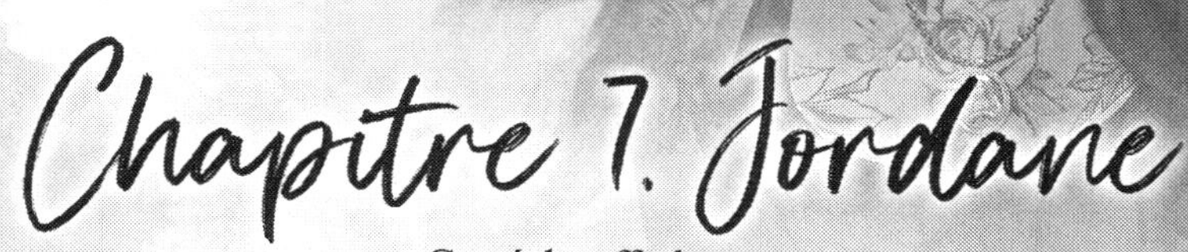

Chapitre 7. Jordane

Ça réchauffe le cœur.

The Night We Met – Lord Huron

Mes quatorze ans.

Gilipollas [3] !

Ce n'est pas croyable, mais pour qui se prend-il, bordel ! Il croit qu'après ne pas m'avoir adressé un mot pendant presque deux semaines, je vais me plier à ses envies comme toutes les chiennes qu'il se tape ?! Cette soirée, c'était pour l'oublier.

Oublier ce chagrin que je ressens chaque fois que je le vois avec une autre fille. Je prends mon portable pour envoyer un message à Ella et constate qu'elle a déjà tenté de m'appeler trois fois.

Je l'ai laissée seule à la fête et ça me fait chier.

---

3 Connard.

Joe :
Rejoins-moi vite chez *Abuela*. Bisous 

Je repense à Kane, et la violence qu'il a montrée tout à l'heure me perturbe. Je n'arrive pas à déterminer si elle m'enrage ou me fait plaisir.

J'avance dans la rue qui va me mener à cet endroit qui me permettra de réfléchir. Chez *Abuela*, je peux être moi. Chez elle, je peux me consacrer à ce que mon cœur me dicte, à ce que mon esprit me chuchote. Elle me laisse de l'espace pour penser à moi, ne serait-ce qu'un peu.

Plus qu'un ou deux kilomètres et je serai bientôt arrivée.

Je devais dormir chez elle avec Ella après la soirée, j'avais tout prévu. On aurait dansé, on se serait amusées. J'aurais enfin pu penser à autre chose que ce mec qui accapare habituellement mes pensées et à cette vie rythmée de cris. Mais il a fallu qu'il soit là et gâche tout !

Mon poignet est douloureux de sa prise, et mon cœur palpite encore de son intervention.

Boum, boum, boum.

Ella m'envoie un message pour me dire qu'elle ne va pas tarder, étant déjà venue chez mon *Abuela*, elle connaît très bien la route. Depuis notre rencontre, elle est devenue ma meilleure amie, celle avec qui je partage tout et qui illumine mes journées de sa bonne humeur constante. Elle est mon rayon de soleil dans le brouillard de mon existence.

J'ai hâte qu'elle revienne, car je veux lui dire ce que mon cœur ressent. Je dois lui avouer ma colère et mon espoir.

Elle m'a conseillé de tourner la page, de me trouver un mec qui serait là pour moi, qui m'aimerait comme dans les films. Son idéalisme me flingue chaque fois. Là où je suis réaliste, voire pessimiste, elle demeure dans le rêve.

Elle s'imagine un preux chevalier qui l'emmènerait loin d'ici, moi je pense que je crèverai dans ces mêmes rues qui m'ont vue naître. Comme ma mère, je suis condamnée à vivre une vie de galère, à lutter pour bouffer et à bosser comme une tarée pour pouvoir joindre les deux bouts.

Grand-mère me demande souvent quel serait mon rêve. Et moi, je me dis parfois que d'aller à l'université serait trop cool. De faire une fac où l'art serait partout et passionnant. Car s'il y a bien une chose qui me permet de m'évader, c'est d'esquisser mes pensées sur le papier.

Mais je suis réaliste, ça ne me payera pas à bouffer. Je n'ai donc pas à y réfléchir, car c'est une chose qui me semble inaccessible.

J'arrive devant la façade de la maison et chope dans le pot de fleurs la clé qu'elle cache toujours pour moi. J'époussette la terre qui la recouvre et déverrouille la porte avant de m'engouffrer dans la chaleur. Je me rends compte seulement maintenant que j'avais froid.

Je me dirige automatiquement vers la chambre d'*Abuela* pour voir si elle dort déjà. Lorsque j'ouvre, je l'aperçois en train de lire un de ses fameux livres espagnols qu'elle aime tant.

Elle me regarde, étonnée.

— *¿Qué pasa, mi pequeña?*[4] me demande-t-elle en espagnol.

— Rien, mamie, la soirée n'a juste pas été à la hauteur de mes espérances…

Elle frappe le côté du lit qui appartenait à mon grand-père et m'invite à venir contre elle. Ce que je fais, savourant la tendresse qu'elle m'offre et dont je manque tant.

— *Mañana será otro día, hija mía, ya verás*[5], tente-t-elle de me rassurer.

Peut-être.

Peut-être que demain ne sera pas aussi pourri qu'aujourd'hui.

Je me cale dans ses bras et je sens le sommeil commencer à me happer. Mes yeux se font lourds et les caresses d'*Abuela* dans mes cheveux m'apaisent.

---

4 Qu'est-ce qui se passe, ma petite fille ?

5 Demain sera un autre jour, ma fille, tu verras.

J'entends au loin la porte de l'entrée claquer et c'est en courant qu'Ella arrive vers nous et saute sur le lit. Elle s'allonge à moitié sur moi, posant son visage sur ma hanche. Elle a dû boire quelques verres, car je sens des effluves d'alcool l'entourer. Je l'entends ricaner comme une bécasse et, automatiquement, le sourire me revient.

Je me mets à caresser ses cheveux blonds comme les blés qui sentent son parfum de rose. Et je pense que c'est comme ça qu'on s'est endormies.

Dans la chaleur d'un foyer qui réchauffe le cœur.

Ensemble.

Chapitre 8. Jordane

Mon cœur se compresse.
Pause – Eddy de Pretto, Yseult

<u>*Mes quinze ans.*</u>

Ce soir, je rentre seule d'une soirée où j'ai pu m'éclater. J'ai dansé à en oublier tout, j'ai bu pour effacer les ombres qui me hantent. Il est une heure et demie du matin et je pense que je devrais avoir un peu de tranquillité, car ma mère dormira sûrement à poings fermés.

J'ai emmené Cameron chez *Abuela* pour cette nuit, maman était beaucoup trop agitée pour que je puisse le laisser seul avec elle.

Mon petit chou grandit, il va avoir huit ans bientôt.

Lorsque j'arrive devant chez moi, la lumière est allumée.

C'est pas bon signe.

Je me dirige vers la fenêtre et vois ma mère en pleine partie de jambes en l'air avec un grand mec plein de tatouages. Elle geint comme un animal, et nos yeux se croisent. Le sourire qui apparaît sur ses lèvres me file la nausée. J'entre tout de même, j'ai besoin de dormir. Demain, j'ai cours et je dois me lever tôt.

Je me lave les mains dans l'évier et me sers un verre d'eau bien fraîche, feignant qu'elle n'est pas en train de gémir à côté de moi. Lorsque je finis la gorgée d'eau qui se répand dans mon corps, un silence pesant m'entoure. Sans que je m'y attende, un grand corps me surplombe, me collant contre l'évier.

Mon cœur se compresse. Je n'aime pas ce rapprochement et l'odeur aigre de sa transpiration pique mon odorat.

Il ne porte qu'un caleçon et je sens son érection appuyer contre le bas de mon dos. Son visage descend à hauteur de mon cou et je suis tétanisée quand je sens sa respiration sur ma peau. Il me sent, me renifle comme si je n'étais qu'un morceau de bouffe. Un haut-le-cœur menace de monter dans ma gorge. Les frissons sur mon derme me mettent en garde, mais je suis incapable de bouger. Lorsque je sens l'humidité de sa langue lécher la surface de mon cou, je frémis de peur.

Bon sang, elle ne peut pas laisser faire ça.

Elle ne peut pas permettre cela !

— Alors, qu'en penses-tu, Dan ? Elle est de plus en plus belle, n'est-ce pas ? retentit la voix de ma mère, telle une vipère entourant mon cœur.

Je suis écœurée. Il grogne dans mon cou comme pour approuver ce qu'elle balance.

— Elle ne sera pas au même prix, la fougue de la jeunesse, ça a un coût, tu t'en doutes bien, lui dit-elle comme si je n'étais qu'un objet.

J'ai envie de pleurer. De rage, de dégoût !

Je reviens peu à peu à moi et repousse l'homme qui me sent comme un chien qui aurait trouvé une chienne en chaleur. J'ai l'impression de taper dans un mur de brique et le rire qui sort de la gorge de cet animal m'effraie, d'autant plus lorsqu'il me frappe au visage avec force.

Le coup me désarçonne.

— Elle n'est pas prête encore. Mais… bientôt, prononce-t-il d'une voix grave et rocailleuse en saisissant mon visage de sa main imposante recouverte de tatouages.

La douleur irradie sur le côté droit de mon visage, mais je suis immobilisée. Il me relâche enfin et je m'éloigne de lui en trébuchant à moitié pour m'enfermer dans ma chambre.

Je tremble de tout mon corps, mes jambes sont fébriles. Soudain, une vague de rage monte en moi et je me mets à frapper dans le mur de toutes mes forces pour évacuer tout ce que je ressens. Tout ce qui me submerge.

J'éclate en larmes et me couche dans le coin de ma chambre. Ma joue me lance affreusement. Des éclats de rire, suivis de gémissements, retentissent de nouveau pour meubler le silence de la nuit.

Cette dernière va être longue, jamais je ne pourrai m'endormir en sachant sa présence dans la maison.

Le matin, il est couché dans le canapé de maman et elle est lamentablement endormie sur lui. Je n'ai pas fermé l'œil de la nuit, je suis épuisée. Ma joue est magnifiquement marquée d'une teinte violacée et ma main est douloureuse. Je me dirige vers la salle de bains en leur accordant un regard écœuré, je dois prendre une douche, je me sens sale. Le jet d'eau glacée saisit mon corps, mais j'ai l'habitude. Il n'y a jamais d'eau chaude dans cette maudite baraque.

Je nettoie mon corps comme s'il avait été souillé.

C'est donc à ça que va ressembler ma vie ? Je vais devenir comme ma mère et vendre mon corps ?

Un frisson me parcourt et j'ai soudainement envie de gerber.

Il fait très froid ce matin lorsque je sors de la maison, mais même si je le ressens, j'en reste complètement insensible. Mes pas me mènent rapidement à l'arrêt de bus, et la silhouette que je vois à l'intérieur aux côtés d'Ella me pince le cœur. Il est là, alors que désormais il est presque tout le temps absent. Absent de ma vie, de mes relations.

Pourquoi fallait-il que ce soit ce matin ?

Je le sens me surveiller de temps en temps, mais ce n'est jamais plus. Ça ne va jamais plus loin.

Il fallait qu'il se pointe maintenant. J'ai eu beau camoufler le début d'hématome avec du fond de teint, le connaissant, il va deviner qu'il s'est passé un truc. Sauf que s'il y a bien une personne à qui je ne veux pas en parler, c'est bien lui.

Je dissimule du mieux que je peux ma joue droite derrière mon écharpe, sans prononcer un mot. De toute façon, pour dire quoi ?

Ella s'approche de moi comme si j'étais un animal blessé. Elle est au courant, je lui ai envoyé un SMS dans la nuit et elle comprend immédiatement que je ne veux pas en parler tout de suite. Je tuerais pour me cramer une clope à l'heure actuelle, et l'odeur de celle que Kane fume m'attire comme un aimant… mais je n'en ai plus.

Ça fait presque deux jours que je n'ai pas fumé et l'envie commence à me torturer doucement, surtout lorsque je suis stressée. J'en consomme depuis bientôt un an maintenant. Un vice auquel j'ai cédé lors d'une soirée un peu trop festive. Les joints, les clopes, les rails de coke… même de l'héroïne. Tout tourne pendant ces soirées, nous laissant le loisir de quitter cette réalité qui nous pèse.

Le bras de ma meilleure amie entourant le mien me réchauffe, m'apporte le soutien discret dont j'ai besoin. Le bus approche, et j'ai hâte de m'y engouffrer. Je sens ses yeux turquoise me brûler, tentant de fouiller mon âme. Mes yeux sont attirés par ses lèvres qui tirent sur la tige avec une forme de sensualité.

Le véhicule parvient enfin jusqu'à nous. Je laisse mon amie monter, m'apprêtant à grimper à mon tour. Un bras me retient et je me tourne avec lassitude face à Kane. Il chope mon menton et mate mon visage sous toutes ses coutures.

Dans ses yeux, je lis de la colère. Une rage que j'ai perdu l'habitude de voir. Mais son énervement n'est rien face à ce que je ressens maintenant. J'écarte sa main de ma peau, car son contact me blesse, et m'engouffre dans le véhicule sans un regard de plus.

Je m'assois le long de la fenêtre, et ses iris envoûtants me scrutent toujours. Les mots qu'il ne prononce pas, je les entends quand même.

« *Qui a fait ça ?* »

Alors, dans mon regard, je lui réponds.

« *Personne, Kane.* »

C'est juste un individu qui va s'immiscer dans ma vie pour la corrompre. Un homme qui pense que je suis un objet, et peut-être a-t-il raison, en finalité.

Chapitre 9. Jordane

Trouver un job, bordel, c'est compliqué.
And so It Beging – Klergy

De nos jours.

Cela fait deux jours que j'épluche toutes les petites annonces des journaux du coin, tout ça pour quoi ? Pour ne rien trouver de bien intéressant. Premièrement, aucun salon de tatouage ne semble recruter dans le coin, c'est vraiment la merde.

Secundo, j'ai bien tenté quelques jobs comme serveuse, caissière… mais dès que mon adresse entre en jeu, je me retrouve rapidement expulsée de la liste des candidats possibles. C'est quand même dingue que rien n'ait changé en six ans. La scission entre les différentes classes sociales reste toujours dominante.

Je frotte mes tempes en sentant une migraine pointer son nez. J'ouvre mon paquet de clopes, en chope une et l'allume.

Je tire dessus avec force.

Inhaler cette fumée me décontracte un peu, mais jamais assez. Je voudrais plus, tellement plus.

Je ne suis jamais comblée.

Dans ces moments de tension, le démon du vice reprend rapidement sa place. Il glisse ses mains autour de ma gorge, la serrant parfois si fort que je suffoque. Mais j'ai promis, alors je ne céderai plus.

Je ne vais pas avoir le choix que de démarcher dans des salons, et de me la jouer au culot. J'appréhende de déambuler dans ces rues que je connais par cœur. Je m'empare de la pochette qui renferme mes plus belles œuvres ainsi que des feuilles vierges. Beaucoup, de nos jours, font leurs croquis sur des tablettes, je n'ai jamais pu m'y résoudre. J'ai toujours griffonné sur du papier, aimé sentir la fibre des pages blanches sous ma paume. J'aime l'odeur qui ressort de la mine de mes crayons qui griffonne mes émotions.

J'étale devant moi plusieurs dessins, dont un qui date de plusieurs années. Le regarder me fait mal, mais je ne peux me résigner à m'en débarrasser. Je caresse les traits crayonnés avec douceur, et mon cœur se serre. Très vite, je cache l'objet qui me plonge dans le passé, dans des souvenirs qui me hantent.

Je remballe tout avec empressement, qui se transforme vite en colère. Je ne veux pas me souvenir, c'est pour ça que je suis partie !

Ella, tu me manques terriblement.

Ma meilleure amie, cette fille qui riait constamment et qui semblait croquer la vie à pleines dents. Elle aussi a été happée par la noirceur de notre monde, mais ne s'en est jamais relevée. Ça a été un électrochoc pour moi.

Sa perte m'a dévastée, m'a ôté un morceau de cœur. Je regarde une marque qui se trouve sur la table. Des initiales gravées dans le bois, mon doigt les frôle et mes yeux se chargent de larmes que je peine à retenir.

Elle voulait s'en sortir. Elle souhaitait vivre, s'amuser et ne jamais rien regretter.

Je revois ses cheveux rose pastel contrastant avec ma chevelure brune lorsqu'elle me prenait dans ses bras. Avec la tristesse, l'amertume surgit, car après cet événement, tout a changé. *Tout.*

Plus rien n'a été pareil.

Je tire sur une deuxième clope avec frénésie, j'en ai besoin pour me calmer. Ça fait tellement mal.

Je balance avec rage le journal qui se trouve devant moi dans la cheminée éteinte et enfile ma veste en cuir avec détermination. Je dois penser à autre chose. Et si les annonces dans cette revue ne suffisent pas, je vais aller faire du porte-à-porte.

Il me faut du positif, je dois finir cette journée avec un job ! J'ai besoin de ça pour survivre à la rentrée de demain.

J'enfile ma paire de lunettes, glisse sous mon bras mon book et pars à pied jusqu'au centre de cette bonne vieille ville que je connais comme ma poche. Les rues que j'emprunte sont restées sensiblement les mêmes, des tags se sont ajoutés ici et là, colorant un peu la crasse de l'endroit. Je dois avouer que je suis quand même contente de les retrouver.

J'avance avec dignité sur le bitume, des gens semblant m'avoir déjà vue me matent attentivement quand ils me croisent, mais je doute qu'ils me reconnaissent. En six ans, j'ai bien changé.

J'ai teint ma tignasse brune en un joli dégradé de bleu nuit, j'arbore désormais plusieurs piercings sur mon visage.

Lorsque je suis partie, j'ai eu besoin de me réapproprier mon corps. Les tatouages gravés sur presque l'intégralité de mon corps font eux aussi partie de cette crise existentielle. Mais ça, actuellement, personne ne peut s'en apercevoir sous les vêtements que je porte. Je dois avouer que c'était pratique de travailler dans un salon de tatouage, Mickael a exaucé pas mal de mes pulsions lorsque je ne pouvais pas encrer ma peau moi-même.

Lorsque ma grand-mère a vu ça, elle n'a cessé de faire des signes de croix. *Elle et son dieu…*

Un groupe d'hommes me siffle alors que je passe devant

eux. Je relève ma capuche sur ma tête, d'où ne dépasse que la pointe de ma longue chevelure, et commence à avancer les mains dans les poches. J'arrive à un croisement de rues, apercevant le campus pas très loin. En pensant à ça, une nostalgie me capture. Je vois des jeunes femmes de mon âge rire avec insouciance, et je ne peux pas lutter contre cette part de moi qui les envie.

Est-ce que nous aurions ri ainsi Ella et moi ?

Je détourne mon regard de la scène et passe près d'une bibliothèque que je n'avais jamais vue, probablement une nouveauté. Les livres qui sont présentés en vitrine sont sublimes, mais le prix me fait hérisser le poil.

Bon sang, il faut vraiment que je trouve un taf qui paye bien.

Je regarde les autres commerces du coin et vois qu'un bar se trouve un peu plus loin. Il aurait peut-être besoin d'une serveuse quelques soirs par semaine ? Je franchis rapidement les mètres qui me séparent du bâtiment pour me retrouver devant la façade.

La porte d'entrée en bois ne semble pas toute jeune… Je la pousse et un tintement annonce mon arrivée. Il y a un peu de monde et plusieurs types sont déjà accoudés, sirotant une bière. Il n'est pourtant que dix-sept heures.

Je m'approche du comptoir en ôtant ma capuche, histoire de faire bonne impression. Une serveuse me fait signe qu'elle arrive et je tente déjà de préparer mon discours dans ma tête.

— Besoin d'un petit remontant, ma belle ? me demande-t-elle.

Un triple whisky pourrait effectivement m'aider à me détendre…

— Je veux bien un chocolat chaud, mais j'ai surtout besoin de renseignements… lui réponds-je, arborant mon plus beau sourire.

— Quoi donc ?

— Je cherche un travail à mi-temps. Je viens d'emménager dans le coin et j'ai besoin de trouver un emploi. Je me demandais si vous ne cherchiez pas des serveurs ?

— Ah ! Tu as frappé à la bonne porte, nous cherchons quelqu'un pour bosser quelques soirs dans la semaine et parfois le week-end.

— Je prends ! lui dis-je avec enthousiasme.

— Attends, je ne t'ai pas donné le salaire ni rien…

Ouais, t'emballe pas, ma vieille, tu ne veux pas être payée des pâquerettes non plus… Je me tais donc et là laisse m'en dire plus.

— Ce serait huit dollars de l'heure, tu ferais des soirées de quatre ou cinq heures. Tu auras un emploi du temps conçu à l'avance et tu pourras bosser ailleurs les week-ends et dans la journée.

Ce ne sera clairement pas suffisant, je vais devoir trouver autre chose à côté.

— Ça me conviendrait. Est-ce que vous savez où je pourrais trouver quelqu'un qui cherche de la main-d'œuvre pendant ces périodes-là ?

— Bon Dieu, tutoie-moi ! J'ai l'impression d'avoir pris dix ans, réplique-t-elle avec empressement, le rouge lui montant aux joues.

La blonde semble réfléchir quelques instants et se met à siffler vers un gars qui se retourne vers nous.

— Un problème, Maddie ? lui répond le gars avec un air ronchon.

— Tu cherches toujours une secrétaire pour le week-end ?

— Ouais, aucune ne fait l'affaire, elles craignent trop le cambouis.

La blonde me fait signe de tête de partir défendre mon bout de lard, et c'est avec détermination que j'y fonce. Le mec doit avoir une quarantaine d'années et a une barbe grisonnante assez longue pour qu'on puisse l'attraper et tirer dessus.

Le temps que j'arrive, il est déjà reparti dans une discussion animée avec ses comparses. Je vais devoir l'interrompre, *mea culpa*.

Je tape sur son épaule, et il se retourne avec un air encore plus bougon que tout à l'heure. Ses yeux marron croisent les miens et je sens que j'ai, malgré ses râlements, toute son attention.

— La dame là-bas m'a dit que vous cherchiez une secrétaire, et je pense que je peux convenir à l'offre, balancé-je avec audace.

— Qu'est-ce qui te fait penser ça ? réplique-t-il en haussant ses sourcils poivre et sel.

— Le fait que je sache bidouiller des bagnoles, des motos et autre truc mécano à la con, le cambouis, ça ne m'effraie pas vraiment.

Il me regarde quelques secondes avant d'éclater de rire, suivi de ses potes.

Joe, tu n'es clairement pas prise en sérieux.

Chapitre 10. Kane

Ce type me hérisse les poils.
Bad Guy – Billie Elish

Mes dix-huit ans.

Je savais qu'il s'était passé quelque chose, mais lorsque j'ai vu la trace violacée dissimulée sous une couche indécente de maquillage, mes terminaisons nerveuses se sont enflammées. Je devrais avoir l'habitude, cela dure depuis des années mais, cette fois-ci, c'est différent. L'étincelle qui brillait dans ses yeux est comme ternie, comme si la combattante que je connaissais sombrait peu à peu dans l'oubli.

Je refuse de la laisser se faire dévorer par ce que la vie nous impose, mais qui suis-je pour lui dire d'avancer ? Moi qui stagne dans les bas-fonds, qui la subis allègrement et sans un mot pour lutter. Mais Joe, son courage, sa force sont mon espoir.

Sa vitalité est mon espérance.

Je termine ma clope et la jette avec humeur dans le caniveau. Je glisse mes mains dans ma veste en cuir et marche jusque chez Jordane. Au moment où je passe devant sa porte, un homme que je connais très bien sort de sa maison. Il est surnommé Slash et il magouille, avec son gang de bikers, dans des trucs très sales, comme le trafic d'armes ou encore la prostitution. Des frissons parcourent ma peau lorsque nos prunelles se rencontrent et qu'un sourire malaisant apparaît sur ses lèvres.

J'ai un mauvais pressentiment.

Je l'observe alors qu'il avance dans la rue comme si elle lui appartenait. Ce type me hérisse les poils.

Une fois que je ne l'aperçois plus, je me détourne du taudis qu'est la baraque de Joe pour m'approcher de la mienne qui n'est clairement pas mieux. J'entre en étant à l'aise, car je sais que personne n'est entre ses murs pour le moment. Je n'ai pas dormi de la nuit à cause d'une soirée un peu trop tardive et un peu trop arrosée, alors je vais m'octroyer quelques heures de sommeil.

J'ôte mes fringues, mettant en lumière les tatouages que j'ai commencé à encrer sur mon corps. Je crois que je deviens peu à peu accro à la douleur de l'aiguille qui perfore mon épiderme. Une partie de mon pectoral et de mon épaule est couverte d'un style géométrique assez tribal. Je compte bien continuer lorsque j'aurai plus de thune. Je m'allonge sur mon pieu et, au moment où je ferme mes paupières, mon portable se met à sonner.

Bordel de merde !

Je décroche avec flegme.

— Allô, Kane ! J'ai besoin de toi pour deux bagnoles cette après-midi, peux-tu venir ? me demande directement Davy, le mec chez qui je trafique quelques bricoles au black.

— Ouais, tu peux compter sur moi.

Je ne m'étale pas plus et raccroche juste avant de m'endormir profondément.

Je traverse la cent soixante et unième rue, celle qui mène au garage *Road-Street,* celui de l'oncle d'Ella. Davy me permet de me faire un peu d'argent en bricolant sur les caisses qu'il doit réparer.

J'entre dans le vaste entrepôt où sont stockés les véhicules. L'odeur de cambouis m'envahit, mêlée à celle de l'essence. Et je dois dire qu'elle m'est devenue familière, presque rassurante. J'aime être ici, je m'y sens utile. Je regarde mes mains puissantes qui, pour une fois, servent à quelque chose.

La grosse voix de Davy me sort de mes pensées lorsqu'il prononce mon nom avec joie. Il s'approche de moi, et sa main toute tachée frappe mon dos avec force en esquissant un sourire sincère. Son bras se pose sur mes épaules en une accolade et je remarque qu'il a de plus en plus de mal à le faire à mesure que je grandis. Je commence à le dépasser.

Il me mène jusqu'à la voiture et je retire mon sweat pour être plus à l'aise en tee-shirt. Je craque mon cou, avant de m'atteler au travail qu'on attend de moi.

Je suis concentré sur ce que je fais, si bien que je ne vois pas les heures passées et lorsque je relève la tête de sous le capot, je remarque la présence d'une fille qui m'observe attentivement.

Elle me sourit, ce qui me fait soupirer. Ella.

Elle vient souvent voir son oncle ici, et en profite pour me faire chier par la même occasion, lorsque je suis là. Cette fille est pire qu'une fouine, mais elle est précieuse pour Joe. C'est sa seule véritable amie et j'ai compris qu'Ella l'aime vraiment.

— Tiens, mais ne serait-ce pas Kane Harris, ça fait longtemps depuis ce matin ! me dit-elle avec une innocence feinte.

Ce qui me soûle le plus, c'est que cette nana est au courant des plus sombres secrets de sa meilleure amie, alors que moi je reste dans l'ignorance. Une part de moi me suggère de la faire parler. J'ai envie de savoir ce qui s'est passé hier pour qu'elle ait ce regard si éteint, presque mort. Mais je sais pertinemment que pour rien au monde elle ne la trahira.

Alors, je rentre dans son jeu, sans paraître m'intéresser à sa petite personne.

— Pas assez, apparemment, car ta voix est déjà en train d'agresser mes oreilles, répliqué-je en replongeant dans le ventre de la Ford que je bichonne.

Son rire résonne entre les murs du garage, preuve que les mots ne l'atteignent pas le moins du monde.

Elle s'approche, ses petites mains frôlent mon corps. Par rapport à moi, elle semble minuscule. Je suis toujours sidéré de voir toutes les différences qu'il y a entre elle et ma voisine. Aussi blonde que l'autre est brune, l'une est petite, le contraire de sa binôme. Elle ressemble à une petite poupée, alors que Jordane présente tout de l'hispanique pulpeuse.

Ouais, vraiment rien en commun.

Je repousse sa main qui s'attarde un peu trop sur mon épaule, car je sais qu'elle me titille pour me tester. Elle me soupçonne d'avoir des sentiments plus qu'amicaux pour son amie, et a décidé de me casser les couilles avec ça.

Elle épie chacune de mes réactions, son regard ne cesse de me scruter. En particulier lorsque je suis en présence de la personne concernée. Mais elle se trompe, je ne ressens rien de charnel pour Jordane. Elle est comme la petite sœur que j'aimerais avoir, je la protège, tout simplement.

Ella s'éloigne de moi, satisfaite de ma réaction, puis vient s'adosser contre la carrosserie de la Ford.

— Il va falloir qu'on l'aide, Kane, prononce-t-elle d'une voix soudainement sérieuse.

Son changement de ton me fait me redresser et me pousse à me confronter à son regard vert que je n'ai jamais vu aussi sérieux. La situation est grave.

Je m'attends à plus ample explication, mais elle se détourne de moi et se barre comme si les mots qu'elle venait de prononcer n'étaient rien, comme si elle ne venait pas de me nouer le bide.

J'essuie mes mains en cogitant, puis jette avec virulence le pauvre morceau de tissu barbouillé de cambouis.

Je vais devoir suivre cette affaire d'encore plus près.

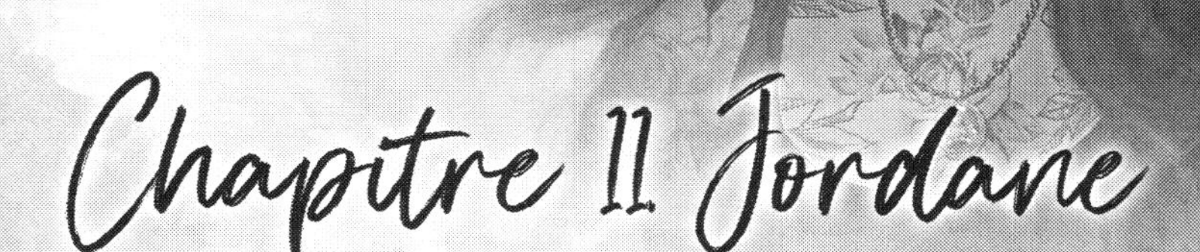

Chapitre 11. Jordane

Kane. Kane. Kane ! Regarde-moi, ne regarde que moi !
Look at me - Nextro

<u>*Mes quinze ans.*</u>

Mon corps se déhanche sur la piste, avec langueur. Des mains se glissent sur mes hanches et le frisson de plaisir qui parcourt mon épiderme me satisfait. Une bouche se pose sur mon cou, le caresse de plusieurs baisers. Ce contact, je l'accepte, je me dois d'en profiter, car bientôt, tout rapport que j'aurai avec la gent masculine sera un travail et non un plaisir. Je veux être encore maîtresse de ce corps qui sera dans peu de temps un objet.

« *Tu seras comme moi, ma fille. N'en doute jamais.* »

C'est ce que ma mère me dit depuis toujours, ce que notre monde attend de nous, de moi. Après tout, qu'est-ce que je pourrais faire d'autre ? Je ne suis rien. Je n'ai aucun métier qui m'attire, ma scolarité m'ennuie…

Tout ce que je veux maintenant, c'est danser.

Quelques instants, j'imagine son odeur à lui, la douceur

de ses lèvres me fait frémir et, soudainement, tout est plus facile. Mon corps entre en ébullition quand les mains du gars se font plus entreprenantes. Cette sensation, je ne l'ai jamais ressentie, est-ce dû à la poudre blanche qui brûle encore mes sinus ?

Je ne sais pas, mais je me retourne et colle mon corps à celui de mon partenaire de danse. Ses paumes caressent mon cul, le palpe avec envie. Je sens pointer sur le bas de mon ventre le début de son érection et, soudain, une frayeur me saisit.

Sentir sa queue se tendre me rappelle celle de ce mec l'autre soir. Tout à coup, le feu s'éteint et je ressens du dégoût à nouveau. Je refuse de le laisser gagner, alors mes lèvres se posent sur sa bouche avec une forme d'urgence et, très vite, il me rend mon baiser avec passion. Sa langue vient danser avec la mienne et c'est la première fois que je ressens cette sensation. Nos souffles se mêlent, je ne sais même pas à quoi il ressemble, mais dans l'instant, je n'en ai que faire. Pour moi, il n'est aussi qu'un outil pour prendre le contrôle sur ma vie.

Une de ses mains vient se poser sur mon sein, et le fin tissu de ma robe noire me fait tout ressentir. Très vite, la musique s'éloigne, je n'entends plus que nos respirations hachées se dévorer. Mon dos heurte un mur, ce qui laisse à mon amant de la soirée tout le loisir de continuer l'exploration de mon corps. Il remonte ma robe le long de mes cuisses, et mon cœur s'accélère. Son pouce entre en contact avec mon clitoris à travers mon sous-vêtement, et la sensation me fait basculer la tête en arrière, ce qui lui laisse accès à ma gorge, qu'il se met à mordiller avec douceur.

Je suis complètement défoncée, me laissant emporter par la multitude de sensations que cet échange me prodigue. Je ferme les yeux et me laisse glisser dans ce que je suppose être le plaisir.

Un de ses doigts entre en moi, et mon souffle se coupe sous la sensation.

— Tu es si serrée… prononce l'inconnu au creux de mon

oreille.

Je n'en ai que faire de ses paroles, tout ce que je veux c'est le feu qu'il provoque en moi. Très vite, le premier doigt est accompagné d'un deuxième, et d'un troisième. Je crois que des sons sortent de ma bouche, ma respiration s'accélère à mesure qu'il accélère ses mouvements en moi.

Ma gorge se serre, ma peau surchauffe. Une vague m'inonde peu à peu avant de me noyer dans un cri silencieux.

Lorsque j'ouvre les yeux, il est en train de déboutonner son jean, sortant son érection, et la réalité me revient comme une claque. Je me rends compte de ce que je fais, comprenant que je suis finalement aussi sale que ma mère. Cette crasse me pousse à m'éloigner de lui, mais sa main vient immédiatement entourer ma gorge avec force.

Je n'aime pas ça, l'ambiance change diamétralement. Sa violence fait monter ma peur. Cette angoisse qui reste ancrée en moi chaque fois que je rencontre un homme. Je me débats avec plus d'ardeur en lui jetant un regard déterminé.

Désormais, je vois clairement ses traits et je sais qui est l'homme qui vient de me faire jouir. Jeff, un des rivaux de la bande de Kane. Ma bulle éclate à mesure que la drogue se dissipe de mon corps. Mon cœur bat fort désormais, mais pas pour la bonne raison. Il m'accule et tente de me retirer ma culotte, probablement pour me baiser.

— Tu crois que je viens de te donner du plaisir pour ne pas prendre mon pied en retour ? crache-t-il en luttant contre moi.

— Va te faire foutre ! répliqué-je avec véhémence, mais la voix tremblante malgré tout.

— C'est bien ce que je compte faire…

Je sens sa queue toucher mon entrejambe, et mon cœur s'arrête de battre. C'est donc ainsi que je vais me faire dévorer pour la première fois ? Une forme de résilience s'installe contre mon gré, car peut-être est-ce mon destin, après tout. Mes bras se font moins vigoureux, et avant que je ne le sente me perforer, son corps disparaît en une fraction de seconde.

Je suis déboussolée, la tête me tourne. Je regarde Jeff au

sol avec Kane qui le matraque de coups puissants, son visage se retrouve très vite en sang. La musique ne résonne plus dans la pièce, juste le son de ses attaques qui heurtent les chairs de celui qui comptait s'emparer de mon corps.

Je tangue, mais je suis vite rattrapée par Ella qui abaisse ma robe pour que personne ne puisse voir ce qui se cache en dessous. Le chahut devient audible et les potes de mon voisin tentent de l'arrêter, car il ne cesse de frapper, frapper, frapper. En cet instant, j'aimerais voir la lueur qui brille dans son regard, sa rage qui me protège.

Je m'avance vers lui, même si Ella me freine.

Ses yeux, je veux les voir. Je me retrouve vite face à lui, alors qu'il ne cesse de fondre sur sa proie. Il va le tuer.

Kane. Kane. Kane ! Regarde-moi, ne regarde que moi !

Mes lèvres s'entrouvrent avec difficulté, mais son nom en sort enfin comme une supplique, ce qui le stoppe immédiatement. Son poing reste en suspens, et ses prunelles, habituellement bleues, sont presque un puits sans fond d'obscurité.

Sa respiration est aussi rapide que la mienne, et dans cet échange de regards, je lui dis ce que mon cœur refuse de dévoiler. Lui, je comprends sa colère, mais je ne pige pas ses réactions.

Il a toujours été, comme ça, une ombre protectrice surgissante. Sauf que cette fois-ci, je savais qu'il était là, je sentais son regard tout au long de la soirée. La douleur de le voir embrasser une autre nana, alors que je crevais de sentir ses lèvres sur ma peau, m'a fait disjoncter.

Je voulais lui rendre la pareille, jouer avec un feu que je ne maîtrise pas. Pas encore, tout du moins.

Je tends ma main vers lui pour qu'il l'attrape et cesse de tabasser l'homme qui en a eu pour son compte. J'attends ce qui me semble une éternité, en me disant qu'il va me rejeter. Lorsque je sens sa grande main tachée de sang englober la mienne, un frisson me parcourt. Et, comme dans notre enfance, je le tire pour qu'on s'enfuie ensemble. Il se relève et me suit docilement vers l'extérieur. Nous n'avons pas besoin de jouer des coudes pour nous frayer un chemin vers l'air frais, alors je me mets à courir malgré mon ivresse, malgré ma tête qui chavire.

Une fois à l'extérieur de la baraque, le froid me saisit, et je me mets soudainement à trembler. Un silence de plomb nous entoure, la musique au loin reprend comme si rien ne s'était passé. Un événement de plus dans ces bas-fonds où l'on ne s'attarde pas. Rien n'est jamais grave ici, dans cette putain de ville. On oublie trop rapidement.

J'ose regarder Kane de nouveau, ce qui me confronte directement à ses iris bleu azur. Pas de tendresse, pas d'affection, je n'y lis qu'une colère sourde qui m'est destinée. J'ai envie qu'il crie, qu'il m'incendie, toute réaction serait mieux que ce silence qui me transperce. Alors, je veux le provoquer, briser cette carapace qu'il s'impose, cette maîtrise qu'il s'inflige alors qu'il ne souhaite que hurler.

— Parle, Kane.

Les mots que je prononce ne sont qu'un murmure, alors que je les voudrais distincts et forts. J'ai envie de le pousser, le frapper, car il est la source de ma débauche. Je lui en veux tellement de me faire ressentir cette peine, de me faire si mal chaque fois qu'il pose ses mains sur une autre fille que moi.

Son souffle s'accélère, signe qu'il atteint ses limites. Je n'ai qu'à gratter un peu plus son mur qui s'effrite et je me prendrai son courroux. Mieux vaut ça que son silence, car au moins, dans ces moments-là, je suis le centre de son attention.

— Il faut que tu arrêtes de casser la gueule des personnes qui me touchent, j'ai le droit de faire ce que je veux !

Et là, contre toute attente, il relâche tout et se précipite vers moi. Je m'attends à subir le fléau de sa colère, je ferme les yeux, prête à encaisser, mais sa main se glisse sur ma nuque et, au lieu des coups, ce sont ses lèvres qui me maltraitent.

Un baiser qui me renverse, faisant chavirer mon cœur. Il a un goût d'alcool, et lorsque sa langue entre en contact avec la mienne, tout change. Mes mains se mettent à encadrer son visage, saisissant ses cheveux bruns un peu trop longs. Avec hargne, on se dévore comme si nous perdions la maîtrise de nous-mêmes. C'est sauvage, presque violent. Une urgence quasi vitale de s'explorer.

Je reprends mon souffle et il me mord la lèvre avec envie.

Puis tout s'arrête.

Nous sommes essoufflés, haletants, lorsqu'il rompt ce contact dont j'ai rêvé tant de fois. Un froid glacial remplace le feu qu'il a allumé quelques instants plus tôt. Dans ses yeux, plus rien ne brille. Mon espoir s'effrite à mesure qu'il s'éloigne de mon corps, de mon âme, pour finalement me tourner le dos.

— Ça ne se reproduira plus jamais, Jordane.

Ses mots tombent comme un couperet. Un rejet qui me brise, mais que je redoutais.

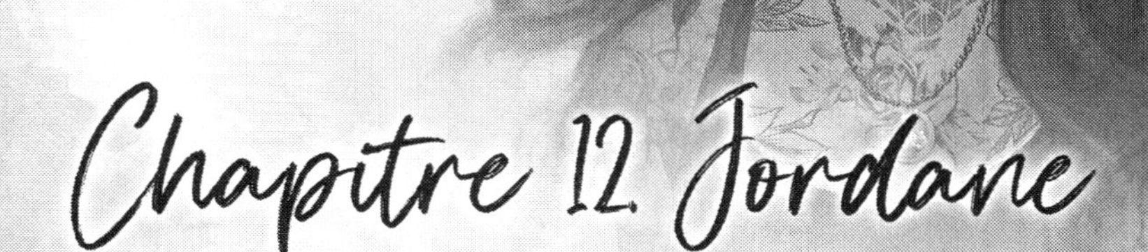

Chapitre 12. Jordane

Bordel, ça va être compliqué.
Working Man - Imagine Dragons

De nos jours.

Je regarde avec attention le bonhomme qui me rit au nez, il ne me prend clairement pas au sérieux. Un sourire fleurit sur mes lèvres, car je suis sûre de moi sur ce coup-là.

— Si vous ne me croyez pas, testez-moi, lancé-je avec une forme de désinvolture.

L'homme redevient sérieux, me fixe de ses yeux bleus. Il pourrait me faire penser à l'oncle d'Ella, mais en plus âgé.

— Je n'ai pas vraiment besoin de te tester pour que tu deviennes notre secrétaire, tu ne toucheras à aucune bagnole, réplique-t-il avec un sourire en coin.

Ce n'est pas totalement faux.

— Tu n'as pas l'allure d'une fille qui bosse dans ce job, alors comment en es-tu arrivée là ?

Je le vois observer mes tatouages, mon allure. Bonjour

les stéréotypes, genre une meuf tatouée ne peut pas être secrétaire ? Mais je dois avouer que, pour le coup, il a tout de même bien cerné ma situation. Je vais devoir m'étendre un peu plus si je veux faire craquer ce vieux bougre.

— J'ai besoin d'un job, voire plusieurs. J'ai un petit frère à charge et je viens seulement de revenir de Phoenix, lui expliqué-je sincèrement.

Il me fixe attentivement plusieurs secondes et je me sens analysée. Comme passée au radar, et je déteste cette sensation.

— Quel est ton métier de base ? me demande-t-il ensuite, continuant son interrogatoire.

Je suis contente qu'il ne me demande pas si j'ai habité dans le coin avant, car si ça se trouve il me connaît ou pourrait connaître des morceaux de mon histoire.

— Je suis tatoueuse, mais je n'ai trouvé aucun salon recrutant dans le coin, lui raconté-je en lui montrant la pochette contenant mes croquis.

Il hoche la tête et se met à siroter sa bière tout en continuant à me fixer, c'en est presque flippant. Lorsqu'il détache ses lèvres, il a déjà fini son verre et le pose avec force sur le comptoir avant de se lever.

— Très bien, je te prends à l'essai, j'ai besoin d'une fille motivée qui a du répondant. Je te propose de venir travailler le week-end pour commencer et après on verra.

Un sourire naît sur mes lèvres, j'ai réussi à convaincre le vieux ronchon et c'est une belle victoire. Il se lève en posant un bifton sur le comptoir, que la barmaid récupère en me souriant avec un clin d'œil.

— Suis-moi, je vais te montrer le garage, m'énonce-t-il en avançant sans m'attendre.

Étonnée, mais trop heureuse pour le contredire, je me dépêche de le suivre. Je veux lui demander le salaire, mais une part de moi me dit que j'aurai bientôt la réponse.

— Pour le salon de tatouage, je connais peut-être quelqu'un qui pourrait t'employer à mi-temps, mais il cherche quelqu'un avec du talent, j'espère que ton niveau est bon.

Je m'arrête de marcher quelques minutes, sidérée par ce qu'il vient de me dire. Bon sang, ça serait tellement génial !

— Il taffe quel genre de style ? m'empressé-je de lui demander, excitée comme jamais.

Le gars s'arrête lui aussi, un sourire en coin s'affichant sur ses lèvres, avant de remonter ses manches pour afficher ses propres tatouages. C'est un mélange de plein de style, du tribal au réalisme, en passant par du vintage… C'est du vrai bon travail, alors je m'approche pour les voir de plus près. Absorbée par mon observation, je saisis son poignet pour admirer les détails de chaque dessin.

Les minutes s'étirent, et un raclement de gorge me sort de ma contemplation. Très vite, je me reprends et lâche le bras que je criblais de mon regard.

Les mains dans le dos, un peu gênée, je me recule un peu.

— Ils sont superbes, énoncé-je, un peu penaude.

Il hoche la tête en riant avant de redescendre les manches de son sweat taché de cambouis.

— Je te le présenterai demain, enfin, si tu veux.

Je souris à mon tour, avant d'acquiescer. Alors qu'il redémarre, je m'empresse de suivre son rythme. On arrive vite devant un garage. Son apparence provoque en moi une vague de souvenirs, une boule se forme dans mon ventre. Il a la même allure que le garage de Davy, que je n'ai plus revu depuis le drame. Il a été mon mentor, lui et les membres du *Street Road*. Une sorte de famille chez qui je pouvais être moi-même.

Je déglutis avec difficulté, et la voix de mon futur employeur me sort de mes pensées.

— Voilà, c'est ici, je t'attends de huit heures trente à dix-huit heures trente, tu seras payée au salaire minimum, mais tu bénéficieras de la prime de dimanche.

J'acquiesce vivement, car c'est une très belle offre, je me tourne vers lui pour le remercier.

— Pas de quoi, gamine, par contre tu as intérêt à bien bosser ! Sinon, je te vire à coups de pied dans le cul !

ronchonne-t-il, ce qui me fait sourire.

— Tu ne seras pas déçu, papy ! répliqué-je naturellement, sans m'expliquer pourquoi.

Le surnom que je lui donne contraste avec celui qu'il m'a attribué plus tôt et j'avoue que j'aime ça. Un sourire sincère naît sur son visage buriné.

— J'aime ton caractère, allez, je t'attendrai demain pour te présenter à Luis, au *Dark Ink*, rendez-vous à midi, et ne sois pas en retard, gamine !

— Jamais, contré-je, ce qui n'est pas faux pour le coup.

J'aime être ponctuelle ou, encore mieux, arriver en avance, et surtout, je déteste être à la bourre.

Il tend sa main devant moi et je la serre avec entrain avant de me barrer en le laissant derrière moi. Je remonte ma capuche, soulagée et pressée d'aller raconter tout ça à Cameron.

Je trottine à moitié, m'empressant de rentrer à la maison. Finalement, cette journée n'était pas si merdique que ça.

De bonne humeur, je me suis arrêtée dans un magasin pour faire quelques courses pour préparer un repas bien chaud à mon petit frère. Un chili con carne, ma grand-mère adorait nous préparer ce plat et je sais parfaitement le faire à force de la voir le préparer avec amour.

Je sais que Cam' adore ça, il sera content d'en manger. Je regarde l'horloge, il devrait déjà être arrivé, mais il doit probablement traîner un peu. Après tout, c'est un adolescent et il doit avoir ses potes. J'ai tout quitté, mais lui, sa vie est ici. Tout ce que je souhaite, c'est qu'il ne soit pas dans de mauvais plans. Je secoue la tête pour m'ôter cette idée de la tête, car après je vais être complètement parano.

Je me remets à mon plat, le fais mijoter et une délicieuse odeur d'épices flotte dans la maison. C'est bientôt prêt. Les heures passent, s'étirent et toujours aucune présence de mon frère. Mes doigts martèlent la table en bois du salon où j'ai mis les couverts dans l'espoir qu'il arrive.

Bordel, ça va être compliqué. Je le savais pertinemment, mais la réalité me frappe terriblement ce soir. Cameron m'évite, c'est certain. Je goûte à mon plat, résignée sur le fait qu'il rentrera tard et qu'il ne mangera pas avec moi.

Seule dans cette baraque d'enfance, je suis de nouveau assaillie par le poids de ma tristesse. Je termine donc rapidement mon assiette et m'attelle dans le canapé à côté de la cheminée pour me mettre à dessiner, le seul remède lorsque je me sens soucieuse.

Je laisse la mine de mon crayon esquisser mes émotions, mes préoccupations. Je ne vois pas les heures passées et j'ignore le moment où je sombre dans les bras de Morphée.

C'est en sursaut que je m'éveille, et j'ai sur moi une couverture qui ne devrait pas être là. Je me lève et monte à l'étage pour entrouvrir la porte de mon frère, qui ronfle.

Il est près de cinq heures du matin.

Bordel ! ça va être plus dur que je ne l'aurais pensé d'avoir de nouveau un rôle parental. Pourtant, j'ai presque fait ça toute ma vie d'avant, pourquoi c'est si compliqué maintenant ?

Chapitre 13. Kane

Je sens encore son goût sur mes lèvres.
Hypnotic – Zella Day

Mes dix-neuf ans.

Je sens encore son goût sur mes lèvres.

Qu'ai-je fait ? J'ai cédé à une pulsion, à ses sentiments que je ne comprends pas. Cet homme qui la touchait, son expression de plaisir lorsqu'il l'a fait jouir, cette innocence que je lui accordais qui s'est réduite en cendres.

Je ne parviens plus à voir l'enfant que je connaissais, je ne distingue désormais que la femme qu'elle devient, et cela m'effraie. Elle est si belle.

Puis, son visage apeuré, paniqué est apparu et je me suis précipité. Lorsque je me suis rendu compte de sa peur, mon corps a bougé instinctivement, fracassant en une fraction de seconde le visage de son bourreau. Un voile noir s'est immiscé dans mon esprit, et je ne voyais plus rien que ses prunelles grises emplies de frayeur. Plus rien n'importait que de détruire l'objet de cette émotion.

C'est elle qui m'a fait revenir, c'est toujours elle qui parvient à me rattraper lorsque je sombre dans ce puits sans fond.

Je m'éloigne d'elle avant d'aggraver la situation, il faut qu'elle comprenne que je ne pourrai jamais lui apporter ce qu'elle désire vraiment. Je suis sale, ainsi que toute ma famille. Elle ne doit pas m'approcher plus que notre relation actuelle le permet.

Une soirée de plus, similaire aux autres. Pleine de décadence, d'obscurité, mais depuis ce fameux soir, une seule lumière semble irradier. Elle n'est pas loin de moi, en train de jouer avec mes nerfs. Elle joue avec sensualité devant mes yeux, me fixant de ses prunelles presque blanches, ressortant dans l'ombre de la pièce. Sa langue vient caresser ses lèvres avec une délicatesse infinie, si bien que je commence à sentir mon sexe se tendre dans mon treillis. Bon sang, cette fille veut ma mort !

Je ne dois pas la voir comme ça, je me le refuse. Alors, je chope la première fille qui me frôle et plonge mon visage dans son cou parfumé d'une odeur que je n'aime pas. Que je ne désire pas.

Je croque avec douceur dans la chair tendre de son épiderme, histoire de l'aguicher, et ne peux résister à prendre connaissance de la réaction de ma voisine. Lorsque mes prunelles croisent les siennes, un orage règne en leur sein. Sa colère m'excite encore plus que son comportement de tout à l'heure.

Elle fait demi-tour avec rage et part vers l'extérieur. Le soulagement m'envahit, mais une part de culpabilité me ronge les boyaux. Je repousse la blonde qui s'était mise à geindre à mon contact. Elle manifeste son mécontentement, mais elle ne compte pas, elle n'est rien pour moi, une simple diversion dans ce combat que je ne voulais pas perdre face à la tornade qui a décidé de tenter mes démons.

Je salue de la main mes potes et décide de rentrer chez moi, on m'attend au garage tôt demain matin. Je ne risque pas d'assumer grand-chose si je me pieute à l'aube.

Lorsque je sors, je me dirige vers la route qui me ramènera dans mon quartier. Une sensation me stoppe, comme une brûlure irradiant dans mon dos. Il brûle de son regard, je le sais d'avance. Je la sens s'approcher de moi avec une innocence que je lui connais par cœur.

Elle se place à côté de moi et me regarde avec cette expression sublime qui m'a toujours plu. Je sais déjà ce qui va sortir de ses lèvres avant qu'elle ne le laisse s'échapper.

— On rentre ensemble, Kane ? me demande-t-elle de sa voix rauque délicieuse.

Je laisse un silence planer entre nous quelques secondes avant de hocher la tête en signe d'assentiment. On avance dans le calme, le mutisme de la nuit de notre ville. À cette heure-ci, les monstres de la lune ne sortent pas encore. C'est le calme avant la tempête.

J'aime l'avoir à mes côtés depuis mon enfance, elle calme mon cœur qui semble toujours en colère, qu'importe la journée. Elle agit comme un pansement qui ferme un peu la blessure de mon âme, alors je savoure ce moment de plénitude qu'elle m'offre. Trop vite, on arrive chez elle, et donc bientôt chez moi. Elle me quitte en me faisant un signe de la main, d'une innocence qui me brise. Dans son sourire qu'elle mime, je perçois une tristesse que je ne veux pas voir, mais que je suis obligé de lui faire vivre.

Le lendemain, je suis sous une voiture lorsque j'entends des éclats de rire que je reconnais très bien. Je me glisse pour confirmer que je ne suis pas en train d'halluciner. Joe et Ella sont bien là, gloussant devant les blagues de l'apprenti de Davy. Il est un peu plus vieux que moi, il n'a pas honte de draguer des gamines ? Si notre patron le surprend à faire du gringue à sa nièce, il va se prendre une torgnole. Mais plus je les observe, plus je m'aperçois qu'Ella n'est pas sa cible dans la conversation. Et ma mâchoire se serre soudainement, avant de replonger sous la carrosserie de mon véhicule.

Il se passe plusieurs minutes avant que je ne voie une paire de Dr. Martens que je connais parfaitement. Elles sont usées, mais ce genre de chaussures, c'est du solide. C'est pour ça que je les lui ai offertes pour ses quatorze ans. Elles étaient trop grandes, mais je ne l'ai jamais vue aussi contente.

Aujourd'hui est un jour spécial pour elle, c'est le jour de sa naissance, et moi, je remercie le ciel de l'avoir mise sur ma route, car sans elle, je ne sais pas ce que serait devenue ma vie.

Je feins de ne pas l'avoir vue, fais semblant de pas savoir qu'aujourd'hui, elle a dix-sept ans. Sa botte heurte avec force mon bras qui dépasse près du pneu, me fait grogner de douleur et me force à sortir de ma cachette. Elle est là de toute sa hauteur, les poings sur les hanches, dans ses yeux, je sais d'avance ce qu'elle attend. Mais je veux lui faire croire que j'ai oublié, pour la surprendre ce soir en allant chez elle avec un cadeau que j'ai trouvé dans un dépôt et que j'ai préparé pour elle.

Alors, je ne réponds rien, ne lui offrant que l'esquisse d'un sourire en guise de salutation avant de replonger.

— Enfoiré ! crache-t-elle en me foutant de nouveau un coup de savate dans le coude avant de se barrer retrouver sa pote.

Sous la bagnole, son mauvais caractère me fait rire discrètement. Elle a toujours réagi comme ça lorsque je lui faisais croire que j'avais oublié son anniversaire. Elle devrait savoir maintenant que c'est une chose qui n'arrivera pas, jamais.

Chapitre 14. Jordane

Mon rayon de soleil.
Children of the sky – Imagine Dragons

Mes dix-sept ans.

Il ne m'a pas dit « *bon anniversaire, Joe* ». Ça paraît con, mais j'attends ses mots chaque année, je les attends avec une impatience folle. Il a été le premier à me le souhaiter, un des seuls à y penser chaque treize novembre. Mais là, il n'a esquissé qu'un sourire presque forcé. Je m'en fiche, je ne lui souhaiterai pas le sien, qui a lieu dans un mois.

A-t-il vraiment oublié ? Ou fait-il semblant simplement pour me faire chier ?

Je n'arrive pas à le déterminer, car ces derniers mois, plus rien n'est pareil. Tout change entre nous, enfin, j'ai surtout l'impression que tout se modifie dans mon cœur. Lui, il semble rester insensible à tout ce qui me bouleverse, et ça m'agace tellement. Ella me prend la main, me sortant de mes pensées. Il n'est que quatorze heures et elle a bien l'intention de me faire profiter de ma journée d'anniversaire. Ce soir, elle m'a préparé une soirée apparemment avec plein d'amis, mais ce n'est pas forcément les miens, car je reste quelqu'un d'assez sauvage. Mais faire la fête avec elle, me lâcher, me fera le plus grand bien. Une part de moi espère que Kane sera de la partie, qu'il sera là.

Je suis de près mon amie qui me tire vers chez elle dans la rue, sa maison n'est pas très loin du garage de son oncle.

Aujourd'hui, on sèche les cours. Pas de contrainte, juste une liberté que l'on s'accorde, ou plutôt qu'elle m'impose pour fêter le jour de ma naissance.

Ma naissance… Elle n'a pourtant jamais été synonyme de joie, et encore moins de liberté. Ça a toujours été un reproche, une forme de fléau qui a fait plonger ma mère dans une spirale destructrice. Sans moi, elle vivrait soi-disant le bonheur avec l'amour de sa vie, elle n'aurait pas été rejetée et livrée à elle-même, contrainte de faire tout un tas de choses dégradantes pour survivre.

Survivre.

Ce mot me donne la nausée. Car elle n'a jamais vraiment rien fait pour nous, c'est *Abuela* qui m'a permis de vivre, et c'est moi, lorsque j'en ai eu l'âge, qui me suis occupée de Cameron.

On se stoppe soudainement devant la porte de la maison d'Ella. Deux mains se positionnent sur mes joues, et je croise le regard vert et sévère de mon amie.

— Retire-moi cette négativité que je sens émaner de toi ! me dit-elle en me sermonnant.

Je souris, car elle est une des rares personnes à me lire ainsi, à deviner mes pensées, mes états d'âme. Et je dois avouer que j'aime ça. J'aime cette fille, elle est essentielle à ma vie. Mon rayon de soleil.

On arrive vite chez elle, une chaleur nous accueille, ce qui me surprend toujours. Tout oppose nos lieux de vie. Les parents d'Ella ne sont pas riches, mais cette maison aux murs un peu décrépits me réchauffe le cœur instantanément.

La maman d'Ella nous embrasse le front et ça met un peu de baume sur mon cœur. C'est donc ça une vraie mère ? Quelqu'un de tendre, qui caresse sans même te toucher, qui t'enveloppe en un seul regard de sa douceur. Un peu gênée, je m'éloigne d'elle, car je n'ai pas l'habitude, et ce, malgré le fait que nous nous connaissons depuis maintenant quatre ans. Au début, j'esquivais, je la repoussais. Seule *Abuela* avait ma confiance pour m'enlacer, m'octroyer des gestes tendres.

La vie m'a appris que les adultes étaient pour la plupart fourbes et indignes de confiance.

Nous montons, Ella et moi, dans sa chambre. J'ai toujours été fascinée par sa décoration, elle est rose, mais pas un rose Barbie flashy, plutôt un rose pastel doux. Son lit est joli, confortable, avec une couette toute moelleuse et j'aime me blottir dedans lorsque je dors chez mon amie.

Des posters ornent les murs, des champs de fleurs. Un jour, j'ai demandé à Ella pourquoi elle avait ça sur son mur, elle m'a expliqué que son plus grand rêve était de devenir fleuriste. Qu'elle compte aller dans une école où on apprend la botanique, la composition florale et le langage des fleurs. Ça m'avait fait sourire, car ça lui allait si bien. Elle m'avait demandé en retour ce que moi j'aimerais faire et, pour la première fois de ma vie, je lui avais dévoilé mon carnet de croquis que je cachais toujours dans mon sac de cours. J'ai vu, à ce moment-là, ses yeux s'illuminer, tout en me complimentant sur mon soi-disant talent. Pour moi, ce n'était que des coups de crayon, rien de plus.

Mais ce rêve reste inaccessible, je le sais parfaitement. Je sens les griffes de mon destin se refermer sur moi peu à peu, à mesure que je grandis.

Assises toutes les deux dans son lit, elle connecte son téléphone à son enceinte et lance la playlist de ses chansons favorites sur Deezer. Lorsque les notes résonnent en fond dans la pièce, nous encadrant de son ambiance, elle prend mes mains et affiche un sourire qui cache une excitation que j'ai rarement vue sur son visage.

— J'ai une idée, Joe, j'aimerais me faire tatouer ! Et je voudrais que tu le dessines pour moi. Ça te dit de le faire avec moi ?

Je la fixe deux ou trois secondes sans rien dire, mon

Dieu, elle veut que je lui dessine un dessin qu'elle gravera dans sa peau pour toujours, mes joues se mettent à rougir intensément.

— Oula ! je ne pense pas avoir le niveau, Ella, tu devrais demander à un professionnel pour ça !

— Jamais ! J'en veux un de toi, ou je ne le ferai pas. J'aime tes dessins, car ils renferment des sentiments. Je veux que tu me dessines un tatouage, et je ne te donnerai rien comme instruction.

Je suis bouche bée par sa demande, mais devant son regard déterminé, je sais qu'elle ne renoncera pas et me prendra la tête jusqu'à ce que j'accepte. Je vais alors chercher, dans mon sac en bandoulière, mon carnet et m'installe confortablement sur le pieu de mon amie. Armée de mon crayon, je commence à réfléchir à ce que mon amie représente, ce qui émane d'elle, ce qu'elle aime, ce qui la passionne. Une fleur me vient immédiatement à l'esprit. Elle est un soleil pour moi, alors je pense qu'un tournesol pourrait convenir.

Je commence à esquisser les premiers traits que mon imagination me murmure. Ma meilleure amie ne dit rien, me regarde discrètement, car elle sait que je n'aime pas être observée pendant ces moments. Je me laisse emporter par la musique et les émotions que je ressens pour Ella. J'écoute mon cœur.

Elle tente de temps en temps de jeter un œil, mais je cache en souriant ce que je suis en train de créer. Je veux qu'elle le voie seulement une fois fini.

Quand je suis à peu près satisfaite, je tourne le carnet vers elle et des larmes montent dans ses yeux, sous l'émotion. Un tournesol est crayonné sur le papier, d'une manière détaillée et ornée de feuilles foncées. Au centre du cœur de la fleur, j'ai fait une sorte de mandala détaillé finement. Si j'avais eu mes crayons de couleur, j'aurais fait autour des sortes de taches d'un jaune orangé très chaleureux, comme elle.

Elle me saute dessus avec force et me serre dans ses bras. Lorsqu'elle s'éloigne de moi, elle essuie des larmes qui ont coulé sur ses joues. Je suis plus que ravie que ça lui plaise et ne peux retenir un sourire immense d'ourler mes lèvres. Elle ne prononce pas de merci, mais ses larmes valent toutes les politesses du monde.

Après s'être remise de ses émotions, elle me dit que c'est à mon tour de m'en dessiner un. Ce qui est tout de suite plus compliqué.

Pendant que je réfléchis devant la feuille blanche, mon amie s'adosse à côté de moi sur le mur derrière son lit, caressant avec douceur son futur tatouage.

— Tu sais ce que peut signifier un tournesol en langage floral ? me demande-t-elle soudainement, sortant de son mutisme.

Je lui réponds que non, attendant l'histoire que je sais qu'elle va me raconter, comme chaque fois qu'elle me parle de fleurs.

— Le tournesol représente la loyauté. Il est généralement synonyme d'admiration et d'éloges, et les personnes qui offrent un bouquet de tournesols peuvent transmettre des encouragements.

J'attends patiemment la suite.

— Il y a d'ailleurs une légende sur cette fleur, veux-tu l'entendre ? me questionne-t-elle, comme si j'allais refuser.

Elle sait pertinemment que j'adore qu'elle me conte ses histoires. Alors, je hoche la tête avec impatience.

— Il y avait une jeune nymphe nommée Clizia, amoureuse du dieu du soleil qui l'observait du regard tous les jours. Apollon, flatté par tant d'attention, séduisit la jeune fille, mais l'abandonna alors en choisissant, même s'il n'en est pas sûr, sa sœur. La jeune femme était désespérée et avait pleuré pendant neuf jours, fixant continuellement le dieu du soleil alors qu'il voyageait dans son char de feu. Le corps de la nymphe a lentement changé, se transformant en une tige haute et mince, ses pieds sont devenus des racines et ses cheveux ont été teints en jaune doré. Clizia était devenue un tournesol, qui suivit toujours le soleil de la tête.

— C'est triste comme histoire.

— Un peu, je trouve, mais c'est une belle preuve d'amour de la part de Clizia, qui a toujours aimé le dieu du soleil, jusqu'à devenir une fleur qui le représente.

C'est vrai. Je lui souris et replonge sur ma page blanche.

— Pour toi, je suis quoi comme fleur ? osé-je lui demander.

Elle réfléchit quelques minutes avec concentration, tout en me regardant.

— Pour moi, tu serais un coquelicot. Tu renaîtras toujours de tes cendres, alors ne te laisse pas submerger par ce poids qui repose sur tes épaules.

Mes yeux s'humidifient, mais je sais qu'elle n'a pas fini, alors je la laisse continuer.

— Tu sais, le coquelicot pour les Grecs, dans l'antiquité, pouvait conférer l'immortalité à la personne qui l'avait. On raconte aussi que le coquelicot est lié au retour de Perséphone sur Terre et au retour du printemps. Le coquelicot allie la couleur de la vie par sa couleur rouge, la fragilité de Perséphone avec ses pétales et la marque noire d'Hadès à la naissance de son cœur.

J'aime infiniment ce qu'elle me dit, alors je pose un bisou sur sa joue et me mets à dessiner ce que cette légende m'inspire. Je griffonne ce qui sera mon tatouage et ce qui nous liera pour toujours toutes les deux.

Lorsque je finis et lui montre, elle me dit que c'est parfait. Maintenant, il ne nous reste plus qu'à économiser pour réaliser ce projet, ce qui prendra un peu de temps.

— Comment on va faire pour se payer ça ? lui demandé-je en admirant les fleurs, un peu sceptique.

— J'ai déjà réglé ça ! J'ai demandé à mon oncle de nous laisser travailler dans son garage, comme ça, moi je m'occuperai du secrétariat et toi tu l'aideras dans ses réparations. On sera payé pas grand-chose, mais on pourra économiser !

C'est une très bonne idée, il faudra que je le remercie quand je le reverrai. Sans que je m'en aperçoive, je me rends compte que le temps est passé à une rapidité folle. Je vais devoir aller chercher Cameron à l'école et l'amener directement chez grand-mère. Je ne veux pas qu'il reste avec maman ce soir, si je peux lui éviter ça, je le ferai le plus possible.

Je me lève du lit, enlace mon amie et pars en courant pour ne pas être en retard. Je prends les transports en commun pour aller le plus vite possible et lorsque j'arrive devant l'établissement dans lequel j'ai été moi aussi, une nostalgie me prend, mais elle s'efface vite lorsque mon petit frère m'aperçoit et court vers moi. Du haut de ses onze ans, il grandit trop vite. Il me saute dessus et j'ai du mal à le porter. Il me glisse à l'oreille un « bon anniversaire » discret et je le repose au sol. En le tenant par la main, je le guide vers notre refuge.

J'embrasse *Abuela*, qui me serre fort dans ses bras. Avant que je ne m'en aille, elle me tend un emballage cadeau qui me noue instantanément la gorge d'émotion.

— Il ne fallait pas, grand-mère, je n'ai besoin de rien…

— ¡*Cállate y* ábrelo*!*[6]

Je l'écoute en souriant et découvre une sublime robe d'un rouge envoûtant. Le plus beau que j'aie jamais vu. Je regarde ma grand-mère avec émotion.

— C'est la robe avec laquelle j'ai séduit ton grand-père, elle te portera chance un jour pour séduire l'homme de tes rêves !

Je suis tellement touchée qu'elle m'offre un si précieux souvenir que je la serre contre mon cœur pour ensuite sauter sur *Abuela* et l'étreindre fort en lui disant mille mercis.

Je l'embrasse sur la joue, ébouriffe les cheveux hirsutes de Cam' et me dépêche de rentrer à la maison pour me préparer pour la soirée. C'est la plus belle journée de ma vie, je pense, mon cœur est plein de joie, si bien que j'ai presque oublié le fait que Kane ne m'a pas souhaité mon anniversaire. Qu'il aille se faire foutre !

Je marche jusque chez moi le cœur léger, et lorsque je rentre, c'est le calme plat. J'aime cette tranquillité, cela veut dire que l'on ne va pas tout gâcher. Peut-être que je ne suis

6 Tais-toi donc et ouvre-moi ça.

pas destinée à me noyer dans cette merde, j'aime l'espoir qui naît dans mon âme.

Je prends une bonne douche, parfume mon corps. Je maquille mes grands yeux gris, assez étranges pour les autres, caresse mes lèvres d'un rouge discret, coiffe mes cheveux. Je décide de ne pas mettre la robe d'*Abuela*, préférant la garder pour un jour plus spécial encore. J'enfile donc une jolie robe noire assez simple, mais qui met mes formes en avant, et avec ça mes fidèles Dr. Martens que Kane m'a offertes il y a quelques années.

J'aime ce que je vois dans le miroir, je me trouve belle. Je sors de la salle de bains avec un sourire qui se fane instantanément lorsque je sens l'odeur pernicieuse d'un cigare que je hais. Je relève mon visage vers l'homme qui se trouve sur le canapé.

Mon cœur s'arrête car, dans son regard, je ne vois que du noir, une obscurité qui risque de m'atteindre, je le crains.

Chapitre 15. Jordane

Suis-je vraiment un coquelicot ?
Hurt – Johnny Cash

Mes dix-sept ans.

Le sourire qui ourle ses lèvres n'annonce rien de bon, il est plein de vices et de perversion. Mon corps se met à trembler lorsqu'il commence à s'approcher de moi après s'être levé avec lenteur du canapé.

Mon souffle s'accélère, mes yeux le quittent quelques secondes pour se porter sur ma mère, qui se trouve dans la cuisine et qui nous scrute, les bras croisés. Les supplications de mon regard semblent glisser sur elle comme une goutte de pluie. Imperméable à ce que j'essaie de lui dire, à ce que mon cœur lui hurle.

La grande main de Slash vient toucher mon visage avec une douceur qui me donne envie de vomir. Ma gorge se noue, mais cette fois, cela n'a rien à voir avec les émotions positives que j'ai pu ressentir dans la journée.

— Bon anniversaire, ma beauté. Dix-sept ans, c'est l'âge

où une fleur s'épanouit et commence à sentir divinement bon.

Mon souffle se coupe. Il se met à humer ma peau, et j'en frissonne de dégoût. Je tente de m'éloigner de lui pour me sauver, car je sais ce qui va se produire, ce que je redoute depuis des mois et des semaines. Il m'attrape par la gorge et plaque mon corps contre le mur qui s'effrite sur le sol. La douleur du choc me désarçonne, mais je continue à lutter. Son autre main, tatouée d'une tête de mort, descend le long de mon décolleté, venant toucher mon sein droit, et je refuse de ne pas me battre. Je ne le laisserai pas me dévorer sans me battre, ses griffes se referment peut-être sur moi, mais pas sans que je lui brise certaines phalanges.

Mon poing heurte sa joue avec toute la force que je peux, le faisant me relâcher et me permettant de me barrer le plus vite possible. Ma fuite me mène vers ma mère, désespérément. Je ne sais pas pourquoi je fais ça, mais une part de moi veut la supplier de m'aider, de me sauver. Dans mes yeux implorants, je lui demande de me protéger, au moins une fois dans sa vie.

— Maman, pitié… ne le laisse pas me faire ça, sanglotais-je sans pouvoir maîtriser mes émotions.

Ses yeux marron me fixent sans la moindre émotion, et lorsque l'on me tire avec force par les cheveux pour me balancer sur le sol, je sais qu'elle n'en a rien à foutre.

Un coup de pied heurte mon ventre violemment, me faisant me plier en deux, suivi d'un autre et encore un autre. Je souffre, ma respiration se coupe sous cette déferlante de douleur.

Je suis sonnée, presque incapable de me défendre, lorsque j'entends le bruit métallique de sa ceinture qui se défait et le son de la fermeture de son pantalon qui descend. La panique me saisit encore plus, ainsi que le désespoir. Ce que je redoute le plus se produit. Il monte sur moi et je tente de lutter.

Je me mets à hurler avec toute ma force et un coup de poing s'abat sur le côté de mon visage, suivi d'un second, me sonnant encore plus.

Des larmes dévalent mes joues, la douleur irradie de partout, mon corps, mon cœur, mon âme et, bizarrement, je repense aux bons moments de la journée, aux fleurs, à la renaissance, à mon soleil, à ma grand-mère et à Kane.

Suis-je vraiment un coquelicot ?

Il remonte la robe que j'étais si fière de porter, la déchire par endroits. J'entends son ricanement lorsqu'il écarte mes jambes et me pénètre de ses doigts avec brutalité. Je geins de douleur, tente encore une fois de m'éloigner de lui, d'échapper à ses serres qui me maltraitent. Mais, avant que je ne puisse faire quoi que ce soit, il me pénètre avec force. La douleur est telle que ma tête bascule en arrière et qu'un hurlement silencieux sort d'entre mes lèvres.

Je n'entends plus rien, hormis ses grognements au-dessus de moi, alors que je me délite sous lui. Il prend du plaisir en me brisant à chaque coup de hanche. Je ne peux m'empêcher de tenter d'imaginer une autre personne à sa place, Kane. *Kane.*

Il relève ma jambe pour avoir un meilleur accès, et je ne suis plus qu'une poupée de chiffon.

Pitié ! J'aimerais que tu viennes maintenant, que tu exprimes ma colère par la force de tes poings, alors que moi, je suis impuissante.

Pitié…

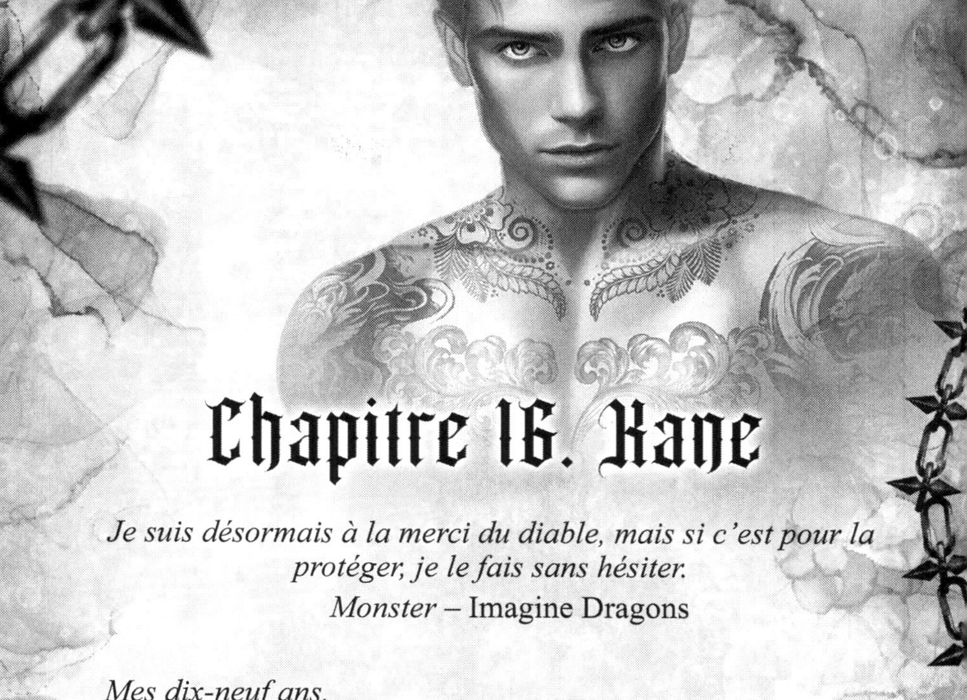

Chapitre 16. Kane

Je suis désormais à la merci du diable, mais si c'est pour la protéger, je le fais sans hésiter.
Monster – Imagine Dragons

Mes dix-neuf ans.

Quelle merde ! Quelle idée à la con, je suis obligé de trimballer le véhicule sur je ne sais pas combien de kilomètres pour lui apporter. Mais quelle connerie ! J'essuie mon front qui s'humidifie par l'effort. J'espère vraiment que son cadeau lui plaira, je suis dessus depuis des mois.

Elle m'a toujours dit qu'elle kifferait avoir son propre moyen de transport et lorsque j'ai vu cette Vespa à la casse, je me suis dit que ça pourrait lui plaire. J'ai galéré, mais je suis parvenu à la réparer.

Je l'ai peinte en bleu nuit, car c'est une couleur qui nous représente et qui va parfaitement avec le rouge. Je ne suis plus qu'à quelques mètres de chez elle. Je pense qu'elle n'est pas encore partie à la fête, devant probablement se préparer.

Un hurlement retentit dans le silence de la nuit. Et mon

cœur se stoppe. Je le sais, c'est elle. Je lâche tout et fonce vers sa baraque. Lorsque j'arrive devant la porte fermée, j'ai peur de ce qui se trouve derrière. Mon cœur, après s'être arrêté, ne fait qu'accélérer. Je tente de l'ouvrir, mais c'est fermé à clé. Je lance alors de grands coups de pied dans le battant pour tenter de l'ouvrir, ce qui ne dure pas longtemps.

En entrant, je tombe devant cet homme allongé sur Joe. Son visage sublime est inondé de sang et de larmes, suppliant. Plus rien ne compte que de détruire ce qui a provoqué sa souffrance.

Je saute sur le gars et commence à me battre avec, il est plus petit que moi, mais plus musclé. Sauf que ma rage en l'instant dépasse tout.

Il l'a salie de sa noirceur. Alors que je me débats au sol avec lui, Joe se recroqueville comme un animal blessé et apeuré.

Et je déconnecte.

Mes poings s'abattent alors avec acharnement sur le visage qui se trouve à ma portée. Je frappe, frappe, frappe. Je ne cesse pas un instant, je veux qu'il crève, qu'il ne respire plus le même air qu'elle. Un cri retentit derrière moi. La mère de Joe essaie de me retenir, mais je la repousse.

Rien ne m'arrêtera. La seule qui en a le pouvoir se trouve dans le coin de la pièce, le visage en sang, et je sais qu'elle ne le fera pas. Ce soir, je suis ses poings, sa vengeance, qu'importe le prix que cela me coûtera.

Cet homme va crever pour ce qu'il a fait.

Plus un bruit ne retentit, hormis le son de mes phalanges écrasant les chairs sanguinolentes de ce que fut l'homme. Une main se pose sur mon épaule, et je sais que sa douceur représente Joe.

J'arrête mon mouvement, osant la regarder. Son visage n'est presque qu'un hématome, des larmes glissent sur ses joues.

— C'est fini, Kane. Il ne respire plus, arrête.

Les mots qu'elle prononce avec froideur calment mon

rythme cardiaque, font revenir ma raison. Je regarde mes mains, entièrement teintées de rouge carmin. Je me redresse rapidement, les glissant malgré leur saleté dans mes cheveux, d'un geste désespéré.

Bordel ! *qu'est-ce qu'on fait maintenant* ? La mère de Joe est dans un coin de la cuisine, en train de chialer comme une conne et moi, je viens de tuer un mec.

J'ai tué quelqu'un.

Je frotte mon visage en songeant à la seule personne qui pourrait me sortir de cette situation, mais lui téléphoner serait pactiser avec le diable. Je regarde Joe, qui tremble désormais. Je remarque sa robe déchirée. Mes yeux descendent sur ses cuisses où coule, entre ses jambes, du sang. L'information peine à monter dans ma tête, puis ma mâchoire se serre. Je n'ai pas le choix.

Je prends mon téléphone et retire ma veste pour la passer sur les épaules de ma voisine. De mon amie. Elle ne me remercie pas, reste mutique. Sa mère se lève, s'agite, alors que je compose le numéro tant redouté. Je la vois se préparer un sac avant de se barrer en courant dans la rue.

Elle se casse, comme ça. Comme si sa fille n'était pas là, n'existait pas. Décidément, nous avons tous deux des parents bien graves.

Je porte le portable à mon oreille et les sonneries semblent durer des heures avant qu'il ne décroche. Sa voix rauque, plus grave que la mienne, écorchée par les années, me répond et l'enfant en moi se dresse.

— Pourquoi me déranges-tu ? Tu ne sais pas que je déteste ça, Kane ? prononce-t-il avec froideur.

— J'ai besoin de vous.

Un éclat de rire résonne dans le combiné, il est aussi visqueux et sale que le sang que j'ai sur les mains.

— Tu sais très bien ce que ça implique, es-tu sûr de toi ?

— Oui. Rendez-vous au *9th place forrester.*

— Très bien.

Il raccroche sur ces mots, et moi je regarde le téléphone,

le serrant si fort que mes jointures en blanchissent. Je me ressaisis vite, car j'ai besoin d'Ella. Je l'appelle, lui explique la situation et lui demande de venir s'occuper de son amie. Je ne veux pas qu'elle soit là quand il arrivera.

Après avoir raccroché, je déplace Joe vers le canapé et l'aide à s'asseoir. Elle ne réagit plus, en état de choc complet. Elle claque des dents, des larmes continuent à couler sur ses joues, comme un flot incessant. Jamais je ne l'ai vue aussi démunie, aussi fragile.

Dix minutes plus tard, Ella arrive en courant, entrant dans la zone de crime. Elle jette un regard choqué, mais dédaigneux, au morceau de chair morte sur le parquet, pour ensuite s'approcher de son amie avec précaution. Elle ne veut pas la brusquer, mais il faut qu'elles partent toutes les deux.

— Emmène-la chez sa grand-mère, Ella, vite !

Elle me regarde comme si j'étais devenu fou.

— Elle n'est pas en état de partir, Kane !

— Je te dis de la bouger de là ! Vous devez partir ! m'énervé-je pour la faire réagir plus rapidement.

— T'es malade ! Je te dis qu'elle ne peut pas se déplacer, bordel !

Elle se lève et me confronte, son regard devient noir, si bien qu'elle me force à la supplier.

— S'il te plaît, Ella, c'est pour son bien… Il faut qu'elle parte.

Son amie m'observe droit dans les yeux pendant quelques secondes et je lui montre toute la sincérité de mes propos. Elle finit par acquiescer, puis aide Jordane à se lever pour partir de la baraque. Alors que je les vois s'éloigner dans la rue, des bruits de bagnole et de motos retentissent dans la ruelle.

Le soulagement me saisit, il ne la verra pas. Une limousine se gare devant le taudis, et une chaussure cirée suivie d'un homme habillé d'un costard sort du véhicule.

Sa carrure est puissante, une aura de danger se dégage de son être, cela a toujours été le cas. Je l'ai toujours autant admiré que redouté. Il replace sa cravate et s'avance avec classe jusqu'à moi.

— Alors, fils, que me vaut ce déplacement ?

Sa phrase est d'un calme olympien, pourtant je sais tout l'agacement que ce changement d'emploi du temps provoque. Je sais que si je ne réponds pas vite, ce sentiment deviendra rapidement de la colère, mais les mots restent bloqués dans ma gorge, sur ma langue.

Devant mon mutisme, il s'approche encore plus près de moi et sans que je le voie venir, son poing s'abat sur moi avec force, comme pour me réveiller.

La douleur éveille les réminiscences de mon enfance, le rejet, les coups, la honte…

Le bâtard du bras droit du Pakhan.

Voilà ce que je suis, ce que j'ai toujours été et ce que je serai toujours.

— J'ai tué un homme, parvins-je à articuler malgré ma mâchoire endolorie.

Mes mots sont comme des lames dans ma gorge, éraflant ma langue.

— Pardon ? articule-t-il, surpris, presque heureux.

Je lui fais signe d'entrer, ce qu'il fait en me passant devant. Il observe le cadavre sans aucune émotion, comme si cela n'était rien.

— C'est toi qui as fait ça ? redemande-t-il comme s'il n'y croyait pas.

Cela ne m'étonne pas vraiment, je n'ai jamais fait de vague, jamais fait assez de bruit pour que cela vienne aux oreilles de mon paternel. J'ai tué ma violence, car s'il en avait eu conscience, il s'en serait servi, comme il le fera désormais.

— Finalement, tu me seras peut-être un peu utile, murmure-t-il, un sourire aux lèvres.

Il claque dans ses mains et deux hommes arrivent pour porter le cadavre hors de la baraque.

— Cet homme et son gang avaient une alliance avec moi,

son président ne sera pas ravi d'apprendre la mort d'un de ses sbires. Cela va te coûter cher.

Je hoche la tête, n'ayant rien à dire de plus. Il pousse un éclat de verre qui se trouve par terre de la pointe de sa chaussure cirée et opère un demi-tour sans me regarder.

Dans mon dos, ses mots retentissent comme un couperet.

— Je te contacterai, tâche de répondre.

Je suis désormais à la merci du diable, mais si c'est pour la protéger, je le fais sans hésiter.

Chapitre 17. Jordane

Lui aussi, il a le goût de l'alcool et de la débauche.
Unstoppable – Sia

Mes dix-sept ans.

Voilà maintenant trois semaines que ma vie a basculé dans les ténèbres, et j'ai l'impression que jamais je ne pourrai effacer cette sensation de souillure. Des griffures ornent ma peau tant je la frotte pour retirer son odeur, mais elle est comme incrustée en moi.

Je ne dors plus, car il vient me caresser dans mes rêves. Je sens ses doigts s'ancrer dans mon épiderme, glaçant chacune de mes terminaisons nerveuses. Ça me brise le cœur sans arrêt, nuit après nuit, et je refuse de lui laisser cet accès à ma personne encore une fois. De le laisser posséder le reste de ma raison, de mon âme, en plus de ce qu'il m'a déjà pris. Alors, je veille, je dessine, refusant de fermer les yeux. Sa mort me console, me rassure, mais son visage tuméfié me hante encore. Lorsque je me regarde dans la glace, les bribes de ses coups lui permettent de ressusciter à travers mon reflet.

Et je me déteste encore plus dans ces moments-là.

Une part de moi aurait souhaité que cette histoire n'ait pas été enterrée si vite. Je ne sais pas ce qu'est devenu son corps, ce qu'il s'est réellement passé le restant de la nuit. Kane n'a jamais voulu me l'expliquer, il m'a simplement dit de ne pas m'inquiéter.

Je regarde mes mains tachées de noir, j'utilise un fusain à la place d'un crayon de papier. Elles ressembleraient presque aux mains de Kane, teintées de sang. Avec ce médium, je peux enfin foncer mon cœur, noircir mes sentiments sur le papier. Lui seul parvient à représenter l'obscurité qui réside en moi. Mes esquisses sont lugubres, presque nocives, et en elles se déversent ma colère, ma rage.

Je n'arrive pas à oublier, ne parviens pas à gommer chaque sensation. Je me lève d'un coup, sors de ma chambre et croise ma grand-mère sur le canapé. Elle a emménagé chez nous après le départ de ma mère, sa propre fille. Cette femme nous a lâchement abandonnés au meurtre de ce connard. Elle tente d'apaiser mon âme, mais je ne fais que la repousser, je ne parviens même pas à la regarder en face. *Je me sens si sale…* Elle sait parfaitement ce qui s'est passé, mais ne l'a jamais entendu de ma bouche, de mon cœur.

Je n'y arrive pas, ce serait comme lui cracher du venin et l'empoisonner un peu plus avec mes histoires. Et je refuse de la blesser, elle m'est si chère. Alors, je reste mutique et sors le soir pour m'oublier, toujours un peu plus.

Ce soir, je sais qu'il y a une fête chez Barry, alors je sors de la baraque pour fuir ce regard de pitié qu'elle me porte, que tout le monde me porte. J'envoie un message à Ella en chemin pour savoir si elle veut me rejoindre, et elle ne tarde pas à me répondre positivement.

Lorsque j'entre, la musique rock bat son plein. Les basses résonnent dans ma cage thoracique, un peu comme si mon cœur battait plus fortement. Quelqu'un me touche l'épaule, et mon instinct de survie me pousse à fuir. Je ressemble à une chose fragile, là, maintenant, et je me hais pour ça. La peur, la rage et la souffrance que cette sensation me provoque me poussent à m'éloigner de l'homme qui tentait de me parler. Je ne veux pas l'écouter, je ne suis là que pour une chose et elle se trouve dans le centre de la pièce qui a été improvisée en salle de shoot.

Ici, généralement, on peut se servir gratos si on reste raisonnable, et moi, je n'ai besoin que d'un peu d'évasion. Partir ailleurs, loin de ma vie, ne serait-ce que quelques minutes, quelques heures. Je m'assois à côté d'un gars défoncé lui aussi. Je frotte mon épaule contre la sienne, ce qui clairement me révulse, mais je fais un effort pour obtenir ce que je désire.

— Tu veux t'éclater, poupée ? me demande-t-il avec un sourire niais, signe que les nuages ne sont pas loin dans son cerveau.

Je hoche la tête et il me tend un garrot, une seringue encore emballée et le produit miracle. Il me prépare le tout et me le tend. En voyant que j'hésite, il me regarde sérieusement quelques instants.

— C'est la première fois ? questionne-t-il alors.

— Ouais, donc je préférerais que tu le fasses.

Il acquiesce, me pousse dans l'assise du canapé pour que je sois à l'aise et commence à placer le garrot au-dessus du pli de mon coude.

Boum, boum, boum.

Mon cœur. Il bat à nouveau, et la peur se mélange à l'excitation.

Que vais-je percevoir ? Vais-je me sentir de nouveau vivante ?

De toute manière, rien ne peut être pire que dans la réalité, alors je préfère plonger dans un autre monde. Il pique dans une de mes veines et injecte le produit liquide. Presque instantanément, une sensation de chaleur m'envahit. Comme une vague brûlante qui carbonise mes nerfs avant d'être tout simplement agréable. Mes lèvres dessinent un sourire sans que je le souhaite, et je me mets à rire. *Depuis combien de temps n'ai-je pas rigolé ainsi ?* Le gars m'ôte le matériel et s'accorde à mes éclats. Je me lève en tanguant, lutte pour trouver mon équilibre, mais rapidement je me fais à cette nouvelle sensation. C'est si plaisant, si bon !

Je me sens si bien, car ses mains disparaissent, ainsi que la sensation de son sexe en train de me déchirer. Je ne ressens plus qu'une joie monter.

Alors je danse, *danse, danse.*

Les verres s'enchaînent, les heures avancent et je m'enfonce dans ce labyrinthe des vices. Des gens me collent, mais je les repousse, des mains me caressent, mais je les rejette. Un seul visage me vient en tête et il a les yeux couleur lagon. J'ouvre les miens, et comme si je l'avais senti, Kane est là. Près de moi.

Mes mains se portent à son visage qui porte encore, comme le mien, les séquelles de son altercation. Afin de me protéger. Il a tué, pris une vie pour moi et, dans ma défonce, cela ne m'effraie pas, mais me fait vibrer.

Il m'a entendue, entendu l'appel de mon cœur.

Et comme si j'étais aimantée, je fonds sur ses lèvres et le mène plus à l'écart des regards. Il se laisse faire pour une fois, ne me combat pas. Lui aussi, il a le goût de l'alcool et de la débauche. Lui aussi souffre, d'une manière différente, je le sens. Nos bouches fusionnent, se dévorent avec une avidité que je n'ai jamais connue. C'est délicieux, sauvage, passionné.

Avec lui, je n'ai pas peur. Ses mains me touchent et, bien qu'elles aient pris une vie, elles ne me dégoûtent pas. Ses doigts me caressent, m'effleurent et j'en savoure chaque sensation au lieu de la vomir.

Il s'écarte de moi, et je me sens soudainement glacée.

— On ne peut pas faire ça, Joe… Tu, tu…

— Fais-moi oublier, Kane, je t'en supplie, efface sa trace par la tienne.

Il me regarde quelques instants, avant de m'embrasser à nouveau avec plus d'ardeur. Il porte mon bassin, et mes jambes s'enroulent autour de ses hanches, comme si nous étions faits pour nous emboîter. Très vite, j'atterris sur un lit et la porte se ferme, verrouillée.

Je me relève et lui fais face, la drogue encore présente dans mon sang m'arme d'un courage qui me fait défaut habituellement. J'ôte mon pull, baisse ma jupe en jean noire et reste devant lui, uniquement vêtue de mes sous-vêtements ainsi que mes Dr. Martens.

Ses yeux contemplent mon corps et je sais ce qu'il voit en premier lieu. Si lui porte les marques de son altercation, moi je garde aussi les vestiges de cette maltraitance. Des bleus de plusieurs teintes ornent mon corps, mon visage et, soudainement, je me sens presque honteuse de les avoir oubliés.

Je les ai oubliés !

Cet homme me permet d'effacer ce qui m'empoisonne depuis une semaine. Je camoufle comme je peux les hématomes, mais il repousse mes mains et me pose sur le lit avec douceur. Lentement, on remonte sur la longueur du lit, ne nous lâchant pas du regard.

Kane baisse ensuite son visage et pose, avec la délicatesse d'une plume, ses lèvres sur mes maux. Cette douceur me bouleverse autant qu'elle m'excite, car avec lui c'est toujours comme ça, intense et douloureux. Il parcourt mon corps jusqu'à mon bas-ventre en prenant le temps d'enlever ma culotte avec soin. Il embrasse l'intérieur de mes cuisses, jusqu'à arriver à mon intimité.

Lorsqu'il se pose enfin sur mon clitoris, une déferlante de sensation surgit en moi, replaçant quelques secondes la souffrance, la remplaçant par du plaisir. Cela me rappelle mon premier orgasme, mais ce n'est rien comparé à ce que Kane me procure.

Tout mon corps est en feu, je serre mes cuisses, attrape ses cheveux pour l'inciter à faire plus, toujours plus, et c'est l'explosion. Je jouis en un cri rauque, et des particules de moi se délitent pour finalement se reconstruire. Il retire son tee-shirt, baisse son pantalon, prenant le temps d'enfiler un préservatif. Nous nous embrassons encore et encore, mais plus les choses se précipitent, plus les ténèbres m'envahissent. Je mords ma lèvre avec force jusqu'au sang pour ne pas me laisser happer. Mes yeux se ferment au moment où il croque mon cou avec passion et que son souffle caresse mon épiderme.

Ce n'est pas lui, ce n'est pas lui !

Kane se rend probablement compte de mon trouble, encadrant mon visage de ses mains.

— Regarde-moi, Joe, regarde-moi chaque seconde.

Puis je vois dans ses prunelles qu'il me demande l'autorisation. Il fait ce que ce connard n'a pas fait, il attend mon assentiment, que je lui offre, et avant de me pénétrer, il me murmure à l'oreille :

— Je vais t'aider à oublier, Joe. Je vais tellement aduler ton corps qu'il ne restera plus une seule trace de ce poison.

À la fin de sa phrase, il entre en moi et, malgré la douleur, je n'ai pas véritablement mal. Nos yeux fusionnent, cherchant l'un dans l'autre nos émotions. Il me laisse le temps de m'acclimater à cette sensation, et commence doucement à onduler des hanches. Peu à peu, la brûlure laisse place à une sensation plus plaisante, plus agréable.

Boum, boum, boum.

Ma respiration s'accélère en même temps que la sienne. Nos corps transpirent, se mêlent, fusionnent avec plus d'ardeur. Je sens monter en moi le plaisir, et mes gémissements lui donnent le feu vert pour y aller plus fort. Il redresse mon corps, me fait m'asseoir sur lui, me laissant le chevaucher, prendre le contrôle. Je n'hésite pas un instant et accélère mes va-et-vient sur son sexe, en quête de ma jouissance, que je sens arriver probablement en même temps que la sienne. Et c'est presque à l'unisson que nous explosons. Le soulagement m'envahit, je me serre contre son corps, ne souhaitant plus le lâcher.

Pour la première fois depuis une semaine, je laisse échapper mes larmes, telle la pluie un soir d'automne. Il me blottit contre lui, et nous restons ainsi un petit moment. C'est donc comme ça qu'est censée se passer une première fois.

Chapitre 18. Jordane

Deux mois, trois semaines et quatre jours.
Bad Liar – Imagine Dragons

Mes dix-sept ans.

Deux mois, trois semaines et quatre jours.

Peu à peu, je me répare. Enfin, je crois. En même temps, je continue à compter chaque jour qui me sépare de cet événement, ce qui veut dire que ce moment reste malgré mes efforts, imprimé en moi.

En revanche, je parviens de nouveau à rire, à m'amuser, et j'ai presque l'impression de vivre. *Abuela* s'occupe de Cameron, et je me perds dans ce que je pense être bon pour moi. Avec Kane, je savoure chaque instant que l'on échange, même si je ne sais pas vraiment ce qu'ils signifient. Finalement, nous avons bel et bien fêté ses vingt ans. Depuis que nous avons franchi cette limite entre nous, nous sommes à la fois proches, mais parfois encore plus distants. Comme si une barrière s'était hissée entre nous. Mais je ne veux pas y penser.

Peut-être que, pour le moment, je veux seulement savourer. Je ne me rends plus à l'école, ce que ma grand-mère ignore, heureusement, et je traîne avec de nouvelles personnes. Pas forcément les plus saines, mais j'ai parfois l'impression qu'elles seules me comprennent, ne serait-ce qu'un peu.

Ella me suit, explore à mes côtés les sombres aspects de ce monde. J'ai besoin de mon soleil, de sa chaleur, alors elle reste avec moi. Je lui ai demandé de ne pas m'imiter, mais elle m'a dit qu'elle voulait vivre, elle aussi. Qu'on était jeunes et qu'il fallait s'amuser, se faire sa propre expérience. Et, sur le coup, je ne pouvais qu'approuver, sauf que j'ai l'impression qu'elle s'enfonce un peu plus vite que moi.

Les jours défilent et, finalement, se ressemblent tous, comme un quotidien bien rodé qui rassure. On bosse au garage la journée, notre projet de tatouage étant encore d'actualité, encore plus maintenant, d'ailleurs. Nous sommes loin de la somme à récolter, mais nous savons être patientes. Ella est de plus en plus excitée et on a commencé à contacter des tatoueurs pour évaluer leurs talents.

Une routine s'installe, j'ai l'impression de stagner plutôt que d'avancer dans cette vie monotone. Aujourd'hui, nous avons rendez-vous à quatorze heures au garage pour taffer. Ella, comme à son habitude, s'occupe de la caisse, de l'accueil et moi je prends de plus en plus de plaisir à aider son oncle à bricoler. J'aime la mécanique. On apprend à réparer et cette sensation me soulage. C'est comme si je tentais de reconstruire, recoller ce qui reste cassé dans mon cœur. Mais, à la différence du moteur que je peux dépanner, mon palpitant semble refuser de se recoller. Inlassablement, j'essaie, mais je ne trouve pas les bonnes pièces pour le soulager de sa souffrance.

Lorsque j'explore la carcasse d'une bagnole, je maîtrise les choses. Les mains dans le cambouis, je me sens utile, et ça n'a pas de prix. Dans ces moments-là, je comprends Kane, on ne pense à rien et ça fait un bien fou. Notre esprit est focalisé sur notre tâche, on avance étape par étape.

On avance… Au moins, ici, j'avance.

Kane a essayé de m'en dissuader, de me faire retourner à l'école, mais je refuse. Je me sens mieux ici, cachée dans ce garage le jour. Occupant mes soirées et mes nuits dans les fêtes improvisées du quartier.

Dormir est toujours un fléau, je demeure hantée.

Les seuls instants où je me sens un tant soit peu comblée, c'est avec Kane et Ella. Même si ceux de mon voisin sont plus discrets ces derniers temps, je sens son regard sur moi, et cela panse mon cœur, nourrissant mon âme d'instants délicieux. Mais j'ai l'impression que mon amant s'éloigne, que quelque part, il m'échappe. Je ne le vois que rarement en ce moment et on se retrouve seulement pour explorer cette nouvelle facette de notre relation, beaucoup plus charnelle. Depuis l'agression, c'est comme s'il avait mis son cœur dans une boîte et qu'il l'avait fermée à double tour sans m'en donner la clé. Il honore mon corps, comble mes désirs, mais rien de plus, et cela apaise un peu mon cœur. Mais en dehors de la chambre, jamais il ne m'effleure la main, caresse mes cheveux. Pas de démonstration de tendresse en public, rien.

Et je me satisfais de ça, enfin, je m'en contente, car à ses côtés, j'oublie. En même temps, n'est-ce pas pour ça que nous avons commencé ? Pour qu'il parvienne à détruire les traces de cet enfoiré ? Aucune promesse n'a été faite, jamais nous ne nous sommes promis plus que ça.

Je ne voulais rien de plus qu'oublier, alors il œuvre à me donner autant de plaisir que j'ai subi de souffrance. Sauf que le temps passe, les sensations s'effacent, remplacées par une chaleur douce et agréable, mais mon cœur demeure creux, vide.

Voudrais-je plus ? Plus de lui, de nous maintenant ?

Il est mon premier amour, mais est toujours demeuré inaccessible, hors d'atteinte, et même s'il connaît mon corps par cœur, je le sens encore plus loin de moi. Ça fait mal, sûrement plus mal que ce que j'ai subi mais, après tout, peut-être que cela doit se passer ainsi entre nous. Tout ce que j'espère, c'est de ne pas être un jeu pour lui, une fille de plus dans ses bras. J'aime croire que je suis importante.

Je m'essuie les mains avec un chiffon pour en retirer la substance noire et malodorante du cambouis, lorsqu'il arrive de sa démarche féline. J'observe son faciès et je sais que quelque chose le perturbe, le préoccupe. Je le connais par cœur et, à cause de ses silences, j'ai appris chaque expression de son visage.

Sur ses mains puissantes, des blessures apparaissent sur ses phalanges. Elles sont de plus en plus abîmées et je me demande d'où ça vient. Quand je le questionne, il se renferme instantanément.

Chaque fois que je vois ses poings, je repense au moment où il les a fracassés sur le visage de mon agresseur, jusqu'à ce qu'il cesse de respirer. Il a tué pour moi, cela fait plusieurs semaines, mais ça ne cesse de tourner dans ma tête, mais sa violence, étrangement, au lieu de m'effrayer, me rassure.

Il passe à côté de moi sans me regarder, posant seulement sa main sur ma tête dans un geste fraternel qui lui ressemble tellement. Et chaque fois, je ne peux empêcher mon cœur d'accélérer. Ça a toujours été ainsi, et ce, malgré ces moments intimes que nous partageons. Une part de moi ne peut s'empêcher de penser qu'il agit par pitié pour l'être blessé que je suis.

Elle se croit sale, mais je suis le plus crasseux de nous deux.
Crush – Nuit Incolore

<u>Mes vingt ans.</u>

Son corps ondule sur le mien, un vice dont nous ne pouvons plus nous passer. Je suis devenu accro à son odeur, à l’expression de son visage lorsqu’elle jouit. Chaque instant que nous passons ensemble je le savoure, car je sais qu’il peut se terminer du jour au lendemain. Mon père commence à la regarder de trop près, et s’il trouve en elle ma faiblesse, je ne pourrai pas le supporter.

Voilà un an que je suis enchaîné à lui pour la préserver du mieux que je peux, mais je suis obligé de maintenir cette distance qu’elle a de plus en plus de mal à endurer. Je sens sa souffrance lorsque je ne reste pas avec elle entre les draps de son lit, ressens sa déception lorsque je ne pose qu’un baiser sur son front pour la saluer.

Il n’y a que dans nos ébats que je peux l’aduler, où je peux chérir chaque parcelle de son corps. Son cœur m’est interdit, elle doit le comprendre, j'en suis indigne. Elle se croit sale, mais je suis le plus crasseux de nous deux.

Mon âme pourrit peu à peu à mesure des mois.

Je sens encore le sang qui a coulé hier soir, j'entends dans mon sommeil les râles de douleur de ma victime de la veille. Les yeux pleins de larmes de ses enfants, sa femme qui me suppliait.

Il doit payer, on doit toujours payer ses dettes, Kane.

Mes poings fracassaient son visage avec mécanisme, comme un robot exécutant sa tâche. Je tente de les remplacer par les gémissements de plaisir de la déesse qui va et vient sur mon sexe, mais c'est de plus en plus dur.

Je la sens se resserrer autour de moi, son orgasme n'est pas loin, et j'aime observer son expression chaque fois. Elle est magnifique, et le pire dans tout ça, c'est qu'elle n'en a aucune foutue idée. Ses cheveux dévalent sur sa poitrine nue, brillante de sueur. Et j'ai envie de la dévorer une nouvelle fois, inlassablement. Je refuse de la laisser espérer que nous puissions être plus que deux corps qui se savourent.

L'espoir est le pire des poisons, surtout dans notre monde. Mais je n'ai jamais autant désiré être auprès de quelqu'un qu'en cet instant. Elle est devenue comme une drogue supplémentaire dans ma descente en enfer.

Elle aussi semble ne plus pouvoir se passer de ces moments charnels, mais je sais qu'elle n'a plus jamais été la même depuis ce putain de soir et, rien que d'y repenser, mes mâchoires se serrent avec force.

Elle jouit sous mon regard et je mémorise chaque trait de son visage, car ce sera peut-être la dernière fois. Tout à l'heure, j'ai rendez-vous avec mon paternel, qui va probablement me punir pour ne pas avoir tué ma dernière proie. Ma gorge se noue, alors que moi aussi je me mets à exploser.

Joe relève son bassin, et s'assoit alors que je retire la capote de ma queue. Un silence s'abat entre nous, tout juste rompu par nos souffles rapides. Je voudrais parler, lui dire ce que j'enferme en moi. Mon cœur crie des choses qui ne franchissent pas la barrière de mes lèvres. Je ne parviens pas à lui expliquer son importance, mon addiction à son être tout entier.

Elle se relève et se dirige vers la salle de bains.

— Je suppose que tu ne seras plus là lorsque je sortirai, donc à plus tard, Kane, me dit-elle avec une émotion que je me déteste de lui provoquer.

Je hoche la tête et elle se barre rapidement dans la douche. *Je ne peux pas, Joe, je suis désolé. Je n'y arrive pas, je t'aime trop pour ça.*

J'entends l'eau couler, je commence alors à me rhabiller. Une fois fait, je sors de la pièce, de cette baraque décrépite enfermant le vice de bon nombre de personnes, et file en direction du repaire de mon père. Je croise le regard d'Ella, qui me juge, alors qu'elle semble attendre Joe à l'extérieur de chez elle, et je déteste ça.

Une boule dans mon ventre se forme à mesure que j'avance dans la rue, que les kilomètres qui me séparent de l'endroit se réduisent, lorsque j'entre en passant devant les gorilles qui surveillent l'entrée du club, le *Red Neon.* C'est un lieu où la perversion est autorisée et même rémunérée. Ici, des femmes ondulent sur des barres de pole dance, des salles privées sont réservées à des danses plus sensuelles, plus intimes.

Je jette un coup d'œil au public, qui salive aux pieds des femmes à moitié nues qui se déhanchent devant eux, avant de m'en détourner. Je me détache de ces porcs pour toquer à la porte de mon père, qui m'attend probablement avec impatience. Je suis en retard, encore une fois.

Lorsque sa voix résonne derrière le battant, je sens que son humeur n'est pas au beau fixe. J'entre et m'apprête à un nouveau combat contre lui, sans vraiment savoir si je vais l'emporter cette fois-ci. Je ne dis rien alors que la porte se referme derrière moi, guidé par deux hommes de main de mon paternel.

Andrea Vienovich. Il signe de la paperasse, comme si je n'étais pas dans la pièce. Son calme apparent agite tous mes sens et lorsqu'il relève ses yeux si similaires aux miens, un frisson parcourt ma peau. Il est furieux, d'une colère glaciale.

— Kane, lorsque je t'ordonne de tuer quelqu'un, je pense être clair, non ?

Je ne réponds rien, car il n'y a rien de plus à dire.

— Rassure-toi, j'ai réparé ta faiblesse, mais je commence à me demander ce que je vais devoir faire pour que tu t'endurcisses.

Ma respiration s'accélère. J'ai refusé de tuer le gars, car ses enfants étaient là, à côté, cachés dans la cuisine, tremblants de peur.

— Ton humanité me pose problème. Je vais peut-être devoir l'éradiquer… C'est cette fille latino qui produit en toi une trop grande affection ?

Mon cœur s'arrête, ma poitrine se comprime. Il parle de Joe, et ma mâchoire se serre si fort que j'ai du mal à répondre au monologue de mon père.

— Non. Elle n'est rien de plus qu'un plan cul.

Il se tait pour m'observer, pour décortiquer mes réactions. Heureusement que j'ai appris depuis petit à les faire taire.

— Tu vas arrêter ça avec elle, dès ce soir.

— Pourquoi ? ne puis-je m'empêcher de répliquer.

— Car sinon elle viendra rejoindre mon club par la force, son corps est digne de fouler les pistes de danse et plus encore, n'est-ce pas ?

Une remontée de bile brûle ma langue et, pour toute réponse, je hoche la tête pour acquiescer à l'ordre, la menace glissée entre ses mots. Je vais devoir m'éloigner de Jordane, car le danger est désormais imminent. Et quand je pense à la souffrance que je vais devoir lui infliger, j'ai envie de gerber. Hélas, je sais exactement quoi faire pour la repousser, et ça parce que je la connais par cœur.

Mon père jette à mes pieds un sachet de cocaïne et de l'héroïne que je vais devoir vendre sous peu.

— Prends ça en partant, et je veux le fric dans trois jours, écoule-moi ce stock !

Je me saisis des paquets et me détourne de cet homme qui est censé être mon père.

— Ah, et tu as un combat de prévu demain soir, tâche d'être en forme. J'ai parié une forte somme sur ta victoire.

Je ne réponds rien et continue à tracer vers l'extérieur, je dois sortir d'ici, car j'ai l'impression d'étouffer. Il me faut de l'air. Une fois sorti, je prends une grande inspiration, comme si je retenais mon souffle depuis trop longtemps. Je regarde les paquets empoisonnés qui corrompent notre monde, mais aussi le mien.

Joe, Ella, Billy et toute sa bande, c'est moi qui fournis ce qui brûle leurs terminaisons nerveuses et les plonge dans des états seconds.

Je n'en suis pas fier, mais c'est ainsi que l'on fonctionne. On oublie grâce à ces produits aussi miraculeux que nocifs. Mais qu'est-ce qu'un risque lorsque l'on peut enfin savourer la vie merdique que l'on subit ? *Ce n'est rien.*

Je vois la poudre blanche que j'aime particulièrement, je l'imagine étalée sur une table et pénétrer mon corps pour me donner l'énergie qui me manque sans cesse. Ma langue caresse mes lèvres avec envie, mes yeux se fixent sur cette substance hypnotisante, mais très vite je me secoue pour me ressaisir.

Patience, *bientôt*.

Dans peu de temps, j'en aurai besoin plus que quiconque après ce que je m'apprête à faire ce soir.

Mon cœur le refuse, mais je dois écouter ma raison.

Chapitre 20. Kane

Tue, et je m'exécutais. Combats, et je me battais.
Enemy - Imagine Dragons

De nos jours.

Ce soir, je combats contre un gros gibier et je reste d'une tranquillité sans faille. Kaos masse mes épaules, mon dos, comme pour me détendre, mais il sait parfaitement que dans ces moments, je ne ressens plus rien. Il ignore la cause de cette déconnexion émotionnelle qui me saisit, moi seul en connais la raison. Elle ne se résume qu'en un seul nom : *Andrea Vienovich.*

Dans notre club, je suis le plus discret. Feignant sans cesse une sérénité qui est fausse à cent pour cent. Je suis un volcan que je maîtrise à la perfection et qui est censé exploser lorsque je combats, mais ce connard m'a formaté de manière à ne ressentir aucune pitié, aucun ressentiment. Rien.

Tue, et je m'exécutais. *Combats,* et je me battais.

Il ordonnait et, telle une marionnette meurtrière, je devenais son fléau, prêt à s'abattre sur ses ennemis ou les personnes qui le contrariaient. Désormais, je suis libéré de son emprise, j'ai payé ma dette et, pourtant, je sens encore ses griffes enserrer mon cœur sans vie.

Sans vie depuis qu'elle n'est plus là.

Tel un automate, j'avance dans cette existence, feignant de profiter, comme si vivre avait une quelconque importance. C'est ce qu'on attend de moi, qu'on espère me voir faire, mais comment vivre quand on a perdu le courant électrique qui fait battre son propre cœur ?

La cloche annonce le début du combat et tout se coupe dans ma tête, je remue mes épaules comme pour les relaxer, tic que je prends chaque fois que j'entre sur le ring. J'avance face au mastodonte qui est ce soir mon adversaire. J'entends Zéphyr me hurler de lui niquer la gueule ! Ce dingue nous a rejoints l'année dernière, peu de temps après l'histoire avec Peter, et je dois dire qu'il ne fait pas non plus dans la dentelle.

S'il y a bien un gars complètement taré dans notre équipe, c'est lui. Si je renferme certains démons, lui a dans son être les pires noirceurs que j'ai pu voir. Mais cet homme a malgré tout le don de me faire rire, et ce n'est vraiment pas donné à tout le monde. Alors, nous nous sommes rapprochés au fil des mois, tissant un lien qui ressemble à de l'amitié.

Les personnes qui parviennent à me dérider, à me faire un tant soit peu communiquer, se comptent sur les doigts d'une main. Elie, Kaos, Ben et lui. Les autres ne sont que des êtres assez insignifiants et peu m'importent leurs états d'âme, ils n'atteignent pas mon cœur. Ils ont plus tendance à me blaser qu'autre chose.

J'esquive un coup puissant qui me sort de mes pensées, cet imbécile de Zéph m'a déconcentré avec ses conneries, et je dois faire le vide dans mon esprit.

Je coupe tous les sons qui m'entourent, me focalise sur la proie qui se trouve devant moi et fonds sur elle avec rapidité. Mes coups pleuvent sur le corps de mon adversaire, avec brutalité et sauvagerie. Lui aussi se défend bien, mais je suis trop speed pour lui, et très vite l'ennui m'envahit. Autant en finir rapidement.

Je me retrouve alors dans son dos et m'enchaîne à lui en

une prise dont il ne ressortira pas facilement. Mon avant-bras se bloque sur sa trachée, lui coupant la respiration. Il se débat, lutte, puis ses mouvements deviennent de moins en moins vigoureux et, très vite, il tombe à genoux pour finalement perdre connaissance et de ne devenir qu'une poupée de chiffon que je pourrais contrôler comme je le voudrais.

Mais je me détourne et quitte le ring sans même attendre le résultat ou prêter attention aux acclamations. Ici, dans l'arène et dans les combats en général, on me surnomme le fantôme. Sûrement car j'apparais, gagne et disparais comme si rien n'avait jamais eu lieu.

Je n'aime pas m'étendre, faire le spectacle. On me demande de gagner et je le fais sans fioritures, sans zèle.

J'aime le travail propre et bien fait, fils.

Cette phrase retentit dans ma tête, comme une étreinte maladive qui m'empoisonne. Avec rage, je frappe à plusieurs reprises dans le mur qui se trouve à ma droite, repensant aux années où il me tenait entre ses griffes, ou je me devais d'obéir pour payer ma putain de dette !

Tu m'es redevable, Kane. Chaque acte à ses conséquences, ne l'oublie jamais.

Fait chier ! Malgré les années, j'entends encore le moindre de ses mots. Et quelque part, je suis encore prisonnier de lui, car chaque combat que j'exécute lui remplit les poches, enrichit son *Pakhan*, nourrit son orgueil en rabaissant le mien.

Chapitre 21. Jordane

Boum, boum. Boum, boum.
Perdue – Yseult

Mes dix-sept ans.

La fête bat son plein lorsque l'on arrive avec Ella, une bouteille de vodka trône dans mes mains, déjà à moitié vide. Je lui ai raconté cette énième souffrance que Kane m'a infligée.

Elle me dit d'arrêter tout ça, qu'il semble jouer avec mon corps plutôt que de l'aimer. Mais Kane n'est pas comme ça, n'est-ce pas ? Il ne peut pas être comme les autres hommes, mais ses mots s'insèrent dans mon cerveau vicieusement, instillant le doute dans mon esprit. Il a tellement changé cette année et la distance qu'il m'impose m'est de plus en plus insupportable.

Mais je ne peux pas m'arrêter, car notre lien m'est vital, il fait battre mon cœur, peu importe sa nature. La chose qui me ferait peut-être le plus mal, c'est qu'il avoue ce que je redoute le plus.

On s'installe sur un canapé, rejoignant Billy, Dony, Sue et

toute notre bande. Ils sont déjà en train de s'extasier devant le festin qui se trouve sur la table. Cocaïne, extasy, MDMA, héroïne, tout ce qui peut faire planer comme il se doit.

— Regarde ce que Kane nous a apporté, Joe, c'est de la bonne, je te le dis, me balance Billy, déjà parti dans un premier trip. Ses pupilles sont déjà dilatées.

Je regarde le poison salvateur qui orne la table pour me mettre en quête du dealer qui nous fournit depuis plusieurs mois. Dans l'obscurité de la pièce où la fête règne, je le cherche. Mes yeux scrutent chaque individu, chaque visage, mais ne trouvent jamais l'objet de mon manque. Je me lève et m'approche de Nate, un de ses amis, j'ai l'impression que les mètres qui nous séparent sont interminables.

J'ai peur, ça fait longtemps que je n'ai pas ressenti ça. Le mauvais pressentiment qui me ronge depuis quelques jours emplit mon être, chaque fibre de mon corps.

— Où est Kane ? osé-je lui demander sans m'encombrer de la moindre politesse.

Son regard me fixe intensément avant de me montrer une porte qui se trouve non loin de là.

Boum, boum. Boum, boum.

Mon cœur s'accélère, la musique se fait moins présente, dominée par les battements qui résonnent dans ma tête.

Je connais cette pièce.

Mon corps bouge de lui-même, comme un automate.

Je dois savoir, le voir.

Boum, boum. Boum, boum.

Mes pas avancent au rythme de mon cœur, jusqu'à ce que ma main tremblante se pose sur la poignée. Elle y reste quelques secondes, comme figée. Je sais ce que je vais voir derrière elle, j'ai conscience du spectacle qui va s'offrir à moi.

Pourquoi voudrais-je m'infliger ça ? Car je refuse de croire que Kane pourrait me faire ça.

Avant que je ne puisse reculer, je franchis le battant et tombe face à ce que je redoutais. Kane est bien là, et il n'est pas seul. Il est en train de baiser avec une fille, une autre que moi. Elle est à quatre pattes devant lui, subissant ses assauts, geignant sous ses coups de reins. Mes yeux croisent ses prunelles glaciales, et jamais je n'aurais cru avoir si mal de ma vie.

Mon cœur s'arrête, mes poumons se stoppent, comme si mes fonctions vitales peinaient à se remettre de ce choc. Pourtant, je le savais, au fond de moi. Ella m'avait prévenue.

Son regard bleu est vide, dénué de tout sentiment. Cela contraste avec le flot d'émotions qui me submerge, pourtant, je ne pars pas. Je reste là, devant la scène, écoutant les chairs qui s'entrechoquent. *Peut-être que leur rythme réactionnera les battements de mon cœur ?*

Un sourire que je refuse fleurit malgré tout sur mon visage, alors qu'une larme solitaire dévale ma joue. Je m'approche encore d'eux, assez près pour pouvoir le toucher une dernière fois. Il stoppe ses mouvements, probablement surpris de me voir avancer. La fille se plaint, mais son visage se retrouve plaqué par Kane sur le matelas pour lui sommer de se taire.

La douleur que je ressens me brise. Je n'ai jamais ressenti ça, pas même lorsque l'on a violé mon corps. La colère qu'il avait réussi à faire taire ressurgit, se mêle aux autres sentiments et mute en quelque chose de plus fort. Tout devient froid, glacial, comme son regard.

Avant d'être l'objet de mon oubli, Kane était le moteur de mon cœur. La flamme qui réanimait ce corps corrompu.

Mais qu'étais-je pour lui ? Rien, apparemment.

L'espoir se meurt et, d'un geste rapide, ma main heurte sa joue avec moins de force que je ne l'aurais souhaité. Son visage bouge à peine, mais ses yeux demeurent dans les miens.

C'est fini, tout est fini.

— Une part de moi le savait, j'aurais dû l'écouter.

Les mots sortent de ma bouche, mais je ne reconnais pas ma propre voix. Il reste mutique, car il n'y a rien à dire de plus, le message est passé.

Le jeu est terminé, et il a gagné.

— Bonne soirée, Kane.

Je me détourne d'eux et repars dans la nuit, dans cette pénombre qui me va si bien. Je veux désormais oublier, mais d'une tout autre manière. La porte se referme, emprisonnant en son sein ce cauchemar.

La bile me remonte dans la gorge. Je prends une bouteille qui se trouve pas loin et me mets à la boire directement au goulot. J'entends le rire cristallin de mon amie, une douce mélodie qui pourtant ne parvient pas à atteindre mon cœur. Ella est installée sur un canapé, à m'attendre avec d'autres gars. Aujourd'hui, on était censées fêter notre rendez-vous pour nous faire tatouer. Après un an à patienter, c'est enfin possible. Près de mille deux cents dollars chacune, on a prévu large pour pouvoir se faire plaisir à côté. Les enveloppes sont sagement cachées sous mon matelas, car Ella ne voulait pas que ses parents trouvent la sienne.

J'avance vers elle, comme une poupée dépourvue de la moindre conscience, avant de m'installer mollement à côté d'elle. Elle me regarde, remarque mon trouble, mais d'un signe de main, je lui demande de ne pas me poser de questions. Ses pupilles vertes sont dilatées et je lis en elle son inquiétude, mais comme à son habitude, elle se met à sourire en m'enlaçant. Sa chaleur m'atteint un peu, réchauffant mon corps glacé.

Mon soleil.

Son étreinte cesse et elle prend dans un sachet un petit cachet blanc, puis l'avance vers ma bouche pour le glisser sur ma langue. J'entrouvre les lèvres et son doigt pose sur mes papilles cette drogue dont j'ai tant besoin.

L'extasy.

Je le laisse fondre, me délecte de son effet qui arrive peu à peu. Les heures passent, et Ella va de plus en plus loin en fricotant avec Dony. La drogue parvient à faire taire un peu la douleur qui irradie dans tout mon corps et, lorsque Billy vient poser un baiser dans mon cou, je le laisse faire. Il en meurt d'envie depuis si longtemps.

Sa main remonte ma robe pour venir toucher mon string. Son doigt commence à me caresser, mais je ne ressens rien, le laissant faire quand même.

Je ne suis qu'une marionnette, après tout. Les mots de ma mère retentissent dans ma tête, me corrompent les synapses.

Je croise le regard de ma meilleure amie qui est en train, elle aussi, de savourer les plaisirs de la soirée. Dony fixe sur son avant-bras un garrot, s'apprêtant à lui injecter de l'héroïne et je veux lui dire d'arrêter. Sauf que l'alcool que j'ai consommé, plus le reste, m'empêche de parvenir à articuler le moindre mot, alors que l'on me doigte allègrement. Je le vois presser la seringue, j'observe le liquide entrer dans les veines de mon amie, chaque millimètre pénétrer son sang. Elle bascule la tête en arrière, savourant les sensations qui naissent en elle.

Elle rit, rit de cet éclat que j'aime. Comme les tintements d'une clochette qui me soulagent, m'apaisent. Mais, tout à coup, elle s'arrête.

Le silence me surplombe, m'envahit comme un grincement douloureux. Je la vois tomber mollement sur le canapé, comme au ralenti.

Tout le monde rigole autour de nous, mais un mauvais pressentiment me saisit, m'enveloppe. Je me sépare de Billy pour me ruer avec difficulté, trébuchant, vers elle et ses yeux étrangement ouverts. Je pose ma main sur sa poitrine, et sa respiration presque inexistante provoque une panique immense en moi.

Je la secoue, mais son corps est telle une poupée de chiffon.

Marionnette, marionnette. Les mots de ma mère résonnent en moi.

Je sens tous les effets de la défonce retomber instantanément, je prends son pouls, mais plus rien ne bat.

Son cœur s'est arrêté.

Je refuse de le croire, alors je le reprends à plusieurs reprises. *Je dois me tromper, elle est juste endormie !* Mais, très vite, la réalité me tombe dessus comme une chape de plomb, me poussant à réagir. Je repousse tout le monde et tente de lui porter les premiers secours comme on l'a vu une fois à l'école. Je l'étale sur le sol et commence un massage cardiaque maladroit en priant, *bon sang, pour une fois mon Dieu, aide-moi.*

Je ne peux pas la perdre, ce n'est pas possible.

Boum…boum…boum…

Certains désertent la pièce, fuient le drame qui se déroule, d'autres se rapprochent de nous pour mieux admirer le spectacle morbide. Moi, je m'acharne, refuse. Les minutes s'allongent, perdurent, s'étirent inlassablement et elle ne respire toujours pas. Son cœur refuse de battre à nouveau !

Mon soleil, mon tournesol.

Elle perd sa chaleur, ses pétales, sa lumière !

On me tire en arrière pour m'emmener loin d'elle, mais je me débats comme une furie, une poigne puissante parvient à me maîtriser et à me sortir alors que les sirènes résonnent au loin dans les rues.

Je hurle à m'en briser les cordes vocales.

Dans ma voix qui éclate, mes émotions s'expulsent, puis c'est le noir total.

Ella !

Lorsque j'ouvre de nouveau les yeux, je me trouve dans mon lit. Je me redresse vivement, glissant mes mains dans mes cheveux hirsutes. *Quel cauchemar* !

Ma grand-mère ayant entendu du bruit derrière ma porte l'ouvre pour venir à mes côtés et je lui offre un sourire chaleureux. Sauf que sa réaction n'est pas comme je le souhaite. Dans son regard, le chagrin règne et je refuse de la voir. Je la fuis, rabats mes jambes contre ma poitrine alors que ma respiration commence à se bloquer, je peine à reprendre mon souffle. Je suffoque, cherchant de l'air pour nourrir mon corps en détresse.

*Ce n'*était pas un cauchemar.

Ma main se pose sur mon cou pour tenter de faciliter mes inspirations, mais rien n'y fait. Ma grand-mère s'avance alors vite vers moi et m'enlace avec force. Sa compassion me détruit, car elle me prouve que je l'ai perdue, elle aussi. Peu à peu, sa chaleur aide l'oxygène à gonfler mes poumons à nouveau, mais je suis comme morte à l'intérieur.

Je ne supporte plus cette vie, cette existence maudite.

Je dois partir.

L'enterrement d'Ella a lieu trois jours plus tard, sa tombe est fleurie et je suis certaine qu'elle aurait adoré ça. Beaucoup de nos camarades sont là, car tout le monde l'aimait. Sa joie de vivre atteignait tant de personnes.

La cérémonie ne va pas tarder à commencer et ses parents s'approchent de moi. Au début, je ne vois dans leurs yeux que du chagrin, puis rapidement, la rancœur vient s'y loger. Soudainement, j'ai peur. Je suis effrayée par ce qu'ils vont avouer tout haut, alors que je le sais parfaitement dans mon cœur. Son père tremble de chagrin, non loin de lui, l'oncle de mon amie, mon mentor, me regarde avec tristesse lui aussi. Et avant que je ne puisse fuir, les mots acerbes de Donatello me transpercent.

— Si elle ne t'avait pas rencontrée, ça ne serait jamais arrivé. Tu l'as entraînée dans le mauvais côté de notre monde et tu nous as pris notre enfant ! crie son père avec hargne.

Ses mots sont comme un poignard qui s'enfonce dans mon bide alors que je leur fais face. Je comprends sa colère. La mère d'Ella, qui était si chaleureuse avec moi fut un temps, ne me regarde désormais qu'avec dégoût. Ses lèvres tremblantes m'annoncent qu'elle va parler, et j'ai envie de partir, très loin, mais je dois assumer.

Je dois le supporter.

— J'avais confiance en toi, Ella comptait sur toi, et voilà

le résultat, avoue-t-elle faiblement avant d'éclater en sanglots dans les bras de son mari.

Je ne suis plus que souffrance. Ils ont raison, je suis responsable de ça, c'est à cause de moi qu'Ella a plongé dans la drogue, j'ai terni sa lumière, et la culpabilité me ronge. Je n'ai pensé qu'à moi, qu'à mon bonheur et non à sa santé, à sa vie que je détruisais peu à peu.

Des larmes me montent aux yeux, alors qu'ils me tournent le dos pour s'approcher au plus près de la sépulture où va reposer le corps d'une enfant de dix-sept ans dans les tréfonds de la terre.

Moi, je me tiens éloignée pendant la cérémonie, me sentant indigne de m'approcher plus près. Mon cœur a tellement mal et la rage se mêle à ce sentiment pour me consumer. Je suis tellement en colère contre cette ville, ce destin qu'on nous impose, cette fatalité qui nous suit pour finalement nous dévorer.

Ella avait des rêves, et l'un d'eux était de se barrer d'ici, de fuir cette médiocrité nous enveloppant pour prouver au monde entier qu'on peut avancer malgré les boulets accrochés à nos pieds.

C'est son espoir qui a sans cesse ravivé le mien.

Tout se termine et les personnes conviées partent peu à peu, jusqu'à ce que la tombe fleurie soit déserte. Je n'ai pas vu la moindre trace de Kane, après tout, lui aussi doit s'en vouloir. Il était le fournisseur du poison qui a tué mon amie. Un goût aigre pointe sur ma langue en pensant à lui, à ce qu'il m'a fait et à ce qu'inconsciemment il a provoqué. Je m'approche avec lenteur face à mon amie et pose doucement le bouquet de tournesols que j'ai acheté pour elle.

Mon soleil.

Je m'accroupis face à la stèle, et mon cœur s'écartèle pour laisser ma peine se déverser. Le ciel est bleu aujourd'hui, peut-être que c'est elle qui l'a éclairé de sa lumière ? Mes larmes coulent, et je m'effondre sur le marbre noir de sa tombe. Je reste avec elle un peu plus longtemps avant de la quitter, refusant la réalité.

Elle est bien partie, alors si elle n'est plus à mes côtés, je ne vais pas rester.

Je vais partir moi aussi, loin de cette ville maudite.

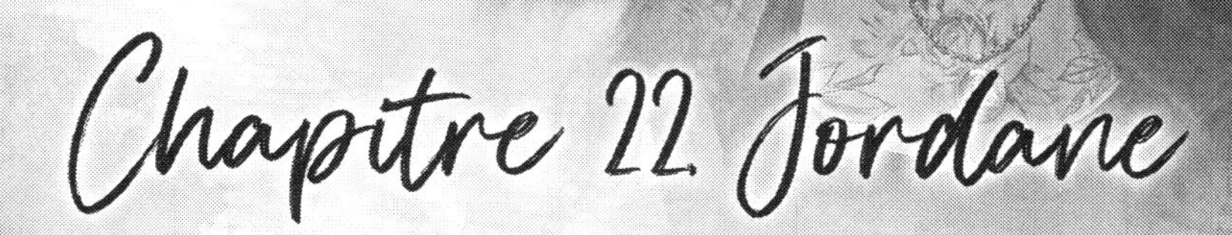

Chapitre 22. Jordane

Je vais avancer, je te le promets, Ella.
Runaway - Aurora

Mes dix-sept ans.

Je rentre chez moi juste après avoir dit au revoir à Ella. En arrivant, je constate que la maison est vide. *Abuela* a dû partir chercher Cameron à l'école et c'est parfait pour moi. Je m'empare d'un sac et fourre dedans le plus d'affaires possible, une brosse à dents et du dentifrice ainsi que toutes mes économies. Je prends le temps d'écrire un mot à ma grand-mère adorée et à mon petit frère, je dois partir, je n'arrive plus à respirer ici.

Chère Abuela, je suis désolée de vous quitter, mais vivre ici m'est devenu insupportable. La douleur me transperce de partout, alors j'espère que quitter cette maudite ville me permettra de mieux respirer, de reprendre ma vie en main. Votre absence va créer un vide supplémentaire dans mon cœur, mais je sais que vous serez heureux sans moi.

Ne t'inquiète pas, je t'aime.

P.S. : prends soin de Cameron, il est si précieux.

Joe.

Je dois me sauver, fuir cette douleur qui imprègne chaque endroit de ce quartier. Kane, Ella, deux de mes piliers se sont effondrés et je me sens si démunie que je ne vois plus que cette solution. Et puis, je veux réaliser le rêve d'Ella et prendre mon envol, même si les poids accrochés à mes chevilles vont me freiner.

Je vais avancer, je te le promets, Ella.

Je glisse le sac de sport sur mon épaule, enfile une veste et camoufle mes cheveux de ma capuche. J'embrasse la lettre avant de la poser sur la table de la cuisine.

Je sais que ma grand-mère comprendra, Cameron moins, me séparer d'eux est un déchirement, mais ils seront plus heureux sans ma présence. Je suis comme un fléau, j'ai tendance à pourrir ce que je touche et, avant de les contaminer eux aussi, je préfère partir.

Je reviendrai lorsque je serai prête, lorsque je serai devenue plus forte. Je sors, et de gros nuages ont pointé leur nez, annonçant une pluie qui promet d'être imminente. J'erre dans les rues que je connais par cœur, réfléchissant à l'endroit que je voudrais découvrir.

Je réfléchis, cogite à m'en donner mal au crâne, alors que la pluie trempe mon corps.

Je songe à ce qu'Ella aurait aimé. *Du soleil.* Une ville me vient à l'esprit, la chaleur est souvent présente là-bas.

Voilà, c'est décidé, ce sera mon point de chute.

Phoenix, me voilà !

Chapitre 23. Jordane

Bam, dans ta gueule, Jordane.
Black Sea – Natasha Blume

De nos jours.

Ce matin je suis allée réveiller Cameron, qui avait décidé de ne pas aller à l'école. J'ai dû le sortir du lit par la peau du cul. Cet adolescent est devenu costaud, mais je suis tenace, beaucoup plus que lui.

Je lui sers maintenant son petit déjeuner, qu'il prend en bougonnant avec mauvaise humeur.

— J'ai rendez-vous avec un salon de tatouage cette après-midi ! Tu te rends compte ? Si ça marche, ça serait vraiment idéal. On va être super bien tous les deux.

Il ne répond rien en continuant à croquer dans sa tartine, ne m'accordant pas le moindre regard. Je décide alors d'aborder le fait qu'il soit rentré tard hier soir, terrain glissant, mais je dois prendre en main mes responsabilités.

— Je t'avais préparé un repas hier, j'aimerais que tu manges avec moi le soir, Cameron, pas que tu traînes en ville…

Son regard marron doré se pose sur moi, et je vois clairement dans ses prunelles que ce qu'il va dire ne va pas me plaire.

— T'es pas ma mère, encore moins grand-mère, Joe, et t'es mal placée pour me dire de ne pas sortir. À mon âge, tu traînais et plus encore, alors je ne veux pas de leçon de ta part.

Bam, dans ta gueule, Jordane. Je déglutis, car je sais qu'il a parfaitement raison.

— C'est justement parce que je connais cet aspect de notre monde que je te demande de ne pas t'y engouffrer, Cam », me justifié-je.

Il hausse les épaules pour m'indiquer clairement qu'il se fout de ce que je peux lui dire.

— Préviens-moi au moins quand tu sors, moi je rassurais toujours *Abuela* lorsque je bougeais le soir, lui expliqué-je en posant les mains à plat sur la table pour m'approcher de lui.

Il me regarde à nouveau, sachant parfaitement que c'est la vérité. Il hoche alors la tête, avant de se lever en prenant son sac et de se barrer sans un mot de plus. Pas un au revoir ni à un « à ce soir ».

Je me prends sa colère sourde et brutale, je vais devoir la gérer.

Après avoir débarrassé la vaisselle, l'avoir nettoyée et rangée, je pars me préparer. L'eau chaude de ma douche dénoue mes muscles agressés par le stress.

Je m'habille rapidement, et après une petite heure de rangement dans ma chambre, je pose les yeux sur ce que j'ai dessiné hier soir. Je n'y avais pas vraiment fait attention avant d'aller me coucher.

Une rue est crayonnée, encadrée par des maisons que je reconnais parfaitement, et au bout, un abri de bus trône. Que de souvenirs, des instants très innocents et douloureux. La pulpe de mes doigts effleure les détails de la feuille avec nostalgie. Ella remonte dans mon cœur, mais forcément, lui aussi émerge. Kane.

Je range le tout pour camoufler les traits qui sont sortis de mon esprit. Il va bientôt être l'heure de partir rejoindre mon papy garagiste et je suis aussi excitée qu'effrayée. Je prends soin d'emporter les projets dont je suis la plus fière et les range soigneusement dans leur pochette attitrée.

J'enfile ma veste en cuir et c'est parti. Après avoir fermé la porte, je savoure les rayons du soleil sur mon épiderme, ils se font si rares dans la région, ce qui change de l'Arizona qui a rendu ma peau encore plus mate qu'elle ne l'était. Mes origines espagnoles et mexicaines poussent mon épiderme à se colorer à une rapidité hallucinante.

J'avance dans la rue à pas rapides, je me sens déjà plus à l'aise que la veille. Je reprends possession des lieux qui, quelque part, font partie de moi, de mon enfance, de mon passé. Très vite, je passe dans une rue différente d'hier. Je marche, me retrouvant devant une maison qui semble si simple aujourd'hui. Avant, elle était ornée de fleurs à chaque fenêtre, ce qui apportait de la couleur dans ce quartier teinté de nuances de gris.

Je contemple cette baraque qui a été comme un second chez-moi, un endroit où je me sentais en sécurité, où la chaleur réparait mon cœur. Mais désormais, elle ne fait que le glacer, le briser. C'est dingue comme des endroits peuvent avoir été si précieux et devenir si tristes.

Je me demande si ses parents vivent encore ici, s'ils ont pu continuer à demeurer dans cette maison, dans cette ville où elle n'est plus. La curiosité me démange, mais la peur me ronge. Je ne peux pas me confronter à eux, surtout après les dernières paroles que nous avons échangées, alors j'avance, me détournant de ces souvenirs qui blessent mon cœur.

Je veux avancer et savourer cette journée, pas question de m'enfermer dans le passé à ruminer. Il me reste trois kilomètres avant de retrouver mon nouvel employeur, et je suis un peu stressée. Et si le tatoueur n'aimait pas mon travail ? Une boule se tisse de nouveau dans mon bide, le faisant se tordre. Comme une enfant, je tente de penser à autre chose, je compte les pavés, évitant soigneusement les jointures qui les lient entre eux. Ça me fait sourire brièvement, me poussant à me concentrer sur autre chose que les kilomètres qui s'effacent peu à peu.

Trop vite, j'arrive devant le garage, mais personne ne m'attend. Alors, je prends mon portable et me rends compte que j'ai presque trente minutes d'avance. En plus, je n'ai pas eu la jugeote de prendre le numéro du papy pour pouvoir le contacter. *Je suis bête, vraiment.*

Alors, je m'assois sur le trottoir et patiente, espérant qu'il ne me fasse pas faux bond.

Une demi-heure plus tard, l'homme que j'attends arrive, et je m'aperçois que je ne connais même pas son nom, comme j'ignore s'il connaît le mien. On a clairement fait les choses à l'arrache et il va falloir corriger ça.

Je ne vais quand même pas l'appeler papy tout le temps. Les mains dans les poches, il s'approche de moi avec nonchalance. Il a déjà des taches de cambouis sur sa salopette de travail et ça me fait rire. Je pense que ce gars est un vrai passionné. Je me lève pour lui faire face et maintenant que je l'observe de plus près, je suis un peu plus grande que lui.

Ma main se tend devant moi pour le saluer.

— Tu m'attendais, gamine ? constate-t-il en serrant ma main.

— Joe, mon nom est Jordane, mais j'aime qu'on m'appelle Joe, lui révélé-je en continuant à agiter sa main.

Il hoche la tête en souriant légèrement.

— Moi, c'est George, mais tous mes employés ont tendance à m'appeler patron, même si je déteste ça.

Je ris, car étrangement, je suis certaine qu'il adore ça, au contraire. Un surnom affectueux fait toujours plaisir, je me souviens lorsque Kane m'a donné pour la première fois le mien, qui était resté ancré et l'est toujours. Mon cœur a accéléré pour la première fois.

— On y va ? Luis nous attend, annonce-t-il en se mettant

à avancer.

Je le suis en silence, mon stress grimpant en flèche. Je triture un bout de papier que je trouve dans ma poche, le réduisant en charpie. Le silence règne au sein de notre marche, seuls les bruits de la ville meublent le vide.

Un raclement de gorge rompt notre mutisme.

— Tu vis où ? me demande-t-il alors de but en blanc.

— Dans un quartier un peu pourri de *Road Park*…

Il se tourne alors vers moi.

— Pourquoi avoir choisi ce coin-là ? questionne-t-il, sincèrement intrigué.

— Je ne l'ai pas choisi, c'est la maison de ma grand-mère et on y a toujours habité, enfants.

Dans ses yeux, je vois une forme de compassion. Tout le monde sait que cet endroit regorge de pourritures, d'argent sale et d'êtres corrompus, mais je n'aime pas faire pitié.

— On s'habitue vite à la saleté vous savez, et puis j'ai un toit où dormir avec mon frère, c'est le principal.

Il hoche la tête en souriant de nouveau, effaçant ses a priori sur moi.

— Tu as donc un petit frère à charge, c'est pour ça que tu dois bosser ? m'interroge-t-il.

— Ouais, il a seize ans, un âge très charmant, rigolé-je en ne le pensant pas le moins du monde.

— Oui, c'est clairement un âge ingrat, avoue-t-il lui aussi.

Un silence passe entre nous.

Il n'est pas si ingrat. Je mérite sa colère.

— J'ai le droit de subir sa rancœur, avoué-je à demi-mot, je suis partie, je les ai abandonnés. Je suis partie loin d'ici, en Arizona.

Je lui révèle des choses très facilement, lui raconte des morceaux de ma vie que je ne dis qu'à peu de monde, surtout depuis que je suis ici.

— Pourquoi l'Arizona ?

— Ça aurait pu être à Tombouctou, du moment que c'était

éloigné de cet endroit, j'avais dix-sept ans et je voulais fuir toute l'obscurité qui m'enveloppait dans cette ville, et le soleil m'a alors attirée.

Il rit de ma réponse.

— Et le tatouage ? Pourquoi cette vocation ?

Vocation, je trouve que c'est un bien grand mot, mais c'est vrai que c'est devenu un peu ça maintenant. Au début, c'était plus une occasion que j'ai saisie pour vivre ou du moins survivre dans cette nouvelle vie.

— Pourquoi ? C'est une très bonne question… J'ai toujours aimé dessiner, mais devenir tatoueuse n'était pas dans mes projets de vie. Je n'en avais pas vraiment. D'ailleurs, à l'adolescence, je vivais au rythme de ce que cette ville m'offrait.

Il hoche la tête sans vraiment me regarder, me laissant la place de parler comme je l'entends.

— Lorsque je suis arrivée à Phoenix, la première chose que j'ai faite, c'est de me faire tatouer.

Je sens la question silencieuse que son regard me porte, mais je ne peux pas encore répondre, alors je continue mon bout d'histoire.

— Le tatoueur m'a demandé la provenance des modèles que je voulais et lorsque je lui ai dit que c'était un de mes dessins, il a été impressionné. C'était la deuxième personne à voir un de mes croquis, car à l'époque, c'était mon jardin secret.

Repenser à ce jour me plonge dans mes souvenirs. Cet instant où j'ai décidé pour la première fois de faire de la création mon métier.

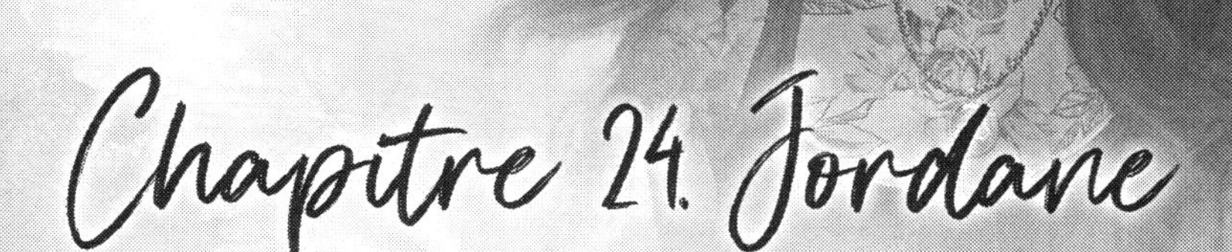

Chapitre 24. Jordane

Le soleil réchauffe ma peau.
The seed – Aurora

Mes dix-sept ans.

Phoenix.

Cette ville est lumineuse, et tout en elle me fait penser à mon amie. Le soleil réchauffe ma peau et bien que le trajet en bus pour venir ici fut un véritable enfer, je suis enfin loin de toute la grisaille et la noirceur du Bronx.

Loin de lui. Loin de sa tombe à elle. Maintenant que je suis ici, je ne pense qu'à une chose. *Un travail.* J'ai aussi cherché activement sur mon téléphone plusieurs salons de tatouage pour réaliser notre rêve et je pense avoir trouvé celui qui me paraît idéal. Le reste, je me démerderai.

J'avance dans les rues bondées, où tout le monde est en tee-shirt et short, à l'aise. Moi, je suis là, faisant presque tache dans toutes ces couleurs. Habillée de noir, les yeux cernés, je détonne dans ce décor, alors que dans le Bronx, je me fondais dans la masse. J'arrive rapidement devant le salon qui porte le nom Blue Spring.

Lorsque j'entre, il y fait bien chaud et des dessins ornent les murs de partout, des fleurs très détaillées, de magnifiques œuvres que je ne peux qu'admirer.

Des pas me sortent de ma contemplation, et je me retrouve face à un homme blond avec une coupe de surfeur. Ses yeux verts sont encadrés de ridules qui montrent qu'il sourit souvent.

— Bonjour, besoin de quelque chose, jeune fille ?

Très vite, je sors de ma poche une feuille pliée en quatre, au papier abîmé. Je la déplie et lui tends, sans réussir à prononcer le moindre mot. Ce dessin, c'est mon soleil, et le chagrin refait surface tel un raz-de-marée, mes yeux s'inondent de larmes et je fais de mon mieux pour ne pas les laisser couler.

Je suis épuisée, à fleur de peau.

Il l'observe attentivement puis, comprenant mon émotion, me propose de m'asseoir avec lui dans son bureau et je le suis sans vraiment hésiter. Je déglutis plusieurs fois pour tenter de faire partir le nœud qui se trouve dans ma gorge. Je sors de mon sac les deux enveloppes, et donc l'argent qu'il me reste.

— Je suppose que tu veux que je te tatoue ça ? me dit-il en posant avec soin l'esquisse sur le bois sombre du bureau.

Je hoche la tête vivement pour toute réponse et tends vers lui ce qu'il me reste. Le voyage pour venir jusqu'ici a coûté plus cher que je ne le pensais et il me reste moins que ce que j'avais prévu. J'espère que ça suffira… Il prend l'enveloppe, compte et je vois toutes les questions fleurir dans son regard.

— Où le voudrais-tu, ce tatouage ? me questionne-t-il en premier.

Je dois avouer que je n'y avais pas vraiment réfléchi. Avec Ella, nous devions décider ensemble. Cela devait être notre moment. Je cogite donc quelques minutes avant de me décider.

— Sur l'omoplate, à gauche, lui réponds-je d'une voix faible.

— D'accord, et quelle taille voudrais-tu qu'il fasse ?

— Comme sur la feuille, balancé-je rapidement, sans

réfléchir davantage.

Il observe de nouveau les traits du dessin avec attention, et de longues minutes s'étirent, augmentant mon stress.

— C'est vraiment magnifique, qui l'a fait ? me demande-t-il avec un véritable intérêt.

Soudain, je suis un peu gênée, la seule à connaître cette part de moi était Ella. Elle a toujours été la seule à me féliciter, à me complimenter sur ce qu'elle appelait mon talent.

— C'est… c'est moi, bredouillé-je alors, mal à l'aise.

— Tu as beaucoup de talent, miss, mais le projet que tu me demandes va coûter plus que ce que tu me proposes…

Merde ! Merde, merde, merde. Fait chier !

Je me mords la lèvre de frustration et d'agacement, comment je vais bien pouvoir faire ? Observant probablement mon trouble, mon interlocuteur interrompt mes pensées.

— Allez… je vais faire une exception, car j'adorerais ancrer un si beau croquis, me dit-il en souriant.

Sidérée, tout en le fixant et sans que je puisse le contrôler, une larme solitaire s'échappe pour rouler sur ma joue.

— Je sens que ça a beaucoup d'importance pour toi, et c'est aussi pour ça que je fais ce métier, pour ancrer des morceaux de souvenirs, des épreuves de vie dans la peau des personnes qui le souhaitent réellement.

Ce qu'il me dit me touche et m'interpelle. Je n'avais jamais vu le tatouage de cette façon, mais plus comme un aspect esthétique. Finalement, pour Ella et moi, c'était plus fort que ça, c'était nous, une représentation de notre amitié.

Il se lève, s'approche de moi et me tend la main pour que je la serre, concluant notre accord.

— C'est d'accord, alors. Je m'appelle Michael et toi ?

— Jordane, mais je préfère qu'on m'appelle Joe, lui révélé-je en souriant, ravie qu'il ait accepté.

— Allez, suis-moi, miss, on va s'installer sur une table et attaquer.

J'ôte mon manteau et mon haut pour laisser ma peau à

l'air libre. Il nettoie la zone qui va être marquée, et mon cœur s'accélère lorsque je m'allonge sur le ventre.

Je le sens décalquer quelque chose sur ma peau, à l'endroit parfait où je le souhaite. Un frisson parcourt ma peau, comme une caresse. Peut-être que c'est Ella qui m'encourage, m'enveloppe de sa douceur.

Un silence envahit la pièce, uniquement rompu par nos respirations et par le bruit de la machine qui va graver Ella en moi. D'ailleurs, je ne sais même pas comment ça s'appelle.

— Comment se nomme cet objet de torture ? le questionné-je, ce qui le fait rire.

— Un dermographe. Allez, je commence, tu veux voir avant si ça te va ?

Je serre les dents, réfléchis quelques instants, mais finalement décide de lui faire confiance.

— Non, c'est bon, on peut commencer, lui réponds-je presque dans un murmure.

L'aiguille pénètre ma peau et la douleur est présente, mais pas autant que je le pensais. Cette sensation n'est rien face à la souffrance que je ressens dans mon cœur depuis une semaine, alors je l'accepte, l'accueille à bras ouverts.

Je me laisse bercer par le son de l'aiguille, mais aussi je me mets à discuter avec Michael. Il me parle de mes dessins, de comment j'ai appris, d'où m'est venue ma passion. Il s'intéresse à moi et ça me fait un peu bizarre, car il porte de l'intérêt à quelque chose d'assez intime, mais curieusement, les mots sortent tout seuls et je lui raconte un morceau de mon histoire, de ma vie et pourquoi je me retrouve entre les murs de son salon de tatouage.

Il arrête un peu, gardant suspendu le dermographe, comme s'il réfléchissait à quelque chose, puis se remet au travail.

Les heures passent et, épuisée, je m'assoupis un peu jusqu'à me réveiller peu de temps avant la fin.

— Voilà ! C'est fini, ma belle ! Ton premier tatouage est fait, me dit-il avec un magnifique sourire.

Je me précipite vers la glace que j'avais repérée un peu plus tôt dans la pièce. Je me contemple dedans, en sous-vêtement. J'appréhende d'un seul coup, est-ce que ça représentera vraiment Ella, mon soleil ?

Je me tourne doucement pour avoir de la visibilité sur l'endroit et, instantanément, je me mets à pleurer. C'est tellement parfait. Ces tournesols semblent presque réels, leurs couleurs chaudes me rappellent le blond et la chaleur de mon amie, les feuilles vertes me rappellent ses yeux purs que j'aimais tant. De grosses larmes coulent sur mes joues, et je saute dans les bras de Michael avec force. Il manque d'en perdre l'équilibre en riant.

— Merci, merci, merci, c'est parfait !

— Avec plaisir, ma jolie, je vais t'expliquer comment en prendre soin, mais avant je voudrais te parler de quelque chose.

Je m'écarte de lui, essuie mes yeux et me concentre pour l'écouter attentivement. Après un silence, il se racle la gorge, ce qui me fait me tourner vers lui. Il semble vouloir me dire un truc.

— Que dirais-tu de devenir tatoueuse ?

Sa question me coupe la chique. Il est sérieux ?

— Moi ? Devenir tatoueuse ?

— Oui. Tu as beaucoup de talent et je cherche un apprenti depuis un moment sans trouver ma perle rare. J'aime ton art et je dois dire que cela te permettrait de vivre de ta passion.

Ma bouche est si entrouverte que je pourrais gober des mouches ou une escouade d'insectes. C'est complètement dingue comme proposition, mais franchement, ça me tente énormément. Ce qu'il me dit ne cesse de tourner en boucle dans ma caboche et, en plus, ça me permettrait de vivre ici. Me voyant cogiter, il continue sa tirade, qui me captive.

— Si tu n'as pas d'appartement, j'ai la possibilité de te loger au-dessus du salon, tu y vivrais seule, car j'ai ma propre baraque.

De mieux en mieux, et ça me paraît trop beau pour être vrai. Une part de moi me chuchote que c'est un piège. Cette part de mon âme qui est corrompue. Mais ai-je une autre possibilité ? D'autres solutions ? Je ne connais personne ici, je suis sans argent, sans logement… Grâce à cette opportunité, je vais peut-être pouvoir refaire ma vie ici ?

Je retourne vers la glace et admire encore une fois le tatouage, et l'émotion me gagne de nouveau. Qu'aurait fait Ella ? J'entends sa voix très clairement dans ma tête, et un sourire triste fleurit sur mon visage avant de me tourner vers lui.

— Oui. Je veux apprendre à devenir tatoueuse, mais je veux payer un loyer pour dormir ici, révélé-je enfin après plusieurs minutes de réflexion.

Il s'approche alors de moi et tend sa main que je m'empresse de serrer.

— Deal, désormais, appelle-moi sensei, et je dois te dire que je serai un maître intransigeant ! Tu vas devoir bosser dur !

— Sensei ?

— Mon Dieu, tu ne connais pas ? Cela veut dire maître ou professeur en japonais.

Sa réponse me fait rire, ce qui provoque le sien également.

— D'accord, sensei, je serai votre jeune padawan.

Il comprend tout de suite ma référence à Star Wars et, malgré le poids de mon passé, je me sens un peu plus légère en sa compagnie.

Chapitre 25. Jordane

Un mois, deux semaines et trois jours.
Natural – Imagine Dragons

De nos jours.

On avance dans des rues que je ne connais pas trop. C'est un quartier que je n'ai pas beaucoup côtoyé alors, pour une fois, je suis à l'aise. Je n'ai pas peur de croiser qui que ce soit qui pourrait éventuellement me connaître.

Et clairement, ça fait du bien. Si par miracle le gars me file le job, je pourrai venir bosser tranquille. À mes pensées, une part de moi s'agace. Bordel, Jordane ! tu vas arrêter de vouloir esquiver ton passé, de toute manière tu vas devoir y faire face à un moment donné.

Qu'est-ce que je crains vraiment ? La douleur ? Elle est déjà présente tellement de fois dans mes nuits que je ne devrais même plus la redouter. Cet abruti de Kane ? Bon sang, le démon en moi souhaiterait le revoir pour lui foutre un grand coup de pied dans les couilles, celui qu'il aurait mérité ce soir-là ! Mais cette femme qui le hait se heurte sans cesse à cette jeune fille qui l'aimait.

On n'oublie jamais son premier amour.

Abuela me le disait souvent, et y penser me noue la gorge. Sa sagesse me manque, elle m'aurait aidée à affronter ce monde qui était avant le mien.

Menteuse. Menteuse !

Si ma très chère grand-mère ne m'avait pas quittée, je n'aurais jamais eu les couilles de revenir, et je le sais parfaitement.

L'homme à côté de moi se racle la gorge, ayant forcément eu le temps pendant mes tergiversations de tarée de m'observer changer d'expression faciale. Je suis passé de la joie à la colère, je suis complètement borderline. Le pauvre, il ne sait pas dans quoi il se lance.

— Ça va, gamine ? me questionne-t-il avec les sourcils froncés.

— Ouais, désolée, j'étais plongée dans mes pensées.

— Un peu ouais, et elles ne paraissaient pas des plus agréables, lance-t-il comme une invitation à en parler.

Effectivement, mais je ne dis rien, me contentant de hocher simplement la tête. Pour changer de sujet, je force un sourire sur mes lèvres et observe l'endroit qui nous entoure. Tout paraît très vivant, joli, des immeubles assez neufs encadrent la route, et plein de commerces donnent de la vie à l'endroit. Il y a même une fleuriste ! À l'extérieur, de nombreux bouquets trônent sur le trottoir, ajoutant des touches de couleur, de la beauté.

Ella aurait adoré ça, ce genre de boutique. Elle aurait proposé des compositions si belles que des tonnes de personnes lui auraient demandé conseil pour confier leurs sentiments en langage floral. Elle leur aurait probablement raconté chaque histoire qu'une fleur peut murmurer, et tous auraient été séduits.

Un sourire triste apparaît désormais alors que je me suis arrêtée pour contempler la boutique florale. Cependant, je m'en détourne quand même en me jurant malgré tout d'y passer plus tard. Je regarde devant moi, et me hâte lorsque je constate que mon papy garagiste ne m'a pas attendue.

— Le salon n'est plus qu'à quelques mètres, on arrive, m'annonce-t-il de sa voix bourrue.

Bordel, ça y est, je vais devoir faire mes preuves. Depuis que je suis dans le salon de Michael, je n'ai pas eu à prouver quoi que ce soit, me trouvant peu à peu au fil des années dans la liberté de son établissement.

Dans celui-ci, je vais devoir convaincre et j'espère être à la hauteur. J'aperçois la devanture du *Dark Ink* qui, de noir et or, détonne un peu avec la clarté des murs qui l'entourent.

Je joue frénétiquement avec l'élastique de ma pochette, le faisant claquer inlassablement, ce qui semble agacer royalement mon compagnon de route, qui grogne à chaque bruit que je fais. Je flippe comme une tarée.

Je pense que j'ai une confiance en moi proche du néant et là, je flippe comme une tarée. Il entre en faisant tinter la clochette de la porte, et moi, alors qu'elle se referme, je reste dehors à la contempler. Les secondes s'étirent et je reste bloquée en tenant avec force entre mes bras l'enveloppe contenant mes croquis.

Bordel, Joe ! Fous-toi un coup de pied au cul ! Tu as besoin de ce job et tu as une réelle raison de le faire !

— Bon, gamine, j'ai pas que ça à foutre et Luis non plus, alors tu te bouges ou je me casse ! éructe la voix grognon de mon employeur en sortant du shop, ce qui a le don de me sortir de ma transe.

Je dois le faire pour Cameron, pour Ella, et puis, après tout, pour moi aussi. Je dois avoir un peu plus confiance en mes capacités, alors je m'élance et entre dans la chaleur de l'habitacle, qui est totalement différent de ce que j'ai connu jusque-là.

Les murs sont noirs et l'atmosphère oscille entre le classe et l'obscur. *Dark Ink*, ce n'est apparemment pas seulement un nom, mais aussi une marque de fabrique. Le fameux Luis m'approche et il est tout l'opposé de mon mentor. Des mèches noir corbeau tombent devant ses yeux verts dessinés de khôl noir. Des piercings trônent sur son visage à tellement d'endroits que je dois compter au-delà de huit ! Un tatouage sur sa tempe en forme de dragon le rend très énigmatique, comme le reste des dessins ornant ses bras et, je suppose, le reste de son corps.

Le seul tatoueur que j'ai vu avec peu de tatouages est Michael. Pour lui, tatouer sur son épiderme n'était que pour des moments importants de sa vie et il m'avait dit ne pas en avoir vécu trente-six non plus. Ce qui m'avait fait rire ce jour-là.

Je sors de mes pensées, me concentre à nouveau sur mon possible nouveau boss. J'adore son style vestimentaire entre le grunge et le punk. Après mon observation, je me prends en main et avance à mon tour vers lui, tendant mon bras pour le saluer. Il sourit, faisant bouger les deux anneaux qui ornent sa lèvre inférieure, avant de saisir ma main et de l'agiter avec force.

— Alors, c'est toi la fameuse Joe, enchanté, me dit-il, me mettant à l'aise instantanément.

J'ai généralement le flair pour détecter les personnes louches ou non, et chez lui, aucun clignotant ne s'illumine dans mon esprit. Alors, je reprends de l'aplomb.

Tu as du talent. Tu. As. Du. Talent !

Les mots de ma meilleure amie et de mon sensei résonnent dans ma tête et je fonce avec le peu d'assurance que j'arrive à mobiliser.

— Et tu es le Luis qui cherche quelqu'un à mi-temps ?

Il hoche la tête en souriant.

— C'est possible, j'espère que tu as le niveau, car je n'embauche pas n'importe qui, m'avertit-il avec un rictus de défi qui fait remonter mon stress.

Bouge-toi, Joe, me dis-je en me foutant une nouvelle claque mentale ! Alors, je brandis ma pochette pour lui signifier qu'elle renferme mes précieuses esquisses.

Il me fait signe de nous diriger vers le comptoir, où il passe à l'arrière pour de nouveau me faire face. Il tend la main pour que je lui file mon taf.

Bon sang, allez, go, c'est parti !

Je lui donne, et tout de suite une vague de chaleur envahit mon corps. Je m'empresse alors de retirer mon gros sweat pour ne rester qu'en débardeur à fines bretelles, car j'étouffe soudainement dans cette pièce.

Papy, qui était resté en retrait jusque-là, s'approche un peu de moi et contemple mon épiderme qui est entièrement recouvert de tatouages. Je vois que celui qui est censé m'évaluer contemple lui aussi avec intérêt mon corps, mais je ne sens aucune perversion ou le moindre regard déplacé. Juste une analyse des détails ornant ma peau.

Il est vrai que c'est assez particulier, car je suis recouverte de toutes sortes de compositions florales très sombres dans un graphisme obscur. Un sourire en coin fleurit sur les lèvres de mon recruteur et il ouvre la pochette pour regarder attentivement les photos de mes tatouages déjà effectués et cicatrisés, mais aussi des flashs que j'ai créés pendant mon temps libre.

Les minutes s'étirent et me paraissent des heures. La nervosité me pousse à me gratter les avant-bras et à trépigner sur place. *Bordel ! il va me laisser poireauter comme ça encore longtemps ?* Qu'il balance la sauce une bonne fois pour toutes, que je sois fixée.

Au moment où je pense ça, il remet le tout dans l'enveloppe et me la tend à nouveau.

Boum, boum. Boum, boum.

— Tu serais prête à commencer quand ? me dit-il enfin après ce qui me semble être une éternité.

Bordel de merde ! J'ai bien entendu ? *Oh my fucking God !* Et sans pouvoir me retenir, je me mets à sauter de joie et de soulagement.

Tu as vu, Ella ?! Il aime !!! Il aime tes fleurs !!!

Car oui, si mon amie n'a jamais pu devenir fleuriste, je me suis alors spécialisée pour elle dans la botanique de manière un peu particulière. Je suis une fleuriste du tatouage et je crée des mots, des émotions en tatouant des fleurs.

Bon, pas que ça évidemment, mais c'est devenu ma spécialité, ma réputation à Phoenix.

Papy me tape dans le dos, ce que j'interprète comme une sorte de félicitations maladroite, ce qui me fait rire encore plus fort et je me mets, sans pouvoir me retenir, à l'enlacer avec force. Je ne pourrai jamais le remercier assez pour ça, il n'a aucune idée de l'importance qu'à ce job pour moi.

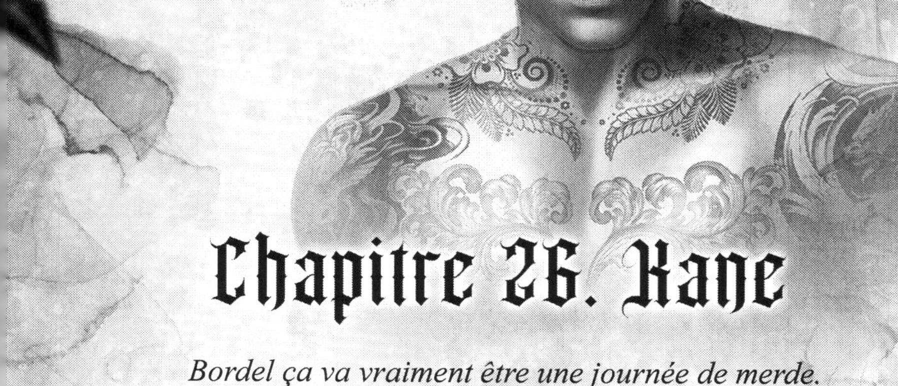

Chapitre 26. Kane

Bordel ça va vraiment être une journée de merde.
Goodbye – Samuel Kim, Sorah

De nos jours.

Lorsque j'entre dans mon second lieu de travail, l'odeur d'essence me prend au nez et j'adore ça. Habituellement, ça me réconforte, car il sonne comme une constante depuis que je suis jeune, mais lorsque j'arrive au taf ce matin, je suis d'humeur maussade.

J'ai vraiment passé une nuit de merde, hanté par des souvenirs qui ne peuvent que me rendre de mauvais poil. Je salue les gars, frappant dans leurs mains comme d'habitude, eux aussi ayant la gueule dans le cul. Ils sont tous attablés dans notre salle de pause, sirotant des cafés bien corsés. Ben, qui travaille avec moi dans le garage, me propose une tasse que j'accepte avec plaisir. Cela va même être vital pour moi ce matin.

Curieusement, le patron n'est pas là. Ce n'est pas dans ses habitudes, lui qui se pointe toujours à l'aurore et qui a déjà, à cette heure-ci, les mains pleines de cambouis. J'interroge du regard mon ami qui, connaissant ma loquacité limitée, comprend mieux que quiconque mes regards.

— Il est parti il y a une heure, il avait quelque chose à faire, apparemment, me répond-il avant de boire une gorgée de son café.

Je hoche la tête pour toute réponse et me brûle à moitié la langue en buvant le liquide noir fumant qui se trouve devant mon nez. Bordel, je déteste ça !

Je vais devoir patienter, et bien que cela soit une de mes qualités habituelles, ce matin ce n'est clairement pas le cas. J'ai hâte de me foutre au travail et de réparer la bagnole sur laquelle je suis depuis plusieurs jours.

Ce taf, en vrai, je n'en ai absolument pas besoin, mais c'est ma soupape de décompression. Certains boivent comme des trous, d'autres baisent comme des lapins ou encore sniffent plus de poudre qu'un sac de farine… Moi, je répare des caisses et des bécanes. D'ailleurs, en parlant de moto, je vais devoir bichonner la mienne dans peu de temps pour lui faire une nouvelle santé.

Bricoler sous les capots m'a toujours détendu, avec mes mains calleuses, brutales habituellement, je peux réparer et en quelque sorte, soigner. Et si je ne peux pas arranger le passé, je me contente de retaper des choses dans le présent.

C'est souvent vain, mais sur le coup, ça me fait du bien. J'oublie tout pour me concentrer sur les rouages de la mécanique que je connais par cœur. Tout paraît si simple dans ces instants-là.

Le téléphone sonne, annonçant le début des hostilités. Je dois avouer que Maria, notre ancienne secrétaire partie en congé maternité, me manque terriblement. Je fais style de ne rien entendre, mais en voyant que les gars en font de même, je me dévoue pour aller répondre, en grognant.

Bordel, ça va vraiment être une journée de merde.

Je décroche, prends note de la demande et donne un rendez-vous au gars pour la semaine prochaine. Je n'oublie pas de l'inscrire dans notre calepin bien rempli, avant de me barrer de mon côté de l'établi pour m'affairer au travail, laissant mon café de côté.

Vivement que le patron nous trouve une nouvelle personne pour se charger de ces foutus coups de fil qui nous coupent sans cesse dans notre taf. En particulier le week-end, car ce sont les seuls moments où je suis présent, et je hais répondre au téléphone.

Je me glisse sous la Mercedes que je bichonne depuis un moment, elle sera bientôt comme neuve. Je fais le vide en moi, profite de cet instant de paix. Je fous mon casque sur les oreilles, une musique rock à fond à l'intérieur et me coupe du monde extérieur.

Lorsqu'un pied frappe mon épaule, je sors de ma bulle en grognant. J'écarte le côté droit de mon casque pour prêter une oreille attentive à la personne qui ose me déranger. Ça ne peut être que deux personnes, soit le patron, soit Ben.

Mon corps glisse de sous la carcasse et tombe nez à nez avec le visage buriné de celui qui commande ce garage. Cet homme qui enferme en lui une certaine sagesse et qui m'a pris sous son aile il y a plusieurs années. Il a tendance à vouloir sauver les âmes errantes, un psy de mes deux parlerait d'un probable *complexe du sauveur*.

Ici, on était tous dans la merde avant de bosser pour lui, et donc on lui doit une fière chandelle. Mais il ne demande jamais rien.

— Yo, gamin, tu as l'air particulièrement grincheux ce matin…

Avec un grognement pour toute réponse, il poursuit sur sa lancée. Lui, contrairement à moi, semble de bonne humeur.

— Il est plus de seize heures, mon gars, il est temps de faire une pause.

Bordel, déjà ?! Je n'ai pas vu le temps passer. Je me redresse et m'empresse de m'essuyer les mains. J'ai rendez-vous avec Zéphyr au club pour qu'on s'entraîne et je suis déjà en retard. *Il va me buter !*

Alors que je me désape de mon bleu de travail, mon patron me suit. Je sens qu'il n'a pas fini notre discussion.

— Et tu vas être content, j'ai trouvé une nouvelle secrétaire ! Une fille très intéressante, j'espère qu'elle fera l'affaire…

— Ouais, pas comme les autres qui ne faisaient que baver et roupiller toute la journée !

Ma voix grave est rauque de ne pas avoir servi pendant si longtemps.

— On verra bien, elle commence demain, révèle-t-il comme s'il n'était pas en train de me mettre encore plus en retard.

Ouais, l'avenir nous le dira. Mais là, clairement, je n'ai pas le temps de m'attarder sur son C.V. Ce n'est pas mon taf et, en prime, je m'en bats les steaks.

— Je compte sur toi pour bien l'accueillir, avoue-t-il en me fixant de ses yeux gris délavé.

Ma réputation me précède. J'en ai déjà fait fuir deux à cause de mon côté chaleureux et accueillant.

— Demande à Ben, il fait bien mieux le taf, répliqué-je pour lui signifier que je n'en ferai rien.

— C'est ce que j'ai fait, mais je te connais, donc je te demande d'être un minimum sociable. On a vraiment besoin de la garder celle-là et, si tu gaffes, je te colle derrière ce foutu téléphone jusqu'à la fin de ta vie !

Je le fixe de nouveau, avant d'enfiler mon sweat et de hoche la tête en signe d'assentiment. Je ferai un effort, s'il me le demande. J'espère juste que ce n'est pas une potiche de plus.

Une fois sapé plus dignement, je me barre en courant pour rejoindre le club au plus vite. Lorsque je regarde mon portable, il est déjà seize heures quinze.

Zéph' va me scalper, c'est certain !

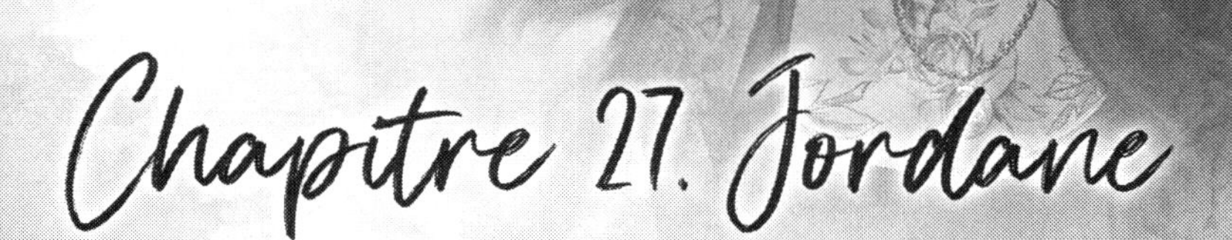

Chapitre 27. Jordane

Crack, mon cœur se fracture pour laisser les ombres sortir de leurs tréfonds.

Lost Cause - Billie Eilish

Avec Luis, on a parlé longtemps après le départ de George. Il m'a demandé mes préférences et je lui ai avoué m'adapter assez facilement à toutes sortes de matériel. Je ne suis pas trop compliquée de ce point de vue là comme nana, il me faut juste un dermographe et de l'encre. Et éventuellement des clients pour avoir de la peau à marquer…

— Alors, je te propose de venir les lundi et mardi matin et le jeudi après-midi pour commencer. On va dire de huit à douze heures pour les matinées et de treize à dix-sept heures pour les soirées. Ça t'irait ?

— Carrément ! Ce serait idéal, avoué-je, folle de joie.

Il m'a dit que je serai payée au tatouage que je réaliserai, alors il faut que je parvienne à me dégoter des clients. Ce qui est cool, c'est que je touche un bon pourcentage de mon taf. Chose plus complexe, réussir à me faire connaître.

— J'ai une cliente lundi qui passe et qui devrait aimer ton style alors, je vais te la confier pour tes débuts. À toi de répondre à sa demande pour la séduire, me dit-il en me faisant un clin d'œil.

Je hoche la tête, curieuse de savoir ce que ce futur client veut et, avant que je ne m'apprête à le questionner, il me stoppe d'une main tendue.

— Elle te parlera de son envie et voudra que tu dessines devant elle l'esquisse de ce que tu imagines, elle fonctionne au coup de cœur.

D'accord, OK, Joe, pas de préparation, il va falloir attaquer direct et sous les yeux de la personne.

Bon sang, ça va jouer avec mes nerfs, mais j'acquiesce quand même car il va falloir que je m'adapte. C'est un défi que je suis prête à relever.

On signe le contrat, et je me barre du shop pour rentrer chez moi, il est déjà presque seize heures et Cameron ne devrait plus tarder à rentrer de l'école, enfin, s'il daigne me tenir un peu compagnie.

En arrivant dans mon quartier, la beauté de celui que j'ai quitté me manque déjà, mais la familiarité du mien me rassure quelque part. Je n'ai plus l'impression de faire tache dans le décor.

Demain, je commence au garage à huit heures pétantes, alors je ne vais pas me coucher tard pour me donner à fond pour ce premier job.

Sur un carnet, je note mes horaires de travail de chacun de mes emplois et me rends compte que ça va être tendu, mais il faut au moins ça pour joindre les deux bouts.

Toutes mes journées sont chargées et mon emploi du temps est rythmé comme jamais. Ça ne va me faire que peu de temps avec mon petit frère, mais je n'ai pas le choix. Si le travail au *Dark Ink* se développe bien, je pourrai me permettre d'en arrêter un, mais pas avant. Je regarde les enveloppes que je n'ai pas osé ouvrir et qui s'accumulaient dans la boîte aux lettres.

Probablement des frais de soins que ma grand-mère n'a pas pu payer, des frais scolaires impayés depuis plusieurs mois, des factures d'eau et d'électricité. Bon sang, ça va être chaud. Je referme mon carnet et le mets de côté pour tenter de me décontracter un peu. Mais le vide de la maison est presque étouffant, son silence me prend à la gorge, alors je sors pour me griller une clope.

J'inspire dessus en regardant la nuit tomber peu à peu. Il est déjà presque dix-neuf heures lorsque je regarde mon téléphone et pas de nouvelles de mon petit frère. Je lui envoie un message, qui reste sans réponse. Je tente de l'appeler, mais je tombe directement sur sa messagerie.

Bordel, il me fait chier ce petit con !

J'écrase mon mégot dans le cendrier qui reste constamment dehors depuis que je suis revenue. L'arrière de mon crâne se pose sur le mur froid de la baraque et mon regard s'attarde sur une fenêtre de la maison d'en face.

C'est de cette putain de fenêtre que tout est parti, que j'ai croisé son regard pour la première fois. Les heures défilent et j'attends, *j'attends, j'attends...*

Il est vingt-deux heures lorsque je craque et prends mon carnet pour exprimer ma colère et mon inquiétude. Bon sang, Cameron, que fais-tu ?! Les traits familiers de mon petit frère se dessinent peu à peu sur la feuille, mais ils sont plus enfantins que ceux actuels. Celui qu'il était lorsque je l'ai quitté me manque cruellement. Il est ma seule famille, le seul être qui compte pour moi.

Lorsque j'entends des pas retentir dans la rue, il est près d'une heure du matin et, à ma grande surprise, Cameron n'est pas seul. Il est accompagné d'un homme assez grand, et plus il approche, plus sa carrure sèche et musclée lui donne une aura de danger. En apercevant le bleu sur le visage de ma chair et mon sang, je disjoncte.

Très vite, je rentre dans la maison et m'empare de la batte de baseball qui ne cesse jamais d'être à côté de la cheminée. Lorsque je sors en la brandissant, le gars se planque derrière mon petit frère, qui place ses mains entre nous comme pour le protéger.

— *¡Apártate para que pueda matar, a este bastardo!*[7] T'as vu ta tronche ? Je vais lui refaire le portrait pour t'avoir

---

7 Écarte-toi que je le bute, ce connard !

touché ! hurlé-je, tant je suis hors de moi.

Je ne maîtrise plus mon corps, et la rage me consume. La batte s'abat et l'autre con l'esquive avec beaucoup trop de facilité. Je m'apprête à asséner un nouveau coup quand Cameron attrape l'objet et me retient de l'abattre une nouvelle fois.

— Arrête, Joe, bordel ! C'est lui qui m'a aidé ! Il ne m'a rien fait de mal ! hurle-t-il à son tour.

En ébullition comme jamais, je stoppe tout mouvement pour regarder mon frère dans les yeux, cherchant si c'est la vérité. Et l'honnêteté qui brille dans ses prunelles me prouve qu'il ne ment pas, alors seulement, je relâche ma prise et pose mon arme au sol.

En voyant que je me calme enfin, le gars se ramène doucement vers nous, comme approchant un animal enragé avec prudence.

— Bordel ! c'est une tarée ta sœur, gamin ! Elle est dangereuse… balance-t-il dans un chuchotement à mon frère.

— Elle est un peu impulsive… lui répond-il avec une forme de complicité qui m'agace.

— La ferme, Cam' ! Je ne t'avais pas demandé de me prévenir si tu ne revenais pas ?! Tu n'as donc aucune pitié pour moi ?! Je me suis fait un sang d'encre et regarde ta gueule ! l'engueulé-je sans sommation, laissant sortir de moi toute mon inquiétude, ma colère et mon agacement de la soirée.

Et pour la première fois, j'ai l'impression d'avoir un impact sur mon petit frère. Il croise les bras dans son dos, devenant penaud face à ma remontrance.

— Tu es sous ma responsabilité, et tu l'as presque toujours été, je te signale ! Ce n'est pas parce que je me suis barrée que tu peux te permettre de me traiter comme ça ! C'est ça que tu faisais à *Abuela* ?!

Mes mots le touchent, et des larmes lui montent aux yeux alors que j'aborde notre grand-mère, mais sa tristesse se transforme rapidement en colère.

— Je t'interdis de parler d'elle ! Elle avait besoin de toi et tu n'as pas été là ! Tu nous as abandonnés pour fuir comme une lâche, alors ne me fais pas de leçon de morale, Jordane !

Sa colère me claque, mais attise la mienne.

— Tu peux penser ce que tu veux de moi, mais je t'ordonne de respecter le cadre que je t'impose ! Auquel cas, tu vas me voir sous un tout autre jour !

— Qu'est-ce que tu vas faire ? Me frapper comme maman ? hurle-t-il, sa voix s'éraillant sur les derniers mots prononcés.

Boum, boum. Boum, boum.

Crack, mon cœur se fracture pour laisser les ombres sortir de leurs tréfonds. Je perds le contrôle. Je m'approche de lui, le prends par le tee-shirt pour l'approcher au plus près de moi pour qu'il entende bien mes mots, qui ne sont que de l'acide sur ma langue.

— Ne parle plus jamais de cette salope, ne me compare plus jamais à elle, c'est compris ?

Voyant mon expression, mon aura, Cameron se décompose en prenant conscience de ce qu'il vient de me dire. Je le relâche et m'éloigne de lui comme s'il m'avait brûlée vive.

— Je suis… déso… tente-t-il de bafouiller en s'approchant de moi, mais le mal est fait.

— Rentre te coucher immédiatement, le coupé-je d'une voix glaciale que je ne reconnais pas moi-même.

Il me fixe quelques secondes, cherchant mon regard que je ne lui accorde pas. Il part alors en courant pour rentrer dans la maison, me laissant seule avec la tristesse qu'il a installée en moi, mais aussi la culpabilité de m'être laissée encore une fois dévorée par l'ombre qu'est devenue notre mère dans mon cœur.

Seul le bruit de ma respiration rapide meuble le silence de la nuit et lorsque je me sens capable de parler, je le romps en ramassant la batte et en m'adressant à l'inconnu qui a assisté à notre misérable scène.

— Merci de l'avoir ramené, prononcé-je, la voix aussi brisée que mon cœur en cet instant.

Je suis un peu honteuse d'avoir voulu le tuer, alors je ne sais pas trop quoi lui dire.

— Je suis désolée pour ça, avoué-je en montrant mon arme en bois.

Il sourit d'un rictus presque fou. Ses prunelles sont noires comme la nuit et sa tignasse bouclée est hirsute. Cependant, ses traits sont très beaux seulement éclairés par la lune qui est pleine ce soir. En l'observant bien, je remarque que lui aussi porte des bleus sur sa peau, allant du violet au vert. Ils ne datent pas d'aujourd'hui, c'est certain.

— Pas grave, il est en sécurité maintenant, alors je vais y aller avant de crever sur le bord de la route pour de bon, me répond-il de sa voix grave en riant à moitié.

J'esquisse un faible sourire aussi en le regardant partir, jusqu'à ne plus le voir au détour de la rue. Je passe une main dans mes cheveux, soudainement épuisée de cette journée, ou plutôt de cette soirée.

Je rentre à la maison, range ma batte de baseball à sa place et rentre dans ma chambre après avoir verrouillé la porte de la maison. Je dois dormir, je commence tôt et je dois assurer. Demain, je vais aussi devoir avoir une conversation avec Cameron et je ne sais pas comment faire pour l'aborder.

Chapitre 28. Jordane

Je n'ai pas pu fermer l'œil de la nuit.
Insomnies - Angèle

J'ai une gueule de morte-vivante, car je n'ai pas pu fermer l'œil de la nuit. Ce qu'il s'est passé avec Cameron m'a hantée et je me suis clairement levée du mauvais côté du lit. Ma tignasse est tout simplement indomptable, pas moyen de me foutre du mascara correctement, bref une journée où je serai à prendre avec des pincettes.

Et pourtant, je vais devoir gérer l'accueil du garage en affichant mon plus beau sourire. Je tente de m'entraîner devant la glace, mais tout ce que je réussis à faire c'est une vieille grimace digne du film *Chucky.*

Génial !

Je cherche mon sweat préféré pour me donner du courage, mais il est sale, ce qui m'enfonce encore plus dans le méandre de la mauvaise humeur. J'enfile alors un sweat, de toute façon je ne le garderai pas longtemps, vu la chaleur.

Merveilleux !

Je regarde l'heure et me dépêche pour ne pas être en

retard, revêts un jean *mom* noir troué aux genoux et mes fidèles Dr. Martens ainsi que ma veste en jean noire diesel. Heureusement, il ne pleut pas, ce qui va m'éviter d'être trempée pendant mon trajet à pied qui semble durer une éternité ce matin.

Lorsque j'arrive à proximité du garage, des nuages de mauvais augure commencent à pointer le bout de leur nez. Bordel, si je me prends une saucée sur la tronche juste avant d'arriver, je ne réponds plus de rien. Je me mets alors à courir lorsque les premières gouttes tombent du ciel, venant mouiller mes vêtements et mes cheveux. J'enfile ma capuche tout en traçant sous la pluie, histoire de ne pas empirer l'aspect catastrophique de mes cheveux.

Au moment où j'arrive à l'abri, je suis essoufflée, mais au moins je ne suis pas vraiment trempée. L'odeur d'essence et de cambouis saisit mes sens et me rappelle des souvenirs. Une nostalgie me prend, calmant un peu ma mauvaise humeur.

Je m'avance à l'intérieur du garage où trônent des tas de voitures, aussi bien anciennes que neuves, de très jolis modèles que Davy aurait eu plaisir à bidouiller, c'est certain. Le sourire de l'oncle d'Ella se superpose à son expression de tristesse la dernière fois que je l'ai vu, me nouant l'estomac en une fraction de seconde.

Des bruits métalliques me sortent de mes songes et captent mon attention. Ils proviennent du dessous d'une Chevrolet cabriolet d'un joli rouge, j'aime beaucoup les voitures anciennes et j'en connais pas mal. Des pas parviennent jusqu'à moi, et je rencontre un homme qui doit avoir pas loin de la trentaine. Un joli sourire qui se veut accueillant sur les lèvres, il s'approche pour me saluer en tendant sa main tachée de noir.

Je la saisis sans vraiment m'en soucier et tente de lui rendre l'amabilité qu'il m'offre. Je ne sais pas si j'y parviens vraiment…

— Salut, tu dois être Jordane, notre nouvelle collègue. Je suis enchantée de te connaître, je m'appelle Ben.

— Joe.

— Pardon ? me questionne-t-il, ne comprenant pas ma réplique.

— Je préfère qu'on m'appelle Joe, mais je suis enchantée moi aussi de te connaître.

Je vire ma capuche qui commence à m'étouffer, libérant mes cheveux bleu nuit et noir. Il m'observe un peu comme si j'étais un ovni, et je déteste ça.

— OK ! Joe, sans problème, c'est très joli !

— Merci. George est là ? le questionné-je en cherchant derrière lui un autre signe de vie que l'autre gars sous sa bagnole rouge.

Le pauvre Ben se confronte à Dark Joe, cette facette de moi imbuvable, et je ne parviens même pas à faire le moindre effort pour lui éviter ça.

— Ouais, il t'attend dans son bureau, je vais te conduire à lui, bafouille le gars tout en muscles qui semble intimidé par ma simple personne.

Il s'avance entre les voitures et je le suis jusqu'à un bureau au fond du garage. Il frappe et entre pour me laisser passer, puis en ressort tout aussi vite.

George me regarde en haussant un sourcil.

— Qu'as-tu fait à notre gentil Ben, Joe ? Il a l'air d'être tout retourné, me dit-il en riant à moitié.

Je hausse les épaules en avançant, m'installant sur la chaise qui se trouve en face de son bureau. Je frotte un peu mon visage et porte mon attention sur papy, qui m'observe avec attention.

— T'as une sale gueule, tu le sais ? balance-t-il sans me ménager, et c'est ce que j'aime chez lui.

— Pas très bien dormi… mais ça va.

Il hoche la tête et me tend sur le bureau mon contrat. Je le lis attentivement au cas où il y ait une couille dans le pâté. Je ne pense pas, mais on n'est jamais trop prudent.

Tout me semble clean, alors je signe les deux exemplaires et lui rends le sien, glissant le mien plié en quatre dans la poche arrière de mon jean en me levant. Avec la chaleur, je me retrouve rapidement en débardeur. J'ai moins l'impression d'étouffer.

— Tu sais que tu vas perturber un peu mes gars ? me dit papy, sans état d'âme.

— Pourquoi ? le questionné-je sincèrement, ne comprenant pas ce qu'il veut dire.

— Bah… tu… arf, laisse tomber, prend tes affaires, je vais te montrer ton bureau, réplique-t-il sans me donner de réponse vraiment construite.

Je le suis alors à l'extérieur, et il me guide vers une sorte de petit bureau qui est assez chaleureux. Un ordi, un agenda et un téléphone trônent sur une table affublée d'une chaise qui semble confortable.

— Voilà, ceci sera ton royaume, et les consignes sont simples : répondre au téléphone, noter les rendez-vous… Pour le moment, je ne te demande que ça. Plus tard, on verra pour les commandes de matériel et autres, mais ça attendra ta période d'essai, m'explique-t-il.

— C'est dans mes cordes, dis-je en m'installant sur la chaise de bureau rembourrée, ne pouvant m'empêcher de tournoyer dessus comme une enfant.

Cela fait rire George, et avant de partir, il s'adresse une dernière fois à moi.

— Je vais te présenter au reste de l'équipe, mais j'attends qu'ils soient tous là, alors retire-moi cette tronche de tueuse et affiche-moi un sourire !

Je force un rictus en signe de bonne foi, ce qui le fait rire de nouveau, pendant qu'il s'éloigne. Je ne pense pas avoir été très… performante, en tout cas pas plus que dans mon miroir ce matin.

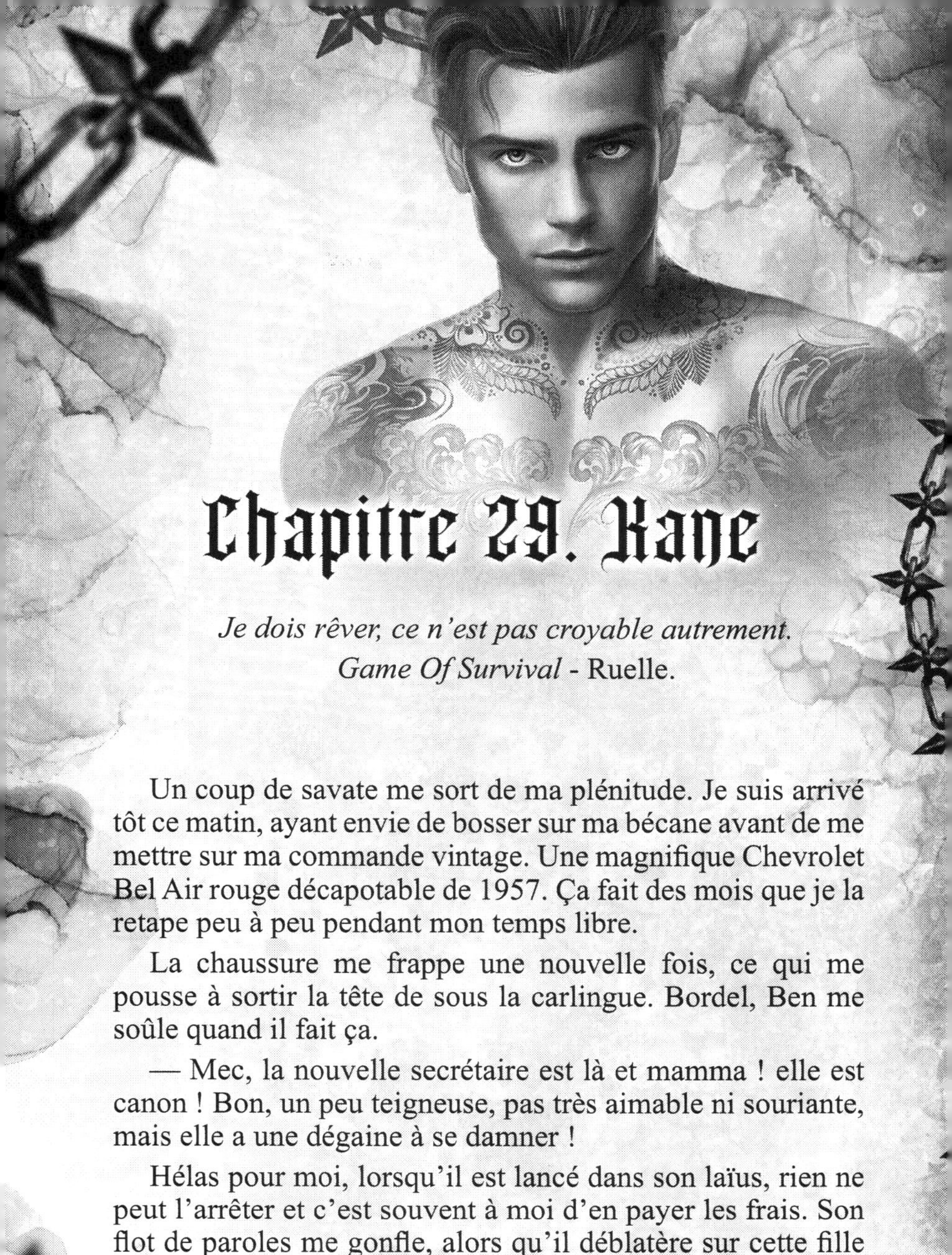

Chapitre 29. Kane

Je dois rêver, ce n'est pas croyable autrement.
Game Of Survival - Ruelle.

Un coup de savate me sort de ma plénitude. Je suis arrivé tôt ce matin, ayant envie de bosser sur ma bécane avant de me mettre sur ma commande vintage. Une magnifique Chevrolet Bel Air rouge décapotable de 1957. Ça fait des mois que je la retape peu à peu pendant mon temps libre.

La chaussure me frappe une nouvelle fois, ce qui me pousse à sortir la tête de sous la carlingue. Bordel, Ben me soûle quand il fait ça.

— Mec, la nouvelle secrétaire est là et mamma ! elle est canon ! Bon, un peu teigneuse, pas très aimable ni souriante, mais elle a une dégaine à se damner !

Hélas pour moi, lorsqu'il est lancé dans son laïus, rien ne peut l'arrêter et c'est souvent à moi d'en payer les frais. Son flot de paroles me gonfle, alors qu'il déblatère sur cette fille qui va tenter de remplacer notre Maria.

En levant les yeux au ciel, je replonge dans ma cachette, le laissant baver allègrement sur cette fille que je n'ai pas encore rencontrée, mais qui, à cause de lui, me blase déjà.

Ben est ce qu'on appelle un coureur de jupons, mais surtout il a tendance à trouver toutes les femmes belles et charmantes, donc je ne me fie pas vraiment à son avis.

Moi, je suis plus compliqué. Je suis surtout hanté par une silhouette du passé qui domine la moindre de mes conquêtes. Elles ne sont jamais assez bien, jamais assez belles. Elles ne sont tout simplement pas « *elle* ».

C'est triste pour les demoiselles et désespérant pour moi, car je commence à me dire que je vais finir mes jours seul, à baiser seulement pour satisfaire des besoins primaires et ne jamais connaître la joie d'être comme Kaos et Elie.

Je les envie. Ils se sont trouvés, comme le yin et le yang, ne formant plus qu'un. Pourtant, ce ne fut pas simple, mais ils m'ont prouvé que malgré des chemins sinueux, on peut trouver sa voie. Il suffit d'y croire et de ne rien lâcher. Sauf que pour moi, au bout de la route se trouve un mur en ciment incassable sur lequel je me heurte inlassablement.

Ben lâche enfin l'affaire, partant travailler lui aussi et, quelques heures plus tard, il me sollicite de nouveau car le patron nous demande de nous réunir à l'accueil.

Il veut probablement nous présenter la nana en bonne et due forme. Ce qui me gonfle royalement, mais je le fais car c'est une demande de George.

Je me sors sans difficulté pour suivre avec plus de lenteur Ben qui, lui, se précipite vers le point de réunion. Tous les gars sont presque déjà là et attendent que la demoiselle finisse son coup de fil.

Bon sang, on n'a pas que ça à foutre.

Le claquement du téléphone retentit, et comme je baisse la tête, je ne vois qu'une paire de Dr. Martens usée s'approcher du patron.

Lentement, mon visage remonte la silhouette, des formes sublimes, je dois l'avouer, dissimulées derrière un jean un peu large et troué aux genoux qui, d'après l'épiderme qui dépasse, semblent… tatouées ? Je remonte plus haut, car elle a attisé ma curiosité et je tombe sur des bras dénudés recouverts de tatouages floraux sublimes et très noirs avec juste quelques nuances de couleurs à certains endroits.

Mon inspection remonte vers une poitrine plantureuse, qui m'attire immédiatement, un décolleté lui aussi parcouru d'encre que je voudrais détailler davantage, mais cette foutue bienséance me pousse à ne pas fixer ses seins comme ça.

Le patron parle, mais je ne capte pas un mot, trop concentré à épier le moindre détail de son épiderme, avant de monter sur son visage et là, c'est un uppercut que je me prends dans la gueule.

C'est impossible.

Ce n'est tout bonnement pas possible. Je dois rêver, ce n'est pas croyable autrement.

Je fixe ses traits qui, bien qu'ayant pris un peu de maturité, sont toujours les mêmes. Une bouche pulpeuse à se damner, des boucles qui, auparavant brunes, sont désormais d'un bleu sombre qui lui va si bien. Mais la chose que je reconnaîtrais toujours, ce sont ses prunelles grises hypnotiques qui m'ont tant obsédé et agacé à la fois.

Mon ventre se noue, mon cœur s'accélère, car elle ne me regarde pas. Ses yeux sont posés sur Biggy, qui se présente poliment en louchant allègrement sur son décolleté, sans gêne, puis viendra le tour de Terence, puis Ben… et ce sera ensuite le mien.

Et là, tout de suite, je ne pense qu'à fuir. Ne pas affronter son regard, car la dernière fois qu'elle m'a regardé dans les yeux, j'ai clairement vu son cœur se briser.

À cause de moi.

Lorsqu'elle est partie, c'est comme si mon âme avait perdu sa moitié, comme si ce qui animait mon être avait disparu avec elle, sans laisser la moindre trace.

Je n'ai jamais su où elle avait fui, sa grand-mère n'a jamais lâché le morceau et encore moins son petit frère.

Pourtant, c'était pour le mieux, non ? Elle n'était plus là, donc ne courait plus le moindre danger. Et puis, après son départ, j'ai pu me libérer, car je n'avais plus que ma dette à payer avant de pouvoir enfin respirer.

Mais je me suis vite rendu compte que, sans elle, mon oxygène se raréfiait.

C'est bientôt mon tour et mes tergiversations m'ont empêché de pouvoir me casser avant qu'elle ne puisse me regarder et lorsque je vois son visage se tourner vers moi, son expression change du tout au tout. Et, bon sang, jamais je n'avais vu autant de haine dans un regard qu'en cet instant. Un silence de plomb envahit la pièce, car malgré le fait que l'on m'appelle, je ne réponds pas. Je n'ai jamais été aussi muet que maintenant.

Son corps se tourne vers moi avant d'avancer, s'approchant rapidement. Bordel, qu'elle est belle. Je dois être dans un rêve, car elle n'a jamais été aussi près de moi qu'en cet instant. Nos visages se font presque face, car elle n'a jamais été petite. Un sourire fleurit sur ses lèvres pleines, mais il n'a rien d'amical ou de chaleureux et, soudainement, une douleur irradie dans mon entrejambe, une douleur qui me force à couiner comme une merde et à me plier en deux.

— Ravie de te rencontrer, Kane, crache-t-elle comme du venin dans mon oreille.

Bordel, c'est bien Jordane.

Chapitre 30. Jordane

Après tout, ce n'est qu'un maigre tribut pour avoir brisé mon cœur.

Madness - Ruelle.

Mon genou atterrit dans son entrejambe avant que je n'aie pu contrôler quoi que ce soit. Bordel de merde, je suis vraiment maudite, ce n'est pas possible autrement.

Lorsque papy a prononcé le nom de Kane, je me suis dit que ça ne pouvait être qu'un foutu hasard, mais lorsque nos yeux se sont croisés, j'ai disjoncté. Toute ma haine a ressurgi pour prendre possession de mon être, de mon corps. J'ai vomi les sentiments positifs qui sont arrivés avec elle et je les ai jetés en pâture à ma rage. Et avant que je ne réalise ce que je faisais, mon genou écrasait violemment ses couilles que j'aurais pu entendre se briser.

Après tout, ce n'est qu'un maigre tribut pour avoir brisé mon cœur. Je me détourne, la tête haute, avec le plus de dignité possible, après l'avoir salué comme il se doit et me replace à côté de George, qui me regarde complètement choqué. Je masque mon trouble, enfile cette armure que je peine à maintenir et qui bientôt s'effritera.

— C'est une longue histoire que je ne souhaite pas aborder, et si nous passions le reste des présentations pour que je puisse aller travailler ? enchaîné-je d'un souffle, comme s'il ne s'était rien passé du tout.

Contre toute attente, il m'écoute et me présente mon dernier collègue qui s'appelle Caleb. Très bien, on a donc Biggy, Terence, Ben et Caleb.

Je m'avance vers chacun d'eux avec le plus beau sourire dont je suis, à l'heure actuelle, capable de faire et leur serre la main avec vigueur. Un visage effrayé est peint sur chacun de leurs faciès, au moins ce con aura permis une chose : on ne me fera pas chier, au risque d'une castration.

Une dernière salutation à tout le monde et je replonge dans mon antre en claquant la porte. Derrière celle-ci, j'explose ! Mon artifice se disloque pour révéler mes réels sentiments.

Le revoir remue tant de choses, *je le savais, bon sang !* Je savais parfaitement que croiser ses yeux réveillerait mes démons les plus sombres, les plus noirs. Tout remonte en moi par vagues irrépressibles.

Ses mains sur mon corps, la chaleur qu'il me procurait, la protection qu'il m'octroyait, puis la glace dans son regard.

Sa trahison, mon cœur qui se brise.

Et forcément, si je pense à ça, je pense à Ella qui a rendu son dernier souffle ce soir-là. En parlant de souffle, le mien se raréfie. Je peine à le reprendre tant l'angoisse, la colère, la peine, la haine et tellement d'autres émotions puissantes me submergent.

Je dois me ressaisir, car je ne veux plus qu'il ait cette emprise sur moi, je le refuse, alors je frappe le mur, ma tête, griffe mes bras à m'en blesser l'épiderme. Je dois retirer ses images de mon crâne, les renfermer dans cette boîte.

Les yeux sans vie d'Ella, mon hurlement qui me hante chaque nuit.

C'est de ta faute ! me hurlent les voix dans ma tête, me labourant le cœur, l'âme.

Ses yeux vert vitreux, sa peau glacée, mon soleil !

Je me roule en boule dans un coin de la pièce, tentant d'effacer ces ombres qui ne cessent de me meurtrir. Je me bascule d'avant en arrière comme quand j'étais enfant et que ma mère amenait des hommes qui me faisaient peur.

Je bascule à un rythme effréné, comme une tarée.

Après, c'est ce que je suis, non ?

Peu à peu, je parviens à me calmer et le bureau réapparaît devant mes yeux, remplaçant d'autres images qui me donnent envie de gerber. Un visage n'est pas loin du mien et, quelque part, je suis presque rassurée qu'il soit là.

— Ça va, gamine ? me demande-t-il avec une réelle douceur qui me ferait presque mal.

George. Je voudrais lui dire que je vais bien, que le revoir ne m'a pas bouleversé, mais aucun mot ne sort, alors je me contente de hausser les épaules.

— Tu as repris des couleurs, c'est déjà ça, me dit-il en souriant gentiment et en se relevant.

Je le vois s'éloigner en me jetant un dernier regard. Dans le mien, je tente d'exprimer toute ma gratitude de ne pas me brusquer.

— Je te laisse te ressaisir et je vais aller voir si Kane n'a pas besoin d'aller aux urgences pour torsion testiculaire. Je pense que tu viens de lui mettre un K.-O comme il n'en a jamais eu.

Il rit en partant et moi, je remonte à la surface doucement jusqu'à pouvoir me relever. Je me mets à tourner en rond dans la pièce en regardant l'état de mes bras qui se voit peu grâce à l'encre qui teinte tout mon épiderme.

J'inspire et expire à plusieurs reprises. Ça y est, la crise est passée et je sais que le revoir désormais ne me provoquera plus ce genre de réaction aussi disproportionnée. Je vais gérer, et surtout : je vais l'éviter le plus possible !

Je me replace à mon bureau, et reprends la tâche pour laquelle je suis payée. Le secrétariat ! Le téléphone se met à sonner et c'est d'une main encore tremblante que je décroche, mais malgré cela, ma voix est claire, amicale. Je me calque sur ce que ma meilleure amie disait lorsqu'elle bossait chez son oncle et cela glisse sur ma langue avec facilité.

Je suis polie, efficace et je note tout.

Ça, je peux au moins le faire.

Midi s'affiche sur mon portable et, forcément, avec lui, la pause déjeuner. Habituellement, c'est un moment que j'aime bien, car chez moi, manger c'est sacré. Mais savoir que Kane est dans les parages me pousse à fuir pour me nourrir en dehors de ces murs, en prime, j'ai une envie folle de me griller une clope et plus encore d'ailleurs. C'est dans ces moments de faiblesse que les pulsions reviennent, que cette envie d'effacer de la seule manière que je connaisse ressurgit. Je sors le paquet de ma poche et me sauve vers l'extérieur pour inspirer le plus de nicotine possible.

Je m'adosse à la tôle qui entoure le garage et respire le grand air en allumant ma tige. Je tire dessus avec force et je sais qu'il me faudra en fumer plusieurs d'affilée pour soulager ne serait-ce qu'un peu mes nerfs.

Un bruit de gravillon me fait sursauter et, en mon for intérieur, je prie pour que ce ne soit pas lui. Je me tourne, la clope au bec, et tombe nez à nez avec ses yeux glaciers.

En même temps, je ne vois pas pourquoi je continue à prier ce foutu dieu, il n'exauce jamais, au grand jamais, aucune de mes demandes...

Je me détourne de lui pour regarder la pluie tomber, me concentrer sur l'odeur de l'humidité que j'aime lorsque le bitume est mouillé. Je suis lassée de cette journée vraiment merdique.

Il semble s'être remis de mon coup, c'est fort dommage, j'aurais aimé qu'il souffre plus longtemps. Toute sa vie ? Ouais, ça aurait été une perspective délicieuse.

— Joe… prononce sa voix devenue plus rauque avec les années.

Je lui montre un sublime doigt d'honneur en guise de

nouvelle salutation, avant de lui parler.

— La ferme, ne m'adresse pas la parole et oublie ma présence. Tu n'existes plus pour moi, depuis bien longtemps d'ailleurs, prononcé-je d'une voix morne, évitant de le regarder une seule seconde.

Sans le laisser en placer une de plus, je me casse à l'intérieur, récupère ma veste en jean avec mon porte-monnaie et me casse bouffer. J'ai besoin de gras et de sucre, un merveilleux remède qui procurera une petite montée d'endorphines afin de surmonter la dernière moitié de la journée.

Chapitre 31. Kane

Nous étions surtout deux âmes tentant de se reconstruire dans un monde qui faisait tout pour nous détruire.
Pain - Three Days Grace.

La douleur irradie encore dans mes couilles, mais ce n'est rien comparé à la haine qui brûlait dans son regard acier. J'ai déjà du mal à communiquer en général, mais avec elle, tout reste bloqué dans mes tripes. Je voudrais m'excuser, tenter de lui expliquer, mais quand nos prunelles se croisent, soit je perds mes mots, soit elle me fait taire.

En même temps, comment est-ce qu'elle pourrait excuser ce que j'ai osé lui faire cette nuit-là. La souffrance dans ses yeux est restée gravée dans mon cœur et la culpabilité m'a dévoré. Dès l'instant où elle m'a vu avec cette fille, qui n'avait pas la moindre importance, je l'ai regretté. Et je le regrette depuis chaque seconde de mon existence.

La perdre a été terrible, plus que je ne l'aurais jamais imaginé.

Je savais que c'était le seul moyen pour la tenir véritablement loin de moi, mais ses yeux inondés de larmes qu'elle tentait de contenir m'ont bouffé.

Sauf que maintenant qu'elle est devant moi, je suis attiré comme un aimant, c'est comme si je retrouvais une sensation que j'avais oubliée, une euphorie qui me faisait défaut. Mais à chaque approche, elle me fuit. À chaque amorce de phrase, elle me coupe dans mon élan.

J'avais oublié à quel point elle était têtue et tenace.

La retrouver réveille en moi les réminiscences de mon enfance, de notre jeunesse. De cette amie qui comptait pour moi jusqu'à ce que je me rende compte trop tard qu'elle était finalement la gardienne de mon cœur, de mon humanité.

Dans notre vie de merde, Joe était pour moi une étoile dans le ciel obscur de la nuit. Ça paraît tellement cliché dit comme cela, mais c'est la putain de vérité. Dans le chaos que nos vies nous imposaient, elle en a toujours été la seule constante. Et lorsqu'elle est partie, j'ai perdu ma stabilité.

Il m'a fallu un moment pour me reconstruire après ce qu'il s'était passé, rongé par son absence qui ne cessait de dévorer les chairs de mon cœur. À un moment, j'ai même été en colère contre elle, contre sa lâcheté, mais finalement, j'avais plus honte de la mienne. De mon manque de courage. Elle est partie, a peut-être fui, mais elle a surtout refait sa vie, loin de toute notre crasse. Moi, je suis toujours là, dans cette même ambiance. L'ombre m'entoure encore, caresse ma peau par moments.

Lorsque ses prunelles pleines de haine croisent les miennes, je lis en elle toute sa rancœur, mais surtout je n'y trouve plus la moindre lumière. Elle est comme éteinte.

Ella était cette luminosité qui lui fait défaut maintenant. Comme les deux faces d'un même ciel, elle a perdu son astre opposé.

Je sais qu'en me voyant aujourd'hui, Joe n'a pu que la revoir, elle aussi. Car si Jordane était mon équilibre, Ella était le sien et, par ma faute, elle s'est éteinte avant même de devenir adulte. Mon cœur se serre en y repensant, la culpabilité le croquant vicieusement. Je ne me suis jamais pardonné ça non plus. Car si je l'ai trompée pour l'éloigner de moi, pour le reste, je n'ai aucune excuse.

Cette putain de drogue qui pourrit les cœurs les plus tendres, je ne pensais pas qu'Ella avait sombré à ce point. Joe m'en parlait parfois. Il ne faut pas être idiot pour savoir qu'elle comptait énormément pour elle. Pour moi, il n'y avait qu'elle. Les autres n'étaient, ne sont que secondaires. C'étaient mon obsession, ma lumière. Son bien-être, sa manière de survivre. Chaque aspect de sa vie, chacune de ses émotions.

Je ne m'intéressais à rien d'autre.

Je passe une main dans mes cheveux alors que mon dos glisse doucement le long de la tôle. Je regarde la silhouette de mon amie, mon amante, mon ancien amour se barrer en courant loin d'ici, et une part de moi ne peut s'empêcher de me chuchoter de la suivre.

Une tonne de questions se bouscule dans ma caboche.

Pourquoi est-elle là ?

Pourquoi revenir maintenant ?

Où habite-t-elle ?

Puis je revois son apparence qui a changé, qui n'est plus la même du tout. Cette peau entièrement tatouée me fait frémir, réveille en moi un désir qui s'était depuis trop longtemps éteint. Sa similitude avec la mienne ne cesse de me captiver.

Nos épidermes sont si similaires…

Se faire tatouer ainsi, dans de telles proportions, n'est jamais anodin. Cela renferme toujours quelque chose de plus profond, de plus intense qu'une simple apparence, et ma curiosité malsaine voudrait connaître la raison qui la pousse à graver sa peau ainsi. Je voudrais analyser chaque détail de son épiderme, éplucher chaque esquisse gravée sur sa peau que je ne reconnais plus et qui, pourtant, m'appartenait avant.

Je me lève, rentre dans le garage et je sens le regard des gars me scruter. Je sens leurs questionnements m'effleurer, car généralement je ne suis pas celui qui fait des vagues ici, on attend ça de Ben ou encore de Biggy, mais certainement pas de moi. Alors, ma presque castration de ce matin éveille leur curiosité et, forcément, le foutage de gueule qui va avec ! Donc je ne dis rien, je me fais le plus petit possible pour ne pas parler de tout ça.

Je trace direct vers la voiture que je réparais, mais l'espoir qu'on me laisse tranquille est vain, car George ne tarde pas à venir me voir en croisant ses bras sur son torse avec un air inquisiteur.

Bon sang, je sais d'avance qu'il ne me lâchera pas la grappe avant d'avoir au moins eu des bribes d'information, c'est certain. J'attends plusieurs minutes, réfléchissant à ce que je vais bien pouvoir lui dire. À ce que mon cœur va être capable de lui confier.

Parler de Jordane a toujours été une bataille, car elle était mon secret, cette pierre précieuse cachée dans le coffre de mon cœur. Si je n'en parlais pas, c'est que je n'osais pas avouer cette intensité, car tout serait devenu réel. Mais après son départ, ces non-dits m'ont cramé et je me suis laissé consumer par chacun de ses mots que j'avais enfermés, cloisonnés. Ils sont devenus des pierres acérées, éraflant mon âme jour après jour jusqu'à devenir des plaies suintantes, puis finalement des cicatrices.

Alors, dire ça au patron, c'est impossible.

Lui dire à elle, encore moins.

Il bat du pied frénétiquement pour me montrer son impatience. Nos yeux se croisent, j'ouvre la bouche pour parler, tenter de m'expliquer.

— Un morceau de mon passé…

C'est tout ce que j'arrive à dire et c'est complètement ridicule ! Joe n'est pas un morceau de mon passé, elle est cet ancrage qui m'était vital, mais que je n'ai pas su préserver. Cette lune étincelante que j'ai laissée disparaître derrière d'épais nuages.

— Une ex ? Vu son coup de pied, elle est pas mal en rogne la gamine… réplique-t-il en remuant le couteau dans la plaie.

Une ex ? Est-ce vraiment ce que nous sommes maintenant ? Je n'en suis pas sûr. Dans le passé, nous étions surtout deux âmes tentant de se reconstruire dans un monde qui faisait tout pour nous détruire.

— Non, pas une ex, elle était… tellement plus, murmuré-je presque pour moi.

Il ne répond rien, me laissant retourner me planquer sous la bagnole. Quelques secondes après, j'entends ses pas s'éloigner, rendre les armes pour le moment.

Mais ce n'est que partie remise, car un plus grand combat m'attend encore et il est parti manger.

Chapitre 32. Jordane

Il veut me parler ? Il ose vouloir ne serait-ce que m'adresser la parole ?
La colère - Melissmell.

De nos jours.

Je croque dans le hamburger le plus gras du menu. Bon sang, quand je suis perturbée, je ne pense qu'à bouffer, c'est terrible. Mes mains tremblent encore sous le coup de l'émotion, et les trois clopes que je me suis enfilées n'ont pas réussi à calmer mes nerfs.

Il veut me parler ? Il ose vouloir ne serait-ce que m'adresser la parole ?

¡Este *bastardo puede meterse el dedo en el culo!*[8].

Madre de díos.[9]

Abuela me tuerait si elle m'entendait… Je dois me calmer, ne pas me laisser submerger par ma colère, car ce serait le laisser gagner.

En prime, il ose me regarder avec son regard qui n'a rien

8 Ce connard peut se fourrer le doigt dans le cul !

9 Mère de Dieu.

perdu de son envoûtement, ses putains de prunelles qui m'ont sans cesse hantée. Mais, regarder ses yeux n'a pas empêché les miens de parcourir son corps devenu puissant, musculeux, noueux et l'artiste en moi n'a pas pu s'empêcher d'admirer les œuvres qui se trouvaient sur son épiderme. Bordel, il a autant de tatouages que moi ! C'est… c'est tellement… énervant ? Agaçant ? *Séduisant*…. STOP !

Ce mec est un poison qui ronge l'âme. Il te détruit doucement pour t'achever brutalement, on devrait lui foutre une étiquette sur la gueule marquée : NE PAS TOUCHER, AU RISQUE DE SE BRISER !

Je croque trois fois d'affilée dans mon burger en engouffrant presque les trois quarts. Je mâche sans aucune élégance alors qu'un homme passe près de moi en me reluquant. Sans aucune discrétion en prime. Je déteste ça.

J'ai compris au fil des années hors de mon quartier que mon apparence ne déplaisait pas. Je n'étais pas la plus belle, pas la mieux gaulée, mais on m'a dit une fois qu'il se dégageait de moi une sorte de je ne sais quoi… qui intriguait.

Alors, pour me protéger, je me suis cachée derrière le jardin d'Ella. Ses fleurs me préservaient, elles devenaient ma carapace. J'ai tenté ainsi de grandir, de changer. D'évoluer pour ne plus être celle que j'avais pu être.

Celle qui avait perdu celui qu'elle aimait et sa meilleure amie dans la même soirée.

Celle qui avait fui la queue entre les jambes comme une vulgaire lâche.

Avec ces tatouages, je cherchais à retrouver le courage en moi, cette force que j'avais la sensation d'avoir perdue. Alors, il y en a eu deux, puis trois, puis vingt-six… On pourrait croire que j'ai changé, mais c'est faux. Je n'ai fait qu'encrer ma meilleure amie dans la peau.

C'était pourtant mieux que le néant.

Je constate amèrement que je suis toujours aussi faible, en particulier face à lui. Je déglutis péniblement avant d'enfourner le dernier morceau de fast-food qui trônait dans ma main, puis de m'étaler sans aucune classe sur la chaise.

Mon ventre est rond comme une femme en début de grossesse et j'avoue que ça m'a redonné un peu de force. Mon regard s'égare sur l'horloge numérique qui ne se trouve pas loin, me rendant compte que ma pause va se terminer.

Je vais devoir de nouveau l'affronter, mais je préfère l'ignorer. Peut-être que si j'y crois assez fort, il disparaîtra ? Peut-être que si nos yeux ne se croisent plus, son odeur ne m'enrobera plus… ses tatouages ne m'attireront plus… Il s'effacera peut-être de mon paysage ?

Bon sang, tu rêves, ma vieille. Il est comme une verrue qui reste implantée dans ton pied sans jamais vouloir décaniller. Une calamité.

Je me lève, paye l'addition et sors telle une condamnée qui va se rendre à la potence. Ça me rappelle les années collège, quand j'allais en cours, avant qu'Ella n'entre dans ma vie.

Avant qu'elle ne colore ce qui était fade et gris.

Je regarde le ciel nuageux, celui qui vient juste de relâcher une averse qui se calme à peine. Je respire l'air ambiant et savoure ce parfum de pluie, de bitume mouillé et je me souviens de mon enfance. Ça fait mal, mais en même temps, curieusement, ça fait du bien. Car même si ce ne sont pas forcément des bons souvenirs, ils font partie de moi et ne sont pas tous merdiques.

Mes jambes s'actionnent, me mènent à mon nouveau lieu de travail, mais aussi au sien. Heureusement que cette cohabitation n'est que le week-end. Je force un sourire sur les lèvres en entrant à l'intérieur, un petit salut pour les nouveaux collègues, ceux que je n'ai pas encore envie de castrer, et m'installe dans mon bureau.

Un silence malaisant m'emplit. J'ai besoin de bruit. J'aperçois une vieille radio qui doit traîner ici depuis au moins dix piges, puis l'allume. Je farfouille les boutons lorsque la porte que j'avais fermée s'ouvre et se referme aussi sec.

Son parfum envahit la pièce, dire qu'il n'en a pas changé depuis ces dernières années. Je décide de l'ignorer, restant focalisée sur cette machine qui ne veut pas meubler le silence, ne veut pas remplacer le son de sa voix qui va bientôt sortir de sa bouche.

Je tape dessus avec agacement, alors qu'il ne prononce toujours pas un putain de mot. D'un côté, une part de moi redoute le fait d'entendre sa voix et l'autre ne désire que l'entendre prononcer quelque chose.

N'importe quoi…

Quelque chose de rationnel qui peut expliquer ce qu'il a fait, ce qu'il s'est passé ce soir-là. Je voudrais qu'il me raconte pourquoi tout a vrillé en quelques heures, comment la fille entourée que j'étais s'est retrouvée plus seule que jamais. Plusieurs semaines après mon départ, ses questions ont tourné en boucle dans ma tête, sans cesse, comme une litanie obsédante et corrosive.

Pourquoi, pourquoi, pourquoi ?!

Puis, peu à peu, ça s'est estompé. Avec les mois, j'ai enfermé ces sentiments, cette vie d'avant. J'ai réussi avec l'aide de Michael à me désintoxiquer de ce poison qui avait buté ma meilleure amie. Mais là, plus que jamais, l'envie me démange.

Sa présence est de plus en plus lourde et je sais ce qu'il attend de moi. Que je craque, que je lève mon regard vers le sien, que je reconnaisse sa présence, mais je ne vois en lui qu'une souffrance trop vive pour que je puisse le supporter. Mes prunelles se lèvent sur lui, et son visage n'a presque plus aucune émotion.

Depuis le choc de nos retrouvailles, il a changé. C'est comme s'il avait revêtu, à la pause déjeuner, un masque afin de dissimuler au monde le vrai Kane. *Ce Kane que j'ai aimé si fort.*

Camouflant ainsi cet être qui a su kidnapper mon cœur d'enfant et ravir mon âme d'adolescente. Celui qui me faisait des cadeaux pour mes anniversaires, qui n'en oubliait jamais un seul.

Celui qui a tué pour moi.

À vrai dire, je pense que c'est à partir de ce moment-là que tout a vrillé. Le jour de mon viol, le soir de mes seize ans. Si je n'avais pas été aussi faible, rien de tout ça n'aurait eu lieu.

Finalement, n'est-ce pas moi la responsable de tout ça ?

Évidemment que oui, car je suis un fléau, ma mère me l'a toujours dit. *Je n'aurais jamais dû naître.*

Le silence demeure et m'irrite, car il provoque des réflexions que je ne veux pas avoir, que je peine à supporter, alors je frappe fort du plat de la main et le son résonne dans la petite pièce.

— Parle ! Qu'on en finisse une bonne fois pour toutes ! craché-je entre mes dents, regrettant instantanément d'avoir prononcé ces mots.

Il se racle la gorge, je sais que ça va commencer. Alors, je respire, tente de calmer mon cœur et attends.

Attends, attends… inlassablement.

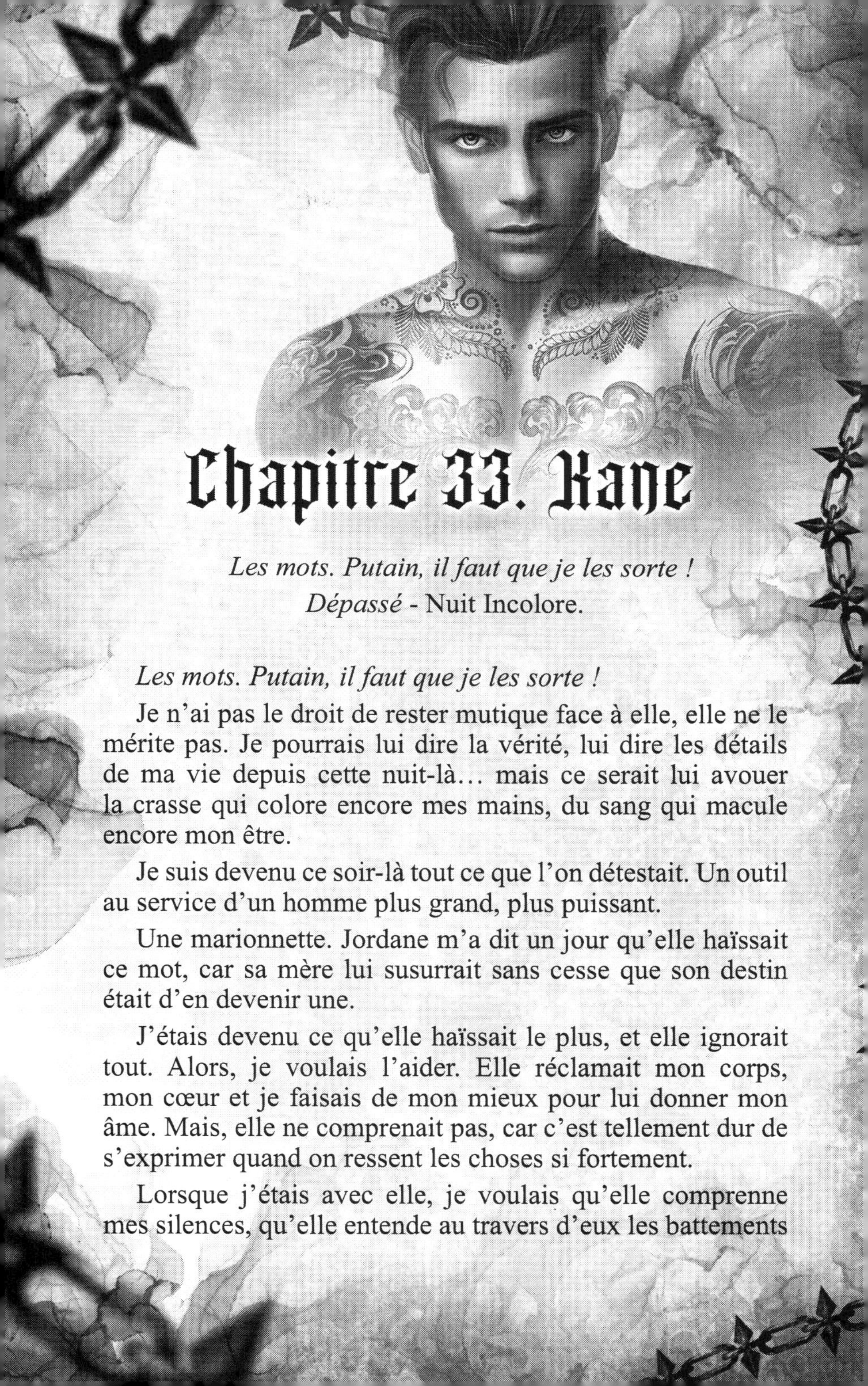

Chapitre 33. Kane

Les mots. Putain, il faut que je les sorte !
Dépassé - Nuit Incolore.

Les mots. Putain, il faut que je les sorte !

Je n'ai pas le droit de rester mutique face à elle, elle ne le mérite pas. Je pourrais lui dire la vérité, lui dire les détails de ma vie depuis cette nuit-là… mais ce serait lui avouer la crasse qui colore encore mes mains, du sang qui macule encore mon être.

Je suis devenu ce soir-là tout ce que l'on détestait. Un outil au service d'un homme plus grand, plus puissant.

Une marionnette. Jordane m'a dit un jour qu'elle haïssait ce mot, car sa mère lui susurrait sans cesse que son destin était d'en devenir une.

J'étais devenu ce qu'elle haïssait le plus, et elle ignorait tout. Alors, je voulais l'aider. Elle réclamait mon corps, mon cœur et je faisais de mon mieux pour lui donner mon âme. Mais, elle ne comprenait pas, car c'est tellement dur de s'exprimer quand on ressent les choses si fortement.

Lorsque j'étais avec elle, je voulais qu'elle comprenne mes silences, qu'elle entende au travers d'eux les battements de mon cœur qui se calaient au rythme des siens. Sauf qu'elle était trop éprise de sa peine, de sa douleur… qu'elle n'a plus songé à véritablement m'écouter. Elle n'a pas entendu les cris de mon âme, qui se brisait un peu plus chaque jour à cause de ce que je faisais, de ce qu'on m'obligeait à faire.

Elle était trop occupée à se soigner. Trop focalisée sur les morceaux qu'elle voulait recoller à tout prix pour ne pas subir ce destin qu'on lui avait toujours promis.

Je sens son énervement monter, son humeur se teinter de noir, alors que je reste silencieux.

Écoute mes silences, bordel ! S'il te plaît, entends mon pardon.

— Joe…

Son surnom sort de ma bouche, je ne reconnais même pas ma voix.

— Ne m'appelle plus comme ça, surtout pas avec cette expression sur ton visage. On dirait un robot.

Un robot ? Mais qu'est-ce qu'elle me balance, là ?

Ses yeux se lèvent vers moi, fusionnent avec les miens.

— Depuis quand as-tu perdu tes émotions, Kane ? demande-t-elle brutalement, comme une grande claque dans ma gueule.

Mes émotions, elles hurlent dans mon corps ! Dans mon cœur, sous ma peau. Mais j'avais oublié qu'elles n'apparaissent plus véritablement sur mon visage.

Je n'aime pas ton humanité, Kane.

La voix de mon paternel retentit, comme un rappel. Il a tout fait pour que ce que j'étais ne soit plus. Et le départ de Joe a achevé son combat, mon humanité. Tout a disparu en même temps qu'elle, et ne semble pas vraiment réapparaître en sa présence.

— Réponds-moi, bon sang ! crie-t-elle désormais, frappant du poing, mais me laissant de marbre.

C'est fou comme on peut être bouleversé par des raz-de-marée d'émotions et ne ressembler qu'à un être de chair, un automate, sans le moindre sentiment. C'est comme si pour se protéger, mon corps annihilait la moindre expression faciale de mon visage.

Pas de sourire, pas de froncement de sourcils. *Rien.* Rien qui ne puisse montrer quoi que ce soit. Je suis comme un volcan en éruption enfermé dans une coque imperméable.

Elle se lève, son visage se rapproche du mien et son odeur de noix de coco me submerge. Toujours la même, malgré ces six années. J'ai envie de fermer les yeux et juste de la respirer pour m'apaiser. Peut-être que cela marcherait ? *Comme avant...* Alors, sans m'en rendre compte, mon nez se glisse dans ses cheveux devenus bleu nuit, comme un ciel sans étoiles.

Je la respire et je me sens chez moi.

— Tu m'as manqué…

Cette phrase m'échappe presque comme une supplique, jaillissant de mon cœur comme une fissure dans ma cuirasse. Ses deux mains se posent sur mes épaules avec une étrange douceur, comme si elle était fausse, et brutalement elle me repousse à son opposé, loin d'elle.

Mon corps ne bouge presque pas, car sa force est loin d'égaler la mienne. Je sens presque mes sourcils se froncer sous la surprise de ce moment qu'elle vient d'interrompre.

Bon sang ! *qu'est-ce que je fous !*

— Je t'ai manqué ? Manqué ? Comment oses-tu me dire ça alors que tu es responsable de cette distance ? me dit-elle d'un calme pire que le moindre hurlement.

Ma voix me fait défaut à nouveau. Mon mutisme attise sa haine, qui se déchaîne dans ses prunelles comme un orage, les fonçant légèrement. Une claque s'abat sur ma joue, me rappelant la dernière qu'elle m'a collée, ce fameux soir. Celle-ci a plus de force, car la peine d'hier a été aujourd'hui remplacée par autre chose de plus sombre, de plus violent.

— Je te hais, Kane. D'une haine si forte qu'elle m'en fait frissonner. Laisse-moi, ne m'approche plus et encore moins si c'est pour me cracher des conneries pareilles !

Elle se rassied derrière son bureau et se concentre à

nouveau sur le poste de radio qui va peut-être finir par rendre l'âme s'il ne s'allume pas bientôt.

Je me détourne pour sortir et, à l'embrasure de la porte, je ne peux souffler qu'un :

— Je suis désolé.

Je referme derrière moi et décide de me barrer du garage, après tout, je gère mes horaires comme bon me semble ici. Du moment que le taf est fait, le patron ne dit rien. J'ai besoin de sortir, d'évacuer et rien de mieux que de le faire en réalisant une des rares choses que je sache faire : me battre. Ce soir, j'ai un *fight* prévu, mais il me faudra plus, alors je prends mon téléphone et contacte la seule personne qui répondra à ma demande : Zéphyr.

Il ne me jugera pas, ne posera pas de question. Pas comme Kaos qui ne pourra s'empêcher de creuser, creuser… Pour se taper sur la tronche, Zéph' répond toujours présent. Il est peut-être un peu taré, mais sa folie, là, tout de suite, j'en ai besoin.

Après, on ira probablement boire un verre dans le bar pas loin du taudis qui est notre lieu de rendez-vous tardif. Lui aussi combattra ce soir, et cette danse macabre qui lui est si singulière ne manquera pas d'exalter le public.

Lorsque je rejoins Zéphyr, il n'a pas l'air en meilleure forme que moi. Ce mec est tellement lunatique qu'on ne sait jamais comment va se dérouler une journée avec lui. Il a vécu des choses moches, cela se voit clairement, mais il n'en parle jamais. Je sais que, comme moi, il est du coin, mais je ne l'avais jamais vu avant la cup underground.

Il semblait avoir un lien particulier avec Peter, et sa perte l'a certainement plus atteint qu'il ne laisse le croire. Il y a des jours, il est tellement en colère qu'il dégage une aura macabre qui repousse les gens autour de lui.

Il frappe dans mon poing sans dire un mot, et commence

à se désaper sans même se mettre dans le vestiaire du loft. La pudeur, il ne connaît clairement pas. Le voilà seulement vêtu d'un calbut, avant d'enfiler son short de sport pour enfin monter sur le ring en sautillant sur place comme débordant d'une envie qui sort par tous ses pores.

Je vais dans le vestiaire mis à notre disposition afin de me changer aussi et de le rejoindre. Le loft est vide, mais c'est un endroit qui est devenu un repaire pour moi. Un lieu d'ancrage, comme le garage. Elie et Kaos viennent toujours ici de temps en temps et je dois dire que la présence de cette folle me manque. Avant, elle y était de manière permanente, mais depuis qu'elle est revenue dans la ligue officielle, le temps lui manque et son homme la suit comme son ombre. Alors, je me retrouve souvent seul avec Zéphyr, Ben, Hale, mais aussi avec Norah et Syria.

Elles viennent aussi régulièrement s'entraîner, mais habitent leurs propres appartements. Le prochain entraînement de groupe aura lieu dans trois jours, alors je pense que chacun en profite pour se reposer.

Je m'approche du ring, y monte et rejoins mon partenaire de combat. Je le vois regarder mon corps avec attention, si bien que je me mets à m'observer pour voir si je n'ai rien de chelou sur la poitrine.

— Pourquoi tu me mates comme ça ? Je suis ton genre ? le taquiné-je en jouant des sourcils, sachant parfaitement son orientation sexuelle.

— T'es pas si énervé que ça finalement, mon pote, pour raconter des conneries pareilles. Tu n'es pas assez blond, pas assez… bref.

Ce qu'il dit éveille ma curiosité.

— Tu as quelqu'un de particulier en vue ?

— Jamais, réplique-t-il trop vivement pour que ce soit vrai.

Je le vois se rembrunir et se mettre à faire les cent pas le long du ring en frottant frénétiquement ses mains. Il est perturbé, ça c'est clair, et je me demande bien ce qui peut le préoccuper ainsi.

Il me regarde à nouveau, enfin ma poitrine, mes bras.

— Bon, tu vas me dire ce que tu veux me balancer ? énoncé-je en croisant les bras sur mon torse.

Il réfléchit quelques secondes avant de pointer mon épiderme tatoué.

— Tu connais un bon artiste qui pourrait me prendre rapidement pour un tatouage ?

Je suis surpris. Zéphyr est un des rares de la bande à ne pas avoir de tatouage, sa peau est pleine de cicatrices, mais indemne de toute tache d'encre.

— Ouais, je pourrais te trouver ça pour le début de semaine, je pense… mais pourquoi maintenant ?

— Parce que, répond-il sèchement.

Je sais à son ton que la conversation est terminée, de toute manière, on n'était pas là pour bavarder. Lorsqu'il me fait face de nouveau, arrêtant ainsi de tourner comme un fauve en cage, je sais que les hostilités vont commencer.

Son regard change, devient plus sauvage, et moi je me plonge dans ce qui me contrarie, ce qui me met en colère au fond de mon être. Je laisse ces émotions que j'inhibe sans cesse prendre le dessus, je les laisse toutes remonter comme un flot funeste et obscur. Ma haine, aussi incisive que cruelle, jaillit, prenant possession de mon corps. Ma peur, cette crainte de perdre ce qui m'est cher, ce qui m'est vital !

Il n'y a qu'en combattant que je me permets de les exprimer, de me laisser dominer…

Les premiers coups tombent rapidement, atterrissant dans ma gueule, ce qui laissera forcément des marques. L'enfoiré est vraiment en forme, mais je réplique, et un enchaînement de coups démontre notre lutte. Nous ne combattons pas vraiment l'un contre l'autre, mais contre les démons qui hantent nos cœurs. La bataille est rude, mais libératrice et lorsque nous nous effondrons sur le ring, allongés et essoufflés, je me sens infiniment mieux.

— Ça fait du bien, bon sang ! soufflé-je, la respiration erratique et le corps me faisant un mal de chien.

— Le boss va nous buter ce soir, énonce mon ami, dans le même état que moi.

C'est clair, mais j'avais besoin de ça, alors j'assumerai mon combat organisé ce soir.

Je me redresse et prends mon portable pour regarder l'heure, et il est presque déjà vingt heures. Ça fait trois heures que l'on s'entraîne et nous n'avons, ni l'un ni l'autre, pas vu le temps passer.

— Pourquoi tu avais besoin de combattre ? me demande Zéphyr à mon grand étonnement.

Je ne réponds rien pendant plusieurs secondes, hésitant à parler d'elle, de notre passé, mais finalement, est-ce que ça ne me ferait pas du bien d'aborder la complexité de cette putain de situation ?

— J'ai retrouvé une fille de mon passé…

— Ooh… une fille ? Ou LA fille, répond-il en exagérant sur le « la ».

Ce qui me fait sourire, lui prouvant qu'il a vu clair dans mon jeu. Il a raison, c'est la fille qu'on n'oublie pas, qui se grave dans notre peau pour ne jamais en partir.

— Mais elle me hait, j'ai… comment dire ça… j'ai été vraiment un gros connard avec elle et, maintenant, elle me déteste.

— Ah… C'est problématique, sourit-il, moqueur.

Je lui fous un coup de poing dans l'épaule comme punition, ce qui le fait basculer.

— Ouais, elle ne veut rien écouter de ce que j'ai à lui dire et, en même temps, devant elle, je deviens muet comme une carpe. Je n'arrive pas à m'exprimer, lui avoué-je.

— Tu n'as jamais été un gars qui parle beaucoup, mec…

Je hausse les épaules pour toute réponse, et un silence s'installe entre nous.

— Tu sais, de l'amour à la haine on dit qu'il n'y a qu'un pas à franchir, mais je pense que c'est pareil pour l'inverse. La haine et l'amour sont des sentiments trop proches pour ne jamais être liés, réplique-t-il, pensif.

— Je lui ai brisé le cœur, soufflé-je, honteux.

Il ne répond rien, cherchant probablement ses mots. Il pose sa main sur mon dos amicalement, ce qui est rare chez lui.

— Bah, maintenant, il ne te reste plus qu'à le réparer pour qu'il t'appartienne à jamais. Tu es mécano, tu devrais t'y connaître en réparation, rigole-t-il.

Si seulement ça pouvait être aussi simple…

— Allez, on va se boire un verre avant le *fight* ? lui lancé-je pour changer de sujet.

Il valide et on se lève pour aller prendre une bonne douche dans les vestiaires. Ça dénouera un peu nos muscles tendus.

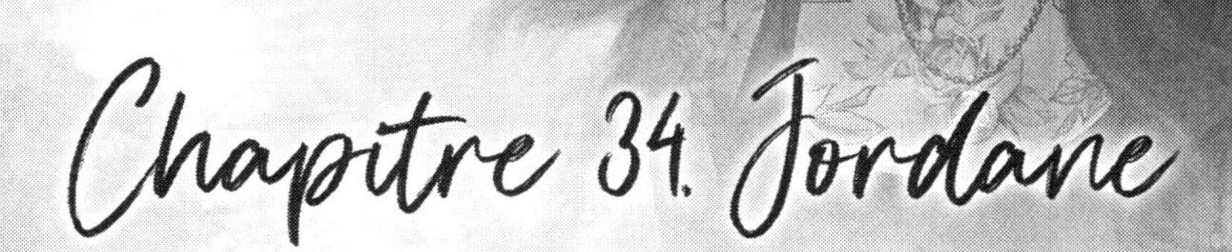

Chapitre 34. Jordane

Ton rôle, Joe, pense à ton rôle ! Tu es une serveuse aimable et courtoise.

Wave - Imagine Dragons.

Voilà maintenant deux heures que je viens de prendre mon service au bar. Une bonne ambiance règne, pas de *dress code* imposé, et la gérante est juste géniale.

Je prends mes marques peu à peu, et je chope le rythme. Après, ce n'est pas encore l'heure où il y a le plus de monde, il va y avoir un *rush* vers vingt heures, c'est-à-dire d'ici une demi-heure. Alors, je profite de mes derniers instants de tranquillité, ma collègue est sympa, mais on ne parle pas trop. J'ai toujours du mal à créer des liens. Ma seule véritable amie a toujours été Ella. Depuis elle, je n'ai pas réussi à tisser d'amitié avec une autre fille.

J'entends Maddie m'appeler pour me dire de venir au comptoir, ce que je fais rapidement. Elle pose un verre sur la surface, le remplit d'une bière blonde et le pousse vers moi.

— Détends-toi, ma grande, tu gères très bien, respire. Je te sens stressée, alors bois ce verre et décontracte-toi.

Je lui souris, contente qu'elle me félicite. Je prends le verre et savoure son contenu en admirant la salle, assez rétro et vintage, à l'ambiance chaleureuse. Je vais aimer cet endroit, je le sens.

— Je veux être à la hauteur et garder ce taf, lui avoué-je.

— Tu n'as pas de bile à te faire, alors souffle ! me rassure-t-elle.

Je suis soulagée par ce qu'elle me dit, ce qui me dénoue un peu les épaules. Un grand groupe de personnes arrive et, avant que je ne puisse aller les installer, ma partenaire de la soirée prend le relais, ce qui me permet de savourer ma boisson.

Après avoir fini mon verre, je me mets à slalomer entre les clients pour voir s'ils n'ont besoin de rien. J'entends toutes sortes de conversations, certains se draguent ouvertement, d'autres se rejoignent entre amis… J'entends un groupe de gars parler d'un combat illégal qui va avoir lieu dans un entrepôt pas très loin.

Je ne savais pas qu'on organisait ce genre de chose dans le coin et, du coup, je ne peux m'empêcher de tendre l'oreille pour connaître la localisation du rendez-vous. Alors que je fais ma curieuse, quelqu'un me tape sur l'épaule, ce qui me fait sursauter. En me retournant, je tombe nez à nez avec Cameron, qui est venu me voir au travail. Je ne peux retenir un sourire de fleurir sur mes lèvres. Le voir éclaire ma journée jusque-là particulièrement agaçante. Je le prends dans mes bras avec affection et, pour une fois, il me le rend. Dans mon oreille, il me chuchote des excuses pour la dernière fois. Je m'écarte de lui et frotte ses cheveux trop longs en bataille.

— C'est déjà oublié, mais évite de te retrouver une nouvelle fois dans ce genre de situation. Je me suis fait un sang d'encre. Je comprends enfin ce qu'*Abuela* ressentait quand elle me sermonnait.

Je regarde son visage qui porte encore les marques des coups qu'il a reçus, les caressant avec tendresse. En revanche, je n'arrive pas à lui faire avouer ce qui s'est réellement passé.

Je le pousse vers le comptoir et demande à Maddie de

mettre sur ma note un coca pour lui.

— Je reviens, j'ai deux commandes à prendre et j'arrive ! lui dis-je avant de m'éloigner en me dépêchant, pour vite le rejoindre.

Il hoche la tête alors que son regard se pose désormais sur ma patronne, qui me fait un clin d'œil, me signifiant probablement qu'elle va veiller sur lui.

Après avoir été à la rencontre des deux clients, je pose le papier de la commande à mon employeuse. Elle me prépare les deux boissons avec une efficacité remarquable, me permettant de l'amener au couple et de rejoindre Cameron rapidement.

Je lui fais un bisou sur la joue, ce qui le fait ronchonner.

— J'suis plus un bébé, Joe ! me dit-il en s'essuyant la joue.

— Tu le seras toujours pour moi, mon cher petit frère, le taquiné-je en souriant.

Il garde le silence quelques secondes en regardant attentivement son verre, rougissant légèrement. La clochette de l'entrée retentit, annonçant l'arrivée de nouvelles personnes. Je me retourne pour les accueillir avec entrain et, bon sang, il retombe comme un soufflé lorsque je vois qui vient d'arriver.

J'ai vraiment la poisse.

Kane se trouve dans l'encadrement de la porte, accompagné d'un de ses amis, qu'il me semble avoir déjà vu quelque part, sans vraiment pouvoir définir où. Il ne me voit pas, cherche du regard une place et, instinctivement, mon attention se focalise sur ma collègue, mais elle est occupée avec une grande table.

Comme par hasard. Madre de díos…

Cette journée est vraiment merdique, seul point positif : mon petit frère. Il s'aperçoit d'ailleurs de mon attitude changeante et se tourne pour voir ce qui me préoccupe. En voyant les deux hommes, ses yeux s'écarquillent et il fonce droit vers eux. Je n'ai pas le temps de le rattraper qu'il est déjà en train de parler à l'ami de Kane avec excitation.

Il ressemble à une groupie qui verrait sa star préférée !

Kane, quant à lui, ne reconnaît pas mon frère, c'est évident. Il ne l'a presque jamais vu et il a tant changé ces dernières années, c'est logique. Je prends alors mon courage à deux mains, ravale l'acidité qui se développe dans ma gorge et m'avance à mon tour vers eux.

Ton rôle, Joe, pense à ton rôle !

Tu es une serveuse aimable et courtoise. Pas une ex qui juge que son coup de genou ne lui a pas assez remonté les couilles.

Chapitre 35. Zéphyr

Mais… tu es la folle à la batte !
Glory - The Score.

On entre dans le bar et, presque instantanément, je me fais assaillir par un gamin. Je le reconnais rapidement, c'est celui qui traînait dans la salle de combat la dernière fois. Il avait parié gros, mais n'avait pas assumé après ça et avait pris une correction. J'avais dû intervenir et le regard admiratif qu'il me porte maintenant me picote la peau.

Si tu savais… Je suis loin d'être le héros qui brille dans tes yeux, gamin…

Il enchaîne les mots, les phrases à une rapidité si étonnante que j'en comprends seulement un terme sur trois.

— Tu vas combattre après ? parvins-je à capter.

Je hoche la tête pour toute réponse, décontenancé par son attitude qui est loin d'être habituelle. Les gens ont généralement peur de moi, ou me pensent fou. Lui, il semble ne rien ressentir de tout ça.

Kane me regarde, interrogateur, il faudra que je lui raconte l'histoire plus tard, mais me voir démuni face à cet ado le fait sourire. *Connard.*

Soudainement, je le vois se raidir à l'approche d'une femme brune aux pointes bleu foncé. Dans son débardeur échancré, on aperçoit ses nombreux tatouages, presque aussi nombreux que Kane. Je le regarde et il est fixé sur elle, comme choqué par l'apparition.

— *Cameron, déjalos en paz, los sentaré en una mesa*[10], prononce-t-elle dans un espagnol parfaitement maîtrisé.

Je le sais, car j'ai les mêmes origines. Puis, en la regardant attentivement, je reconnais la frangine du gamin. Celle qui a voulu me casser la gueule à coups de batte de baseball.

— Mais… tu es la folle à la batte ! m'exclamé-je soudainement.

Elle m'accorde enfin un regard attentif, et ses yeux gris clair m'inspectent de fond en comble, jusqu'à s'éclairer au moment où elle me reconnaît. Kane me regarde aussi à ce moment-là, surpris que je puisse l'avoir déjà rencontrée.

— Oh ! Tu es celui qui a ramené mon petit frère la dernière fois. Encore une fois désolée, je suis un peu impulsive lorsqu'il s'agit de lui, répond-elle cette fois en anglais, affichant un sourire dont je ne saurais dire s'il est sincère.

Je l'aime bien cette nana, elle a une franchise qui me plaît. Elle nous fait signe de la suivre jusqu'à une table, et mon ami n'a toujours pas bougé. Il a revêtu son putain de masque, celui qu'il met sur sa face lorsqu'il n'est pas à l'aise. Je commence à le connaître, et cette fille… Elle a un impact très étrange sur lui et semble ne pas le laisser indifférent. D'ailleurs, elle ne lui a pas accordé un seul regard. Je me mets à la suivre et tout le monde fait pareil, même son petit frère. C'est sûr qu'il va vouloir squatter avec nous.

La poisse… nous qui voulions nous détendre.

Mon pote s'assoit sur sa chaise, continuant à fixer la nana qui regarde, elle, son carnet servant à noter les commandes. Une tension règne entre les deux, attisant ma curiosité malsaine.

---

10 Cameron, laisse-les tranquilles, je vais les installer à une table.

— Vous… vous vous connaissez ? osé-je poser comme question.

Un coup de pied atterrit dans mon tibia, venant de Kane, ce qui me fait gémir de douleur. Le message est clair, « *Ferme ta gueule, Zéph'* », mais je suis beaucoup trop coriace pour ça.

— Je vais prendre ça pour un oui, prononcé-je assez fort pour que mon pote et la nana l'entendent.

Le froncement de sourcils sur le visage de la fille est le seul signe prouvant qu'elle écoute bien notre conversation. Enfin, mon monologue…

— Qu'est-ce que je vous sers ? m'interrompt la serveuse d'une voix cassante.

— Un whisky pur avec deux glaçons, dis-je rapidement.

— Une *Brooklyn East*[11], demande Kane machinalement à ma suite.

Elle note et prend par le bras son frère qui s'était installé à côté de moi. Malgré ses protestations, il suffit d'un regard meurtrier de sa sœur pour qu'il plie et la suive docilement jusqu'au comptoir.

Je me tourne alors vers l'automate à ma droite et le regarde droit dans les yeux.

— Bon, maintenant, tu vas me dire qui est cette meuf !

Il met plusieurs secondes avant de se racler la gorge, comme mal à l'aise.

— C'est… compliqué, articule-t-il.

Je ne l'ai jamais vu si peu loquace.

— Non, mon pote, plein de choses sont compliquées, ça c'est simple. Dis-moi, ou je vais lui demander moi-même !

Elle revient bien trop vite en nous apportant nos boissons, c'est parfait, car boire va peut-être détendre un peu Kane. J'ai bien l'intention de lui dénouer la langue, qu'il le veuille ou non !

---

11 Bière américaine.

Chapitre 36. Kane

Bordel, qu'est-ce que je viens de faire ?!
Lost - Pxrselow

C'est compliqué.

Non ça ne l'est pas, c'est même assez simple, Zéphyr a raison. C'est juste mon premier amour, la fille qui m'obsède depuis des années, celle que je ne parviens pas à oublier.

Mais encore une fois, les mots restent bloqués. Nos verres arrivent rapidement et je me dis que je vais possiblement boire ma bière cul sec pour relaxer mes nerfs. Dire que nous devions nous décontracter, cela va plus me tendre qu'autre chose. Dans tous les sens du terme.

Elle est sublime. Elle ne m'accorde pas un regard alors que mes yeux sont aimantés par sa silhouette. Son corps est à se damner, son épiderme tatoué me fait frémir et ses courbes sont encore plus démentes qu'avant. Tout en elle m'appelle, m'attire. De son aura meurtrière à mon égard à son ignorance feinte. Elle ne me regarde peut-être pas, mais ma présence à un tel impact sur elle que j'aime cela.

Elle n'est pas indifférente et je préfère sa colère à son

ignorance. Sa rage à son oubli. Aussitôt que nous sommes servis, elle se barre rapidement, allant servir d'autres clients. Un coup de pied sous la table me sort de ma contemplation.

— J'attends… prononce-t-il avec impatience.

— C'est la fille dont je t'ai parlé…

— Oh, celle du passé ? Enfin là, elle est plutôt bien, bien présente… rigole-t-il en se foutant de ma gueule.

Je lui fous un coup dans l'épaule pour toute réponse.

— Et pourquoi est-elle tellement en colère contre toi ? demande-t-il en frottant l'endroit que j'ai frappé.

La honte me submerge, mais en même temps, je sais que je n'avais pas le choix à ce moment-là. Une part de moi assume cette rupture brutale et l'autre la regrette du plus profond de son être.

— Je… je l'ai trompée. Enfin, je le vois comme ça et je pense qu'elle aussi, même si nous n'avions pas vraiment posé de mot sur notre relation, prononcé-je à voix basse.

Zéphyr pointe du doigt Joe, une expression choquée sur son visage.

— Tu… enfin, mais comment as-tu pu faire cocu un canon pareil ?! Même moi qui suis gay, elle m'attire, balance-t-il beaucoup trop fort, ce qui lui vaut un nouveau coup, plus puissant cette fois-ci, lui faisant grogner un nouveau « *aïe* » plaintif.

— Parle moins fort, bordel ! éructé-je.

Mais il a raison, on ne trompe pas une femme comme Joe. Elle est de celle que l'on garde à vie, précieusement.

— Je voulais la protéger, avoué-je pour la première fois à voix basse.

Il me regarde, sidéré, ne comprenant clairement pas ma logique, ce qui me force à aller plus loin dans mon explication.

— Je devais l'éloigner de moi, je représentais un danger pour elle et c'est le seul moyen que j'ai trouvé sur le moment…

— Quelle originalité ! rigole-t-il.

— Ta gueule ! J'étais jeune et perdu. Surtout, j'étais mort

de peur.

— Mais qui faisait pression sur toi comme ça ?

Ma gorge se noue de colère, de rage. Comme chaque fois que je pense à cet homme.

— Mon paternel.

Cette fois-ci, Zéphyr ne rigole pas. Il sait, comme le reste de l'équipe, qui est mon géniteur.

— Ah ouais, c'était un peu la merde, effectivement… Et ensuite, que s'est-il passé ? questionne-t-il, inconscient qu'il me plonge dans cette soirée funeste que je maudis.

Kane, 20 ans.

Lorsque Joe claque la porte, je sens encore sa main sur ma joue. Je repousse la femme qui se trouve sous mon corps avec force.

Bordel, qu'est-ce que je viens de faire ?!

La gonzesse est indignée alors que je lui jette ses fringues à la gueule en lui disant de se casser. Elle se rhabille et trace malgré tout en m'insultant. Moi, je marche à poil de long et en large dans la chambre où vient de se passer l'irréparable, et j'ai envie de gerber. Une part de moi me crie de la rattraper, de la supplier de me pardonner. L'autre me hurle que c'est pour son bien, qu'elle mérite mieux que nous, qu'en faisant ça, le danger sera loin d'elle !

Le sourire de mon père alors qu'il parlait d'elle me hante. L'avenir qu'il lui destinait me révulse, si bien que je pars gerber dans les chiottes de la pièce. L'alcool que j'ai ingurgité, les drogues que j'ai consommées me broient le cerveau. Je n'avais que cette solution pour m'aider à trouver le courage de faire ce qu'il fallait.

Mais, il y avait d'autres options, pourquoi avoir choisi la pire, Kane, bordel ?!

Celle qui romprait à jamais ce lien si précieux que j'aimais tant. Car elle n'aurait jamais accepté de se séparer de moi. Depuis enfants, nous formons une forme d'entité. Tout le monde le savait, tout le monde avait conscience de son importance pour moi, et même si nous n'étions pas souvent ensemble, un lien demeurait sans cesse entre nous. Comme un fil rouge que tous voyaient, sauf nous.

À distance, je la protégeais. Et, dans son regard, je me sentais fort. Je me relève des toilettes, rinçant ma bouche pourrie dans l'évier.

Je commence à me rhabiller avec une lenteur infinie. Je ne veux pas sortir de cette pièce, affronter la réalité.

Est-elle encore là ? Une part de moi désire qu'elle se soit barrée, pour ne pas la recroiser. Mais lorsque je sors et que j'avance dans la pièce emplie de fumée, je la vois immédiatement.

Un homme la touche, la caresse. Elle ne me voit pas, car elle est en plein trip, Ella aussi d'ailleurs, pas très loin d'elle. Je m'avance, envahi d'une jalousie qui brûle ma peau, mais je me stoppe. *Je n'en ai plus le droit.*

Je n'ai plus le droit d'empêcher un autre homme de la savourer, alors je fais demi-tour et part à l'extérieur pour fumer un joint. La main tremblante, je peine à le rouler, mais j'y parviens quand même. Je l'allume, tire dessus avec force pour que la substance détende mes nerfs.

Je m'appuie contre le mur froid, bascule la tête en arrière.

Qu'est-ce que j'ai fait ! Je ne suis vraiment qu'un con.

Des cris m'alertent alors que je me laisse absorber par les heures qui passent, me poussant rentrer à l'intérieur précipitamment. Du monde s'est réuni autour de la table de shoot, semble choqué et me bouche la vue. Il n'y a qu'une possibilité à un tel attroupement. Une overdose. Et dans ma tête, c'est la panique.

Pas Joe, pas Joe, pas Joe !! Pitié, pas elle.

Je m'avance, pousse les gens qui admirent sans rien faire le probable spectacle, et mon cœur s'arrête. Les minutes s'allongent, c'est insupportable de ne pas savoir si c'est elle ou non. Je pousse plus fort, joue des coudes pour m'approcher encore, et c'est là que je la vois. Bien vivante, mais en train de faire un massage cardiaque à quelqu'un.

Son visage est baigné de larmes, pâle comme la mort. Elle psalmodie des mots que personne ne comprend, et c'est là que je vois que le corps sur lequel elle s'acharne est celui d'Ella, un garrot encore fixé à son bras. Et là, je comprends.

Ses yeux verts ouverts, vides, sans vie. Elle est partie, et pourtant Joe le refuse. Le monde se casse peu à peu, se disperse alors que des sirènes retentissent au loin dans les rues. Je dois intervenir.

Je me précipite sur Jordane et la tire en arrière, la séparant du corps sans vie de son amie. Elle hurle, griffe la peau de mes avant-bras, me frappe avec une force décuplée. Je lutte pour l'éloigner, la faire sortir de cette maison. La police ne doit pas la trouver là, sinon elle est fichue.

Je la porte sur mon épaule et, soudain, elle s'écroule pour ne plus résister. Je comprends qu'elle a perdu connaissance et c'est tant mieux, je vais pouvoir la ramener chez elle.

Je parcours plusieurs rues en la portant et en arrivant devant sa maison, la lumière est allumée dans la cuisine. Lorsque je toque, sa grand-mère m'ouvre, le visage inquiet. Elle me laisse entrer et je lui raconte l'histoire tel un robot dépourvu d'émotion, et elle se met à pleurer, elle aussi.

Ella était comme un membre de sa famille, je le comprends. Sa perte va bouleverser le monde de Joe d'une manière irréversible, et j'en suis en partie responsable. En m'éloignant de la baraque, je me rends compte que je suis responsable de toute cette merde ! Bon sang, c'est moi qui ai ramené la dope à la soirée, moi qui l'ai fournie à chaque fois. Plus loin, devant chez moi, je m'effondre à genoux sur le bitume. La pluie se met à tomber abondamment, me trempant, effaçant avec elle les larmes que je m'autorise à verser.

J'ai tué la meilleure amie de mon amour.

Plusieurs jours plus tard, je suis planqué derrière un arbre en train de regarder les funérailles d'Ella. Personne ne souhaite ma présence ici, mais je veux rendre un dernier hommage à cette fille pleine de vie qu'était l'amie de Jordane. Je fais un signe de croix sur ma poitrine, chose que je ne fais jamais à l'accoutumée, car je ne crois pas en une quelconque religion. Mais pour Ella et ses proches, j'aimerais qu'un dieu, n'importe lequel, l'emmène dans un meilleur endroit que notre monde. Qu'elle soit en paix, contrairement à nous qui allons vivre sans sa présence.

J'aperçois Jordane qui parle avec les parents d'Ella, ce qu'ils lui disent la rend encore plus pâle qu'elle ne l'était, et je vois dans son regard sa souffrance. La cérémonie se déroule, plein de monde est présent.

Une fois que tous sont partis, Joe dépose un bouquet de tournesols sur la pierre tombale et s'effondre enfin. La voir est un supplice, alors je pars, me sauve de ce spectacle qui me brise le cœur.

Je suis responsable, c'est ma faute !

C'est la faute de mon père…

Un claquement de doigts de Zéphyr me sort de mes souvenirs, de ce passé qui me hante encore aujourd'hui. À présent, je réalise que je n'étais pas vraiment responsable de la mort d'Ella, mais à ce moment-là, ça m'a détruit. Mon ami attend toujours la suite, alors je lui révèle avec aigreur.

— Ensuite, sa meilleure amie est morte d'une overdose et elle s'est cassée très loin d'ici, avoué-je d'une voix morne, sans la moindre intonation, en regardant mon verre.

Mon ami ne répond rien, car il n'y a pas grand-chose à dire. Cet aveu se suffit à lui-même, la seule question qu'il prononce en regardant Jordane est la même que je me pose.

— Pourquoi est-elle rentrée, alors ?

Ça, j'aimerais bien avoir la réponse.

Chapitre 37. Jordane

Ma main se pose automatiquement sur la chaîne avec une croix qui appartenait à Abuela.
Midnight Sky – Miley Cyrus.

Cameron me regarde avec des étoiles dans les yeux quand il me demande si on peut aller voir le combat qui a lieu pas loin. Bordel, quand il me regarde comme ça, je ne peux pas lui résister.

Et puis, dans des événements comme ça, je ne serai pas obligée de voir Kane. Je vais juste passer un bon moment avec mon petit frère, chose qui n'a pas eu lieu depuis un bout de temps. Alors, lorsque j'accepte, il me saute dans les bras avec enthousiasme. Pourtant, j'ai l'impression que ce n'est pas la première fois qu'il se rend à ce genre de soirée, et ça me contrarie un peu.

Il faudra que je creuse plus profondément la chose.

Zéphyr me rappelle d'un signe de la main, probablement pour me demander un nouveau verre. Lorsque j'approche, tous les deux finissent leurs boissons et redemandent la même chose. Je le note, mais avant que je ne puisse me barrer, on me chope le poignet.

Je me tourne et suis la main de Kane jusqu'à enfin tomber sur son visage. Il est si beau que ça m'en fait mal, ma poitrine devient douloureuse de le revoir sans cesse.

J'attends qu'il me lâche ou bien qu'il dise quelque chose. Je dois avouer que son excuse sincère de la dernière fois m'a touchée, car je sentais la peine dans ses mots. J'attends encore, espérant que l'alcool dénoue ses lèvres, lui permette de verbaliser ce qu'il meurt d'envie de me dire, ce que j'espère secrètement qu'il m'avoue.

— Pourquoi es-tu revenue ? parvient-il à formuler sans émotion, alors que son ami se frappe le front d'un air dramatique.

C'est tout ? Je dois dire que je m'attendais à autre chose. Je ne sais pas vraiment quoi, mais… autre chose ! Pas cette putain de question de merde sur le pourquoi de mon retour ! En plus, il dit ça d'une façon si robotisée qu'on dirait que ça le fait royalement chier que je sois de nouveau dans le coin. *Je l'emmerde !*

Avec force, je tire sur mon poignet pour qu'il me lâche, son contact me brûle. Une boule se noue dans ma gorge, alors que je pense à la raison de ma présence ici. Ma main se pose automatiquement sur la chaîne avec une croix qui appartenait à *Abuela*.

— Ce ne sont pas tes affaires, ne puis-je m'empêcher de répondre, acide.

— Notre grand-mère est morte, prononce une voix dans mon dos, celle de Cameron.

Les yeux de Kane se font plus expressifs, montrant parfaitement ce que provoque l'annonce du décès de ma seule parente pour lui. Il semble touché par la nouvelle. Mon frère vient à mes côtés et parle à ma place.

Ce n'est pas son rôle, mais je n'y parviens pas, cette fois-ci, c'est moi qui manque de mots.

— Elle est morte il y a trois semaines, Joe est donc revenue de Phoenix pour s'occuper de moi, explique-t-il à ma place en se forçant à sourire.

— Vous n'avez pas de mère ? demande innocemment Zéphyr, qui se met à geindre en recevant probablement un coup sous la table de la part de son ami, avant que je ne réplique.

— Non, elle est morte pour nous, craché-je, acerbe, alors que mon petit frère reste cette fois-ci silencieux.

Sous l'énervement de cet interrogatoire, je prends mon frère pour le préserver de ces questions qui doivent le faire souffrir autant que moi, nous éloignant d'eux. Je demande les deux boissons à Maddie, et à mon frère de rester au comptoir. Lorsque je ramène leur commande je sens une gêne s'être installée à la table.

— Il n'y a pas de pitié à avoir, balancé-je au fameux Zéphyr en mimant un sourire comme je le peux.

Je pose son verre devant son nez.

— Je suis désolé d'avoir posé la question, s'excuse-t-il alors sincèrement.

— Nous avons une génitrice qui n'a jamais pris son rôle à cœur, donc ne t'en fais pas, elle ne nous manque pas, tenté-je pour dédramatiser la conversation.

— C'était une connasse, crache Kane en attrapant sans gêne son verre dans mon plateau pour boire une gorgée de sa bière.

Je hoche la tête en signe d'assentiment. Je n'en pense pas moins, c'est clair, mais je ne veux pas y songer. Je me racle la gorge et me rappelle la demande de Cam ».

— Dites-moi, vous auriez l'adresse exacte du lieu du combat ? Mon frère voudrait y aller avec moi, mais je ne sais pas où il se trouve.

— C'est… deux rues plus loin, répond Kane rapidement, un peu étonné que je m'intéresse à ce genre de chose.

J'ai envie de lui demander si lui aussi combat et, en me posant cette question, je me rappelle qu'une fois il m'avait parlé du fait qu'il détestait la violence car elle ne résolvait rien. Mais que parfois, il avait tant de colère en lui que ça débordait et devenait incontrôlable. Lorsqu'il m'avait dit ça, on aurait dit qu'il la vivait tellement quotidiennement que c'était devenu une chose qu'il haïssait.

Or, je n'ai jamais vu la moindre trace de coup pendant notre enfance, les seuls moments où je voyais des meurtrissures sur son corps étaient peu de temps après mon agression.

Il n'a jamais voulu me dire pourquoi. Donc, même si la question me brûle les lèvres, je ne la formule pas et reste pour une fois silencieuse en me détournant d'eux pour rejoindre Cameron.

Cette soirée promet d'être intéressante.

Lorsque je termine mon service, il est presque l'heure du début de l'événement, alors on se dépêche pour le voir. Lorsqu'on arrive devant l'entrepôt, un monde fou se précipite pour rentrer, mais Cameron me prend par la main et nous fait passer devant tout le monde. Lorsque je le freine, il me montre deux *pass VIP* que lui a apparemment donnés Kane. Avec ça, on aura des places de choix, au-devant de la salle et c'est plutôt sympathique. Ça fait en prime super plaisir à Cameron, je vais devoir le remercier… Rien que d'y penser, ça me brûle la langue.

On présente les billets pas très officiels et on entre dans le sas qui va nous mener droit au sommaire ring improvisé. Il est à même le bitume, sans la moindre protection et délimité par des fines cordes. Un gars vient nous chercher pour nous mener dans une sorte d'estrade plus protégée, ayant une bonne vue sur le terrain qui abritera les combats.

Cameron est excité comme jamais, moi, je commence à avoir les mains moites. Le stress monte en même temps que la salle se remplit. Des personnes hurlent leur impatience, crient le nom des combattants, enfin, je suppose. On entend retentir « *Ghost* », ou encore « *Joker* », « *Redbull* »… et je me demande quel nom correspond à Zéphyr ou encore à Kane, s'ils combattent.

Les hurlements s'accentuent, s'amplifient, annonçant

sûrement l'arrivée d'un *fighter*, et l'ambiance déchaînée m'envahit moi aussi. Un homme qui ressemble à un colosse s'approche au centre du ring. Le pseudo-présentateur arrive aussi et le nomme avec engouement.

— Faites une acclamation pour le premier combattant : *Reeeeeed bulllllll* !

Dans mon for intérieur, je me dis que son nom lui va parfaitement bien, on dirait un mix entre un taureau et un buffle. Il est affreux, comme gonflé à l'hélium. Des acclamations attirent de nouveau mon attention, révélant l'adversaire de *Musclor*. Un homme brun aux cheveux un peu longs et bouclés arrive tranquillement, tel un félin. Il est musclé, mais plus finement.

Je le reconnais instantanément. Zéphyr.

Il porte sur son visage une sorte de maquillage horrifique qui lui donne une tout autre aura. Il est effrayant, c'est comme s'il était une autre personne.

Il s'avance vers son adversaire avec calme, mais plus il s'approche, plus un sourire malsain s'affiche sur ses lèvres accentuées par une sorte de maquillage de clown glauque. Il ressemble au Joker, donc son surnom devient limpide. Cameron hurle plus fort à côté de moi pour l'encourager, et j'applaudis moi aussi pour suivre le mouvement.

— Vous le connaissez tous, le *Joker* n'est plus à présenter tant il est populaire cette année ! Invaincu jusque-là, une vraie bête sauvage… Acclamez-le tous bien fort ! hurle le commentateur du combat avec entrain.

La foule crie son engouement, hurle le nom du *Joker* avec frénésie. Les deux adversaires s'approchent et tout change, des frissons parcourent ma peau sous mon cuir et la chaleur devient presque étouffante. Je l'ôte pour me soulager, si bien que je ne me retrouve plus qu'en débardeur.

Un silence de plomb s'abat sur la salle, attendant que la cloche sonne le début des hostilités. Mon cœur s'accélère en attendant ce fameux son, lorsqu'il retentit, les deux hommes se jettent l'un sur l'autre avec une violence infinie. Si bien que je regrette presque d'avoir amené Cameron pour qu'il soit témoin de ça, mais quand je le vois encourager comme un fou son combattant, je suis certaine qu'il y assiste régulièrement.

Je pense même que c'est lors d'un de ces événements qu'il s'est fait cabosser la dernière fois.

Qu'est-ce qu'il foutait dans un endroit pareil ?!

Je regarde de nouveau le combat et je vois Zéphyr d'une tout autre manière. On dirait une bête sauvage qui se déchaîne sur sa proie. Ses coups pleuvent et il rit à chaque coup porté sur son adversaire qui ne tarde pas à tomber au sol. Les apparences donnaient la victoire au buffle, mais c'était sans compter sur la rapidité et la brutalité de son adversaire plus frêle.

Le *Joker* grimpe sur le corps de *Musclor* et abat ses poings sans s'arrêter, détruisant son visage, et cette scène m'en rappelle une autre qui restera gravée dans ma mémoire à jamais.

Kane sur mon agresseur. Kane qui tue mon ennemi avec une haine sans nom. Cette scène qui me choque, autant qu'elle me satisfait, me réjouit. Je haïssais tellement cet homme, le savoir mort m'a tant soulagée…. Mais je ne sais pas vraiment ce qui s'est passé après ça, et on n'a jamais voulu m'en reparler. Ma mère a disparu et le corps de l'homme avec elle, sans que je sache comment.

Kane ne m'en a jamais dit un seul mot, il n'a jamais voulu. Plus je réfléchis et plus je me rends compte que j'ai beaucoup de questions qui demeurent sans réponses… et que j'aimerais en avoir.

Chapitre 38

Kane

Moi, je n'ai plus qu'à avancer vers le ring pour prendre sa place dans cette danse combative pour laquelle je suis bien rodé.
Fighter – The Score.

Je ne suis pas loin des vestiaires, attendant dans le couloir. Sautillant sur place, le boss frappe dans mon dos pour me chauffer les muscles. Il nous a bel et bien engueulés pour avoir abusé de l'entraînement avant ce soir. Mais il n'a pas beuglé longtemps en voyant qu'on était en forme malgré tout. Kaos est là lui aussi et me briefe vite fait sur mon adversaire. Il ne devrait pas me poser trop de problèmes… mais il y a une chose qui me perturbe ce soir : la présence de Jordane.

Ce sera la première fois qu'elle va me voir me battre, faire preuve de violence dans un tout autre contexte que dans notre enfance. Kaos entend les avertissements nous prévenant que Zéph' perd le contrôle, comme à son habitude. Il part le chercher sur le ring pour le séparer de son adversaire. Il le ramène avec nous, je suis toujours sidéré du regard hanté qu'il peut avoir en sortant d'un combat. Je ne sais pas à quoi il pense dans de véritables combats, mais ses démons brillent dans ses prunelles, le happant à chaque fois. Notre ami et le boss l'emmènent au vestiaire afin qu'il se calme.

Moi, je n'ai plus qu'à avancer vers le ring pour prendre sa place dans cette danse combative pour laquelle on est rodés, pour laquelle je suis formé depuis plus de trois ans, dès que mon père a découvert mon pseudo-don pour utiliser mes poings.

Je me souviens de mon premier combat, j'étais effrayé. Les mots de mon père avaient été clairs : gagne, et tu commenceras seulement à rembourser ta dette.

Je me suis retrouvé à vingt ans à devoir me battre presque à mort contre un homme de deux fois mon poids. J'avais mis au moins trois jours à m'en remettre, mais j'avais gagné. C'est la première fois que je me suis senti sale.

Puis la salissure est devenue de la crasse, jusqu'à ce qu'on me transforme en outil déshumanisé effectuant les choses dégueulasses au nom de mon père et de la mafia. Seule chose que je n'acceptais pas, la prostitution ou la violence envers les femmes. J'avais été clair sur cela, mais le reste a contribué au fait que je ne pouvais plus me regarder dans une glace, me rendant indigne de Jordane.

La foule m'acclame, mais je ne veux pas de leurs encouragements. Je refuse d'être félicité pour ce que je fais, car je ne l'ai jamais souhaité, mais c'est devenu comme une drogue. Plus je combattais, plus l'adrénaline que ça me procurait me rendait accro. C'étaient les seuls moments où je pouvais relâcher mes émotions, où je pouvais libérer ce que je contenais.

Surtout après le départ de Joe.

J'avais tellement de colère en moi, que les *fights* étaient salvateurs, et c'est un an après ça que j'ai commencé à être recruté par le boss pour entrer dans l'équipe. J'étais dans un piteux état, pas mieux que Peter à ce moment. La drogue rythmait mon cœur, endormissait ma souffrance. Je peux dire qu'entrer dans cette *team* m'a sauvé la vie, car elle est devenue mon nouvel ancrage. J'ai ralenti ma consommation jusqu'à parvenir à la stopper. J'ai repris une vie saine et, surtout, mon père m'a foutu la paix. J'ignore pourquoi, mais depuis le jour où j'ai intégré le club, il ne m'a plus rien imposé.

Disparaissant physiquement de ma vie.

J'avance sur le bitume dégueulasse de l'entrepôt pour entrer dans le ring. Mon adversaire m'attend déjà, chez nous les favoris arrivent toujours en dernier, c'est pourquoi les acclamations se font encore plus fortes à mon arrivée.

Immédiatement, je cherche Joe et nos yeux se croisent dans la seconde. Ce que j'y lis est différent de ce que j'ai pu voir dans la journée. Il n'y a pas forcément de colère, mais plus une forme d'inquiétude. J'aime ça, cette émotion me donne l'espoir d'un attachement encore présent dans le fond de son cœur.

J'esquisse un fin sourire comme pour la rassurer et m'avance vers celui que je dois abattre.

Propre, fils.

Aujourd'hui, je vais combattre et gagner pour une autre raison. Parce que Jordane me regarde, qu'elle observe le moindre de mes mouvements. Je sens ma peau brûler sous son regard inquisiteur et, inconsciemment, la voix de celle que j'ai aimée retentit dans ma tête.

Fais attention à toi, sale con !

Si je lui avais tout avoué depuis le début, elle serait venue me soutenir, c'est certain, et j'imagine qu'elle aurait le même regard qu'aujourd'hui.

La cloche retentit et c'est l'heure de lui montrer cette chose qui sommeille en moi. Cet aspect que je déteste, mais qui m'est vital désormais.

Je ne sais pas si elle l'acceptera, mais elle doit savoir.

Je pense même qu'elle détestera ça.

Jordane

Qu'est-ce que j'ignore encore sur lui ?
Indélébile – Yseulte

Ils se tournent autour, et mon cœur ne cesse de s'accélérer, il ne l'a pas fait depuis tellement d'années que j'en ai mal à la poitrine. Il n'y a que Kane qui est capable de faire frémir mon âme ainsi. L'aura de danger qui se dégage de son corps n'a rien à voir avec celle de Zéphyr. C'est plus discret, plus rigide. Comme s'il était formaté pour devenir ainsi, pour infliger de la violence et, quelque part, ça me déçoit.

Pourquoi est-il tombé dans ce genre de chose ? Ce n'est pas le Kane de mes souvenirs.

Il me montre maintenant une facette de lui que je ne connais pas et même si ça m'intrigue, ça m'effraie aussi énormément. Qu'est-ce que j'ignore encore sur lui ? Que m'a-t-il caché toutes ces années ? Est-ce que le fait de croire que je le connaissais n'était qu'une illusion, en fin de compte ?

Ma respiration s'accélère à mesure que le combat se déroule. Les coups pleuvent avec brutalité, du sang coule dans les deux camps, mais Kane domine clairement. Il est rapide, plus que son ami, malgré son corps plus puissant. De là où je suis, je peux détailler tous les tatouages de son dos nu. J'y vois une femme brune en son milieu, et j'en viens presque à être jalouse d'elle.

Ses mouvements sont d'une efficacité incroyable, puis un dernier coup est porté, menant au K.-O. L'adversaire tombe mollement au sol et je ne sais pas pourquoi, mais je suis en ébullition.

Le combat a été rapide, et alors que j'attends de croiser son regard, c'est sans m'accorder la moindre attention qu'il file droit dans les vestiaires.

Oh non, mon gars, ça ne va pas se passer comme ça !

Je saute des pseudo-gradins, entendant mon frère m'appeler dans mon dos, mais je ne pense qu'à le suivre dans le couloir où il s'est engouffré. Des personnes tentent de me bloquer, mais je les esquive, et ils ne s'évertuent pas non plus à m'arrêter.

— Kane ! l'appelé-je, envahie d'une émotion que je ne peux pas nommer.

De la colère ? De la vexation ? De la frustration ? Je n'arrive pas à le déterminer, c'est peut-être tout en même temps.

Il ne s'arrête pas en m'entendant et entre dans une porte à droite qu'il laisse ouverte. Lorsque j'y pénètre à mon tour, j'ai l'impression d'être face à un fauve. Il marche de long en large dans le vestiaire de fortune, comme un lion en cage. Je sens son trouble, mais le mien est là lui aussi, et j'ai besoin de réponse ! Il va devoir me dire plus que « *je suis désolé* » désormais.

Un silence se prolonge entre nous, car je ne sais pas par où commencer et lui il attend, probablement. J'ouvre la bouche pour parler, mais il s'approche de moi si vivement que je ne le vois pas venir. Ses bras se placent brutalement autour de ma tête et je me sens envahie de sa présence. Nos corps entrent en contact, ma poitrine touche la sienne.

Ses iris, habituellement bleu clair, sont presque noirs, tant ses pupilles sont dilatées.

Je devrais avoir peur, me ratatiner devant cette puissance qu'il dégage à l'instant, mais non. Je le fixe droit dans les yeux, comme je l'ai toujours fait au cours de notre vie.

— Qu'est-ce qu'il y a, Jordane ? Ce que tu as vu ne te plaît pas ? murmure-t-il en s'approchant si près de mon oreille que je sens son souffle.

Sa voix sensuelle qui me rappelle de doux souvenirs, des sensations vibrent dans mon bas-ventre, mais ne m'ôtent pas ce sentiment de déception.

— Cela m'a surtout déçue, répliqué-je, sachant que la colère se ressent de nouveau dans ma voix.

Il se met à rire. Un rire sombre, presque effrayant qui se stoppe lorsque sa main frappe le mur à droite de mon visage.

— Tu n'as pas le droit de me dire ça. Tu n'as pas le droit de me juger alors que ça a commencé à cause de toi ! crache-t-il soudainement d'une voix écorchée, lui aussi apparemment en colère.

Qu'est-ce qu'il raconte ?! Il est en colère ? Mais de quel droit !

— Ah, mais je suis curieuse de savoir en quoi est-ce de ma faute ?! Pourquoi serais-je responsable d'une telle violence ?! répliqué-je du même ton, alors que je perds le contrôle de mes émotions.

— C'est pour te défendre que je suis devenu ainsi, s'écrie-t-il brutalement, perdant enfin le contrôle.

C'est si satisfaisant. Le voir perdre cette rigueur qu'il s'impose a toujours été mon moment préféré.

Celui qui me faisait le plus frémir.

— Me défendre de quoi, Kane ? Qu'est-ce qui aurait pu m'arriver de pire que ce que le passé m'a imposé ? vociféré-je, me souvenant de tous mes maux endurés.

Mes pertes, mes souffrances. Cette violence qui régissait ma vie ! Le rappel de ce que j'ai vécu semble lui faire mal, presque autant qu'à moi.

— Ne fais pas comme si tu étais stupide, Joe. Notre vie n'a jamais été facile, mais tu ne sais rien de ce que j'ai sacrifié pour toi ! Alors, ne me pousse pas trop.

Sa réplique me cloue le bec et mon estomac se noue. Notre vie a même été merdique, la plupart du temps. Mon souffle se raréfie, *je veux savoir !!* Je le repousse, car sa présence aussi proche de mon corps m'étouffe autant qu'elle me grise. Il s'éloigne un peu, suffisamment pour que je puisse inspirer, me calmer, mais reste assez près pour que je puisse le respirer.

Ce putain de parfum, son odeur mélangée à l'hémoglobine m'envoûte.

— Qu'est-ce que tu racontes, Kane, bordel ?!

Il me fixe intensément, de la colère luit aussi dans ses prunelles. Sa respiration, aussi rapide que la mienne, fait monter et descendre sa poitrine musclée. Mon attention est aimantée par son corps couvert de sueur et de sang qui fait ressortir les tatouages sur son épiderme. Une part de moi voudrait les détailler tous, un par un, mais je n'ai pas le droit d'avoir une telle pensée à son égard.

Je m'égare, bordel !

Je le hais ! Il m'a brisé le cœur ! Je ne dois pas me laisser avoir une seconde fois et je veux mes réponses !

Mais il redevient silencieux, et c'est ce que je déteste le plus en cet instant. Ses putains de silences !

Kane ne va pas au bout des choses, il ne me lâche que cette bride qui va m'obséder, c'est certain ! Mes nerfs ne résistant plus face à son mutisme, je le pousse une seconde fois avec plus de rage.

— *¡Vete a la mierda !*[12]

Et sans un mot de plus, je me casse loin de lui et de ses putains de secrets.

---

12 Va te faire foutre !

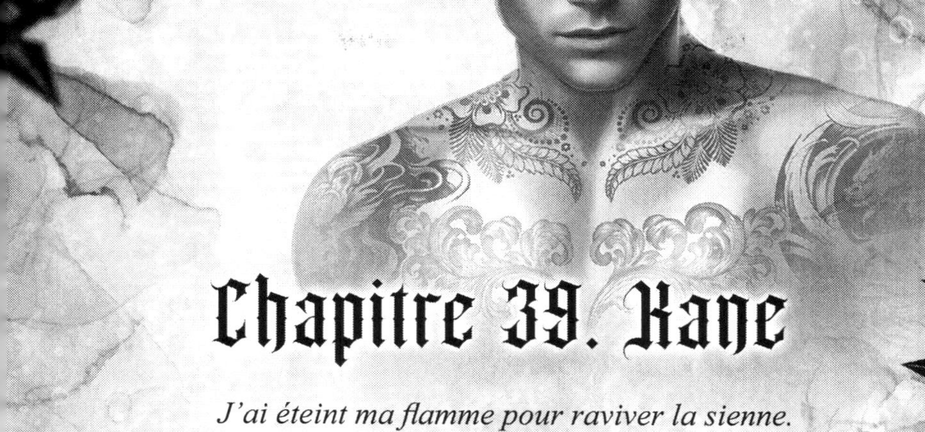

Chapitre 39. Kane

J'ai éteint ma flamme pour raviver la sienne.
Mais je t'aime – Grand Corps Malade et Camille Lellouche

Elle claque la porte, et je bouillonne encore. Je sens chaque fibre de mon corps résonner avec sa colère, sa haine. Ça réveille l'obscurité en moi, surtout après avoir combattu. J'ai eu beau la fuir, je savais qu'elle ne me laisserait pas la possibilité de me cacher.

J'accepte sa rage envers moi, envers nous. Bordel, j'accepterais ses coups pour l'avoir fait souffrir, mais je ne supporterais pas qu'elle me juge au travers de mon vécu. Je ne l'ai jamais fait pour elle, Joe est toujours restée *elle* dans mon cœur, et ça, malgré les épreuves.

Mon poing s'abat à plusieurs reprises sur le mur en béton, tant je suis bouleversé par son regard chargé de déception. *Elle ne comprend pas…* et en même temps, elle ne sait rien. Je n'arrive plus à savoir si je suis en colère contre elle ou bien contre moi pour avoir réduit au silence cette facette de ma vie. Pour avoir caché à la seule personne capable de me guérir cette pourriture qui me gangrenait.

Les secrets sont parfois comme des malédictions, et les

regrets me rongent désormais.

Elle ne sait rien, n'a aucune idée de ce qu'a été ma vie pendant qu'elle remontait la sienne. Elle n'a pas conscience de la prison dans laquelle elle m'a enfermé involontairement. Elle tentait de se relever, alors que moi, je me laissais tomber peu à peu. J'aurais pu l'appeler, elle aurait pu me sauver, mais le silence a verrouillé la serrure de ma cage.

La peur m'a dévoré. Pas pour moi, *pour elle.*

Toujours, sans cesse pour elle.

J'ai éteint ma flamme pour raviver la sienne, mais maintenant, alors que je ne vois que des sentiments négatifs briller dans ses prunelles, je regrette.

Et, bordel, ça me fout en l'air !

Quelqu'un m'attrape le bras, qui n'a jamais cessé de s'abattre sur le mur. Zéphyr me regarde avec inquiétude. Mon sang coule, tache le bitume grisâtre. La peau de ma main est arrachée, sanguinolente mais, en la regardant, je ne sens rien. *Rien du tout.*

Je suis comme anesthésié par cette putain de soirée. Habituellement, combattre me permet de décharger, alors que là, je suis en train d'étouffer ! Je suffoque sous son regard qui s'est imprimé. Ma respiration se bloque en même temps que ces non-dits qui me bouffent.

Mes secrets enserrent ma gorge depuis que je l'ai retrouvée et cela fait monter en moi une vague de chaos qui me bouscule, me malmenant.

On me parle, mais je ne comprends rien. Alors, je repousse celui qui m'entrave, car cela accentue mon asphyxie. J'ai besoin de sortir d'ici, de rentrer chez moi, dans mon cocon, à l'abri des regards, des jugements et de cette irrépressible honte qui me pèse.

Je suis devenu ce que Joe détestait.

Je prends mon sac et pars en courant vers l'extérieur sans adresser un mot à mes amis. La sortie de secours pas loin des vestiaires me permet d'arriver à l'air libre.

Enfin. Le froid me saisit, la pluie tombe, comme toujours

ici, et se déverse sur mon corps dans cette rue pleine de tags qui pourrait effrayer au premier abord. Moi, elle me rassure, car c'est la seule chose que j'ai connue, l'obscurité de ces ruelles.

Les gouttes de pluie trempent mon torse nu, nettoient mes plaies, les taches de sang qui recouvraient mon épiderme.

Si seulement ça pouvait tout laver ! Effacer le passé…

J'avance sous l'averse, la laissant refroidir mes muscles, mes terminaisons nerveuses. Je n'habite pas très loin, donc cela ne durera pas longtemps, suffisamment pour endormir la douleur. J'en viens presque à regretter de ne pas savourer cette douce sensation de l'eau me caressant avec une forme de tendresse.

Mais au final, qu'est-ce que la tendresse ? Est-ce comme une fine pluie qui glisse avec délicatesse sur la peau ? C'est possible.

C'était peut-être comme ces moments de communion que nous vivions, Jordane et moi. Cherchant l'un comme l'autre du réconfort dans une danse silencieuse qui nous était propre. Elle était maladroite, pas forcément adaptée, mais elle demeurait la nôtre.

Et bordel ! qu'est-ce que j'aimerais vivre cela une nouvelle fois. Sentir la caresse de sa main sur mon cœur rapiécé.

J'arrive dans l'escalier qui me conduit à mon appartement. Il surplombe une boutique de fleurs tenue par une vieille dame qui est vraiment très gentille. Parfois, elle me fait penser à la grand-mère de Joe.

Quand je pense qu'elle a perdu la seule personne qui représentait pour elle une figure maternelle… Je comprends maintenant son retour et cette pointe de chagrin qui brille sans arrêt au fond de ses yeux.

Je ne suis pas le seul responsable de son mal-être et, quelque part, ça me soulage. Lorsque Joe était triste ou avait mal, elle était mordante. Je pense que l'accumulation de cet événement, plus nos retrouvailles ne peut que la bouleverser.

Je vais devoir patienter pour renouer avec elle, car tant qu'elle souffrira, elle me mordra, mais c'est aussi ça qui m'a toujours attiré chez elle. Cette violence émotionnelle qui faisait écho à la mienne.

Je grimpe les marches en métal qui me mènent droit à la porte d'entrée, entre dans la chaleur de mon appartement qui est réconfortant. Ici, c'est mon univers.

Je ne suis plus chez mon père ou dans le club.

Je suis chez moi, mais le silence qui trône à l'intérieur est tout de même devenu un peu pesant, je dois l'avouer. Je voudrais de la vie, et plus cette solitude qui me détruit à petit feu. J'allume, ce qui éclaire mon mobilier vintage assez atypique ainsi que les murs en brique rouge qui l'encadrent. Des photos de vieilles bagnoles encadrées les décorent et je dois avouer que je les aime beaucoup.

Et dans le coin, au fond à droite, un tableau. Ce tableau que je regarde tous les soirs.

Un coquelicot rouge sur un fond brumeux noir. Comme une tache de sang ressortant de l'obscurité, qui m'a toujours fait penser à Joe, sans vraiment savoir pourquoi.

Je m'affale sur mon canapé, ne prenant pas la peine de me sécher, et l'admire. Mes yeux s'alourdissent en le fixant, et je sens le sommeil venir me happer de ses griffes acérées, pourtant, je veux lui résister, car mes démons aiment dévorer mes rêves pour les teinter de ténèbres.

Mais je ne peux résister et me laisse donc aller dans leurs bras sans pouvoir y remédier.

Chapitre 40. Jordane

Ça me rappelle mon enfance, tous ces moments où je voulais ne serait-ce que le croiser.
Awaken - League of Legends

Je l'ai fait pour toi !

Cette phrase me hante encore plus que n'importe lequel de mes cauchemars. C'est dingue comme des mots peuvent impacter, obséder, corrompre la moindre de nos pensées. Moi qui me refusais de songer à cet homme, le voilà encombrant la moindre de mes synapses !

Bon sang ! Je passe mes mains dans ma tignasse et regarde l'heure. Plus qu'une heure, et cette interminable journée de travail prendra fin, je pourrai enfin aller me reposer. Après avoir passé une nuit blanche, j'espérais vraiment ne pas voir Kane ce matin et, pour une fois, mon souhait a été exaucé. Pourtant, j'ai malgré tout cette petite émotion qui ressurgit, se nommant déception.

Ça me rappelle mon enfance, tous ces moments où je voulais ne serait-ce que le croiser. L'effleurer, lui parler, le regarder… tout était prétexte à faire accélérer mon cœur. Ces douloureux souvenirs me rappellent cette idiote qui courait après un mirage, après un mensonge… mais lorsqu'il me regardait, je me sentais exister.

Hier soir, je l'ai ressenti à nouveau, mon cœur a accéléré, ravivant cette part de moi refusant d'accepter que mes sentiments n'étaient qu'à sens unique.

Je l'ai fait pour toi !

Pourquoi aurait-il commencé à se battre pour moi ? Pour me protéger, car s'il y a bien une chose que Kane a toujours faite, c'est d'être protecteur envers moi. Même si je souhaitais qu'il arrête d'agir dans l'ombre, la sécurité me couvrait de son regard azur.

Les yeux fixés sur l'aiguille des secondes qui annonce l'arrivée imminente de la fin de mon taf, je commence à ranger mes affaires pour rentrer au plus vite chez moi. J'ai un grand besoin de décontraction et rien ne me fera plus de bien que de dessiner pour évacuer.

Mon sac sur l'épaule, je sors de mon secrétariat en faisant signe aux gars présents que je peux voir, qui me le rendent également. Je ne les connais pas, mais au premier abord, ils ont l'air vraiment sympa.

À l'extérieur, la pluie est toujours là, présente depuis hier soir. Bordel ! j'avais oublié le temps de merde que l'on peut avoir en cette saison dans cette ville. J'enfile la capuche de mon sweat qui sera trempé avant même que je ne franchisse la prochaine rue.

Prochain investissement : un parapluie !

Je marche, cours pratiquement sur le trottoir pour tenter de rejoindre pour une fois un arrêt de bus qui me mènera jusque chez moi.

J'avais résisté jusqu'à présent, détestant ce moyen de transport qui me rappelait trop de souvenirs. Mais après le coup d'hier, autant vivre les choses à fond désormais. Rien ne peut être pire que de le revoir d'une manière aussi brutale, donc prendre le bus me paraît dérisoire.

Je me faufile sous l'abri qui protège déjà trois personnes et attends avec elles.

Je croise mes bras, la mine probablement devenue boudeuse, les autres me regardent comme si j'étais un *Gremlins*[13] arrosé après minuit. Mes ondes ne doivent pas être très accueillantes, mais penser à ces injustices me hérisse les poils.

Je prends mon portable et pianote un SMS pour Cameron, le prévenant de l'heure à laquelle je rentre. J'espère qu'il sera là. La soirée d'hier nous a permis de tisser un petit lien, mais pas suffisamment pour que je puisse atteindre mon petit frère comme avant.

Après avoir rangé mon téléphone, je masse mes tempes, sentant un mal de tête pointer le bout de son nez. À mon plus grand regret.

Le bus arrive, tout beau, tout neuf et brillant de pluie.

On entre à l'intérieur pour se mettre au chaud, et je dois avouer que c'est agréable. Dans les premiers rangs, sur mon siège côté fenêtre, je regarde les gouttes de pluie faire la course, me concentrant pour ne pas me laisser happer par le passé. Et ça marche, enfin, pratiquement.

Heureusement, le trajet ne dure pas trois heures.

Lorsqu'on ouvre les portes du véhicule sur mon arrêt, je suis seule dans le bus. Il n'y a plus personne et, en même temps, je les comprends. Qui voudrait habiter dans un endroit pareil ? À moins d'y naître, on ne peut y vivre.

Les seuls qui avaient réussi à s'acclimater étaient Ella et ses parents. L'unique famille à avoir emménagé sans rebrousser chemin, mais à quel prix… Y repenser me noue le ventre, je dois penser à autre chose.

Je cours sous la pluie jusqu'à la maison, et entre en récupérant la clé planquée sous le tapis de l'entrée.

J'ôte ma veste et mon gilet pour rester en débardeur. Dans cette tenue, on voit bon nombre de mes tatouages, et mon regard se porte sur les coquelicots fanés qui ornent mon bras droit et ceux fleurissant qui serpentent sur la gauche.

Cette plante capable de pousser sur les terrains les plus

---

13 Créature de film.

improbables. Fragile et délicat en apparence, mais qui semble sans cesse renaître de ses cendres.

C'est ce que je représentais pour ma meilleure amie, alors je l'ai décliné à ma façon. En avançant vers le canapé, je touche en une douce caresse le rouge encré sur ma peau, rappelant le sang. Je m'affale avec mollesse et me saisis de mon carnet de dessins qui est resté là depuis la nuit dernière.

Je regarde ce que j'ai esquissé et tombe sur le profil sombre de l'homme qui m'a toujours hantée. Du meilleur comme de la pire des façons. Ses traits sublimes sont reconnaissables entre mille.

Je frôle de mon doigt sa mâchoire carrée, finement rasée, pour ensuite tourner la page et tomber sur son regard pénétrant chargé de tristesse et de douleur.

Un regard peut exprimer tant de choses, mais ne pourra jamais révéler ce qui reste enfermé.

Comment peut-on dire tant de choses en se fixant et en dissimuler tout autant ?! Cet homme est vraiment une énigme. Il l'a toujours été, c'est pour ça qu'il m'a envoûtée… *M'avait. Il m'avait envoûtée, bordel !* Au passé, car maintenant, ce n'est plus qu'une mauvaise expérience.

Enfin ça, c'est ce dont j'aimerais bien me convaincre. *Il ne faut pas te leurrer, ma vieille, tu l'as dans la peau.* Je pose mes yeux sur le tatouage qui trône non loin de mes fleurs fanées, sur mon bras droit.

Car si moi je suis un coquelicot, lui est une rose noire pleine de piquants s'enroulant autour de mon cœur. Je me mets alors à dessiner avec cette pensée en tête. Un cœur jaillit rapidement sur le papier, avec réalisme, et telles des chaînes, les tiges de la rose noire s'enroulent autour pour fleurir en son sein. Je prends mes fusains pas loin, fonce chaque pétale, chaque épine qui blesse l'organe. Un sang noir se déverse, coule au sol.

Lorsque j'ai fini, je regarde ce que je voulais être un tableau funeste. Pourtant, j'en aime chaque aspect, car cela nous représente.

Bordel, je suis vraiment fichue !

Je repose mon travail et m'étire pour aller prendre une douche. Demain matin, je commence au salon de tatouage et je suis pressée de m'y rendre. En entrant dans la salle de bains, je me regarde dans la glace et des cernes sombres maquillent le dessous de mes yeux. Il faut vraiment que je dorme, sinon je vais bientôt ressembler à un zombie de *Walking Dead*.

Je me déshabille, entre dans la douche et subis l'eau glacée, qui est commune ici. Elle saisit mon corps et mes muscles, provoquant des frissons sur toute ma peau. Avant, je la subissais. Maintenant, elle m'est familière, rappelant mon chez-moi, qui ne l'est devenu que lorsque ma grand-mère s'est installée auprès de nous.

Abuela. Que m'aurais-tu conseillé vis-à-vis de Kane ?

Tu me manques tellement…

Je laisse quelques larmes s'échapper sur ma peau, s'effaçant instantanément avec l'eau glaciale. Je mouille mes cheveux longs, caresse ma peau tatouée de partout, racontant mon histoire.

Kane, que dirais-tu maintenant, si tu voyais mon corps ? Serais-tu intrigué comme moi par chaque marque sur nos peaux ?

Chapitre 41. Jordane

Allez, c'est parti ! Ella, j'arrive.
Hurtless - Deans Lewis

Lorsque j'arrive au salon, je suis plus fraîche que la veille. J'ai mieux dormi et cela joue sur la gestion de mes émotions, je me laisse moins envahir par tout ce qui s'est passé ces deux derniers jours. En prime, le fait d'être sûre de ne pas revoir Kane est venu accentuer tout ça, me mettant presque de bonne humeur.

Aujourd'hui, je vais tatouer. Ça paraît bête, mais dans ces moments de création, c'est comme si Ella était à mes côtés, surtout lorsque c'est quelque chose de floral.

J'entends sa voix dans mon cœur, comme une douce caresse sur mon âme et, quelque part, ça me rassure. Comme dans le passé. Je me retrouve ancrée à quelque chose, à son sourire, sa joie de vivre. Les bons souvenirs renaissent, apaisent et je me sens plus forte.

Cela fait tellement longtemps que je n'ai pas ressenti cette sensation que l'excitation ne cesse de monter en moi, alors que je suis assise à côté de mon autre patron, collègue ? Je ne sais pas trop comment le considérer, car il ne se comporte pas du tout en chef avec moi, plus comme quelqu'un qui tente de créer un lien.

Son coude heurte le mien, ce qui me fait tourner la tête vers lui. En le regardant d'aussi près, je dois dire qu'il est vraiment charmant. Son style est unique, mais le représente bien. Un sourire qui m'avait déjà plu et rassuré auparavant orne ses lèvres, et je ne peux qu'y répondre à mon tour. Il ose poser une main sur mon épaule, comme pour m'apaiser.

— Ne t'inquiète pas, c'est une cliente cool que je t'ai prévue pour ta première session. Tu vas t'éclater, ma belle, me raconte-t-il pour me tranquilliser.

Je hoche la tête en me questionnant sur ce que la femme désire.

— Tu sais un peu ce qu'elle veut ? Ce dont elle a envie ? ne puis-je m'empêcher de demander.

— Tu verras quand elle arrivera. Ici, le client débarque avec une demande et on le dessine sur place. Elle va t'exposer ses choix, tu dessines ce que ça t'inspire et elle validera ou non ta proposition. C'est vraiment une collaboration entre l'artiste et la personne afin de trouver ce qui correspond le mieux aux deux parties.

Quelque part, ce qu'il me dit me rassure. Je crois qu'il n'y a pas pire pour un tatoueur que de se voir imposer une chose qu'il n'a pas envie de dessiner. Et savoir que l'on a cette liberté d'avis, que notre âme artistique est respectée, me fait frémir car cela veut dire qu'Ella sera là, dans chacune de mes esquisses. À Phoenix, au début, je devais m'adapter aux demandes, bridant souvent ma créativité. Puis, seulement après, j'ai réussi à me trouver et je n'acceptais plus que ce qui me convenait.

Ici, cela me stressait de devoir recommencer toute cette phase, mais apparemment, Luis a les mêmes convictions que moi et ça, c'est vraiment génial.

Derrière le bureau, je sors de mon sac mon carnet de croquis pour lui montrer mes derniers flashs qui me sont venus dernièrement. Il tourne les pages et s'arrête sur le cœur d'hier.

Le revoir me noue la gorge.

— Celui-ci est très beau, il renferme beaucoup d'émotions… Bravo, me félicite-t-il avec sincérité.

— Il est… un peu personnel, avoué-je, un peu penaude et gênée.

— Cela se ressent, tu devrais le garder pour toi.

Si seulement je savais où le tatouer… mon corps est presque plein, et si je devais le graver dans ma peau, ce serait reconnaître l'emprise qu'à Kane sur mon cœur.

La clochette de l'entrée retentit, annonçant l'arrivée de quelqu'un. Luis me fait signe de m'en occuper et, de toute manière, son téléphone se met à sonner au même moment.

Il me laisse m'occuper de ma cliente en toute confiance, et ça me rebooste à fond. Je m'avance vers elle avec un sourire sincère et me présente. Elle s'appelle Emily et souhaiterait un tatouage féminin sur tout son avant-bras. Pour lui confectionner cette demi-manchette, j'ai besoin de plus d'informations, de gratter plus loin dans ses désirs. J'aime glisser des significations dans les tatouages, c'est une valeur que Michael m'a inculquée et que je garde toujours en tête.

J'emmène la jeune femme sur la banquette et l'installe avec moi. Armée de mon carnet et d'une page vierge, je commence à la questionner. Très vite, des émotions naissent de notre conversation, les réelles motivations d'Emily fleurissent et, avec elles, mes idées.

Je dessine à mesure qu'elle me raconte son chagrin, la perte d'un être cher. Dans le langage floral, le deuil est souvent représenté par plusieurs sortes de fleurs comme les chrysanthèmes, les œillets, les lys, ou encore les myosotis.

Celui-ci en particulier envoie un message qui signifie « je ne vous oublie pas ».

J'œuvre, esquisse, crée ce qui devient un tatouage pour cette femme selon ma vision du monde et ses sentiments. Je tente de construire une harmonie entre son cœur et mon art.

Lorsque j'arrête de crayonner, elle a arrêté de parler depuis un moment, me regardant seulement avec attention. Mes joues deviennent rouges, je le sens, sous toute cette attention. Je me suis laissé happer, mais la base est là et je n'ai plus qu'à la montrer.

Sur un bout de bras, des myosotis et des lys s'entremêlent sur un fond noir. Ils ressortent, se lient et entourent l'avant-bras comme un soutien indéfectible.

La cliente regarde fixement la feuille sans rien dire, et son mutisme pourrait presque me faire transpirer de stress, j'espère qu'il ne va pas durer car je vais me mettre à puer la sueur. Puis un immense sourire jaillit sur ses lèvres, suivi de quelques larmes retenues. Elle me prend le carnet des mains et passe la pulpe de ses doigts dessus comme pour en prendre possession.

— Merci, souffle-t-elle alors en me regardant droit dans les yeux.

Elle aime. Regarde Ella, elle aime tes fleurs !

Je souris à mon tour et lui propose alors deux possibilités, le noir et blanc ou les touches de couleur. Préférant le noir et blanc, j'acquiesce, puis lui propose un prix qu'elle accepte d'office. Une fois tout ça établi, je l'emmène sur la table qui m'est attribuée. J'ai eu le temps de la préparer avant son arrivée, donc je suis fin prête.

Je sors plusieurs feutres et la cliente me regarde avec interrogation.

— Vous n'utilisez pas les papiers qui décalquent ? Vous savez, ceux avec de l'encre bleue ?

Ah, je vois pourquoi elle se questionnait. Ce n'est probablement pas son premier tatouage et elle a déjà vu des stencils.

— Alors non, je dessine directement sur le corps de la personne et tatoue à main levée. Je laisse ma créativité me guider, car j'ai le dessin en tête et je n'ai plus qu'à le tatouer.

Elle sourit et me tend son bras avec confiance, ce qui me motive encore plus.

Allez, c'est parti ! Ella, j'arrive.

Lorsque je relève la machine, nous avons déjà fait plus de quatre heures de tatouage et je pense que ma pauvre cliente a besoin d'une petite pause. Il lui faudra au moins quatre demi-journées, ou alors deux journées entières pour avoir le tatouage finalisé. Il faut que je voie avec Luis comment on peut organiser ça.

Emily se lève, se dégourdissant le bras, les jambes et j'en fais de même en m'étirant le dos. Je la vois m'observer avec attention, et je remarque qu'elle mate chacun de mes tatouages. Je sens ses questions lui brûler les lèvres, et lorsqu'elle se rassied pour que je reprenne pour une dernière heure, elles se mettent à fuser.

— Pourquoi les fleurs ? Combien de tatouages avez-vous ? Vous faites ça depuis combien de temps ? Vous vous tatouez toute seule ?

Je rigole sous cette déferlante et me demande pourquoi elle ne les a pas posées avant.

— Bah, dis donc, ça en fait des questions ! ne puis-je m'empêcher de rire.

— Ouais, je vous sens plus avec moi là, alors je profite du moment pour vous les poser, rigole-t-elle aussi.

C'est vrai que je ne suis pas la plus accessible lorsque je tatoue, je me laisse souvent happer dans un autre monde qui met une barrière entre les gens et moi. Je comprends donc son empressement.

— Alors… Pourquoi les fleurs ? Car au début, c'était un hommage, puis elles ont trouvé sens dans ma manière de voir le monde… Pour mes tatouages, ça fait belle lurette que je ne les ai pas comptés, répliqué-je en me mettant à rire.

— Ils sont tellement beaux… Vous êtes vraiment belle ! me complimente-t-elle, me faisant rougir d'office.

— Merci, vous êtes gentille, me sentis-je obligée de la remercier, un peu gênée. J'ai toujours détesté les compliments.

Elle ne revient pas sur les autres questions, ce qui me

permet de me concentrer à nouveau sur son avant-bras. Une fois la séance terminée, je retire mes gants et guide ma cliente jusqu'à l'accueil pour pouvoir programmer un nouveau rendez-vous. On doit attendre que ça cicatrise, donc il faut au moins compter un bon mois, mais sans Luis, je n'ose rien proposer. Je la laisse donc près du comptoir et file voir mon nouveau patron, qui est en pleine séance lui aussi.

— Luis, pour le prochain rendez-vous, je pense que huit heures suffiront pour le finaliser et la cliente semble bien supporter. Est-ce que je peux programmer une journée entière dans un mois pour elle ?

— Bien sûr, ma belle, fais comme bon te semble, réplique-t-il, concentré sur son œuvre, qui a l'air sublime d'ailleurs !

— Merci !

Je file vite pour ne pas le déranger plus que ça et programme avec Emily une date pour finir sa demi-manchette. Elle règle la moitié du montant et s'en va en souriant, pour mon plus grand bonheur.

Cette première matinée est parfaite et je me sens infiniment soulagée. Luis arrive lui aussi accompagné de son client. J'admire son nouveau tatouage et, franchement, c'est magnifique. Très sombre, assez dark et, quelque part, ça me rappelle le style de tatouages que porte Kane.

— À bientôt, Kaos, j'ai hâte de te revoir. Passe le bonjour à Elie.

L'homme est immense et n'a pas l'air des plus aimables, mais lorsqu'il serre la main de mon collègue, je vois briller dans ses yeux une pointe de reconnaissance.

— Merci, à bientôt, salue-t-il en retour avant de se casser rapidement comme s'il était pressé.

J'ai l'impression qu'ils se connaissent depuis pas mal de temps, Luis parvient à se faire une clientèle fidèle, ce qui prouve que c'est un bon tatoueur.

Je vais devoir encore une fois remercier papy, car sans lui, je ne serais pas ici.

Chapitre 42. Kane

Dans ce salon, je me sens un peu comme chez moi.
Home – Edith Whiskers.

Une sonnerie me sort des bras de Morphée et, bon sang, j'ai l'impression d'être passé sous un rouleau compresseur. Je tombe à moitié du canapé sur lequel je me suis vautré la veille et fouille dans les affaires afin de trouver l'objet de mon supplice.

Qui ose m'appeler maintenant, bordel !

Lorsque je le trouve enfin, je vois qu'il est presque midi et que j'ai dormi comme une masse. Je décroche en voyant le nom de Zéphyr apparaître.

— Mmh, qu'est-ce que tu veux ?

— Ah, j'aime ta voix de Rocky Balboa du matin ! Crie « *Adrienne* » pour voir ? me balance mon ami en rigolant comme un con.

— Je vais raccrocher.

— Non, attends ! Je ne t'appelle pas pour de la merde… s'empresse-t-il de me le dire.

— Tu as pourtant dit de la merde…

— Ouais, mais c'est pour te dérider un peu, mon gars, tu avais l'air grincheux et, avec la soirée d'hier…

— Abrège, Zéph », je veux prendre une douche, je schlingue.

— Ravi de le savoir… Tu as eu du nouveau pour le tatouage ? me questionne-t-il alors, et c'est vrai que j'avais complètement oublié.

— J'ai zappé, je n'ai pas appelé, mais je peux le faire là. Je te tiens au courant, réponds-je rapidement avec franchise.

— Merci, mec, à tout à l'heure ! Ne m'oublie pas ! crie-t-il rapidement dans le combiné, sachant pertinemment que je vais raccrocher.

Je laisse tomber ma main droite mollement sur le canapé, tenant toujours l'objet. Je vais devoir téléphoner à Luis, il est le seul en qui j'ai vraiment confiance dans ce coin.

Je cherche son nom dans mon répertoire et lance l'appel. Une sonnerie à peine et il répond.

— Tiens, ça faisait longtemps, Kane. Je crois que tu n'as plus de place pour encrer la moindre chose sur ton corps et je refuse toujours de te tatouer la queue… me dit-il en guise de salutations.

— Ce n'est pas ma demande du jour, Luis…

— OK, alors je suis tout ouïe ! rigole-t-il en se foutant de ma gueule.

Je ris aussi à cette idée à la con, mais il n'a pas tort. Je n'ai plus de place pour graver sur mon épiderme le moindre dessin, alors j'aide ceux qui désirent le faire.

— J'ai un pote qui a besoin de tes talents, tu aurais de la place ? lancé-je alors, espérant pour Zéphyr.

— Mmh, j'ai une nouvelle collègue et elle pourrait le prendre demain s'il l'accepte.

Merde, ça veut dire qu'il n'a pas de place tout de suite.

— Elle assure ? l'interrogé-je, un peu sceptique.

— Carrément ! Elle a un don, c'est dingue et elle est magnifique en plus.

Ce qu'il réplique me rassure, car je sais qu'il est difficile en termes de goût et, s'il dit qu'elle gère, je lui fais pleinement confiance.

— Ne la drague pas trop, elle pourrait fuir. Depuis le temps que tu cherches un autre membre pour ton salon… lui dis-je en me moquant.

Ce mec est un éternel célibataire, mais il sait charmer les dames qui lui font de l'œil. Il a cette facilité à verbaliser, à faire des blagues… bref tout le contraire de moi.

J'entends son rire au bout du fil, et souris à mon tour. Avec lui, j'arrive à parler, car il est un des premiers à avoir caressé de son dermographe mon âme écorchée. Il me connaît bien car, au travers de mes tatouages, il a des morceaux de mon histoire. Des parcelles, certes, mais suffisamment pour me connaître mieux que d'autres personnes.

— Je vais donc tâcher de ne pas la faire se sauver, raconte-t-il alors. Pour demain matin vers neuf heures, ça t'irait ?

— Ouais, parfait, j'en parle à mon pote et je te confirme par message dans la foulée, enchaîné-je pour valider sa proposition.

— D'accord, à plus tard alors.

Je raccroche et envoie tout de suite le rendez-vous à Zéphyr, qui me répond par un émoji cœur. Je vais interpréter ça comme un merci. Je balance enfin mon portable sur la table basse et me lève en étirant mon corps endolori par le combat de la veille.

La pluie a un peu lavé mon corps, mais je me sens vraiment dégueulasse. Je me désape, me retrouvant à poil au milieu de mon appartement pour filer sous la douche. Ça va me délasser un peu.

Aujourd'hui, j'ai rendez-vous au club avec Kaos, et je sais qu'il va me défoncer d'être parti comme ça hier soir. Il prend peu à peu la place du boss de la *team* et prend son rôle à cœur. Je pense que notre entraîneur pourra bientôt prendre sa retraite le cœur léger. Malgré le fait qu'il fricote avec l'illégalité, c'est un homme bien, mais surtout un passionné de son sport. Il est droit et je sais que c'est en partie grâce à lui que j'ai obtenu ma pseudo-liberté.

Et même s'il n'est plus l'entraîneur officiellement, je sais qu'il restera toujours dans les environs de l'équipe.

Il a été ce qui ressemblait le plus à un père pour moi, au contraire de mon géniteur. Alors, secrètement, lorsque j'entre dans le loft du club, une part de moi voudrait le voir. Se confier. Il connaît ma vie lui aussi, et surtout mon passé. Il a conscience de ce que le retour de Joe provoque en moi.

Autant de bon que de mauvais.

Sur le ring, les filles ont déjà commencé un combat. Elles se tabassent sans la moindre retenue, je n'ai jamais vu deux amies prendre autant au sérieux le *fight*, au point de ne pas se faire de cadeau sur le ring. Elles se respectent, tout autant que cet art qu'elles maîtrisent désormais à la perfection, chacune dans leurs nuances.

J'entends des pas et un petit corps me saute dans le dos. Je reconnais son parfum ambré si familier et je dois dire qu'il m'a manqué. Elle se met à rire lorsque je tourne sur moi-même pour la faire lâcher, la forçant à s'accrocher plus fort.

Elie. Cette fille a une force incroyable pour sa petite taille, autant moralement que physiquement. Lorsqu'elle descend pour venir me faire face, je vois sur son visage les marques de son précédent *fight*. Elie a fait une croix sur la mafia pour renaître dans la légalité. Elle a trouvé dans le combat une rédemption, une reconstruction.

Pour ça, je l'admire vraiment. Elle a eu le courage de fuir la noirceur pour plonger vers la lumière. Et, tel un soleil, elle illumine le club chaque fois qu'elle est présente auprès de nous. Parfois, dans certains aspects, elle me rappelle Ella. Je pense que c'est pour ça que je l'ai aidée lorsqu'elle a débarqué sur le trottoir d'en face, tel un oisillon égaré.

Mais l'oisillon n'est plus et lorsque je la vois courir vers son homme, je me régale de les regarder se retrouver.

Chaque séparation leur coûte, mais pour mieux savourer leurs retrouvailles.

J'entends un bruit de corps tomber sur le parterre du ring et vois Syria abandonner face au monstre de notre équipe féminine. Norah sautille partout comme une tarée, et si Zéphyr enferme une grosse part de folie, cette furie est démoniaque. Je la vois surplomber le corps de sa meilleure amie et poser un baiser sur son front avant d'éclater de rire.

Je me souviens de la première fois que je l'ai rencontrée. Elle venait d'arriver et ne connaissait personne, ses yeux luisaient toujours d'une forme de folie, sans la moindre once de peur. Elle n'est pas grande, elle non plus, mais lorsqu'on la voit combattre, c'est comme si une autre personne prenait le dessus. Une entité diabolique qui se régale du sang de ses ennemis.

Zéphyr, lui, est déconnecté à partir d'un certain seuil de coups pour devenir une machine à détruire. Elle, dès les premières minutes, savourant chaque coup qu'elle porte, s'alimentant de la douleur qu'ils procurent.

Le coach a depuis bien longtemps fait une croix sur le fait de contrôler cette diablesse et la laisse vraiment faire ce qu'elle veut comme elle veut.

Elle est la petite princesse de l'équipe.

Je m'approche à mon tour du ring et sonne la cloche alors que Syria tente de se débarrasser du feu follet qui hante sa vie depuis deux ans maintenant. Elle est son seul garde-fou, la seule à maîtriser sa folie avec sa sagesse.

Elles sont comme le yin et le yang.

Les yeux verts de Norah croisent les miens avec intensité, et la clarté de ses iris me crible comme si elle voyait directement dans mon âme. Au travers de cette carapace qui me protège.

— Ça va, Kanouchet ? Tu m'as l'air préoccupé, lance-t-elle en descendant du corps de son amie pour s'approcher de moi à quatre pattes, tel un félin.

— Ça va, réponds-je machinalement.

— Tu mens, mais bon on ne peut pas forcer quelqu'un qui refuse de parler, n'est-ce pas, Syria ? minaude-t-elle en souriant malicieusement.

— Laisse-le tranquille, Norah, souffle la métisse en se relevant avec difficulté.

— Mais ce serait tellement drôle de lui tirer les vers du nez… réplique la blonde en faisant une moue digne des meilleures comédiennes.

Une claque tombe sur le derrière de sa tête pour la réprimander. Et sa grande amie sort du ring, plaçant sur ses épaules sa serviette, se dirigeant en silence vers les douches et, très vite, le feu follet la suit comme son ombre avec tellement d'énergie qu'elle m'épuise seulement à la regarder.

Le son du digicode retentit à la porte d'entrée, annonçant l'arrivée d'un autre membre de l'équipe et, sans surprise, c'est Zéphyr qui entre lui aussi dans notre arène.

Il me claque le dos avec force, et un sourire éclatant triomphe sur ses traits. Je pense que le fait de se faire tatouer ou du moins d'avoir l'esquisse de son futur tatouage l'excite. Sa joie est presque contagieuse, si bien que mes lèvres le suivent, elles aussi.

Demain promet d'être sympa, car je vais être dans un environnement qui m'est familier. Dans ce salon, je me sens un peu comme chez moi, et le doux son du dermographe apaisera un peu mon humeur. Et si je ne peux plus laisser l'aiguille me transpercer, j'aime observer mon tatoueur préféré œuvrer sur les autres.

Oui, demain promet d'être intéressant et distrayant.

Chapitre 43. Jordane

J'adorais tellement danser avec Ella.
Follow You – Imagine Dragons.

Je chantonne ce matin lorsque je dresse mon plan de travail. J'aime préparer les outils qui me serviront, organiser mon plateau telle une chirurgienne minutieuse afin de ne manquer de rien. L'encre, le dermographe, la crème apaisante, mes gants, du désinfectant… Je tente de ne rien omettre, comme on me l'a appris. Une chanson que j'aime d'Imagine Dragons passe à la radio, alors je me saisis de la télécommande qui contrôle le son de celle-ci et l'augmente pour me mettre à danser dessus.

Cela fait combien de temps que je n'ai pas fait ça ? Virevolter comme ça avec insouciance ?

Beaucoup trop longtemps…

Plus depuis les fêtes où je libérais mon corps, car je ne pouvais pas désentraver mon âme autrement. Je ferme les yeux, passe les mains dans mes cheveux et ondule au rythme des notes qui m'enveloppe.

J'adorais tellement danser avec Ella.

J'aimais passionnément faire ça sous son regard bleu ciel, sous sa surveillance constante. Parfois, je le faisais exprès pour que *lui* m'observe, me voit vraiment telle que j'étais et plus comme cette enfant qu'il protégeait.

Un raclement de gorge me sort de cette perte de contrôle, et je tombe nez à nez avec trois hommes que je n'ai absolument pas entendus arriver.

Un se trouve être mon patron, que je pensais occupé, mais les deux autres… Bon sang ! si je m'attendais à ça.

Zéphyr et Kane me regardent, l'un probablement sidéré par ma présence ici, l'autre mort de rire en regardant la réaction de son pote.

Pitié, pourvu que mon client ne soit pas Kane. Ce serait le comble. Ma bonne humeur disparaît, redescend comme un soufflé. Je me racle la gorge pour me ressaisir et venir me placer à côté de mon patron.

— Je vous présente…

— On se connaît, le coupé-je en chœur avec Kane.

Une synchronisation parfaite, je dois l'avouer.

Le tatoueur nous regarde tour à tour alors que nous nous fusillons du regard tous les deux. Dans les prunelles de Kane brille de la colère, la même qui était présente lors du soir du combat. Moi, j'enrage de le croiser partout !

Pourquoi faut-il qu'il se trouve toujours sur ma route ? Pourquoi le destin me l'impose-t-il sans cesse ?! Je touche le pendentif de ma grand-mère par réflexe, car j'aurais besoin de réponse.

Il se détourne avant moi et part s'installer avec humeur sur le canapé où on a les entretiens avec les clients. Zéphyr s'approche alors de moi pour tendre sa main. Je la saisis et il la serre avec force et vigueur en souriant.

— Alors, c'est toi qui vas t'occuper de moi ? C'est… vraiment curieux le destin, tu ne crois pas ?

Destin de mon cul, oui !

Je me force à sourire, sentant les yeux lagons de Kane me scruter de fond en comble.

— Apparemment ! Ravie de parler avec toi de ton projet, répliqué-je avec professionnalisme. Viens, on va s'installer.

Je le guide sous le regard de mon patron pour faire bonne figure, car je ne dois pas perdre ce job. Il ravive la flamme qui brûle en moi… Enfin, je crois. Ou alors, ce sont les retrouvailles avec Kane qui stimulent ce feu que je croyais éteint à jamais.

Je suis obligée de m'asseoir à côté de lui et je suis presque sûre qu'il l'a fait exprès…

Son odeur m'enveloppe, serpente autour de moi vicieusement. Je prends mon carnet que j'avais placé sur la table plus tôt et tente de focaliser mon attention uniquement sur mon client, Zéphyr, faisant abstraction de l'aura qui flambe à ma droite, exaltant la mienne.

— Alors, qu'est-ce que tu désires comme tatouage ? lancé-je, la voix plus enrouée que je ne le voudrais.

Il s'affale sur le dossier de son fauteuil, mimant la réflexion. Son esprit semble s'évader, partir dans un endroit que lui seul connaît. Aujourd'hui, nous ne prenons note que du graphisme, la réalisation sur la peau se fera plus tard, alors je le laisse réfléchir.

Faire un tatouage, c'est une étape importante. Ça ne se fait jamais sans réfléchir, surtout pour un premier. D'après Luis, c'est justement le cas de Zéphyr.

Sa peau est vierge de toute encre, ça me fait presque bizarre.

— Un serpent.

L'intervention rompt le fil de mes pensées.

— Un serpent ? Pourquoi ?

Ma question semble le désarçonner quelques secondes, mais ce n'est pas de la curiosité, c'est purement professionnel. J'ai besoin d'un savoir plus pour concevoir l'esquisse au plus proche de ses désirs, de ses émotions.

Gêné, il passe la main dans ses cheveux bruns bouclés, cherchant probablement ses mots.

— Il y a une semaine, j'ai rencontré un de ces reptiles, qui s'est enroulé autour de moi…

Sa métaphore me fait sourire, alors je continue à gratter.

— Et donc, depuis, je n'y comprends rien. C'est comme si je le voyais partout, même dans mes rêves… Ses yeux me transpercent, me brûlent…

Ah, ça c'est mieux. Je prends alors mon crayon et commence à dessiner, la mine glisse à mesure qu'il s'exprime.

— Il… il… c'est comme s'il m'avait mordu et que son venin se répandait dans mes veines, narre-t-il tout en mimant de la main quelque chose grimper le long de ses avant-bras.

Ah, comme je te comprends… ne puis-je m'empêcher de songer, face à mes sentiments pour Kane.

Pour les fleurs, je les vois rouges. Des pivoines rouge foncé, tel du sang. Un serpent caressant son avant-bras, l'enserrant comme pour le retenir prisonnier, et de cette emprise fleurissent ces fleurs carmin comme pour la soigner. Les prémices d'un amour naissant qui est presque étouffant.

Sans m'en rendre compte, un silence s'est de nouveau fait autour de moi. Et j'ose lever mes prunelles de la feuille en sentant les regards qui me fixent avec minutie. Immédiatement, je porte le mien sur Kane. Les lèvres entrouvertes, il semble hypnotisé par ma main qui crayonnait quelques secondes auparavant l'esquisse. Puis ses yeux se glissent alors directement dans les miens et j'y vois son admiration briller.

S'il a des secrets, celui-ci faisait partie des miens. J'en avais peu, mais seule Ella avait connaissance de cette passion discrète qui demeurait dans mon cœur. Dans ses yeux bleus, il n'y a plus de rancœur. Et pendant plusieurs minutes, je retrouve le Kane que je connaissais. *Celui dont je suis tombée amoureuse.*

Sa carapace tombe sous la surprise, et je suis fascinée de le retrouver, ne serait-ce qu'un peu. Mon âme d'enfant trépigne, brille, prenant la place de l'adolescente au cœur brisé.

Un raclement de gorge me fait sursauter et tout s'évapore autant chez l'un que chez l'autre. Nos regards se séparent instantanément. Je tends mon idée à mon client, rougissant légèrement. C'est toujours un peu particulier de révéler ce que l'on dessine, car on se risque à la critique des autres, on livre une part de nous dans chaque illustration.

La révélant aux yeux des autres.

— Bordel de merde ! C'est tellement… Tu assures grave, meuf ! souffle Zéphyr, apparemment impressionné.

La joie monte dans mon cœur, comme chaque fois qu'un de mes projets plaît, faisant fleurir un sourire franc sur mes lèvres.

— Je suis vraiment contente que ça te plaise.

Chapitre 44. Kane

Elle est si belle…
Devil Eyes – Hippie Sabotage.

Lorsqu'elle s'est mise à dessiner, c'est comme si tous ses sentiments négatifs s'étaient envolés. Elle irradiait comme la lune dans le ciel et elle était si belle en cet instant. Elle a un talent de dingue et j'ignorais tout de ça.

Moi qui pensais la connaître par cœur, je me rends compte qu'elle est parvenue à me dissimuler des facettes de sa personnalité qui me régalent aujourd'hui. Cette créativité, cette manière de manier les sentiments, les émotions sur le papier m'épate et je voudrais effacer certains tatouages sur ma peau pour lui laisser une place sur mon épiderme.

Zéphyr ne peut qu'aimer ce qu'elle a fait pour lui, l'œuvre sera sublime. Parfaite.

Je me doutais qu'il était arrivé quelque chose à mon ami, mais je n'aurais pas imaginé une rencontre de cette intensité. Devant la joie qu'il commence à manifester, Joe se met à sourire et, bordel de merde, ma queue se tend instantanément. Son sourire est tellement sincère, et elle est si belle que je voudrais la dissimuler aux yeux des autres. Un sentiment que je ressentais dans le passé et qui ressurgit peu à peu à mesure que je la retrouve.

Mon cœur accélère alors que je vois Luis admirer sa nouvelle protégée, et ses mots d'hier me reviennent en tête. Elle lui plaît, et lorsque je vois ses yeux brillants de désir se poser sur elle comme ça, j'ai envie de les lui fermer. De lui ordonner de se détourner pour ne plus la contempler.

Une jalousie se glisse dans mes veines, se propage dans mes terminaisons nerveuses alors que mes voisins continuent tranquillement leurs conversations comme si de rien n'était, comme si je n'étais pas en train de me consumer.

— Tu crois que tu pourrais ajouter sur la tête des yeux vairons, un bleu et un jaune ? lui demande Zéphyr, son excitation à son comble.

— Sans souci, réplique Jordane en sortant ses crayons de couleur et de lui en proposer des touches.

Pendant qu'elle le fait, je fixe intensément celui qui est passé de mon ami à mon rival potentiel en une fraction de seconde dans mon esprit. Il ne me voit pas, ne me ressent pas.

Il reste focalisé sur sa nouvelle proie et c'est insupportable, je me lève vivement et, au lieu de lui sauter dessus, je pars dehors prendre l'air.

Je n'ai pas le moindre droit de réagir comme ça. D'avoir ce genre de réaction possessive, pas après ce que je lui ai fait subir, mais c'est comme si les sentiments du passé ressurgissaient dans le présent sans que je puisse avoir la moindre emprise sur eux.

Lorsque je suis entré dans le salon et que je l'ai vue danser en toute liberté, j'ai tout d'abord été hypnotisé. J'ai ensuite commencé à éprouver une forme de colère, et je l'étais, car elle est partout, envahissant le moindre de mes repaires sans la moindre gêne.

Sa présence brise peu à peu mes barrières, et ça me perturbe plus que je ne voudrais me l'avouer. Cela attise une émotion que j'ai inhibée depuis longtemps, suivie d'autres qui se bousculent à sa suite, manquant de me faire exploser.

Déjà samedi soir, je n'ai pas réussi à me contenir, à

canaliser mes émotions, mais l'adrénaline du combat m'a fragilisé. Là, ça me transperce alors même que je suis calme, et ça m'énerve ! En prime, ils l'ont vue.

Ils l'ont vue danser.

Je crois que la première fois que mon cœur a battu pour elle, c'est lorsqu'elle bougeait ainsi. J'ai ressenti pour la première fois du désir pour cette amie que je voulais protéger. C'est là que tout a muté, j'ai tout fait pour l'enrayer, mais c'était trop fort, trop puissant.

Tel un aimant, j'étais attiré. Mes mains ne voulaient que la toucher, sans oser l'atteindre. Elle était comme un astre perdu dans le ciel, inaccessible et féérique. *Interdite.*

Maintenant que le danger du passé semble apaisé, plus rien ne fait barrière à mes sentiments, plus rien sauf sa haine. Cette rancœur compréhensible qu'elle me porte est comme un mur renforcé contre lequel je vais devoir me heurter si je veux la récupérer. Car je sais désormais que je n'en aimerai jamais une autre qu'elle. L'avoir retrouvée me le confirme. Elle seule joue avec les battements de mon cœur, me pousse dans mes retranchements et me force à cracher ce que je retiens au fond de moi.

Elle seule serait capable de briser mes chaînes, de me libérer de mes maux, si j'arrivais seulement à les prononcer. Mais pour ça, il faut qu'elle me pardonne. Et ça, ça ne sera pas une mince affaire. Je vais devoir lui faire comprendre pourquoi j'ai agi ainsi, tout en m'excusant.

Comment peut-on expliquer une telle trahison ? J'ai été tellement con… Je n'ai plus qu'à tenter de recoller les morceaux de son cœur afin qu'il batte pour moi sans souffrir, comme le mien ne peut battre sans elle.

Même si pour ça je vais devoir avouer l'inavouable, lui montrer un côté encore plus sale de moi qui me fait terriblement honte.

Zéphyr sort du salon, le sourire aux lèvres.

— J'ai rendez-vous jeudi après-midi ! Cette fille est une déesse, tu as intérêt à la récupérer ! annonce-t-il en se barrant dans la rue sans me jeter un regard de plus, juste un simple signe de main.

Je ne réponds rien, il n'y a rien à dire. Il a raison, cette femme est une reine, mais je n'ai jamais été digne d'elle. Le serais-je un jour ? Je ne pense pas.

Mais avec ces années d'absence, j'ai compris que je ne pouvais pas vivre sans elle, alors même si je n'en suis pas digne, je tenterai d'attraper son cœur pour le faire mien.

Je ne peux me résigner à me barrer et lorsque la clochette tinte à côté de moi, une odeur de clope mélangée à son précieux parfum m'enveloppe, je ne peux que tourner mon visage vers elle.

J'admire ses traits qui m'ont toujours envoûté. Ses yeux qui ont toujours semblé lire le fond de mon âme, sauf cette fameuse nuit-là.

Elle n'a vu que l'apparence que je souhaitais lui révéler, pour se laisser ensuite dévorer par ses doutes, ce manque de confiance qu'elle a toujours eu en elle. Elle a subi ce que je désirais lui infliger, mais lorsque nos yeux se sont entrechoqués, j'ai vu sa peine, mais elle n'a pas vu la mienne. Je l'avais si bien dissimulée pour paraître crédible que, pour la première fois de notre vie, elle est restée aveugle, absorbée par mon spectacle misérable.

Le fait qu'elle soit là m'ouvre une porte et je meurs d'envie de l'enfoncer pour la toucher ne serait-ce qu'un peu. L'atteindre, je dois le faire, car elle m'en offre la possibilité.

Chapitre 45. Jordane

« *Je suis désolée, Jordane, vraiment.* »
L'âme du Phoenix – Yuston XIII

Je tire sur ma tige en me demandant pourquoi je me trouve soudainement à côté de lui. Lorsque par la fenêtre je l'ai vu si pensif, son visage affichant enfin des expressions que je connaissais par cœur, je n'ai pas pu m'empêcher de le rejoindre.

J'ai souvent réussi à lire en lui. Les seuls moments où je restais dans le doute, où je ne le comprenais plus, c'est juste avant notre séparation. C'était comme si un mur avait pris place entre nous, et malgré le fait que je le parcoure désespérément, je n'en ai jamais trouvé la moindre fissure, le moindre interstice pour le contourner. Maintenant que j'y songe, est-ce que j'ai vraiment cherché ? J'avais tellement mal dans mon cœur, dans mon corps, dans mon âme… Avais-je véritablement le courage de m'acharner sur ce bloc de granit qui nous entravait ?

Je ne pense pas, et une part de moi le regrette, car peut-être que notre histoire n'aurait pas fini ainsi. Si j'avais agi un peu moins égoïstement à l'époque, il n'aurait pas enfermé ses secrets. Car même si je le déteste aujourd'hui, je sais que le Kane que je connaissais n'aurait jamais agi ainsi si son mal-être n'était pas aussi terrible que le mien.

Mais pourquoi ? Cette question, je ne me la suis pas posée dans le passé et elle m'obsède maintenant.

C'est pour toi !

Cette phrase revient dans ma tête, tourbillonne, embrouille chacune de mes pensées et voilà pourquoi je suis là, à côté de lui. Nous n'avons pas reparlé de cette soirée et il le faut, mais acceptera-t-il de lâcher cette vérité qu'il me dissimule depuis six ans ?

— Je suis désolé, Jordane, vraiment.

Sa voix rauque retentit dans le silence de la rue tranquille et ensoleillée. Mon cœur s'accélère, il bat tellement plus fort lorsqu'il est à mes côtés. Cela a toujours été ainsi.

— C'est du passé, Kane, répliqué-je pour la première fois depuis que je l'ai revu.

— Tu ne méritais pas ça, mais c'est la seule solution que j'ai trouvée à l'époque pour rompre notre lien, prononce-t-il un peu plus bas.

Il ne me regarde pas, observe le ciel bleu, presque de la couleur de ses yeux. Ma gorge se noue, se serre et je détourne mes prunelles de sa silhouette pour contempler le même endroit que lui.

— Pourquoi ? prononcé-je avec moins d'aplomb que je le voudrais.

Les secondes s'étirent, s'allongent en minutes et pas de réponses. Des frissons de douleur me parcourent, provoqués par son silence. J'ai si mal de ne pas savoir.

— C'était pour te préserver, ça a toujours été mon objectif : te protéger, se décide-t-il enfin à me dire, et mon cœur s'arrête.

Je ne sais pas quoi répondre, je crois même que j'en suis incapable, car je suis partagée entre la colère qu'il m'ait cachée ça et l'émotion que ses mots provoquent en moi.

— De qui ? parvins-je seulement à articuler, tentant l'impossible.

Il me regarde maintenant, je le sais, car cela brûle mon corps chaque fois… mais je n'ose pas me confronter à son regard. Je le sais, il ne m'en dira pas plus aujourd'hui, peut-être ne me l'avouera-t-il jamais d'ailleurs.

— Tu n'as pas besoin de savoir, c'est du passé, Jordane, balance-t-il, comme je m'y attendais.

Je veux savoir ! *J'ai besoin de savoir !* Je meurs d'envie de le dire, mais cela ressemblerait plus au caprice d'une enfant qui n'a pas obtenu son jouet.

Soudainement, son visage se retrouve face au mien, m'obligeant à le confronter. Nos prunelles se croisent, plongent l'une dans l'autre, presque comme avant. Presque comme si six ans ne s'étaient pas écoulés et que mon cœur ne s'était pas brisé.

— Je suis vraiment, vraiment désolé, Joe… répète-t-il alors, ses yeux hurlant sa sincérité.

— J'ai eu si mal, Kane, ce soir-là… Toi, la mort d'Ella, tout a muté en un sentiment si négatif, si destructeur…

Sa main s'approche de ma joue alors que la mienne avait migré automatiquement vers ma poitrine, essuyant une larme que je n'ai même pas sentie s'échapper. Pour la première fois depuis nos retrouvailles, je lui montre ma souffrance et non ma colère. Bien qu'elles soient intimement liées.

La chaleur de sa paume caresse ma joue avec tendresse et, instinctivement, je pose mon front contre son torse, comme j'aurais pu le faire avant, car c'était dans ses bras que je me sentais en sécurité, que je pouvais laisser échapper mes démons. Il a toujours été le gardien de mon âme, celui qui préservait la vraie Jordane, sa Joe.

Il ne bouge plus, comme statufié. Il ne s'attendait pas à mon geste, comme moi je ne le comprends pas, j'ai juste agi instinctivement.

Mon cœur s'accélère encore plus, alors que je sens son odeur musquée, ce parfum que j'ai tant aimé. Je peux dire ce que je veux, me convaincre que je le hais du plus profond de mon âme… mon cœur est clairement scindé en deux, entre cette part qui l'aime plus que tout et l'autre que je déteste tout aussi fort.

Je vais devenir folle à cause de ce gars, alors je me ressaisis et m'éloigne de lui, mais il se met soudainement à serrer fort mon corps contre le sien. Lovés parfaitement, comme avant. Mes bras ballants restent inertes avant de remonter doucement pour venir attraper son cuir, mes mains le serrant si fort qu'elles se mettent à blanchir.

Il m'a tant manqué… sa présence, sa chaleur.

Je le respire et le sens se décontracter peu à peu, comme si lui aussi avait besoin de ce contact, de cette proximité. Comme s'il avait besoin de moi… Ce qui est étrange, c'est qu'une phrase me revient soudainement en tête, s'insinuant dans mes synapses.

Un souvenir aussi fugace que douloureux, un moment d'échange avec ma mère. Je me rappelle que j'avais eu la bonne idée de lui parler de Kane, je devais avoir douze ans. Je lui avais raconté que mon cœur battait plus vite avec lui, que mes joues devenaient souvent rouges quand il me regardait. Elle avait ri et je me souviendrai toujours de ce qu'elle m'avait répondu. C'est à jamais resté imprégné en moi.

« *Il ne tombera jamais amoureux de toi, ma pauvre fille, les gens comme nous ne sont pas faits pour connaître l'amour. Les hommes se servent des femmes dans notre genre, pour ensuite mieux les jeter.* »

Je me souviens m'être questionnée, alors nous sommes faites pour quoi si ce n'est pas pour être aimée ? Et surtout, pourquoi ? Puis la vie a continué, apportant avec elle mon lot de déceptions, de combats perdus, d'espoirs éteints et j'ai finalement fini par croire en ses phrases.

Les seules personnes qui lui démontraient que je comptais pour eux étaient son propre fils, sa mère, Ella et Kane. Bien qu'au début, la relation platonique que j'entretenais avec lui la faisait rire, les autres lui renvoyaient à la gueule le fait que je comptais pour des gens, alors qu'elle ne comptait pour personne. Pas même pour *Abuela*, qui avait renié sa fille et ne gardait un lien avec elle uniquement pour nous.

Mais quelque part, je me demande ce que ressent vraiment Kane pour moi, quelle forme d'amour entretenait-il pour moi. Était-ce cet amour viscéral, obsessionnel que je pouvais éprouver, ou bien cet amour fraternel qui l'a poussé à aller plus loin pour me protéger, toujours pour me protéger ?

Une part de moi meurt d'envie de lui hurler d'arrêter de faire ça, de ne plus me faire passer avant lui. Je sais parfaitement ce que cela fait, mais c'est justement cette part de moi qui égoïstement aime qu'il prenne soin d'elle.

Écartelée. Voilà comment je me sens, et cela depuis toujours. Fractionnée en plein de morceaux qu'il tente de recoller, et que je le laisse faire. Sauf cette nuit-là où tout le scotch qu'il avait pu placer sur mes brisures s'est arraché pour que je m'effondre. Je pense que c'est pour ça que je lui en veux, d'avoir brisé le peu de bien-être qu'il provoquait en moi, éteignant une de mes rares flammes qui me rappelait que j'étais vivante.

Sous son regard, j'existais, sous leurs prunelles à eux deux, je me sentais importante. Lorsqu'ils ont disparu, je me suis senti comme ma mère souhaitait que je sois.

Terriblement seule, mon âme corrompue par une colère sans limite envers le monde entier. Puis, j'ai appris à vivre sans personne, exister pour moi-même et, bordel de merde, ça a été un véritable combat.

Je ne vivais plus pour mon frère, ni Kane, ni Ella, mais seulement pour moi.

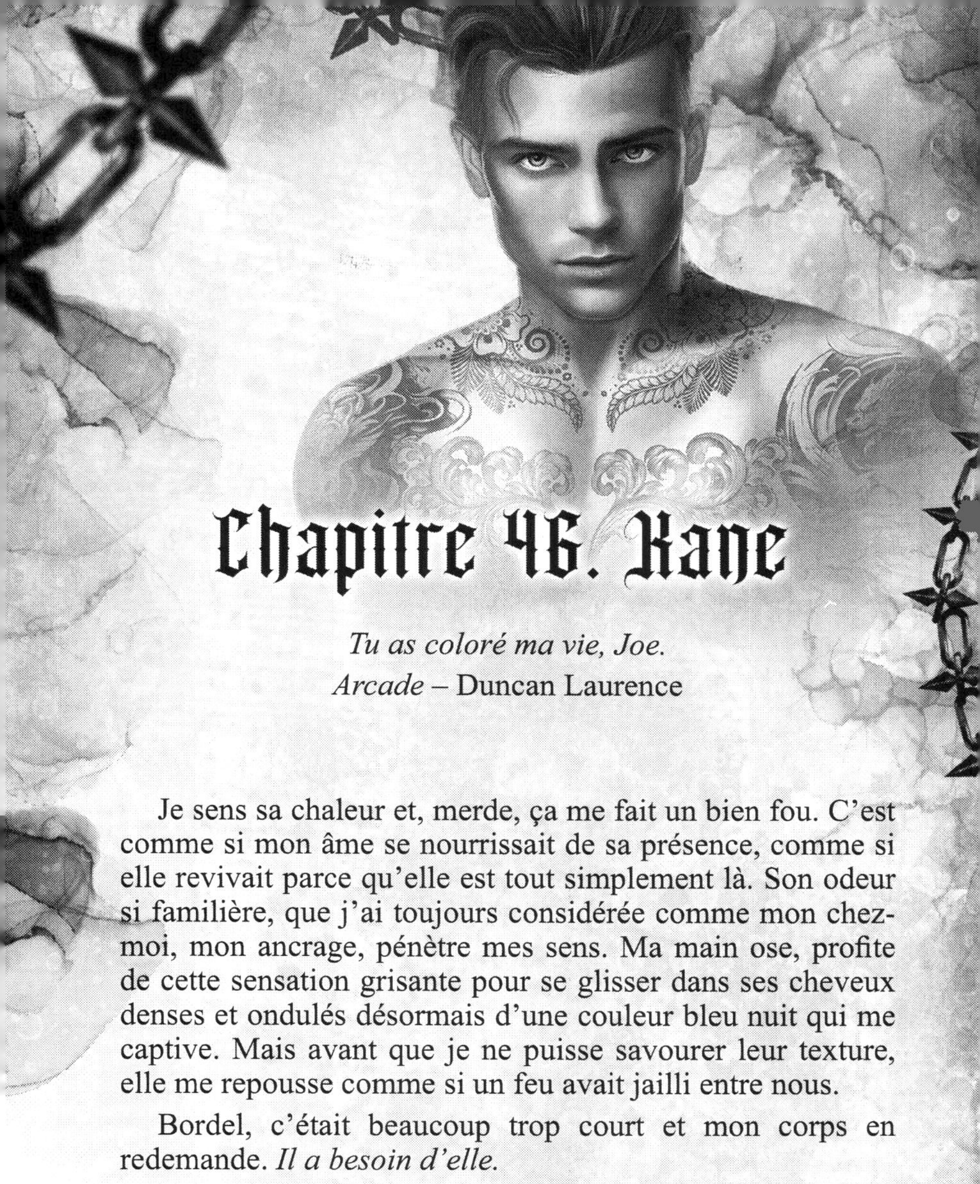

Chapitre 46. Kane

Tu as coloré ma vie, Joe.
Arcade – Duncan Laurence

Je sens sa chaleur et, merde, ça me fait un bien fou. C'est comme si mon âme se nourrissait de sa présence, comme si elle revivait parce qu'elle est tout simplement là. Son odeur si familière, que j'ai toujours considérée comme mon chez-moi, mon ancrage, pénètre mes sens. Ma main ose, profite de cette sensation grisante pour se glisser dans ses cheveux denses et ondulés désormais d'une couleur bleu nuit qui me captive. Mais avant que je ne puisse savourer leur texture, elle me repousse comme si un feu avait jailli entre nous.

Bordel, c'était beaucoup trop court et mon corps en redemande. *Il a besoin d'elle.*

Son faciès change et la colère reprend le dessus, je le vois sur ses traits. Comme si l'émotion avait dévoré la nostalgie qui l'envahissait il y a quelques minutes. La Joe que je connais disparaît pour redevenir celle qu'elle est maintenant à cause de moi. Il faut que je guérisse ce que j'ai blessé, que je répare la mécanique de son cœur qui semble ne connaître que la colère, alors qu'elle devrait s'en libérer.

Son pardon sera ma rédemption et je compte bien y arriver.

Je la regarde s'éloigner de moi, pas seulement physiquement, mais aussi psychiquement. Elle replace ce mur que je vais briser, car je la veux, souhaite la retrouver et reconquérir son cœur comme elle a su ravir le mien il y a beaucoup trop longtemps. Déterminé, je m'avance vers elle pour que nos corps se rapprochent de nouveau. Nos poitrines se frôlent et j'aime voir la sienne s'accélérer face à cette esquisse de contact. Mes deux mains se posent sur le mur, l'encadrant, et le regard courroucé que cela provoque chez elle me plaît de plus en plus.

Si je provoque une émotion en elle, c'est que je suis toujours dans son cœur. Peu importe la manière dont je m'y trouve.

— Je viens de te retrouver, Joe, et c'est décidé, je ne vais plus te lâcher désormais, annoncé-je calmement, ne pouvant que sourire face à cette détermination que je ressens.

— Écarte-toi ou je te castre définitivement, réplique-t-elle en accentuant son froncement de sourcils, approfondissant son mécontentement.

— Ce serait dommage, tu ne pourrais plus profiter de ce corps qui pourrait te donner bien des sensations… tenté-je de blaguer pour la dérider, mais cela ne semble pas faire son effet.

— J'ai vécu bien assez de sensations avec toi, Kane, bien qu'elles fussent très agréables dans le passé, la douleur qui en a été la conséquence m'a probablement dégoûtée de toi !

Je redeviens immédiatement sérieux, car je sens que c'est ce qu'elle attend, ma sincérité. J'approche alors mon visage près du sien, ce qui, je le vois, la trouble.

— Je compte réparer chaque brisure que j'ai imposée à ton cœur, panser chaque plaie que ma trahison t'a infligée. Notre histoire s'est éteinte avant même de véritablement brûler. Elle ne devait simplement pas naître à ce moment-là, je n'étais pas prêt, mais tu ne l'étais pas non plus. Nous avions tant de casseroles…

Je cherche mes mots, mais je lui livre un bout de mon

cœur, de ce que je ressens maintenant. Sa bouche s'entrouvre à de multiples reprises, puis sa main vient heurter ma joue avant qu'elle ne me repousse avec force, me laissant sous le choc. *Bordel, je ne sais plus comment agir avec elle…*

— Réparer mon cœur ?! Tu te fous de ma gueule ? Tu te prends pour un putain de sauveur, et ça a toujours été comme ça ! Je n'ai pas besoin de ta foutue protection, je n'ai pas besoin que tu me répares, Kane, car je me suis construite avec mes casseroles, comme tu le dis si bien, et j'avance avec elles, et tu sais pourquoi ? Car elles font partie de moi, énonce-t-elle en se frappant la poitrine. Si tu crois que tu peux bidouiller mon cœur pour que je redevienne celle que j'étais dans le passé, ce ne sera jamais le cas. Jamais tu ne parviendras à guérir ce que tu as brisé ou ce que d'autres ont fracassé… Je ne l'accepterais pas, ce serait beaucoup trop facile.

Je la regarde, impuissant face à son discours qui, je le sens, n'est pas terminé. Son venin va jaillir de ses lèvres, et c'est nécessaire, car j'ai besoin de connaître qui elle est désormais, d'en apprendre plus sur elle afin de ne plus faire d'erreurs. Ou du moins, d'en faire le moins possible.

— Tu sais ce qui m'a toujours agacé chez toi ? Ta protection ! Celle qui passait toujours avant tout, même avant toi. Cette protection fraternelle qui parfois m'étouffait et d'autre fois me rongeait, car je savais pertinemment ce que cela pouvait engendrer.

Fraternelle ? C'est ce qu'elle pense ?

— Je n'ai jamais eu besoin de ta pitié, si dans le passé tu n'avais pas envie de moi, de baiser avec moi… tu n'avais pas à le faire, mais parce que tu devais agir comme un héros, tu as cédé à mon caprice ! Pour m'aider, tu as accédé à mes demandes, mes désirs…

Mais… c'est quoi ce bordel ! La colère monte en moi désormais, faisant écho à la sienne. Cette vision qu'elle a de nous, de ces instants que je considère inoubliables me retourne les tripes ! Je l'attrape par les épaules avec force pour la stopper dans sa diatribe complètement déjantée et incohérente pour moi.

— Stop ! Tais-toi ! Je peux te laisser t'énerver contre moi, m'insulter, mais je t'interdis de salir ce qu'on a vécu !

Elle redevient mutique sous mon injonction, me laissant l'occasion de m'expliquer.

— Jamais je n'aurais engagé quelque chose avec toi si tu n'avais pas été gravé dans mon cœur. Protection fraternelle ?! Non, mais t'es tarée ? Mes sentiments pour toi sont tellement plus que ça ! Tu n'as aucune idée de ce que tu provoques en moi, le bordel que tu fous dans mes putains d'émotions ! Tu es la seule à détruire cette image que je m'impose ! La seule à briser cette rigidité que je m'inflige, car tu t'insinues partout en moi, et ça depuis toujours !

Lorsque je finis de parler, je suis essoufflé et l'expression qu'elle affiche sur son visage a changé. Je sais que je l'ai atteinte, j'ai touché une chose en elle. Je la relâche alors, remettant de la distance entre nous.

— Tu… tu ne me l'as jamais dit, murmure-t-elle en me regardant dans les yeux. Tu n'as jamais rien dit de tes sentiments, comment voulais-tu que je sache ce qui restait cloisonné dans ton cœur ?

Je ne parvenais pas à poser des mots dessus, car pour moi, aimer, c'est douloureux. Aimer, c'est s'autoriser à souffrir. Dans le passé, l'amour, pour moi, était synonyme de peine et de déception. J'errais sans but, comme une âme vagabonde, mais lorsque j'ai croisé la sienne qui semblait si seule elle aussi, j'ai trouvé un but. De ce but est née l'amitié, un lien si fort, puissant, qui a muté en quelque chose de plus intense, plus viscéral. Ma main se pose sur mon ventre, se souvenant des explosions que sa présence provoquait en moi, la couleur qu'elle plaçait dans mon monde.

— Tu as coloré ma vie, Joe, à tel point que lorsque tu es partie, mon monde a perdu toutes ses teintes. J'ai dû apprendre à vivre dans un univers dénué de toi, alors que tu en as été le centre durant toute une vie.

Mes mots la troublent, car ses yeux se remplissent de larmes qu'elle tente de contenir, mais au lieu de me confronter, elle décide de me fuir. Elle se détourne et rentre dans le salon de tatouage, me laissant seul avec ce dernier aveu que je viens de prononcer.

Ai-je seulement dit les bons mots ou bien l'ai-je blessée de nouveau ?

Chapitre 47. Jordane

Soucieuse ? Ce n'est pas vraiment le mot.
Listen Before I Go – Billie Eilish

La porte se referme dans mon dos et je reste plaquée contre celle-ci. Mon cœur bat frénétiquement, ce connard ! Il se laisse embobiner, car il a entendu tout ce qu'il avait toujours voulu entendre, une réponse à ses propres sentiments.

J'ai toujours su que je comptais pour Kane, d'une manière disproportionnée et absolue. D'une façon même excessive et possessive, mais… il n'a pas prononcé le moindre mot, nommé une seule raison à ce comportement. C'était comme si c'était évident… mais l'amour, je le sais, se décline de tellement de manières. Il prend plein de formes, mais je n'avais aucune certitude sur celle que Kane éprouvait pour moi.

Tu as coloré ma vie, Joe.

Cette phrase s'imprime contre mon gré dans mon cœur, ravivant la flamme des sentiments enfouis. Comme Ella ponctuait ma vie de fleurs aussi belles les unes que les autres, moi j'avais un impact sur Kane. Un impact que j'ignorais véritablement.

Ce connard cachait bien son jeu, ou alors je n'ai pas su lire entre les lignes. Comme il dit, peut-être que nous n'étions pas prêts, que ce n'était pas notre moment. Mais justement, n'est-ce pas trop tard pour nous ? N'y a-t-il pas eu trop de maux pour que guérisse cet amour que nous ressentons toujours l'un pour l'autre ?

Des pas me sortent de mes réflexions et Luis approche doucement en s'essuyant les mains.

— Ça va, ma beauté ? Tu m'as l'air soucieuse… me questionne-t-il, l'air inquiet.

Soucieuse ? Ce n'est pas vraiment le mot.

Perturbée, énervée… fortement indécise. Ce mec a réussi en quelques révélations à chambouler mon esprit et à y foutre un bordel monstre. Je glisse mes mains dans mes cheveux, les attrapant avec force afin de me ressaisir, d'empêcher les réminiscences de notre passé, celles qui renferment l'amour que je ressentais pour lui.

— Ça va, je… je pense que j'ai terminé ma journée alors, je vais m'en aller si tu le veux bien ? J'ai besoin de prendre l'air. De réfléchir à propos de quelque chose, annoncé-je à Luis en tentant d'esquisser un sourire clairement forcé.

Il me regarde attentivement pendant ce qui me semble durer des heures. Tout ce que je veux, c'est sortir d'ici, sortir tout simplement et un seul endroit me vient en tête pour penser correctement. Il faut que je m'y rende.

— Oui, vas-y, tu es pâle comme un linge. Un comble pour une latina comme toi. Repose-toi bien et n'hésite pas à me contacter si tu as besoin de quoi que ce soit.

Je hoche simplement la tête pour le remercier, m'empresse de récupérer mes affaires et file rapidement vers l'extérieur. En sortant, je constate que Kane est parti, le soulagement m'envahit. J'inspire profondément afin d'éviter le tourbillon qui bouleverse mon cœur, mais je pense que la seule manière de le soulager c'est d'en parler, et la seule personne à qui je veux me confier n'est pas ici.

Je marche rapidement sur le trottoir et m'arrête chez la fleuriste qui ne se trouve pas loin. Je regarde les bouquets

Prologue

Le cerveau est tout de même un organe remarquable, il est capable de s'imprégner d'instants pour ne jamais s'en défaire. Je suis là, sous cette pluie incessante, mes cheveux, mon corps, mon âme sont comme détrempés, à l'image de mon humeur.

Pourquoi suis-je revenue ?

Je me trouve ici, devant cette tombe qui a enterré une part de mon cœur en même temps que son défunt. Statique, je laisse l'eau dévaler sur mon corps, peut-être sera-t-elle capable d'effacer de sa pureté cette douleur qui me ronge.

Mon sang semble glacé dans mes veines, et chaque cheminement qu'il effectue jusqu'à mes organes est une douce torture. Je la savoure, car pour la première fois depuis six ans, j'ai l'impression de vivre. C'est fou qu'il faille attendre la mort d'un être cher pour enfin perdre cette sensation de n'être rien de plus qu'une enveloppe, qu'un amas de chair.

Mon corps s'écroule sur le sol boueux, la terre humide éclabousse mes vêtements, son odeur pénètre mes sens, m'enveloppe, et c'est à genoux que jaillit ma première larme. Elle se mêle à la pluie, se dissimule dans les gouttes. Mon corps se relâche, j'ai comme l'impression de ne plus rien maîtriser, de ne plus m'appartenir.

Devant la pierre tombale de ma grand-mère, je redeviens celle que j'étais. Celle qui est toujours restée dans ce quartier. Celle que j'ai abandonnée derrière moi.

Tout remonte à la surface, les souvenirs, mes émotions. Un nœud se forme dans ma gorge, et je suffoque en tentant de réprimer les sanglots de mon cœur brisé.

J'ai laissé tellement plus que ma grand-mère ici, dans ce putain de quartier.

Je ne parviens plus à contrôler cette envie que j'ai de *le* revoir, de *le* toucher. Sentir son souffle parcourir ma peau, sa langue marquer mon corps. Tout se mélange dans ma tête, le passé, le présent. Je bascule mon visage en arrière, mes yeux se ferment, gonflant mes poumons pour tenter de respirer.

Je me perds dans les réminiscences de cette relation qui a tant compté, mais que je déteste. Dans ces instants où nous étions unis et ces moments où je l'abhorrais du plus profond de mon être.

Ses derniers actes sont ancrés en moi, tatoués sur mon cœur. La blessure qu'ils ont provoquée suinte encore aujourd'hui, et ça me rend folle.

Je ne dois pas le revoir, car cela entraînerait probablement une nouvelle chute, une nouvelle cicatrice. Je le hais, car il a créé en moi cette addiction. Cette substance nocive qui rend insensé, qui obsède et qui ronge.

Voilà ce qu'est pour moi, *Kane Harris*.

avec attention. Une vieille dame sort, affublée d'un tablier très coloré chargé de graphisme de fleurs aux couleurs vives. Sur son visage se dessinent les traits d'une vie teintée de rire, au vu des rides d'expressions qui l'ornent.

— Puis-je faire quelque chose pour vous, mademoiselle ? me questionne-t-elle en souriant d'un sourire solaire.

— Bonjour, je cherche un bouquet de tournesols et un bouquet de dahlias rouges, s'il vous plaît.

Elle hoche la tête avant de rentrer dans sa boutique en me faisant signe de la suivre.

— Ce n'est pas vraiment de saison mais, vous avez de la chance, je connais des floriculteurs qui en font toute l'année, m'avoue-t-elle alors qu'elle me tourne le dos en allant dans ce qui semble être sa réserve.

C'est une nouvelle qui me ravit, car je pourrai revenir quand bon me semble pour trouver mon bonheur. Elle revient vite avec deux bouquets sublimes qu'elle m'emballe avec soin, comme si c'étaient les biens les plus précieux du monde. La passion se lit dans ses gestes, la douceur dans chacun de ses regards qu'elle porte sur les végétaux.

Elle me tend les bouquets en me souriant encore une fois, s'étire et se dirige vers la table qui sert de caisse.

— Cela fera vingt dollars, révèle-t-elle, et je m'empresse de la régler avec le liquide qui se trouve dans mes poches de jean.

Je sens son regard se fixer sur mes avant-bras tatoués et, au lieu de la répulsion que je m'attendais à voir, j'y trouve une forme d'admiration. Elle me surprend en attrapant mon poignet. Elle tourne mon bras pour l'observer sous toutes les coutures, avec une attention assez étonnante. Les secondes s'écoulent avant qu'elle ne lève ses yeux noisette vers moi.

— C'est vraiment très beau, j'ai toujours admiré les tatouages sans jamais oser m'en faire un, me raconte-t-elle en relâchant enfin mon bras que je ramène vers moi doucement.

Cela me fait sourire, car la fleuriste doit avoir au moins soixante-dix ans, bien qu'elle ne les fasse pas vraiment, ma grand-mère n'était pas plus âgée qu'elle. Son allure hippie des années soixante me plaît et la chaleur qu'elle dégage crée une belle aura. Des cheveux longs poivre et sel encadrent son visage, je les imagine couleur des blés, dans leur jeunesse.

— Il n'y a pas d'âge pour se faire tatouer, ne puis-je m'empêcher de lui répondre.

Je serais ravie de graver sur sa peau sa passion évidente.

— Tu es tatoueuse, jeune fille ? Tu sais, pour une femme fripée comme moi, c'est un peu tard, mais il est évident que tu dois avoir un très grand talent et que si je t'avais connue dans une autre vie, je t'aurais laissé quelques morceaux de ma peau, réplique-t-elle en me montrant ses avant-bras à la peau presque de porcelaine, contrastant diamétralement avec mon épiderme mat et bronzée.

Je la salue en signe de respect et file vers l'extérieur de la boutique. Cette conversation m'a apaisée et je me sens prête. Mon cœur bat un peu fort, mais j'ai besoin de ce rendez-vous, de ce moment d'échange. Alors, je tiens soigneusement les deux bouquets de fleurs et me dirige vers l'endroit qui pourrait m'aider à calmer mes émotions.

À plusieurs kilomètres, je me retrouve devant les grilles du cimetière. Le même où reposent deux êtres qui me sont terriblement chers. Je m'avance entre les allées de pierres tombales, certaines assez communes et similaires, d'autres d'apparence plus luxurieuse ou plus précieuse. Il y en a aussi des très anciennes, qui remontent à un autre temps, qui semblent tristement abandonnées de toutes visites ou compagnies. Jamais je ne voudrais que cela arrive à mes proches, bien que pendant plusieurs années je ne sois pas venue tant la douleur et le deuil m'avaient bouleversée.

J'arrive rapidement devant la tombe d'*Abuela*. Les fleurs qui avaient été placées auparavant sont fanées, alors j'entreprends de nettoyer afin de poser le bouquet de dahlias au centre de la stèle. La couleur rouge foncé, veloutée, était une de ses préférées, et pour moi, elle exprime ma gratitude, car c'est elle qui m'a sauvée. Sans elle, je n'aurais plus eu de famille, mon frère et moi aurions été séparés par les services sociaux. Elle a sauvé mon âme abîmée de cette aura maternelle qu'elle m'offrait et elle a permis à Cameron de ne pas vivre ce que j'ai pu subir.

Je m'agenouille devant ma très chère grand-mère qui me manque terriblement et que je n'ai pas pu revoir avant sa mort. Ma main se pose sur le marbre gris nuancé de noir et lui envoie mon amour en espérant qu'elle puisse le recevoir dans l'au-delà. Je reste quelques minutes auprès d'elle, me mets en tailleur et lui raconte tout ce que je veux qu'elle sache. Cameron, sa crise d'adolescence, mes différents lieux de travail, mes retrouvailles un peu chaotiques avec Kane. Je déverse auprès d'elle ce qu'elle ne peut pas voir, bien que je sois certaine qu'elle m'observe d'une quelconque manière. Lorsque je me relève, un poids semble s'être dégagé de mon cœur. C'est plus léger, mais c'est avec un peu d'appréhension que je me rends un peu plus loin, au fond du cimetière.

Voilà maintenant six ans que je ne lui ai pas fait face, bien qu'elle accompagne ma vie quotidiennement. Revenir face à sa stèle, qui a gardé son blanc immaculé, se démarquant des autres tombes. Immédiatement, une vague de tristesse m'envahit, me noue la gorge. Je suis assez surprise qu'elle soit d'une propreté impeccable et que des fleurs trônent encore, on dirait presque que c'était hier qu'elle sombrait dans les tréfonds de la terre. Je pose alors les tournesols sur le marbre clair, et alors que je voulais parler, tout reste bloqué. Je tombe à genoux mollement et je me souviens de mes larmes déversées sur sa mort, de mon cœur transpercé par son départ.

De la culpabilité, des mots de ses parents, de son sourire, de sa joie de vivre éteinte en une fraction de seconde.

— Je suis tellement désolée, Ella. Tellement navrée que tu ne puisses plus vivre et respirer, que tu ne puisses plus rire et croquer, savourer la vie comme tu l'aurais souhaité.

Je sens des larmes glisser sur mes joues, et je ne les retiens pas. Je sais qu'elles sont nécessaires pour avancer.

— Tu sais, aujourd'hui j'aurais terriblement besoin de tes conseils. J'ai revu Kane et, bordel, tu sais, c'est comme si je m'étais pris une grosse claque dans la gueule, énoncé-je en reniflant bruyamment, incapable d'arrêter mon flot de paroles. Lorsque je l'ai revu, j'ai pensé à toi et je sais que tu m'aurais dit de le castrer pour de bon afin qu'il ne puisse plus baiser avec qui que ce soit, et c'est ce que j'ai fait, sauf que je n'ai probablement pas frappé assez fort.

Je me mets à rire doucement, c'est peut-être ridicule, mais à cet instant, j'ai vraiment l'impression qu'elle m'écoute, et ça me fait du bien.

— Tu dois te dire, bon sang, ce mec est vraiment un fléau dans ta vie, ma pauvre chérie, et je pense que tu as totalement raison, mais il est le seul à faire battre mon cœur, à réchauffer mon âme. J'ai essayé de l'oublier, de l'effacer, mais il est enroulé autour de moi telle une chaîne invisible et je ne peux respirer sans penser à lui. Peu importe la manière dont j'y songe, d'ailleurs.

J'essuie les larmes qui ne cessent de se déverser telle une pluie de maux dévalant de mes yeux.

— Aujourd'hui, je crois qu'il m'a dit qu'il m'aimait. Il ne l'a pas dit clairement, mais il a dit que j'avais coloré sa vie. Tu te rends compte ? Il me dit ça alors qu'il a tout foutu en l'air il y a six ans en me trompant. Il m'avoue ce que j'ai toujours voulu, au moment où je ne veux que le haïr. Mais encore une fois, il veut me réparer. Et je ne sais pas si je veux vraiment l'être, car ces cassures font celle que je suis maintenant.

Le silence, juste rompu par le chant des feuilles des arbres poussées par le vent, m'apaise. Comme une douceur sur mon âme, une caresse de mon amie. Aujourd'hui, face à elle, je suis de nouveau cette enfant, cette adolescente éprise de son premier amour.

— Je l'aime tellement encore, je pense que je n'ai jamais cessé de l'aimer, mais que justement ça a muté en haine… et ça fait si mal. Tu es la seule à savoir la puissance de mes sentiments, à quel point mon âme est liée à la sienne, dépendante. C’est comme si le destin le plaçait sans cesse sur ma route, m’envoyant un signe. Tu sais, tout à l’heure il m’a dit que notre histoire s’était éteinte avant même d’avoir brûlé et une part de moi meurt d’envie de savoir ce que ça donnerait si nous nous laissions véritablement consumer par ce qui nous lie.

Je sens mes joues me brûler en repensant à lui, à son regard sur moi, à ses souvenirs charnels de nous. J’ai toujours espéré qu’il les désirait, sans vraiment y croire. Mais il m’a confirmé que chaque instant entre nous était vrai. Et cela fait clairement éclore en moi la fleur de l’espoir, libérant son doux parfum autour de mon cœur.

Je laisse s’écouler des minutes de silence et je sais parfaitement ce que ma meilleure amie m’aurait conseillé. Plutôt que de lui donner une seconde chance, je vais le laisser me prouver sa sincérité. Il va devoir parler, chose qu’il n’a pas faite dans le passé.

Car jamais cela ne marchera entre nous si je ne parviens pas à connaître ses démons autant qu’il connaît les miens.

Chapitre 48. Rane

Ce fil entre nous était pour moi toujours présent, comme une chaîne reliant nos deux cœurs en souffrance.
See You Later – Jenna Raine

Lorsque je rentre au club, je n'arrête pas de penser à Joe. Ce qu'elle pense de notre histoire, sa peine, sa colère… Sa douleur fait écho à la mienne, mais n'a pas la même substance, les mêmes fondations. Moi, elle provient d'une autre personne. La sienne, j'en suis le responsable et ça me donne la gerbe.

Pendant tout le chemin, je n'ai cessé de cogiter sur la manière de me rattraper, de tenter de renouer ce lien qui était si fort avant et qui, à l'heure actuelle, n'est plus que fébrile, à la limite de la rupture. S'il venait à se rompre, je ne sais pas comment je pourrais le vivre, car même si elle n'était plus à mes côtés, ce fil entre nous est pour moi toujours présent, comme une chaîne reliant nos deux cœurs en souffrance.

Lorsque j'entre, un corps me percute sans que je le sente venir et le parfum ambré d'Elie m'enveloppe. Elle rit en accrochant son corps miniature à ma carrure immense et c'est comme si j'étais confronté à une enfant. J'envie cette facette-là de mon amie, cette capacité à garder son âme d'enfant alors que je me demande si la mienne a déjà existé. D'aussi loin que je me souvienne, je n'ai jamais pu agir comme un gosse normal. Bridé sans cesse, enfermé dans une cage d'argent qui n'avait rien de reluisante. Caché du monde, brisé à la moindre incartade.

Je souris maintenant, et ce sourire, c'est Joe qui me l'a appris. Grâce à ces moments d'insouciance que l'on a pu vivre ensemble malgré ce poids qui semblait toujours nous tomber sur la gueule.

Elie descend et son visage se retrouve rapidement à quelques centimètres du mien, m'observant attentivement sous toutes les coutures. Son regard inquisiteur me gêne au premier abord, puis je me dis que d'avoir un avis féminin sur la situation pourrait probablement m'aider à avancer un peu.

— Raconte-moi tout, Kane, je sens une aura encore plus maussade tournoyer autour de toi et ça, ce n'est pas normal, décrète-t-elle en me prenant par la main pour me guider vers l'étage du club où est installé un véritable loft.

Si Kaos voyait ça, il ferait une jaunisse, mais la chaleur qu'elle me transmet par ce contact me fait du bien. Alors, même si je sais que mon pote détesterait ce moment d'échange et de connexion que nous avons, je vais le savourer. On s'affale sur le canapé en cuir, le même qui a vu mes premiers échanges avec ce feu follet qui se trouve à ma droite. Lorsque je la regarde, je suis fier de voir ce qu'elle est devenue et j'aimerais obtenir un jour la même paix intérieure.

— Alors, tu vas cracher le morceau ? débute-t-elle sans prendre la moindre pincette, comme à son habitude.

Comment lui expliquer ? Comment réussir à verbaliser les tourments qui hantent ma poitrine, moi qui n'ai jamais su parler. Il faut vraiment que j'apprenne à le faire si je compte récupérer celle qui a toujours été pour moi le centre du monde. Le centre de mon univers.

Je me racle la gorge, comme pour chercher le courage de commencer.

— Je vais te parler de moi, de mon histoire. Ce sera complexe pour moi, car je n'ai jamais su retranscrire avec des mots ce que mon cœur ressentait, commencé-je alors en regardant droit devant moi.

Elle hoche la tête en silence, s'installe confortablement en face de moi en prenant un coussin entre ses bras. Je prends alors une grande inspiration et rassemble les morceaux de ma vie que je veux lui confier.

— Je n'ai pas eu une enfance des plus épanouies, mais aussi loin que je me souvienne, un seul élément semblait éclairer ma vie : Jordane. C'était mon amie, elle était plus jeune que moi de quelques années, mais nous nous sommes construits ensemble dans ce monde qui nous rejetait bien trop souvent. Elle était si précieuse pour moi que je l'aurais protégée au péril de ma vie. Nous avons grandi, changé, notre relation a muté face à certaines épreuves que personne ne devrait vivre. Mais j'étais… enfin, je suis toujours, ce qu'on peut appeler un handicapé des sentiments.

— Naaan, tu crois ? ironise-t-elle alors en me coupant, me faisant sourire malgré tout.

Je prends une nouvelle inspiration pour reprendre courage avant d'aborder le moment le plus honteux de ma vie.

— Mon père est le bras droit du *Pakhan*, et il était temps pour lui que je lui serve à quelque chose. Que je ne sois plus qu'un boulet à sa cheville, l'enfant caché dont il ne voulait pas. Plus le temps avançait, plus mon obscurité risquait d'atteindre Joe et, malgré la distance que je tentais de mettre entre nous, je ne parvenais pas à briser ce lien qui nous unissait. Mais je devais la protéger et elle refusait de me voir comme le monstre dégueulasse que je devenais. Alors, j'ai fait la plus grosse connerie de mon existence. J'ai brisé son cœur.

Lorsque je finis ma tirade, j'ai dû craquer mes phalanges au moins une dizaine de fois.

— Wouah, c'est la première fois que j'en apprends autant sur toi depuis que je te connais. Mais il m'en faut plus. Pour quelle raison as-tu voulu lui briser le cœur ? ose demander mon amie, sincèrement concernée par mon histoire.

— Je voulais qu'elle ne s'approche plus de moi, car je représentais désormais un danger. Mon père m'avait menacé, avait senti la faiblesse qu'était Jordane dans ma vie et, pour moi, la priorité a toujours été de la protéger. Un cœur, ça se répare, non ? Alors que ce qui risquait de lui arriver l'aurait brisée corps et âme. J'étais jeune, et je ne savais pas comment faire, alors la seule solution que j'ai trouvée a été de coucher avec une autre fille, afin qu'elle nous surprenne.

— Outch ! Mec, ça, c'est moche. Mais bon, même si l'acte est démoniaque, les raisons derrière sont très pures. Qu'est-elle devenue ?

— Je viens de la retrouver il y a une semaine, après qu'elle est partie durant six ans. Et la vague de haine que je me suis prise dans la gueule m'a vraiment fait réaliser à quel point ce que j'ai fait l'a atteinte, touchée et brisée. Je me suis rendu compte que je n'ai jamais su lui dire les bons mots, ceux qui expriment ce que je ressens pour elle. Ces silences que je lui infligeais ont corrompu l'histoire qu'on a pu vivre et je ne sais pas comment faire pour réparer ce que j'ai cassé.

Elle ne répond pas, comme si elle réfléchissait à choisir les bons mots, puis me balance en pleine gueule le coussin qu'elle tenait. Choqué, car je m'attendais à tout sauf ça et la regarde se lever en faisant les cent pas.

— Imbécile ! Réparer… J'espère que tu ne lui as pas dit ça ! Ce n'est pas une de tes bagnoles cabossées, mais un être humain que tu as en face de toi ! Si tu veux mon avis, moi je ne voudrais absolument pas que tu répares ce qui a été brisé, ce serait presque une insulte après ce que tu as fait. Ce que je désirerais, c'est te connaître véritablement, construire quelque chose de nouveau avec toi en acceptant ce qui fut et en se concentrant sur ce qui sera, déblatère-t-elle si rapidement que je peine à la suivre.

— Mais, je veux retrouver la Joe que je connaissais ! Celle qui me souriait et qui n'était pas dévorée par la colère.

— Elle ne redeviendra jamais celle que tu as connue, car elle s'est construite et a avancé pour survivre à ce qu'elle a pu endurer. Elle est forte ! Et tu vas devoir apprendre à connaître cette nouvelle personne, cette nouvelle Jordane, autant qu'elle apprendra à te connaître toi, si tu lui en laisses la possibilité. Et il faudra que tu lui ouvres les portes de la vérité, sinon tu la perdras à jamais.

Mon dos s'affale contre le dossier moelleux du canapé et ma main se passe dans mes cheveux trop longs. Lui dire la vérité la mettrait en danger, mais ne suis-je pas assez fort maintenant pour la protéger ? Je ne suis plus seul, alors peut-être que le moment est venu. Finalement, ce qui me fait le plus peur, c'est sa réaction à elle, comment me verra-t-elle une fois que j'aurais ouvert la boîte de Pandore ?

Je hoche la tête très légèrement pour lui montrer que j'ai compris où elle voulait en venir. Comme je ne connais plus vraiment la Jordane actuelle, elle se retrouve également face à une version de moi qui a véritablement changé. Pour voir si notre histoire peut renaître de ses cendres, il nous faudra nous redécouvrir.

— Ah ! Et je rajoute aussi : essaie d'être un peu… romantique, pas comme Kaos et ses idées à la con. Tente de la séduire à nouveau, de lui montrer les facettes de toi qui ont fait battre son cœur dans le passé pour raviver la flamme… Qu'est-ce qu'elle aime comme rendez-vous ? énonce-t-elle alors de manière un peu théâtrale, me coupant dans mes pensées.

Romantique ? Je crois que je ne l'ai même jamais invitée lorsque nous avons commencé à sortir ensemble, enfin si on peut appeler ça comme ça…

— Je n'en ai aucune idée, comment veux-tu que je sache ça ?!

— Tu te démerdes, mais tu fais l'effort ! Tu connais le dicton « faute avouée, à moitié pardonnée » ? Peut-être que dans ton cas, ça pourrait marcher, me réprimande-t-elle en croisant les bras sur sa poitrine.

Des bruits de pas nous sortent de notre bulle et on les entend arriver jusqu'à nous, montant l'escalier avec détermination. Un immense corps atterrit à l'envers à côté de moi, la tête en bas et les jambes en l'air. Zéphyr…

— Alors, tu as trouvé une solution pour reconquérir ta belle tatouée ?

N'étant pas prêt à avoir cette conversation deux fois, je me lève, lui foutant au passage un coup de poing dans le bide et trace vers le rez-de-chaussée, endroit qui me permettra de réfléchir.

— Allez, on va s'entraîner, annoncé-je alors, plus déterminé que jamais.

Chapitre 49. Jordane

Il a tué pour moi.

Dull Knives – Imagine Dragons

Lorsque je rentre enfin à la maison, je suis un peu soulagée d'avoir déversé à quelqu'un ce qui me tourmentait. Il est près de dix-huit heures et le calme m'apaise, une sérénité qui me soulage après l'agitation de la journée.

Je me pose sur le canapé et regarde véritablement cette maison qui n'a plus rien à voir avec la première, celle qui m'a vue grandir pendant seize ans. Après mon agression, *Abuela* a voulu tout déplacer, tout refaire afin que je puisse vivre encore ici. Que je me sente de nouveau en sécurité entre ces murs, car nous ne pouvions pas vivre chez elle, c'était trop petit et les services sociaux auraient gueulé. Deux enfants ne peuvent pas dormir dans la chambre de leur grand-mère, ce serait inconvenable. Alors que pour nous, surtout pour moi, c'était l'endroit le plus sécurisant et chaleureux de notre monde.

Mes yeux se posent sur l'endroit où mon corps a été brisé par cet homme qui se décompose sous terre, je ne sais où. Ce traumatisme, je ne l'oublierai jamais, les coups, son corps perforant le mien. La douleur, la crasse… Cette sensation de se disloquer, de se faire écarteler. Tout est gravé en moi, c'est aussi pour ça que j'étais partie, car j'avais beau tenter de me convaincre que j'allais mieux, tout ici me faisait replonger.

Un son, une odeur, une sensation me propulsait dans l'obscurité. Et dans cette ombre sans fin, j'entendais sa respiration dans mes oreilles, ses râles de plaisir se mêlant à mes plaintes de douleur.

Le rire rauque, éraillé de ma défoncée de mère.

Ma respiration s'accélère à mesure que ces réminiscences remontent à la surface, sortent de cette boîte que j'ai réussi à créer afin de pouvoir survivre. En y songeant à nouveau, je me rappelle ce que Kane a sacrifié aussi ce soir-là. Ses poings martelant le visage de ce démon, jusqu'à ce qu'il ne respire plus, jusqu'à ce que la vie le quitte.

Il a tué pour moi. On dit souvent que prendre la vie de quelqu'un, quelle qu'elle soit, brise notre âme. Et maintenant, je me dis que c'est probablement lors de cette soirée que son monde a basculé, au même titre que le mien.

Je me plonge dans mes souvenirs, dans le passé. Je me remémore son comportement, et tout se lie dans mon crâne, alors qu'avant, cela me paraissait simplement étrange.

Je me relève du canapé en me mettant à faire les cent pas dans le salon. Mille questions fusent dans ma tête, qu'est-ce qu'il a sacrifié d'autre pour moi ? Est-ce d'avoir tué quelqu'un qui l'a poussé dans les abysses ?

À cause de qui mon ami a peu à peu disparu au point de choisir de me briser le cœur plutôt que de me dire la vérité ? Mon enfer était ma mère, je me demande quel a été celui de Kane ?

C'est peut-être moi qui suis devenue son enfer, finalement. J'ai peut-être été une forme de malédiction pour lui, alors qu'il a été pendant longtemps ma rédemption. Peu à peu, ma haine pour lui reflue, se calme, pour laisser place à des sentiments un peu plus doux. Ma main se pose sur mon cœur, qui me fait mal. Il est douloureux pour lui, pour moi. *Pour nous.*

J'ai besoin de savoir ce qu'il pense réellement, ce qu'il lui est arrivé. Pour ça, je vais devoir le bousculer, s'il veut que j'oublie ma colère, il va devoir parler. C'est le seul moyen pour moi de pardonner, en comprenant ce qu'il s'est passé. Il a intérêt à avoir une bonne raison.

Je sors le paquet de clopes de mon jean, car une envie incendiaire de m'en griller une se fait ressentir. Pour calmer mes nerfs, un bon joint ne serait même pas de refus. Je me cale à ma place habituelle, devant la porte d'entrée. La flamme de mon briquet m'hypnotise quelques secondes avant qu'elle n'allume ma tige qui se consume au rythme de mes inspirations.

J'entends des pas arriver dans la rue, et mon instinct me chuchote que c'est mon petit frère qui rentre. Lorsque je vois les détails de son visage, il n'est plus qu'à quelques mètres de moi. L'air soucieux qu'il traîne comme un fardeau m'alerte instantanément.

Son corps d'adolescent dégingandé s'assoit à côté de moi dans un mutisme. Je sens qu'il brûle de me parler de quelque chose, c'est pourquoi je n'engage pas la conversation. Je le laisse faire le premier pas.

Le silence s'étire jusqu'à ce qu'il le rompe en prenant une grande inspiration.

— Jordane, est-ce que maman te manque ? me dit-il presque dans un murmure.

Cette question, même si elle est prononcée faiblement, rouvre une blessure dans mon cœur. La douleur se répand dans ma poitrine, tel un venin funeste.

— Pourquoi poses-tu cette question, Cameron ? parvins-je à articuler malgré l'acidité que me provoque son interrogation.

— Je sais pas, parfois il m'arrive d'avoir l'impression qu'elle me manque. D'avoir envie de la revoir, de vouloir la connaître…

Ce qu'il m'avoue vaut un coup de poing fulgurant dans mon estomac. Il a envie de connaître cette personne si nocive, cette femme qui ne s'est presque pas occupée de lui, qui l'a négligé… La colère monte en moi, si bien que je me lève brusquement et entre de nouveau dans la maison sans un mot de plus, sans la moindre réponse à lui apporter. Si je parle, ma méchanceté jaillira et je ne veux pas lui faire subir ça.

Je m'attelle à sortir une casserole, une planche en bois et à commencer à couper des légumes qui se trouvent dans le frigo. Sauf que mon frère est tenace, c'est un caractère que l'on a en commun, hélas, et lorsque je l'entends me suivre, je sais qu'il ne va pas lâcher l'affaire facilement.

— Joe, j'ai besoin que tu me parles d'elle. Je ne la voyais presque pas, contrairement à toi, j'étais toujours chez grand-mère…

Je repose brusquement mon couteau avec agacement.

— Notre mère n'était pas une bonne personne et tu le sais parfaitement, Cam' ! m'énervé-je en me tournant vers lui pour le regarder droit dans les yeux.

— Elle n'était pas si méchante ! Elle a eu une vie difficile ! se met-il à la défendre, ce qui m'est insupportable.

— Mais qu'est-ce que tu racontes ? Tu n'as aucune idée de ce qu'elle était capable de faire pour son propre bien-être ! C'est la personne la plus égoïste qui soit ! Elle ne nous a jamais aimés !

— Elle m'a aimé, moi ! Tu dis ça, car tu es jalouse ! s'écrie-t-il d'un seul coup en partant en courant vers l'extérieur.

Je n'ai pas le temps de le rattraper qu'il est déjà loin. Je suis sous le choc de ce qu'il vient de dire. Qu'est-ce qui s'est passé pour qu'il me sorte des conneries pareilles ?! Je m'assois sur une chaise de la cuisine en passant mes mains dans mes cheveux pour masser mon crâne endolori par cette journée éprouvante.

Il faut que je surveille Cameron, car je sens que je le perds peu à peu, mais je n'ai aucune idée de la façon dont il m'échappe. Je range avec lassitude le repas que je préparais, car mon appétit a disparu, presque remplacé par une envie de gerber.

Il veut connaître notre mère… C'est le pire scénario qui puisse exister, mais heureusement, elle n'est probablement plus dans la région depuis un bon moment. Elle s'est enfuie comme la lâche qu'elle est et tout ce que je souhaite, c'est que ses propres démons l'aient détruite, dévorer comme elle a tenté de le faire avec nous.

Si Cameron s'attend à découvrir l'amour d'une mère, il connaîtra la même déception que moi.

Chapitre 50. Kane

Ce secret, je dois le conserver au péril de ma vie.
Past Live – BORNS

J'étouffe.

Je suis enfermé dans cette cage qui semble ne jamais s'ouvrir. J'attends tel un fauve dans sa geôle qui devrait se tenir prêt à se jeter sur sa proie. Mais je tremble, la peur m'envahit alors que je ne devrais plus rien ressentir. Il me demande de faire taire mon humanité pour enfin lui être utile. J'ai pris une vie de ma propre initiative, et depuis, je ne cesse de devenir cet être immonde qu'il désire que je sois.

Je suffoque.

Tue Kane, tue pour moi, et ceux que tu aimes se porteront bien. Deviens mes poings, et tu pourras enfin protéger tout ce que tu as toujours souhaité.

Le bruit des râles de douleur que je provoque avec la force de mes poings. Le dernier souffle de celui qui me fait face alors que je viens de prendre sa vie telle une faucheuse. Leurs yeux remplis de peur, d'effroi, en me voyant. Le tremblement de leurs corps alors que je m'approche d'eux. Ils ne voient pas que je tremble, moi aussi. Ils ont peur, mais moi aussi je suis terrifié.

Fais taire ton humanité ! Deviens une véritable faucheuse !

Ce n'est pas vraiment toi, tu n'es pas véritablement cette personne monstrueuse… *Si, évidemment que je le suis !* Je suis un fléau qui emporte des vies, le monstre de mon père. Je suis devenu tout ce que je redoutais, je lui ressemble de plus en plus. Avant je pleurais, maintenant cela m'atteint de moins en moins.

Je dois la protéger de ce démon.

Elle ne doit rien savoir, sinon, il le saura.

Ce secret, je dois le conserver au péril de ma vie.

Je me réveille en sursaut avec l'impression de ne pas avoir pris mon souffle depuis une éternité. Des perles de sueurs parcourent mon corps nu et je peine à reprendre ma respiration.

Encore ces fichus cauchemars qui ne cessent de refaire surface, me plongeant perpétuellement dans le passé. Ce que je regrette le plus et que je refuse d'avouer. Un visage apparaît au milieu de toutes ces ténèbres, des traits sublimes et des yeux gris lumineux qui éclairent l'obscurité qui m'enveloppe. Une teinte de rouge, un coquelicot qui naît dans le tréfonds de la noirceur, survivant dans cet univers aride et nocif. Il pousse alors que rien ne l'y autorise, il s'épanouit alors que tout meurt autour de la nuit.

Voilà ce qu'est Joe dans mon cœur asséché. Dans mon âme, éteinte et noircie par mon père. Une couleur dans ce monde sans teinte, une nuance de rouge et maintenant de bleu qui stimulent ce que je pensais avoir perdu. Un feu qui monte, se développe, devenant presque douloureux.

Je me lève, étire mon corps endolori. J'ai besoin de laver mon âme, autant que mon épiderme. Je fonce droit vers la salle de bains et me glisse entre les battants de la douche. J'allume l'eau, la laissant glacée. Le froid me saisit, faisant frissonner ma peau. Mes tatouages ressortent, se redessinent plus intensément maintenant que l'humidité effleure mon derme comme une fine pluie.

Sur chaque parcelle de ma peau, des morceaux de mon histoire. Des démons tatoués afin de les exorciser, des peurs imprimées sur ma peau afin que je puisse les voir tous les jours. Et près de mon cœur, une seule teinte, du rouge, comme le sang que j'ai pu verser, comme la couleur de la survie.

Je pose mes doigts dessus, caressant le dessin devenu si précieux pour moi. Je ne sais pas combien de temps je passe sous l'eau, mais lorsque je sors, je suis comme anesthésié et ça me fait un bien fou. Je n'ai plus l'impression de brûler de l'intérieur, de me consumer sans pouvoir le maîtriser.

Mon calme est revenu, je peux enfin penser de manière sereine à la façon dont je vais pouvoir réparer ce que j'ai brisé, de revenir dans la vie de la seule fille que j'ai véritablement aimée. La seule capable de raviver l'humanité qui peut parfois me faire défaut et me transformer en machine dénuée du moindre battement de cœur.

Je sèche mon corps, m'habille et ouvre les rideaux qui me montrent pour une fois un soleil radieux. Je chope au passage mon portable, qui marque trois appels en absence, deux de Zéph' et un dont j'ignore la provenance. Je n'y prête pas attention et dévale les escaliers juste après avoir fermé la porte de mon appartement. Je me retrouve devant la fleuriste qui est ma charmante voisine depuis maintenant deux ans.

— Tiens, te voilà bien matinal, gamin, me dit-elle avec aplomb en croisant les bras sur son tablier si coloré que ça m'en pique presque les yeux.

Je la salue d'un geste de la main, avant de voir qu'à ses pieds se trouve un bouquet avec plusieurs sortes de fleurs que je ne connais pas vraiment, mais parmi elles se trouvent plusieurs coquelicots. Je m'approche alors pour les regarder de plus près en m'accroupissant. Ludmila me regarde alors plus attentivement, car c'est la première fois, je pense, que je m'intéresse vraiment à sa vitrine.

Même en étant baissé comme je le suis, je fais presque sa taille tellement elle est petite, mais, dans ses yeux, la sagesse brille de sa grandeur.

— Une fleur t'intéresse particulièrement, mon garçon ?

Je reporte mes yeux sur le coquelicot et l'attrape avec délicatesse. Il a l'air si fragile, une fois coupé. Ses pétales semblent si fins, comme prêts à tomber si on les chahute trop.

En revanche, ce coquelicot renaîtra de ses cendres. Comme je voudrais que les sentiments si précieux que Joe entretenait pour moi puissent ressusciter dans son cœur.

— Auriez-vous un bouquet de coquelicots par hasard ? lui demandé-je alors avec espoir.

— Oh, euh, je ne m'attendais pas à ça ! C'est assez rare, mais oui, je peux tenter de te faire ça. Par contre, je te conseille de vite l'offrir, car il risque de faner rapidement, surtout si tu ne le mets pas dans l'eau.

Je hoche la tête, et Ludmila fixe mon visage avec surprise pendant plusieurs secondes.

— Bon sang, je n'aurais jamais cru voir ça avant de passer l'arme à gauche. Gamin, tu souris ! Mon Dieu, tu devrais le faire plus souvent tu sais, déjà que tu es gâté par la nature, je te dis que tu peux devenir fatal avec ça. Au fil des ans, j'ai cru que tu n'en étais tout simplement pas capable…

Elle me surprend avec sa réplique, étonné de sourire aussi spontanément, si bien que mes doigts se posent sur la commissure de mes lèvres pour vérifier. La perspective de pouvoir offrir ce bouquet de fleurs à Joe m'a rendu joyeux, sans même que je m'en rende compte.

— Attends quelques minutes, je te fais ça, mon chéri, annonce-t-elle en rentrant rapidement dans sa boutique.

Je me redresse et patiente, pressé malgré tout de voir ce qu'elle va me concocter, et lorsqu'elle revient avec un magnifique bouquet, je suis ravi. Il présente au moins une vingtaine de tiges de sublimes fleurs pleines de vie, et même en bouton. Elle me le tend et au moment où je veux le récupérer, elle résiste à me le confier.

Je sens son regard inquisiteur me scruter.

— Tu sais ce que signifie le coquelicot en langage floral,

mon chéri ? débite-t-elle rapidement en haussant un de ses sourcils poivre et sel.

C'est vrai que je ne connais pas du tout ce que cette fleur peut exprimer, si ça se trouve, cela révélera le contraire de ce que je veux dire au travers de ce bouquet. Face à mon mutisme, elle enchaîne donc.

— *Aimons-nous au plus tôt.*

Elle ne dit rien de plus et lâche les fleurs sans un mot de plus. Mes lèvres s'incurvent en un sourire sincère, car c'est juste parfait. Je fouille dans mes poches pour payer, mais elle a déjà fait demi-tour en me criant de lui rapporter des gourmandises la prochaine fois.

Je me dépêche alors d'aller retrouver Jordane. Cela fait plusieurs jours que je ne l'ai pas vue et, aujourd'hui, j'espère pouvoir la revoir au garage. D'après ce que j'ai réussi à gratter au patron, elle ne bosse que le week-end et je ne compte plus en louper un seul si c'est pour la voir.

Lorsque j'arrive au garage, je sens qu'elle est déjà là. Je m'approche de son bureau, mon cœur martèle ma poitrine. Et puis, je me souviens de notre dernière conversation, de cette intimité que nous avions retrouvée durant une fraction de minutes. Ce sentiment de l'avoir blessée encore une fois, la culpabilité m'envahit encore. Je le pose alors sur son bureau jusque-là vide, et me casse. Ce sera une intention qu'elle comprendra sûrement.

Mais comment saura-t-elle que c'est moi ? Bordel, je suis vraiment con ! Alors, je chope une feuille qui se trouve sur la table, la déchire et écris les mots qui me viennent à l'esprit sur le moment, m'empressant de le poser sur le bouquet rouge. Une chance pour moi, elle n'est toujours pas revenue, bien que son parfum embaume encore la pièce, telle une empreinte indélébile.

Je me casse vite pour ne pas être pris sur le fait, me barrant dans la direction de ma bagnole, histoire de la bichonner un peu en patientant.

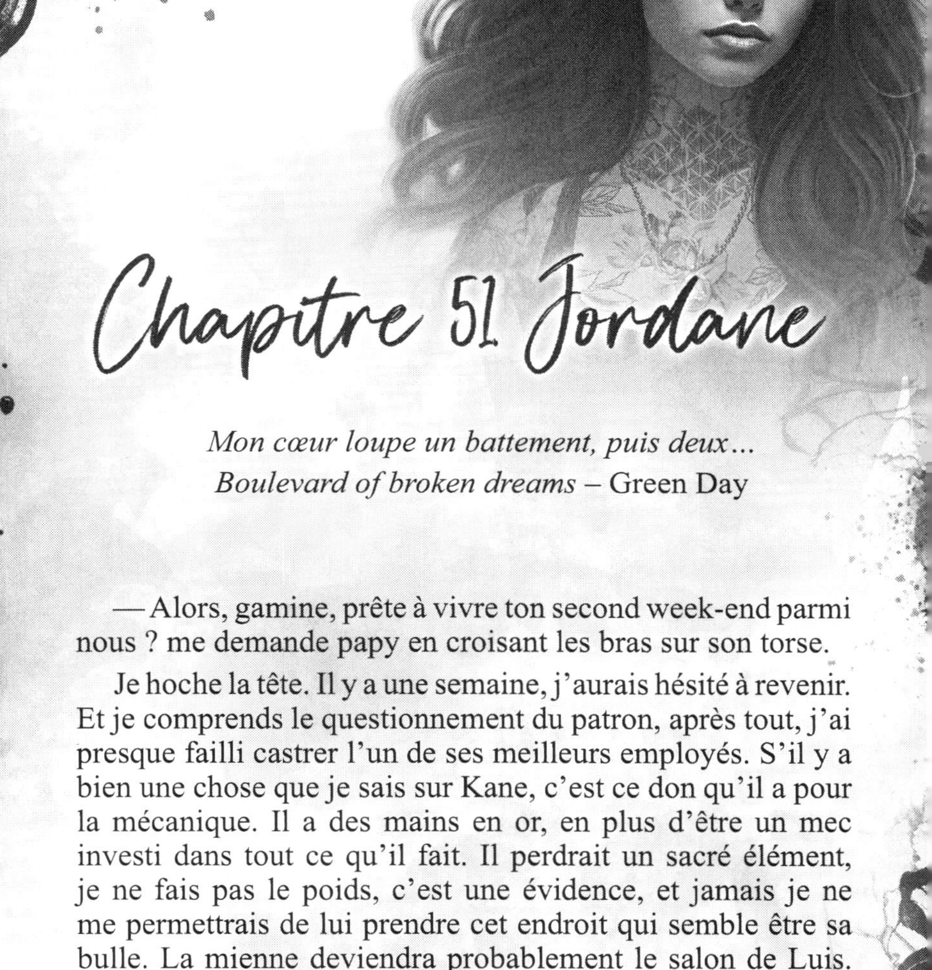

Chapitre 51. Jordane

Mon cœur loupe un battement, puis deux…
Boulevard of broken dreams – Green Day

— Alors, gamine, prête à vivre ton second week-end parmi nous ? me demande papy en croisant les bras sur son torse.

Je hoche la tête. Il y a une semaine, j'aurais hésité à revenir. Et je comprends le questionnement du patron, après tout, j'ai presque failli castrer l'un de ses meilleurs employés. S'il y a bien une chose que je sais sur Kane, c'est ce don qu'il a pour la mécanique. Il a des mains en or, en plus d'être un mec investi dans tout ce qu'il fait. Il perdrait un sacré élément, je ne fais pas le poids, c'est une évidence, et jamais je ne me permettrais de lui prendre cet endroit qui semble être sa bulle. La mienne deviendra probablement le salon de Luis. S'il ne me veut pas dans ses pattes, je ne m'imposerai pas.

— Oui. Je suis décidée à plus me laisser dévorer par ma rancœur.

Il acquiesce en souriant, mais je sens que la conversation n'est pas finie.

— J'avoue que je ne m'attendais pas vraiment à ça, que

tu connaisses ce gamin-là, je veux dire. Tu sais, quand je l'ai employé, il était un véritable fantôme. Comme si son âme n'était plus là, qu'il n'était plus qu'un corps obéissant dénué du moindre libre arbitre.

Ce qu'il me dit me surprend, le Kane que j'ai laissé dans le Bronx n'était pas de ceux qui se laissaient imposer quoi que ce soit s'il ne le désirait pas.

— Il se détruisait, comme si la vie ne valait plus la peine d'être vécue pour lui. Il me faisait peur et, malgré mon investissement pour l'aider, je me heurtais à un mur. Mais, il y a deux ans, mon frère l'a pris sous son aile dans un club de *fight* et il a commencé à revenir. Il s'est reconstruit peu à peu.

Ma gorge se noue en apprenant ce morceau de la vie de Kane. Je me demande où veut en venir le vieux en me lâchant ça.

— Je l'aime beaucoup, gamine, c'est quelqu'un de bien et je suis certaine que tu le sais parfaitement. Il a un cœur immense, il a probablement sacrifié beaucoup trop de choses pour les personnes auxquelles il tient, pour finalement se retrouver brisé lui aussi. Je peux te demander un truc ?

Je hoche la tête, incapable de dire quoi que ce soit.

— Ne le laisse pas se briser une seconde fois. Je ne sais pas ce qu'il s'est passé entre vous, et je me doute qu'il t'a fait du mal, beaucoup de mal, mais il mérite une seconde chance. S'il t'en demande une, penses-y, s'il te plaît.

Je ne réponds rien, car je ne sais pas si je suis vraiment prête à lui pardonner cette fameuse soirée. La seule chose que je sois sûre de savoir, c'est que ma haine envers lui s'amenuise au lieu de grandir. Qu'elle s'apaise. D'un simple mouvement de tête, je prends congé et retourne à mon bureau pour bosser. Je n'ai pas encore vu Kane, et mon cœur en ressent une sorte de gêne. Je ne sais pas si c'est parce que je suis pressée de croiser de nouveau son regard ou bien l'appréhension de le revoir après notre dernière conversation. Probablement peut-être un peu des deux.

Lorsque j'arrive dans la pièce qui m'est réservée, mes yeux sont immédiatement attirés par la couleur rouge qui se trouve sur mon bureau. Un bouquet, mais pas n'importe lequel. Des coquelicots.

Mon cœur loupe un battement, puis deux, alors que je m'approche de ces fleurs qui représentent beaucoup de choses pour moi. Ella… je les saisis et m'empresse de mettre l'eau dans une tasse pas loin. Elles semblent si fragiles, si délicates. Je les admire tellement en les posant à côté de mon ordinateur que je ne remarque pas tout de suite le bout de papier qui a probablement dû tomber dans mon empressement.

Je le ramasse, le déplie et lis :

« *Aimons-nous au plus tôt, Joe, accepte un rendez-vous avec moi, s'il te plaît.* »

Je m'assois sur ma chaise et relis le mot plusieurs fois, ce qui provoque une accélération de mon rythme cardiaque.

Un rendez-vous. Ça ne m'est jamais vraiment arrivé avec Kane, même si nous avions des moments uniques qui n'appartenaient qu'à nous. Comme ce jour où il s'est incrusté chez moi pour regarder un film avec moi. Il savait que j'étais seule, que ma mère était absente et que Cameron était chez *Abuela*, alors il est venu me rejoindre. Je pense que c'est la première fois que nous passions un moment comme ça, hors du temps.

Le soir, il a frappé à ma fenêtre en attendant que je lui ouvre, puis il est simplement venu s'asseoir à côté de moi en silence. Ce soir-là, j'ai posé pour la première fois ma tête sur son épaule. Je me rappelle avoir ressenti sa chaleur tout autour de moi.

J'avais douze ans, et sa présence me rassurait tellement.

Sa proposition m'intrigue, alors je sors pour aller vers la voiture qu'il répare ces derniers temps. J'entends des bruits de clés métalliques, alors que je ne vois que le bas de son corps imposant dépasser du dessous de la caisse.

Il ne semble pas m'avoir entendue, il a peut-être gardé cette habitude d'écouter de la musique à fond alors qu'il s'affairait à réparer ce qui semblait parfois irréparable.

Je tape doucement dans sa botte, ce qui le fait sursauter beaucoup plus que je ne l'aurais cru, me faisant rire. Il sort de sa cachette avec cet air renfrogné que je reconnais très bien. Les bras croisés sur ma poitrine, je plonge mes yeux dans les siens, qui ne s'attendaient probablement pas à me voir tout de suite.

— Bonjour, Kane ! entamé-je en tournant dans ma main le bout de papier qu'il m'a écrit un peu plus tôt.

— Salut… bredouille-t-il comme s'il était un peu gêné, ce que je trouve mignon, je dois l'avouer.

Je m'accroupis pour me mettre presque à sa hauteur et l'odeur musquée de son parfum commence doucement à m'envelopper, mélangée à celle de l'essence et du cambouis.

— Tu m'invites à un… rendez-vous, Kane ? C'est une première, ça, continué-je en ne pouvant m'empêcher de sourire.

Il se redresse pour s'asseoir, me dominant un peu de sa hauteur que j'ai toujours aimée. Le sourire qui se dessine à ce moment-là sur ses lèvres me provoque une bouffée de chaleur. Bordel, j'avais oublié à quel point il était beau, encore plus en souriant. Les fossettes qui trônent aux coins de ses lèvres, j'ai envie de les toucher. De les dessiner, même.

Je mémorise cette image pour plus tard, pour l'immortaliser sur mon carnet.

— Je sais que ce n'est pas habituel, mais je ne veux plus refaire les mêmes erreurs. Je vais faire les choses bien, comme elles auraient dû l'être, révèle-t-il alors de sa voix grave envoûtante.

Boum, boum.

— Tu vas devoir mettre le paquet pour te rattraper, me forcé-je alors à lui dire alors que je suis juste séduite par ses mots.

— Je vais tout donner pour récupérer ton cœur, car il m'appartient. Il me reste juste à te le prouver.

Si tu savais à quel point il t'a toujours appartenu…

Mes joues me brûlent, si bien que je me redresse et entreprends de faire demi-tour pour ne pas lui montrer ce que ses mots provoquent en moi.

— Je viendrais te chercher demain soir, à dix-neuf heures. Tiens-toi prête ! crie-t-il dans mon dos alors que je trace vers mon bureau.

Je lui adresse un signe de main pour toute réponse, alors que je suis rouge comme les coquelicots qu'il m'a offerts. Il m'a vraiment invitée à un rendez-vous… Cela réveille l'adolescente en moi qui ne rêvait secrètement que de ça.

En m'installant devant mon ordinateur, mes yeux sont irrémédiablement attirés par le bouquet. Est-ce que pour lui c'est une fleur qui me représente aussi ? Ella le pensait également, mais c'était notre secret. J'effleure de la pointe de mes doigts les pétales de soie rouges qui ne tarderont pas à tomber. Éphémères, mais renaissant de leurs cendres. Une vivacité fragile qui survit dans les milieux les plus durs.

Boum, boum.

Mon cœur que je pensais mort semble ravivé par la passion, et un vent de renouveau s'insuffle en moi.

À la pause de midi, je m'installe dans une salle pour manger la gamelle que j'ai préparée la veille. Pour le moment, je suis seule, mais je suis très vite rejoint par un des gars, Ben, je crois.

Il semble sourire assez souvent, un peu trop pour moi d'ailleurs. Mais sa bonne humeur a l'air communicative et glisse sur chaque membre de l'équipe lorsqu'il est là.

Je croque dans mon sandwich alors qu'il pose soudainement son bras droit autour de mes épaules, ce qui me fait à moitié m'étouffer. Je ne m'y attendais clairement pas.

— Alors, Jordane, comment vas-tu, beauté ? enchaîne-t-il en me secouant comme un prunier.

Ce gars ne sent clairement pas sa force. La porte s'ouvre

et les picotements dans ma nuque me murmurent que Kane vient d'arriver et qu'il observe la scène. Soudain, le poids qui se trouvait sur mes épaules disparaît, me soulageant.

— Lâche-la, Ben ! On dirait Hale, t'as pas honte ?! Tu ne vois pas que tu la fais chier ! grogne-t-il en poussant loin de moi la sangsue.

— Oh ça va, mon gars, zen ! Je ne fais que la taquiner un peu… On fait plus ample connaissance ! se justifie-t-il.

— Ne la touche plus, fous-lui la paix ! commence à s'énerver Kane, qui se place devant moi comme un rempart.

Son pote le regarde comme un alien, je suppose qu'il ne l'a jamais vu agir ainsi. Moi, c'est un comportement que je connais par cœur et qui, autrefois, pouvait autant me soûler que me faire vibrer.

Alors, je frappe doucement son dos de mon poing, ce qui semble le faire réagir, car il se retourne vers moi, pour finalement venir s'asseoir à mes côtés, sans un regard de plus vers son ami. Je sens qu'il n'aime pas avoir eu une telle perte de contrôle. Il regarde fixement ses mains, alors qu'il fait craquer ses phalanges.

— Tu n'as pas changé sur certains points, ne puis-je m'empêcher de lui dire.

— Vous vous connaissez ? engage immédiatement Ben pour en savoir plus sur ce qui se passe entre son ami et moi.

— On se connaît depuis l'enfance, réponds-je avant de croquer dans mon sandwich.

Je ne regarde pas Kane, mais je sais qu'il épie chaque détail de mon visage.

— Nous étions plus que des connaissances, réplique-t-il alors, comme piqué au vif en me regardant attentivement.

— C'est vrai, nous avons été bien plus que ça, me contenté-je de lui répondre en le fixant droit dans les yeux.

L'intensité de notre échange veut dire tellement… qu'il provoque des frissons sur mon épiderme. Il me rappelle le désir qui est né en nous, qui nous a consumés.

Je me souviens de ses mains sur mon corps, pansant mon

cœur. Son souffle dans mon cou, sa bouche apprenant à savourer chaque parcelle de mon être. Chaque contact entre nous me faisait vibrer, exister.

Le feu me monte de nouveau aux joues sous les pensées perverties qui me viennent en tête et qui attisent un désir naissant dans mon bas-ventre. Kane n'en loupe pas une miette et un sourire narquois naît sur ses lèvres pleines que j'ai mordillées tellement de fois.

Mon Dieu, je viens d'être prise en flagrant délit de fantasme.

Chapitre 52. Kane

C'est dégueulasse et ça pue.
Skin – Rag'n'Bone Man

Ses joues rougissent de notre échange, ce qui me régale. Elle détourne son regard, mais ne peut dissimuler la teinte que prend sa peau. Je ne peux pas lutter contre le sourire satisfait qui naît sur mes lèvres. Elle n'a pas oublié non plus, je sais maintenant que les souvenirs de nous qu'elle conserve ne sont pas que négatifs. Mais je ne veux pas jouer là-dessus, je vais faire de mon mieux pour la séduire, récupérer son cœur et surtout sa confiance que plus jamais je ne briserai.

Ce ne sera pas simple, mais les regards qu'elle me porte, cette manière de sourire face à moi, tous ses éléments font naître en moi l'espoir.

— Je vois… m'interrompt Ben en nous observant sous toutes les coutures.

Il devine tout de suite la nature de ce que fut notre relation et il doit probablement comprendre ma réaction. Il connaît un peu mon histoire, mais pas dans les détails. Mon ami se met à me faire un clin d'œil compréhensif en levant ses deux mains en signe de reddition avant d'enchaîner.

— Du coup, tu viens nous voir au combat ce soir ? Ça te fera l'occasion de rencontrer toute notre équipe.

Merde, le con ! Jordane n'a pas vraiment apprécié la dernière fois qu'elle est venue me voir, c'est donc une très mauvaise idée. Je grimace lorsque Joe repose doucement ses couverts, son visage est presque si inexpressif que je n'arrive pas à savoir ce que cette demande provoque chez elle.

— C'est à quelle heure ? demande-t-elle sans que je m'y attende.

— C'est à vingt-trois heures, dans la 6e rue. Tu ne peux pas louper ça, c'est dans un vieil entrepôt, mais il y aura du monde. Tu pourras rester avec nous et regarder les combats, continue Ben avec engouement.

Je vois les traits de Jordane se décontracter et une esquisse de sourire fleurit sur ses lèvres.

— Je viendrais avec plaisir, prononce-t-elle alors en me regardant sans colère, ce qui fait trébucher mon cœur.

Elle accepte. Elle va venir me voir combattre, fait un pas pour s'approcher de mon univers alors qu'il la rebute. Ce pas en avant réchauffe mon âme.

— Merci, murmuré-je alors dans un soupir, souriant ensuite.

Je sens que les tensions s'apaisent un peu entre nous et ça me fait du bien. J'ai hâte de la retrouver, de renouer avec celle qui fut mon obsession. Maintenant que je l'ai invitée de manière complètement improvisée, il faut que je trouve une idée. Quelque chose qui a du sens pour elle comme pour moi. Je ne veux pas faire dans le banal, mais dans l'original, je n'ai aucune foutue idée.

Le mouvement de chaise me sort de mes pensées, m'annonçant que Joe se lève à côté de moi.

— Bon, messieurs, ce fut un plaisir de bavarder avec vous, mais je vais reprendre ma place dans mon antre. À tout à l'heure, ou à ce soir sinon. Je serai au rendez-vous, annonce-t-elle alors avant de faire demi-tour et de partir.

Lorsque la porte claque derrière elle, Ben me saute

immédiatement dessus en criant comme un taré.

— Bien joué, mon gars ! Si j'avais su que c'était chasse gardée, je n'aurais pas agi comme ça. Tu aurais pu me le dire ! balance-t-il en frappant mon bras de son poing.

C'est là que ça pêche, Joe n'est pas ma propriété. Elle est celle qui enchaîne mon cœur, mais je n'ai aucun droit sur elle. Sauf que je ne peux réprimer cette possessivité que je ressens pour elle. Instinctivement, elle jaillit quand on la touche ou la regarde avec désir. Je tente de me maîtriser, de refréner ses pulsions pour ne pas l'entraver. Pour ne pas l'étouffer.

Elle mérite cette liberté, car elle a été prisonnière de sa mère pendant tellement d'années. Je dois apprendre à aimer sainement. Intensément, irrémédiablement. Comme j'ai souvent voulu le faire, sans jamais y arriver.

Les mots d'Elie me reviennent en tête, « soit plus romantique que Kaos… » et ça me fait rire. C'est vrai que ce gars n'a pas cette qualité à son arsenal. Mais, hélas, je pense que je ne suis pas un professionnel. Les fleurs lui ont fait plaisir, je l'ai vu sur son visage tout à l'heure. Sauf que c'est Joe et que je suis Kane. Après tout, elle a été attirée avant par ce que j'étais dans le passé. Je ne veux pas changer et lui montrer quelqu'un que je ne suis pas. Ce serait la tromper.

Je dois lui révéler ce que je cache à l'intérieur, ces facettes de mon monde que je n'ai dévoilées à personne, mais que je veux lui montrer à elle. Car c'est Jordane.

Elle était tout, et aujourd'hui je pense la même chose. Je ne la perdrai pas deux fois. Sauf que le fait de devoir déchirer ma carapace me fait peur. Les griffes de mon démon intérieur me chuchotent de cloisonner tout ça, de le garder pour moi. Cette sensibilité n'est pas digne d'un homme, n'est pas virile. C'est comme ça que j'ai été élevé.

Cette pensée me plonge dans mon enfance, l'année de mes douze ans, avant que je ne rencontre Joe et qu'elle réveille mon cœur.

J'entre dans la baraque délabrée et lugubre.

C'est dégueulasse et ça pue.

— Tu vas vivre ici, maintenant. Je ne te veux plus dans mes pattes, tu apprendras à te débrouiller.

Oui, père, bien, père. Ces mots se prononcent dans ma tête, mais ils ne franchissent pas mes lèvres.

Je ne vous dérangerais plus maintenant.

Il pousse dans mon dos pour me faire avancer.

— Ta chambre est à l'étage, tes repas te seront livrés pour que tu puisses manger le temps que tu te prennes en charge seul.

Il parle, parle, parle et l'air dans la pièce devient de plus en plus glacial, des frissons parcourent la peau de mes bras nus. Finalement, j'étais mieux à l'orphelinat. Il aurait dû m'y laisser, si ça le faisait tant chier. Deux ans qu'il me trimballe dans ses bordels où des femmes comme ma mère se retrouvent vite nues à vendre leurs corps, accros à toutes sortes de drogues pour être sûr qu'elles ne se détachent jamais de cette vie.

Je détestais ça, car quand je regardais leurs yeux, c'était si vide à l'intérieur. Comme ma mère avant qu'elle ne parte.

— Je viendrai te rendre visite de temps en temps pour parfaire ton éducation. J'espère que tu ne me poseras pas de problème, sinon je ne serais pas satisfait et tu sais ce qui se passe lorsque je suis mécontent.

Oui, je le sais. Les coups de ceintures des jours d'avant sont encore imprégnés sur la peau de mon dos. J'ai osé pleurer, car finalement, je voulais rester près de lui, même s'il me fait peur. Je n'étais pas seul.

J'ai peur d'être seul.

La boule dans mon ventre monte dans ma gorge et je sens que j'ai envie de pleurer encore une fois.

— Je veux que cette maison soit propre la prochaine fois que je viens, tu peux au moins faire ça, déjà que je m'occupe de toi car ta traînée de mère a fait une overdose. Putain de salope.

Salope. Une pute. Voilà ce que représente ma maman pour lui, alors que pour moi, elle était douce et aimante, mais juste trop abîmée pour tenir le coup dans ce monde. J'étais là le soir de sa mort, après ça on m'a envoyé à l'orphelinat, car personne n'était venu me réclamer. Jusqu'à ce qu'il en franchisse les portes pour m'embarquer.

Au moins, les bonnes sœurs étaient gentilles et je m'étais fait quelques amis, mais pas beaucoup, car les grands étaient méchants et il ne fallait jamais rester seul avec eux. Avec père, je n'avais que sa présence. Enfermé la journée à faire l'école dans une chambre merdique par un gars qui n'avait pas beaucoup de patience. J'ai dû apprendre en deux ans ce qu'un enfant doit apprendre en cinq, et c'était dur. Si je loupais quelque chose, je me faisais corriger. Si je décevais, je ne mangeais pas. Mais je devais devenir ce que père voulait pour rester. Alors, j'ai appris à lire, à écrire, à compter malgré tout… mais ce n'était pas assez.

— Lundi, tu commences l'école du quartier, tâche de ne pas faire de vague ni de me faire honte.

Je vais détester ça, c'est certain, mais au moins je verrai du monde. Peut-être que je me ferai des amis.

J'entends ses pas dans mon dos s'éloigner de moi, probablement pour repartir, et la boule d'angoisse remonte sans que je puisse la maîtriser. Je me précipite derrière lui pour le retenir, attrapant son bras.

— Père, s'il vous plaît, je ne veux pas rester ici ! sanglotéje alors, ma voix tremblante de peur, les larmes perlant de mes yeux.

Une gifle me percute la joue avec force, me faisant tomber. Un goût ferreux envahit ma bouche, le sang glisse le long de ma lèvre qui vient de se couper sous le coup.

— Ne me touche pas et ne m'adresse la parole que lorsque je te l'ordonne. Ta faiblesse me fait honte, comment j'ai pu engendrer un être aussi pitoyable… prononce-t-il d'une voix égale. Sans cris, sans débordement, juste plein de dégoût.

Tout est maîtrisé chez lui, je ne l'ai jamais vu perdre le contrôle. Il ne pleure pas, il ne rit pas de joie, il est tel un robot sans cœur, presque dépourvu de sentiments. La seule personne qui semble éveiller sa colère, c'est moi.

Car je suis indigne de lui, sa honte. Trop émotif, comme il me l'a dit, je pense, cent fois.

Faible. Faible. Faible !

— Tu resteras ici, tu ne me sers à rien et les choses qui ne servent pas, je n'en ai pas besoin, persifle-t-il en s'avançant vers moi, me jetant un regard noir.

Je hoche la tête, puis la baisse, n'osant plus le regarder. Des larmes perlent sur mes joues. La discussion est close, il s'en va en me laissant sur le sol crasseux de la maison. Faible.

Mes émotions, je dois apprendre à les contenir.

Contiens-les, contiens-les, contiens-les !

Mon corps se bascule alors que je tente de me calmer, d'enfermer ma peur dans une boîte à l'intérieur de moi, mais je n'y arrive pas.

Il faut que j'apprenne à le faire.

Lorsque je reviens à la réalité, de l'acide pointe sur ma langue. Ce connard m'a bien pourri et, maintenant, je dois tenter de défaire ce qu'il m'a obligé à construire en moi.

Ça va être tendu, mais je vais tout faire pour réussir à dompter mes propres démons.

Chapitre 53. Jordane

Cette curiosité malsaine me pousse à envahir son espace.
Royals – Lorde

Je récupère mes affaires à la fin de mon service, la patronne a accepté que je quitte un peu plus tôt. Je me prépare rapidement, réajuste mon maquillage et ma tenue. Rien de transcendant, mais curieusement, je stresse un peu de rencontrer les amis de Kane.

Je ne vais clairement pas là-bas pour le combat. J'ai du mal à regarder de tels spectacles, mais si je veux tenter d'en apprendre plus sur mon ténébreux ex-voisin, il faut que j'enquête un peu sur son univers, son entourage, son monde. Je veux connaître celui qu'il est aujourd'hui, mais aussi qui il était vraiment dans le passé.

Je le voyais comme un ami protecteur, mais je ne sais rien de sa famille, de son véritable passé, et l'apprendre m'aiderait. Cette curiosité malsaine me pousse à envahir son espace, à pénétrer sa vie comme il a pénétré la mienne pour me protéger, comme l'ombre qu'il a toujours été.

Moi aussi j'aurais voulu le préserver de ses démons comme il a combattu les miens. J'aurais souhaité être assez solide pour qu'il s'appuie sur moi, que je sois son bouclier ou le pansement de son cœur meurtri par la vie.

Finalement, je n'ai pas été là pour lui. Trop égoïstement centrée sur moi et mon mal-être.

Je pense que je veux vraiment reconstruire quelque chose de nouveau, tenter de bâtir une relation qui ne soit pas inégale et, si ça ne marche pas, c'est que j'ai eu raison de le détester ces six dernières années et que nous n'étions pas faits pour vivre ensemble.

Lorsque je sors du bar, je tombe nez à nez avec Kane. La surprise me fait sursauter, mon cœur tressaute. Puis je tente de me ressaisir en croisant les bras sur ma poitrine.

— Tu penses que je ne suis pas capable de faire la route toute seule ? Ou bien tu avais peur que je ne vienne pas ? lancé-je alors pour toute entrée en matière.

Il sourit et, comme chaque fois, ça m'échauffe.

Cette putain de fossette !

— J'essaie juste d'agir en gentleman en t'escortant galamment, réplique-t-il en s'inclinant avec exagération.

— La galanterie ? Ça n'a jamais vraiment été ton fort, Kane, ne puis-je m'empêcher de le tacler.

— J'essaie de faire des efforts, Joe, alors ramène tes fesses, parce que je vais finir par être à la bourre, m'indique-t-il en me montrant le chemin.

J'acquiesce en souriant, m'avançant vers lui pour nous rendre au lieu de rendez-vous. Je passe près du corps musclé de Kane et il en profite pour se pencher près de mon oreille pour me susurrer, « *Tu es magnifique.* ». Cela ne dure qu'une fraction de seconde, mais ça provoque en moi un frisson très agréable.

Mon corps réagit toujours autant au sien, alors j'accélère en répondant simplement par un sourire, qu'il aimera probablement.

Sur le trottoir, nous avançons côte à côte. Le silence de la nuit nous enveloppe et, au lieu de me mettre mal à l'aise ou de me stresser, ça me fait un bien fou.

— Comment va ton petit frère ? me demande-t-il en rompant ma plénitude.

Je suis étonnée de sa question, mais j'aime qu'il s'intéresse à Cameron. D'ailleurs, il m'inquiète vraiment en ce moment. Depuis notre altercation à propos de notre mère, il ne me parle presque plus et va souvent chez ses amis le soir. Il m'échappe et je me sens impuissante.

— Il… il va bien, enfin comme un ado qui n'a pas forcément eu une vie facile et qui reste bouleversé par le deuil, lui raconté-je alors, tentant de mettre des mots sur ce qui se passe.

— Il fait quoi ? enchaîne-t-il alors, vraiment intéressé par ce qui se passe.

— Cameron ne revient presque jamais le soir, il dort chez des amis, enfin, j'espère que c'est le cas. J'ai eu la mère d'un de ses amis, mais c'est… je le sens mal. Je ne sais pas, j'ai un mauvais pressentiment, lui avoué-je en plaçant ma main sur mon cœur qui ressent à nouveau ce pincement.

Il faut que je fasse quelque chose, que j'agisse. Je ne peux pas le perdre lui aussi, il est la seule famille qu'il me reste.

— Je ne le vois plus lors des combats, je surveille depuis que j'ai appris qu'il venait. Dans tous les cas, il sera sous ma protection s'il revient. Personne n'osera s'en prendre à lui, je te le promets.

Je fixe intensément Kane, puis acquiesce silencieusement. Il ne le sait pas, mais il vient de me retirer une piste à exploiter.

Nous continuons à avancer et je sais que nous n'allons pas tarder à arriver. Je reconnais les rues un peu délabrées d'un des quartiers que je fréquentais et dans lesquelles se trouve le fameux vieil entrepôt. Lorsqu'on arrive, le monde afflue vers le grand bâtiment. Il y a beaucoup plus de personnes que la dernière fois, c'est totalement dingue.

Je ne pensais pas que ce genre d'événement pouvait avoir un tel succès.

— Il y a du monde ce soir, il se passe quelque chose en particulier ? demandé-je à Kane alors qu'il me pousse vers une entrée dissimulée et gardée par deux molosses.

On pénètre dans un grand couloir assez sombre. L'odeur de cigarette me prend au nez et me donne envie de m'en griller une. Cette odeur est mélangée à une odeur métallique et de sueur un peu aigre. C'est très particulier.

On se glisse entre des corps torse nu qui me matent avec lubricité. Leurs yeux me dévorent, me mettent mal à l'aise, si bien que je me rapproche instinctivement de Kane. Mon instinct me susurre que ces personnes me veulent du mal, comme *lui*. Ils ont la même aura, le même regard.

Une main se pose sur mon cul, le palpant avec force, ce qui me fait sursauter et réagir Kane. Avec brutalité, il chope le gars par la gorge pour le plaquer contre le mur en béton. Je vois son visage se tordre en un rictus de colère, de rage.

Le monde se met à nous entourer, les mecs s'agglutinent autour de nous comme des fauves autour de leurs proies. Je me place dans le dos de Kane, au moins je peux surveiller ses arrières s'il se fait agresser, mais très vite des personnes arrivent pour nous rejoindre, nous protégeant de leurs corps d'athlète. Parmi eux, il y a trois filles.

— Tu ne la touches pas, aucun de vous n'a le droit de l'approcher. Est-ce que je suis clair ? vocifère Kane, les dents serrées en comprimant la trachée de sa proie.

Je sens que les ténèbres l'envahissent, alors je m'approche de lui. Je ne supporte pas de le voir plonger ainsi. Je pose doucement ma main sur son avant-bras, son visage se tourne vivement vers moi et le choc me surprend. Ses yeux sont presque noirs… on dirait qu'il ne me voit pas vraiment. Alors, je m'approche de son visage, me mettant sur la pointe des pieds, histoire de lui faire vraiment face. Qu'il ne voit que moi.

— C'est bon, Kane, je vais bien. Tu peux le lâcher, maintenant.

Peu à peu, ses yeux redeviennent clairs, cette si belle teinte que j'aime tant, qui m'a toujours hypnotisée. Il me revient, ses démons refluent.

L'homme qu'il tenait se met à tousser bruyamment lorsqu'il le relâche, et s'effondre au sol. Et c'est avec un regard dédaigneux que Kane le toise désormais. Puis, il scrute tous les autres spectateurs, paradant devant eux en dégageant une aura funeste que je n'ai jamais vue chez lui.

— Cette femme est avec nous, sous notre protection. Ne vous avisez pas de tenter quoi que ce soit, vous en payerez les conséquences, prononce-t-il alors assez fort pour que tous entendent.

Il prend ma main pour me tirer vers ce que je suppose être un vestiaire. Les autres personnes qui nous avaient rejoints nous suivent de près, mais nous laissent tranquilles. La porte se claque dans notre dos, nous plongeant dans une nouvelle bulle plus silencieuse.

La peur que je ressentais plus tôt disparaît, en fait, elle a disparu dès que Kane est intervenu. Sa présence m'a rassurée alors que je me suis retrouvée propulsée dans le passé.

Un passé que je refuse de voir réapparaître.

Chapitre 54. Kane

Kane, c'est plus l'heure de batifoler !
Body – Jordan Suaste

Mon cœur martèle ma poitrine au point que ça m'en fait souffrir. Lorsque ce gars l'a touchée, j'ai senti sa peur dans tout mon corps, réveillant le pire de mes instincts. Ce monstre que je tente de dissimuler, il a toujours été présent en moi mais, lorsqu'il surgit, mon humanité disparaît. Comme on me l'ordonnait, il inhibe mes émotions pour effectuer le travail. Les ordres.

Lorsqu'il est là, je ne parais plus faible. Plus rien n'entrave cette violence que je garde en moi, elle a la liberté de s'exprimer. Sauf que ça fait bien des années que personne ne l'avait domptée comme Jordane vient de le faire à l'instant.

Elle a su le faire jaillir et le faire rentrer dans sa cage avec de simples mots, la simple sensation de sa peau sur la mienne. C'était aussi comme ça dans le passé, elle savait me faire revenir de l'obscurité. Cette part de moi lui est dévouée, telle une ombre protectrice. Finalement, chaque part de moi est dépendante de cette femme.

Elle est adossée au mur et me fixe si intensément que je

meurs d'envie de m'approcher de son corps, de ses lèvres. L'adrénaline coule encore en moi, si bien que la tension ne parvient pas à redescendre entre nous. Dans ses yeux gris clair, je lis une forme de gratitude, mais aussi de l'inquiétude.

— Tu es devenu plus violent, Kane. J'ai toujours craint cette violence, amorce-t-elle soudainement, me désarçonnant.

Ses mots sont comme une claque sur ma joue. Elle a peur de moi, je l'effraie… alors je m'approche d'elle rapidement, nos corps plus qu'à quelques centimètres l'un de l'autre.

— Je ne te ferai plus jamais le moindre mal, Jordane, avoué-je la gorge serrée, luttant pour ne pas la toucher.

Mais c'est sa main à elle qui s'approche de mon visage, le caressant avec une douceur infinie qui me calcine les entrailles.

— Je n'ai pas peur pour moi, Kane. J'ai peur pour toi et ce que tu perdrais si tu ne pouvais plus maîtriser ce démon. Depuis l'enfance, je le vois s'éveiller, mais aujourd'hui, il est plus que jamais rempli de haine.

Le soulagement m'envahit, je ne l'effraie pas. Une vague d'apaisement surgit dans mon corps, détendant mes muscles.

— Tu as toujours su le faire rentrer dans sa cage, car comme moi, il t'est dévoué, Joe. Il me rend plus fort, digne de te défendre, répliqué-je doucement en caressant sa joue jusqu'à replacer une mèche de ses cheveux bouclés derrière son oreille.

Mon cœur, mon âme sont prisonniers de cette femme depuis tellement d'années et elle ne s'en est jamais rendu compte.

— J'aurais tellement voulu ne pas souffrir comme ça il y a six ans. Pourquoi ne pas m'avoir dit la vérité, Kane ? Pourquoi avoir décidé de me briser au lieu de m'aimer ?

— C'est parce que je t'aimais plus que tout que j'ai pris la décision de te faire souffrir. Ta vie est trop précieuse pour qu'elle soit salie par les ténèbres, surtout par les miennes. Dis-moi, Jordane, si je t'avais demandé de ne plus m'approcher, l'aurais-tu fait ?

Ma question fait son effet, je le vois sur ses traits. Elle tente de combattre la vérité, sa bouche s'entrouvre pour tenter de sortir des mots qui restent bloqués.

— C'est pour ça que j'ai préféré que tu me haïsses, plutôt que tu sois détruite toi aussi, de la pire des façons. On m'avait demandé de me tenir éloignée de toi, que tu disparaisses de ma vie. Tu étais ma faiblesse. Et ta protection passera toujours avant tout le reste, avant même mon cœur et le tien. Je ne peux concevoir un monde où tu ne respires pas.

Mes mots semblent pénétrer son corps, s'infiltrer dans son âme. Je le sais, car la sienne et la mienne sont étroitement liées. Je veux qu'elle comprenne que briser son cœur a peut-être été la pire des solutions pour moi, mais la seule que mon esprit perturbé ait trouvée. De toute manière, elle aurait guéri, elle m'aurait oublié…

— Mais je ne peux pas vivre normalement, si tu n'es pas à mes côtés, Kane. Tu n'as aucune idée de la place que tu as dans mon cœur, tu te dévalorises tellement que tu as pensé que je t'oublierais, que je passerais à autre chose… Tu n'étais pas mon caprice de jeunesse, tu étais mon socle, la moitié de mon âme. Tu l'as été dès le premier jour où l'on s'est rencontrés et aujourd'hui tu es le seul homme à pouvoir me faire ressentir autant de choses.

Mon palpitant semble s'arrêter si longtemps que mon souffle se bat dans mes poumons pour jaillir.

— Tu ne peux pas m'aimer comme moi je t'aime, Joe, je suis trop sale pour ça.

— C'est trop tard, connard, tu as déjà volé mon cœur.

Mon front se pose sur le sien et mes yeux se ferment alors que sa fragrance m'enveloppe comme une douce caresse.

— Bordel, je suis vraiment un égoïste. Tu sais que maintenant que je t'ai retrouvée, je ne te laisserai plus t'en aller, sauf si tu me le demandais. Le veux-tu, Joe ? osé-je lui demander, la voix éraillée de l'émotion que je ressens.

Je romps le contact pour que nos yeux se lient, et c'est avec attention qu'elle me regarde. Je reste suspendu à ses lèvres. J'attends sa décision, ses mots qui me briseront ou qui m'envelopperont de chaleur.

— Non. Je ne le veux pas, Kane. Mon cœur t'a toujours appartenu, tu sais, il t'a aimé aussi fort qu'il t'a haï, mais dans les deux cas, c'était si puissant, dans la démesure et sans limites. Avant, ma vie se rythmait par ta présence, tout ce que j'ai pu faire, je le faisais pour que tu m'accordes un regard, un geste, une attention aussi fugace soit elle. Que tu me vois véritablement comme j'étais. Et plus comme cette petite sœur que tu voulais préserver. À chaque danse, chaque provocation… tout…

Je la coupe en posant un doigt sur sa bouche, ce qu'elle me dit atteint mon cœur plus qu'elle ne le pense. Je veux l'embrasser, posséder ses lèvres charnues qui ont toujours été mon obsession. Mon visage s'approche, nos souffles se mêlent. Chaud, haletant… puis je ne sais pas lequel de nous deux cède en premier, mais nous nous dévorons avec brutalité. C'est comme si nous répondions enfin à un désir si puissant, si destructeur… et, en même temps, si salvateur.

C'est bon, terriblement et irrémédiablement délicieux. Comme un retour chez soi. Je retrouve son goût unique, la douceur de ses lèvres. Je m'imprègne de ses soupirs, de son plaisir. De sa passion qui fusionne à la mienne.

Elle s'agrippe à moi comme si elle allait couler en me lâchant, et moi j'entreprends de saisir l'arrière de ses cuisses afin que nos hanches s'ancrent, s'emboîtent. Son dos se plaque contre le mur, mon torse touche sa poitrine plantureuse. Mon sang ne cesse d'être en ébullition, ma queue est à l'étroit dans mon jean. Cela fait six ans que je n'ai pas ressenti une telle envie. Je pourrais y céder, là, tout de suite et je sens que Joe aussi.

Puis on frappe à la porte, et le retour à la réalité se fait. Brutalement, je me souviens d'où nous sommes, dans quelle soirée on est. Je vais devoir combattre, et je pense que je suis déjà en retard. Un des membres de l'équipe vient probablement me rappeler à l'ordre.

Ce n'est ni le moment ni l'endroit de savourer cette femme qui m'a tant manqué.

Elle aussi réalise ce que nous faisons, se détachant de moi les joues rosies et les lèvres encore gonflées de nos baisers. Je m'éloigne d'elle, essoufflé et, bordel, qu'est-ce que c'est dur de m'en détacher. J'ai froid soudainement, mon corps se glace sans sa présence.

— Kane, c'est plus l'heure de batifoler ! Tu combats dans trente minutes ! me hurle Kaos derrière la porte.

Je ne réponds rien, mais je vois que Jordane devient encore plus rouge. Ses mains se plaquent sur ses joues, comme choquée de s'être laissée aller ainsi.

— Bordel de merde, tu es un démon… murmure-t-elle, un démon du sexe, un incube ! Tu ne peux pas m'envoûter comme ça, c'est illégal ! se met-elle à débiter en marchant en long et large du vestiaire, ce qui me fait rire.

— Je te retourne la même chose !

— C'est toi qui as commencé ! s'indigne-t-elle alors en me désignant.

— Faux, c'est toi ! Tu as même mordu ma lèvre, lui montré-je du doigt. Assume ton manque de maîtrise, ma beauté ! la taquiné-je en souriant.

— Cette putain de fossette… chuchote-t-elle alors en fixant un point sur mon visage.

Je ris de nouveau et commence à me déshabiller devant elle sans la moindre pudeur. J'ôte mon pull pour dévoiler mon torse nu, recouvert d'encre, commence à déboutonner mon jean qui cloisonne ma putain d'érection. Elle reste fixée sur moi quelques secondes sans pouvoir détourner les yeux.

— Que… qu'est-ce que tu fais ?! bredouille-t-elle alors.

— Je me change pour me préparer à combattre, la vue te dérange ? continué-je à l'asticoter.

— Je… je m'en fiche, réplique-t-elle en reprenant contenance, croisant ses bras sur sa poitrine.

— Donc me voir nu ne te posera pas de problème, là, maintenant ? enchaîné-je en me plaçant de dos et en commençant à baisser mon jean et mon caleçon, certain qu'elle prendra la fuite avec ça.

Ce qui ne loupe pas, elle pivote rapidement pour sortir de la pièce en claquant la porte derrière elle, ce qui me fait éclater de rire. Lorsque je réalise ce qui m'arrive, je suis sidéré. Depuis combien de temps n'ai-je pas ri ainsi ? Bon sang, ça fait un bien fou.

J'entends en dehors du vestiaire la voix d'Elie qui parle à toute vitesse à Joe, et je suis rassurée. Avec elle, Jordane ne risque rien. Complètement nu désormais, je file sous la douche pour me débarrasser de cette gaule qui me fait mal, et me vider la tête pour être à la hauteur du combat.

Chapitre 55. Jordane

Mais qui a bien pu réussir à pousser Kane ainsi.
I Love You – Billie Eilish

Putain de merde, en fermant la porte dans mon dos, mes doigts se portent immédiatement à mes lèvres qui sentent encore les siennes. C'était si bon, et si rapide. Comme si nous cédions à quelque chose qui est resté en suspens pendant tant d'années.

Durant cet instant, c'est comme si six ans ne s'étaient pas écoulés, comme si notre séparation n'avait jamais eu lieu. Pire même… c'était tellement mieux !

Plus intense, plus sincère, plus vrai !

Peu à peu, les barrières s'effacent, il pose des mots sur ses actes, je pose les miens sur ce qui fut et ce qui est. Sur une relation qui a souvent été régie par le silence, les non-dits. Et ça fait respirer mon cœur, il n'est plus en apnée de ne pas savoir, soulagé d'avoir ces informations, même s'il va être de plus en plus gourmand.

Mais qui a bien pu réussir à pousser Kane au point qu'il préfère me faire mal que de me laisser à sa merci ? Quel monstre peut avoir une si grande emprise sur lui ?

Un corps me percute, me faisant sursauter. Il est beaucoup plus petit que le mien, mais reste ferme et vif.

— Bordel ! je suis tellement contente de te rencontrer ! se met à crier la fille qui vient de me sauter dessus. Je suis Elie ! Une amie de Kane !

Une amie ? Le serpent vicieux de la jalousie vient cruellement enserrer mon cœur, prêt à mordre à la moindre faiblesse.

— Whouaaa ! Tu es presque aussi grande que Syria, regarde Norah ! débite-t-elle en me tournant autour.

C'est vrai qu'elle semble minuscule face à moi, nous avons au moins vingt centimètres de différence. Mon regard se porte sur deux autres filles qui se trouvent à côté d'elle, me toisant attentivement.

— C'est vrai qu'elle n'est pas minus comme toi ! réplique la fille aux cheveux courts blond platine, pas beaucoup plus grande qu'Elie.

Sa voix est assez fluette, un visage presque enfantin ou deux prunelles vertes démontrent une intelligence rare. La fameuse Norah m'analyse, je le sens, mais je ne me démonte pas.

— Il a vraiment bien choisi ! enchaîne Elie en touchant la pointe de mes cheveux bleus en souriant.

— Choisi ? la questionné-je en la regardant pour la première fois dans les yeux, et bon sang, quelle couleur étrange.

Dorée ? Jaune ? Ça existe une couleur comme ça ?

— Bah ouais, on n'a jamais vu Kane s'intéresser à qui que ce soit depuis qu'il est avec nous, alors son mode Cro-Magnon de tout à l'heure nous prouve que tu comptes pas mal pour lui, réplique Norah en souriant d'un air presque diabolique.

— Vous êtes des amies de Kane ? les questionné-je alors, un peu rassurée.

— Ouep, évidemment ! Moi, je suis avec Kaos, et les filles

derrière moi le connaissent depuis son entrée dans le club, raconte Elie en me prenant la main, tout en me traînant dans le couloir.

Tout le monde s'écarte sur notre passage, personne ne la touche, comme si une aura de danger irradiait autour d'elle. Je regarde dans mon dos et remarque que les autres nanas nous suivent elles aussi. Maintenant que je les observe plus attentivement, elles sont en tenue de combat. Une brassière couvre leurs poitrines, et elles portent simplement des shorts courts qui doivent probablement libérer leurs mouvements. *Elles combattent, alors ?*

En revanche, celle qui me tire est en tenue normale, elle porte un grand sweat et un legging, ainsi que des rangers. Drôle de look, mais j'aime bien.

On franchit une porte, et un bruit envahit l'espace. Les cris des spectateurs sont scandés, ils sont déchaînés. Elie me pousse devant elle, me faisant s'asseoir à côté d'elle sur une chaise. Nous sommes juste à côté des cordes du ring, si près que si quelqu'un saigne pendant un combat, on pourrait se prendre une giclée de sang facilement. Être à une si grande proximité de la violence imminente qui va se dérouler me noue un peu l'estomac.

Elie s'assoit à côté de moi et semble excitée comme jamais, contrairement à moi.

— Tu vas voir, ça va être génial, c'est un événement important ce soir, il va y avoir du niveau ! Dommage que Lucifer ne combatte pas, il aurait tout démonté, mais il a pris sa retraite pour devenir l'assistant du coach.

Lucifer ? Mon Dieu, cette fille me paraît un peu tarée, mais étrangement, dans certains aspects, elle me fait penser à Ella, ce qui me pince le cœur. Elle déborde de cette même énergie, de cet air enfantin qui entourait ma meilleure amie. Penser à elle me fait sourire. Ce qui attire son attention.

— Tu as un sourire magnifique, c'est mieux que quand tu tires la gueule, balance-t-elle en s'approchant de mon visage.

Cette fille n'a que faire de l'espace vital d'autrui. Mais curieusement, je ne me sens pas si mal à l'aise en sa présence.

— Je ne fais pas la gueule… c'est juste que je ne suis pas habituée à ce genre de soirée, me défends-je en reportant mon regard sur le ring.

L'amie de Kane me fixe plusieurs secondes comme pour m'étudier. Je sens ses yeux d'or m'analyser, me décortiquer.

— Tu vas devoir t'y habituer, car c'est le monde de Kane. Comme la plupart d'entre nous, il ne peut plus s'en défaire, le combat est pour chacun de nous un moyen de survivre. Une addiction, une rédemption, une liberté… On a tous nos raisons d'entrer sur le ring et c'est toujours dur de le quitter.

— Tu combats ici toi aussi ? la questionné-je alors que ses yeux semblent être partis loin, dans ses souvenirs probablement.

— Ouais, mais je suis une combattante en ligue officielle maintenant. Je suis réglo, comparée à tout ce beau monde-là. Ici, pas de règle, c'est la loi du plus fort qui prédomine.

Maintenant que je suis plus à l'aise avec elle, je crève d'envie de lui poser les mille questions qui brûlent mes lèvres. Elle pourrait peut-être m'apporter des réponses que Kane refuse de m'avouer… sur ce qu'a été sa vie ces dernières années.

Norah et la prénommée Syria nous rejoignent. La grande métisse s'assoit sur une chaise à côté de moi, et son calme olympien m'épate. En face d'elle, la petite blonde sautille dans tous les sens comme si son énergie était incontrôlable, débordant de tous ses pores. Lorsque je les vois, on dirait le yin et le yang. Opposées, mais indissociables.

— Norah est la première à entrer dans l'arène, c'est pour ça qu'elle est survoltée. C'est notre meilleure combattante féminine, aussi frêle qu'elle puisse paraître, c'est la plus sanguinaire de nous. Elle est sans pitié pour obtenir la victoire, mais toujours de manière propre, m'explique Elie alors que j'observe le feu follet qui gravite autour de nous.

Avant que je ne puisse répondre, le silence qui se fait dans le public attire mon attention. Je regarde le ring et remarque que quelqu'un est monté dessus, habillé d'un costard et affublé d'un micro. Il se racle la gorge avant de commencer à chauffer la salle.

— Bonsoir à tous ! J'espère que vous êtes prêts à voir des combats démentiels ! hurle-t-il, suivi par la foule qui crie son excitation. La nuit va commencer par les combats féminins. Quatre combattantes vont venir se déchaîner dans l'arène et je sais combien vous adorez ça ! Elles sont violentes, sanglantes… et nous accueillons en premier une des favorites cette année. Sa ténacité, sa sauvagerie, lui a valu son surnom… Faites un putain d'accueil à : Fuuuuryyyy !

Le monde s'exclame en hurlant autour de nous alors que Norah, ou Fury dans ce contexte, entre sur le ring. Son visage change, une expression plus brutale apparaît sur ses traits. Un sourire sadique se dessine sur ses lèvres. Ce n'est plus la même, c'est comme si une autre personne prenait possession de son corps. Une entité qui semble se régaler de toute cette tension, de cette violence.

Son adversaire arrive aussi, elle est plus grande qu'elle, mais ça, ce n'est pas compliqué vu la taille du feu follet. Syria se lève et monte près des cordes, elle se tient en place, probablement prête à supporter son amie. La tension monte, l'air se raréfie au moment où le silence se fait dans la salle. Les deux femmes s'avancent, Norah lance un salut, mais l'autre ne répond pas. Elle lui fait un doigt pour tout signe de respect, ce qui faire rire les membres de l'équipe de Kane.

La cloche retentit et les hostilités commencent. Je suis impressionnée par la manière qu'elles ont de s'observer, de s'analyser. On dirait deux fauves qui se défient, se toisent avant de se déchiqueter sauvagement. Épiant la moindre faiblesse, la moindre faille. Puis, avec une brutalité sans nom, Norah saute sur son adversaire en lui infligeant un coup de poing dans la face qui la déséquilibre. Les muscles de son dos et de ses bras sont tendus.

Vexée de s'être fait avoir ainsi, sa rivale contre-attaque avec violence elle aussi, réussissant à placer un coup dans les côtes de l'amie de Kane. Cependant, ça ne semble pas trop l'affecter. Syria trépigne sur place, analysant aussi le combat, probablement pour lui donner des conseils si ça devient nécessaire.

Norah réussit à s'agripper, et la grande perche ne semble pas parvenir à s'en débarrasser. Fury réussit à monter dans son dos, ses bras glissent vers le cou de sa proie comme des serpents s'enroulant autour. Je suis tellement happée par le combat que j'en oublie de respirer.

— Voilà, elle est foutue. Quand Norah arrive à prendre le cou, son adversaire n'a aucune chance de s'en défaire. Elle va finir K.-O rapidement, murmure Elie.

Mon regard quitte le ring deux secondes pour observer ma voisine qui sourit fièrement, puis se reporte sur les combattantes qui ne lâchent rien. Celle en mauvaise posture se défend tant bien que mal, lance son coude dans les côtes de Norah, un poing atterrit dans son œil également, mais elle ne lâche rien malgré tout. Elle compresse sa trachée, et on voit clairement que la fille commence à suffoquer. Elle tombe à genoux, tente de rouler sur le dos avec force pour se défaire du danger qui reste accroché comme une moule à son rocher.

Rien n'y fait. Ses mouvements se font de moins en moins vifs, mollissant avant de tomber au sol. Ce n'est qu'à ce moment que Norah relâche sa proie pour se mettre debout. Son arcade saigne abondamment, du sang dévale le côté gauche de son visage. De la pointe de la langue, elle lèche une goutte d'hémoglobine et sourit de manière folle.

Cette fille est dingue. Le présentateur qui fait office d'arbitre arrive à ses côtés et lève son bras pour l'annoncer en tant que gagnante. La foule hurle, se déchaîne.

Je dois avouer que les frissons qui parcourent ma peau à ce moment-là ne sont pas si désagréables. Regarder ce combat m'a plu, contrairement à ce que je pensais.

Une part de moi voudrait savoir se défendre comme ça, apprendre quelques rudiments pour ne plus être aussi faible que je l'ai été. Pour ne plus jamais obliger Kane à sortir ce démon qui le hante pour me protéger.

Chapitre 56. Jordane

Il faut arrêter d'être parano, ma pauvre Joe.
Six Feet Under – Billie Eilish

Les filles gagnent facilement leurs combats, et moi je commence à vraiment apprécier ce qui se déroule sous mes yeux. Je m'entends même les encourager, me prêtant au jeu.

Syria a un style de combat beaucoup plus subtil que Norah. Cette femme est calme, réfléchie, posée. On a l'impression qu'elle calcule chaque coup, chaque attaque. Sa défense est presque impénétrable et, avec ses grandes jambes athlétiques, elle parvient à atteindre son adversaire à distance avec des coups de pied puissants qui le criblent de partout. Le combat dure plus longtemps avec elle, la patience dont elle fait preuve pour épuiser son adversaire afin de l'avoir au bon moment est assez admirable.

C'est bientôt au tour des hommes de combattre et Elie m'apprend que c'est Kane qui passe en premier. Le fantôme… Son surnom me revient en mémoire, aussi bien que les images de lui en train de se battre.

Sur le ring, il y a une semaine, il était si différent que le revoir aujourd'hui me fait peur. Je n'ai pas peur qu'il me fasse du mal, mais le sentir si loin de moi, comme si l'humanité que j'aimais tant chez lui disparaissait, m'effraie. Le voir ainsi, c'était comme le perdre, comme si notre connexion n'était plus. Comme si son âme disparaissait.

— Dis, Elie, tu sais pourquoi Kane a commencé les combats ? tenté-je de questionner ma voisine pour m'occuper l'esprit et dompter mon stress.

— Ah… Kaos m'a vaguement raconté. Mais je ne sais pas si c'est vraiment à moi de t'en parler, réplique-t-elle en faisant une grimace.

La déception doit se lire sur mes traits, alors elle me prend le poignet et me sourit.

— Tout ce que je peux te dire, c'est que ce n'était pas par choix. Il bossait pour quelqu'un qui le faisait combattre avant d'entrer dans notre club. Puis le coach l'a rattrapé, l'a sauvé en lui donnant la possibilité de se battre plus sainement, en lui offrant une forme de famille, un cocon protecteur. Le combat n'est pas un choix pour lui, c'est une obligation qui est devenue quelque chose de vital afin d'exorciser son mal-être, m'explique-t-elle.

Toujours cette fameuse personne. Bordel, mais qui a pu lui pourrir la vie comme ça ? Qui peut le détester autant pour le corrompre ainsi, alors que sa vie n'était déjà pas si reluisante. Comme moi, Kane a dû avancer dans du goudron poisseux et collant. C'est déjà si difficile habituellement de s'en défaire, mais lorsqu'en prime, on nous attache avec des chaînes puissantes, nous sommes condamnés à nous noyer, à nous étouffer.

Je voudrais tellement retrouver cette personne et lui faire subir les pires sévices…

Un corps arrive devant moi, massif et luisant.

Je reconnais les tatouages de Kane qui m'hypnotisent. Mes yeux parcourent le V de ses hanches, remontant lentement jusqu'à sa mâchoire anguleuse. Puis sur ses yeux magnifiques.

Je crois déceler une pointe de violence dans ses iris. Cette férocité est mêlée à de la tendresse qui, j'espère, m'est uniquement destinée. Depuis toujours. Ses mains viennent encadrer mon visage sans que je m'y attende, et très vite le sien se retrouve à quelques centimètres de mon oreille. Son souffle chaud me fait frémir sans que je puisse le maîtriser.

— Ce soir, je vais gagner pour toi, Joe. Sache que désormais chacune de mes victoires te sera dédiée. Je gagnerai vite et bien pour revenir à tes côtés.

Sa voix rauque pénètre toutes les fibres de mon corps, s'insinuant jusqu'à mon âme. Son odeur m'enveloppe, éveille mes sens. Il pose un baiser sur ma joue, d'une infime délicatesse, et file vers le ring sans que je puisse dire quoi que ce soit.

Mes joues me brûlent encore lorsqu'il passe entre les cordes pour entrer dans l'arène.

Bordel de merde, ce mec va finir par me provoquer une combustion spontanée si ça continue.

Une part de moi commence à s'éveiller, voulant elle aussi lui faire autant d'effet qu'il en a sur moi. Il est en train de réveiller mon démon, celui qui savait parfaitement le chambouler, qui a réussi à le posséder de bien des façons.

Elie fait semblant de s'éventer à côté de moi, se foutant de ma gueule.

— Bon sang, c'est chaud entre vous ! Je n'ai jamais vu Kane comme ça ! rigole-t-elle en reportant son regard sur son ami.

Je ris moi aussi, car elle a raison. Une tension monte peu à peu entre nous. Je ne suis pas encore prête à céder, mais il joue avec mes nerfs, sachant pertinemment comment éveiller en moi ce désir que lui seul peut provoquer.

Je n'ai toujours désiré que cet homme. C'est comme si mon corps n'était fait que pour lui, et lui seul. J'ai eu beau essayer d'avoir d'autres relations, chaque fois qu'on me touchait de manière charnelle, le feu ne s'allumait pas. Je devenais glaciale, une poupée sans âme qui se faisait posséder sans ressentir la moindre sensation.

Je me suis même demandé si je n'avais pas développé un problème. Mais lorsque Kane est entré de nouveau dans ma vie, il a ressuscité cette part de moi que je croyais détruite, disparue.

Avec lui, c'est toujours plus intense.

Mon regard se pose sur lui, alors qu'il est en train de sauter sur place, comme pour s'échauffer. Il frappe ses poings l'un contre l'autre avec force, et je sens son aura changer à mesure que sa concentration augmente. Il semble différent par rapport à la dernière fois, plus décontracté. Je me lève et m'approche du ring car, sans me l'expliquer, je suis comme aimantée par la scène.

Je me tiens près des cordes, tout le monde peut me voir, mais je m'en fiche. Muée d'un instinct qui sort de je ne sais où, je sens monter en moi quelque chose au moment où son adversaire fait face à Kane.

C'est alors que je hurle de toutes mes forces :

— Défonce-le !

Kane se retourne, choqué, mais le sourire qui apparaît sur ses lèvres ensuite vaut tout l'or du monde. Il sait qu'il a mon soutien maintenant et ça semble le libérer d'un poids monstrueux.

Sa putain de fossette apparaît, faisant battre mon cœur, et je décide de rester là malgré le fait que Ben, qui ne se trouve pas loin, me conseille de m'éloigner.

Je repousse sa main qui me tire en arrière en lui adressant un regard noir.

— Je reste ici, j'y suis très bien, annoncé-je fermement.

Comprenant que je ne bougerai pas, il se résigne et reste à côté de moi. Alors que j'observe attentivement l'adversaire de Kane, je sens ma nuque me picoter, mais ça n'a rien d'agréable. C'est une sensation malsaine, qui réussit à atteindre mon cœur pour le compresser. Je me sens observée de manière sinistre. Je cherche dans les alentours, fouillant chaque visage qui pourrait être concentré sur moi. Dans un coin en face du ring, au milieu de la foule, une sorte de groupe semble différent des autres. Un homme assez âgé parvient à capter mon attention. Il me fixe, je sais d'instinct que c'est lui. De là où je suis, je ne vois pas bien les détails de son visage, mais je remarque qu'il semble avoir des yeux bleus. Nos prunelles entament un combat que je ne compte pas lâcher. Je déteste qu'on m'épie comme ça. Un cri de la foule me force à lâcher ma cible pour regarder à nouveau le combat, mais Kane est dans une bonne posture. Je reporte alors mon attention sur le suspect, mais il a disparu. Plus une trace de lui.

Un mauvais pressentiment me saisit, mais s'efface vite.

Il faut arrêter d'être parano, ma pauvre Joe, c'est un hasard.

Mon attention se trouve de nouveau happée par le corps de Kane qui, solide et rapide, détruit peu à peu la défense de son adversaire. Je suis vraiment épatée par sa souplesse, sa rapidité. Il esquive avec une telle facilité et frappe avec force. C'est un juste contraste entre l'agilité et la puissance qui fracasse son adversaire.

Les coups pleuvent, je sens que ce sera bientôt terminé. L'homme en face de lui faiblit, laisse de plus en plus de failles que Kane s'empresse de saisir. Mais, soudainement, son regard marron crasseux se glisse vers le mien, et il semble articuler quelque chose. Je ne sais pas ce qu'il dit, mais cela provoque une réaction violente chez Kane. Un poing puissant atterrit dans la joue de son adversaire et il tombe lourdement au sol. Mon *fighter* se rue malgré tout sur sa proie et l'assène de coups, martelant son visage avec une telle brutalité que mon estomac se révulse. Cette scène me propulse instantanément dans le passé, le corps de Kane sur un homme, le bruit de la chair qui se déchire sous les assauts, la respiration du démon qui se fait de plus en plus faible. Kane qui perd le contrôle… qui m'échappe.

— Kane… murmure faiblement ma voix. Reviens… ne te laisse pas happer, ne perds pas ce combat.

— Quelque chose ne va pas, intervient Zéphyr immédiatement alors qu'il se tenait plus en retrait que nous.

— Va le chercher, s'il te plaît, il perd le contrôle… lui

demandé-je alors en le regardant droit dans les yeux, partagée entre l'impuissance et la panique.

Il hoche la tête et fait signe à Ben de le suivre Les deux colosses s'emparent de ce démon qui a pris possession de leur ami. Je ne sais pas ce qui a activé ça, mais je veux le savoir. Ce gars a réussi à allumer l'interrupteur, sachant pertinemment ce qu'il provoquerait, ce qu'il risquait.

Kane est tiré en arrière, mais il tente encore de se ruer sur l'homme étalé au sol. Le présentateur prend son pouls, et fait signe qu'il est encore en vie. Bordel de merde, le soulagement envahit chaque partie de mon être.

— Laissez-moi le crever ! hurle Kane alors qu'il lutte comme un dément pour échapper aux bras puissants de ses amis.

Finalement, je ne sais pas si mon cœur supportera tout ça…

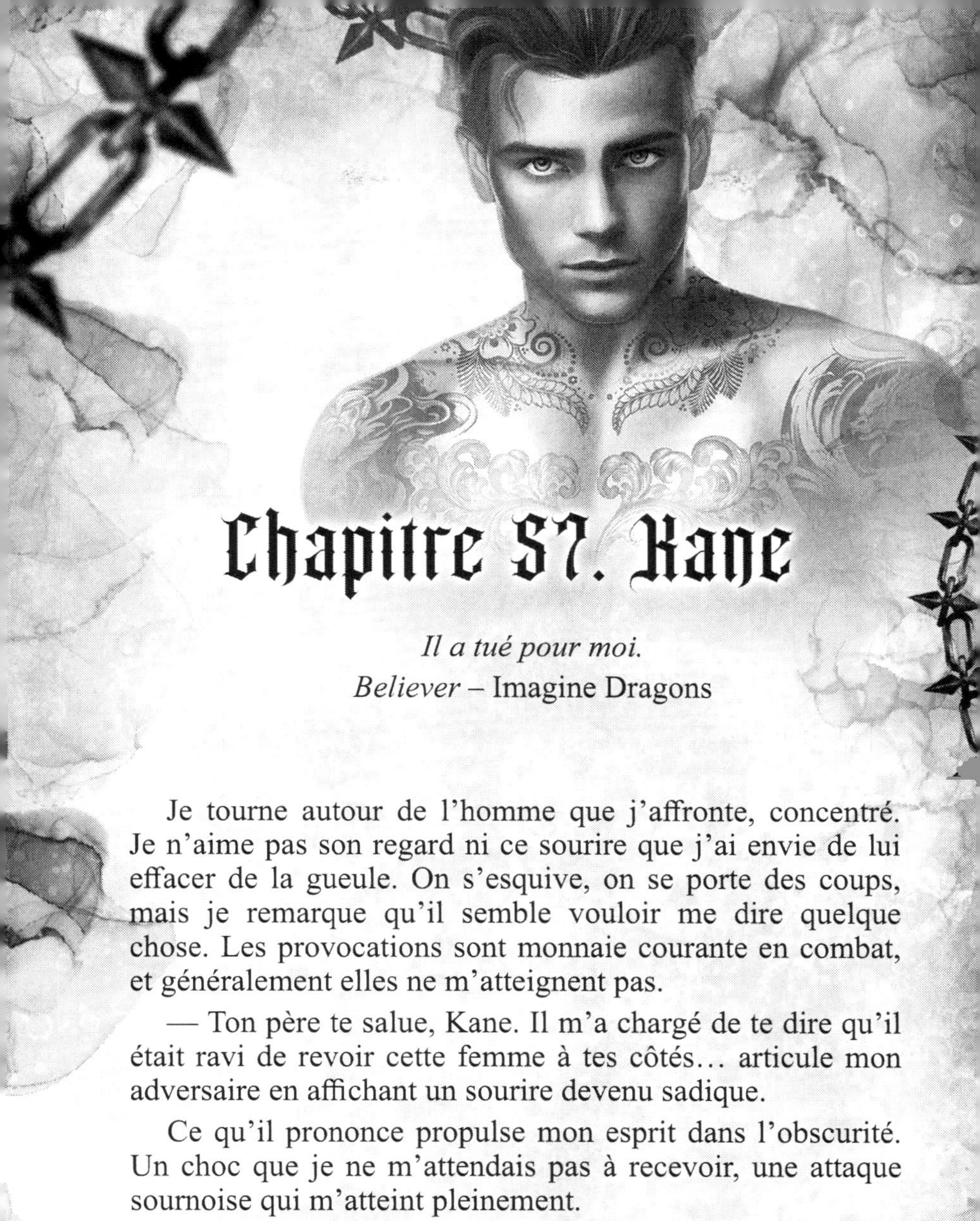

Chapitre 57. Kane

Il a tué pour moi.
Believer – Imagine Dragons

Je tourne autour de l'homme que j'affronte, concentré. Je n'aime pas son regard ni ce sourire que j'ai envie de lui effacer de la gueule. On s'esquive, on se porte des coups, mais je remarque qu'il semble vouloir me dire quelque chose. Les provocations sont monnaie courante en combat, et généralement elles ne m'atteignent pas.

— Ton père te salue, Kane. Il m'a chargé de te dire qu'il était ravi de revoir cette femme à tes côtés… articule mon adversaire en affichant un sourire devenu sadique.

Ce qu'il prononce propulse mon esprit dans l'obscurité. Un choc que je ne m'attendais pas à recevoir, une attaque sournoise qui m'atteint pleinement.

C'est une menace. Une menace envers Jordane et je ne peux le supporter. Cette fois, je la protégerai vraiment. Je ne referai pas la même erreur, cet homme ne corrompra plus notre relation. Surtout maintenant qu'elle renaît enfin de ses cendres, d'un feu qu'il a provoqué, bien que ce soit moi qui l'ai allumé.

Mon poing se fracasse presque instantanément sur sa gueule, qui ne sourit plus désormais. Il a réveillé le monstre en moi et, pour ce qu'il vient de prononcer, il mérite de crever. Je ne peux pas laisser respirer un homme à son service, un homme qui lui est dévoué. Je dois le faire vite avant que mon équipe n'intervienne et ne m'arrête. Un second coup le déséquilibre et il tombe au sol, c'est le moment idéal pour l'achever. Je vais effacer de sa tronche ce vice qu'il a osé afficher impunément, mais avant, je vais parler.

— Tu transmettras à mon paternel mon bonjour également, et surtout dis-lui d'aller se faire foutre, lui murmuré-je avant d'abattre mes phalanges sur son nez, qui se met à pisser le sang.

J'entends ses râles, ses gémissements de douleur, mais je n'en ai que faire. Je continue, continue, continue inlassablement. Je veux qu'il cesse de respirer le même air que nous, qu'elle. Je veux qu'il meure.

Son sang recouvre mes mains, l'odeur ferreuse de l'hémoglobine devrait me dégoûter, mais non, elle me régale. Une frénésie meurtrière me consume, mais je me retrouve tiré en arrière avant que je ne puisse aller jusqu'au bout.

Je lutte pour retourner sur ma proie, sur le danger qui menace celle qui m'est la plus chère.

Je ne peux pas reculer.

— Il a compris le message, mec, alors laisse-le ! me chuchote Zéphyr en galérant à me contenir.

— Il doit crever pour ce qu'il a dit ! vociféré-je, brûlant de rage.

— Et tu tuerais devant Jordane ? Elle est là, mec, elle t'attend et tu préfères te salir les mains ? crie-t-il alors pour me faire entendre raison en me repoussant vers notre coin du ring.

S'il savait… me salir les mains ne me dérange plus. Ce n'est rien si c'est pour préserver ceux que j'aime de la noirceur de ce monde. Et la mort, je l'ai apportée tant de fois pour de mauvaises raisons… que de le faire pour une bonne ne me ferait pas culpabiliser le moins du monde.

Là où il a raison, c'est que Joe me regarde. Elle épie chacun de mes gestes, observe ma violence, et je ne sais pas comment elle va l'interpréter. Elle va voir le monstre que je suis actuellement, car même si elle m'a vu tuer une fois dans le passé, ce n'était pas dans les mêmes circonstances, c'était un accident. Ce n'était pas avec la même violence, pas dans le même contexte. En ce moment, elle doit me voir comme un enragé qui ne se maîtrise pas si on le provoque. Un mec immature qui veut casser la gueule à quiconque le titille.

Ce qui n'est pas le cas, je ne suis pas comme ça.

Je dois lui faire comprendre. Mon visage se tourne vers elle, cherchant son regard gris clair. Pour qu'elle comprenne, il me faudra lui expliquer. Alors, je me calme. Je canalise ma colère, ma rage. Après tout, il n'est qu'un messager. Ce n'est pas le vrai coupable et, vivant, il pourra transmettre mon message.

— N'oublie pas mon message, connard ! Transmets-lui mot pour mot ! craché-je alors sur le corps défiguré devant moi qui ne m'entends probablement plus.

Mes amis me relâchent et je pivote vers Joe, qui porte sur son visage l'inquiétude. Je regarde tout autour de nous dans la crainte de voir mon père ou un de ses sbires. J'attrape sa main fine, tachant probablement sa peau du sang de ma victime, mais je m'en fiche.

Je dois l'emmener en dehors de la foule. À l'abri des regards.

Mes grands pas hâtifs la font presque courir derrière moi, mais je remarque qu'elle se laisse guider telle une poupée de chiffon. Elle ne résiste pas à ma pulsion protectrice, se laissant faire. Une fois que nous sommes enfermés dans le vestiaire, un silence nous inonde, créant une atmosphère pesante. Les mots ne veulent à nouveau plus sortir de ma bouche, me nouant la gorge. Je me tourne vers Jordane qui semble attendre quelque chose de moi, une chose que je peine à lui donner. Une explication à mes actes, une excuse pour mon comportement. Mais chaque fois qu'il s'agit de mon paternel, je me bloque. Elle m'a probablement entendu sur le ring… En fait, elle m'a surtout vu massacrer un homme sans la moindre pitié. J'aurais pu le tuer.

Je regarde mes mains couvertes d'hémoglobine, qui tremblent. Elles frémissent de tout ce qui brûle mon esprit : la peur, la colère, la rage ! Tout ça monte en moi comme un raz-de-marée, sans que je puisse le contrôler. Je me détourne de Joe pour faire les cent pas dans la pièce en tentant de me contrôler, car je ne veux pas me consumer.

— Qu'est-ce qui s'est passé, Kane ?

Cette voix féminine que j'aime tant ne parvient pas à rompre mon hyperactivité. Alors, mutique, je continue à marcher rapidement, tel un fauve coincé dans une cage.

— Je t'ai posé une question.

Encore et toujours son timbre m'enveloppe, mais ne pénètre pas mes barrières. Je voudrais crier, là, maintenant. Hurler ma frustration de ne pas avoir buté cet homme, mais aussi ma honte d'avoir été aussi faible. Il a encore réussi à m'atteindre, et de la plus nocive des façons. Mes mains griffent mon visage, frappent mon crâne alors que les souvenirs de ma vie passée reviennent en vague. Le sourire sadique de mon père en me regardant tuer, son expression létale lorsque je le décevais. Son regard vide de toutes émotions lorsqu'il la menaçait, menaçait de me la prendre.

Alors que je me sens envahi, des mains froides saisissent mes poignets qui brutalisent mon épiderme. Elles tirent fermement dessus et je me retrouve face à ses prunelles gris clair. Ma respiration s'accélère, mon cœur veut sortir de ma poitrine. Je voudrais tout lui dire, mais les conséquences pourraient être si terribles.

— Tu es prisonnier, Kane, prisonnier de tes secrets qui vont corrompre tellement de choses qui pourraient être saines… Je refuse de repartir sur des fondements bancals, m'assène Jordane d'un air déterminé.

Elle ne comprend pas à quel point c'est difficile.

— Libère-toi, Kane, délivre les mots qui enchaînent ton cœur au passé…

Mon palpitant se brise encore une fois face à cette fille

qui semble lire en moi tellement souvent, mais elle ne peut lire que mes émotions et non ce qui les provoque. Mes lèvres s'entrouvrent pour tenter de lâcher ce qui me hante, ma respiration s'accélère, se hache, alors que rien n'en sort. Sentant ma détresse, la douceur de ses paumes vient encadrer mon visage comme pour apaiser mes maux.

— Mon père… parviens-je à souffler avec difficulté.

Bon sang, que c'est difficile.

Chapitre 58. Jordane

Il va me le dire.
Listen Before I Go – Billie Eilish

Il va me le dire.

Je sens ses chaînes se desserrer, relâcher son cœur. C'est terrible d'être à ce point prisonnier de ses secrets, de cette vie passée qui semble corrompre sans cesse son âme. Sur ce ring, je l'ai senti de nouveau s'éloigner de moi, comme avant. Et l'angoisse est montée, montée, montée… jusqu'à ce qu'il me touche, me prenne la main pour m'éloigner du bruit et de la foule. Je n'avais pas peur qu'il tue de nouveau finalement, j'étais effrayée de le perdre encore une fois. D'être impuissante face à ce qui le hante.

Je veux savoir ce qui le ronge, le protéger, mais pour ça, je dois savoir ce qui provoque son mal-être. Ce qui bouffe son cœur.

— Mon père… souffle-t-il avec difficulté, comme si prononcer ces deux mots lui écorchait les lèvres.

Son père, sa famille… jamais je n'en ai entendu le moindre mot, la moindre allusion. C'était comme s'il vivait seul, qu'il devait survivre sans la moindre présence familiale. Ma curiosité s'accroît, mais ma peur aussi, car s'il a tellement de mal à le dire, c'est que cela doit être horriblement douloureux. Et je sais ce que c'est d'avoir des parents qui n'en ont que l'appellation. Des pourritures qui n'auraient jamais dû enfanter.

Ma main caresse sa joue avec délicatesse pour l'encourager à se libérer de ce poids. Sa fine barbe râpe agréablement la pulpe de mes doigts. Sa respiration rapide, il y a quelques instants, se fait plus calme désormais. Je sens ses remparts s'effondrer, il entrouvre ses lèvres que j'ai toujours rêvé de toucher, de lécher, de mordre… et déverse sa vérité, celle que j'attends depuis tant d'années.

— Mon père n'est pas quelqu'un de bien, Joe.

Je hoche la tête et attends la suite. Ma mère non plus ne l'est pas, ce n'est pas pour autant un secret d'État. Ça doit être plus, plus que ça.

— Il est le bras droit de la mafia locale, la mafia russe. Je bosse actuellement pour eux en tant que combattant, toute mon équipe aussi d'ailleurs.

— Tu… tu fais partie de la mafia ? m'assuré-je de comprendre.

— Ouais, on va dire ça. Je n'ai pas vraiment le choix, enchaîne-t-il en s'éloignant de moi.

OK. Assimilation en cours, digestion de l'information. L'acidité remonte dans mon estomac à mesure que les questions naissent dans mon esprit.

— Et depuis quand l'es-tu, Kane ?

Un silence de plomb nous enveloppe, il me regarde droit dans les yeux, et moi je suis suspendue à ses lèvres.

— Depuis cette soirée cauchemardesque, depuis ce jour où j'ai pris une vie en te protégeant.

Ses mots sont comme un poignard qui pénètre mon cœur, la douleur est telle que ma respiration se hache. Les souvenirs de cette nuit-là, les sensations, la crasse… puis la mort, l'odeur du sang, le bruit de ses poings qui s'écrasent sur le visage de ce monstre.

Le soulagement… ce putain de soulagement alors que finalement, pour Kane, c'était probablement le début d'une vie bien plus sombre.

— À cause de moi ? articulé-je difficilement.

Je sais ce qu'implique d'être dans la mafia, cela m'entourait, car ma mère trempait dedans. Même de loin, je sentais la mort sur les mains des hommes qui la baisaient, qui me regardaient.

Il ne répond pas, il ne dit pas les faits, mais je les connais. Son sacrifice pour me sauver l'a condamné à une vie tellement plus noire. Pour m'apporter une forme de rédemption, il s'est emprisonné dans un monde funeste.

Je peine à reprendre mon souffle, si bien que Kane s'approche de moi rapidement pour me serrer contre son corps.

— Pourquoi ? Pourquoi avoir fait ça, Kane ? Explique-moi, raconte-moi ce morceau de l'histoire dont je suis la responsable, murmuré-je presque de manière robotique, collée contre son torse.

— Tu ne veux pas le savoir, Jordane.

— Si, il le faut, répliqué-je en m'écartant pour le regarder droit dans les yeux.

Sa grande main se glisse dans mes cheveux, appuie alors derrière ma tête pour que je la pose sur son torse. Il nous guide le long d'un mur et glisse jusqu'au sol avec moi dans ses bras. Je me blottis contre lui, écoute les battements de son cœur, leur régularité. J'attends la sentence, et commence déjà à songer à comment expier mes fautes.

— J'avais besoin d'aide pour me débarrasser du corps de ce connard qui t'avait touchée. Je n'avais pas le choix, la seule personne capable de faire en sorte que cet homme disparaisse sans laisser de trace, nous innocentant par la même occasion, était mon paternel.

Il prend une grande inspiration, avant de continuer. J'entends son cœur battre un peu plus vite.

— Sauf qu'avec lui, tout a un prix. Et cette aide m'a obligé à pactiser avec le diable. Il s'est rendu compte que je n'étais pas si inutile, que je pouvais être plus que son bâtard. Il m'a alors imposé une dette que je devais rembourser en exécutant ce qu'il me demandait. Tout ce qu'il me demandait.

Sa voix devient plus rauque, cassée par les derniers mots et mon estomac se retourne. La nausée me saisit, ainsi que la culpabilité.

— Je… je ne te dirai pas ce que j'ai dû faire, Jordane. Tu n'as pas besoin de le savoir, mais ce dont j'ai besoin que tu comprennes, c'est que mon père est prêt à tout pour me pourrir l'existence. Et quand il a compris que tu étais ma source de lumière et d'humanité, il a menacé de s'en prendre à toi.

Mon cœur loupe un battement, attendant la suite.

— Il ne voulait plus que je te voie, que je te parle. Il n'acceptait pas ce bonheur que tu m'accordais, cette seule paix qui m'apaisait.

Sa respiration s'accélère, à mesure que ses émotions débordent et, bordel, je suis peut-être folle, mais je suis contente de les voir, les ressentir.

— Il t'aurait détruite, et je ne pouvais pas l'accepter, alors j'ai fait la seule chose que je m'étais promis de ne pas faire. Je t'ai brisé le cœur pour t'éloigner de moi, car j'étais finalement le danger.

Je cherche à relever la tête pour voir son visage, mais il refuse et serre plus fort ma tête contre son cœur.

— Ça a été la chose la plus dure que j'ai eue à faire. Tuer n'était rien, torturer non plus, mais briser celle que je voulais à tout prix protéger m'a déchiré. Déchiré le cœur, réduisant après ça mon humanité au néant. J'avais perdu ce qui me raccrochait à la réalité, au bonheur. Il avait gagné, Joe. Il avait remporté la victoire.

Je lutte cette fois-ci pour le voir, le regarder, car j'en ai besoin. Je veux admirer ses yeux, plonger dans ses prunelles. À genoux, je me place face à lui et observe avec fascination des larmes dévaler de ses yeux. Leur teinte est plus claire, comme nettoyée de leurs ombres.

J'encadre son visage et pose un baiser sur chacune des perles salées, preuve de sa tristesse. J'embrasse le coin de ses yeux, son front, la commissure de ses lèvres, avant de me poser doucement sur celles-ci. Si lentement que ça me fait mal, mais là, je veux panser son cœur, pas le mien.

Je veux chasser chacun de ses démons par ma présence, réparer ce que j'ai brisé. Tout du moins, essayer. Il a tant sacrifié pour simplement me sauver, tellement donné pour me laisser exister. Je continue à caresser de mes lèvres son cou, puis ses mains abîmées de donner trop de coups. Il se laisse faire, comme hypnotisé par ce que je réalise sous ses yeux.

Une étincelle s'éveille dans ses prunelles, qui s'assombrissent lorsque mes mains dessinent chacun de ses tatouages sur son torse. Le désir m'enflamme peu à peu, une pulsion presque primaire m'envahit. Je veux prendre soin de lui, de son âme. Je veux le guérir comme il a toujours tenté de me soigner.

Je me saisis de ses poignets et, en me relevant, tire dessus pour le pousser à suivre mon mouvement. Sans retenue, il se laisse manipuler, comme épuisé par ce qu'il vient de m'avouer. L'inquiétude, la peur, la colère… c'est comme s'il vivait toujours les choses plus intensément, mais refusait de le laisser paraître. Je suppose que ce comportement est une conséquence de son éducation.

Je le guide en douceur vers la douche qui se trouve dans le coin du vestiaire, prenant l'initiative de le dévêtir une fois à l'intérieur. Je défais en premier les bandages présents sur ses mains teintées d'hémoglobine. Puis, feignant l'innocence, je commence à baisser son short de sport, mais il m'arrête juste avant que je ne puisse voir plus bas.

Un feu me monte aux joues lorsque nos yeux se croisent.

— Après ça, il n'y aura plus de retour en arrière possible, Jordane. Je ne pourrai plus maîtriser ce désir que je ressens pour toi, prononce-t-il de sa voix rauque la plus sensuelle, celle qui m'a toujours fait frémir.

Je hoche la tête et descends son short, qu'il vire rapidement de la pièce. Complètement nu, j'admire chaque recoin de son corps, chacun de ses muscles, ses tatouages. Je tourne autour de lui, ma main parcourt sa peau, la caresse. Des frissons semblent l'envahir, alors que je m'empresse de mémoriser chaque partie de lui. Celles que je ne connais pas, celles que je reconnais. Comme des souvenirs sensuels imprégnés dans mon âme.

Mes doigts frôlent le haut de ses fesses musclées, elles aussi tatouées. Son corps est une œuvre d'art que j'ai hâte de savourer.

Je pose mes lèvres avec douceur sur le haut de son dos, taquine, lui signifiant que ce qu'il ressent fait écho à ce que j'éprouve. Je veux qu'il brise sa retenue, qu'il cède, ce qui ne tarde pas à arriver. Très vite, je me retrouve plaquée le long du mur, Kane m'encadrant de toute sa carrure. Ça aurait été n'importe quel autre homme, j'aurais paniqué, cela aurait fait remonter mes peurs les plus obscures… mais pas avec lui.

Sa respiration s'accélère, ses yeux sont presque noirs et j'attends. La pulpe de son doigt caresse ma joue, descendant lentement vers mon cou avant de glisser vers ma poitrine qui ne demande qu'à être touchée.

— Tu es un peu trop habillée pour prendre une douche, Jordane, me murmure-t-il à l'oreille, me faisant frissonner d'anticipation.

Il entreprend alors lui aussi de me dévêtir, tire le bas de mon tee-shirt afin de me l'ôter. Très vite, je me retrouve en soutif devant lui, son corps si près du mien.

Bordel, ce que j'aime sentir son souffle caresser ma peau brûlante…

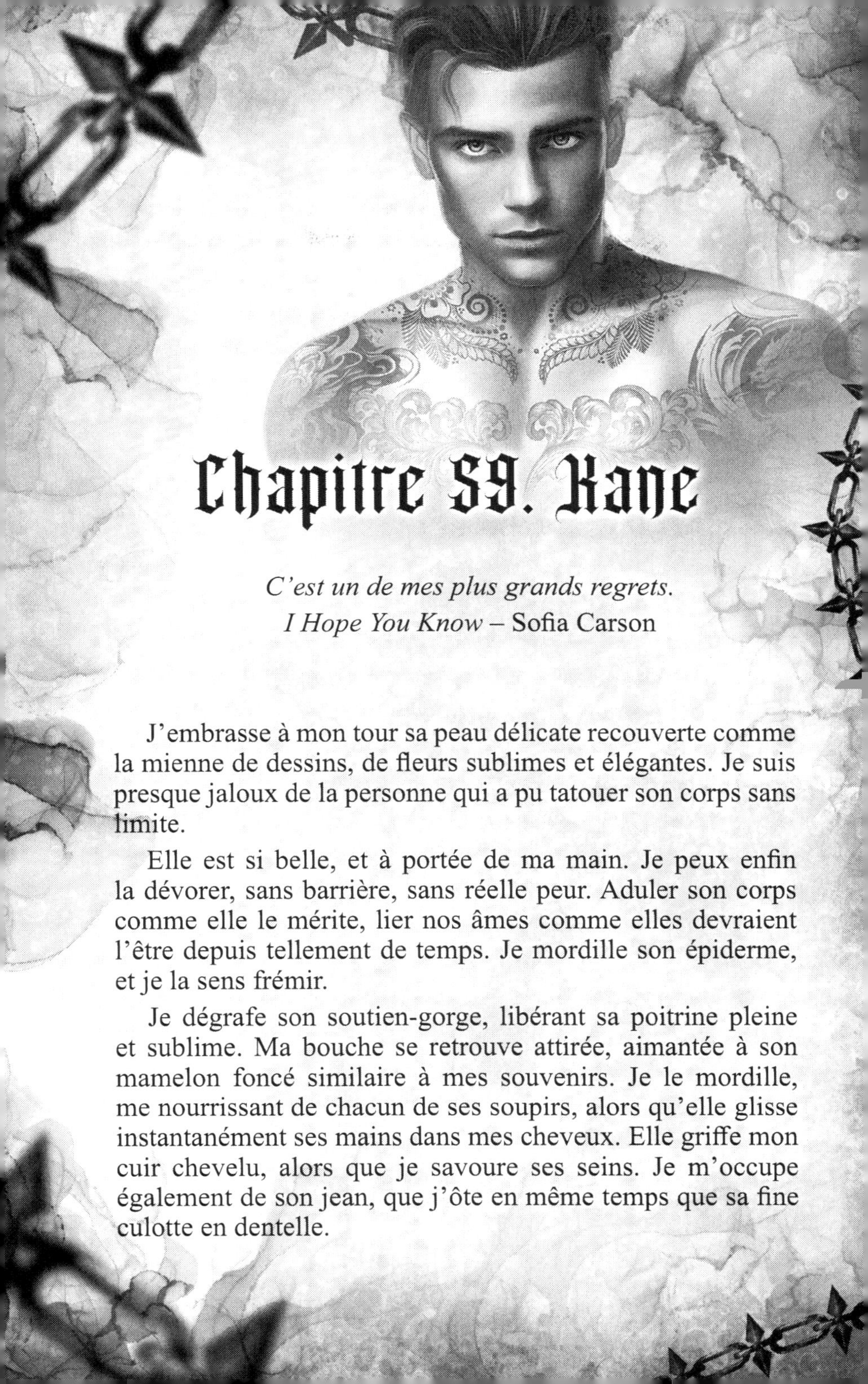

Chapitre 59. Kane

C'est un de mes plus grands regrets.
I Hope You Know – Sofia Carson

J'embrasse à mon tour sa peau délicate recouverte comme la mienne de dessins, de fleurs sublimes et élégantes. Je suis presque jaloux de la personne qui a pu tatouer son corps sans limite.

Elle est si belle, et à portée de ma main. Je peux enfin la dévorer, sans barrière, sans réelle peur. Aduler son corps comme elle le mérite, lier nos âmes comme elles devraient l'être depuis tellement de temps. Je mordille son épiderme, et je la sens frémir.

Je dégrafe son soutien-gorge, libérant sa poitrine pleine et sublime. Ma bouche se retrouve attirée, aimantée à son mamelon foncé similaire à mes souvenirs. Je le mordille, me nourrissant de chacun de ses soupirs, alors qu'elle glisse instantanément ses mains dans mes cheveux. Elle griffe mon cuir chevelu, alors que je savoure ses seins. Je m'occupe également de son jean, que j'ôte en même temps que sa fine culotte en dentelle.

Je souris en me souvenant de ce détail, Joe déteste mettre des strings, cela ne lui a jamais plu. Elle trouvait ça désagréable à porter. Elle se débat avec son habit qui reste coincé à ses pieds, avant de le jeter vers le mien. Sa nudité fait face à la mienne et c'est tellement naturel. Pas de gêne, juste deux êtres qui se retrouvent.

Depuis que j'ai avoué mon passé à Jordane, je me sens plus léger. Comme si une chape de plomb m'avait été ôtée, je me sens moins seul dans ce combat, maintenant qu'il est partagé. Elle ne sait pas encore tout, mais elle m'a enfin entendu. Elle a écouté chaque battement de mon cœur, baisé les larmes que je n'ai pas pu retenir.

Mon père m'aurait traité de femmelette, de lâche, de sous-merde… mais Joe, je sais qu'elle n'a pas pensé ça une seule seconde. C'est ce qui fait d'elle cette femme extraordinaire.

Ma bouche relâche ses mamelons rougis de mes morsures, puis mes mains viennent caresser les courbes sensuelles de son corps avec autant de délicatesse qu'elle en a fait preuve. Je me contiens, car je veux prendre mon temps. Je l'attire vers le coin avec moi, allume l'eau chaude qui se répand sur nos corps en surchauffe. Ses gestes se mêlent aux miens et c'est avec passion qu'elle se met à m'embrasser.

— Trêve de délicatesse, Kane, j'ai besoin de te sentir ! De te sentir réellement… me chuchote-t-elle en rompant notre baiser.

Ces mots relâchent mes nerfs et libèrent la bête passionnée, affamée d'elle. Je l'embrasse à mon tour avec plus de ferveur, plus de brutalité et le gémissement qui s'échappe de sa gorge me donne envie de plus. Depuis combien de temps n'ai-je pas entendu ses gémissements, cette douce mélodie faisant battre mon cœur ? Son plaisir était mon salut, sa jouissance mon apothéose. Je descends mes mains vers son intimité, me mettant en quête de cette zone sensible qui la fera trembler de plaisir. Mais avant que je n'atteigne mon objectif, elle prend en main mon sexe tendu, en érection depuis trop longtemps.

Elle commence à caresser ma queue sans retenue et je ne peux que repousser nos corps contre la surface plane qui nous entoure. Mon front brûlant entre en contact avec le carrelage frais, juste au-dessus de son épaule. Je suis en feu.

— Je t'ai devancé, Kane. Aujourd'hui, c'est moi qui vais prendre soin de toi, et non le contraire, minaude-t-elle alors qu'elle effectue un va-et-vient diabolique.

Elle veut prendre soin de moi, mais tout ce que je souhaite, c'est son bonheur. Elle me branle maintenant avec force, et le plaisir commence à me tordre les reins, je contracte tous mes muscles pour résister, pour laisser les choses durer. C'est alors que je décide de focaliser mon attention sur son entrejambe. Je glisse mes doigts dans son intimité, jouant avec son clitoris. Son corps sursaute sous mon assaut, et un sourire naît sur mes lèvres. Le front de Jordane se pose alors sur mon épaule et je la sens vibrer sous les sensations que je lui procure.

Nos halètements s'unissent, mais je sens que je vais céder en premier, alors je la pénètre de mes doigts afin d'atteindre son point G. L'avantage de se connaître, c'est que j'ai mémorisé chaque partie sensible de son être, de son anatomie. Je saisis de ma main libre sa cuisse que je relève pour avoir un plus grand accès. Elle semble en premier lieu décontenancée, car elle ralentit son rythme effréné sur ma queue, mais ne tarde pas à se reprendre. Je me mets alors à la doigter comme je sais qu'elle aime et, enfin, ses gémissements retentissent dans la douche. Je les écoute avec satisfaction, m'en gorge. Rien que de les écouter, je sens mes couilles se contracter, annonçant une imminente jouissance.

Bordel, que c'est bon ! C'est si bon que mes jambes en tremblent. Je voudrais me trouver dans sa chaleur, dans l'humidité de son intimité. Je désire exploser en elle, entre ses replis brûlants qui m'avaleraient à chaque poussée. Rien qu'à cette pensée, je jouis avec force sans retenue sur son ventre.

Depuis combien de temps n'avais-je pas éprouvé un tel plaisir ? Il se répartit dans mon corps, dans mes terminaisons nerveuses et, après cette brève déconnexion cérébrale, je me concentre pleinement sur le plaisir de Joe. Je laisse sa jambe en l'air, pose un genou au sol de manière à être à une parfaite hauteur. Sans qu'elle puisse dire quoi que ce soit, je me mets à la dévorer avec ma bouche, mordant son clitoris, le lapant comme l'affamé que je suis. Elle gémit de plus belle, passe ses mains libres dans mes cheveux qu'elle tire et griffe à nouveau. Je sens sa jambe immobilisée chercher à se resserrer, mais je l'en empêche. Je veux garder ce plein accès.

Je sens ses parois se resserrer autour de mes doigts qui la torturent. Ma langue et mes lèvres continuent à savourer son bouton de plaisir, jusqu'à ce que ses résistances se rompent en un cri de jouissance dont je me régale.

La tension se relâche dans son corps, ses doigts ne martyrisent plus mon crâne, mais se mettent à le caresser avec douceur. Nos regards se croisent et l'éclat dans ses prunelles est la plus belle chose que j'ai pu voir.

Elle attrape mon visage et m'embrasse avec passion en me poussant sous le jet d'eau, avant de s'écarter de moi. Lorsqu'elle part, je me sens gelé, malgré l'eau chaude qui se déverse sur moi. Elle revient vite avec gel douche et shampooing. Elle en prend un peu et commence à laver ma peau, chaque morceau de mon corps. Bordel, la sensation de ses mains commence à tendre mon sexe de nouveau. Elle me masse, caresse… c'est si doux que ça calme mon cœur encore agité de cette putain de soirée.

Ses cheveux bleus trempés semblent encore plus foncés, je m'empare du shampooing afin de les lui laver, prenant soin de bien lui rincer. J'aime ce moment hors du temps, un moment intime que je ne nous ai jamais autorisés à avoir.

— Tu sais, j'ai toujours rêvé de faire ça, dans le passé. De prendre soin de toi, de caresser ton corps dans un autre but que du plaisir charnel, juste pour calmer ton cœur par ma présence, avoue-t-elle, comme lisant dans mes pensées.

Je n'ai rien à répondre à ça, je refusais de le faire, car si je poussais trop loin notre relation, je n'aurais jamais pu la protéger.

— Tu m'imposais une distance qui me faisait si mal, mais maintenant, je comprends pourquoi. Si tu m'avais autorisée à plus, je ne sais pas si je me serais relevée de notre rupture.

— Bien sûr que tu l'aurais fait, tu es la femme la plus forte que je connaisse, ne puis-je m'empêcher de répliquer vivement.

— Tu n'as aucune idée de l'importance que tu as à mes yeux. Cette nuit-là, vous avoir perdus, Ella et toi, m'a poussée dans un puits sans fond dans lequel je ne cessais de me noyer.

Des excuses concernant cet événement me brûlent la langue, alors je m'empresse de les prononcer.

— Je… je suis désolé pour Ella, Joe. C'est ma faute, si je n'avais pas apporté cette putain de drogue…

Sa main se pose sur mes lèvres pour me faire taire, je ressens sa douleur comme si c'était la mienne. Son corps, auparavant détendu, semble s'être noué.

— Non, ça ne l'est pas. Tu sais, au début il me fallait un responsable et tu étais tout désigné, mais ça n'a pas duré longtemps. Finalement, ça a toujours été moi la coupable dans cette histoire. Je l'ai embarquée dans mon obscurité, mon monde… Sa mère avait raison.

Le chagrin inonde chacun de ses mots, ponctuant chacune de ses phrases. Je savais que le décès de sa meilleure amie avait eu un impact sur elle, mais je n'aurais jamais imaginé qu'il l'ait atteint à ce point. Je savais leur relation forte, mais c'était tellement plus que ça. Lorsqu'elle parle d'Ella, je perds la Joe que je connais, comme si elle se faisait aspirer dans un autre monde où les vivants n'ont pas leur place. C'est comme si elle m'échappait, et cette sensation me poignarde le cœur.

J'encadre de mes mains son visage pour que son regard sans vie désormais s'ancre au mien.

— C'est faux, Jordane, tu n'es pas responsable de cet accident. Ella n'accepterait pas que tu penses ça, jamais ! lui dis-je avec conviction.

Un frêle sourire fatigué se dessine sur ses lèvres alors qu'elle hoche faiblement la tête. Un geste résigné, mais pas convaincu. Je pose mes lèvres sur les siennes, puis embrasse son visage, son cou avec tendresse avant d'éteindre l'eau et de partir chercher une grande serviette.

J'entoure son corps et nous nous séchons mutuellement. En prenant soin l'un de l'autre, rien de sexuel cette fois-ci, juste quelque chose purement réconfortant. Même si je ne lui ai pas avoué, moi aussi j'ai rêvé de laver son corps, de la câliner, de calmer ses terreurs. D'apaiser ses cauchemars que je savais qu'elle faisait la nuit, laver son corps qu'elle pensait sale, crasseux après avoir été violée. Ce fameux soir, j'aurais voulu être à la place d'Ella. Sa meilleure amie a soigné son corps meurtri, alors que moi je n'ai pas eu le courage de le faire.

C'est un de mes plus grands regrets.

Chapitre 60. Jordane

Il s'approche de moi, prend ma main et, bon sang, que j'aime cette sensation.

Ce garçon est une ville – Pomme

Nous nous rhabillons sans un mot et, pour une fois, ce silence me fait du bien. Beaucoup de choses ont été dites ce soir, que ce soit dans les paroles ou les actes, et nous n'avons qu'à profiter de cette paix qui nous entoure pour reposer nos âmes blessées. Nous avons tous les deux tellement souffert que nous réparer ne peut se faire totalement, mais la présence de l'un aide à cicatriser les plaies de l'autre. Pendant ce laps de temps, on peut enfin respirer sans souffrance, ça fait du bien.

Cela n'efface pas, mais ça donne des instants de répit, de repos. Un sourire complice étire nos lèvres en nous regardant, je sens ses yeux dévorer chaque morceau de moi, comme aucun autre n'a jamais su le faire. Il a toujours ses yeux posés sur mon dos, sur mon cœur, et ça depuis la nuit des temps. Comme moi j'ai toujours été aimantée par sa présence, je pense que c'est parce que nos âmes se cherchaient. Ce soir, j'ai l'impression qu'elles se sont enfin trouvées.

Il s'approche de moi, prend ma main et, bon sang, que j'aime cette sensation. Nous allons devoir nous extraire de notre bulle de quiétude. Lorsqu'il s'apprête à sortir, je le sens se tendre, et une chose me revient en tête.

— Kane, pourquoi t'es-tu énervé pendant le combat ? le questionné-je alors en retenant sa main dans la mienne.

Il la serre plus fort, comme tiraillé encore une fois par le fait de m'avouer la vérité. Plusieurs secondes s'étirent, mais je ne bouge pas, fermement décidée à tout savoir désormais. Il se tourne alors vers moi, portant sur ses traits une expression mélangée de colère et d'inquiétude.

— Mon père m'a fait passer un message, il nous observe, Jordane, prononce-t-il d'une voix sombre.

D'accord, c'est donc ça. Je détourne les yeux, la peur me saisit. Pas une frayeur de ce qu'il pourrait me faire, mais ce qu'il pourrait imposer encore une fois à son fils. Son père est comme un fléau lui aussi, une épée de Damoclès au-dessus de nos têtes. Kane attrape mon autre bras et force nos yeux à se rencontrer.

— Il n'aura plus jamais une influence sur nous, Joe. J'ai décidé de le combattre cette fois-ci, je ne sacrifierai plus notre bonheur pour ce monstre, tente-t-il de me rassurer.

Ses yeux brillent de conviction, mais les ombres en moi me chuchotent que ce qui s'est passé précédemment pourrait se reproduire. Je ne le laisserai plus se briser pour me sauver, je refuse d'être de nouveau responsable de son malheur. Alors, mon regard doit changer, car il sourit face à mon expression.

Je te protégerai, Kane, cette fois-ci, je préserverai ton cœur.

On sort du vestiaire après ça et, en allant vers le ring, on tombe sur un homme qui est un peu plus grand que Kane, mais légèrement moins massif. Il s'immobilise devant nous, et je l'observe derrière le dos de Kane. Ses yeux me marquent, ils sont tels des missiles psychédéliques. Leur hétérochromie m'intrigue, c'est comme si son œil vert me scrutait l'âme et le bleu m'empoisonnait. Ses prunelles se glissent ensuite sur Kane, qui reste silencieux face à cet homme qui dégage une aura imposante.

Instinctivement, je me pose non plus derrière celui que j'aime, mais à ses côtés. Je le défendrai si nécessaire, si ce mec fait partie de la mafia, il doit être dangereux lui aussi.

— Qu'est-ce qui s'est passé sur le ring ? demande-t-il alors d'un calme qui semble n'être qu'en surface.

— Une menace, enchaîne Kane.

— De quelle ampleur ? réplique celui qui nous fait face, la colère plus présente désormais.

— Une ampleur qui nécessitait ce que j'ai fait.

Ils ne disent plus rien pendant plusieurs secondes, communiquant par des regards intenses. Je sens une tension naître de cet échange, mais pas forcément une menace pour nous. Il n'est peut-être pas si mauvais que ça…

Le gars sursaute en recevant un corps dans son dos, et un rire cristallin que je reconnais retentit dans le couloir. Un visage enfantin où deux yeux jaunes apparaissent au-dessus de l'épaule massive. Elie.

— Détends-toi, Lucifer, on va régler ça ! T'inquiète pas, on protégera notre petit Kane ! prononce-t-elle en hissant son corps pour parvenir à embrasser la joue du mec.

Kane sourit en voyant ce colosse se faire dominer par ce petit corps féminin agile.

— Je n'aime pas qu'on menace mes potes, qu'importe de qui cela vient. On s'en prend à un des nôtres, on attaque toute la bande, balance le fameux Lucifer en grommelant.

Je me détends instantanément, il n'est pas contre nous, c'est déjà une bonne chose. Kane rit doucement alors qu'Elie tente d'étirer les lèvres de l'homme en un sourire, riant elle aussi.

— Kaos, on va se détendre, Kane nous expliquera plus en détail plus tard. Là, il est avec son amoureuse, tu vois bien… minaude la furie en descendant de son dos.

Elle prend sa main et le tire en arrière, tout en nous criant que nous pouvons rentrer chez nous.

La soirée est finie. Kane se détend instantanément, chope

son sac de sport et me tire vers l'extérieur. Le couloir est vide et c'est juste parfait.

Lorsqu'on sort, une pluie fine tombe sur nos visages pendant que nous regardons tous les deux vers le ciel. Cette sensation me fait un bien fou, alors je ferme les yeux, savourant cette fraîcheur et l'odeur de la pluie.

Lorsque j'ouvre de nouveau les paupières, je remarque que Kane m'observe attentivement.

— Tu as toujours aimé la pluie… me dit-il comme une évidence.

— Comment le sais-tu ? le questionné-je en esquissant un sourire.

— Je t'ai toujours observée, comme si tu ne le savais pas, réplique-t-il sérieusement.

— Tu sais que ça pourrait m'effrayer des propos pareils ? Ça fait un peu stalker, le taquiné-je alors en faisant mine d'être choquée.

— Ouais, je dois dire que tu es celle qui obsède mes pensées depuis beaucoup trop d'années. Ça devrait être illégal d'entrer dans le cœur de quelqu'un comme ça, me balance-t-il en s'approchant de mon cou, écartant doucement mes cheveux mouillés avant d'y déposer un léger baiser.

Il réussit une fois de plus à faire encore accélérer mon cœur, le rouge me montant aux joues. J'avance alors et il s'aligne sur ma démarche pour que l'on chemine l'un à côté de l'autre. Il sort de son sac un autre sweat qu'il pose sur ma tête, il porte son parfum et je me surprends à le humer avec satisfaction.

— Tu sais que tu ne le récupéreras jamais, n'est-ce pas ? Adolescente, j'ai toujours voulu te voler un de tes sweats pour le garder auprès de moi. Tu n'aurais jamais dû faire ça, lui avoué-je en regardant droit devant moi.

— Tu sais que tu es flippante toi aussi ?

— Ouais, je sais, mais bon on est un duo atypique, que veux-tu ! Deux obsessionnels abîmés par la vie. Finalement, on s'est bien trouvés étant enfants, tu ne crois pas ?

— Clairement, et pourtant je n'ai pas eu une bonne impression de toi au début, se met-il à rire sans la moindre gêne.

Il attise ma curiosité, je veux savoir ce qu'il a pensé de moi le premier jour de notre rencontre.

— Ah oui ? C'est-à-dire, raconte-moi !

— Tu parlais tout le temps ! Un vrai moulin à paroles…

— Et toi, tu ne parlais jamais ! J'avais l'impression que je n'arriverais jamais à te faire lâcher un mot ou à te faire sortir de tes gonds. C'était même devenu un de mes objectifs de vie d'enfant. Puis, on a construit quelque chose qui m'a permis d'avancer dans notre monde…

Le silence nous surplombe de nouveau après ma confession. J'attends de voir ce qu'il va répondre, je reste suspendu à ses lèvres.

— Pour moi, tu es devenue le centre de mon existence, Joe. Celle sans qui je ne tournais plus rond, sans qui je semblais disparaître.

Boum, boum.

On arrive dans la rue où se trouve ma maison, qu'il connaît parfaitement. Elle renferme aussi la sienne. Je le sens se tendre en observant le fond de la ruelle à mesure qu'on avance, qu'on s'approche de ces deux habitations qui ont enfermé tellement de souffrance, mais aussi tant de souvenirs.

Ces deux maisons dans lesquelles nous avons grandi du mieux que nous avons pu le faire.

— Tu habitais avec ton père ? osé-je le questionner d'une voix douce alors que je m'assois avec lui sur le pas de la porte.

La pluie a cessé et je serre désormais son sweat humide le long de mon corps. Je vois ses mâchoires se serrer et je m'en veux de raviver des réminiscences qui réveillent ses ombres, alors que nous passions un moment agréable.

— Non, je ne le voyais que très peu tant que je ne faisais pas de vague. Je vivais tout seul dans cette baraque crasseuse.

Mes lèvres font un « o » parfait en apprenant cette information. Finalement, nous nous sommes retrouvés affublés de responsabilités qui n'auraient jamais dû être confiées à des enfants de nos âges. Nous avons dû grandir plus rapidement que d'autres, perdant par la même occasion cette âme pleine d'innocence. Volée de la plus sale des façons.

Chapitre 61. Kane

On a vraiment eu des parents merdiques.
Your Blood – Aurora.

Lorsque l'on s'est retrouvés près de la maison de Jordane, je me suis senti bizarre. L'atmosphère de cette rue m'a envahi, un mélange de nostalgie et de déception. Une douceur amère, une sensation qui a rythmé toute mon enfance. La douceur d'une caresse et la rudesse d'un coup de poing dans le bide, voilà ce que c'était de vivre dans notre monde. Joe était la caresse, bien qu'elle soit aussi parfois les griffes… le reste n'était que dureté.

Je déglutis en regardant ma maison, enfin ce qui ressemblait le plus à mon chez-moi lorsque j'étais enfant. Les murs semblent vouloir s'effondrer, tant il y a des fissures qui les parcourent. Insalubre, puant la moisissure… mais à l'intérieur de ma chambre, je pouvais être moi. Je pouvais pleurer enfant, crier adolescent. Fantasmer aussi, sur ce qui me semblait inaccessible, interdit.

Lorsque mon père n'était pas là, je me libérais un peu avant de me cloisonner à l'extérieur.

Je prends une grande bouffée d'air nocturne pour tenter

d'apaiser le trouble que revenir ici provoque. Je suis là, assis à côté de celle que j'aime et je m'en veux quelque part d'être encore impacté par ce passé. Par cette enfance malheureuse parfois, mais vivante à d'autres moments.

La tête de Joe se pose sur mon épaule, ce qui me fait sursauter légèrement, tellement j'étais plongé dans ma contemplation.

— On a vraiment eu des parents merdiques, prononce-t-elle dans un murmure.

Elle a raison, mais elle parle presque d'eux au passé alors que pour moi, ils sont bien réels dans le présent. Jordane a réussi avec le temps à assimiler que sa mère ne reviendrait plus. Moi, je sais que cet homme épie chacun de mes mouvements, chacune de mes relations. La preuve est encore là ce soir, il sait. Il a toujours su.

Il est comme une ombre qui me suit, qu'importe l'endroit où je me trouve. Elle attrape mes chevilles pour freiner mon corps, l'empêchant d'aller de l'avant. Quelque part, j'envie Joe de ne plus avoir sa mère, elle ne l'empêche plus d'exister.

Des bruits de pas retentissent, et on voit apparaître dans l'obscurité une silhouette. Il titube un peu, comme soûl. Jordane observe attentivement, avant de foncer sur le gars. J'ai envie de la retenir, car on ne sait pas qui ça peut être.

— Cameron ! souffle-t-elle en se précipitant pour le soutenir.

Mon Dieu, le frangin est complètement ivre et se met à rire comme si ce qu'elle venait de dire était la chose la plus hilarante du monde.

— Mais… tu as bu ? C'est pas vrai, Cam », dans quel état tu es ! s'inquiète Jordane, face à son frère méconnaissable.

— Je vais très bien, peine-t-il à articuler en la repoussant.

La douleur qui se peint sur les traits de Joe me fait mal au cœur.

— J'ai pas besoin de toi ! Tu n'es pas ma mère ! Maman, elle m'aime moi… pas toi…

Son discours n'a ni queue ni tête, hachuré par des

phrases plus hautes que d'autres. Il délire complètement. Je m'approche de lui pour soutenir sa sœur dans le but de le faire rentrer au chaud. Ses vêtements sont trempés.

— Tiens, t'es là toi ? Qu'est-ce que tu fous ici ? Tu es venu pour foutre de nouveau la merde ?

Douche froide.

— Cameron, la ferme.

Les mots sont tranchants, brutaux. La colère émane de l'injonction, si bien que l'attention du petit frère se reporte sur sa sœur.

— Tu t'es fait avoir… tu vas encore partir ?! Tu ne fais que ça, partir… et après tu te permets de ne pas prendre en compte mes sentiments, alors que tu passes ton temps à les piétiner !

Lui aussi semble dans une fureur monstrueuse, il s'approche de Jordane pour n'être plus qu'à quelques centimètres de son visage.

— Je sais la vérité, frangine. Je sais que cet homme est un meurtrier et qu'il a brisé notre famille, murmure-t-il suffisamment fort pour que je l'entende.

Un coup de poignard me transperce, mais ce n'est rien face au visage qu'affiche Jordane. Il n'affiche plus la moindre expression, comme si les émotions qui devraient déborder d'elle avaient été inhibées.

Une claque tombe avec force sur la joue de Cameron, le déséquilibrant.

Un petit rire narquois sort d'entre les lèvres de l'adolescent, avant qu'il ne relève la tête vers sa sœur.

— Finalement, tu critiquais maman, mais tu n'as jamais été mieux qu'elle. Vous vous ressemblez plus que tu ne le crois.

Il fait exprès de frapper là où ça fait mal et, avant que Jordane n'explose, je me saisis du gamin, qui même en se débattant ne fait pas le poids.

Je le rentre en colère. Ses mots sont comme du venin pour celle que j'aime et qui a toujours tout fait pour ce petit con qui s'agite sur mon épaule.

Lorsque je le pose dans sa chambre à l'étage, il tente de me pousser avec violence, mais c'est peine perdue. Sa carrure de crevette face à mon corps de tueur ne peut pas faire l'affaire.

— Tu ne devrais pas dire de telles choses à ta sœur, elle est là pour toi ! prononcé-je en croisant les bras sur mon torse à l'entrée de la chambre.

— Et tu vas faire quoi ? Me casser la gueule comme lorsque tu te *fights* ? Vas-y, j'attends que ça… siffle-t-il avant de finalement s'asseoir sur son lit.

Ce gamin est mal, je le sens. Il combat lui aussi ses démons, mais il a toutes les cartes en main pour arriver à le faire. Il suffit de savoir les lire, sauf qu'il est aveugle.

— Qu'est-ce qui te rend autant en colère ? le questionné-je alors pour tenter de découvrir ces sentiments.

— Occupe-toi de ton cul, toi qui as les mains si sales. Tu as brisé notre famille… réplique-t-il faiblement en frottant son visage de ses mains.

Ses mots, c'est comme si ce n'était pas vraiment les siens. Comme s'il essayait de se convaincre de tout ça.

— Tu as raison, je ne suis pas quelqu'un de bien. Je ne l'ai jamais été, en revanche, ta sœur est quelqu'un de magnifique et tu le sais parfaitement.

Il ne répond pas et s'allonge dans son lit. Il me tourne le dos et je sens que la conversation va s'arrêter là.

— Arrête de la faire souffrir, Cameron, elle ne le mérite pas.

Sur ces mots, je referme la porte derrière moi et redescends dans le salon où je trouve Jordane assise sur le canapé. Son regard est vide, comme si son âme était partie de son enveloppe charnelle.

Je vois l'épuisement sur ses traits, la fatigue de se battre contre une succession d'emmerdes qui n'arrête pas d'apparaître. Mais Jordane est une guerrière, même si elle faiblit quelquefois, elle revient plus forte encore les secondes d'après.

Je m'assois à côté d'elle et la prends dans mes bras. Son mutisme me fait mal, mais je le comprends. Parfois, les mots ne servent à rien, alors je caresse ses cheveux avec tendresse, la berce doucement pour apaiser sa souffrance.

Elle ne pleure pas, mais je sens son cœur pleurer.

Elle ne montre aucune larme, mais je sais qu'elles sont là.

Nous restons ainsi jusqu'à ce qu'elle s'endorme. Je la porte jusqu'à sa chambre, la glisse dans son lit, recouvre son corps de sa couette. Je regarde ensuite la pièce qui n'a pas changé. Elle est restée la même que dans mes souvenirs. Le papier peint bleu clair, les posters de groupes de rock que Jordane kiffait adolescente, une table où ses parfums trônent. Je m'approche de celui que je préfère, celui qui la représente. Je le touche avant de l'amener près de mon visage. Une douce odeur de jasmin me régale tant, que je ferme les yeux en la sentant.

Je le repose et, dans le salon, je cherche un papier pour écrire un mot avant de rentrer chez moi. Je n'ai pas envie de partir, mais je vais laisser un peu d'espace à Jordane afin qu'elle puisse respirer.

Demain soir, je la revois, et il me tarde de passer ce moment avec elle. En sortant de chez elle, je me hâte dans les rues. Je suis heureux de cette soirée, bien qu'elle fût un peu en demi-teinte par moments, mais après tout, ce ne serait pas nous si la vie ne nous ne malmenait pas un peu.

Nous sommes habitués et, quoi qu'il arrive, nous combattrons.

Les heures passent et toujours pas de Jordane en vue, je me ronge les ongles, car toutes sortes de théories me passent en tête.

Elle regrette peut-être hier ? Il lui est arrivé quelque chose ? Elle est malade ? Mes mains se glissent dans mes cheveux pour tenter de maîtriser ce flot de questionnement qui me submerge, regrettant de ne pas avoir pris son numéro de téléphone.

Une voix en moi m'intime d'aller voir chez elle, une autre me conseille de lui foutre la paix.

Je vois le patron passer, et je ne peux que le suivre dans son bureau. Il s'assoit en faisant comme si je ne me retrouvais pas devant lui au lieu de bosser comme je devrais le faire.

Un silence s'étire, alors que je pose mes mains sur la chaise.

— Besoin de quelque chose, Kane ? demande-t-il avec une innocence feinte.

— Tu…

Son regard noisette croise le mien, attendant patiemment que je verbalise ce que je désire. Ma langue passe sur mes lèvres, brûlant de savoir.

— Tu as des nouvelles de Jordane ? Je ne l'ai pas vue ce matin…

— C'est possible.

C'est tout ? J'en veux plus. J'ai même besoin de plus et il le sait.

— Et… rien de grave, j'espère ? réponds-je en feignant un peu l'indifférence.

Je ne veux pas révéler ce qu'est devenue notre relation, car je ne sais même pas ce qu'elle est à l'heure actuelle ni ce que Jordane voudrait révéler. Des secondes aussi longues que des heures s'étirent avant que le patron ne se mette à sourire. Un vieux sourire sadique.

Il a parfaitement conscience de mes sentiments et il a décidé d'en jouer, le con.

— Dis-moi ou je vais devenir taré… ne puis-je résister à lui avouer.

— Elle va bien, elle s'occupe juste de son petit frère, rit-il alors face à ma perte de contrôle.

Bordel, quel vieux con quand il s'y met ! Il se régale de me voir comme ça. Je le soupçonne de m'observer depuis mon arrivée, jubilant de me voir perturbé comme ça.

— Est-ce que je pourrais avoir son numéro ? J'ai besoin de la contacter, tenté-je alors, afin d'obtenir un moyen de me rassurer.

— Non. Je ne donne pas les informations personnelles de mes employés, donc tu devras faire sans.

C'est tout à son honneur, et à regret que je sors de la pièce pour retourner au taf. Maintenant que je sais qu'elle va relativement bien, je n'ai plus qu'à espérer qu'elle trouve mon mot.

Il faut que je me mette au travail rapidement, tout en réfléchissant au rendez-vous de ce soir.

J'ai prévu quelque chose qui devrait lui plaire.

Chapitre 62. Jordane

Elle est revenue !

Monster – Imagine Dragons

Lorsque je me réveille dans mon lit, je suis en premier lieu surprise. Je ne me souviens pas m'être couchée et encore moins dans ma chambre. Je m'assois sur le bord du matelas et constate que je suis encore habillée. Mon jean colle à ma peau, si bien qu'il m'irrite.

Je frotte mon visage en songeant à la soirée d'hier. Bon sang, quel foutoir. C'est un mélange de joie, de peine, de culpabilité, de soulagement, de colère… d'amour, de tendresse, mais aussi de brutalité.

Tout ça m'a épuisée et j'ai dû m'endormir dans le canapé après que Kane a escorté Cameron dans sa chambre. Ses mots me reviennent comme des dagues se fichant dans mon cœur, rouvrant ses plaies à peine refermées.

La colère et la haine qui sortaient de sa bouche m'ont désarçonnée. Il a évoqué des choses dont il ne savait rien, cela m'a perturbée.

Comment a-t-il découvert ça ? Comment le sait-il ?

Une boule est née dans ma gorge depuis cet instant, comme

un mauvais pressentiment. Je regarde l'horloge au mur et découvre qu'il me reste au moins deux heures avant de me rendre au travail. Heureusement que j'ai pris l'habitude de me lever tôt et que mon corps se réveille naturellement, car j'avais zappé le réveil.

Je vais dans le salon pour chercher ma veste dans laquelle se trouve mon téléphone. Bordel, presque plus de batterie ! J'entends du bruit à l'étage, des pas qui se précipitent, suivis de vomissements peu élégants.

Je compose alors le numéro du patron pour lui demander ma journée. Je vais surveiller mon frère, l'aider à se remettre de sa gueule de bois et, s'il se casse, je suis bien décidée à le suivre. Je dois juste être de retour avant dix-neuf heures, car Kane vient me chercher vers cette heure-là. Je n'ai pas son numéro, d'ailleurs.

Les sonneries retentissent dans mon oreille, rompue par la voix rauque ensommeillée de papy.

— Qui ose m'appeler si tôt ? grogne-t-il d'un ton bourru.

— Bonjour, papy, je suis désolée de te déranger, mais j'ai un problème avec mon petit frère que je vais devoir résoudre aujourd'hui… Je ne pourrai donc pas venir au garage.

— Rien de grave ? demande-t-il alors, un peu inquiet.

— Non, mais je vais devoir prendre congé quand même.

— Pas de problème, prends soin de toi, gamine, lance-t-il avant de raccrocher.

Il ne m'a pas laissé le temps de le remercier qu'il a déjà raccroché. Je sors le chargeur de mon téléphone et le branche pour le recharger.

Je m'approche de la cafetière et trouve alors un mot posé dessus.

Je savais que tu prenais du café le matin… N'oublie pas notre rendez-vous, soit prête à 19 h *30, car je passerai te chercher. Voici mon numéro : 213-509-6995, tâche de l'enregistrer et de me donner des nouvelles demain !*

P.-S. : Tu me manques déjà.

Kane

Je souris face au bout de papier, comme une idiote. Le bruit des vomissements de Cam' rompt ma bulle, mais je le laisse dans sa merde. Il a voulu boire, il doit apprendre ce que ça engendre. On est tous passés par là.

Je lui apporterai simplement un médoc pour le crâne après qu'il aura fini de rendre ses tripes.

J'allume la radio, puis sélectionne la station musicale que j'adore avant de m'affaler dans le canapé, un bon bol de café bien chaud à la main. L'odeur de l'or noir me ravit et me pousse à m'allumer une clope juste après. Pour le moment je le sirote, réveille mes sens et savoure le karma qui se venge sur Cameron.

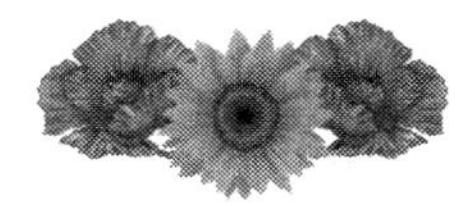

Une heure plus tard, je me rends dans la chambre de mon frère avec un verre d'eau et un médicament en main. Il est assis sur son lit, des cernes trônent sous ses yeux. Il a l'air épuisé.

J'entre, lui tend ce qui va le soulager et, lorsqu'il s'en empare, je me dirige vers la fenêtre pour ouvrir les rideaux qui plongeaient la pièce dans une demi-obscurité.

Il grogne à la vue de la lumière, mais ne dit pas un mot de plus avant d'avaler le médicament et de descendre le verre d'eau dans son intégralité.

— Merci, balance-t-il finalement sans vraiment me regarder, me rendant le gobelet.

Il se lève ensuite, s'empare d'une serviette et sort de la chambre sans une seule fois croiser mon regard, puis je l'entends descendre les escaliers pour s'enfermer dans la salle de bains.

Je regarde sa chambre, qui était auparavant une sorte de grenier. Grand-mère et moi l'avons aménagée pour qu'il puisse avoir son chez-lui, sa bulle. Je m'apprête à en sortir lorsque mon regard est attiré par une carte rouge sang, contrastant avec la couleur blanche de la table de nuit.

Je m'en empare et y trouve le nom de ce qui ressemble à un bar. Le *Red Neon.* L'écriture est élégante, fine, mais la couleur sanguine du fond me colle des frissons.

Il n'y a rien d'autre qu'une adresse, pas d'autre précision. C'est peut-être là-bas qu'il a pu boire malgré le fait qu'il soit mineur. J'irais bien leur dire ce que je pense de ce genre d'établissement sans le moindre scrupule.

Soudainement, je me demande comment Cameron a pu se payer l'alcool… On a donc dû lui offrir et, si c'est le cas, il est possible que ce soit un adulte qui soit son complice de beuverie.

Il faut vraiment que j'éclaircisse tout ça. Je range la carte dans ma poche, me réservant un créneau pour aller rendre visite à ces professionnels douteux.

Je sors et redescends dans le salon. Je me saisis de mon carnet de croquis et de mon crayon de papier qui est toujours sur la table basse. Je patiente en dessinant ce qui me passe par le crâne, mais pas vraiment concentrée non plus. Je veille sur ce que Cameron fait et, s'il sort, je suis prête à le suivre de près.

Les heures passent, il est bientôt cinq heures de l'après-midi et je commence à désespérer de le voir sortir. Je n'aurais jamais cru avoir envie de le voir vadrouiller dehors un jour. Soudain, des bruits de pas rapides retentissent dans les escaliers. Enfin !

Il enfile un gilet sweat et se barre sans dire un mot, sans un au revoir, sans un regard… et ça me pince le cœur. La distance entre nous est de pire en pire, c'est devenu un fossé presque infranchissable. Mon petit frère me manque, sa chaleur me manque. Sans lui, je me sens terriblement seule dans cette maison.

Je le vois partir dans la rue par la fenêtre et je m'empresse d'enfiler ma veste en cuir avant de sortir et de commencer à le suivre discrètement. Il avance dans une rue à droite et je me dépêche afin de ne pas le perdre de vue. Je ne veux pas trop m'approcher pour ne pas me faire griller, mais tente de rester suffisamment près pour ne pas le paumer.

La filature se réalise sur plusieurs kilomètres, avant qu'il ne s'arrête devant un établissement où trône au-dessus de la porte en lettres rouges l'enseigne : *Red Neon*.

Mon cœur s'accélère et mon mauvais pressentiment également. Lorsqu'il pénètre à l'intérieur, je me retrouve tiraillée entre l'envie de le suivre ou de remettre à plus tard cette confrontation. Il est déjà tard… mais mon instinct me pousse à aller voir à l'intérieur, le danger que je sens émaner de cet endroit ne me rassure en rien.

Je me stoppe face à la devanture qui, avec la tombée de la nuit qui arrive, ne va probablement pas tarder à s'illuminer.

Mon cœur s'accélère, résonne dans mon corps lorsque j'entre dans l'établissement. Tout de suite, je comprends ce qu'il renferme. Ce n'est pas un bar lambda, c'est plus que ça. Des femmes dénudées ne portant que de fins habillées de soie s'activent un peu partout pour préparer la salle. Certaines semblent beaucoup trop jeunes pour être ici, d'autres ont sûrement mon âge.

Je détourne mon regard de ces abeilles affolées qui semblent perdues dans cette grande ruche pour me mettre à chercher Cameron. Je le retrouve accoudé au bar à côté d'une femme. Elle porte elle aussi de la soie, de longs cheveux noirs descendent dans son dos. Sa peau semble un peu abîmée par le temps, plus que les autres filles que je vois actuellement.

Une pointe d'amertume se glisse sur ma langue sans que je sache vraiment pourquoi. Je m'approche lentement, comme happée par ce désir de découvrir le visage de cette personne qui change à ce point mon frère. Je dois le voir pour m'assurer que ce n'est pas ce que mon cœur redoute. Ça ne peut pas être possible. Alors, ma main se tend pour se poser sur l'épaule de la femme, qui se tourne vers moi vivement. Nos yeux se croisent, si différents. Les siens, vides de toutes âmes, les miens, voyant un fantôme réapparaître. Un sourire qui me fait frissonner naît sur ses lèvres.

— Joe ! Merde, mais qu'est-ce que tu fais là ?! s'énerve tout de suite Cameron, paniqué de me voir ici.

J'entends sa voix comme si elle était à des kilomètres,

tellement je suis choquée de la voir.

Ma mère, putain. Elle est revenue !

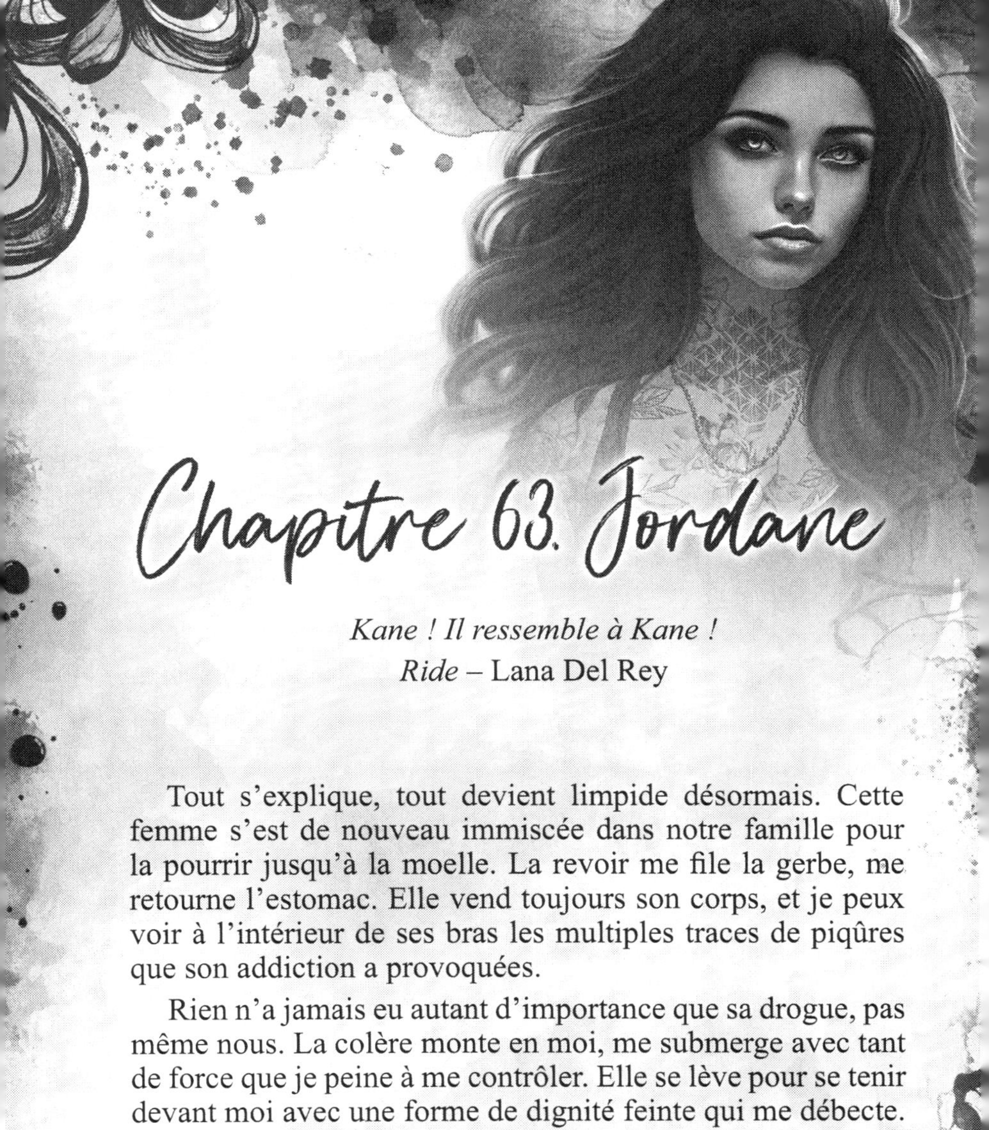

Chapitre 63. Jordane

Kane ! Il ressemble à Kane !

Ride – Lana Del Rey

Tout s'explique, tout devient limpide désormais. Cette femme s'est de nouveau immiscée dans notre famille pour la pourrir jusqu'à la moelle. La revoir me file la gerbe, me retourne l'estomac. Elle vend toujours son corps, et je peux voir à l'intérieur de ses bras les multiples traces de piqûres que son addiction a provoquées.

Rien n'a jamais eu autant d'importance que sa drogue, pas même nous. La colère monte en moi, me submerge avec tant de force que je peine à me contrôler. Elle se lève pour se tenir devant moi avec une forme de dignité feinte qui me débecte.

Cameron se place entre nous pour la protéger, et moi, mon cœur se brise. Il prend son parti… elle a dû corrompre la pureté de mon petit frère pour l'envoûter, le monter contre moi.

— Bonjour, ma fille. Comme tu es belle… tu m'as tellement manqué, tu sais… lâche-t-elle avec une sublime imitation d'émotion, comme la parfaite comédienne qu'elle est.

Les mots restent bloqués dans ma gorge, je suis tellement choquée de la voir que je ne peux plus rien faire.

Elle pousse alors Cameron pour s'avancer vers moi, osant caresser ma joue avec tendresse. Si elle savait comme j'ai toujours souhaité cette douceur alors qu'elle ne cessait de m'apporter de la violence.

— Tu ressembles tellement à ton père… souffle-t-elle doucement avant de s'approcher de mon oreille. C'est ce qui me dégoûte le plus en te voyant.

Le voilà, le venin. La haine qu'elle a toujours ressentie pour moi, pour cette enfant qui est née et qui a tant souffert de simplement exister. On ne devrait pas faire de mômes si c'est pour les détester. Un enfant mérite d'être chéri, aimé, mais la femme qui est en face de moi maintenant n'en a jamais été capable. Elle n'aime qu'elle-même.

Elle s'éloigne de moi, et l'odeur sucrée de son parfum cesse de me révulser.

— Je suis désolée pour votre grand-mère… J'aurais aimé être présente, mais je dois travailler dur désormais pour vivre. Ce n'est pas facile tous les jours… Heureusement, ton frère m'aide régulièrement, minaude-t-elle en posant sa main avec affection sur la tête de Cameron, qui semble fondre face à ce contact.

Il… mais comment fait-il pour l'aider ? La panique monte en moi et ma respiration s'accélère.

— Il a accepté hier de travailler pour mon patron, c'est vraiment un brave garçon, tu ne trouves pas, Jordane ? Dévoué à sa mère, qui l'aime énormément, continue-t-elle en caressant sa joue tendrement.

J'ai envie de vomir, ce n'est pas possible, il n'a pas pu faire ça… Ma mère a toujours été prisonnière de ses vices, mais également de la mafia, alors si Cameron bosse pour son patron, cela veut dire qu'il a accepté de travailler pour la mafia.

— Mais… Cameron… sais-tu ce que tu as fait ? As-tu conscience de la merde dans laquelle tu t'es mis pour cette femme qui nous a abandonnés ? commencé-je à m'énerver.

— Non, elle ne nous a pas abandonnés ! Vous l'avez chassée, elle s'est retrouvée à la rue à cause de vous ! Sans argent, dans l'obligation de vendre son corps pour survivre !

— Mais elle a toujours fait la pute ! Elle le fait depuis ta naissance, et bien avant la mienne aussi ! C'est moi qui te préservais de ça pour que tu ne subisses pas ses penchants. Tu n'as aucune idée de ce qu'elle est, Cameron ! hurlé-je alors sur mon frère en le saisissant par les épaules.

— Elle a besoin de moi ! Elle m'aime, Joe ! J'ai besoin d'elle… réplique-t-il lui aussi en haussant la voix, mais qui tremble malgré tout.

Il semble tellement perdu entre ma vérité et celle qu'il a entendue de notre génitrice. Bon sang, on aurait dû tout lui dire depuis le début… On a voulu le préserver, mais on a surtout laissé une brèche dans laquelle ce démon a su s'immiscer.

Des claquements de mains retentissent dans mon dos, me faisant sursauter. Lorsque je me tourne, un homme en costard classe marche vers nous, affublé de deux colosses qui l'encadrent. Ma respiration se coupe lorsque je détaille ses traits. Ses yeux… bordel de merde, j'ai déjà vu ses yeux quelque part. Leur couleur bleu clair m'hypnotise… Kane ! Il ressemble à Kane !

Il s'approche de moi, avant de me tourner autour comme un vautour. Sa carrure est athlétique et il est grand, presque plus grand que Kane. Je sens son regard me transpercer, me scruter de la pire des façons. Lorsqu'il revient vers moi, je prends soin d'énumérer toutes les différences qui existent entre cet homme et celui que j'aime.

Plus âgé, un visage plus ridé encadré d'une barbe brune grisonnante plus prononcée et des cheveux coiffés parfaitement. Cet ensemble lui donne un air plus sévère, mais c'est surtout son regard glacial, dénué d'émotion qui m'impressionne. Comme s'il était dépourvu de la moindre humanité.

Un sourire formel apparaît sur ses lèvres pleines, dénué de la moindre chaleur. Il tend sa main vers moi, probablement pour me saluer.

— Enchanté de vous rencontrer enfin, Jordane. J'ai beaucoup entendu parler de vous, ma chère… de la meilleure des façons, commence-t-il d'une voix grave et rauque, presque séductrice.

En voyant que je ne lui saisis pas la main, il la retire en riant.

— Vous ne manquez pas de caractère, jeune fille, j'aime ça, constate-t-il alors en allant vers le bar.

— Vous êtes le père de Kane, ne puis-je m'empêcher d'affirmer en le suivant du regard.

Il hoche simplement la tête, avant de faire signe à Cameron de se rapprocher de lui. Mon instinct de protection tente d'attraper mon frère avant qu'il n'y aille, mais il est plus rapide que moi.

Le père de Kane passe son bras autour des épaules frêles de Cam' et la bile me monte dans la gorge encore une fois.

— Ton petit frère a accepté de travailler pour moi afin de soulager la dette financière de ta mère, tu te rends compte ? Le courage dont il a fait preuve. Mon fils n'en a pas eu autant, je peux te le dire. Il n'a jamais eu les couilles de bosser pour moi de son plein gré, c'est honteux, avoue-t-il comme s'il parlait de la pluie et du beau temps.

Comme si travailler pour lui était une promenade de santé. Je dois faire quelque chose, je ne peux pas laisser mon frère entre ses griffes.

— Il est trop jeune pour avoir conscience des choses, laissez-le partir. S'il vous plaît…

Ma mère se tient en retrait, muette et soumise face au maître des lieux. Je n'arrive pas à savoir si elle est une marionnette entre les mains de cet homme, ou bien complice de cette œuvre.

— Et que me proposes-tu ? Je ne fais rien gratuitement, tu dois le savoir d'ailleurs. Tous les services que je rends entraînent une dette. Si je t'accorde ce souhait, tu devras prendre en charge la dette de ta mère, mais aussi la tienne.

Es-tu prête à ce sacrifice ? prononce-t-il en posant sa grande main sur la bouche de Cameron qui s'apprêtait à se manifester.

Il se débat pour parler, mais reste malgré tout implacablement réduit au silence. La peur que je vois maintenant briller dans ses yeux me pousse vers ce pacte insensé.

— Oui, je suis prête à le faire. Libérez mon frère, rendez-le-moi…

L'homme sourit, presque sadiquement, avant de relâcher Cameron, puis de se mettre à rire.

— Vous n'avez pas le droit de changer les choses comme ça, s'insurge Cameron, les larmes aux yeux.

— Tu es un idiot, mon garçon. Tu viens de condamner ta précieuse sœur pour ta roulure de mère qui t'a négligé toute ton enfance, qui ne pense qu'à sa dope et qui a tenté de vendre sexuellement ta sœur. Je ne suis peut-être pas quelqu'un de bien, mais la personne qui t'a fait naître est bien plus vile que moi…

Les mots sont durs, crus, mais hélas criant de vérité, et Cameron se les prend de plein fouet. Son regard cherche notre mère, comme pour la supplier de démentir ce qui vient d'être dit. Mais elle vient se poser à côté du père de Kane alors qu'il lui tend un petit sachet de poudre blanche. Elle sourit comme si elle ne pouvait connaître aucun autre bonheur plus grand que celui-ci.

Et mon petit frère tombe de haut lui aussi, comme moi dans le passé. Rien n'est plus douloureux que d'être déçu par notre propre sang.

Soudain, je songe à la soirée d'hier, aux menaces contre Kane, contre moi. Je dois tenter quelque chose pour préserver celui que j'aime, comme il l'a toujours fait.

— J'ai une condition.

— Oh, et laquelle ? Je suis curieux de la connaître, réplique-t-il, le regard focalisé vers moi.

— Je voudrais que vous laissiez Kane tranquille, tenté-je avec aplomb.

Ma tentative est audacieuse, mais je dois le faire. Il se

rapproche de moi, faisant mine de réfléchir.

— Mmh, je peux y consentir, mais cela augmentera ta dette, gamine. Es-tu prête à t'enliser dans les ténèbres à ce point pour ceux que tu aimes ?

— Oui. La seule chose que je refuse de faire, c'est de vendre mon corps. Je ne m'abaisserai pas à devenir comme ma mère, je préfère mourir maintenant.

Il me fixe intensément, puis pointe brusquement son arme au milieu de mon front. Je ne suis que frayeur, mais je refuse de trembler, je ne dois pas le faire ! Je dois lui montrer ma conviction, ma détermination. Alors, malgré le froid métallique de l'arme qui touche ma peau, je ne défaille pas. Puis, après des secondes qui passent comme des heures, il se met à rire à nouveau avant de ranger son arme comme si de rien n'était.

— Tu as du courage, petite. Je ne peux pas te retirer ça. Tu devras travailler ici et faire le service, mais tu ne seras pas dans l'arrière-salle.

— Mais tu… réagit instantanément ma mère face à sa réponse.

— La ferme, tu n'as pas le droit à la parole ! prononce-t-il alors froidement en la regardant comme si elle était un déchet.

Elle baisse instantanément la tête, mais je sens la frustration émaner de son corps. Elle a toujours rêvé de me voir tomber aussi bas qu'elle, mais je ne le permettrai pas. Le soulagement m'envahit, et l'homme attrape alors son verre d'alcool ambré qui se trouve sur le comptoir et le boit cul sec.

Je pressens que la conversation est terminée et que je peux disposer. J'attrape alors Cameron par la main, lui qui semble dans un état second depuis les récentes révélations familiales. Son visage est inondé de larmes.

Je le tire vers l'extérieur, je dois le sortir de cet endroit. Dans mon dos, une voix retentit alors.

— Je te contacterai, tâche de ne pas me faire faux bond, belle Jordane. Je ne donne jamais de seconde chance.

Je ne réponds rien à la menace sous-entendue dans ses mots.

Sortir, sortir, sortir ! C'est la seule chose à laquelle je pense. Bordel, je me suis foutue dans de beaux draps, putain ! À l'extérieur, je prends une grande bouffée d'air, et les vomissements que je retiens depuis le début surgissent, je rends mon estomac sur le bas-côté. J'essuie ma bouche et tente de reprendre une respiration normale.

— Je suis désolé, désolé, désolé, désolé… répète mécaniquement mon frère à côté de moi, comme une litanie psychédélique en prenant sa tête entre ses mains.

— Ce n'est pas grave, Cam », mens-je alors pour tenter de le rassurer.

— Désolé, désolé… continue-t-il comme un fou, les larmes dévalant sur ses joues.

J'attrape alors son visage pour poser mon front contre le sien, ce qui le fait s'arrêter.

— On est une famille, Cameron, toi et moi, on est une famille. Et on se protège l'un l'autre, je ne pouvais pas le laisser te détruire sans agir. En tant que femme, je n'ai pas le même rôle que toi, alors ne t'inquiète pas, ça va aller pour moi. Je suis forte !

— Mais… tu es prisonnière par ma faute, Joe, parce que j'ai cru maman. Je croyais, je croyais qu'elle m'aimait vraiment…

— Je sais, avoué-je en le serrant fort dans mes bras. Je sais à quel point on peut être triste et déçu dans ces moments-là, alors oublie cette harpie et montre-lui que tu es plus fort que ça !

— Je ne veux pas que tu travailles pour lui, Jordane. J'ai peur pour toi ! Il faut en parler à Kane…

Je l'écarte brusquement de moi, le regard sévère.

— Je t'interdis de dire quoi que ce soit, Cameron, ça reste entre nous, c'est clair ? C'est mon histoire et je me débrouillerai, alors tu la fermes et tu files droit maintenant ! C'est ce qui m'aidera le plus, ne plus m'inquiéter pour toi.

Il hoche la tête malgré le fait qu'il ne soit pas d'accord. Je prends mon téléphone en main pour regarder l'heure, il est presque dix-huit heures trente.

— Bon, maintenant on va rentrer. Je vais me faire belle et passer une bonne soirée en faisant comme si rien ne s'était passé. Demain, je laisserai peut-être les ténèbres gagner, mais certainement pas aujourd'hui.

Chapitre 64. Kane

Elle est d'une beauté naturelle qui ne requiert aucun artifice.
Decode – Paramore

Je suis nerveux, je ne cesse de mordiller ma lèvre inférieure en regardant l'heure sur mon portable. J'ai reçu un message de Jordane il y a une heure pour me confirmer qu'elle m'attendait bien et ça m'a soulagé. Je suis impatient de la retrouver, mais tout autant stressé. Je ne sais pas si ce que je lui ai préparé lui plaira, mais je me rappelle que c'est une chose qu'elle a toujours voulu faire, alors, lorsque j'ai vu l'annonce, j'ai foncé réserver deux places.

C'est la première fois pour nous de passer du temps ensemble comme deux personnes normales. Pas de drogue, pas d'ombre obscure flottant au-dessus de nos têtes comme dans le passé. Je ne permettrai plus qu'elle entrave la relation que nous tentons de construire.

Je me lève brusquement de mon canapé pour tourner en rond dans mon petit salon. Mes mains passent irrémédiablement dans mes cheveux, montrant ma nervosité. J'ai peur de ne pas être à la hauteur, après tout, je n'ai jamais été le mec normal de l'histoire. Je suis le gars de l'ombre, pas celui qui se montre à la lumière.

Je regarde une énième fois mon téléphone et décide d'y aller avant que je ne renonce à ce rendez-vous par lâcheté. Je prends le bouquet que Ludmila m'a confectionné spécialement cette après-midi. Il est magnifique, encore plus beau que le précédent, j'espère que Jordane l'aimera.

Je ferme ma porte à clé et descends rapidement les escaliers en métal qui me mènent sur le trottoir. Mes pas sont grands, empressés. Mon esprit est happé par l'image de Jordane, qui se questionne probablement à propos de sa tenue pour la soirée. Moi, j'ai tenté d'accorder mes vêtements, ce qui reste un exploit.

Les kilomètres s'effacent rapidement et, très vite, j'arrive dans la rue de notre enfance. Celle qui a vu tant de choses sans jamais rien dire. Celle qui m'a vu tomber amoureux avant que je ne le sache, qui a vu deux âmes se rencontrer pour se lier à jamais.

Je regarde les vieux murs décrépits pleins de tags colorés, seule touche vivante dans le gris qui domine.

La maison de Jordane éclaire légèrement l'extérieur, preuve que la vie a repris sa place dans le monochrome sombre de cette ruelle. Mon cœur s'accélère, bat d'impatience et d'appréhension. Ça paraît tellement con de paniquer pour ça, mais c'est la première fois de ma vie que je sors ainsi avec une fille. Ce sont des choses qui se font habituellement lors de l'adolescence pour continuer à l'âge adulte. Moi, j'ai clairement manqué une étape, et après ça, je ne voulais le faire qu'avec une seule personne et elle se trouve derrière cette porte.

Je m'approche du battant, le bouquet en main, amenant mes phalanges serrées en un poing afin de toquer, mais elles se stoppent avant de pouvoir cogner le bois. Il faut que j'arrête de cogiter, alors, après quelques secondes d'hésitation, je frappe et attends qu'elle m'ouvre.

Sa voix retentit presque instantanément, me disant qu'elle arrive. J'entends des pas précipités derrière la porte et ris en l'imaginant courir en finissant de se préparer. Jordane n'a jamais été la plus coquette, elle n'en a jamais eu besoin. Elle est d'une beauté naturelle qui ne requiert aucun artifice. Mon cœur s'impatiente de la voir, et lorsqu'elle m'ouvre, il loupe un battement. Ses yeux sont mis en valeur de la plus sublime des manières. On dirait qu'ils sont encore plus immenses que d'habitude. Ses cheveux sont lâchés, ondulés, encadrant son visage magnifique. Mes prunelles descendent alors sur son corps, tombant sur un décolleté en tissu noir qui tenterait le monde entier. Je peux voir sa peau délicatement tatouée de fleurs qui m'attire tellement. Je glisse mon regard plus bas pour admirer ses longues jambes dénudées, car elle porte une robe moulante lui arrivant à mi-cuisse. Je ne peux m'empêcher de fantasmer en les imaginant s'accrocher à mes hanches. Je continue à la détailler jusqu'à voir à ses pieds des Dr. Martens que je reconnais parfaitement.

Les voir me touche. L'écusson en forme de J cousu sur le côté extérieur me rappelle des souvenirs, me faisant sourire.

— Belles chaussures, avoué-je en la regardant de nouveau dans les yeux en souriant.

Elle aussi me sourit d'un air mutin.

— Elles sont un peu vieilles, mais heureusement la personne qui me les avait achetées s'était trompée de pointure à l'époque, ce qui fait que je peux les mettre encore aujourd'hui.

Je ris en repensant à ce moment-là. Je n'avais aucune foutue idée de la taille de ses pieds, mais j'en avais ras le bol de l'entendre me dire qu'elle kiffait mes chaussures, qu'elle voulait les mêmes. Alors, je lui en ai trouvé une paire que j'ai personnalisée pour lui offrir à ses treize ans, sauf qu'elle était de taille quarante et Jordane ne faisait que du trente-huit à l'époque.

Elle ne m'avait rien dit et le lendemain, elle s'était ramenée avec les rangers avec du papier dedans pour qu'elles tiennent à ses pieds. Elle avait un mal de chien et des ampoules, mais ne voulait pas les retirer. Je lui ai donc trouvé quelques jours après une paire à sa pointure pour qu'elle ne souffre pas bêtement.

— Content qu'elles t'aillent correctement maintenant, ce style de chaussures te va si bien… lui dis-je alors en montant sur le palier pour me mettre à sa hauteur. Tu es magnifique, Joe, murmuré-je avant d'embrasser sa joue.

Elle frissonne sous mes lèvres et je savoure les sensations que je lui provoque. Je lui tends le bouquet et son sourire me fait vibrer.

— Elles sont sublimes, Kane ! Je devais faire un effort, c'est notre tout premier rendez-vous après tout ! C'est quand même un comble, rigole-t-elle avant d'aller mettre les fleurs dans un vase et d'aller chercher son sac posé sur la table du salon.

Je ne réponds rien, car elle a raison. Après plus de dix ans de relation, c'est seulement maintenant que nous explorons enfin ces aspects-là. C'est une chose qui me fait flipper, mais que je suis impatient de faire avec elle. Seulement avec elle.

— Où m'emmènes-tu alors ? demande-t-elle, impatiente elle aussi.

— Tu verras bien, lancé-je en gardant le secret.

Je tends ma main pour qu'elle la prenne, elle s'en saisit et, avant que je ne puisse l'emmener vers l'extérieur, des bruits de pas résonnent dans l'escalier, me stoppant.

Cameron. J'observe les traits crispés de son visage, ses yeux rouges et son teint pâle. Je m'inquiète instantanément, mes sourcils se froncent, mais avant que je ne puisse formuler quoi que soit, je me retrouve poussé vers la rue par Jordane qui semble vouloir me faire éviter une conversation avec le jeune garçon.

Mon ventre se noue quelques instants, comme une sorte de pressentiment vicieux, mais il se décontracte en voyant le sourire de Jordane.

— Chagrin d'amour, tu n'as pas besoin de subir ça, je t'assure, me raconte-t-elle alors pour que je passe à autre chose.

Je ne suis peut-être effectivement pas le mieux placé, vu

que je suis celui qui a brisé une fois le cœur de sa sœur. Alors, je sors de ma tête ma paranoïa qui me chuchote sans cesse qu'il se passe quelque chose de mauvais dans nos vies, et guide Joe dans la rue qui nous a vus grandir.

Nous ne marchons pas longtemps, mais profitons de cette nuit où le ciel est dégagé. C'est presque trop beau, trop parfait.

Cette nuit est une nuit spéciale. On se retrouve rapidement devant un immense immeuble qui comporte près de sept étages. Le plus haut de notre quartier.

Jordane fronce les sourcils en se demandant ce que je prépare, alors on pénètre dans l'immeuble protégé par un digicode que je connais grâce à Norah. C'est elle qui m'a recommandé cet endroit.

On prend l'ascenseur étroit, et des idées salaces ne peuvent que s'immiscer dans ma tête. J'appuie alors sur le huitième étage pour me changer les idées. Un silence pesant envahit la cabine, une tension. Je dois parler, c'est ce que font les gens normaux à un rendez-vous avec ceux qu'ils aiment. Bordel, je ne suis vraiment pas doué.

Les doigts fins de celle qui m'obsède se glissent dans ma paume et se mettent à la serrer, comme pour m'apaiser.

— Ne stresse pas, Kane, qu'importe ce que tu as pu me préparer, je serai comblée, car je passe simplement un moment avec toi, entame-t-elle alors en posant à son tour ses lèvres sur ma joue.

Je souris en plongeant mes yeux dans ses prunelles grises, puis entreprends de glisser mon autre main dans ses cheveux pour les caresser avec tendresse.

— Je ne te mérite vraiment pas, Jordane, mais mon cœur ne voit que toi, alors j'ai décidé d'être égoïste.

— Je pense le contraire. Je ne mérite pas tout ce que tu as sacrifié pour moi, mais tu as volé mon âme la première fois où je t'ai vu à cette fenêtre.

— Je ne veux personne d'autre, Joe.

Elle sourit, mais le bonheur ne monte pas jusqu'à ses joues. C'est comme si elle n'y croyait pas. L'ascenseur sonne pour nous annoncer que nous sommes arrivés au terminus, les portes s'ouvrent sur un sas qui nous mène à une terrasse.

Je reprends sa main et la guide vers l'extérieur. L'air frais de la nuit nous entoure et l'obscurité n'est rompue que par des petites lanternes de faible intensité. Dans un coin se trouve un petit cocon confortable que j'ai pris soin de façonner. Deux poufs encadrent une nappe de pique-nique sur laquelle reposeront bientôt les plats préférés de Jordane.

Des bougies illuminent le tout pour tenter de lui donner une atmosphère chaleureuse.

Bon sang, j'espère que ça lui plaira…

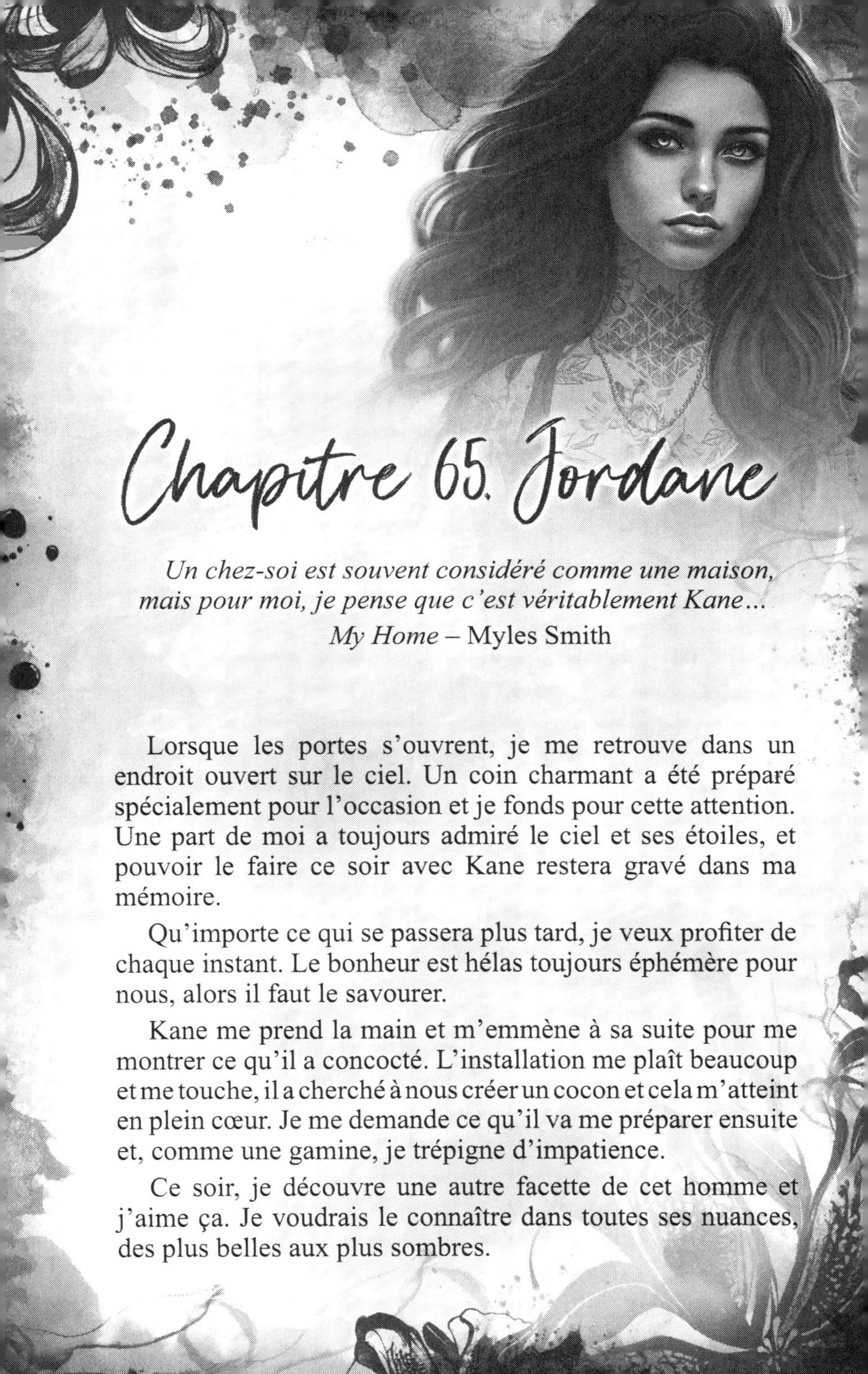

Chapitre 65. Jordane

Un chez-soi est souvent considéré comme une maison, mais pour moi, je pense que c'est véritablement Kane…
My Home – Myles Smith

Lorsque les portes s'ouvrent, je me retrouve dans un endroit ouvert sur le ciel. Un coin charmant a été préparé spécialement pour l'occasion et je fonds pour cette attention. Une part de moi a toujours admiré le ciel et ses étoiles, et pouvoir le faire ce soir avec Kane restera gravé dans ma mémoire.

Qu'importe ce qui se passera plus tard, je veux profiter de chaque instant. Le bonheur est hélas toujours éphémère pour nous, alors il faut le savourer.

Kane me prend la main et m'emmène à sa suite pour me montrer ce qu'il a concocté. L'installation me plaît beaucoup et me touche, il a cherché à nous créer un cocon et cela m'atteint en plein cœur. Je me demande ce qu'il va me préparer ensuite et, comme une gamine, je trépigne d'impatience.

Ce soir, je découvre une autre facette de cet homme et j'aime ça. Je voudrais le connaître dans toutes ses nuances, des plus belles aux plus sombres.

Il me propose de m'asseoir et il prend position à côté de moi. D'un coin que je n'avais pas vu, il sort une bouteille de champagne bien au frais dans un bac à glaçons puis, avec elle, deux coupes en verre et nous sert en me souriant. Je mémorise chacun de ses sourires, car j'aurais tout donné dans le passé pour les voir fleurir ainsi.

Une douce brise vient caresser ma peau qui s'échauffe de l'admirer, il est tellement beau. Le moindre de ses traits est un appel à la débauche et m'attire irrémédiablement. Cet homme, je l'ai vu grandir, mûrir et devenir ce qu'il est aujourd'hui. Une part de moi regrette de ne pas avoir été la personne qui lui a permis d'évoluer, mais il n'a pas été la mienne non plus. Nous avons changé, et nous ne le devons qu'à nous-mêmes. Cette indépendance nous a changés pour le mieux et nous avançons pas à pas avec ces zones d'ombre que nous avons dû vivre, mais aussi que nous vivrons dans le futur.

Pour rien au monde, je ne le mêlerai encore à mes problèmes, je refuse de le faire tomber encore dans ce puits sans fond que son père lui réserve. Pour une fois, je le protégerai de ses démons comme il a su me préserver des siens.

Je ne sais pas vraiment ce qui m'attend, mais je ne veux surtout pas y penser maintenant. Ce n'est ni le moment ni le lieu.

Un pas à la fois, Jordane. Ne brûle pas les étapes.

Nos verres tintent et je sirote avec délectation la fine boisson à bulle qui me régale les papilles. Ça a dû lui coûter une blinde…

— Je ne te croyais pas si romantique, Kane, entamé-je, taquine.

— C'est un côté que je me découvre avec toi, je dois l'avouer, réplique-t-il en riant tout en regardant le ciel.

— Et du coup, quelle est la suite ? Je suis impatiente de savoir ce que tu me prépares.

Il sourit simplement et son portable se met à tinter.

— Ah ! Le dîner arrive ! annonce-t-il alors en se levant

soudainement et en se précipitant vers l'ascenseur.

Je l'admire une fois debout, j'aime qu'il se soit apprêté pour moi, bien que Kane soit toujours bien habillé. Il a fait l'effort de porter une belle chemise noire qui moule son corps à la perfection. Dans l'ascenseur, je me suis vue lui déboutonner afin de me repaître de son torse couvert de tatouages. Un jean gris simple qui met en valeur son cul sublime et ses putains de Dr. Martens qui m'ont toujours fait flancher depuis que je suis gamine. Mon regard se pose sur les miennes, celles que je conserve précieusement depuis près de neuf ans. Aujourd'hui, elles me vont parfaitement. Je ris en voyant le J cousu maladroitement sur le côté et savoure le souvenir de ce premier cadeau qu'il m'a fait.

Les mettre aujourd'hui, c'est lui prouver que ça comptait pour moi. Ce n'était pas juste une paire de pompes, comme il a pu me le dire, c'est mon premier cadeau d'anniversaire. Cet homme a été mes meilleures premières fois.

Le premier et le dernier pour qui mon cœur a battu, le premier à me donner envie d'être belle. Le premier à prendre soin de moi. Mon premier ami, mon premier amant, mon premier amour.

Celui qui a pansé mon âme quand j'étais au plus mal, qui a embrassé les larmes qui débordaient de celui-ci.

Le premier à me briser le cœur et à le reconstruire.

Il revient, me sortant de mes pensées. Dans ses mains, il y a un sac avec un logo représentant un poisson avec l'inscription : Maki. Bon sang, je crois deviner ce qui se trouve dans ce sachet. Il se rassied à côté de moi, et commence à sortir des boîtes contenant des sushis et des California rolls[14]. Bordel, j'en raffole !

— Bon Dieu, tu veux me voir devenir sauvage en m'offrant ça ? Je suis accro à ces petites choses !

— Je sais, me répond-il en riant et en me passant le plateau sous le nez sans pour autant me laisser me servir.

— Tortionnaire, grogné-je alors que je tente d'en attraper un en m'approchant de lui.

14 Sorte de sushi.

Dans l'action, je tombe à moitié sur lui, alors qu'il tient le plateau en l'air avec un air taquin. Nos visages ne sont pas loin l'un de l'autre, alors je profite de l'occasion pour poser mes lèvres sur les siennes pour le désarçonner. Surpris, il ne tarde pas à me rendre mon baiser, qui monte peu à peu en intensité. Au moment où je sens son attention pleinement focalisée sur moi, je tends le bras afin d'attraper un maki et romps le contact de nos lèvres pour le mettre avec sensualité dans ma bouche.

Heureuse de mon tour, je ris face à son air outré. Il prend alors un sushi qu'il glisse entre mes lèvres et je me surprends à aller jusqu'à mordiller ses doigts qui me nourrissent. Sous mon corps, je sens son sexe se tendre, si bien qu'il tente de me le dissimuler. J'aime l'effet que je provoque chez lui, cette tension sexuelle qui monte en une fraction de seconde chaque fois que l'on se touche, se regarde.

Nos visages se rapprochent encore, nos souffles se mêlent et je n'ai plus tellement faim de japonais pour l'instant. Ses lèvres m'obsèdent, m'appellent, alors je cède à cette tentation. Avec passion, nous nous savourons, ses mains sont partout sur mon corps, sur ma peau. Il pose le plateau et se met à caresser chaque parcelle de mon être, de mon âme. Cette fois-ci, il y a une forme d'urgence dans nos gestes, comme un besoin que nous souhaitons satisfaire depuis trop longtemps. Je me place à califourchon sur lui, frotte mon bassin contre l'érection contenue dans son jean.

Il caresse ma poitrine, tire sur ma robe pour admirer mes seins qu'il a commencé à mordiller à travers le tissu. Bon sang, que c'est bon ! Le tissu de ma robe sur mes cuisses remonte à cause de ma position et il n'a plus qu'à le repousser un peu pour révéler ma culotte en dentelle.

La respiration hachée par nos baisers, nous nous délectons l'un de l'autre comme deux accros qui n'auraient pas eu leurs doses depuis un bon moment.

Kane libère mes lèvres pour poser les siennes dans mon cou, provoquant de délicieux frissons.

— Nous devrions manger, ma douce… murmure-t-il à

mon oreille.

Je souris à ce surnom qu'il n'a pas prononcé depuis longtemps. Qu'il ne m'a dit, d'ailleurs, qu'une seule fois, le jour où il a cédé à mes avances. J'avais été surprise à l'époque, car la douceur n'est pas quelque chose qui me définirait véritablement, mais il m'avait répondu que pour lui, ma présence était comme une douce caresse qui apaisait son être. Ce fut la seule fois où il s'était confié à moi ainsi, la seule et l'unique jusqu'à ces dernières semaines.

— Là, tout de suite, j'ai faim d'autres choses, Kane. Un appétit qui n'a pas été comblé depuis trop longtemps et qui n'attend que toi… qui n'a toujours attendu que toi, susurré-je à son oreille en lui mordillant le lobe avec douceur.

Un grognement rauque vrombit dans sa poitrine, et sa main vient trouver mon intimité pour la torturer de la plus délicieuse des façons. Je me mets à haleter, ondulant sur cette main qui me procure du plaisir, me régalant de chaque sensation qui monte en moi.

Là, sur ce toit, je veux tout oublier pour ne penser qu'à cet homme. Ses doigts glissent en moi, jouent jusqu'à me faire jouir. Mais j'en veux plus, toujours plus. Je le veux en moi, dans mon corps. Je veux le sentir et vibrer.

Je détache alors les boutons de son jean afin de libérer son sexe qui se dresse devant moi. Il tire sur ma culotte pour m'en débarrasser, mais se stoppe dans son mouvement. Il est redevenu calme, ce qui contraste avec mon empressement.

Il attrape d'une main mon menton pour que nos yeux plongent l'un dans l'autre.

— Je ne veux pas que tu penses que je t'ai amenée ici pour ça, Jordane, je veux que cette soirée soit les prémices de notre histoire, murmure-t-il de sa voix rauque qui me fait frémir.

— Cela fait partie de notre histoire, l'envie que nous ressentons l'un pour l'autre. Tous les aspects de cette attirance irrépressible qui nous consume, je veux les revivre avec toi, Kane. Je veux les vivre encore plus intensément qu'avant, sans barrière, sans artifice.

Il ne répond rien, et je me remets à caresser la peau douce de sa queue, le torturant un peu avec ma dextérité. Sa mâchoire se serre, ses yeux s'embrasent. Je sors de la poche de mon cuir un préservatif que je déballe et glisse avec lenteur sur son membre. Je vois la peau de ses bras se hérisser. Je me lève, ôte mon sous-vêtement et reprends ma position, mon sexe trempé caresse le sien tendu et j'en frémis. Je me positionne, prête à le recevoir, mais avant ça, je m'approche de son oreille.

— Tu sais, depuis que ce monstre m'a violée, il n'y a qu'avec toi que je peux être rassurée. Chaque main qui n'est pas la tienne m'angoisse, chaque caresse qui ne t'appartient pas me provoque un malaise. Il n'y a que toi que mon corps accepte, qu'importent les fois où j'ai tenté de t'oublier.

Et sur ces mots, il attrape mes hanches et s'enfonce en moi avec une douceur presque douloureuse. Je sens chaque centimètre entrer dans mon corps, le combler et j'en veux tellement plus, mais j'attends. Je patiente, car ses yeux me hurlent des choses que mon cœur veut entendre. Ses prunelles splendides dilatées me contemplent, capturent une nouvelle fois mon âme.

— Plus personne d'autre ne te touchera, Jordane, tu m'as appartenu dès la seconde où je t'ai vue. Je ne supporterai pas qu'un autre que moi puisse te toucher, te caresser, te faire jouir. Alors, c'est égoïste, mais je suis ravi que tout autre homme te révulse, car ça me rend malade de penser qu'ils puissent te voir, comme moi je te regarde maintenant.

Nouveau coup de hanche, plus possessif cette fois-ci.

— Ton cœur, ton âme, ta beauté, ton corps, tout cela nous appartient à nous. Comme je te suis entièrement dévoué, tu peux jouer avec moi, avec mon cœur, le caresser et le briser. Je t'y autorise, car tu es la seule à en avoir le pouvoir.

Nos corps se joignent avec force, de plus en plus vite. Une tension monte en moi, et je pose délicatement mes lèvres sur les siennes avant de me redresser et de le rejoindre dans ses va-et-vient.

— Je ne te briserai pas, Kane, car si je te brisais, je me

fracturerais. Nous sommes les deux faces d'une même pièce, si tu t'éteins, je ne pourrai que sombrer.

Il se redresse lui aussi, enlaçant mon corps du sien. Nos mouvements s'accélèrent, ses grognements rauques se mêlent à mes halètements de plaisir. C'est si bon, encore meilleur qu'autrefois. Car aujourd'hui, je le sens tout autour de moi. Sans limite, pleinement, sans secret qui bloque cette fusion que j'attendais tant. Sans ce mal-être que je peinais à surmonter, sans cette douleur qui me noyait malgré ses caresses.

Aujourd'hui, c'est pur, sans artifice, sans faux-semblant.

C'est beau, délicieux et exaltant.

Jamais je n'aurais pensé vivre ça un jour, et je ferai tout ce que je peux pour le préserver.

Je sens son corps se tendre sous le mien, il lutte pour ne pas jouir, attendant que je le fasse avant lui. Cela ne va pas tarder, car je sens monter en moi cette vague de plaisir qui me rend folle et que lui seul provoque. Un déferlement me traverse lorsqu'il se met à caresser mon clitoris, me propulsant dans la jouissance presque instantanément. Je crie mon plaisir et lui ne met pas plus longtemps à me rejoindre.

Essoufflés, emboîtés l'un dans l'autre, nous peinons à retrouver une respiration normale. Je me délecte de ce corps qui me comble comme aucun autre n'a su le faire. Je me consume par sa chaleur, son odeur.

Un chez-soi est souvent considéré comme une maison, mais pour moi, je pense que c'est véritablement Kane, car aujourd'hui, j'ai enfin l'impression d'être revenue.

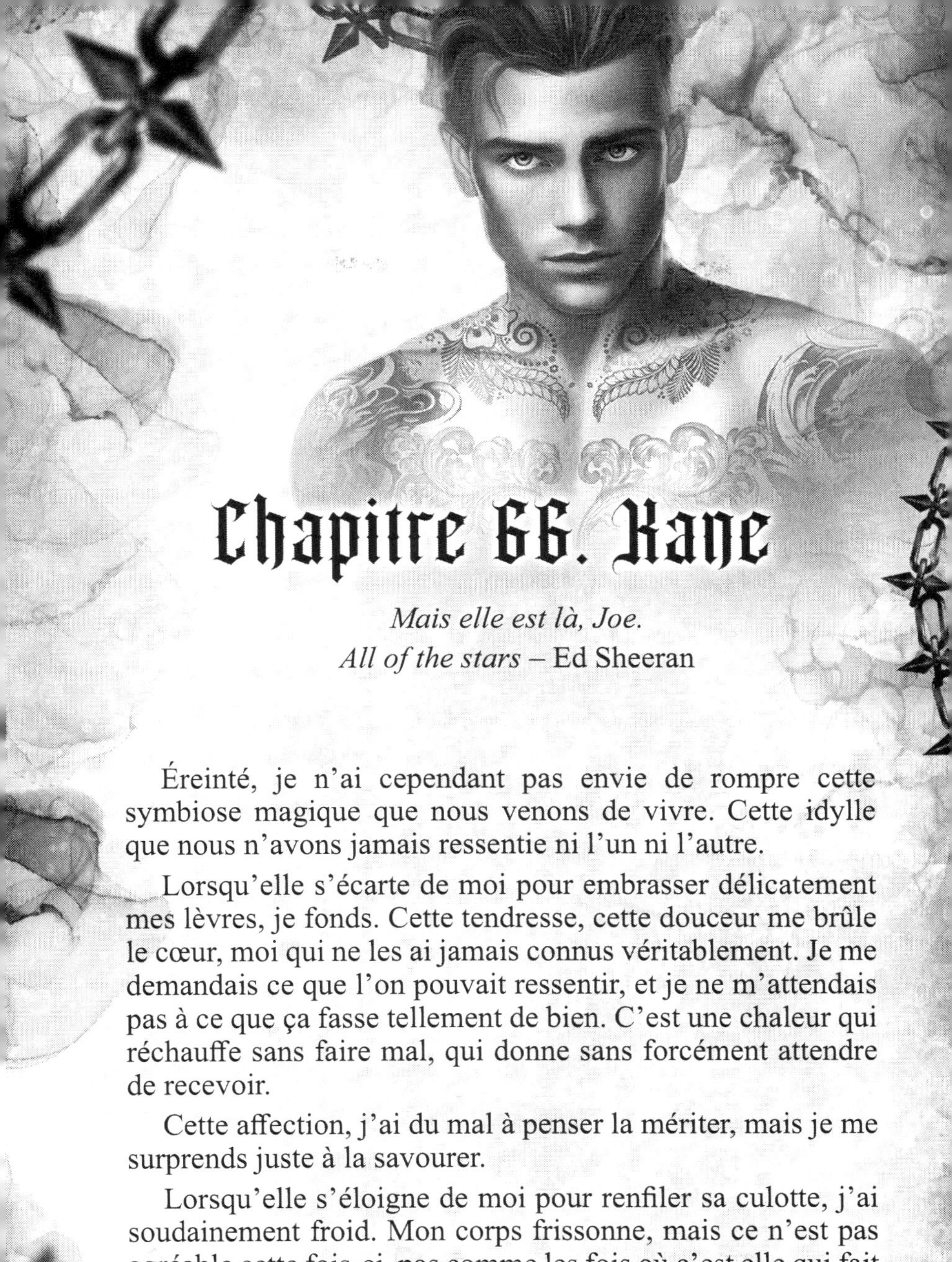

Chapitre 66. Kane

Mais elle est là, Joe.
All of the stars – Ed Sheeran

Éreinté, je n'ai cependant pas envie de rompre cette symbiose magique que nous venons de vivre. Cette idylle que nous n'avons jamais ressentie ni l'un ni l'autre.

Lorsqu'elle s'écarte de moi pour embrasser délicatement mes lèvres, je fonds. Cette tendresse, cette douceur me brûle le cœur, moi qui ne les ai jamais connus véritablement. Je me demandais ce que l'on pouvait ressentir, et je ne m'attendais pas à ce que ça fasse tellement de bien. C'est une chaleur qui réchauffe sans faire mal, qui donne sans forcément attendre de recevoir.

Cette affection, j'ai du mal à penser la mériter, mais je me surprends juste à la savourer.

Lorsqu'elle s'éloigne de moi pour renfiler sa culotte, j'ai soudainement froid. Mon corps frissonne, mais ce n'est pas agréable cette fois-ci, pas comme les fois où c'est elle qui fait réagir ma peau et mon être au quart de tour. Alors, je vire la capote au loin, reboutonne mon pantalon et l'attire entre mes jambes pour ne plus avoir cette sensation.

— Je voudrais effleurer ta peau, lui murmuré-je dans l'oreille en caressant ses bras nus.

Elle rit délicatement et attrape d'une main le pauvre plateau de sushis délaissé quelques instants plus tôt.

Elle en prend un qu'elle glisse entre ses lèvres et je sens encore une fois ma queue tressauter de la voir manger avec tant de sensualité. Cette fille est un fruit démoniaque qui serait capable de convaincre n'importe qui de le croquer. Bordel, je vais vivre un délicieux enfer.

Elle me tend un maki, que j'avale sans me faire prier. Je regarde l'heure sur ma montre et remarque qu'il est déjà bientôt vingt-deux heures. Je ne dois pas louper le coche, car ce soir, dans le ciel, se passe quelque chose de rare qui n'arrive que tous les dix ans.

Nous savourons notre repas, apaisés. Nous sirotons, bavardons de tout et de rien, du passé, du présent et du futur aussi. Nos souvenirs heureux, ceux qui le sont moins. Tout est naturel, simple, sans complexe.

Les heures filent à toute vitesse et minuit ne tarde pas à arriver, alors je me déplace pour nous plonger dans le noir total.

— Éteins les bougies à ta droite, ma douce, il faut que l'on soit plongés dans le noir.

— Pourquoi ? me demande-t-elle en s'exécutant quand même.

— Tu verras.

Chose faite, on se blottit une nouvelle fois l'un contre l'autre, son dos se trouvant le long de mon ventre, à regarder la toile sombre, à l'affût. Une première étoile file, annonçant le début de l'événement.

— Regarde le ciel, Joe, lui indiqué-je alors qu'une pluie d'étoiles filantes commence à déferler.

Sa bouche s'entrouvre d'admiration, de surprise. Ses yeux brillent face au spectacle. Je mémorise son visage chargé d'émotion et d'ébahissement. Son expression est presque enfantine, contrairement à ce qu'elle peut montrer au monde habituellement.

— C'est… c'est magnifique, Kane, prononce-t-elle du bout des lèvres, pleine d'émotions.

Elle serre fort mes mains qui se trouvent sur son ventre en contemplant le spectacle que la nature nous offre. Je savais que Jordane aimait le ciel, il l'a toujours fascinée. Elle aime le soleil, la pluie, le vent. Du ciel bleu pur à celui chargé de colère et d'éclairs. Et évidemment, les étoiles.

— Ella aurait adoré voir ça, murmure-t-elle, la voix un peu tremblante. Tu penses qu'elle est capable de l'admirer de là où elle est ?

— Évidemment, car là où elle se trouve, rien n'est impossible.

Elle ne répond rien, comme se retenant un peu.

— Si, une chose est impossible.

— Laquelle ? osé-je lui demander, la gorge nouée par la tristesse soudaine que je sens monter en elle.

— Être avec nous.

Je reste quelques secondes muet, pesant chacun de mes mots.

— Mais elle est là, Joe.

Je me mets à caresser ses tatouages avec douceur.

— Elle ne peut pas te toucher, pas te serrer dans ses bras, mais elle est là, à tes côtés, tous les jours. J'en suis sûr. Tu ne la vois pas, mais je suis certain qu'elle caresse ton âme de sa chaleur.

— Je sais, mais elle me manque tellement, avoue-t-elle en laissant échapper une larme solitaire d'un de ses yeux.

Nous nous plongeons une nouvelle fois dans la contemplation du spectacle que nous offre le ciel. Nos cœurs nous liant au souvenir de cette fille qui a marqué nos vies, bouleversé celle de Jordane de la plus belle et la plus cruelle des façons.

— Que s'est-il passé après mon départ ? Je veux savoir, Kane.

— Que veux-tu vraiment connaître, Joe ? réponds-je calmement.

— Tout, depuis notre rupture à ce que je sais déjà.

Je réfléchis quelques instants, réunissant mes souvenirs de cette fameuse nuit et ce qui l'a suivie. Ma gorge se tord en y repensant, car la culpabilité continue à me ronger sans jamais pouvoir me laisser.

— Après que tu m'as surpris dans la chambre, je me suis arrêté et j'ai viré la meuf de la pièce. J'ai bu et bu encore, comme un possédé, car je voulais effacer de ma mémoire ce que je venais de provoquer.

La prise de ses mains sur les miennes se serre plus fort encore.

— Puis, je ne sais pas combien de temps après, j'ai entendu du bruit à l'extérieur de la chambre, une forme de panique qui n'était pas normale. J'étais complètement ivre et je peinais à me tenir debout, mais je me suis rhabillé avant de me diriger vers le salon, et c'est là que je t'ai vue. Que je vous ai vues.

Je reprends une grande inspiration.

— Tu massais le cœur d'Ella comme une acharnée, tu hurlais, tu pleurais et son corps ne réagissait pas, ses yeux étaient ouverts, sans vie. Les gens commençaient à se barrer, les flics n'allaient pas tarder à arriver, c'était certain. Alors, je t'ai attrapée, mais tu ne me voyais pas, tu ne pouvais pas me voir, c'était impossible. Je t'ai portée, tu t'es débattue, mais très vite tu es tombée dans les vapes, et je t'ai sortie de la maison, continué-je alors, le souffle court.

Je déglutis pour ôter cette acidité qui me remonte dans la gorge. Mais je lui ai promis de ne plus rien lui cacher, alors je confesse ce que j'ai vécu avant qu'elle ne quitte notre monde et ne fuie à l'autre bout du pays.

— Je t'ai ramenée chez ta grand-mère, je lui ai expliqué et après je suis reparti. J'étais perclus de culpabilité, je me sentais tellement responsable… si je n'avais pas apporté cette dope, rien de tout ça ne se serait passé. Si mon père ne m'avait pas obligé à la vendre, à te quitter, rien ne se serait produit.

La colère monte en moi, se mêlant au chagrin, à la rancœur. Ma respiration s'accélère pour finalement se calmer, car la suite n'est que tristesse et solitude.

— Après le drame, j'ai appris que les parents d'Ella avaient à peine de quoi faire une sépulture décente, alors je leur ai fait un don anonyme, afin de les aider.

— Où as-tu trouvé l'argent ? me demande-t-elle, rompant son silence.

— L'argent de la drogue de la soirée, je ne l'ai jamais donné à mon père, et je m'en suis servi pour rendre hommage à cette fille si lumineuse, éteinte par mes vices.

Un silence se prolonge quelques secondes avant que je ne décide de le rompre.

— J'ai été à l'enterrement, j'étais caché pour que personne ne me voie, j'avais tellement honte. Alors, j'ai regardé tout le monde prier pour elle, je t'ai vue et tu n'étais plus que l'ombre de toi-même. Je voulais te demander pardon, te supplier de me pardonner, mais à quoi cela aurait-il servi ? Hormis à t'ajouter encore plus de souffrance, enchaîné-je d'une voix qui se fait de plus en plus basse.

Nous ne nous regardons pas, mais je sens la souffrance émaner de son corps.

— Puis tu es partie, et mon monde s'est définitivement effondré. Je ne savais pas ce que tu faisais, si tu étais encore vivante. Tout un tas de scénarios se sont joués en moi et après, la suite, tu la connais. J'ai sombré dans un univers d'un noir abyssal sans aucune nuance.

— Les parents d'Ella, ils n'habitent plus là, n'est-ce pas ? me demande-t-elle alors calmement.

Elle me connaît tellement bien, se doutant que j'ai continué à les aider, dans l'ombre.

— Je les ai aidés à déménager, mais ils vivent toujours dans le Bronx, mais à plusieurs rues de leur ancienne maison.

— Je dois aller les voir, j'en ai besoin, prononce-t-elle plus pour elle-même que pour moi.

— Je te donnerai leur adresse alors, lui promets-je en la

serrant plus fort contre moi.

Elle me rend mon étreinte.

— Je suis tellement désolé, Joe. Tellement navré…

— Arrête de t'en vouloir pour une chose dont tu n'es pas responsable. Si ce n'était pas toi qui avais apporté la came, ça aurait été quelqu'un d'autre, Kane. La drogue est un vice qui nous consume de la pire des manières, et Ella l'a laissé gagner. Elle s'est laissé dévorer par ce monstre qui prenait de plus en plus de pouvoir sur son être, nourrissant son mal-être, éteignant peu à peu sa chaleur, sa lumière. Je ne le voyais pas, je l'ai vu que trop tard, et c'est en ça que je suis responsable de cette tragédie. Je n'ai pensé qu'à moi, alors qu'elle sombrait.

Je ne réponds rien, car je sais pertinemment qu'il n'y a rien à dire. Je sais pertinemment que porter un fardeau si lourd ne peut s'effacer comme ça, et Jordane comme moi ne sommes pas prêts à le gommer de nos vies.

Les dernières étoiles filent dans le ciel, bientôt le manteau noir nocturne retrouvera sa quiétude et son calme. Comme nos cœurs en cet instant.

— Tu veux rentrer ? demandé-je à Jordane alors que je la vois resserrer la veste en cuir qu'elle porte sur ses épaules, comme si elle avait froid.

— Je ne veux pas rentrer à la maison, je veux rester avec toi cette nuit, m'avoue-t-elle en regardant toujours le ciel.

— On va aller chez moi alors, lui dis-je en posant un baiser sur sa tempe. Allez, viens, on se lève, tu vas attraper froid.

Elle s'exécute en souriant, les yeux tout de même hantés par la conversation que nous venons d'avoir. Je l'embrasse alors avec délicatesse, puis avec passion pour lui prouver que ce qui compte désormais, c'est le présent. Elle me rend mon baiser en remontant ses doigts du bas de ma nuque jusqu'à mon crâne. Lorsqu'elle sépare nos lèvres, son regard est de nouveau plus vif, plus éveillé.

— J'ai hâte de voir où tu habites, si ton appart est à ton image, rit-elle en me taquinant.

— Évidemment ! Et je suis quelqu'un d'ordonné en

prime ! mens-je sans scrupule, priant pour ne pas m'être laissé déborder.

Elle rigole à nouveau et m'aide à ranger. On ne laisse que les gros coussins et je fous la capote que j'ai utilisée plus tôt dans le sac de sushis, mettant le tout directement dans la poubelle.

Je n'ai plus qu'à guider ma dulcinée dans ma garçonnière, en espérant qu'elle soit digne d'elle.

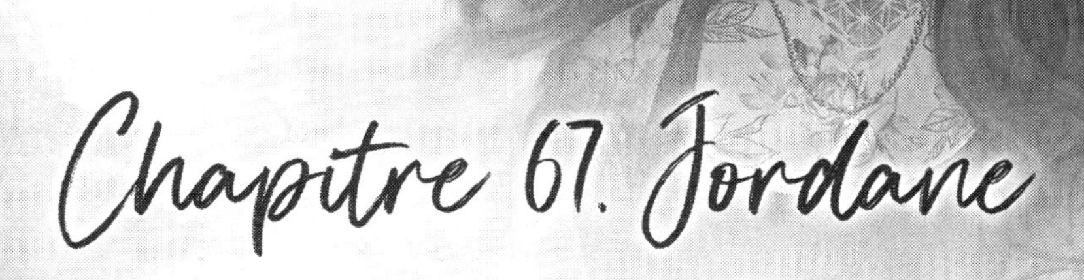

Chapitre 67. Jordane

Je vais me battre moi aussi, à ma façon.
La boxeuse amoureuse – Arthur H

Mon regard doit en dire long sur ma surprise lorsque je me retrouve en face de la boutique que j'ai découverte quelques semaines plus tôt.

— Tu habites dans une boutique de fleurs ? le questionné-je, mon regard fixé sur la devanture.

— Non, en revanche au-dessus, oui ! me montre-t-il en pointant un escalier métallique qui conduit à une porte à l'étage.

Je le suis alors qu'il commence à monter, brûlant d'impatience de voir où il habite. C'est dingue, mais c'est la première fois depuis que nous nous connaissons que je rentre chez lui, que je vais voir une part de son intimité, et je me sens presque privilégiée.

Il enfonce les clés dans la serrure et, en un cliquetis, la porte s'ouvre. Je ne vois rien, mais lorsqu'il allume, je découvre une pièce très lumineuse, avec du mobilier vintage que je ne m'attendais pas vraiment à voir. Des cadres, mettant en valeur de vieilles bagnoles collector, ornent le mur en brique rouge, l'habillant d'une manière originale.

Je découvre, ébahie, chaque recoin de la pièce, jusqu'à tomber sur un tableau qui me happe, faisant battre mon cœur. Un coquelicot semble se battre pour jaillir d'un bitume noir, brumeux, se faufilant d'une crevasse goudronneuse. Ce qui l'entoure est teinté de nuances de gris foncé, faisant ressortir la couleur rouge vif de la fleur. Je m'approche, comme hypnotisée, jusqu'à tendre mes doigts pour toucher l'œuvre.

Il détonne tellement du reste, que je ne peux que me demander la raison de sa présence entre ses murs.

— Pour… Pourquoi ce tableau, Kane ? osé-je demander, la voix plus faible que je ne le pensais.

— Pour moi, il te représente. À la seconde où je l'ai vu, j'ai pensé à toi.

— Pourquoi ? ne puis-je m'empêcher d'insister.

Il ne répond rien pendant plusieurs minutes, avançant pour se tenir à côté de moi. Lui aussi maintenant admire le tableau.

— Il représente ta force, ta capacité à survivre même dans les endroits les plus arides et à éclore de la plus magnifique des façons, avoue-t-il dans un murmure, comme si dire ces mots le gênait, alors qu'ils font accélérer mon cœur de la plus belle des façons.

Alors, je commence à me déshabiller, me mettant nue. Il me regarde, surpris, ne comprenant pas ce que je fais, mais je veux lui expliquer, lui faire comprendre ce que ses mots provoquent en moi, moi qui ai surmonté ma peine en me liant à ces fleurs si symboliques.

Alors que je me retrouve nue, je commence à lui dévoiler ce morceau de ma vie qui était notre intimité, à Ella et moi.

— Lorsque nous étions adolescentes, Ella s'est rendu compte de ma passion pour le dessin et elle m'a confié la sienne. Son rêve, même. Elle aimait les fleurs, elle connaissait leur langage par cœur, toutes leurs significations.

Je me tourne, écarte les cheveux afin de lui montrer le tatouage qui se trouve sur mon omoplate, du côté de mon cœur. Le premier, celui qui a le plus d'importance.

Il s'approche et effleure de ses doigts l'endroit où se trouve gravé à jamais ce qui représente le mieux mon amie.

— Un tournesol ? questionne-t-il alors, calmement.

— C'était ce qu'elle représentait pour moi, un soleil lumineux qui réchauffe le cœur, expliqué-je sous le coup de l'émotion.

— Et toi, qu'étais-tu pour elle ?

Je tends ma main sur le tableau, caressant les pétales rouges.

— Un coquelicot, murmuré-je alors, la voix un peu tremblante. Pour elle, j'avais la capacité de renaître, peu importe ce qui m'avait balayée, meurtrie. Et depuis qu'elle m'a dit ces mots, je refuse de me laisser abattre, car ce serait salir cette vision qu'elle avait de moi, cette foi qu'elle m'accordait. Alors, je suis partie et je me suis reconstruite. J'ai repoussé, et te retrouver m'a fait éclore, Kane.

Je vois que mes mots le touchent, si bien qu'il ne peut plus rien dire. Il s'approche de moi, commence à déboutonner sa chemise noire et à ôter son pantalon pour lui aussi se retrouver nu devant moi.

J'admire chaque parcelle de sa peau éclairée par la lumière chaude de la pièce. Je mémorise chaque tracé et chaque élément qui construisent son histoire d'une manière encore plus complexe que moi. Il m'observe lui aussi, étudie l'encre noire qui caresse mon épiderme.

Il prend mon poignet, ses doigts se posent sur une rose fanée, entourant et blessant un cœur qui saigne à plusieurs endroits.

— Ça, c'est ce qui représente la blessure que mon cœur a subie ce soir-là, lui expliqué-je.

Il hoche simplement la tête, la douceur de ses doigts me provoque des frissons alors qu'ils continuent à glisser sur mon corps. Alors, moi aussi je commence mon exploration. Délicatement, je m'imprègne de tout ce qui le représente.

Je m'arrête sur un visage qui représente pour moi le dieu

Poséidon sur le haut de son bras.

— Pourquoi ce dieu ? me renseigné-je alors, par curiosité.

— Parce que j'avais l'impression d'être dans une telle tempête que je me sentais couler peu à peu, alors j'ai voulu que ce dieu veille sur moi dans mon naufrage, m'explique-t-il alors en me regardant cette fois-ci dans les yeux.

Il tire sur mon poignet qu'il n'a pas lâché et me guide jusqu'à sa chambre, mais je le stoppe, car de dos, je peux admirer le tatouage qui me trouble le plus.

Sentant ma réticence, il se stoppe également sans pour autant se retourner. Mes doigts se tendent pour frôler le visage de la femme brune qui domine une partie de son dos.

— Et celui-ci ? osé-je alors demander, fascinée par les traits de cette femme envoûtante.

— Il représente celle qui a volé mon cœur et capturé mon âme, murmure-t-il alors, avant de me tirer de nouveau vers la chambre.

Ses mots font mouche, accélérant mon palpitant. Nous continuons ainsi à nous découvrir sous des facettes que nous ne connaissions pas, jusqu'à nous endormir, lovés l'un contre l'autre.

Lorsque je me réveille ce matin, je n'ai aucune foutue idée de l'heure qu'il peut être. Je me blottis contre le corps puissant qui se trouve à côté de moi. J'entends au loin une vibration qui m'asticote, m'agace complètement. Comme elle ne cesse pas, je tente de me lever, pique la couette pour m'enrouler dedans, me fichant de dénuder Kane, et file dans le salon.

Le téléphone qui ne cesse de vibrer vient de ma poche et lorsque je découvre qui m'appelle, une panique me saisit. Bordel, il est dix heures trente, je devrais être au salon de tatouage depuis une heure et demie !

Je cours vers la douche en appuyant sur la touche de rappel

afin de rassurer Luis.

— Allô, Luis, je suis désolée j'ai eu une panne de réveil, j'arrive dans dix minutes à tout casser, promis ! m'empressé-je de lui déballer dans la seconde où il décroche.

— Pas de problème, ma belle, ça arrive, j'avais juste peur qu'il te soit arrivé un truc, t'inquiète pas, c'est calme ce matin, me rassure-t-il alors que je suis mortifiée.

Je déteste être en retard au travail ! Pour le reste, je m'en fiche un peu, mais être à la bourre sur son lieu de taf, ça fout mal et ce n'est clairement pas professionnel.

Je me glisse dans la douche de Kane en faisant comme chez moi. J'utilise son gel douche, qui me rappelle son odeur musquée. Au moment où je savonne mes cheveux, un corps immense me rejoint et se colle contre le mien.

— Je me suis senti seul sans toi à mon réveil ! Je pourrais m'habituer bien plus vite que je ne le voudrais au fait que tu dormes avec moi. Ça apaise mes nuits, me chuchote-t-il à l'oreille en la mordillant légèrement.

Mon corps réagit instantanément à la présence du sien, un désir naît entre mes cuisses, mais je dois le réprimer, car je ne peux pas me permettre d'être plus en retard que je ne le suis déjà.

— Bonjour, bel homme, votre corps a l'air fort alléchant, mais je dois me dépêcher, car je suis en retard au salon de tatouage. Alors, nous pourrons satisfaire nos besoins plus tard… ricané-je alors que je commence à sentir son érection sur le haut de mes fesses.

— Ce foutu Luis peut attendre un peu plus… réplique-t-il comme un enfant s'apprêtant à bouder.

Je me rince, me tourne vers lui avant de l'embrasser avec passion. Mon dos se retrouve plaqué sur le carrelage de la douche et je suis à deux doigts de céder à cette tentation divine, mais je me ressaisis à temps et me dégage de son corps d'athlète pour sortir et commencer à me sécher.

— Voilà, je bande maintenant ! crie-t-il alors que je fuis en essuyant ma peau mouillée.

— Tu n'as qu'à te faire plaisir en pensant que c'est moi ! répliqué-je vivement en riant, commençant à m'habiller rapidement.

— Ce ne sera pas la première fois ! assène-t-il alors plus doucement, clairement frustré.

— À tout à l'heure ! Viens me voir au salon.

Je n'ai pas le temps d'entendre sa réponse, mais je sais qu'il viendra, je le connais si bien. Je file, descends les escaliers avant de traverser la rue. Heureusement, je n'ai que quelques mètres à parcourir avant d'arriver au salon de tatouage, qui n'est vraiment pas loin de son appartement.

Lorsque j'entre dans le bâtiment, la musique rock est forte, signe que Luis a commencé à travailler avec un client. Je pose mes affaires, me dépêche d'aller le voir pour lui signaler que je suis là et m'installe à mon bureau.

Aujourd'hui, je dois m'occuper du tatouage de Zéphyr avant de le lui montrer dans la semaine.

Un sourire flotte sur mes lèvres sans que je m'en rende compte, ce qui annonce une journée qui promet d'être très agréable, enfin c'est ce que je pensais avant que mon portable se mette à sonner, affichant un numéro inconnu.

Mon cœur loupe un battement, et j'hésite à répondre. Je dois le faire, mais j'appréhende ce qui se dira au cours de cette conversation.

Avant que la personne ne bascule sur ma messagerie, je décroche in extremis et attends le verdict.

— Bonjour, mademoiselle, je tenais à vous contacter afin de vous rappeler vos engagements auprès de mon patron. Je vous annonce donc que vous devez venir travailler au *Red Neon* tous les soirs, et ce, jusqu'à ce que votre dette soit réglée. Vos horaires seront de vingt-trois heures à trois heures du matin. Évidemment, vous ne serez pas payé et ferez ce qui vous sera demandé. Bonne journée et rendez-vous ce soir, sans faute.

Je n'ai pas le temps de prononcer le moindre mot qu'il raccroche. Bon sang, je suis dans la merde, ce sont des horaires qui vont m'épuiser… Je vais devoir quitter mon job de serveuse.

La petite voix en moi me suggère de fuir, mais je ne peux pas me le permettre, cela mettrait Cameron en danger et je ne le supporterais pas. Impossible de mettre Kane au courant, il deviendrait fou et pourrait se faire tuer.

Non, je dois me démerder, même si le retour à la réalité m'arrive comme une grande claque dans la tronche.

Monsieur Harris, à nous deux, mais sachez que je ne vous laisserai pas gagner cette fois-ci, croyez-moi.

Je vais me battre moi aussi, à ma façon.

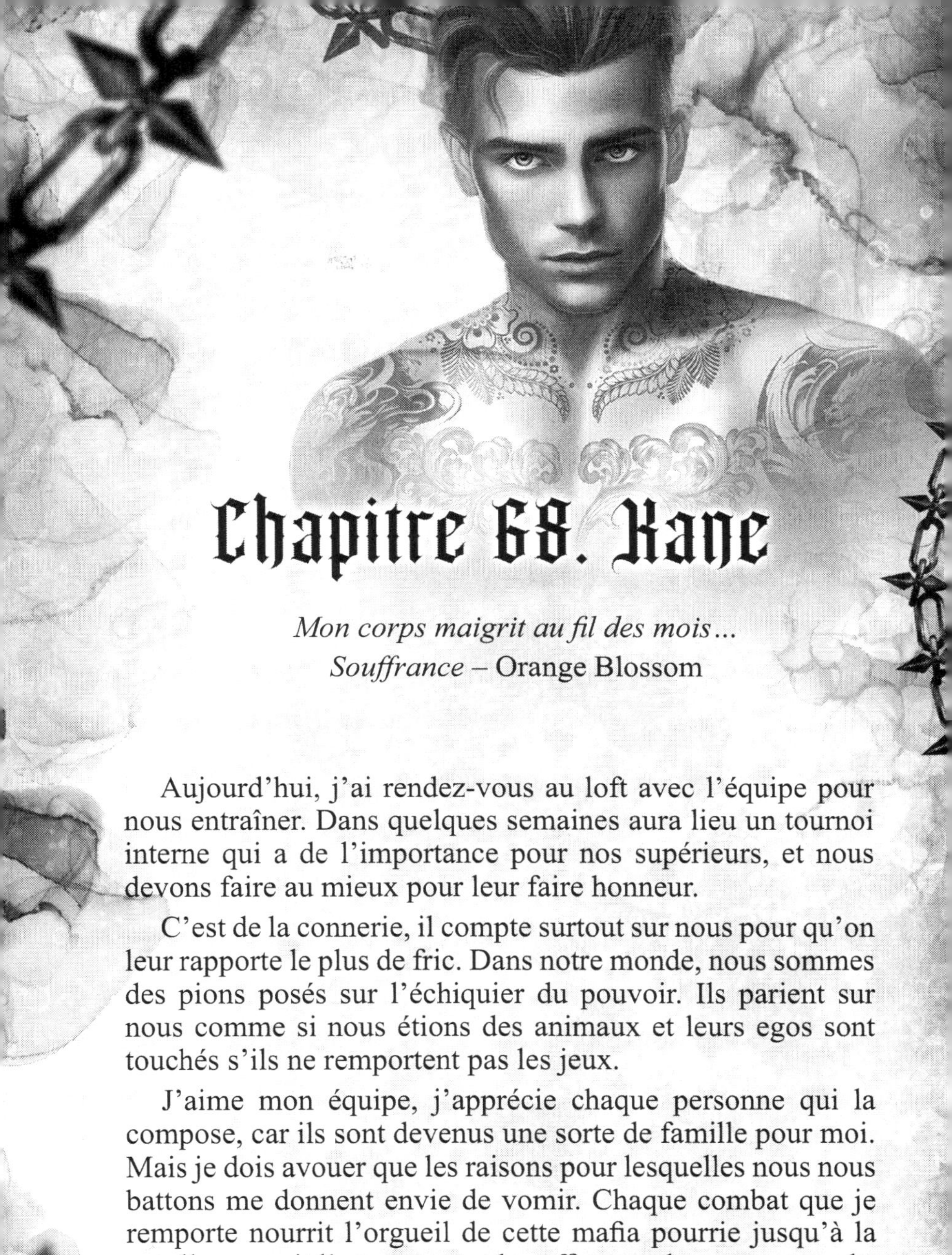

Chapitre 68. Kane

Mon corps maigrit au fil des mois…
Souffrance – Orange Blossom

Aujourd'hui, j'ai rendez-vous au loft avec l'équipe pour nous entraîner. Dans quelques semaines aura lieu un tournoi interne qui a de l'importance pour nos supérieurs, et nous devons faire au mieux pour leur faire honneur.

C'est de la connerie, il compte surtout sur nous pour qu'on leur rapporte le plus de fric. Dans notre monde, nous sommes des pions posés sur l'échiquier du pouvoir. Ils parient sur nous comme si nous étions des animaux et leurs egos sont touchés s'ils ne remportent pas les jeux.

J'aime mon équipe, j'apprécie chaque personne qui la compose, car ils sont devenus une sorte de famille pour moi. Mais je dois avouer que les raisons pour lesquelles nous nous battons me donnent envie de vomir. Chaque combat que je remporte nourrit l'orgueil de cette mafia pourrie jusqu'à la moelle, nourrit l'arrogance et la suffisance de mon paternel.

Cela fait deux jours que j'avais presque oublié cet aspect de ma vie, car je m'étais plongé dans cette bulle de bonheur, la seule que Jordane parvient à construire. L'appel que je viens de recevoir de Kaos la fait éclater, me faisant revenir à la réalité.

En toute honnêteté, je voudrais arrêter. J'aimerais véritablement détruire ces chaînes qui me maintiennent prisonnier de ce monde qui me débecte. Mais c'est tel un condamné sans la moindre volonté que je me dirige vers le sanctuaire du club au lieu de faire ce dont j'ai véritablement envie : rejoindre Joe à son salon de tatouage. Je me repasse en boucle notre soirée si parfaite. Une douceur qui m'a fait du bien, tellement de bien que je peine à me dire que c'est la réalité.

Lorsqu'elle est partie ce matin, j'ai ressenti ce petit pincement au cœur, celui qui m'annonce que mon addiction ne va désormais qu'augmenter. Cette envie d'être toujours près d'elle, de la sentir, la toucher, lui parler, la redécouvrir dans l'instant présent.

Je ne suis plus qu'à quelques mètres du loft, et alors qu'habituellement y aller ne me fait rien de spécial, aujourd'hui j'ai une boule au ventre. La dernière fois que l'on s'est vus, c'est lorsqu'ils ont appris que mon père était sorti de l'ombre. Mon paternel qui est accessoirement un de leurs patrons, par procuration, étant donné qu'il demeure le bras droit du parrain russe qui nous commande.

Une part de moi sait pertinemment qu'ils seront toujours de mon côté, mais une autre, plus sombre, se demande si je ne vais pas me retrouver seul à me battre contre ce monstre au pouvoir sans limite.

J'aimerais vraiment les avoir près de moi si je dois de nouveau combattre ce démon, car seul, je sais que je ne pourrai jamais réussir à le contrer et qu'il parviendra à nous détruire encore une fois. À me briser une nouvelle fois.

Je tape le code et entre dans la grande bâtisse aménagée pour notre confort. Tout est si beau, luxueux, clair, lumineux… Cela n'a en apparence rien d'une geôle. D'ailleurs, pour certains d'entre nous, c'est même un lieu qui les a sauvés de l'enfer. Quelque part, il m'a sauvé, moi aussi, d'une chute qui aurait pu me tuer. Si on ne m'avait pas rattrapé, je n'aurais jamais pu retrouver Joe, alors, quelque part, je remercie notre coach de m'avoir tendu la main.

On a tous nos histoires, nos vies, nos traumatismes et une raison de rester. Et même si nous voyons cet endroit différemment, nous nous respectons.

Lorsque j'arrive près de la salle de musculation, affublé de mon sac de sport, tous sont déjà là. Ils sont prêts à attaquer alors que moi je suis encore en train de me motiver.

Le visage de Kaos se tourne en premier vers moi, et je suis surpris de voir derrière lui celui de notre ancien coach. Cet homme ressemble beaucoup à une figure paternelle pour moi.

Je me souviens de mes premiers jours ici, de ce combat qu'il a décidé de mener pour me sortir de la pénombre.

Il y a deux ans.

Mes yeux s'ouvrent dans l'obscurité d'une pièce qu'il ne me semble pas connaître. Le brouillard dans lequel je suis embrouille ma tête, qui me fait un mal de chien. Dur constat, je suis encore en vie. Malgré tous mes efforts pour lâcher prise et quitter ce monde de merde, je ne cesse de survivre, et survivre encore.

Je me redresse et m'assois sur le côté du lit. Mes mains frottent frénétiquement mes paupières alourdies, une douleur me fait grimacer au niveau de mon arcade et un liquide se met à couler sur le côté de mon visage.

Je peine à me souvenir de la veille, ai-je exécuté un ordre de mon père ? Ai-je combattu ? Ai-je passé une soirée à m'évader ?

Mon nez me brûle, signe que la poudre blanche qui est devenue mon leitmotiv a pénétré mon corps pour le détruire un peu plus. Je voudrais qu'il ne soit plus capable de faire quoi que ce soit, que je ne sois plus en mesure d'exécuter la moindre demande, le moindre ordre. À tâtons, je cherche une table de nuit et en trouve une sur laquelle est posée une lampe de chevet.

Très vite, je constate les dégâts, les marques de piqûres sur mes avant-bras qui révèlent ce qui me ronge depuis six mois. L'héroïne. Cette drogue qui me dévore, m'affaiblit, m'aide à partir de la pire des manières. Après tout, c'est ce que je mérite. De souffrir, de mourir de la plus lente des façons. Une forme de rédemption pour tous mes péchés.

Mon corps maigrit au fil des mois, je perds cette force qui gonflait l'ego de cet homme qui demeure mon père. Un sourire aigre naît sur mes lèvres, provoqué par la satisfaction de ne bientôt plus lui être utile. Qu'importe que ma dette ne soit pas remboursée, je n'ai de toute manière plus personne à protéger. Car elle n'est plus là. Elle n'est plus nulle part. Mon cœur se brise, saigne à cette pensée. Voilà un an que je la cherche sans la trouver. Je voulais juste la voir de loin, d'assez loin pour ne pas la tacher, mais d'assez près pour nourrir mon besoin d'elle.

Aujourd'hui, les seuls moments où je peux la voir, c'est en planant. Je revois son visage souriant, ses yeux gris pénétrants. Je sens la douceur de sa peau, la mélodie de sa voix, mais lorsque je m'éveille, elle disparaît. Cette image idyllique se brise en mille morceaux, me rappelant que c'est moi qui ai tout détruit. Sa vie, la mienne, celle de son amie.

Ma respiration s'accélère sous la vague de culpabilité et de douleur que ces pensées provoquent, alors je me lève et pars en quête de ce qui pourra me permettre de calmer le fer brûlant qui calcine mon cœur et mon estomac.

Je sors de la pièce et tombe dans un couloir au mur beige clair. C'est lumineux, bien trop pour ma noirceur habituelle. Où est-ce que j'ai bien pu me fourrer encore ?

J'avance, malgré mes jambes qui ressemblent à celles d'un faon venant de naître. J'arrive dans un salon avec une immense télévision dernier cri, un canapé qui a plus de confort que le vieux matelas dans lequel je pionce depuis mon plus jeune âge.

Puis, le tintement d'une tasse que l'on pose attire mon attention. Un homme se trouve assis à une table pas très loin.

Il ne me regarde pas, mais tourne une cuillère dans ce qui me semble être du café. Ses cheveux grisonnants me font supposer qu'il doit avoir au moins une cinquantaine d'années bien tassée, puis je détaille son visage marqué par le temps, portant des cicatrices qui ne trompent pas. Un nez un peu tordu, une balafre cicatrisée sur le sourcil, une autre au menton... Ce mec a dû combattre dans sa jeunesse, c'est certain.

Il relève enfin ses yeux vers moi, des yeux noisette qui semblent cribler mon âme. Je me sens soudainement mis à nu, vulnérable. Le danger émane de lui, mais un danger qui pourtant ne semble pas me menacer.

— Tu n'as pas fière allure, gamin, amorce-t-il avant de porter à ses lèvres sa tasse blanche.

Je ne sais pas vraiment quoi répondre, ai-je vraiment envie de le faire ? Tout ce que je souhaite, c'est partir. Sortir de cette lumière qui m'agresse, retourner dans l'obscurité qui m'est destinée.

— Où est la sortie ? croassé-je, la voix tellement cassée que je ne la reconnais pas.

— Il n'y a pas de sortie possible pour toi, tu vas rester ici désormais, continue-t-il d'un calme olympien.

Le brouillard dans lequel je suis peine à capter ce qu'il m'annonce et un rire sort machinalement de ma gorge.

— C'est un nouvel ordre ? demandé-je, sarcastique et résigné.

— Non, ce n'en est pas vraiment un, mais si tu veux t'en sortir, tu le feras.

M'en sortir ? À quel moment a-t-il pu penser que je voulais vivre et m'en sortir ? Qui est-il pour supposer ça ?

Mes questions restent coincées dans ma tête, ne franchissent pas la barrière de mes lèvres.

— Sais-tu comment je sais que tu ne souhaites pas réellement quitter notre monde ? m'interroge-t-il alors le

plus sérieusement possible.

Face à mon manque de réactivité, il se lève pour s'approcher de moi. Maintenant que je le vois debout, il doit faire à peu près ma taille et sa carrure n'a rien à envier aux autres fighters que j'ai pu voir.

— Car une personne qui souhaite vraiment crever le serait depuis longtemps. Toi, tu veux souffrir, tu veux te punir, mais tu ne veux pas vraiment mourir, enchaîne-t-il alors en me fixant droit dans les yeux.

Je reste encore une fois mutique, stoïque alors que chaque mot qu'il a prononcé impacte mon âme. Ne pas réagir, ne rien montrer, rester de marbre. C'est probablement un piège, une scène montée de toutes pièces pour me faire flancher et me pousser à révéler mes émotions.

— Tu n'as plus à lui obéir maintenant, Kane. C'est terminé... avoue-t-il enfin, une forme de tendresse sur le visage qui paraît presque sincère.

Mais c'est impossible. Je ne serai jamais libéré de cet homme, ma dette est trop grande. Ma vie lui appartient.

— J'ai racheté ta dette, tu ne lui dois plus rien, me révèle-t-il alors, me bouleversant.

— Je dois donc désormais rembourser ma dette auprès de vous, prononcé-je alors immédiatement, tel un robot.

— Non. Je ne te demande rien de tel, ici tu seras sous ma protection, la seule chose que tu devras faire, c'est combattre en mon nom, m'explique-t-il.

— Je dois donc tout de même faire quelque chose pour vous, je ne suis pas libre. Je ne le serai jamais.

— C'est faux, un jour tu pourras l'être, mais je voudrais que tu voies ça comme un travail qui te payera et non comme un acte qui le remboursera, Kane. Ce sera ton nouvel emploi, devenir un fighter dans notre équipe et seulement ça. Je t'offre une porte de sortie qui pourra, en temps voulu, t'offrir ton indépendance.

Tout ça me paraît louche. Combattre, c'est dans mes cordes, et cela depuis des années. Vivre de ça me paraît idéaliste, car jusque-là, je combattais pour survivre. Cet homme que je ne connais ni d'Ève ni d'Adam m'offre sur un plateau une solution, une clé qui ouvrirait une partie de ma cage.

— Comment avez-vous fait ? ne puis-je m'empêcher de demander.

— J'ai mes relations, alors, acceptes-tu ? demande-t-il avec un air sérieux.

Accepter va me permettre d'avoir de l'argent pour payer mes drogues, multipliant les occasions de revoir Jordane dans mes doux fantasmes. Alors, je hoche simplement la tête.

— Très bien, réplique-t-il en tendant sa main pour que je la saisisse, ce que je fais.

Il tire alors mon bras, révélant à la lumière les traces d'injections qui règnent sur mon épiderme.

— Première étape, on va se débarrasser de ce qui te dévore, et ça, tu n'as pas le choix.

Je suis choqué, et alors que je tente de retirer mon bras, je n'y parviens pas, car la force de sa poigne me maintient prisonnier. La panique m'enveloppe face au sourire qui apparaît sur les lèvres du quinquagénaire.

— À partir de maintenant, tu ne peux plus sortir. Sache que les vitres sont blindées et incassables, le code de sortie n'est connu que par moi et les autres membres ont pour ordre de ne plus venir ici pendant des mois. À partir d'aujourd'hui je serai ton coach. Ici commence ta nouvelle vie et je peux te dire que je serai sans pitié pour te ramener dans la lumière.

En repensant aux semaines, aux mois qui ont suivi, des frissons parcourent ma peau. Il m'a certes malmené, mais il m'a surtout sauvé. Il a réussi à rentrer dans mon cœur, peu à peu, comme on apprivoise un animal sauvage blessé. Ce n'est que plus tard que j'ai appris qu'il était le frangin du patron du garage dans lequel je travaillais déjà à mi-temps à l'époque.

Le sourire chaleureux qu'il offre rarement m'accueille, me fait du bien. Ça me rassure qu'il soit là, car je sais l'influence qu'il peut avoir sur nos vies. Je m'approche de lui et il me prend tendrement dans ses bras, j'imagine que c'est un peu comme ça qu'un père saluerait son enfant en le revoyant. Sa chaleur me fait du bien, son regard sans jugement m'apaise, la fierté qui s'y trouve me galvanise.

J'espère vraiment l'avoir comme allié, je ne m'en sentirai que plus fort.

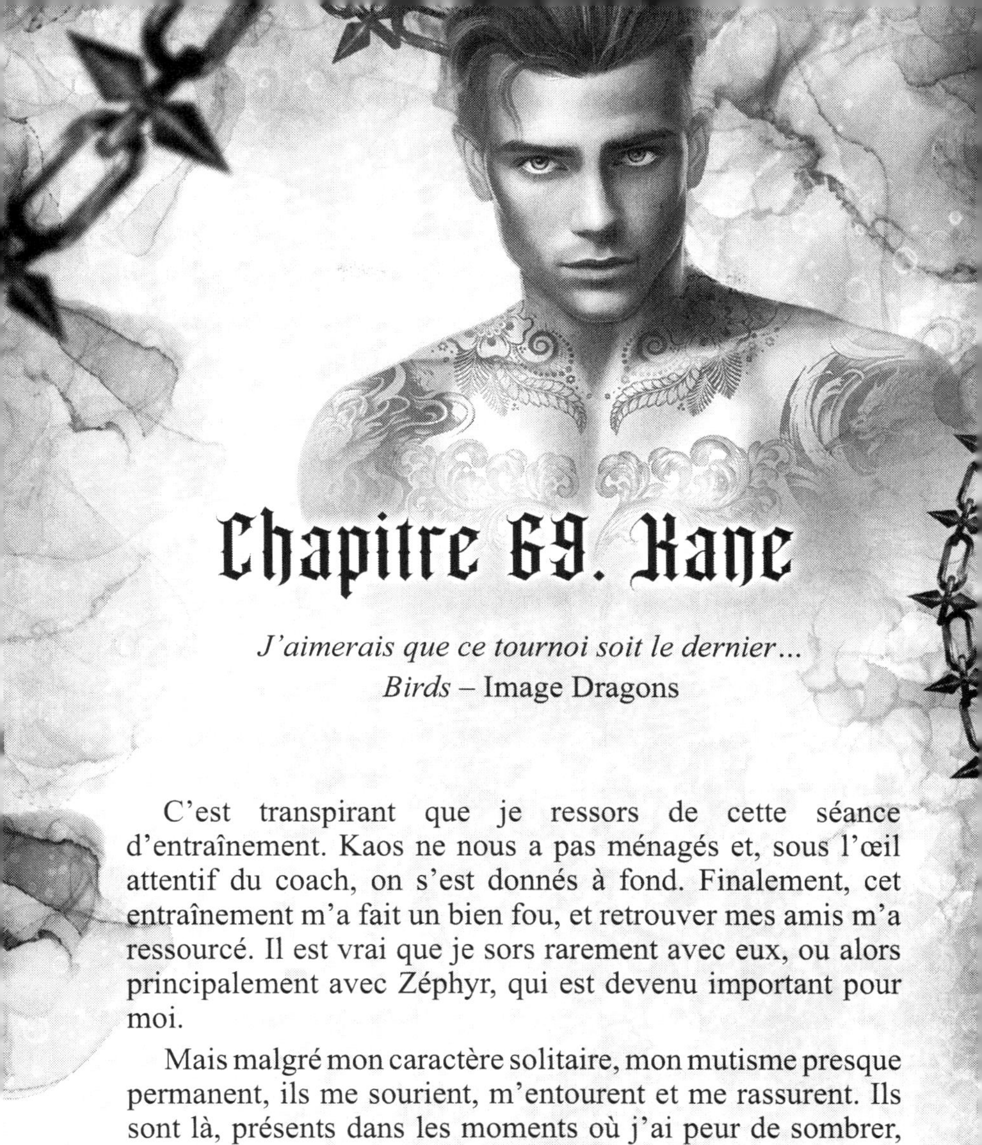

Chapitre 69. Kane

J'aimerais que ce tournoi soit le dernier…
Birds – Image Dragons

C'est transpirant que je ressors de cette séance d'entraînement. Kaos ne nous a pas ménagés et, sous l'œil attentif du coach, on s'est donnés à fond. Finalement, cet entraînement m'a fait un bien fou, et retrouver mes amis m'a ressourcé. Il est vrai que je sors rarement avec eux, ou alors principalement avec Zéphyr, qui est devenu important pour moi.

Mais malgré mon caractère solitaire, mon mutisme presque permanent, ils me sourient, m'entourent et me rassurent. Ils sont là, présents dans les moments où j'ai peur de sombrer, comme je serai là lorsqu'il faudra leur tendre la main afin de les aider à se relever.

L'année dernière, Kaos a chuté. Il s'est laissé dévorer par ce qui le hantait. Je ne pouvais pas l'empêcher de tomber, alors j'ai juste fait de mon mieux pour le soutenir afin que ça ne fasse pas trop de dégâts.

Je n'aurais laissé personne d'autre que lui-même le faire souffrir, mais je suis le mieux placé pour savoir que si on a décidé nous-mêmes de sombrer, nous serons les seuls à pouvoir faire ce pas en avant pour ne plus couler. Mais ce pas, on ne peut pas le faire seul, il faut se sentir entouré.

Il s'approche d'ailleurs de moi et me colle une claque dans le dos pour me féliciter.

— Tu as bien bossé, mon pote, on va les défoncer les Tchétchènes ! rigole-t-il alors en me suivant vers les vestiaires.

J'entends Hale et Ben rire à l'intérieur des douches, mais aussi les filles en faire de même. L'atmosphère est légère, sans tension. Comme si les combats que nous allions faire n'étaient que routine et quotidien, une simple formalité sans danger.

Notre vie n'est plus vraiment rationnelle, réaliste. Elle a muté au fil des années en une chose banale alors qu'elle n'est que violence.

— Pourquoi as-tu arrêté les combats, Kaos ? osé-je demander pour la première fois à mon ami.

Il me regarde, surpris de ma question, moi qui n'en pose habituellement jamais.

— Je pense que j'étais arrivé au bout de l'aventure. Je n'avais plus ce qu'il fallait pour combattre, je perdais cette pulsion qui nous donne la niaque. Alors, je me suis dit pourquoi ne pas évoluer et changer pour devenir coach.

Je réfléchis à ce qu'il me dit. Il a su écouter son corps et son cœur, il a eu cette possibilité de s'échapper, de changer. Moi, est-ce que je l'ai ? Je n'en suis pas sûr. Je pense que la pulsion dont il parle a disparu depuis longtemps, elle n'est même peut-être jamais arrivée. Nous n'avons pas commencé le *fight* pour les mêmes raisons, lui pour évacuer sa colère, moi pour servir une cause bien funeste.

La flamme s'est éteinte chez lui, alors qu'elle ne s'est jamais allumée pour moi. C'est drôle de constater ça alors que nous avons combattu côte à côte de manière si différente.

— J'aimerais arrêter, avoué-je à mi-mot, comme si le dire à voix haute allait déchaîner les flammes de l'enfer.

— Pour Jordane ?

— Non. Non pas pour elle, pour moi. Je pense qu'arrêter les combats sera un des rares actes que je voudrais réaliser uniquement pour moi, pour mon bien.

Il sourit et hoche la tête, comme s'il comprenait ce que je veux dire.

— Tu peux arrêter si tu le souhaites, Kane, nous te soutiendrons quoi qu'il se passe, tu le sais, non ? me dit-il en tapotant mon épaule amicalement.

Si seulement c'était si facile, mais cette part de moi qui désire sa liberté ne demande qu'à le croire. Qu'à s'envoler loin des ténèbres de ce passé qui me hante encore dans le présent. Chaque combat m'y replonge, chaque contact avec l'illégalité me rappelle à ce monde nocif et destructeur.

— J'aimerais que ce tournoi soit le dernier, Kaos, et je vais commencer à en parler au coach, pour tâter le terrain, lui révélé-je avec une ébauche de sourire.

— Il t'aidera, tu es comme un fils pour lui, il ne te lâchera pas, qu'importe l'adversaire.

J'acquiesce en espérant qu'il dise vrai et entre dans le vestiaire pour dénouer mes muscles bien trop sollicités avec une bonne douche brûlante. Je vais ensuite envoyer un message à Jordane pour lui demander si on peut se voir, car j'en ai vraiment besoin. Je voudrais lui parler de mes doutes, de mes envies, de cette liberté que je m'autoriserais pour la première fois de ma vie.

Chapitre 70. Jordane

Je me love contre lui tel un chat se pelotant dans un coussin.
I See Fire – Ed Sheeran

Lorsque je reçois un SMS de Kane, une boule naît dans mon ventre. Je viens à l'instant de démissionner de mon job du soir pour me rendre disponible pour le *Red Neon*, et le voir après ça va me perturber, j'en suis sûre.

Il faut que je parvienne à lui mentir, à dissimuler la vérité afin qu'il ne se doute de rien, et je ne suis pas sûre d'en être capable. Soudainement, je comprends la douleur qu'il a pu ressentir en me préservant dans le passé.

À peine rentrée chez moi, je m'empresse de lui répondre que l'on peut se voir d'ici une heure. Au moment où le message s'envoie, mon petit frère arrive. Son regard inquiet pèse sur moi comme une épée de Damoclès, il se sent terriblement coupable de la situation, si bien que je peine à le consoler. Il doit apprendre que je suis plus forte que ça, je ne me laisserai pas détruire aussi facilement, surtout maintenant que je les ai retrouvés, lui et Kane.

— Ta journée d'école s'est bien passée ? lui demandé-je

innocemment, comme si de rien n'était.

— Nul à chier. Tu travailles ce soir ? s'empresse-t-il de répliquer.

Je n'ai pas envie de lui répondre, alors je prends mon carnet de dessin afin de commencer à esquisser mes tourments, comme j'ai l'habitude de le faire.

— Je vais prendre ça pour un oui. Joe, tu dois en parler à Kane ! Il va t'aider, il pourra faire quelque chose, tu ne peux pas…

Ses mots m'agacent, il a raison, mais je refuse de faire ça encore une fois, de laisser une opportunité à son père de le briser à nouveau.

— Stop ! Je refuse de mêler Kane à cette merde. C'est une histoire de famille que je réglerai moi-même, compris ? m'énervé-je comme chaque fois qu'il évoque cette possibilité-là.

— Mais… tente-t-il de poursuivre.

Face à mon regard courroucé, il se ravise et part, énervé, en direction de sa chambre, claquant la porte avec force. Je comprends son inquiétude et, surtout, il s'en veut du fait que je me retrouve dans cette putain de situation. Mais il n'est qu'un enfant qui s'est fait envoûter par cette sirène maléfique qu'est notre mère. C'est de notre faute. *Abuela* et moi aurions dû le prévenir, lui avouer ce qu'elle était véritablement. Mais on lui a dissimulé la vérité pour le préserver.

Elle corrompt toujours tout, mais je refuse de la laisser gagner cette fois-ci. Je dois trouver un moyen de la supprimer de nos vies, et si pour ça je dois entacher mes valeurs, je le ferai sans hésiter.

Plongée dans mes pensées négatives, dans l'élaboration de ce putain de plan qui n'arrive pas, je sursaute lorsque l'on frappe à ma porte. Je regarde l'horloge et constate qu'une heure s'est déjà écoulée et que Kane doit probablement déjà être là. Je ne peux réprimer le sourire qui fleurit sur mes lèvres à l'idée de le voir.

Je me lève précipitamment pour aller lui ouvrir et enlacer ce corps puissant qui m'a tant manqué. Je ne l'ai quitté que ce matin, mais sa présence est de nouveau essentielle pour moi. Malgré mes problèmes, il hante chacune de mes pensées, et désormais de manière positive.

Je me nourris de son odeur, de sa chaleur, de sa présence qui a tant manqué à mon existence. Ce besoin d'être près de lui alors que nous avons été séparés depuis tant d'années. Il m'embrasse avec passion, éveillant chaque synapse de mon être, ravivant le désir inassouvi de ce matin. J'aurais pensé qu'il viendrait me voir au salon, mais les heures ont passé et j'ai perdu espoir.

Nos lèvres se libèrent, je le guide vers mon canapé après avoir refermé la porte. Il s'installe, et je me love contre lui tel un chat se pelotant dans un coussin. J'aime que nos corps soient en contact.

— Qu'as-tu fait au salon ? Luis ne t'a pas trop fait les yeux doux, j'espère ? me questionne-t-il légèrement en riant, bien que je sache pertinemment que sa seconde question le travaille plus que la première.

J'aime qu'il soit un peu jaloux et possessif, cela a toujours été le cas. Et ce que j'aime par-dessus tout, ce sont ses réactions lorsque je provoque cette jalousie.

— Quelques clins d'œil par-ci par-là, mais rien qui ne mérite une condamnation, le rassuré-je en rigolant. Pour le salon, j'ai fini le tatouage de Zéphyr, je suis impatiente de le lui montrer.

— Saleté de Luis, je vais quand même devoir mettre les choses au clair avec lui ! Et pour Zéphyr, il m'a parlé de ce tatouage toute la journée, alors j'ai hâte moi aussi qu'il le voie !

— J'espère qu'il lui plaira… réponds-je en songeant au dessin.

Mais soudain, quelque chose m'interpelle.

— Quand tu dis que tu vas mettre les choses au clair avec Luis, tu entends quoi par là ? lui demandé-je en me redressant.

Il me regarde alors dans les yeux, avec tout le sérieux du monde.

— Je vais lui parler de ce qu'il y a entre nous, je refuse de devoir me faire des cheveux blancs parce que ce latino a un faible pour toi.

— Donc tu insinues que nous sommes en couple ? minaudé-je pour en savoir plus.

— Nous… enfin… oui, pour moi, nous sommes ensemble, bredouille-t-il, soudainement gêné. Enfin, je me suis peut-être trompé, peut-être que tu ne penses pas la même chose…

Je reste silencieuse pendant quelques secondes, me régalant des doutes que j'ai immiscés dans son esprit. Mais, rapidement, je l'embrasse avec ferveur. Sa surprise laisse place à la même passion que moi et nous nous dévorons avec avidité. Lorsque nous reprenons notre souffle, il profite de l'instant pour me demander confirmation.

— On est d'accord sur le fait que nous sommes en couple, Joe ? Je ne vois pas notre relation autrement, je dois t'avouer.

— Évidemment, mais t'entendre le dire a presque fait exploser mon cœur, j'attendais d'entendre ces mots depuis que j'ai l'âge de douze ans, alors je voulais vivre le moment à fond, le taquiné-je alors en frottant délicatement mon nez contre le sien.

Il se met à me chatouiller en guise de représailles pour lui avoir fait une frayeur et nous rions en chœur, et moi je profite de cette légèreté. Il me porte pour me mener dans ma chambre et, lorsqu'il mordille mon cou avec douceur, je ne peux que deviner ce qu'il compte faire dans cette pièce.

Bon sang, je l'aime si fort.

Kane part quelques heures plus tard, après m'avoir fait jouir de la plus délicieuse des manières. J'ai prétexté avoir besoin de rester un peu seule avec Cameron. Un mensonge de plus qui semble passer comme une lettre à la poste pour le moment, mais qui ne risque pas de fonctionner très longtemps.

Dans deux heures, je vais devoir me rendre au *Red Neon*

et je n'ai aucune idée de ce qui m'attend là-bas. J'ai décidé de m'habiller de la manière la moins féminine possible afin de ne pas tenter qui que ce soit et pour qu'on ne me prenne pas pour une prostituée au même titre que ma mère, qui serait prête à vendre corps et âme pour assouvir ses vices. J'envoie un message de bonne nuit à Kane, comme si j'allais me coucher, j'embrasse le front de mon frère qui s'est assoupi lui aussi et file dans la nuit.

Lorsque j'arrive face à la devanture, j'ai envie de vomir. Bordel, Joe, soit forte, tu dois juste faire le service, rien de plus ! Ce n'est pas grand-chose, finalement…

J'entre alors d'un pas que je veux déterminé et pénètre dans l'antre du diable. La chaleur est presque étouffante à l'intérieur et l'atmosphère est totalement différente de la dernière fois. J'entends au loin des râles d'hommes et des gémissements de femmes se mêler à une musique sensuelle qui me colle des frissons.

Je m'avance près du comptoir et tombe sur une femme brune plus âgée que moi, qui porte des hématomes sur son cou, je suppose des marques de strangulation. Et ma nausée s'accentue. Je peine à déglutir afin de pouvoir formuler ma demande.

— Je… prononcé-je d'une voix si éraillée que je suis obligée de me racler la gorge pour continuer ma phrase. Je suis la nouvelle serveuse, Jordane Soreña, j'avais rendez-vous ce soir.

— Ah ! c'est toi la nouvelle privilégiée… prononce-t-elle alors froidement. Tu crois que tu vas pouvoir éviter de passer à la casserole ? Tu rêves, tout vient à point à qui sait attendre…

Ça commence bien…

— Je veux juste savoir ce que je dois faire et par quoi je dois commencer, tu vas m'aider ou non ?

Elle ne répond rien pendant plusieurs secondes, avant de siffler, appelant une autre fille qui ressemble trait pour trait à une Barbie. Une longue chevelure blonde, des yeux bleus, des lèvres roses pulpeuses, un corps probablement refait et siliconé à certains endroits pour la rendre parfaite en tous points.

— Bella, emmène la nouvelle au vestiaire et trouve-lui une tenue. Elle ne doit pas faire tache, sinon le patron sera mécontent, annonce la brune sans le moindre sourire.

Ses yeux profonds me sondent, mais semblent sans vie. Barbie me coupe dans ma contemplation en attrapant mon poignet et en me tirant vers le fond du club. Elle n'a pas prononcé un mot, ce que je trouve bizarre.

On entre dans une pièce assez grande, renfermant pas mal de casiers. Elle m'en pointe un vide du doigt dans lequel je pose mon sac, puis pars dans le fond de la pièce pour chercher une tenue qui pourrait me convenir.

— Tu t'appelles comment ? osé-je alors lui demander, histoire de tenter de créer un minimum de lien avec les filles qui vont graviter autour de moi.

Mais toujours rien, un silence complet. Elle est peut-être muette ? Elle se rapproche de moi, me tend un cintre avec une jupe moulante noire et un haut décolleté rouge sang aux couleurs de l'enseigne. Bordel, celle tenue est un appel à la luxure…

— Tu ne portes pas ça toi, pourquoi ? lui demandé-je en la détaillant.

Elle sort alors un carnet et marque sur une feuille : pas le même job !

— Tu es muette ? questionné-je alors, curieuse.

Elle ouvre alors la bouche et me montre une chose qui me donne instantanément envie de vomir. Elle n'a plus de langue ! On lui a probablement coupé, c'est affreux !

— Mais… mais comment ? Enfin, c'est affreux !

Elle écrit alors de nouveau sur son carnet, très rapidement : j'ai mordu la queue d'un gars mon premier jour, j'avais treize ans et j'avais peur… et le boss m'a fait couper la langue pour me punir. Un conseil, ne le contredis jamais et fais ce qu'il te dit.

Merde, dans quoi suis-je tombée ? Le pire, c'est que sur

son visage je ne vois aucune tristesse, aucune peine, juste l'énonciation des faits qui semblent en tous points normaux.

Mes mains tremblent alors que je commence à me déshabiller pour enfiler l'uniforme. Il moule mon corps comme une seconde peau, et je me sens extrêmement mal à l'aise.

La Barbie attend, me regarde sans la moindre expression comme si j'étais une fille parmi tant d'autres qui s'ajoute à une longue liste de rencontres. Elle me fait signe ensuite de la suivre et me guide jusqu'au bar pour retrouver la brune de tout à l'heure.

— C'est mieux comme ça. Un peu rondouillarde, mais ça fera l'affaire. Tu vas aller servir la table 72 là-bas, me montre-t-elle en me tendant un plateau garni de trois verres remplis de ce que je crois être du whisky, du fait de sa couleur ambrée.

Je hoche simplement la tête et commence ma nuit. Je déambule entre les tables, on en profite pour me claquer le cul ou pour me siffler, mais je tente de faire abstraction de tout ça pour simplement me focaliser sur la table que je dois servir.

Ne réagis pas, Jordane, pense à la Barbie à la langue coupée ! Qui sait ce qu'on pourrait te couper si tu claquais un client…

Les trois hommes me dévisagent. Ils sont élégants, portent la richesse sur eux. Probablement des hommes d'affaires, de riches chefs d'entreprise, ou pire encore… Je force un sourire et repars vers le comptoir pour enchaîner les commandes. À chaque passage, même rituel, mêmes mains baladeuses et comportements de porcs qui me poussent à agir, mais je réussis à me contenir, à ne pas fuir.

Leurs actes, leurs regards, tout me rappelle Slash et ce qu'il a osé me faire. La peur me tord le ventre, la colère fait bouillir mon sang, mais je ne dois rien faire, je dois me contenir.

Voilà maintenant trois tables que je sers et la quatrième me mène à un groupe d'hommes portant des blousons en cuir.

Mon cœur s'accélère, car le logo qui trône dans leurs dos me propulse justement à ce morceau de ma vie que je voudrais oublier. Les *Evils Head*.

Je me stoppe en plein milieu de la salle, dans l'impossibilité d'avancer vers eux. Ils ne me remarquent pas, n'ont même pas conscience de ma présence, pourtant, ils me paralysent. Je détaille leurs visages pour voir si je ne les ai jamais vus et, heureusement, ils me sont inconnus.

Alors, je recommence à avancer vers eux pour leur servir leurs bières, ils me saluent à peine, me remercient encore moins et c'est alors très rapidement que je m'éclipse de leur table.

À nouveau près de la brune, je ne peux m'empêcher de lui poser une question qui me taraude.

— Les *Evils Head* sont souvent là ?

— Pourquoi ? Tu les connais ? me répond-elle, suspicieuse.

— Non, j'en ai juste entendu parler…

Elle me fixe intensément, cherchant probablement si je dis la vérité ou non.

— Oui, ils ont une alliance avec le boss et squattent souvent. Ils n'ont aucun respect pour les femmes, t'as plutôt intérêt à faire profil bas, m'explique-t-elle en caressant à nouveau la peau de son cou.

Pour clore la conversation, elle me tend un nouveau plateau qu'elle me demande d'apporter à la table 12, et je m'exécute tout en m'avouant que je suis définitivement très mal barrée.

Chapitre 71. Kane

Nous étions jeunes, et le monde était différent.
Honey – Maneskin

Des semaines plus tard.

Cela fait maintenant plusieurs semaines qu'avec Joe nous nous sommes retrouvés et je n'ai jamais été aussi heureux. Mes entraînements au club se déroulent bien, mon père n'a pas fait de nouvelle apparition et tout semble parfait. Enfin, tout sauf le fait que Jordane refuse de dormir chez moi la nuit ou inversement. Je n'arrive pas à comprendre ce qui la bloque, est-ce parce que ça va trop vite ? Que c'est un peu trop intime ? A-t-elle peur ? Je ne parviens pas à comprendre, et ça me perturbe. Je crève d'envie de me blottir contre elle la nuit et de me réveiller avec elle lovée contre mon corps. Je voudrais la savourer le matin, voir son visage au réveil comme le lendemain de notre premier rendez-vous, mais elle rend la chose impossible.

Je dois même avouer que même si je me sens heureux, il y a quand même quelque chose qui me préoccupe. Elle semble fatiguée, plus soucieuse, portant parfois sur ses traits une expression inquiète qui m'alerte, mais elle s'efface aussi vite qu'elle est apparue.

Dans ces moments, elle me rassure, m'envoûte et me fait oublier ce qui s'est passé quelques minutes plus tôt, mais plus les semaines avancent, plus mon mauvais pressentiment demeure. Comme une tache dégueulasse sur un tableau idyllique.

Aujourd'hui, je suis au club et je frappe à un rythme régulier dans le sac pour évacuer ce qui me préoccupe. J'ai peur d'être parano et de voir le mal partout, alors je me tais et me retiens de la suivre afin de m'assurer que tout va pour le mieux. Faire ça, ce serait briser la confiance que je lui donne et celle qu'elle m'accorde. Je ne dois pas redevenir celui que j'étais dans le passé à sans cesse vouloir m'assurer de son bien-être ou de ses fréquentations.

Nous étions jeunes, et le monde était différent. Aujourd'hui, nous sommes adultes et je dois m'ôter de l'esprit que Jordane est en danger permanent.

Mes poings martèlent mes émotions pour tenter de les effacer, de les dompter. Aujourd'hui, j'ai rendez-vous avec le coach pour lui parler de mon projet d'arrêter les combats, de prendre ma retraite après le tournoi. J'attends simplement qu'il arrive pour que je puisse lui confier ce qui me travaille depuis un moment.

J'entends d'ailleurs une porte claquer et j'arrête mon exercice, le corps recouvert de sueur et la respiration saccadée par l'effort. Celui que j'attends arrive, me tape dans le dos pour me saluer et me tend ma serviette afin que je puisse m'essuyer.

— Tu voulais me parler, gamin ? me questionne-t-il d'emblée, sachant que ce n'est pas vraiment dans mes habitudes.

— Ouais, comment te le dire… Je me sens fatigué de cette vie, coach. Je suis même épuisé. Je… Je pense à prendre ma retraite moi aussi, et je ne sais pas comment le faire, lui avoué-je sans détour.

Il accuse mes mots, acquiesce et semble réfléchir.

— Si tu veux arrêter, il n'y a qu'une manière de le faire. Le demander au *Pakhan* directement, lui seul pourra contrer ton père, lui seul a voix à tout dans notre univers.

Je hoche la tête, comprenant ce qu'il veut dire. Si je veux couper l'herbe sous le pied de mon père, nous devons avoir la protection de la seule personne qu'il ne pourra jamais contredire. Pour lui, la seule personne qu'il respecte est le *Pakhan*. Mais pour autant, il faut que le chef de la mafia russe accepte ma demande et me libère de mes engagements.

— Je viendrai avec toi pour t'appuyer, toute l'équipe sera là pour te soutenir, Kane. Nous sommes une famille, certes atypique, mais une famille quand même. Tu peux compter sur nous, ajoute-t-il alors en me regardant tendrement. Tu mérites de te reposer, gamin.

Soulagé d'avoir son soutien, je lui souris et nous nous enlaçons comme nous pouvons avoir l'habitude de le faire de temps en temps depuis que nous nous connaissons. Cette étreinte me fait du bien.

— Alors, mon grand, comment ça se passe avec ta chère et tendre ? me demande-t-il en jouant des sourcils.

Je ris face à son expression bizarre.

— Très bien, on réapprend à se connaître, on passe des moments merveilleux ensemble et je me sens revivre à ses côtés. Elle a toujours été celle qui manquait à ma vie, comme si j'avais perdu un bout de mon âme. Maintenant que je l'ai retrouvée, je veux savourer chaque instant à ses côtés, mais…

— Mais ?

— Elle… comment dire… c'est comme si elle ne m'autorisait plus depuis quelque temps à faire partie intégrante de sa vie. J'ai comme l'impression qu'une petite barrière s'est formée entre nous sans que je sache d'où elle vient. C'est… frustrant. Alors, je ne dis rien, je me dis que c'est peut-être moi qui imagine des choses, mais je ne peux empêcher mon cœur de la ressentir. C'est comme si elle me dissimulait un chapitre important de sa personne.

Il ne dit rien, me regarde simplement.

— Tu es peut-être en train de ressentir ce que toi tu lui

as fait vivre il y a quelques années, tu ne penses pas ? Elle a probablement un secret qu'elle tente de te dissimuler et, pour la première fois, tu ressens ce que ça fait.

— Mais quel genre de secret ? On se dit tout… Enfin, je le croyais, répliqué-je en passant une main dans mes cheveux.

— Alors ça, mon petit, les femmes sont parfois un mystère. Tu devrais lui en parler, être honnête avec elle et lui avouer ce que tu as sur le cœur.

J'acquiesce simplement en réfléchissant à comment je vais pouvoir aborder la chose. Ne trouvant rien de concret, je reporte mon attention sur le sujet dont nous devons discuter.

— Comment pourrais-je avoir un entretien avec le *Pakhan* ? le questionné-je alors.

— Tu me le diras au moment venu, lorsque tu seras prêt, et on organisera ça. Mais sois vraiment sûr de toi, car même si c'est un homme compréhensif, il perdra quand même un de ses meilleurs éléments, il te faudra des arguments solides.

Je reste silencieux, réfléchissant à ce que je vais pouvoir dire pour ma défense pour pouvoir obtenir cette liberté que je désire et que j'ose enfin demander.

Mon coach se lève, me frappe le dos amicalement et repart. Cet homme qui s'est tant battu pour moi, qui m'a aidé et m'aide encore aujourd'hui.

Mon portable sonne, annonçant un message. Mes lèvres s'étirent instantanément lorsque je me rends compte que c'est Jordane. Elle vient de terminer son taf au salon et me demande où on se retrouve cette après-midi.

Moi :

Rejoins-moi à mon appartement, je sors de l'entraînement.

Joe :

J'ai hâte.

Moi :

Moi aussi, ma douce, je veux sentir ton odeur.

Joe :

Arrête de m'émoustiller ! Je suis dans la rue !

Moi :

Il t'en faut peu, je ne te dirai donc pas ce que j'ai envie de te faire en arrivant…

Joe :

Tu peux le dire, mais je risque de faire demi-tour pour assouvir le désir que tu m'infliges dans les chiottes du salon de Luis, et je pense que tu ne voudrais pas ça…

Moi :

Certainement pas ! Moi seul dois te faire jouir !

Joe :

Dépêche-toi alors !

Je ris face à notre conversation, des messages que l'on s'envoie désormais sans gêne, sans barrière. Il n'y a plus de rancœur, tout du moins, je ne la ressens plus. Cependant, une part de moi ne se pardonne toujours pas de ce qu'elle a pu faire dans le passé, de la souffrance que j'ai pu faire vivre à celle que j'aime. Parfois, la culpabilité ressurgit encore, même si l'animosité a disparu entre nous. Jordane a dit m'avoir pardonné, mais même si on pardonne, on n'oublie jamais vraiment. Cela reste ancré en nous comme un tatouage indélébile.

Mais le temps fera avancer les choses dans nos cœurs, dans nos têtes. La relation que nous tissons panse mes plaies, guérit mes troubles. Je parviens à être moi-même avec Joe, elle fait surgir en moi l'enfant sensible, l'adolescent écorché et l'homme bridé. Je me redécouvre à ses côtés, caresse une autre version de moi-même qui me plaît finalement.

Elle n'est pas mauvaise, pas honteuse. Elle ne mérite pas d'être punie ni condamnée comme mon père me l'a souvent dit. Je peux verser une larme devant un film triste sans vraiment en éprouver de remords. Je peux rire aux éclats, m'autoriser ce que mon paternel m'interdisait.

J'ai enfin l'impression d'avancer, comme si mon cœur avait retrouvé le morceau qui lui manquait pour enfin être complet et commencer sa guérison.

Je sors plus souvent avec mes amis, et pas seulement par obligation. Je redécouvre un monde que je me refusais.

Je vis, tout simplement.

Joe a redonné un nouveau souffle à mon existence, et me donne la force de briser mes chaînes.

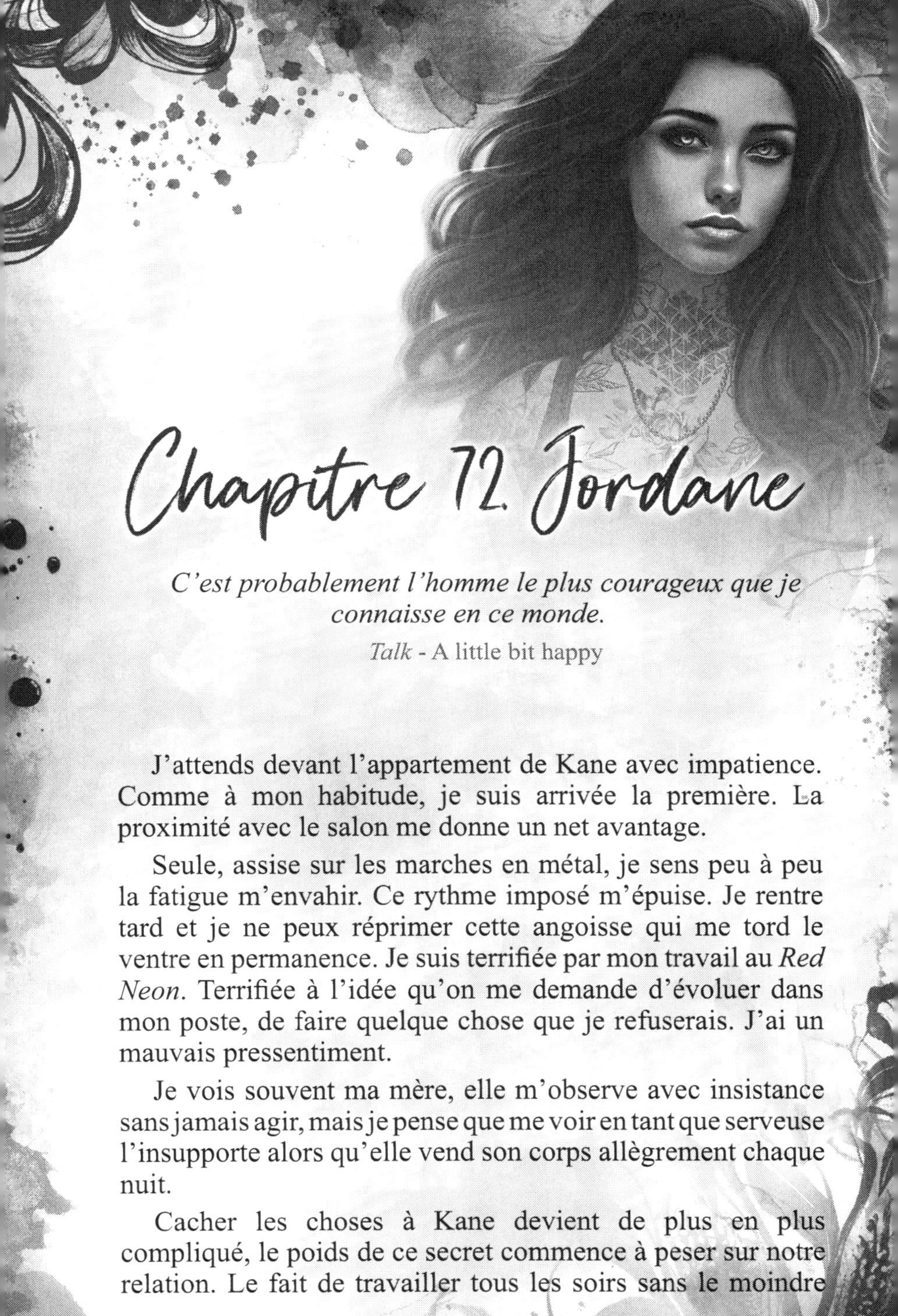

Chapitre 72. Jordane

C'est probablement l'homme le plus courageux que je connaisse en ce monde.

Talk - A little bit happy

J'attends devant l'appartement de Kane avec impatience. Comme à mon habitude, je suis arrivée la première. La proximité avec le salon me donne un net avantage.

Seule, assise sur les marches en métal, je sens peu à peu la fatigue m'envahir. Ce rythme imposé m'épuise. Je rentre tard et je ne peux réprimer cette angoisse qui me tord le ventre en permanence. Je suis terrifiée par mon travail au *Red Neon*. Terrifiée à l'idée qu'on me demande d'évoluer dans mon poste, de faire quelque chose que je refuserais. J'ai un mauvais pressentiment.

Je vois souvent ma mère, elle m'observe avec insistance sans jamais agir, mais je pense que me voir en tant que serveuse l'insupporte alors qu'elle vend son corps allègrement chaque nuit.

Cacher les choses à Kane devient de plus en plus compliqué, le poids de ce secret commence à peser sur notre relation. Le fait de travailler tous les soirs sans le moindre repos entrave des moments précieux que je voudrais vivre avec lui.

Cameron est lui aussi prêt à vendre la mèche, il est si stressé qu'il vient me voir chaque fois, et ça, même si je lui interdis. Chose positive, son regard a changé sur notre mère. Nous avons parlé du passé, de cette enfance que j'ai vécue et de celle que je lui ai évitée. Il a compris la véritable nature de notre génitrice et désormais il la fusille des yeux dès qu'il en a l'occasion, tente de la faire réagir. Sa jeunesse lui fait croire que cela aura peut-être un impact sur cette femme, que cela provoquera éventuellement de la culpabilité chez elle… mais je sais qu'elle est imperméable à tout ça.

Mes poings se serrent en pensant au soir qui arrive, mon ventre se tord. Et, je suis tellement plongée dans mes pensées que lorsque Kane se retrouve devant moi, je sursaute.

Je me lève rapidement et nous nous enlaçons. Je me nourris de sa chaleur, de sa force alors que l'épuisement me guette. Nous nous écartons l'un de l'autre et les mains de Kane se glissent sur mes joues avec tendresse.

— Tu as l'air fatiguée, ma douce, énonce-t-il en caressant le dessous de mes yeux cernés avant de poser un baiser sur mon front avec douceur.

— Je ne dors pas bien en ce moment, réponds-je simplement, comme si ce n'était rien, alors qu'il relâche et s'éloigne un peu.

— Tu peux dormir avec moi, je te bercerai de la meilleure des façons, sourit-il avec cet air taquin qui ne ressurgit qu'en ma présence.

Je souris simplement, incapable de répondre quoi que ce soit. C'est clair qu'avec lui à mes côtés, je dormirais comme un bébé.

Depuis des semaines, Kane se révèle à moi sous toutes ses nuances. Des plus enfantines aux plus émotionnelles. Il ôte son armure. Il a assez confiance pour le faire, il se l'autorise enfin, et moi, je culpabilise de ne pas être honnête avec lui.

Lorsque nous sommes ensemble, je suis heureuse, enfin presque, car j'ai toujours cette amertume qui pèse sur mon cœur. Celle du mensonge.

Je comprends maintenant à quel point ça a pu être difficile pour lui de me cacher les éléments dangereux de sa vie pour me préserver. Il a fait ça pendant des mois sans faillir et je l'admire encore plus pour ça. C'est probablement l'homme le plus courageux que je connaisse en ce monde.

Celui qui aime de la plus belle des façons. Mais aujourd'hui, j'ai l'impression de ne pas mériter cet amour.

Il prend ma main et la tire pour que l'on monte chez lui. J'ai hâte que nous nous enfermions dans cette bulle qui n'appartient qu'à nous. J'aime vraiment être chez Kane, son odeur est partout. C'est rassurant, enveloppant. Alors, lorsqu'il ferme la porte derrière nous, je tente de m'apaiser, de relâcher mes muscles, de détendre mon corps qui est beaucoup trop en hypervigilance ces dernières semaines.

Les mains de Kane se posent sur mes épaules, se mettant à les masser délicatement. Cela me fait un bien fou et échauffe mon corps. Comme chaque fois qu'il me touche, je ne peux empêcher mes sens de s'aiguiser. Je deviens plus sensible, chacune de mes terminaisons nerveuses réagit à cet homme.

Son souffle vient frôler mon oreille, provoquant un frisson si agréable que j'aimerais le ressentir tout le temps. Ces frissons-là sont si différents de ceux provoqués par les hommes qui me regardent la nuit… ceux-là, je les savoure, les autres, je les maudis.

Ses lèvres se posent sur mon cou, caressant mon épiderme de baisers qui commencent à me faire défaillir. Une chaleur naît dans mon bas-ventre. Mon corps en réclame tellement plus.

— Je devais t'expliquer ce que j'avais envie de te faire, mais je pense que nous pouvons passer à la pratique maintenant, ma douce, murmure-t-il à mon oreille avant de la mordiller légèrement.

— J'ai imaginé beaucoup de choses pendant mon trajet jusque chez toi, j'espère que tu seras à la hauteur de mes espérances, le taquiné-je alors en souriant.

Aussitôt, il me retourne et me plaque contre le mur qui se

trouve à notre gauche. Son corps me surplombe, me domine et j'aime ça. Sa tendresse est toujours là, mais elle est inhibée par un besoin qui se fait plus grand, un désir qui surgit et emplit tout son être.

J'aime voir son expression changer, cette envie de me dévorer brille dans son regard. C'est presque animal, comme une bête affamée depuis tellement d'années pouvant enfin se nourrir. Et en cet instant, la proie c'est moi. Et pour la première fois de ma vie, j'aime ça.

Il est le seul prédateur que j'aime.

Ses mains caressent mon corps, remontent mon tee-shirt à l'effigie de *Nirvana* pour aller pincer mes tétons. La chaleur monte, nos bouches se dévorent avec force.

Finie la douceur des premiers instants, place au désir brutal, à la nécessité de se repaître l'un de l'autre. Je chemine jusqu'à son jean tendu par son érection qui ne laisse pas de doute sur son envie de moi. Avec agilité, je l'ouvre pour me saisir de sa queue et commencer à la branler avec ferveur. Il grogne de plaisir et réplique en commençant à me déshabiller avec empressement.

Pour ce faire, nous nous déplaçons dans la pièce, je relâche son membre pour me libérer de mon jean et de ma culotte, dernier rempart à ma nudité.

Il m'attrape alors avec force, et je m'empresse de lui ôter ce foutu tee-shirt qui me cache la beauté de son corps. Je veux que nous soyons sur un même pied d'égalité. Je le veux nu lui aussi afin de dévorer chaque parcelle de son corps de mes yeux, de ma langue.

Mais aujourd'hui, Kane veut jouer et je décide de le laisser faire ce qu'il désire de moi, comme lui m'autorise à réaliser le moindre fantasme. Il me retourne, mon dos contre son torse puissant. Je sens chacune de ses respirations, et alors que sa main glisse vers mon entrejambe, la mienne s'accélère. Il se glisse dans mes replis, caresse mon clitoris, joue de la plus merveilleuse des manières avec ma sensibilité, mes terminaisons nerveuses.

Je suis à deux doigts de jouir lorsqu'il s'arrête, et la

frustration est à son comble.

— Bordel, Kane ! ronchonné-je pour lui signifier mon besoin de jouir.

Mais il me repousse vers le canapé, penchant mon corps afin de me permettre de me tenir. Je comprends ce dont il a envie, alors je cambre le dos et le regarde s'approcher de moi. Ses yeux n'ont plus cette teinte bleu clair, mais une couleur plus foncée, plus dense.

Ses doigts entrent à nouveau en moi et je soupire de bien-être, sous cet angle il peut caresser mon dos, ma croupe, ce qu'il n'hésite pas à faire avec son autre main.

Encore une fois, il ne me donne pas satisfaction, et ça commence à m'agacer. Alors, je me redresse et saisis sa queue entre mes mains en le regardant droit dans les yeux.

— Cesse de jouer et fais-moi l'amour, Kane.

Il sourit pour toute réponse, alors que je relâche ma prise. Je me positionne. Quelque part, je m'offre à lui en cet instant. Il attrape mes hanches avec fermeté, son corps se colle au mien. Je sens son sexe frôler mon intimité. L'attente est affreuse, douloureusement délicieuse. Son souffle parvient jusqu'à mon oreille.

— J'arrive, ma douce, fini de jouer, murmure-t-il alors avec une sensualité qui m'excite encore plus.

Il frotte son érection sur mes lèvres humides de désir et me pénètre enfin. C'est lent, centimètre par centimètre. Je ne veux pas de cette lenteur, alors je proteste.

— Plus vite, bordel !

Il se retire alors et recommence cette putain de pénétration à deux à l'heure qui étire mon corps, qui souhaite tellement plus. Je pousse alors mon bassin pour le faire glisser en moi plus vite, mais il l'immobilise pour rester maître de cette partie.

Ma vengeance sera terrible.

Je sens tellement plus les choses, chaque sensation depuis que nous nous sommes fait tester et que nous avons décidé de ne plus mettre de barrière entre nous. C'est meilleur et incroyable. Il continue son manège qui titille de la plus sadique des façons mon être, mon corps.

— Kane, bordel de merde ! J'en peux plus !

À mes mots, il me pénètre avec force, si bien que je dois m'accrocher au canapé pour ne pas basculer en avant. Enfin, il accélère ses va-et-vient, provoquant en moi une vague de chaleur qui me consume. Nos corps s'entrechoquent, claquent l'un contre l'autre. Je gémis de plaisir, chamboulée par toutes ces sensations qu'il parvient à me procurer alors qu'aucun autre ne sait le faire.

Je laisse aller mon corps, monter en moi la jouissance qui est imminente, comme une explosion sur le point de se réaliser.

J'oublie tout en cet instant, j'oublie les mensonges, la peur, la tristesse, l'angoisse. Je ne pense qu'à ce plaisir qu'il me procure, qu'il m'offre. Seulement à la façon dont il adule mon corps de manière si parfaite.

Je me délite lorsque je jouis, mon cri résonne dans le salon et les grognements de plaisir de Kane se font eux aussi plus présents et il ne tarde pas à me rejoindre.

Essoufflée, je me sens soudainement épuisée, mais cette fatigue n'est pas désagréable. Kane se retire de moi et m'attrape pour me porter et m'amener dans la douche. Je me laisse faire, le laisse prendre soin de moi, me chouchouter. Il lave mon corps sous l'eau chaude, il caresse mes formes, mes tatouages, lave mes cheveux.

J'aime quand il fait ça.

Il m'essuie et m'emporte à nouveau dans son lit, où nous nous régalerons sûrement encore l'un de l'autre jusqu'à probablement tomber de fatigue.

Chapitre 73

Kane

Non, c'est forcément un problème de sommeil…
Ghost of You – 5 Secondes of Summer

Je la regarde dormir à côté de moi, nous avons décidé ce soir de regarder *Jurassic Park* et elle s'est presque endormie avant la première partie de l'histoire. Elle a l'air tellement fatiguée, cela m'inquiète. Les cernes sous ses yeux s'accentuent et je ne comprends pas d'où ils proviennent. Je regarde le film en songeant à toutes les possibilités qui pourraient causer son mal-être. Des problèmes de sommeil ? Des terreurs nocturnes qu'elle ne souhaite pas me montrer, et ce serait pour ça qu'elle ne dort pas avec moi la nuit ? Des insomnies ? Je me torture le cerveau pour ne pas penser aux pires possibilités, celles qui me feraient passer pour un parano.

Non, c'est forcément un problème de sommeil.

Le film passe rapidement, les heures défilent et elle ne s'éveille toujours pas. Heureux, je me dis qu'elle va passer la nuit avec moi, alors je ne la réveille pas de son sommeil apaisé. Je me cale alors contre elle, savoure sa présence qui calme toujours mon cœur.

Je la vois bouger légèrement, preuve qu'elle ne dort plus vraiment. Ses yeux gris s'ouvrent face aux miens, et j'aime la tendresse qu'ils me transmettent, mais cette émotion est soudainement remplacée par une autre, que je connais très bien : la panique. Elle se redresse subitement, cherche avec frénésie son téléphone.

— Putain de merde, grogne-t-elle entre ses dents en constatant qu'il est presque vingt-trois heures. Tu aurais pu me réveiller, Kane ! Merde, merde, merde !

— Mais… qu'est-ce que tu as de si urgent pour te barrer comme ça, Joe ?

— Rien, je te l'ai déjà dit, mais j'ai été claire, je ne dors pas ici, merci de respecter mon choix ! me crie-t-elle dessus, énervée.

Je reste sans voix face à sa colère, blessé par son comportement, je me ferme et ne réponds plus rien. Je n'ai plus rien à dire d'ailleurs face à son rejet. Je la laisse prendre ses affaires et partir.

Mon cœur me fait mal, je place ma main sur ma poitrine pourtant sans la moindre blessure visible. Finalement, peut-être que je suis le seul à éprouver ce que je ressens, peut-être qu'elle m'en veut encore… Les pensées négatives m'envahissent, me brûlent à tel point que la colère monte en moi.

Je ne peux désormais plus les réprimer.

Jordane

Bordel, je suis en retard.

S'il y a bien un endroit où je ne pouvais pas me permettre d'arriver à la bourre, c'est ici, bon sang. Après avoir mangé une pizza que Kane nous avait commandée, nous nous sommes posés dans sa chambre pour regarder un de mes films préférés. Des moments de vie que je savoure d'habitude, mais dont je peine à profiter ces derniers jours, mais cette fois-ci je me suis assoupie et finalement j'ai dormi une bonne partie de la soirée sans que Kane me réveille.

Lorsque j'ai rouvert les yeux, j'ai croisé les siens et la première chose que j'ai pensée c'est : quel bonheur de le voir à mes côtés, mais très vite la réalité a ressurgi et la panique avec elle ! Il était déjà vingt-trois heures, l'heure à laquelle j'étais censée commencer mon service. Je me suis alors précipitée, la peur m'a tellement submergée que je me suis mise en colère contre Kane, qui n'a rien compris à mon comportement. Il m'a demandé des explications que je n'ai pas pu lui fournir, alors j'ai mordu au lieu de le rassurer et j'ai filé comme une voleuse. Je m'en veux énormément, et en partant j'ai senti Kane se fermer.

Je me retrouve maintenant devant le *Red Neon* où une musique étouffée résonne à travers les murs. Une musique sensuelle sur laquelle de nombreuses femmes se déhanchent en vue de séduire et de vendre leurs corps. Lorsque j'entre, je vois que Cameron est déjà là. Ce petit con ne comprendra jamais que je n'ai pas besoin qu'il veille sur moi, c'est mon rôle depuis toujours. Je me dirige donc vers lui et pose ma main sur son épaule pour le prévenir de ma présence.

— Qu'est-ce que tu fous là, Cameron ? Tu devrais être couché depuis bien longtemps, tu vas au lycée demain, lui lancé-je en tentant de prendre un air sévère.

— Je t'ai dit que je serai là pour te soutenir en cas de besoin, je refuse que tu souffres seule dans cette situation. Si tu dois te tuer à la tâche, je veux être là pour t'aider, me révèle-t-il comme toujours, avec cet air sérieux et tenace que je connais parfaitement.

Il est en train de foutre en l'air sa scolarité, il a des notes merdiques, n'arrive pas à se lever le matin, mais il se fiche des répercussions que cela peut avoir sur son avenir. En revanche, moi, je ne m'en moque pas et je refuse qu'il s'enlise dans un avenir qui ne serait pas digne de lui. Sa peur me touche, mais je ne céderai pas.

— Tu vas rentrer dans moins d'une heure pour aller dormir et te reposer. Tu te lèves tôt demain…

Je n'ai pas le temps de finir ma conversation qu'une voix m'interrompt, une voix que je reconnais, mais que je n'ai pourtant pas entendue souvent.

— Vous nous faites enfin l'honneur de votre présence, mademoiselle Soreña ? Sachez que s'il y a bien une chose que je ne supporte pas, c'est le manque de ponctualité.

Le père de Kane se trouve dans mon dos, affublé de deux de ses sbires. Mon ventre se noue tellement que j'ai envie de vomir. Le timbre de sa voix instille en moi un mauvais pressentiment, et je sens que ma soirée va prendre une tout autre tournure.

— Chaque acte a des conséquences, je pense que vous le savez mieux que personne, Jordane, continue-t-il alors que je ne trouve rien à répondre. Vous allez donc avoir droit à une petite promotion.

Ma mère, toujours à l'affût dans ce genre de situation, s'approche de nous pour épier la conversation, un sourire vicieux aux lèvres.

— Vous allez danser sur scène désormais, ce sera la conséquence de votre manque de rigueur.

L'information est comme un coup de poing dans mon ventre. Il veut que je m'exhibe sur scène, que je danse sous les regards pervertis et salaces de ses clients. Que j'écrase une promesse que je m'étais promis de ne jamais rompre.

— Je ne le ferai pas. Je refuse de me prostituer, c'est ma limite, lancé-je, piquée au vif par l'injustice de la situation.

— Vous n'allez pas vous prostituer, enfin, pas encore,

mais vous danserez et exhiberez vos sublimes formes pour mes clients, ça, je peux vous l'assurer, réplique-t-il alors d'un timbre qui montre son mécontentement face à mon refus.

— Je vous ai dit que je ne le ferai pas ! Qu'importent les conséquences.

— Oh, alors vous ne changerez pas d'avis ? me questionne-t-il. J'aime votre détermination, j'aurai d'autant plus de plaisir à la briser.

Il lève sa main et se met à claquer des doigts. Un geste si anodin au premier abord, je me demande ce qu'il peut signifier lorsque les deux hommes qui l'encadrent se mettent à bouger vers moi. Je m'attends à subir des coups, à me faire corriger pour mon insolence, mais ils se glissent dans mon dos et font bien pire que ça.

Mon frère se retrouve entraîné à leur suite, et lorsque le premier coup tombe sur son visage encore juvénile, c'est pire que tout. Je m'avance pour intervenir, mais je suis interrompue par un troisième homme venu de nulle part.

— NON ! me mets-je à hurler en me débattant alors qu'un flot de coups s'abat sur le corps de mon frère qui tombe au sol sous leur puissance.

— ARRÊTEZ ! Je vous en supplie, laissez-le ! Pitié, ne le blessez pas plus, il n'y est pour rien !

Je n'entends plus la musique, juste le bruit des gémissements de douleur de Cameron, sa souffrance, par ma faute. À cause de mon égoïsme et de cette foutue fierté. Je jette un regard à ma mère qui contemple la scène sans rien faire pour son enfant qui se fait battre. Rien dans ses yeux, rien ne semble l'atteindre alors même que nos prunelles se croisent.

Me revient alors en tête une phrase qu'elle m'avait dite adolescente. *C'est ton destin, tu dois juste l'admettre et tu verras, ce sera plus facile.* Finalement, elle avait sûrement raison, pourquoi lutter en vain au point de faire souffrir ceux que j'aime ?

— Je le ferai, murmuré-je alors.

Le père de Kane lève la main pour stopper cette scène qui

m'est insupportable. La bile remonte dans ma gorge, je suis à deux doigts de vomir. Comment cette journée peut-elle finir aussi mal ?

— Je n'ai pas bien entendu, pouvez-vous répéter ? prononce-t-il alors d'une voix presque mielleuse pour cet être dénué d'émotion.

Ma mère s'approche alors de lui, affichant un sourire victorieux. Elle a remporté cette victoire, je rends les armes.

— Je ferai tout ce que vous voudrez, mais laissez Cameron, pitié, ne lui faites plus de mal, avoué-je les dents serrées et les larmes aux yeux.

— Non… ne fais pas ça, Joe, murmure alors faiblement mon frère au sol, les larmes se mêlant au sang qui dégouline de son visage.

La douleur dans sa voix brise mon cœur, je me débats une ultime fois et échappe à mon gardien pour m'approcher de Cameron en prenant un kleenex que j'avais dans la poche. J'essuie avec douceur l'hémoglobine qui dégouline de sa lèvre éclatée et de ses arcades. Un coquard commence déjà à apparaître.

Une larme glisse sur ma joue, la seule que je m'autorise à verser, la seule qui s'échappe, car je suis épuisée. Mon cœur est fatigué de cette situation, de ce retournement qui n'aurait jamais dû avoir lieu. Je devrais être heureuse, je pensais le mériter et finalement, la vie ne me le permet jamais.

Une part de moi comprend désormais ce que Kane a décidé de faire pour rompre notre lien, car je songe maintenant à l'éloigner de moi pour le préserver. Je refuse de le faire souffrir encore une fois, comme je refuse que Cameron morfle tout autant.

Je vais véritablement m'enchaîner à cet homme, je n'ai plus le choix, car je sens la cage se refermer un peu plus sur moi. Une cage où Kane a déjà été enfermé et dont il est enfin libre.

J'aide mon frère à se redresser, passe son bras autour de mon cou pour le soutenir.

— Puis-je le ramener chez nous ? Je reviendrai sans faute,

j'ai compris la leçon, je ferai ce que vous me dites, lancé-je d'une voix lasse et fatiguée.

— Très bien, ne tarde pas, la nuit ne fait que commencer, me répond-il sans la moindre émotion en occultant ce drame, toute cette violence.

Notre génitrice s'approche alors de nous, sa main manucurée vient caresser mon visage avec une douceur qui me retourne l'estomac.

— À tout à l'heure, ma chérie, et ne sois plus en retard, minaude-t-elle avant de me tourner le dos en roulant des hanches.

Je la hais.

Chapitre 74. Jordane

Je me sens honteuse, blessée…
Hypnotic – Zella Day

Je suis dans un nouveau vestiaire en train de me dévêtir pour enfiler la nouvelle tenue qui correspond à ma promotion, comme le disent les autres. Un soutif bleu nuit brillant et un string accordé qui me débecte.

Bon sang, j'aurais préféré rester auprès de mon frère pour le surveiller, veiller sur lui. Il s'est évanoui pendant le trajet et j'ai eu un mal fou à le conduire dans sa chambre. J'ai soigné du mieux que je pouvais ses blessures et je présume qu'il va dormir pendant plusieurs heures avant de se réveiller, j'espère qu'il n'a pas un traumatisme crânien ou quelque chose comme ça… Je m'en veux terriblement de ne pas avoir pu l'emmener à l'hôpital, mais la part rationnelle au fond de moi me rassure en me disant qu'en apparence, rien ne justifiait un séjour aux urgences.

Il va juste morfler pendant plusieurs semaines, il a peut-être des côtes fêlées… Et si elles étaient cassées ? Je prends mon téléphone en main, presque prête à céder à l'envie de contacter Kane pour veiller sur lui, mais le faire provoquerait d'autres questions auxquelles je ne pourrais pas répondre. Je suis dans une impasse.

Je finis de me déshabiller et revêts le costume impudique qui sera le mien cette nuit pour les deux dernières heures. Je me sens véritablement mise à nu et j'ai froid. Des frissons parcourent toute ma peau, et c'est désagréable. Je me sens honteuse, blessée, mais je dois prendre sur moi pour ma famille.

Lorsque je sors, je suis dans un couloir froid et dénué de couleur, au contraire du reste de l'établissement. Des filles courent un peu dans tous les sens, pressées de se rendre sur scène. Pour elles, c'est le quotidien, un rythme qu'elles ont adopté, des prouesses qui forment leurs existences. Moi, je sais à peine danser, je ne sais pas quoi faire pour répondre au premier ordre que l'on m'a demandé.

La panique me saisit à mesure que je m'approche d'une porte lumineuse qui mène probablement à la scène, mes mains tremblent, deviennent moites. Je glisse ma tête pour observer ce qui se déroule dans la lumière, une fille est en train d'onduler sur une barre verticale. Elle semble tellement à l'aise, elle dégage une sensualité qui m'hypnotise. La musique s'éteint, elle s'approche de manière aguicheuse du public qui s'empresse de lui glisser des billets dans les sous-vêtements.

Lorsqu'elle revient, cette rousse incendiaire me sourit, heureuse de sa prestation.

— La récolte a été bonne ce soir, me raconte-t-elle en souriant et en me montrant les billets. Tu es nouvelle ? me questionne-t-elle.

Je hoche simplement la tête, incapable de faire quelque chose d'autre.

— Tu es magnifique, tu auras beaucoup de succès, ne t'en fais pas ! tente-t-elle de me rassurer, ce qui provoque le contraire.

Ainsi mise à nu, je me sens vulnérable face à tous ces regards masculins qui épient le moindre de mes gestes, faisant ressurgir des frayeurs du passé, les souvenirs de cette fameuse nuit où tout a basculé.

La rousse s'apprête à partir, mais j'attrape son poignet pour la retenir. Elle me regarde, interrogative, se demandant ce que je peux bien lui vouloir.

— Comment, comment fais-tu pour danser ainsi devant autant de regards malsains ? osé-je lui demander.

Elle me regarde attentivement pendant plusieurs secondes, puis m'adresse un sourire tendre.

— Tu n'as jamais dansé devant un public comme celui-ci ? Ou tu n'as jamais dansé du tout ?

— Je ne l'ai jamais fait, et leurs regards… ils me donnent des frissons, avoué-je en baissant les yeux.

Je me sens faible d'avouer ça à une inconnue, mais j'ai besoin d'aide, de conseils pour réussir à surmonter cette épreuve et, ce soir, je ne me suis jamais sentie aussi seule.

— C'est simple, imagine que tu danses pour celui que tu aimes ou que tu as pu aimer, efface de ta tête tous ces regards qui te mettent mal à l'aise et ne vois plus que la personne chère à ton cœur. Ce sera plus facile, tu verras.

Je hoche simplement la tête en la remerciant et songe à ce qu'elle m'a dit. Je dois penser à Kane, me mettre dans une bulle où lui seul peut me voir, admirer la danse que je lui dédie. Je ferme les yeux en me concentrant pour ne pas me laisser submerger par la peur.

Un gars s'approche de moi, je suis tellement dans mes pensées que j'en sursaute.

— C'est bientôt à toi, ma belle, ta musique sera *Tattoo* de Loreen, tu connais ?

— Oui, murmuré-je automatiquement comme réponse.

— Alors, avance sur la scène, dépêche-toi ! me dit-il en me poussant vers la lumière.

Le temps que mes yeux s'acclimatent, je me retrouve confrontée à un public qui m'acclame en me sifflant, leurs yeux me scrutent, me dévorent et la frayeur monte en moi.

La musique commence et je suis tétanisée. *Ella, aide-moi, je t'en prie. Leurs regards salissent tes fleurs que je porte pourtant avec tant de fierté.*

« Tu es un coquelicot, Joe. Tu peux t'épanouir n'importe où, tu peux tout surmonter. Tu es forte. » La voix de ma meilleure amie retentit, résonne en moi et m'apaise. Mon regard croise celui de ma mère, qui admire ce spectacle, se réjouissant de me voir tomber. Mais même si je tombe aujourd'hui, je me relèverai et fleurirai. Je lui souris insolemment et lui montre un doigt d'honneur pour toute réponse.

Je plonge dans ma bulle, ne vois plus que Kane en face de moi, n'entends plus que la musique qui m'enveloppe comme une douce caresse. Le regard de celui que j'aime me donne le courage de me lancer, de bouger mon corps comme lorsque je voulais le séduire adolescente. Je replonge dans cette maison où l'on faisait la fête et où je voulais absolument attirer son regard, son attention.

Cette nuit, je danse pour séduire mon voisin, cet homme qui a su capturer mon cœur dès le premier regard.

Chapitre 75. Cameron

J'ai besoin de lui et de Kane pour m'aider à sauver ma sœur.
Smells Like Teen Spirit – Shaka Ponk

Lorsque je me réveille le lendemain matin, mon corps entier me fait souffrir et je ne comprends pas vraiment pourquoi. Je me redresse et peine à me souvenir de la veille. Comment je suis revenu à la maison ? Qu'est-ce qui s'est passé ?

Ma main touche mon visage et trouve des pansements, j'appuie dessus et une douleur irradie sur ma tempe. Soudain, tout me revient en tête.

Ma sœur, son retard, ma présence qui a encore tout fichu en l'air. Elle s'enfonce dans les bras de cet homme. Je suis totalement impuissant et en prime responsable de sa descente en enfer. Penser qu'elle va bafouer ce qu'elle est, sa fierté, sa vie, ses valeurs pour moi… La nausée me prend et je me précipite vers les toilettes pour rendre le peu de contenu de mon estomac.

Je dois faire quelque chose, une chose qui va réellement l'aider. Je n'ai plus le choix, alors je me redresse avec difficulté et décide de désobéir une fois de plus à ma sœur. Ça ne peut plus continuer comme ça, je ne la laisserai plus tout porter sur ses épaules, elle n'a plus le droit de se sacrifier pour notre famille comme elle l'a fait toute sa vie.

Elle a le droit d'être heureuse, de vivre normalement, de ne plus être hantée par cette ombre qui semble toujours la suivre, qu'importe dans quel sens elle tente de s'échapper.

J'avance vers ma chambre à la recherche de mon téléphone et fouille dans mon répertoire pour chercher le numéro que Zéphyr m'avait confié si je rencontrais à nouveau des ennuis.

J'appuie sur la touche d'appel et espère vraiment qu'il me répondra. J'ai besoin de lui et de Kane pour m'aider à sauver ma sœur. Les tonalités de l'appel s'étirent, et l'espoir s'amenuise, mais au moment où je pense basculer sur la messagerie, un grognement me répond enfin.

— Qui ose m'appeler à cette heure-là, tu veux crever ? menace-t-il instantanément, en colère et clairement mal réveillé.

Je regarde l'heure pour la première fois depuis que je me suis réveillé et constate qu'il n'est que sept heures du matin, ce qui explique ses grognements mécontents.

— C'est Cameron… lancé-je pour tenter une approche.

— Qui ? On a baisé ensemble ? Si oui, sache que je ne suis pas friand des secondes fois… surtout que ton prénom ne m'a pas vraiment marqué, réplique-t-il de sa voix rauque, lassé.

— Mais non ! Je suis le petit frère de Jordane ! m'énervé-je un peu.

— Oh, je vois, et tu penses que c'est une bonne idée de me réveiller si tôt alors que j'ai passé la nuit à faire la fête ?

— Je m'en fous de ton sommeil ! J'ai besoin de toi, la situation est grave et je n'ai que ton numéro… m'empressé-je de lui répéter.

— Grave à quel point ? lance-t-il alors avec plus d'intérêt.

— Grave au point que ma sœur a fait un serment avec le diable et semble s'enfoncer dans un puits sans fond !

— Quoi ? Quel diable ? Et comment ça se fait ? Explique-toi ! enchaîne-t-il en réalisant la situation.

— Je dois te voir pour tout te raconter, dis-moi où je peux te rejoindre et préviens Kane, j'ai besoin de son aide pour sortir ma sœur de là, et de la tienne pour éviter à Kane de se foutre lui-même dans la merde !

— Rendez-vous à notre club, je t'envoie l'adresse par SMS. On te rejoindra là-bas, il y aura du monde ce matin, dis que tu viens de ma part.

Je m'empresse de me changer et me dirige droit vers l'extérieur. Je vérifie que les affaires de Jordane sont bien là, elle dort et doit être épuisée après la nuit qu'elle a dû passer. Il faut que la situation bascule de notre côté, on ne peut leur accorder la victoire.

Je me trouve devant l'adresse que Zéphyr m'a envoyée et je suis étonné qu'un club se trouve dans un tel endroit. D'apparence, ça ne ressemble en rien à un lieu d'entraînement, mais plus à une grande baraque. Je vois des caméras encadrer une porte fermée par un digicode, c'est à ça qu'on voit que la vigilance est de mise. Lorsque je la franchirai, au même titre que lorsque j'ai franchi celle du *Red Neon*, je pénétrerai dans un autre univers régi par des règles totalement différentes.

La mafia, celle qui semble régner dans l'ombre. Celle qui, discrètement, gouverne une partie de notre monde. Je m'approche de la porte, observant une sonnette qui pourrait prévenir de mon arrivée. J'appuie sur le bouton et patiente plusieurs minutes avant que je n'entende le déclic de la porte s'activer et voir apparaître une femme qui doit faire un peu moins de ma taille.

Elle a des cheveux courts à la garçonne et blonds presque platine, et son regard vert me transperce de toute part.

— Je viens de la part de Zéphyr… osé-je commencer face à son inspection.

— T'es pas trop son genre pourtant, il les aime plus vieux et plus costaud, me lance-t-elle en posant ses poings sur ses hanches en souriant.

— Je… Quoi ? Mais je ne suis pas avec lui ! Je suis là, car on a un problème avec ma sœur, Jordane. Et que j'ai besoin de vous. Zéphyr m'a dit de le rejoindre ici.

Elle ne dit rien pendant plusieurs secondes, cherchant probablement si je dis la vérité.

— D'accord, entre, gamin, me propose-t-elle enfin en s'écartant pour me laisser entrer.

Lorsque je suis à l'intérieur, je suis épaté par la structure de l'endroit. Sur tout l'étage se trouve une sorte de loft et en bas une salle de sport dans laquelle n'importe qui voudrait s'entraîner. Au fond se trouve même un ring.

Alors que j'inspecte la superficie énorme de l'endroit, la fille me saisit le menton, ce qui me fait grimacer de douleur, et observe mon visage avec attention.

— Tu as une sale gueule, petit gars. Qui t'a fait ça ? me demande-t-elle sans le moindre filtre.

— C'est justement le problème, ce sont des gens qui ont tellement de pouvoir que je suis impuissant. La seule à se battre est ma sœur et elle se met en danger pour moi. Je ne peux plus le supporter.

La porte s'ouvre dans mon dos et c'est Zéphyr qui arrive. Il est essoufflé, ce qui prouve qu'il a probablement couru pour arriver au plus vite. Lorsqu'il me voit, ses yeux s'agrandissent et il s'approche de moi rapidement.

— Ça va, petit ? Ils ne t'ont pas loupé, qui t'a fait ça ? Ta sœur doit en être malade…

— Les gars du *Red Neon*, les sbires du père de Kane, lui expliqué-je, la gorge nouée en pensant aux conséquences de mes actes que je vais devoir avouer à voix haute.

— Il va falloir nous raconter tout depuis le début, mais attendons Kane, il ne devrait pas tarder. On va t'aider, gamin, ne t'inquiète pas.

J'espère vraiment.

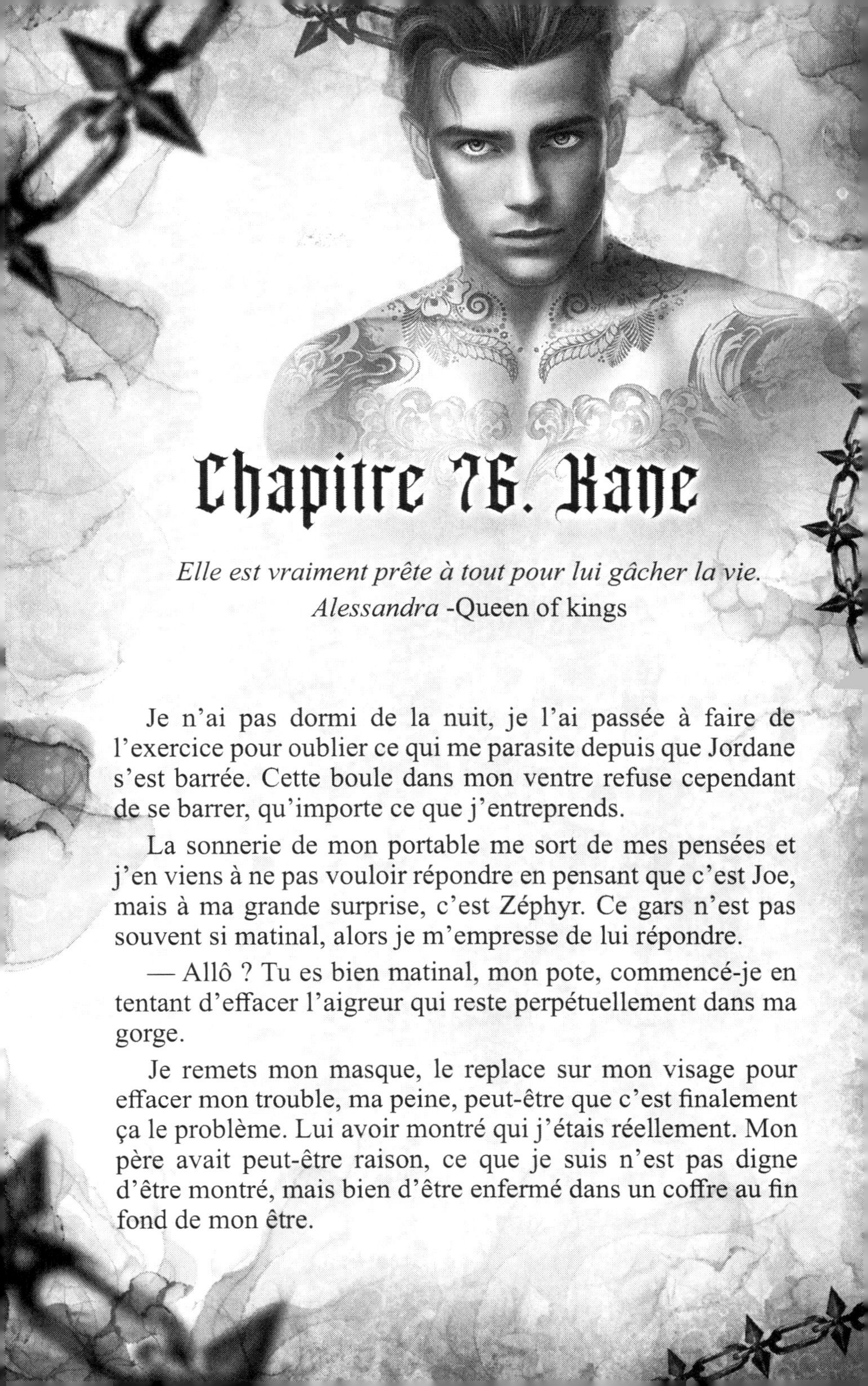

Chapitre 76. Kane

Elle est vraiment prête à tout pour lui gâcher la vie.
Alessandra -Queen of kings

Je n'ai pas dormi de la nuit, je l'ai passée à faire de l'exercice pour oublier ce qui me parasite depuis que Jordane s'est barrée. Cette boule dans mon ventre refuse cependant de se barrer, qu'importe ce que j'entreprends.

La sonnerie de mon portable me sort de mes pensées et j'en viens à ne pas vouloir répondre en pensant que c'est Joe, mais à ma grande surprise, c'est Zéphyr. Ce gars n'est pas souvent si matinal, alors je m'empresse de lui répondre.

— Allô ? Tu es bien matinal, mon pote, commencé-je en tentant d'effacer l'aigreur qui reste perpétuellement dans ma gorge.

Je remets mon masque, le replace sur mon visage pour effacer mon trouble, ma peine, peut-être que c'est finalement ça le problème. Lui avoir montré qui j'étais réellement. Mon père avait peut-être raison, ce que je suis n'est pas digne d'être montré, mais bien d'être enfermé dans un coffre au fin fond de mon être.

— On a un problème, Kane, m'annonce-t-il, l'inquiétude se percevant clairement dans sa voix encore enraillée par le sommeil.

— Lequel ?

— C'est Jordane, il faut que tu me rejoignes au club au plus vite, Cameron nous attend là-bas, continue-t-il alors que mon cœur loupe un battement.

Ma respiration se coupe, j'ai l'impression que mon cœur chute dans mon estomac comme une pierre. Est-ce que mon mauvais pressentiment du début est réel ? Est-ce que j'aurais dû l'écouter ? Je ne réponds rien à Zéphyr, car je ne peux rien prononcer et raccroche simplement. Tout ce que je parviens à faire, c'est frapper avec force dans le mur en face de moi afin d'évacuer la colère qui surgit en moi. Mon poing saigne sous la force du coup, mais je m'empresse de choper mes clés et de sortir pour aller au club au plus vite.

Il faut que je sache si elle va bien, si sa vie n'est pas en danger. Ne pas savoir me rend fou, alors je cours, cours vers l'endroit qui me révélera la vérité, qui mettra en lumière ce qu'elle me cache depuis des semaines.

Lorsque j'arrive devant la porte du club, ma respiration est erratique, mais je ne prends pas le temps de reprendre mon souffle et tape le code de l'entrée pour me précipiter à l'intérieur.

Au rez-de-chaussée, personne ne semble présent, mais des voix retentissent de l'étage.

— On est en haut, Kane, prononce Norah comme pour prévenir.

Aussitôt, je monte les marches deux à deux pour arriver le plus vite possible à l'étage. Lorsque je me trouve face aux trois personnes présentes, le choc me frappe. Le visage de Cameron est méconnaissable, il est couvert d'hématomes, de pansements et cela me retourne l'estomac.

Le fait qu'il soit ici, aussi amoché, me fait peur pour celle que j'aime.

— Qu'est-ce qui s'est passé ?

— Viens t'asseoir, me demande Zéphyr calmement.

— QU'EST-CE QUI S'EST PASSÉ ?! crié-je alors, perdant clairement mon sang-froid.

Déterminé, je m'approche de Cameron, attrape son gilet et l'approche de mon visage.

— Dis-moi immédiatement ce qui a bien pu se passer ? Dis-moi ce que tu as fait ! lui dis-je avec véhémence, le rendant injustement responsable de la situation.

Ses yeux se remplissent de larmes, un chagrin qui m'inquiète encore plus.

— Lâche-le, Kane, s'interpose Zéphyr en attrapant mon poignet avec force. Ce n'est qu'un enfant, ce n'est pas sa faute.

Je réalise la violence de mes mots et relâche ma prise en m'excusant.

— Si, il a raison, c'est de ma faute. J'ai fait une erreur, je me suis fait avoir en beauté et le piège s'est refermé sur moi, sur nous, mais maintenant, c'est Joe qui en paye les conséquences.

Sa culpabilité me fait mal au cœur, si bien que je m'éloigne de lui pour m'adosser au mur pas loin, prêt à écouter sa version des faits, cette version qui est devenue le secret de Jordane, la chose qu'elle me cache depuis plusieurs mois.

— Il y a trois mois, j'ai retrouvé ma mère. Je voulais la connaître et, lorsque je l'ai revue, j'étais si heureux. Je ne l'ai presque pas connue et une part de moi désirait véritablement la découvrir, parler avec elle… Elle me manquait alors qu'elle n'était presque qu'une inconnue. J'étais si… perdu. Au fil des semaines, je la rencontrais, on rigolait, elle me parlait de moi enfant, du fait qu'elle m'avait aimé dès la première seconde. Elle a glissé dans ma tête des choses fausses à propos de Joe et de grand-mère, elle m'a menti et elle a fait tout ça pour attirer Jordane entre ses griffes, ou plus précisément entre les griffes de son patron.

Ce que j'entends me donne la nausée, cette pourriture a été jusqu'à embobiner son fils pour capturer sa fille. Elle est vraiment prête à tout pour lui gâcher la vie. J'avais espéré qu'elle serait morte, mais non, ce n'était qu'un doux fantasme inaccessible.

— Qui est son patron ? demande Zéphyr, alors que je suis plongé dans mon mutisme.

— Le père de Kane, prononce-t-il alors que la pierre dans mon estomac se fait de plus en plus lourde. L'endroit où je retrouvais ma mère est le *Red Neon*.

Cette fois-ci, la rage me submerge intérieurement, je refuse de la laisser s'exprimer au risque de blesser mes camarades, mais le fait que Joe ait pu être approchée par ce monstre est le pire scénario possible.

— Ne me dis pas qu'elle travaille pour lui, car tu as commis l'erreur de passer un pacte avec ce démon ? parvins-je à articuler malgré tout, le venin me brûlant les lèvres.

— Je… Je l'ai fait et Joe est en train de régler ma dette, bredouille-t-il, craignant ma réaction.

Je m'approche alors de lui brusquement et le saisis à nouveau par le col avec violence. Je lui en veux d'avoir été si bête, de n'avoir pas su protéger sa sœur, d'avoir été si égoïste, de ne pas m'en avoir parlé avant, d'être un lâche !

— Et pour quelle raison insensée tu n'as pas eu l'intelligence de venir m'en parler avant, Cameron ?! Pourquoi je ne l'apprends que maintenant, putain ! Pourquoi tu n'as pas porté tes couilles et tu n'es pas venu me voir pour la protéger ? Merde !

Des larmes dévalent ses joues désormais, mais je n'en ai que faire, la jeunesse n'excuse pas tout et je refuse de le préserver de la vérité sous prétexte qu'il est jeune. Joe et moi, malgré notre jeunesse, nous avons dû évoluer, grandir plus vite que les autres. Lui, il a vécu dans un cocon par rapport à nous. Il a manqué de courage et s'est caché derrière sa sœur pour se protéger, se préserver.

— C'est Jordane qui me l'a interdit, elle m'a fait promettre de ne rien te dire, car elle ne veut plus que tu te sacrifies pour elle. Elle m'a tout raconté, je sais à quel point tu t'es brisé pour la préserver et elle voulait, cette fois-ci, te rendre la pareille.

Ses mots sont tel un uppercut et ils me mettent K.-O. Je sais pertinemment en connaissant Joe qu'elle a pu faire ça, mais c'est de la folie. Je le relâche doucement et pars m'asseoir sur une chaise à côté de Norah, qui est restée silencieuse jusque-là.

— Quels étaient les termes du contrat ? demande-t-elle alors.

— Elle devait travailler le soir et une partie de la nuit en tant que serveuse, tous les soirs de la semaine. Ça l'a épuisée, et la nuit dernière elle est arrivée en retard.

Soudain, tout fait sens. Les nuits qu'elle refusait de passer avec moi, sa colère lorsqu'elle s'est rendu compte qu'il était tard hier soir. Ses cernes, son épuisement. Le visage entre mes mains, tout se connecte et ma colère se dirige instantanément vers une seule personne, mon paternel.

— Devait ? continue Norah. Elle ne le fait plus ?

— Après son retard, elle a été forcée à faire autre chose, une promotion comme il dit… Elle a en premier lieu refusé, mais il a su se montrer convaincant, avoue-t-il en montrant les bleus sur son visage.

— Et que fait-elle maintenant ? craché-je entre mes dents, redoutant le pire.

— Elle doit danser sur scène…

Bordel, ce n'est pas le pire, mais l'idée qu'elle doive s'exhiber ainsi me donne la gerbe, penser qu'on puisse voir son corps, admirer ses formes, avoir des pensées salaces en la contemplant me fout hors de moi. Alors, je me lève et décide de partir directement au *Red Neon*, de régler ça avec mon paternel ! Mais, avant que je ne puisse descendre vers la sortie, le corps de Zéphyr me retient. Je lutte, mais ce con est puissant lui aussi.

— Lâche-moi, bordel, je vais tuer cet enfoiré !

— Tu ne peux pas y aller maintenant, il nous faut un plan. Réagir ainsi ne serait que tomber dans le piège de ton père. Il faut attaquer plus haut, même si je ne sais pas vraiment comment faire.

— Je peux peut-être vous aider, retentit la voix féminine de Norah, me stoppant dans ma lutte physique avec mon ami.

Elle sort alors son portable et compose un numéro sous nos yeux médusés.

— Je voudrais parler au *Pakhan*, s'il vous plaît, commence-t-elle alors.

Nous sommes sidérés qu'elle puisse avoir un numéro si important, et une multitude de questions se glissent dans mon esprit.

Mais qui est véritablement cette fille ?

Chapitre 77. Norah

Un enfer dans lequel je m'apprête à replonger.
I Choose You – Sara Bareilles

Je suis en train moi aussi de plonger dans la gueule du loup, mais je dois les aider. Lorsque j'attends que l'on me passe le *Pakhan*, je déglutis, tente de dissimuler le malaise que cela provoque en moi. Sa voix retentit enfin, une sonorité qui me rappelle à la fois de bons et de mauvais souvenirs. Un passé qui semble si lointain.

— Oui, que puis-je pour toi, Norah ? me demande-t-il de manière si formelle que mon cœur se pince.

Avant, sa voix était plus douce, plus chaleureuse. Maintenant, je semble être devenue un membre quelconque de cette populace qu'il côtoie.

— J'ai besoin de vous voir aujourd'hui, avec des membres de mon équipe, c'est très important, entamé-je en pesant chacun de mes mots.

— Et tu penses que je peux être à ta disposition comme ça ? Que je peux stopper mes activités pour satisfaire tes désirs ? Pourquoi le ferais-je alors que tu m'as lâchement abandonné.

Je sens le piège dans lequel je mets les pieds, mais je croise le regard bleu ciel de Kane, chargé d'inquiétude, et décide malgré tout de m'y engouffrer.

— Cela pourrait changer, je pourrais changer d'avis, lancé-je alors, balançant ce qu'il attend de moi.

— Tu ferais ça ? Mais tiendrais-tu ta parole ?

— Oui.

— Très bien, j'accepte cette entrevue, je vous attends à treize heures dans mon bureau, ne soyez pas en retard, j'ai un emploi du temps chargé et très peu de patience, annonce-t-il avant de raccrocher.

J'ôte le téléphone de mon oreille, ressentant un soulagement, mais aussi une chape de plomb peser sur mes épaules.

— On a rendez-vous cette après-midi, à treize heures, je n'ai pas pu faire mieux, prononcé-je alors face à leurs regards interrogatifs.

— Pas plus tôt ? demande Cameron.

J'ai envie de lui faire un doigt pour sa putain de réponse.

— Tu as un rendez-vous, c'est déjà miraculeux, alors ferme ta gueule et accepte les choses, lui lancé-je. Si on en est là c'est en partie de ta faute, alors fais-toi tout petit, gamin !

Il est choqué face à ma verve, mais je ne supporte pas ce genre d'insatisfaction. Il n'a aucune idée de ce que je viens d'accepter pour leurs beaux yeux.

Je me lève et décide de me barrer, il faut que j'en parle à Syria, elle seule connaît ma vie et l'ampleur de l'acte que je viens de commettre.

— Mais pourquoi tu as ce numéro ? Comment as-tu fait pour l'avoir ? me demande Zéphyr en attrapant mon poignet.

— C'est une trop longue histoire qui vous ennuierait probablement, je vais donc laisser votre imagination fluctuer, la rendre plus épique, mens-je sans la moindre honte. Je vous retrouve à midi ici, je vous guiderai vers notre point de rencontre.

Aussitôt, je défais la prise sur mon bras et pars vers

l'extérieur, vers ma meilleure amie avec qui je vais pouvoir être moi-même, avec qui je peux tout dire, tout confier. Celle qui m'a sauvée, m'a permis de redevenir moi-même et non plus cette poupée de la Bratva que je pouvais être.

Heureusement, à midi, tout le monde est à l'heure, prêt à partir. Nous nous dirigeons en groupe vers le bureau du *Pakhan,* qui se trouve dans un immense immeuble à une bonne demi-heure de transport en commun.

— Vous ne devez divulguer cet endroit à personne sans autorisation préalable, au risque que vous ne soyez tués sans sommation. D'accord ? les prévins-je, on ne peut plus sérieuse.

Tous hochent la tête, sérieux comme jamais ils ne l'ont été. Tous mesurent l'ampleur de la situation, le danger qui entoure l'endroit et la personne que nous allons rencontrer.

Le *Pakhan* est considéré comme le roi de la Bratva russe, il règne en maître sur l'illégalité, la noirceur et la violence. Il a ses propres règles au sein de son univers, le respect et la justice basique n'ont pas sa place ici, ils sont d'une tout autre nature et décidés par ce fameux roi. Les paroles du parrain font loi, ses décisions ne sont pas contrées, elles ne sont jamais discutées, c'est pourquoi nous devons l'avoir de notre côté afin de pouvoir affronter le paternel de Kane, qui est juste en dessous de lui hiérarchiquement. C'est le seul moyen de pouvoir faire basculer la situation en notre faveur, mais à quel prix ?

Nous entrons dans l'imposant building, et nous nous dirigeons vers l'étage que je connais parfaitement. Dans le couloir du quarante-septième étage, nous nous retrouvons face à une porte noire sans la moindre écriture dessus.

Je frappe au battant, et un colosse nous ouvre, m'inspectant de haut en bas, ainsi que les personnes derrière moi. Il me reconnaît et s'écarte pour nous laisser entrer. La pièce est claire, avec un parquet de bois ciré, en somme assez simple, assez rustique et clairement au goût du propriétaire. Un bureau ancien en bois brut est au centre de la pièce, et derrière lui se trouvent d'immenses baies vitrées qui donnent une belle vue sur la ville. La vue d'un monarque sur son royaume.

L'homme qui garde la porte nous demande de nous asseoir sur les chaises présentes près de l'entrée, ce que nous faisons, avant qu'il ne reprenne sa place dos à la porte.

Un silence pesant nous entoure, alors que nous attendons cet être puissant qui a le pouvoir d'influencer le destin de plusieurs vies, d'une bonne ou d'une mauvaise manière. Il peut détruire une vie, comme la sauver.

Des pas retentissent dans la pièce qui est jumelée à celle dans laquelle on se trouve. Mon cœur s'accélère, car cela fait dix ans que je ne l'ai pas vu.

Dix ans que nos yeux ne se sont pas croisés, car j'ai tout fait pour cela. À chacune de ses visites au club, ses interventions au sein de notre équipe, je n'étais jamais présente.

Il entre dans la pièce, la tension monte d'un cran, se faisant presque étouffante. Je baisse les yeux pour repousser le moment où je rencontrerai son regard, où nos prunelles se heurteront.

Un raclement de gorge me lance un avertissement, alors je lève enfin mon visage pour me confronter à ses iris si similaires aux miens, d'un vert émeraude hypnotisant.

Il me fixe, m'examine, m'analyse, et moi, je retombe en enfance. Je me remémore un passé que j'ai depuis longtemps répudié. Un enfer qui allait me détruire, mais duquel je me suis échappée.

Un enfer dans lequel je m'apprête à replonger.

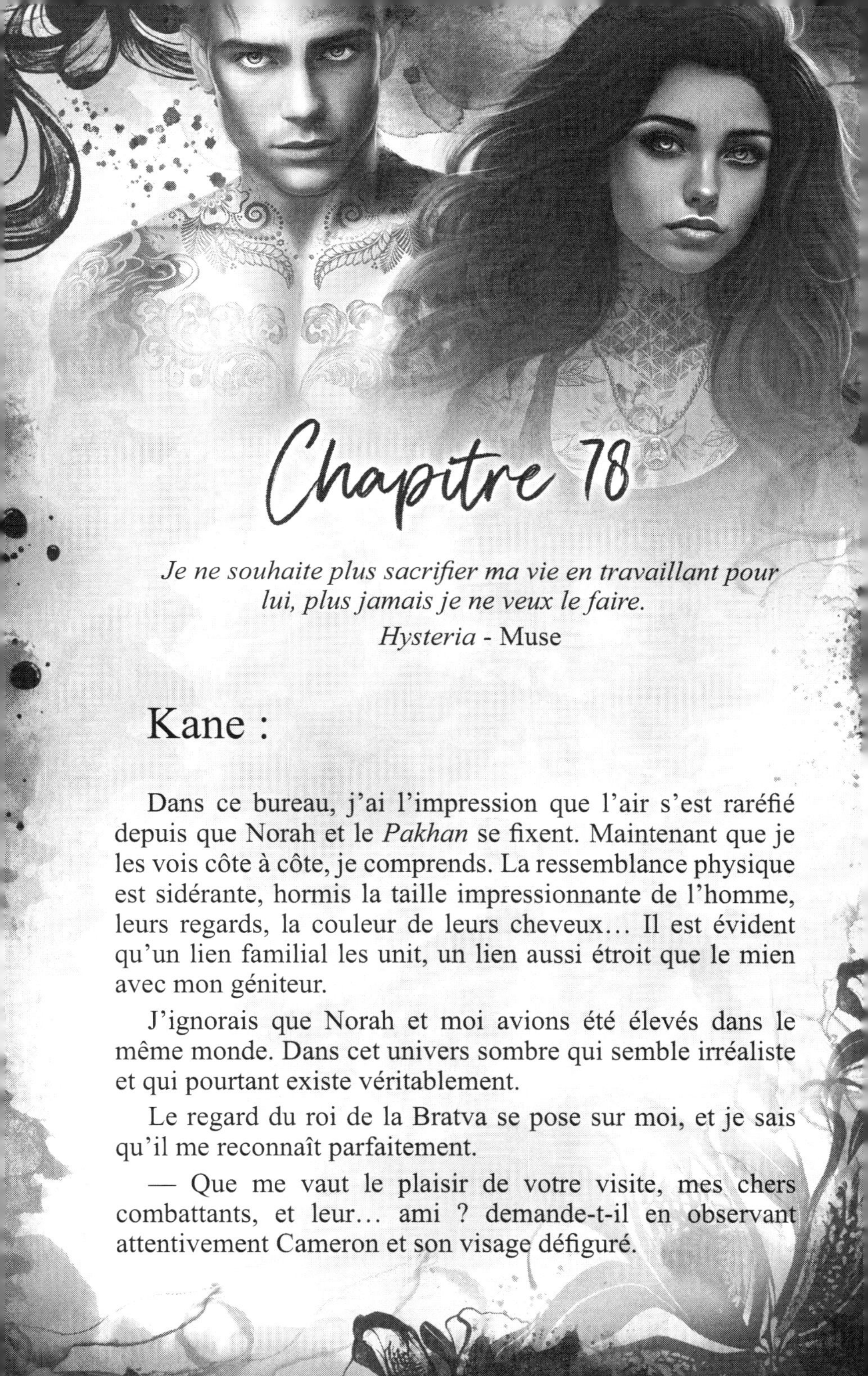

Chapitre 78

Je ne souhaite plus sacrifier ma vie en travaillant pour lui, plus jamais je ne veux le faire.

Hysteria - Muse

Kane :

Dans ce bureau, j'ai l'impression que l'air s'est raréfié depuis que Norah et le *Pakhan* se fixent. Maintenant que je les vois côte à côte, je comprends. La ressemblance physique est sidérante, hormis la taille impressionnante de l'homme, leurs regards, la couleur de leurs cheveux… Il est évident qu'un lien familial les unit, un lien aussi étroit que le mien avec mon géniteur.

J'ignorais que Norah et moi avions été élevés dans le même monde. Dans cet univers sombre qui semble irréaliste et qui pourtant existe véritablement.

Le regard du roi de la Bratva se pose sur moi, et je sais qu'il me reconnaît parfaitement.

— Que me vaut le plaisir de votre visite, mes chers combattants, et leur… ami ? demande-t-il en observant attentivement Cameron et son visage défiguré.

Norah ne prononce plus un mot désormais, fixée sur ce que je suppose être son père, ou alors son oncle… Je prends les choses en main, de toute manière cette entrevue devait avoir lieu, alors je me dois de saisir cette occasion pour nous libérer de l'emprise de mon père.

— Nous avons besoin de votre soutien, *Pakhan*. Nous sommes dans une situation complexe, et seul votre appui nous permettra de nous en sortir.

Il ne répond rien, mais prend le soin de s'installer à son bureau, son attention pleinement centrée sur moi.

— Je vous écoute, Kane Harris, je suis curieux de savoir ce qui vous pose problème et dans quelle condition je pourrai vous aider.

Je réfléchis aux mots que je vais utiliser, à ce que je vais pouvoir dire pour être convaincant.

— Vous avez probablement connaissance des problèmes relationnels que nous rencontrons mon père et moi. Cela dure depuis des années, et pèse aussi sur mon entourage désormais.

Il hoche simplement la tête, m'indiquant de poursuivre.

— Je tenais à vous informer qu'il a désormais une emprise sur la personne que j'aime, celle qu'il a réussi à me faire rejeter afin de la protéger il y a six ans et qu'il menace aujourd'hui. Je sais que cela vous importe peu, mais je tenais à vous exposer la situation.

Toujours pas le moindre son ne sort de ses lèvres et son regard perçant me décortique, analyse mon être tout entier.

— Ma demande est simple : je souhaiterais que vous m'autorisiez à parier ma liberté et celle de mes proches. La condition : remporter le tournoi interclub qui a lieu dans deux jours. Et je voudrais que, jusque-là, vous dispensiez celle que j'aime de ce qu'elle doit à mon père.

Tous se tournent vers moi, me regardant avec sidération. Remporter la victoire sera une épreuve physique des plus ardues. Six combats en une nuit. Aucune pause. Juste du sang. Le vainqueur sera le seul qui tiendra encore debout à la fin.

— Si je résume, tu voudrais que je me dresse contre mon bras droit pour qu'il accepte ce pari risqué grâce auquel tu pourrais gagner toi-même ta liberté et celle de ta bien-aimée ? Et qu'en prime, j'autorise pendant ce temps ta dulcinée à faire l'impasse sur ce qu'elle doit ?

— Oui. C'est ce que je demande.

— Pourquoi ne pas lui demander directement, au lieu de passer par moi ? me demande-t-il alors avec une sincère curiosité.

— Car je sais qu'il refusera, car il jugera le pari inégal en termes de dette et exigera autre chose de moi. Or, je ne souhaite plus sacrifier ma vie en travaillant pour lui, plus jamais je ne veux le faire, lui expliqué-je alors calmement, certain des faits.

Je le vois regarder intensément Norah, avant de me répondre. Je sens que quelque chose se joue dans leurs regards.

— C'est vrai que ce n'est pas très égal en termes de contrepartie, mais votre situation m'interpelle, je dois l'avouer. Je ne savais pas que vous viviez un tel acharnement de sa part, et même si je l'apprécie en tant que professionnel, je n'aime pas cette manière de procéder, alors j'accepte votre requête et vous donne mon appui.

— Merci, *Pakhan*, je gagnerai et je vous ferai honneur. Après, je quitterai la mafia afin de vivre un peu plus pour moi-même avec ceux que j'aime.

Il esquisse un petit sourire qui ne dure qu'une fraction de seconde, c'est si bref que je crois presque l'avoir imaginé.

— Ce n'est pas dans mon intérêt de perdre un si bon élément, monsieur Harris, donc une part de moi espère vous voir échouer. L'autre pourrait imaginer une fin heureuse pour vous et votre « famille », néanmoins je ne suis pas là pour imaginer des fins heureuses, mes hommes et le milieu dans lequel vous évoluez depuis des années non plus. Je pense que je ne serai pas le seul à le souhaiter, attendez-vous à vivre les combats les plus durs de votre carrière, la moindre inattention pourra vous coûter la vie.

Je hoche simplement la tête pour toute réponse, car j'ai conscience de ce que j'entreprends. L'avantage, c'est que je ne peux pas tomber contre mes camarades, et donc je n'aurai pas à combattre Zéphyr. Un soulagement, car cet homme, même s'il est mon ami, n'a pas la moindre pitié en combat.

— Maintenant, je vous prie de me laisser, j'ai un autre rendez-vous dans peu de temps et je déteste être en retard.

Nous nous levons tous presque de manière synchronisée, puis nous nous dirigeons vers la porte de sortie. Norah est la dernière à sortir et, avant que la porte ne se ferme, j'entends les mots que le roi de la Bratva lui adresse.

— Je te contacterai sous peu, tâche de me répondre et d'honorer ta promesse. Ce rôle t'a toujours été destiné, tu te dois d'en être digne et de ne plus fuir. Tu es mon héritière, ma seule et unique héritière.

Son fardeau est probablement bien pire que le mien, c'est certain.

En rentrant au club, le silence règne entre nous. Un silence chargé de non-dits, de doute et de peur.

Le tournoi sera décisionnaire de nos avenirs, à Jordane, Cameron et moi. Le remporter n'est pas une option, mais une obligation. Cela donne une tout autre dimension à mon entraînement, à ma motivation et je compte bien en augmenter l'intensité afin de mettre toutes les chances de mon côté. J'ai décidé de ne rien dire de cette conversation à Jordane. Elle a essayé de m'appeler à trois reprises et je n'ai pas voulu lui répondre. Si je décroche, elle parviendra à lire en moi et comprendra qu'il se passe quelque chose.

J'ai décidé de me rendre au *Red Neon* ce soir, la récupérer et imposer ce pari à mon père. J'ai hâte de voir les multiples expressions quand il réalisera que j'exige quelque chose de lui sans qu'il puisse contrer cela.

Le fait d'avoir l'appui du *Pakhan* me redonne confiance

et je me sens encore plus fort. Mes amis sont à mes côtés, il ne me reste qu'une personne à qui me confronter : Jordane.

Refusant d'attendre en ne faisant rien, je me mets en tenue de sport et demande à Zéph' de m'aider à m'entraîner. J'ai besoin qu'on ne me ménage pas, de manière à être prêt, de la plus brutale des manières. Et le seul capable de faire ça, c'est Zéphyr.

Après trois heures de *coaching* intensif, je suis rincé. Tellement, que mon corps me fait un mal de chien. Je n'ai jamais poussé ainsi sur mon corps, car je n'avais pas de réelle motivation au combat. Aujourd'hui, c'est différent, mais je ressens les effets de ma négligence. J'ai demandé à Zéphyr et Norah de m'accompagner pour aller chercher Jordane, et Cameron a insisté pour être présent. J'ai alors demandé à mon amie de veiller sur lui afin qu'il ne soit pas encore un instrument dans ce jeu qu'est en train d'orchestrer mon père. Désormais, il résidera au club pour ne plus être une proie facile pour les ombres de mon paternel, je ne lui laisserai plus d'ouverture pour tenter de mettre en échec mon plan.

Il est près de vingt-trois heures trente lorsque nous nous rendons au *Red Neon*, et mon ventre se tord presque instantanément à la vue de cette devanture qui a ruiné une bonne partie de ma jeunesse.

Norah, face à mon immobilité, entre la première, suivie de Cameron, alors que je les suis avec Zéphyr. Je connais les lieux par cœur pour les avoir clairement beaucoup trop fréquentés. C'est ici que je faisais mes rapports, que je venais prendre mes missions, que les menaces étaient proférées. Je venais jusque-là dans ce lieu, la peur au ventre, mais ce soir, c'est différent. J'ai un coup d'avance cette fois-ci et je compte bien remporter cette manche.

Jordane :

Je suis dans le couloir, dans la même tenue qu'hier, en train d'attendre mon tour. Ce soir, je suis dans les premières à passer, et la salle est pleine à craquer. J'ai l'impression d'avoir vu encore plus de vestes en cuir que d'habitude, ce qui signifie que les bikers se réunissent de nouveau pour une soirée de débauche et d'orgie sexuelle.

Je regarde une dernière fois mon portable, espérant avoir un message de Kane me souhaitant ne serait-ce que bonne nuit, ou un appel qui me prouverait que je n'ai pas réussi à foutre en l'air notre relation avec ces putains de conneries.

Hier, j'ai reçu une ovation, mais je me suis barrée très vite, car les cris qu'ils ont hurlés ont crevé la bulle dans laquelle je m'étais plongée, me ramenant à la réalité. Ce retour fut rude, mais le pire a été les regards qui se sont posés sur moi le restant de la soirée alors que je faisais le service. Des demandes pour baiser avec moi, pour que je les suce, mon image a instantanément changé à leurs yeux, passant de la serveuse potentiellement baisable à une pute disponible pour satisfaire leurs besoins.

Cette manière de nous regarder comme si nous étions des morceaux de viande me donne la nausée, me dégoûte. Celui qui gère les danseuses s'agite, signe que ce sera bientôt mon tour. Il frappe dans ses mains alors que je suis prête à monter sur scène, enfin, prête est un bien grand mot. Il m'a dit hier que ma musique attitrée pour la semaine serait la même qu'hier, et cela ne me dérange pas, je l'aime beaucoup. Elle me correspond bien. Elle n'est pas trop sensuelle, n'est pas véritablement un appel au vice comme pour certaines danseuses.

— C'est à toi Miss Blue ! me dit celui qui s'appelle, je crois, Boris, d'après ce que j'ai compris.

Je m'avance alors sur scène et le plomb dans mon estomac ressurgit. Les regards de la foule se braquent sur moi alors que la musique commence. Il y a tellement plus de monde qui m'observe, me crible. Je me sens encore plus vulnérable qu'hier. Je dois penser à autre chose.

Pense à autre chose, Joe, pense à Kane, bordel de merde !

Ta bulle, fous-toi dans cette maudite bulle !

Tu ne vois personne, il n'y a personne hormis Kane.

Je suis toujours figée, complètement tétanisée. Les sifflements d'accueil se transforment en huée de mécontentement. J'ai tellement envie de leur dire d'aller se faire foutre ! Mais je dois me contenir, faire bonne figure, car chaque acte que je réalise peut avoir une conséquence sur ceux que j'aime.

Bon sang, c'est tellement compliqué.

Je commence à bouger, sauf que je sais pertinemment que je ressemble plus à un robot qu'à une danseuse. Je ferme alors les yeux et tente de me focaliser uniquement sur la musique. J'imagine les mains de Kane, je me projette ailleurs, dans un endroit qui n'appartiendrait qu'à nous.

Il me manque, j'aurais voulu le voir aujourd'hui, lui demander pardon, mais je n'ai eu aucune nouvelle de lui. D'ailleurs, mon frère aussi est resté totalement muet. Aucun ne m'a répondu, silence radio, et cela m'angoisse. J'espère que Cam' n'a pas craqué et vendu la mèche, sinon, ce sera pire encore. Le père de Kane obtiendrait ce qu'il désire, une nouvelle emprise sur son fils, et j'en serais l'appât. J'ôte ces pensées de ma tête, car ce n'est pas le bon moment, et décide de ne songer qu'à celui que j'aime, aux sensations de ses mains sur moi, de son odeur qui m'enveloppe, sa chaleur qui réchauffe mon épiderme dénudé. J'ondule, me déhanche de manière à ce qu'il me désire, que son regard reste focalisé sur moi. Je veux capter son attention, que mon corps l'appelle, l'hypnotise et lorsque j'ouvre les yeux, je croise instantanément les prunelles bleu azur de Kane, qui se dirige droit vers moi d'un pas déterminé.

Je sens la tension dans chacun de ses muscles, la colère dans son regard, et la panique me saisit. Pas de peur qu'il me fasse du mal, mais qu'au contraire, il me trouve désormais indigne de lui, sale.

Il monte sur scène et, avant que je ne puisse dire quoi que

ce soit, il saisit mes hanches avant de me balancer sur son épaule comme un sac à patates.

Cette scène me rappelle les moments où il était en colère contre moi, mais qu'il souhaitait quand même me protéger. Il m'embarquait loin du danger, loin de la noirceur pour me placer un peu plus dans la lumière. Aujourd'hui, rien n'a changé finalement et une partie de mon cœur s'apaise, car il sait désormais qu'il est là, à mes côtés.

Il sait. Il est au courant et je n'ai plus ce secret à garder en moi. Je dois désormais me préparer aux conséquences et me battre pour qu'il ne commette pas la même erreur que la dernière fois. Lorsqu'il me repose près du bar, il ôte son sweat et me le passe sur le corps afin de me couvrir. Il ne prononce pas un mot, pas un son. Il ne me regarde pas dans les yeux non plus. Je sens dans chaque fibre de son être sa colère, sa rage, mais il la contient tellement qu'il ressemble à une Cocotte-Minute. Zéphyr est là lui aussi, en compagnie de mon petit frère, ce traître.

Une silhouette féminine se glisse également à côté de moi, et je reconnais Norah. Elle a une sucette dans la bouche, avec laquelle elle joue telle une enfant. Elle me sourit à pleines dents, avant de l'ôter de sa bouche.

— Tu veux le tuer ou quoi ? Avec cette danse, il a failli jouir dans son jean, rigole-t-elle, ce qui lui vaut un regard noir de la part de Kane.

— Oh ça va, fais pas ton prude, j'ai vu que tu avais la gaule, pas la peine de le cacher ! continue-t-elle alors avant de remettre sa sucette dans sa bouche et de filer doucement vers la porte du bureau du père de Kane.

— Ce n'est pas la question, d'autres personnes l'ont vue aussi et j'ai juste envie de leur crever les yeux afin qu'ils ne puissent plus jamais regarder qui que ce soit ! se met enfin à répondre Kane, commençant à perdre le contrôle de ses émotions alors qu'elle s'éloigne de nous avec lenteur.

Cameron me fonce dans les bras, me serrant fort contre lui.

— Je suis désolé d'avoir rompu ma promesse, mais ça

ne pouvait pas continuer comme ça, je devais faire quelque chose, Joe, murmure-t-il contre mon corps.

Je hoche simplement la tête pour toute réponse, caressant ses cheveux châtains trop longs. Je dois reconnaître que je n'aurais pas pu tenir très longtemps dans ces conditions, avec ce piège qui s'était refermé sur moi, je ne savais plus comment m'en libérer.

Kane nous pousse vers le bureau et les sbires de son père interviennent pour entraver notre démarche. Aussitôt, ils sont mis K.-O. par Zéphyr et Norah. La petite blonde immobilise un gars faisant trois têtes de plus qu'elle avec une simple clé de bras qui semble faire son effet. Le tout en gardant le bâtonnet de sa sucrerie dans sa bouche. Un sourire machiavélique apparaît sur ses lèvres au moment où un crac sonore retentit, suivi d'un hurlement ne pouvant signifier qu'une seule possibilité. Le gars tente de tenir son bras cassé qui conserve une forme étrange. Ce raffut fait surgir le père de Kane de son bureau, et son air placide ne s'effrite pas le moins de monde en constatant que ses gardes du corps sont à terre. Un rictus qui n'a rien d'un sourire naît sur ses lèvres au moment où il croise le regard furieux de son fils.

— Oh, Kane, que me vaut le plaisir de ta visite ? jubile-t-il en me regardant alors que je me tiens à côté de son fils.

— Je viens récupérer Jordane et négocier sa liberté ainsi que la mienne, prononce alors Kane d'une voix glaciale, dénuée d'émotion.

— Négocier ? Je ne pense pas que tu sois en mesure de le faire… tente de répliquer le maître des lieux, mais il est rapidement coupé.

— Si je remporte le tournoi, tu devras m'oublier ainsi que mes proches, énonce-t-il fermement, comme si les choses ne pouvaient pas en être autrement.

Un rire sarcastique surgit d'entre les lèvres du paternel, et il s'approche plus près de nous, de son fils. Son regard se fait encore plus dur qu'il n'a pu l'être, plus mortel.

— Je te trouve bien impertinent de vouloir m'imposer quelque chose, toi qui n'es rien de plus qu'un sous-fifre. Je pense que tu mérites une belle punition pour cette insolence…

Il s'apprête à claquer des doigts pour appeler ses hommes, et cet instant fait écho avec ce qui s'est passé avec Cameron. Ils ont beau être puissants, ils ne feront pas le poids face aux nombreux hommes de main qui sont sous les ordres de cette ordure.

— C'est bon, Kane, je… mais avant que je ne puisse finir ma phrase, il pose sa main sur ma bouche pour me faire taire.

— J'ai l'accord du *Pakhan*, prononce-t-il simplement, ce qui stoppe tout mouvement de son interlocuteur.

— Comment ? Que viens-tu de dire ? vocifère-t-il entre ses dents tant la colère le submerge.

— Tu as très bien entendu, appelle-le si tu souhaites qu'il te le confirme. J'ai son soutien et tu n'as pas ton mot à dire. Je remporterai ce tournoi, et crois-moi, tu ne feras plus partie de mon existence, car le *Pakhan* s'en assurera, réplique Kane en souriant cette fois-ci.

Je ne sais pas qui est cet homme, mais la prononciation de son nom a changé la donne, nous offrant clairement l'avantage. En revanche, cette histoire de compétition ne me rassure pas.

— Tu as peut-être gagné cette fois-ci, mais pas le tournoi. Je peux t'assurer que tu ne le remporteras jamais, prononce le père de Kane avec haine, des promesses de mort dans le regard.

— Nous verrons, maintenant nous allons partir.

Kane attrape ma main et me tire vers l'extérieur en demandant à Norah de récupérer mes affaires dans les vestiaires.

Nous allons désormais devoir avoir une conversation et je ne pense pas qu'elle soit des plus agréables.

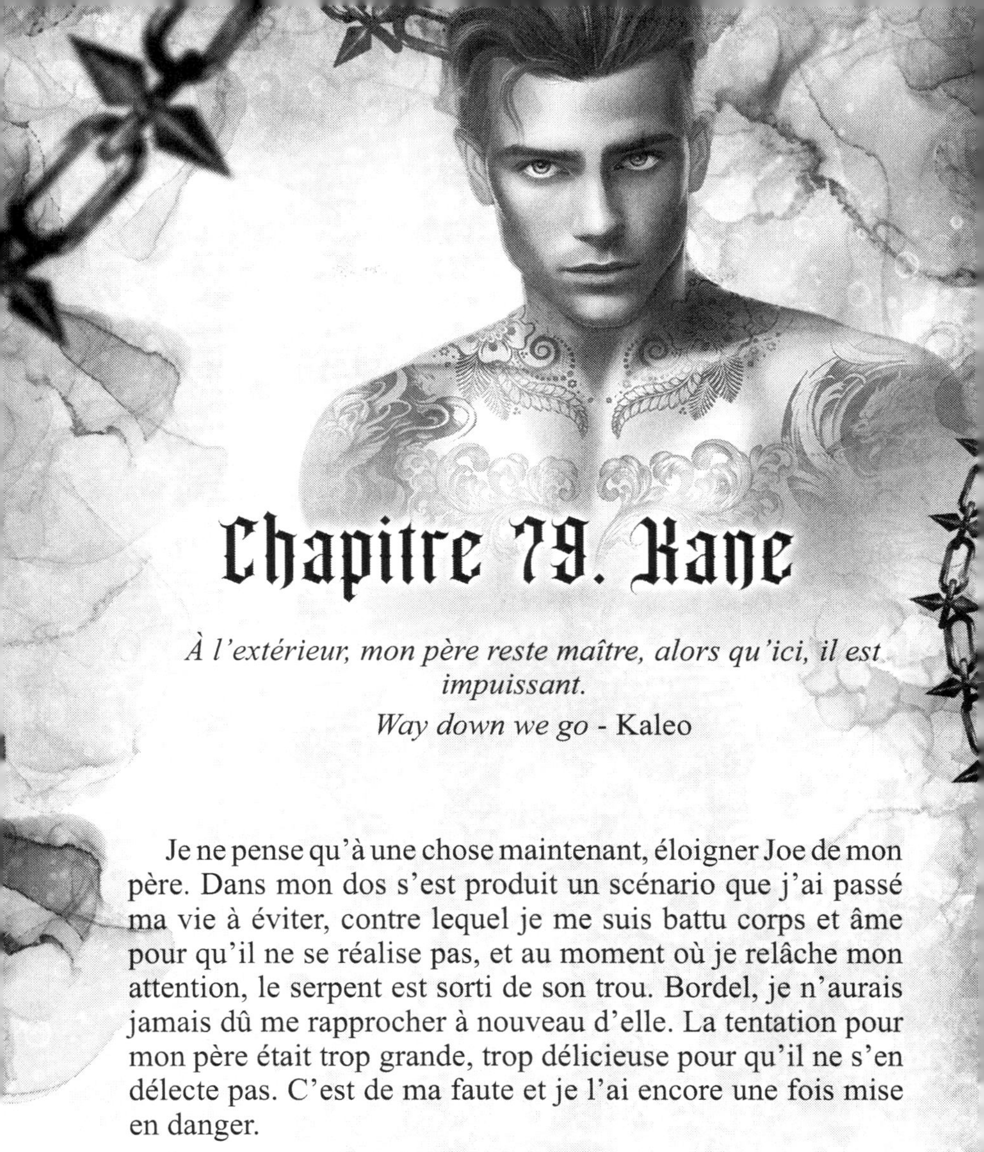

Chapitre 79. Kane

À l'extérieur, mon père reste maître, alors qu'ici, il est impuissant.

Way down we go - Kaleo

Je ne pense qu'à une chose maintenant, éloigner Joe de mon père. Dans mon dos s'est produit un scénario que j'ai passé ma vie à éviter, contre lequel je me suis battu corps et âme pour qu'il ne se réalise pas, et au moment où je relâche mon attention, le serpent est sorti de son trou. Bordel, je n'aurais jamais dû me rapprocher à nouveau d'elle. La tentation pour mon père était trop grande, trop délicieuse pour qu'il ne s'en délecte pas. C'est de ma faute et je l'ai encore une fois mise en danger.

La route vers le club me paraît si longue et je ne m'apaiserai qu'une fois entre ses murs. Cet endroit est ce qu'il y a de plus sécuritaire, l'attaquer c'est s'en prendre à la mafia russe, et personne n'ose le faire impunément.

C'est donc ici que je résiderai avec Jordane jusqu'à la fin du tournoi, je ne pourrai pas supporter de la savoir en danger une fois de plus. À l'extérieur, mon père reste maître, alors qu'ici, il est impuissant.

Cet endroit m'a protégé auparavant et il les protégera aujourd'hui. Seul problème, faire accepter ça à Joe. Elle refusera, c'est certain, mais je ne lui laisserai pas le choix. Finalement, la convaincre sera peut-être un combat encore plus complexe que celui du tournoi.

Je tape le code rapidement et pénètre dans l'obscurité de l'immense pièce que je connais par cœur. Je n'ai toujours pas lâché son poignet, elle ne résiste pas à cette prise que je lui impose, et je l'en remercie pour ça.

Je l'ai guidée telle une poupée de chiffon dans ces rues que nous parcourons depuis notre enfance, sans le moindre mot, la moindre explication. Et elle s'est laissée faire, sentant probablement l'urgence émotionnelle qui me domine à cet instant. Une rage s'est mise à couler dans mes veines, devenant presque incontrôlable. Je devais la protéger de ce monstre, de cet être maléfique qui corrompt tout !

Lorsque nous nous retrouvons à l'étage, je la relâche enfin et allume la salle immense qu'est notre repaire. Le loft s'illumine au milieu de la nuit.

Nous sommes seuls, car les autres nous ont céder de l'espace afin que nous puissions discuter. Ils nous offert cette intimité, et nous les rejoindrons plus tard.

Jordane s'assoit sur une chaise en soupirant, et son visage porte sur ses traits l'épuisement. Un silence malaisant nous entoure, bloquant les mots dans ma gorge. Des mots que je veux prononcer depuis la minute où j'ai su. Où j'ai *tout* su. La colère me brûle, la peur me dévore, la rage me hante et toutes ces émotions si fortes me clouent le bec alors que je voudrais tout déverser.

— Je suis désolée, prononce-t-elle simplement en ne me regardant pas.

Sa phrase manque de sincérité. *Désolée ? Désolée ?!* Elle ment encore une fois.

— Tu mens, tu ne l'es pas, craché-je avec difficulté, énervé de son manque d'honnêteté.

Elle relève la tête, me regardant droit dans les yeux, cette fois-ci avec cet air déterminé qui m'a fait tomber amoureux d'elle.

— Je ne suis pas désolée d'avoir agi ainsi, mais je suis navrée de t'avoir blessé, Kane. Je… je refusais que tu souffres encore une fois par ma faute, je ne voulais pas que tu te sacrifies une fois de plus pour moi. C'est pourquoi je ne t'ai rien dit.

— On avait dit que l'on ne mettrait plus de secret entre nous. Que ces mensonges qui nous avaient détruits une fois ne se remettraient plus entre nous. Je t'avais fait cette promesse… et toi, tu ne l'as pas tenue.

— Je ne t'ai rien promis, Kane ! Tu m'as sauvée dans le passé, je voulais simplement m'en sortir seule pour une fois. Cela n'a rien à voir avec toi, ni nous. C'était peut-être égoïste de ma part, c'est certain, mais je ne voulais plus être faible au point que tu ruines ta vie pour moi. Je voulais être enfin digne de toi !

Ses mots me serrent le cœur, la souffrance qui s'écoule de chacune de ses phrases me touche.

— Tu n'es pas faible, Joe. Tu ne l'as jamais été et tu ne le seras jamais. Je pense même que tu es la personne la plus forte que je connaisse, mais tu ne peux pas tout gérer seule.

— Toi non plus ! réplique-t-elle en se levant soudainement. Toi non plus tu ne le peux pas, et pourtant tu l'as fait en m'excluant dans le passé ! Tu devrais comprendre mieux que personne, Kane !

Un silence s'étire plusieurs secondes avant que je ne puisse trouver mes mots.

— Je le comprends. Mais j'ai changé, j'ai compris que seul, nous sommes impuissants. Aujourd'hui, je ne le suis plus et toi non plus. Aujourd'hui, nous avons des personnes solides sur lesquelles nous appuyer, des personnes qui n'étaient pas là dans le passé. J'ai compris la force de cette amitié qui permet de combattre l'adversité. Une amitié que tu partageais avec Ella et qui te rendait dans les mauvais moments encore plus forte que tu ne l'étais déjà.

Ses yeux s'humidifient tellement que des larmes se mettent à glisser sur son visage. Alors, je décide de rajouter :

— Ella t'aurait clairement botté le cul si elle avait été à nos côtés. Cette fille qui t'aimait tellement n'aurait pas supporté que tu te renfermes ainsi simplement pour me protéger.

Les larmes se déversent maintenant sans s'arrêter.

— C'est sûr, elle m'aurait tuée, avoue-t-elle des trémolos dans la voix, affichant malgré tout un sourire triste qui s'efface rapidement. Je t'aime, je ne veux plus que tu souffres, Kane, encore moins par ma faute. Ce tournoi, je m'en sens encore une fois responsable.

C'est la seconde fois que je la vois pleurer ainsi, s'ouvrir à moi comme ça. La première était après son viol.

— Je t'aime aussi et je te promets que je n'accepterai plus de me détruire pour t'aider, mais que malgré tout je te sauverai. Je te sauverai toujours, Joe.

Elle fonce alors dans mes bras et vide son chagrin, ses émotions contre mon torse.

— Par contre, simplifie-moi la vie, ne te remets plus jamais en danger, s'il te plaît, prononcé-je alors en riant à moitié, ce qui provoque le sien.

Je la guide vers notre canapé pour qu'on se pose un peu et elle se blottit immédiatement contre moi.

— Je me sens tellement plus légère depuis que je n'ai plus rien à te dissimuler, avoue-t-elle en séchant ses larmes de sa main. Je comprends ton mal-être à l'époque. C'est comme se sentir piégé, enfermé dans une cage et de ne pas pouvoir ouvrir la porte même si on a la clef en main.

Je hoche simplement la tête, car je comprends tout à fait : moi, je me sentais enchaîné, ligoté, et cette sensation m'a dévoré. Je regarde Jordane, qui prend une grande inspiration en fermant les yeux, le soulagement se lisant maintenant sur son visage.

— Que va-t-on faire maintenant ? murmure-t-elle plus calmement.

— On va rester ici.

Elle ouvre instantanément les yeux et les pose sur moi en fronçant les sourcils.

— On ? J'ai une maison et mon frère, je ne reste pas ici, Kane.

— Vous allez rester tous les deux ici, ce n'est pas négociable. À l'extérieur, vous êtes des proies faciles pour mon père qui va chercher à reprendre le dessus sur la situation, et je le refuse.

— J'ai un travail ! Je ne peux pas rester enfermée ici ! commence-t-elle à s'énerver.

— Tu es officiellement en congé, et ce, jusqu'à la fin du tournoi. Luis est au courant, il est d'accord.

— Tu… tu l'as appelé pour me foutre en congé ?! Mais tu n'as donc aucune limite ? C'est complètement insensé ! s'agace-t-elle, détournant son regard de moi et passant une main dans ses cheveux.

— Aucune quand il s'agit de toi.

Elle ne répond rien à ça, probablement désespérée par mon comportement.

— Et quel est cet endroit d'ailleurs ? poursuit-elle alors en se calmant un peu et en admirant l'espace qui nous entoure.

— C'est notre club de *freefight*, ici on peut dormir, manger, se laver, s'entraîner… C'est un peu comme une grande baraque où on peut vivre en colocation si on est en difficulté. C'est un endroit sûr, protégé.

Elle continue à observer les environs, puis se lève pour poursuivre son inspection jusqu'à se diriger vers le couloir où se trouvent les chambres. Elle ouvre une porte et constate que c'est derrière l'une d'elle que nous allons vivre.

— Laquelle sera la nôtre ? demande-t-elle alors, signant finalement sa reddition.

— Celle juste après, elle m'est réservée lorsque j'en ai besoin.

— Très bien… Dans tous les cas, j'ai pas vraiment le choix et je dois avouer que j'ai vraiment besoin de me reposer. Je suis épuisée et je veux dormir dans tes bras. Demain, nous parlerons de ton plan, et je veux connaître tous les détails ! lance-t-elle avant de rentrer dans la pièce.

Je m'empresse de la rejoindre, impatient de blottir son corps contre le mien. Lorsque j'arrive, elle est en train d'ôter mon sweat et le reste de ses vêtements, pour finalement se retrouver complètement nue devant moi.

Sur le pas de la porte, je l'admire de dos, subjugué par sa beauté. Je m'approche d'elle, embrasse délicatement la pointe de son épaule avant de remonter jusqu'à son cou. Sa peau frissonne, et j'aime la sentir réagir ainsi à ma présence. Je caresse du bout des doigts sa poitrine avec douceur et la pousse doucement sur mon lit.

J'ôte à mon tour mes vêtements, et nous nous allongeons tous les deux entre les draps. Nos peaux se touchent, se réchauffent, se mêlent. Sa fragrance m'apaise, me rassure. Mon visage se blottit dans ses cheveux alors que nous sommes emboîtés l'un dans l'autre, et je me laisse emporter par le sommeil.

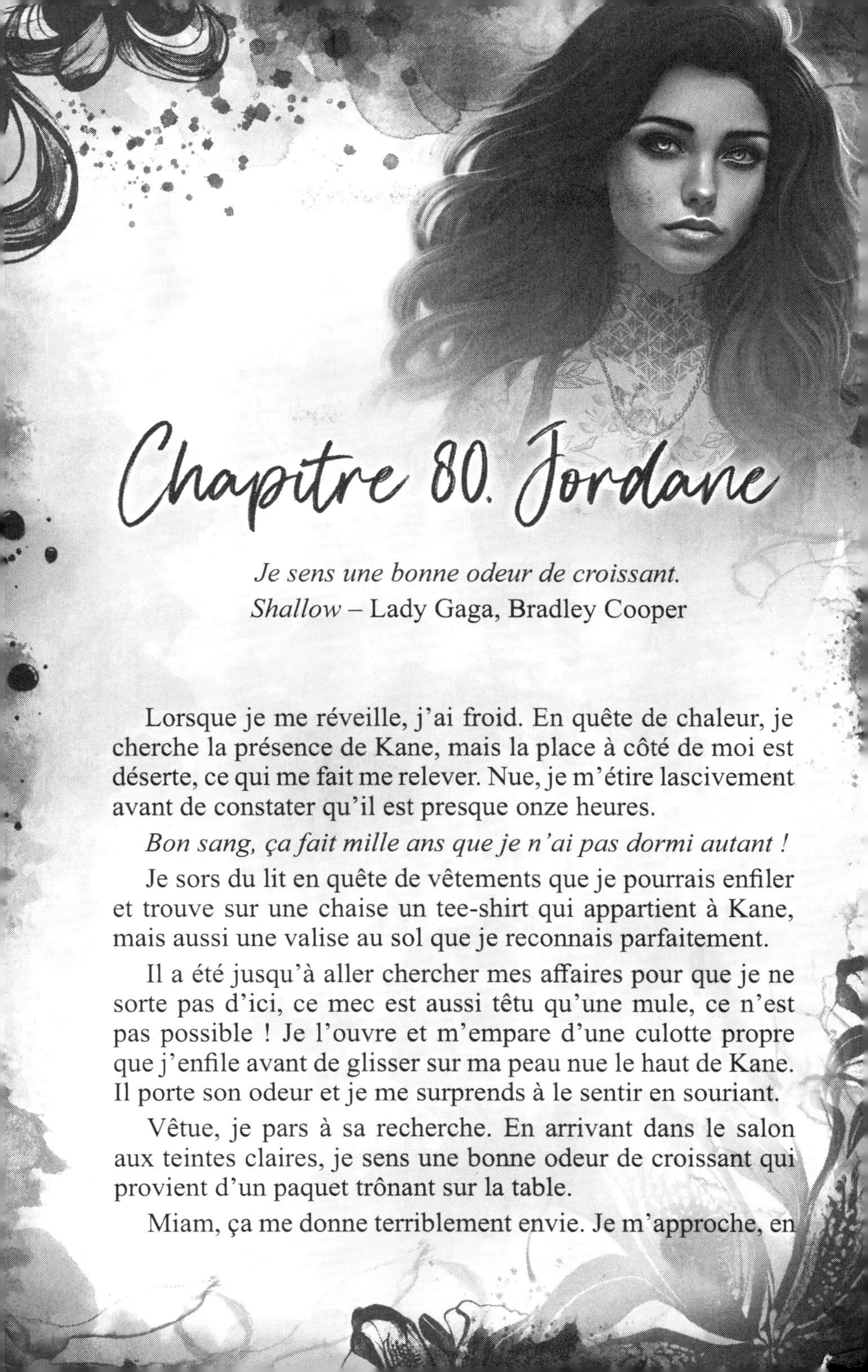

Chapitre 80. Jordane

Je sens une bonne odeur de croissant.
Shallow – Lady Gaga, Bradley Cooper

Lorsque je me réveille, j'ai froid. En quête de chaleur, je cherche la présence de Kane, mais la place à côté de moi est déserte, ce qui me fait me relever. Nue, je m'étire lascivement avant de constater qu'il est presque onze heures.

Bon sang, ça fait mille ans que je n'ai pas dormi autant !

Je sors du lit en quête de vêtements que je pourrais enfiler et trouve sur une chaise un tee-shirt qui appartient à Kane, mais aussi une valise au sol que je reconnais parfaitement.

Il a été jusqu'à aller chercher mes affaires pour que je ne sorte pas d'ici, ce mec est aussi têtu qu'une mule, ce n'est pas possible ! Je l'ouvre et m'empare d'une culotte propre que j'enfile avant de glisser sur ma peau nue le haut de Kane. Il porte son odeur et je me surprends à le sentir en souriant.

Vêtue, je pars à sa recherche. En arrivant dans le salon aux teintes claires, je sens une bonne odeur de croissant qui provient d'un paquet trônant sur la table.

Miam, ça me donne terriblement envie. Je m'approche, en

attrape un, quand mon attention est attirée par des bruits de frappe qui proviennent du rez-de-chaussée. Je me penche, le croissant à la main, et tente d'apercevoir d'où cela provient.

J'aperçois alors Kane qui cogne sur un grand sac avec une hargne qui me ferait presque serrer les cuisses.

Je ne l'avais jamais vu s'entraîner, juste quelques combats, et découvrir ce nouvel aspect de lui me régale. Je m'accoude sur la balustrade, mon petit déjeuner en main en continuant à l'observer.

Une porte claque dans mon dos et je vois arriver mon frère avec un visage encore ensommeillé. Son visage porte les séquelles des coups qu'il a reçus et se dépeint en une multitude de nuances de violet. Mon ventre se serre en voyant ça, mais je me raisonne car il est en sécurité maintenant. Kane a raison, nous devons être raisonnables et nous avouer que rester ici demeure la plus cohérente des options.

— Tu as bien dormi ? entamé-je en lui souriant.

— Oh oui, ça fait un bien fou, et toi, tu as pu te reposer ? me demande-t-il en venant se placer à côté de moi.

— Comme une souche. Tu sais qu'on va rester ici plusieurs jours ? commencé-je en posant de nouveau mes yeux sur Kane.

— Évidemment, j'ai été cherché nos valises hier soir et je les ai ramenées ici. Ton mec est assez convaincant, je n'ai pu que me soumettre, rit-il alors.

— C'est le moins qu'on puisse dire, j'ai eu le droit à un bon savon hier, je ne te remercie pas… lui dis-je en le regardant d'un air réprobateur.

— Tu le méritais amplement ! réplique-t-il en affichant le même air que moi. J'aurais dû lui en parler bien avant, cette situation n'aurait jamais dû prendre une telle ampleur, Joe. J'ai été faible et je m'en excuse, je vais devenir plus fort, je te le promets. Assez fort pour que ce ne soit plus à toi de me protéger.

Ses mots me touchent, car ils transpirent la sincérité. Il est si important pour moi que j'ai envie de lui dire que jamais je ne cesserai de le protéger, mais je ne réponds rien hormis un simple acquiescement. Dans notre monde, on grandit trop vite, trop brutalement et ce que nous venons de vivre vient de prouver à Cameron que la vie n'est pas toujours douce et tranquille, que des pièges se trouvent sur notre route et que nous ne pouvons pas toujours les esquiver. Alors, on apprend à s'en délivrer et c'est en cela que nous grandissons.

Moi, hier, j'ai appris à ne plus m'appuyer que sur moi-même, et cette leçon, je ne l'oublierai pas. Il y a des choses qu'on peut faire seul et d'autres où l'on a besoin des autres pour nous soutenir. Nous n'avons pas besoin d'être fort tout le temps, on a le droit de s'autoriser à faiblir et demander de l'aide. À attraper les mains que l'on peut nous tendre, car elles ne sont pas toujours vicieuses et néfastes, elles peuvent aussi être bienveillantes et aimantes.

Je frotte mes mains pour ôter les miettes du feuilletage du croissant et décide de rejoindre Kane en bas. Il ne nous a pas entendus tant il est absorbé par son entraînement.

Il a des explications à me donner sur ce qui va se dérouler les prochains jours, et je veux qu'il n'omette aucun détail. Je me retrouve près de lui, et il ne m'a toujours pas remarquée, alors je me racle la gorge, ce qui le fait sursauter, avant qu'il ne se tourne vers moi.

Son épiderme est couvert de sueur qui humidifie son torse nu. Cela fait ressortir ses tatouages et ses muscles d'une manière si délicieuse…

— Ne me regarde pas comme ça, ma douce, je risque de ne plus répondre de rien…

L'intensité de son regard fait instantanément frémir mon âme.

— Je voudrais que tu portes toujours mes fringues, tu le sais ? continue-t-il alors.

— Je dois avouer que j'aime particulièrement ça aussi, minaudé-je, tirant sur le tissu en lui souriant.

Le grognement qui résonne dans sa poitrine me fait défaillir, alors je m'approche de lui et l'embrasse avec passion. Ses mains couvertes de bandages viennent se positionner sous son tee-shirt, dévoilant le bas de mon corps et ma culotte à fleurs.

— Belle culotte, se moque-t-il alors en tirant un peu sur le côté du tissu.

— Rien ne vaut le confort d'une culotte à fleurs, sache-le ! répliqué-je en lui pinçant la main.

Un bruit de porte retentit et Zéphyr apparaît, si bien que je me retrouve en une fraction de seconde dans le dos de Kane, qui tente de me dissimuler aux yeux de son ami.

Il rit face à son comportement d'homme de Cro-Magnon.

— Mec, ta meuf est belle, cela va de soi, mais rien que penser qu'elle a un vagin me répugne… débite-t-il en mimant une grimace de dégoût. Alors, *no stress,* mon pote.

— Hey ! répliqué-je, piquée au vif, en faisant dépasser ma tête du dos de Kane tout en le fusillant du regard.

— Désolée, Joe, tu n'as juste pas les bons attributs, balance-t-il en jouant des sourcils.

— J'aurais dû bâcler ton tatouage, je le ferai pour le prochain !

— Impossible, tu es trop perfectionniste pour ça ! Regarde ce chef-d'œuvre, s'exclame-t-il en me montrant le tatouage que j'ai réalisé sur son avant-bras.

C'est vrai que j'ai assuré, il claque. Un serpent enroule son bras en le mordant avidement. Des pivoines d'un rouge foncé tel du sang encadrent le tout, faisant ressortir les détails noirs de la peau écailleuse du reptile.

— Allez, va te changer au lieu de la faire chier, et ne regarde pas ses jambes sublimes ! lance alors Kane en me repoussant vers le fond de la pièce alors qu'il est devant moi.

Zéphyr se casse en riant vers ce que je suppose être le vestiaire, et nous nous retrouvons près d'un ring.

Je m'assois sur le banc qui ne se trouve pas loin.

— Allez, explique-moi maintenant ce qui va se passer dans les prochains jours, entamé-je d'emblée pour ne pas le laisser se défiler ou encore tenter de me faire oublier le pourquoi de ma venue.

Il soupire, mais se résigne à me répondre.

— Tu sais que je participe à un tournoi, il a lieu chaque année et habituellement nous devons remporter au moins deux combats pour être payés, et après libre à nous de gérer nos *fights*.

J'acquiesce, attendant la suite.

— Cette fois-ci, je vais devoir remporter tous les combats. Je dois enchaîner six combats et être déclaré vainqueur afin de gagner notre liberté. La tienne, celle de Cameron, mais aussi la mienne. Ce tournoi sera le dernier, Joe, je m'arrêterai après ça.

Ce qu'il me dit me laisse sans voix, six combats c'est impossible a remporté d'affilée, cela demande trop d'énergie…

— Mais… c'est trop dangereux, Kane, imagine qu'un combat se passe mal, qu'un coup te blesse grièvement ou pire que tu perdes la vie !

— Ça se passe sur une nuit entière, j'aurai un petit laps de temps pour me reposer pendant le combat des autres. Ce sera très court, mais je n'ai pas le choix, Jordane, c'est le seul moyen de nous en sortir sans trop de dégâts.

— Toi, tu subiras des dommages !

— Je suis un *fighter*, Joe, je suis habitué à combattre ainsi, et ça a été mon quotidien pendant des années. C'est le seul domaine dans lequel je me sens fort, dans lequel je connais mes capacités. J'ai découvert ça de la mauvaise manière, mais je suis content aujourd'hui, cela m'aide. Je réussirai, soit en certaine, me sourit-il avec insouciance, comme si ce qui s'apprêtait à se passer n'était rien de plus qu'une formalité.

— C'est pour ça que tu te mets en mode entraînement à la Rocky Balboa ? lui demandé-je alors en m'avouant vaincue.

— Exactement, mais je suis bien plus fort que lui, ça, c'est certain ! me dit-il en s'approchant de moi et en posant son front sur le mien pour m'apaiser. Je gagnerai notre liberté et nous pourrons enfin vivre la vie que nous méritons, toi, Cameron et moi.

Chapitre 81. Kane

Tout sera une question d'endurance et d'efficacité.
Devil's Dance – Asaf Avidan

Trois jours plus tard, le soir du tournoi.

Nous arrivons tous dans cette impasse au mur tagué apportant la seule touche colorée dans ces nuances de gris. Elle dissimule l'entrée secrète de la grande salle aménagée qui sera notre lieu de rencontre ce soir.

Je suis prêt, mon corps a été entraîné comme jamais auparavant et je sens en moi une hargne qui me pousse à croire que rien ne me vaincra. Je vais reprendre ma vie en main, briser mes chaînes.

Je pense à Joe, à Cameron, mais pour une fois, je pense également à moi. Ces combats, je les mènerai pour nous et je les remporterai tous un par un. Qu'importent les obstacles, les difficultés.

Ce soir, je me sens fort. Mes amis, mon équipe, seront là pour me soutenir. Dans ma main, celle de Joe qui réchauffe mon être, m'insuffle son énergie. À Zéphyr et Norah se sont ajoutés Syria, Kaos, Elie, Ben, Hale, mais aussi mon coach de toujours, celui qui cette fois-ci n'a pas eu besoin de m'aider et qui m'a vu me débrouiller seul.

Ce soir, le ciel est couvert, alors qu'il a été dégagé pendant les semaines précédentes. Les nuages nous dissimulent la lune, qui est apparemment pleine cette nuit.

Nous entrons par la porte rouillée qui ne paye pas de mine et nous glissons dans le couloir obscur dénué de lumière qui est censé nous mener au centre de l'entrepôt. Nous franchissons une ultime porte et nous tombons sur une sorte de sas qui servira de salle de triage pour le public qui ne tardera pas à arriver par un autre endroit. Kaos part immédiatement demander où se trouvent les locaux des combattants et nous fait ensuite signe de le suivre.

Jordane n'a pas prononcé un son lors du trajet que nous avons fait pour une fois en voiture. Je sens sa peur, elle transpire de son corps, alors je pose un baiser sur sa tempe pour tenter de la rassurer. Cela va bien se passer.

Nous arrivons dans les vestiaires qui nous sont dédiés et nous nous rendons compte que nous sommes les premiers à être arrivés. La tranquillité du moment est une bénédiction, alors nous en profitons.

Une heure plus tard, nous sommes tous prêts à combattre, mais de toute l'équipe, seuls Zéphyr et moi participons. Norah a annulé pour une raison inconnue et, depuis sa rencontre avec le *Pakhan*, je la trouve plus effacée, plus soucieuse, elle qui était avant constamment insouciante.

Des bruits de voix résonnent à l'extérieur du vestiaire, montrant que nos adversaires sont bel et bien arrivés eux aussi. L'heure approche et nous allons devoir sortir pour nous rendre près du ring. Dans le couloir, une tout autre ambiance règne, une tension terrible créée par l'envie de vaincre de chacun. On a tous nos motivations pour remporter nos matchs, et même si notre club est souple, ce n'est pas le cas de tous.

Certains payent le prix fort pour leurs défaites, d'autres se battent pour survivre simplement, un peu comme moi dans le passé.

Nous avançons en groupe, Jordane me suit de près. Je suis en hypervigilance, car il est possible que plusieurs de ces hommes qui nous dévisagent puissent avoir été payés par mon père pour nous faire une crasse avant ou pendant les combats. Je ne suis donc pas vraiment serein et ne le serai pas avant que nous ayons rejoint le coin de notre ring.

Il y a quatre équipes qui combattent aujourd'hui, avec apparemment deux combattants, comme nous. Ce qui fait en tout huit adversaires potentiels.

Nous représentons les Russes, mais il y a aussi des Tchétchènes, des Italiens et des Mexicains. Les quatre grandes pègres locales qui vont se battre pour asseoir leur supériorité en présentant leurs meilleurs combattants. Les paris se créent, l'argent coule à flots, mais c'est surtout un jeu de pouvoir et de dominance qui règne au sein de ce genre de tournoi.

Et nous, nous en sommes les instruments, les armes.

Nous sommes prêts, dans l'attente du tirage au sort qui désignera le nom des premiers combattants. Qui sera le premier à se jeter dans l'arène afin de défendre sa vie et l'honneur de son équipe. Après plusieurs minutes, le couperet tombe et c'est le nom de Zéphyr qui apparaît en grand sur les prompteurs, suivi de celui de son adversaire, un certain Gregorovich. Je ne connais pas son nom, mais je remarque immédiatement qu'il vient du côté tchétchène lorsqu'il frappe dans la main de son coéquipier avec force.

Zéphyr sourit, mais son sourire est effrayant. Il a revêtu son maquillage de guerrier fou et commence à sautiller sur place pour se chauffer. Ce mec est accro à cette violence que lui procurent les combats, si bien que je n'ai jamais vu autant d'excitation chez quelqu'un sur le point de se battre.

Ils grimpent tous les deux sur la piste, et c'est le moment de commencer cette danse macabre que le ring illégal nous impose de réaliser. Enfin, pour certains, car pour d'autres, je ne sais pas si c'est véritablement imposé… comme pour Zéphyr.

On est probablement plus sur l'ordre du volontariat, car je ne sais pas si quelqu'un serait capable d'imposer quoi que ce soit à cet homme.

Nous observons attentivement ce dieu funeste du combat qui ne tarde pas à dominer son adversaire de la plus vicieuse des manières. Sans pitié, il frappe, fait mal, torture savamment l'homme qui se trouve en face de lui. Il m'a dit plus tôt que je n'aurai plus à combattre après lui, ce qui veut dire qu'il rendra incapable de se battre ses adversaires pour alléger ma charge. Je peux donc déjà dire que je n'aurai pas à vaincre cet homme, ce qui en fait un de moins. Joe regarde attentivement le combat elle aussi, grimace lors des scènes les plus violentes. Je sais qu'elle appréhende mes combats.

Lorsqu'il revient près de nous, Hale tente de lui frapper dans la main pour le féliciter, mais je l'arrête avant qu'il ne puisse le faire. Cela ne sert à rien, car pour Zéphyr, nous ne sommes plus là. Il est dans sa bulle, un endroit que lui seul connaît et dans lequel nous n'avons plus notre place. Il s'assoit sur sa chaise, battant frénétiquement des jambes, seul signe de son impatience.

Son regard reste fixé dans le vide, gardant cette étincelle de démence qui le caractérise dans ces moments-là.

La voix du présentateur retentit, annonçant déjà le prochain combat, maintenant qu'ils ont déplacé le corps inerte, mais bien vivant de la victime de Zéph ».

Les secondes s'étirent, et c'est finalement mon nom qui apparaît. C'est à mon tour de monter sur le ring, et je suis plus prêt que jamais. Un nom qui ne m'est pas inconnu apparaît sur le tableau à ma suite, Lorenzo. J'ai déjà entendu parler de lui, et je sais que c'est un des piliers de l'équipe italienne. Je l'ai aperçu à la cup à laquelle nous avons participé il y a deux ans, le mondial de *freefight* illégal qui n'a lieu que tous les cinq ans.

Je me lève, ferme les yeux et me focalise sur le combat,

avant de monter dans l'arène. Les bras de Jordane se faufilent dans mon dos pour m'enserrer.

— Fais attention à toi, s'il te plaît, rien ne vaut le prix de ta vie, Kane. Une vie sans toi serait la pire des prisons, murmure-t-elle contre ma peau avant d'embrasser mon dos et de retourner à sa place sans un mot de plus.

Je hoche simplement la tête et monte entre les cordes du ring, une chape de plomb typique des combats s'abat sur moi, fait monter la température de mon corps. Désormais, je ne pense à rien d'autre qu'à mon adversaire, qu'à l'abattre afin de gagner le plus rapidement possible pour conserver le plus d'énergie. Les premiers combats devront être brefs afin de pouvoir assumer les derniers.

Tout sera une question d'endurance et d'efficacité.

Chapitre 82

Kane monte sur le ring une nouvelle fois.
I'm not Dead - Pink

Jordane

Mon ventre se noue de plus en plus.

Cela fait quatre combats que Kane mène d'une main de maître, mais je commence à sentir qu'il faiblit. Cela fait plus de cinq heures qu'il se bat. Heureusement pour nous, Zéphyr a éliminé deux rivaux, ce qui fait sauter un round à Kane. C'est donc son dernier *fight,* mais l'adversaire qu'il lui reste à abattre est redoutable et semble sans pitié.

Le finaliste de l'équipe tchétchène semble être dépossédé de la moindre âme, il a réussi à mettre K.-O. Zéphyr, qui est en train de se remettre dans les vestiaires.

Le fait qu'il ait réussi à abattre cette force de la nature m'angoisse au plus haut point. C'est comme s'il ne ressentait pas la douleur, qu'il était insensible à ce que ses adversaires peuvent lui infliger. Kane est essoufflé, du sang et des colorations violettes commencent à colorer la peau de son visage et de ses côtes, signe qu'elles sont probablement fêlées.

Il n'a plus prononcé un mot depuis le second combat, et sa concentration est désormais à son comble, malgré la souffrance qu'il doit ressentir. Ses muscles sont tendus, les veines de ses avant-bras gonflées sous la tension qui règne dans son corps mis à rude épreuve.

Kane monte sur le ring à nouveau, avec moins de vigueur que les autres fois. Je m'accroche aux cordes à mon tour pour être au plus près, pour intervenir si le pire arrive. Du mouvement attire mon regard et je vois son adversaire grimper, mais c'est surtout deux autres personnes auxquelles mon regard s'aimante. À côté des coachs de l'équipe tchétchène se trouvent le père de Kane et ma mère, c'est là que je comprends. Il a la main posée sur le manager de l'équipe, qui sourit à pleines dents en contemplant les deux combattants qui se font face.

Lorsque je regarde à nouveau Kane, je remarque qu'il a vu la même chose que moi et que ses poings se serrent avec force. Il détourne le regard et le reporte sur sa nouvelle proie, l'adversaire que son père lui réservait. Finalement, il pivote légèrement vers moi, un sourire aux lèvres. Nos prunelles se lient dans un silence que nous seuls comprenons.

Fais-moi confiance.

Je te sauverai toujours, je suis ton ombre protectrice.

Mes yeux s'humidifient, j'acquiesce pour lui signifier que j'ai bel et bien confiance en lui. Il réussira.

Ils ne gagneront pas.

La cloche retentit, et je sais que ce à quoi je vais assister sera dur et violent. Je dois être forte, je dois le rester pour Kane. Les coups tombent avec une violence sans nom, et c'est mon amour qui les porte à son adversaire, qui n'esquisse même pas une grimace de douleur. Il réplique avec la même hargne, tel un robot destiné à tuer, et même si mon amour est rapide, il ne l'est plus assez pour esquiver ses coups destructeurs. Son arcade se fend et du sang dégouline abondamment sur son visage. Kaos me rejoint, accompagné d'Elie pour le soutenir.

Le colosse profite de l'occasion, de sa déconcentration pour asséner des uppercuts dans ses côtes déjà fragilisées, ce qui lui coupe la respiration.

J'ai mal, si mal en cet instant. C'est comme si c'était moi qui recevais les coups.

— Bordel, il se fait dominer ! murmure Kaos entre ses dents.

— Ne lâche rien, Kane, hurle Elie pour l'encourager, alors que moi je reste mutique, figée face au spectacle.

Il a besoin de moi… *il a besoin de moi ! Bouge ma vieille, soutiens-le, soit sa force comme il a été trop souvent la tienne !*

Je me hisse alors sur le bord du ring, prends une grande respiration et me mets à hurler encore plus fortement que la foule qui encourage le combat.

— KAANE ! Défonce ce connard et brise tes chaînes ! Aujourd'hui, nous ne perdrons pas ce combat ! C'est clair ?!

Kane se recule, se tourne vers moi et un mince sourire apparaît sur ses lèvres ensanglantées. Je lui souris à mon tour, ravie de voir une lueur nouvelle dans son regard.

Kane

C'est la première fois.

La première fois qu'elle m'encourage aussi ouvertement et je dois dire que ça insuffle à mon corps épuisé une nouvelle bouffée d'oxygène.

Mon adversaire est drogué, il ne sent plus mes attaques, j'ai comme l'impression de frapper dans un bout de viande dure comme du bois. Mes poings me font mal, mes membres tremblent et ma respiration est erratique, faisant souffrir à chaque respiration mes côtes pétées.

Je suis mal en point, je pense que je ne l'ai jamais été autant, mais c'était à prévoir. Mon père, qui admire le spectacle, m'a choisi un adversaire qu'il me croit incapable de battre, mais je n'ai pas dit mon dernier mot.

Il me pense toujours aussi faible qu'avant, mais ma force est différente aujourd'hui et je vais le lui prouver cette nuit.

Je n'ai plus aucune idée de l'heure qu'il est, du temps qui s'écoule au cours de ce combat. Tout semble soudainement au ralenti. Je ne me focalise plus que sur les mouvements de l'homme qui m'attaque, ma cible à détruire. Le seul moyen que je vais avoir de l'éliminer, c'est de le faire s'évanouir. Pour ça, je dois m'approcher au plus près de lui et réussir à l'étrangler suffisamment longtemps pour qu'il s'effondre au sol.

Le problème, c'est les coups qu'il me porte dès que je parviens à n'être qu'à quelques centimètres de lui. Je dois les esquiver le plus possible afin de pouvoir me glisser dans son dos et réussir l'impossible.

Je prends une grande inspiration qui me fait un mal de chien et fonce sur mon adversaire en m'abaissant le plus possible. Il est plus grand que moi, donc je décide de baisser mon centre de gravité afin de ne plus me tenir à portée de ses coups. Ça marche un temps, mais il contre-attaque en me donnant un coup de genou dans le bide qui me ferait presque gerber. Bordel, ce mec est un monstre de puissance.

Je ne relâche rien pour autant, attrape sa jambe au moment de l'attaque et tente de le déséquilibrer pour me créer une ouverture, ce qui à mon grand étonnement fonctionne, car il manque de tomber lourdement au sol.

Il se ressaisit lui aussi et m'assène deux coups de poing dans le visage qui me sonnent quelques secondes. Je n'entends plus rien, plus les cris de la foule, mes tympans sifflent tellement que ça m'en fait mal au crâne, mais je trouve quand même le moyen d'esquiver un crochet qu'il tente de m'infliger et me faufile entre ses jambes.

La voilà mon ouverture, alors je fais abstraction de ma douleur, de ma perte d'audition, du sang qui me brûle les yeux et saute sur son dos de manière à atteindre son cou avec mes bras.

Ils se placent comme un étau, compressant sa trachée et les artères de son cou du plus fort que je le puisse à l'heure actuelle. Ce sera ma seule chance, je ne peux pas me louper.

Je ne perdrai pas aujourd'hui !

Je serre malgré les coups qui pleuvent sur mon corps, mon adversaire se jette sur le dos, me faisant heurter le sol de plein fouet et le choc me coupe à moitié la respiration, mais je ne lâche pas.

Je vais gagner aujourd'hui.

Mes yeux se dirigent vers mon père, dont la mâchoire se crispe de colère. Je lui souris alors que je sens les forces de mon adversaire s'affaiblir peu à peu.

Regardez, père, regardez-moi gagner, remporter cette liberté que vous m'avez volée ! Je vois à côté de lui la mère de Joe qui comprend peu à peu la situation et qui perd contenance elle aussi.

Je n'ai presque plus de force, mais je tiens bon, je sens que la victoire est proche, alors je lutte jusqu'à la dernière seconde, jusqu'à ce que le corps de ma proie mollisse et signe sa défaite. On frappe à mon épaule et c'est l'arbitre qui m'annonce probablement que je peux relâcher ma prise, et je dois avouer que comme je ne l'entends pas, j'ai du mal à le faire.

C'est lorsque je vois la silhouette de Jordane se précipiter sur moi que je lâche prise et écarte le corps du mec pour la réceptionner dans mes bras.

Peu à peu, le sifflement s'amenuise, se calme pour laisser place à des sons un peu étouffés que je ne comprends pas forcément. Des larmes de joie coulent sur les joues de Joe et elle embrasse mon visage de partout, malgré le sang et la sueur qui s'y trouvent.

On a gagné, bordel de merde, on a gagné !

Mon regard coule vers l'endroit où se trouvaient nos géniteurs, qui sont partis. Partis de nos vies à jamais.

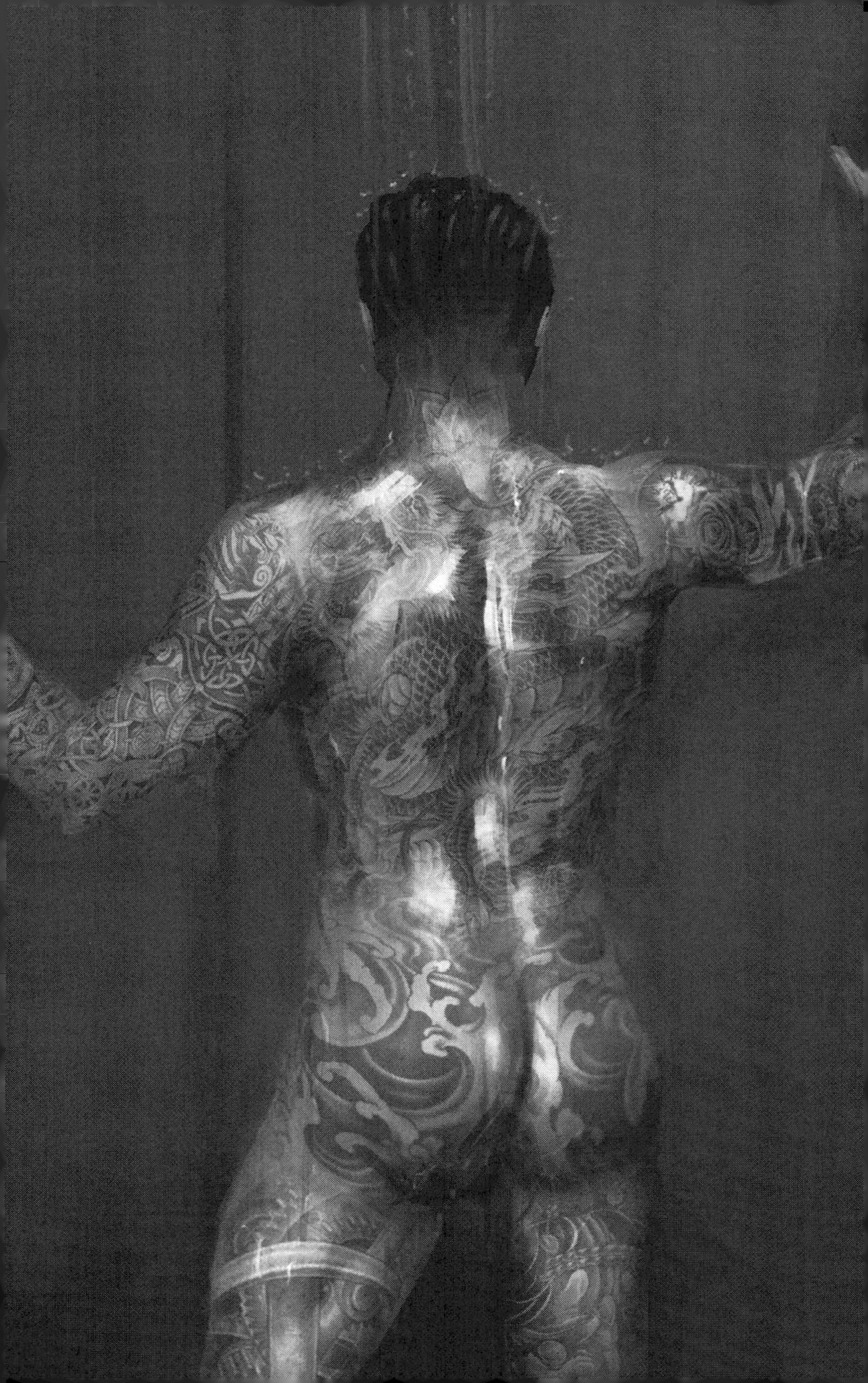

Chapitre 83. Jordane

J'embrasse son visage abîmé par les coups.
Loreen - Euphoria

Il a gagné, bordel de merde ! Le bonheur que je ressens de le savoir sain et sauf me comble de joie. Les larmes coulent sur mes joues, ne cessent de se déverser. Impossible de les retenir.

J'embrasse son visage abîmé par les coups, je lui parle, mais il ne semble pas m'entendre pour autant. Il me montre du doigt son oreille.

— J'ai un tympan éclaté, je n'entends que très peu, mais ça va passer, ma douce, ne t'inquiète pas, me dit-il doucement.

Je regarde de plus près ses oreilles et du sang coule un peu de celle de droite. Je prends un mouchoir qui se trouve dans ma poche et éponge un peu l'hémoglobine qui peint son visage de guerrier. Pendant le combat, je pense que mon cœur s'est arrêté de battre tellement de fois que je vais avoir besoin de voir un cardiologue dans quelques jours, mais pas un seul instant je n'ai douté. Je savais qu'il l'emporterait.

Kaos l'aide à se relever et je vois bien qu'il tient difficilement sur ses jambes. Il n'aurait pas fallu un combat de plus. L'arbitre s'approche de lui, attrape son poignet et le tend en l'air, l'affichant aux yeux de tous, des combattants comme du public, comme vainqueur.

Kane vient de gagner le combat de sa vie et a réussi à briser les entraves qui le cloisonnaient dans un monde qu'il n'aimait pas. Un monde qu'on lui avait imposé. Et c'est avec émotion que j'assiste à cette libération.

Lui aussi sourit, un sourire si magnifique qu'il me frappe en plein cœur. Les ténèbres s'en sont allées de ses prunelles claires, les rendant plus belles que jamais.

Avec toute l'équipe, on se dirige sous un tonnerre d'applaudissements vers le vestiaire, nous avons besoin d'un peu de calme et de sérénité après les dernières semaines que l'on vient de passer. Kane file directement sous la douche sans m'attendre, et ce n'est que quelques minutes après que je le rejoins pour vérifier qu'il va bien.

Ce que je vois me bouleverse.

Les deux mains plaquées sur le mur, le dos secoué par les sanglots, Kane craque et déverse sa joie, sa souffrance, sa peine.

L'eau de la douche ruisselle sur son corps nu, ses larmes se mêlant aussi à elle, jusqu'à disparaître. Je le laisse, ne l'approchant pas. Il a conscience de ma présence, je le sais et je lui accorde cette pudeur qu'il lui est propre. Cette victoire lui appartient.

Il se retourne quelques minutes plus tard vers moi, et il n'a jamais été aussi beau qu'en cet instant. Il tend la main vers moi alors que l'eau s'éteint. Je prends soin de lui, sèche sa peau blessée, panse ses plaies et lui apporte des vêtements propres.

— Tu entends mieux maintenant ? osé-je lui demander en rompant le silence qui s'était installé depuis une bonne heure.

Il hoche simplement la tête pour toute réponse, trop épuisé pour parler, probablement. J'ai hâte que l'on rentre, que l'on puisse sortir d'ici libérés de ce poids qui consumait notre vie petit à petit. Nous allons pouvoir être enfin heureux, sans entrave, sans épée de Damoclès nous menaçant sans cesse.

Le soulagement règne en nous, autour de nous. Lorsque nous sortons, l'équipe acclame Kane, Zéphyr lui frappe dans le dos avec force, ce qui le fait grimacer. L'air est léger et dénué de danger et lorsque nous sortons, les nuages ont laissé place à une immense lune, pleine et magnifique. Ils se sont dissipés, nous révélant la clarté de la nuit étoilée.

Chapitre 84

Je refuse ! Je le refuse !

Je tire sur mes cheveux, la douleur, je ne la ressens plus. Je suis simplement obnubilée par ma rage et ma haine. Je ne maîtrise plus rien et encore moins cette jalousie qui me dévore depuis si longtemps.

Je refuse ! Je le refuse !

Pourquoi pourraient-ils être heureux ensemble alors que moi je souffre, souffre tout le temps ! Cette maudite gamine a gâché ma vie en venant au monde, et je ne peux supporter qu'elle soit heureuse !

Au volant de ma voiture, je les regarde rire, regarder le ciel avec une telle insouciance que ça me donne envie de gerber.

Leur bonheur, je le vomis, comme je maudis à jamais cet amour qu'ils peuvent ressentir l'un pour l'autre.

Mon enfant, je t'avais dit que tu ne serais jamais heureuse, et ce sera le cas. Ceci est mon dernier cadeau, prends-en grand soin, à jamais tu te souviendras de moi.

Le moteur ronronne à coups d'accélérateur, ce qui capte leur attention, mais c'est trop tard, ils ne peuvent plus m'éviter…

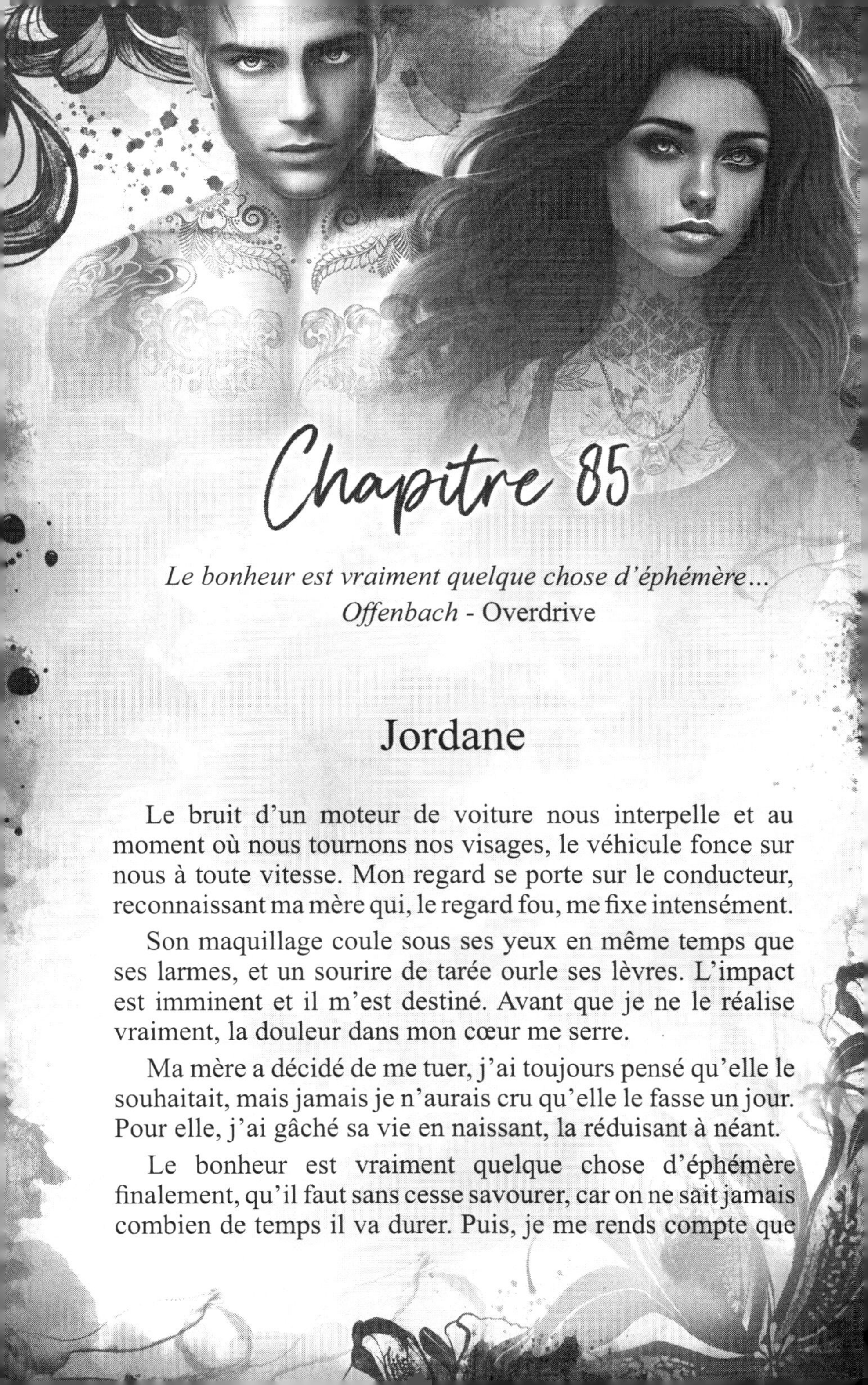

Chapitre 85

Le bonheur est vraiment quelque chose d'éphémère…
Offenbach - Overdrive

Jordane

Le bruit d'un moteur de voiture nous interpelle et au moment où nous tournons nos visages, le véhicule fonce sur nous à toute vitesse. Mon regard se porte sur le conducteur, reconnaissant ma mère qui, le regard fou, me fixe intensément.

Son maquillage coule sous ses yeux en même temps que ses larmes, et un sourire de tarée ourle ses lèvres. L'impact est imminent et il m'est destiné. Avant que je ne le réalise vraiment, la douleur dans mon cœur me serre.

Ma mère a décidé de me tuer, j'ai toujours pensé qu'elle le souhaitait, mais jamais je n'aurais cru qu'elle le fasse un jour. Pour elle, j'ai gâché sa vie en naissant, la réduisant à néant.

Le bonheur est vraiment quelque chose d'éphémère finalement, qu'il faut sans cesse savourer, car on ne sait jamais combien de temps il va durer. Puis, je me rends compte que la personne visée n'est finalement pas moi, mais Kane. Alors, je me précipite sur lui et le pousse loin de la trajectoire avant de me faire percuter de plein fouet par l'avant du véhicule.

La douleur est fulgurante, puis je ne sens plus rien. J'entends le bruit fracassant du véhicule qui vient probablement de s'encastrer dans le mur de l'impasse.

Le visage de Kane se retrouve au-dessus du mien, son air paniqué me fait mal, et alors que je veux parler, du sang sort de ma bouche.

Il parle, mais je n'entends plus rien, alors je mémorise ses traits pour ne pas les oublier.

Ella, si je meurs, est-ce que je pourrai encore veiller sur lui ? En pensant cela, je réalise que je ne veux pas quitter ce monde, je veux vivre. Des larmes viennent brouiller mes yeux, floutant le visage de l'amour de ma vie.

Je ne veux pas mourir, Ella, je t'en supplie, ne les laisse pas m'emporter. Puis mes yeux se ferment alors que je le refuse, mais je peine à résister.

Je lutte malgré tout face aux ténèbres.

Kane

Le véhicule est arrivé vers nous tellement rapidement que je n'ai pas eu le temps de réagir. J'ai réalisé qu'il nous visait lorsque le corps de Jordane m'a dégagé de la trajectoire.

Elle m'a sauvé la vie.

Je me suis retrouvé immobile, forcé de voir le corps de celle que j'aime se faire percuter avec force pour aller s'échouer plus loin violemment. La voiture s'est alors emboutie dans le mur de pierre avec fracas, se mettant à fumer.

Je me précipite sur Joe qui, allongée au sol, ne bouge plus. La panique me saisit lorsque, au moment où elle essaie de parler, du sang sort de sa bouche.

Non. Non, non, non, non ! Ça ne peut pas arriver, ce n'est pas possible.

J'entends vaguement au loin Kaos composer le numéro des pompiers pour qu'ils viennent la sauver, car elle ne peut pas mourir ! Je refuse qu'elle meure !

Ses yeux se remplissent de larmes, qui coulent le long de ses tempes, mais ses yeux me regardent, me regardent vraiment. Elle est encore là, elle respire !

Je prends son poignet et sens son pouls.

Son cœur bat, elle n'est pas morte.

Sa poitrine se soulève en une toux étouffée, et du sang jaillit encore de sa bouche.

Ses yeux papillonnent de plus en plus alors que les gyrophares de l'ambulance éclairent la nuit simplement illuminée de la lune.

— Joe ! Joe, je t'en supplie, mon amour, ne me lâche pas ! Tu n'as pas le droit d'abandonner maintenant ! On est libres, tu m'entends, on est libres !

— Tu… tu… tente-t-elle de parler.

— Ne parle pas, garde tes forces, des médecins arrivent pour te sauver.

— Sois libre… même, même si je ne suis plus là, parvient-elle à dire.

— Je ne peux pas !

— Promets… le… moi, Kane, souffle-t-elle alors avec du sang qui coule à nouveau de sa bouche.

Je refuse de la tête, des larmes coulent de mes joues. Elle ne peut pas mourir. C'est impossible, mais elle ferme les yeux et les doutes prennent le dessus.

Des hommes me poussent pour prendre ma place et je les agresse instinctivement. C'est Kaos qui me tire en arrière pour que je ne les tabasse pas.

— Ce sont les médecins, mec ! Arrête, bordel, ils vont la sauver alors laisse-les faire leur travail !

Je les entends prononcer les mots pneumothorax, hémorragie… Des mots que je ne comprends qu'à moitié et qui me font paniquer. Je les regarde l'emporter sur une civière sans pouvoir bouger ou prononcer le moindre mot.

Je regarde l'ambulance s'éloigner à vive allure, s'enfoncer dans la nuit.

Je ne peux pas la perdre…

Nous sommes tous assis dans la salle d'attente de l'hôpital. Jordane est en salle d'opération depuis plus de deux heures et nous n'avons pas la moindre nouvelle.

Lorsque nous sommes arrivés, la chirurgienne nous a dit que son pronostic vital était engagé, qu'elle avait fait une hémorragie pulmonaire et qu'elle allait tenter de la sauver.

Depuis, on attend et je crois que je ne vais pas tarder à devenir fou. Je pense que c'est la première fois de ma vie que j'ai si peur, une peur viscérale qui me rend taré. Mon estomac est complètement retourné, si bien que je frôle de vomir dès que j'entends les moindres pas sur le carrelage.

Vivre dans un monde où elle n'existe pas, je ne veux même pas y penser. Tout le monde est là, à mes côtés. Cameron pleure dans les bras d'Elie, qui elle aussi semble abattue.

Les portes du bloc s'ouvrent enfin, et la chirurgienne en charge de Jordane arrive enfin. Ses traits sont tirés et fatigués, mais je suis suspendu à ses lèvres.

— Vous êtes la famille de Jordane Soreña ? demande-t-elle alors en s'approchant de nous.

Nous répondons tous oui en chœur.

— Son état est stabilisé, mais nous avons été dans l'obligation de la placer en coma artificiel le temps que ses blessures internes guérissent, commence-t-elle alors d'une voix compatissante.

— Elle… elle va s'en sortir ? demande Cameron, des trémolos dans la voix.

— Je ne peux vous l'assurer, je ne sais pas si elle sera en mesure de se réveiller de son coma, ses blessures sont graves et prendront du temps à se remettre. Son réveil reposera sur sa capacité à se battre et à guérir. Il ne nous reste plus qu'à attendre et espérer.

— Attendre ? Attendre qu'elle se réveille ? Cela peut prendre combien de temps ? demande Zéphyr, alors que je demeure mutique.

— On ne peut le savoir, des semaines, des mois. Nul ne peut connaître cet élément. Elle aura besoin de vous à ses côtés, que vous la souteniez même si vous pensez qu'elle ne vous entend pas, ne baissez jamais les bras.

On hoche simplement la tête.

Elle est vivante, elle respire et j'en suis certain maintenant : elle va se réveiller, car Jordane est un coquelicot qui sait renaître, qu'importe la situation.

Elle ne m'abandonnera pas et se battra elle aussi.

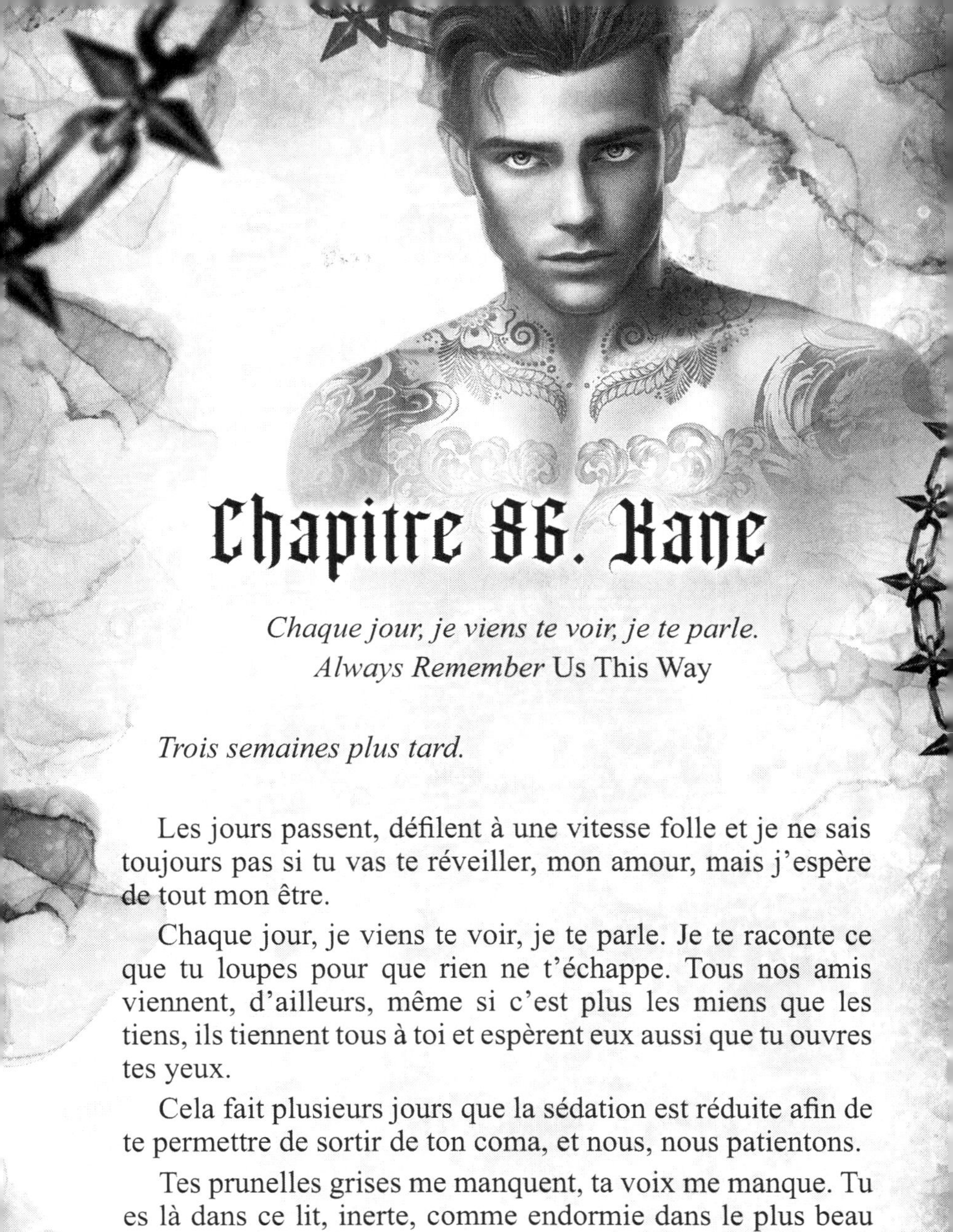

Chapitre 86. Kane

Chaque jour, je viens te voir, je te parle.
Always Remember Us This Way

Trois semaines plus tard.

Les jours passent, défilent à une vitesse folle et je ne sais toujours pas si tu vas te réveiller, mon amour, mais j'espère de tout mon être.

Chaque jour, je viens te voir, je te parle. Je te raconte ce que tu loupes pour que rien ne t'échappe. Tous nos amis viennent, d'ailleurs, même si c'est plus les miens que les tiens, ils tiennent tous à toi et espèrent eux aussi que tu ouvres tes yeux.

Cela fait plusieurs jours que la sédation est réduite afin de te permettre de sortir de ton coma, et nous, nous patientons.

Tes prunelles grises me manquent, ta voix me manque. Tu es là dans ce lit, inerte, comme endormie dans le plus beau des rêves, alors que moi je vis un cauchemar. Le seul moyen de m'en sortir est que tu romps ton sommeil pour enfin me sourire comme tu sais si bien le faire depuis toujours.

Les médecins sont confiants, nous rassurent sur ton état de

santé, mais je dois avouer que je n'en peux plus d'attendre. Le manque de ta personne, de ta chaleur, de tes caresses me rend fou.

Je tends la main et caresse ton visage apaisé, qui ne porte presque plus la moindre séquelle de l'accident.

Ma douce, ta mère est décédée dans la voiture, elle ne pourra jamais plus te faire de mal, mon père non plus d'ailleurs, alors reviens. Reviens vivre cette vie que nous avons toujours voulue et que l'on peut désormais croquer à pleines dents sans la moindre barrière.

Je m'empare de sa main, la caresse avec tendresse, y dépose un baiser sur le dessus. Puis, éreinté, je décide de poser mon visage entre mes bras sur le bord du lit et je ne tarde pas à sombrer dans les bras de Morphée.

Réveille-toi maintenant !

Tu es la personne la plus forte
que je connaisse.

Mon précieux coquelicot.

Une main se glisse dans mes cheveux avec douceur. C'est si agréable que je me plais à imaginer que c'est Joe qui me caresse ainsi. Cette pensée me serre la gorge, car ça me manque terriblement. Lorsque je relève ma tête, je constate que la main est toujours là, caressant maintenant mon visage. Lorsque mes yeux se plongent dans ses prunelles grises, les larmes me montent instantanément aux yeux et je me précipite sur elle pour embrasser chaque partie de son visage avec ferveur.

— Mon Dieu, merci de me l'avoir rendue ! avoué-je dans un sanglot en regardant vers le ciel.

Je ne suis pas quelqu'un de croyant, mais qu'importe la divinité qui me l'a ramenée, je ne peux que la remercier de tout mon cœur.

— Ça va ? Tu vas bien ? Tu veux que j'appelle une infirmière ? m'empressé-je de lui demander, ému comme jamais.

Toutes mes émotions débordent de la retrouver, et je ne peux m'empêcher de poser un léger baiser sur ses lèvres pour être sûr que c'est bien réel, avant de me rasseoir sur ma chaise.

— J'ai cru que tu m'avais abandonné, comment aurais-je fait pour ne serait-ce que respirer dans un univers où tu n'existerais pas ? Ne me fais plus jamais ça.

Elle sourit simplement, et mon cœur se réchauffe instantanément. J'appuie sur la sonnette qui prévient le service médical. Je veux être sûr que tout va bien, qu'elle se porte bien.

Une infirmière arrive rapidement et elle est étonnée de voir le visage éveillé de ma dulcinée. C'est avec un grand sourire que je lui explique, et elle vérifie alors immédiatement l'état de santé de Joe. Après plusieurs minutes, elle me fait un clin d'œil en me rassurant sur le fait que tout va pour le mieux, puis repart prévenir le médecin de garde.

— Cette fille te drague ouvertement, retentit soudainement la voix cassée de Joe, qu'elle n'a pas utilisée depuis trop longtemps.

— Un clin d'œil n'a jamais tué personne, décidé-je de la taquiner.

— Il était temps que je me réveille, sinon le fantasme de l'infirmière en blouse aurait pu t'atteindre et m'effacer, sourit-elle alors en répliquant.

Ce qui me fait rire. Lorsque cela sort de ma bouche, j'ai presque l'impression d'avoir oublié comment faire. La joie avait tellement déserté mon corps que rire était impossible.

La porte s'ouvre sur un médecin qui vient à son tour ausculter Jordane. Il est jeune, mais semble avoir de l'expérience. Elle l'observe attentivement alors qu'il examine son cœur, ses poumons. Lorsqu'il valide que tout va pour le mieux, je me sens encore plus apaisé. Joe tente de se redresser, mais son corps ne semble pas vouloir lui obéir.

— Restez allongée, mademoiselle, votre corps n'est pas remis encore du coma artificiel. Il vous faudra plusieurs semaines avant de récupérer pleinement votre motricité, mais nous allons tout mettre en œuvre pour que vous vous rétablissiez au plus vite. Vous avez eu beaucoup de chance.

Jordane hoche simplement la tête, ses yeux fixés sur son corps alité. Je sens qu'elle se questionne, mais je lui raconterai plus tard ce qu'il s'est passé. En attendant, il lui faut du repos.

— Je repasserai tout à l'heure, prenez soin de vous et surtout ne cherchez pas à aller trop vite.

Elle acquiesce en souriant et je prends sa main dans la mienne pour la serrer fort. Maintenant qu'elle est réveillée, une réponse me brûle la gorge.

— Ne me demande plus jamais d'être libre sans toi alors que tu es la seule à me permettre une véritable liberté.

— Tu n'as pas besoin de moi pour être libre, Kane, ta vie t'appartient, me répond-elle d'une voix douce.

— Non. Ma vie t'a toujours appartenu et elle t'appartiendra

toujours, Joe, qu'importe ce que tu peux me dire.

Ses prunelles grises me scrutent intensément avant qu'elle ne me réponde :

— Je suis égoïste. Je suis heureuse d'entendre ça, car pour rien au monde je ne pourrai vivre sans toi. Tu es mon obsession, Kane, celui qui a volé mon cœur pour ne plus jamais le libérer. Je suis tienne, comme tu penses que tu es mien.

Je l'embrasse à nouveau avec plus de passion, cette fois-ci. Elle regarde le plafond, songeuse.

— Tu sais, j'ai vu Ella dans mes rêves. Elle est venue me voir, on a parlé, je lui ai raconté ma vie, on a ri comme avant. C'était beau et chaleureux, alors que je pensais que j'aurais froid et peur. Elle est restée avec moi tout le long et, après, elle m'a dit qu'il était temps de se quitter. Ça m'a fait mal, mais je savais qu'elle avait raison.

Elle pose une main sur son cœur, comme se rappelant la douleur qu'elle a pu éprouver. Personne ne sait vraiment ce qu'une personne peut vivre lorsqu'elle est dans le coma. On dit souvent que c'est propre à chacun, unique pour chaque personne. Et moi, je ne suis pas étonné que cette furie soit venue soutenir son amie, comme elle l'a fait toute sa vie.

— Kane, je voudrais que tu me donnes l'adresse des parents d'Ella, me demande-t-elle. Je dois les voir, ou plutôt, j'ai besoin de les revoir.

— Bien sûr, je te la donnerai, mais en attendant, soigne-toi, on verra ça plus tard, tu as le temps.

Elle me sourit avant de fermer les yeux pour finalement s'endormir. Quant à moi, je m'empresse de sortir de la pièce pour prévenir tout le monde de cette merveilleuse nouvelle.

Chapitre 87. Jordane

Kane, je te préviens, si tu ne me fais pas l'amour bientôt…

We're Going Home – Vance Joy

Après plusieurs semaines à me battre avec mon corps, voilà maintenant trois jours que je suis rentrée chez moi. Enfin, chez moi est un bien grand mot, car je suis plus souvent au club qu'au sein de ma maison.

Kane me dorlote comme si j'étais une poupée en sucre, et parfois c'est juste trop ! Alors, je rouspète comme une vieille grand-mère, et ça le fait rire.

Aujourd'hui, il m'a annoncé vouloir me parler d'un projet qui lui tient à cœur et je me demande bien ce que c'est.

Lorsqu'il arrive dans le salon, on dirait un gamin qui brûle d'excitation. Il m'embrasse, si bien qu'il fait monter instantanément la température de mon corps. Voilà des semaines qu'il ne m'a pas touchée et je crois que je ne vais pas tarder à me consumer s'il ne fait pas quelque chose dans peu de temps. Alors, avant qu'il ne se sauve loin de moi, j'attrape le col de son tee-shirt et le garde proche de moi.

— Kane, je te préviens, si tu ne me fais pas l'amour bientôt, je risque de le vivre très mal, grincé-je en mimant un sourire forcé. Je ne suis pas en sucre ! Ces semaines d'abstinence commencent à me titiller !

Mes mots le font rire et il embrasse simplement le bout de mon nez.

Je relâche ma prise, frustrée comme jamais.

— Qu'est-ce que tu voulais me raconter de si important alors, si me faire jouir t'importe si peu ?

Il se gratte la tête nerveusement, comme s'il cherchait ses mots.

— Je voudrais, enfin j'aimerais… acheter une maison pour nous trois, bredouille-t-il dans sa barbe.

— Une baraque ? Où on vivrait toi, Cameron et moi ? répété-je, hébétée.

— Ouais. J'ai toujours voulu en avoir une rien qu'à moi, et je voudrais que tu y vives avec moi.

En gros, il m'invite à emménager chez lui, et je trouve ça tellement craquant fait comme ça. Alors, je souris, monte sur ses genoux à califourchon et l'embrasse avec fougue.

— C'est un projet qui me paraît parfait, mon amour, lui susurré-je à l'oreille.

Il sourit à son tour et caresse la peau de mon ventre avec tendresse.

— Tu voulais faire l'amour, il me semble ? Je crois que pour fêter le fait que nous allons vivre ensemble, je peux en effet accéder à ta demande, me murmure-t-il alors de sa voix rauque et sexy à souhait.

Bon sang, enfin !

Il me porte avec aisance et me guide jusqu'à notre chambre. La porte se referme sur nous et je me retrouve rapidement allongée sur le lit. Il me déshabille avec douceur et précaution, mais je sens son envie à lui aussi. Cette même urgence que je ressens. Il embrasse ma poitrine, mordille mes tétons et je suis déjà en ébullition. Je le veux en moi, j'en ai besoin. Ce bonheur que nous vivons actuellement me régale, et je veux fêter ça avec lui.

Très vite, il pose ses lèvres sur mon clitoris, qu'il torture de la plus délicieuse des façons. Il connaît mon corps par cœur, chaque parcelle de moi. Cette pleine connaissance l'un de l'autre crée une symbiose que je ne veux vivre avec personne d'autre que lui.

Je jouis rapidement et attrape son tee-shirt pour le rapprocher de moi afin de l'embrasser. Il a encore mon goût sur ses lèvres et nous nous dévorons avec avidité. Il défait son jean, le baisse avec empressement alors que j'écarte mes cuisses pour le recevoir.

Son gland se pose à l'orée de mon sexe avant de le pénétrer doucement alors que nos yeux fusionnent eux aussi. Lorsqu'il est complètement en moi, il commence de lents va-et-vient qui font monter dans mon corps un nouveau flot de plaisir. Nos regards ne se quittent pas, nous n'avons pas besoin de mot, nous lisons dans le cœur de l'autre.

Il attrape mes cuisses pour me maintenir, et accélère ses mouvements de bassin qui me rendent de plus en plus folle. Le plaisir monte, monte, monte et nous jouissons presque ensemble dans un cri commun.

Mon Dieu, que j'aime cet homme. L'avoir à mes côtés me nourrit, me construit. Chaque instant partagé est une bénédiction que je n'aurais jamais espéré vivre dans ma jeunesse.

Mon premier amour, celui avec qui j'ai vécu toutes mes vraies premières fois. Mon chevalier de l'ombre, mon obsession. Cette victoire est la mienne, celle de pouvoir marcher à ses côtés.

Comme quoi, il ne faut jamais perdre espoir, derrière chaque nuage se trouve parfois un joli ciel bleu. Maintenant, nous allons croquer la vie à pleines dents et profiter de cette existence que nous méritons tous les deux, de ce bonheur que nous avons gagné.

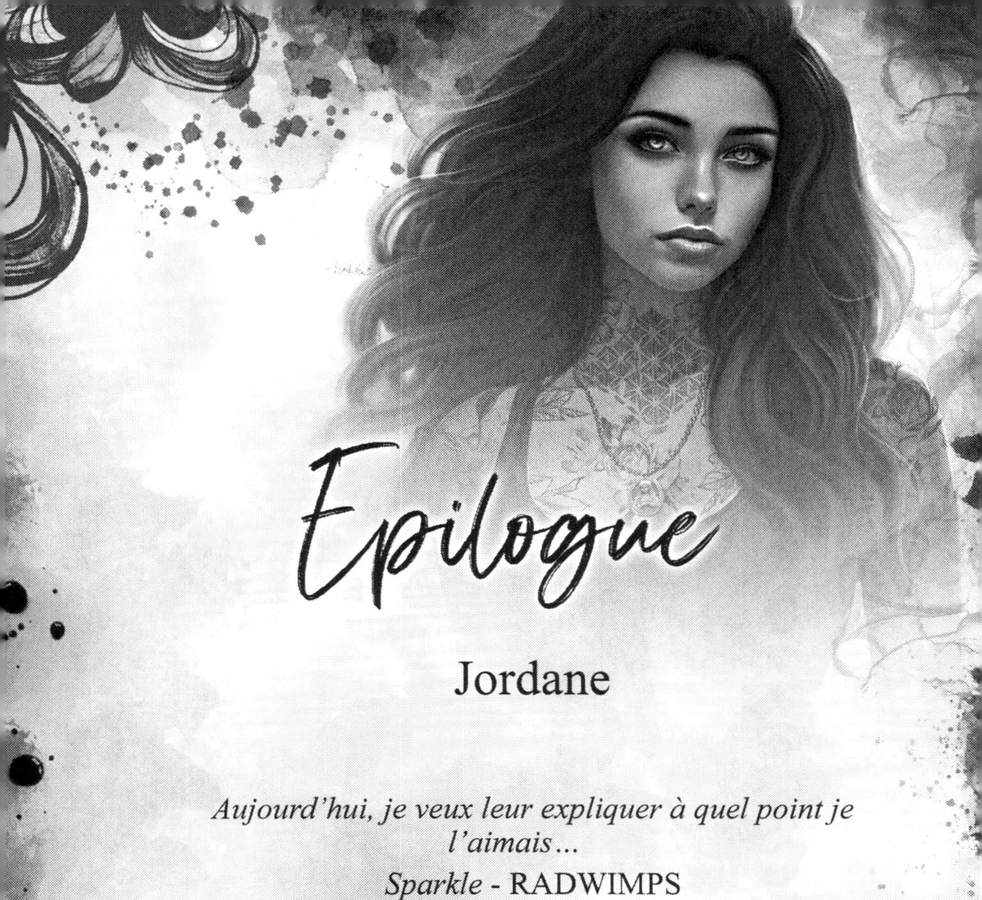

Epilogue

Jordane

Aujourd'hui, je veux leur expliquer à quel point je l'aimais…
Sparkle - RADWIMPS

Deux mois plus tard.

Je suis devant l'adresse que Kane m'a donnée il y a un moment. J'ai enfin eu le courage de le faire, de venir devant cette porte où résident les parents d'Ella.

Mon cœur bat fort, tellement fort qu'il me fait mal. En cet instant, j'ai l'impression d'avoir seize ans à nouveau. J'observe alors la bâtisse qui est décorée de beaucoup de fleurs, ce qui aurait beaucoup plu à mon amie, c'est certain.

Je prends une grande inspiration et frappe contre le battant. L'attente avant d'avoir une réponse me tue à petit feu.

Je ne sais pas pourquoi j'ai ce besoin de venir les voir, peut-être est-ce pour avancer une bonne fois pour toutes, pour effacer cette culpabilité qui me ronge malgré tous mes efforts.

C'est de ta faute !

Aujourd'hui, je veux m'excuser. M'excuser d'avoir été insouciante, dangereuse. D'avoir placé des risques dans la vie de leur fille adorée.

Aujourd'hui, je veux leur expliquer à quel point je l'aimais et à quel point elle me manque dans tout mon être. En débardeur, je veux leur montrer au travers de mon corps qu'elle vit avec moi. Pour toujours.

La porte s'ouvre, me révélant instantanément un visage que je reconnaîtrais entre mille, car elle a été une mère pour moi lorsque la mienne m'ignorait. Je ne pourrai jamais oublier la chaleur de ses étreintes lorsque je venais chez elle, ses sourires bienveillants.

Ses yeux s'arrondissent d'étonnement, puis se gorgent de larmes d'émotions que je ne m'attendais pas vraiment à voir. En réalité, je m'attendais à du rejet, mais elle se précipite sur moi et me serre contre son corps si fort que je peine à respirer.

Lorsqu'elle m'enlace, mes vannes se brisent et j'éclate en sanglots en m'excusant pour tout. Je m'excuse de leur avoir pris leur enfant, sa fille. Je m'excuse de ne pas avoir su la protéger comme elle me préservait de la chute.

Elle était mon soleil, mon tournesol d'amour. Celle qui était la plus chère à mon cœur, même avant Kane.

Je pleure en serrant sa mère contre moi, pleure comme l'enfant de seize ans que j'étais à l'époque et qui n'a pas su s'exprimer.

Nous nous calmons et elle m'invite à entrer sans pouvoir parler tant l'émotion nous submerge. Dans la maison, des nuances chaleureuses peignent les murs, et c'est comme si l'été rayonnait à l'intérieur. Ça me fait sourire, ici aussi, Ella vit partout et ça caresse mon cœur.

La mère d'Ella revient avec deux verres d'eau et m'invite à venir m'asseoir avec elle dans le salon. Dans ses yeux, je ne vois plus la haine du passé, mais la tendresse d'une mère qui a fait son deuil, alors que moi je suis toujours un peu piégée dans le mien.

— Comme tu es devenue magnifique… me complimente-t-elle, souriante.

Je ne réponds pas, car je ne sais pas quoi dire. Je ne sais pas par où commencer.

— Ça fait longtemps…

Puis le silence s'étire sans que nous parlions, avant qu'elle ne décide de le rompre.

— Je voulais te demander : pourquoi t'es-tu excusée tout à l'heure ?

— Je… je me sens terriblement coupable de la mort d'Ella, parvins-je à articuler malgré ma gorge serrée.

Elle ne répond rien, me regarde juste attentivement, puis se lève et part chercher quelque chose dans un tiroir avant de revenir à côté de moi.

Elle me tend un joli carnet couvert de fleurs séchées que je reconnaîtrai toujours. Les larmes me montent aux yeux, mais je résiste pour ne pas les laisser s'échapper.

D'une main tremblante, je caresse doucement la couverture du journal intime d'Ella. Ici, elle couchait sur le papier ses rêves, ses déceptions, ses souvenirs, mes souvenirs. Il était constamment sur sa table de nuit, à côté d'elle.

— Son journal intime, murmuré-je alors dans un souffle.

— Ouvre-le, me demande-t-elle alors.

Je refuse en premier lieu, car c'est l'intimité d'Ella et je ne veux pas la violer, mais elle insiste, alors je l'ouvre simplement et y trouve dès la première page une lettre où un coquelicot y est dessiné.

Une perle s'écoule de ma joue, car je reconnais les traits maladroits des dessins de ma meilleure amie, qui malgré tout tenait à faire comme moi. Sous la fleur rouge se trouvent deux mots : *Pour Jordane.*

D'une main tremblante, je déplie la lettre et reconnais la magnifique écriture d'Ella. Nous étions si opposées toutes les deux, et pourtant nous nous complétions tellement.

Je ferme fort mes yeux pour chasser les larmes qui rendent ma vision floue, et commence à lire les mots qu'elle m'a écrits.

Ma chère Joe,

Tu sais, je ne pense pas que tu auras un jour cette lettre, car je ne suis pas sûre d'avoir le courage de te la donner. Sur ce papier, je vais oser poser des mots sur ce que je ressens pour toi. La première fois que je t'ai vue, j'ai été hypnotisée. Tu étais si belle, semblais si forte. J'ai voulu apprendre à te connaître et, dès cet instant, je crois que toi aussi tu as volé mon cœur, un peu comme tu as volé celui de Kane, même s'il ne l'avouera jamais*, ce con.*

Il y a des amitiés qui changent une vie, et pour moi, tu es tellement plus que ça. Tu m'as aidée à m'épanouir, à vivre. Tu as donné un sens à mon existence en rythmant mes journées de connerie*s et de joie, et pour ça je ne te remercierai jamais assez.*

Je pense en fait que mon amour pour toi est tellement plus fort, tellement plus qu'une simple amitié. Ce que je vois chez les autres est si fade par rapport à ce que je ressens que je ne pense pas pouvoir oublier ce sentiment un jour. Il est gravé dans mon cœur.

Mon coquelicot, fort et magnifique.

Tu mérites tellement mieux que cette vie que tu as menée. Je veux que tu sois heureuse, qu'un jour tu arrives à prendre ton envol, et j'espère que ce jour-là je serai avec toi, que je serai toujours avec toi.

*Parfois, je dois t'avouer que je suis jalouse de Kane, car il met tellement d'*étoiles dans tes yeux que je l'envie. C'est fou d'être jalouse d'un homme dont tu es amoureuse*, non ? Eh bien, c'est le cas. J'ai voulu le tuer tant de fois pour t'avoir fait pleurer, mais je l'ai remercié tout autant pour t'avoir fait sourire. Car rien n'est plus beau que ton sourire, mon coquelicot. Alors, je le laisse exister à tes côtés car je pense* *que, quelque part, il t'est destiné.*

Surtout, n'aie pas honte d'être heureuse, ne t'excuse pas d'exister. Illumine le monde comme tu fais briller le mien. Souris, ris, vis ! Car moi, je ne veux pas en louper une miette, c'est ce qui me rend heureuse.

Je t'aime,

Ton tournesol.

Une larme tombe sur le papier, car une fois encore ma meilleure amie me sauve. Avec ses mots, posés il y a presque quatre ans, elle me libère de cette culpabilité.

Ella m'aimait autant que je l'aimais.

Il y a des amitiés qui transcendent tout, qui sont si fortes, si puissantes que les perdre brise le cœur et détruit. C'est ce que j'ai ressenti lorsque je l'ai perdue. Son âme a volé une partie de la mienne pour ne jamais me la rendre, et j'ai dû apprendre à vivre sans elle.

Sans cette constance qui me liait au bonheur, au rire, à la joie.

Mon soleil, mon tournesol.

Je regarde sa mère à nouveau, plaque la lettre contre mon cœur.

— Tu comprends maintenant ? Tu n'es pas responsable de sa mort, et je suis désolée de t'avoir dit ces mots si durs. Le chagrin me consumait, et il me fallait un responsable pour cette tragédie que je vivais. Égoïstement, je n'ai pas vu ta peine, car j'étais trop aveuglé par la mienne.

Des perles salées glissent le long de ses joues un peu plus marquées par les années.

— Ella n'aurait jamais voulu que je pense ça de toi et elle ne voudrait pas que tu t'en veuilles non plus, cette lettre le prouve. Alors, ma chérie, libère-toi du fantôme de sa mort pour ne garder que ce qui faisait d'elle ce qu'elle était : un rayon de soleil.

J'acquiesce simplement, le cœur plus léger. Nous discutons encore un peu, mais il est bientôt l'heure pour moi de partir, et lorsque je sors de la maison, le sol est mouillé, mais au travers des nuages, brille un soleil radieux.

De l'autre côté de la rue, Kane m'attend patiemment.

Je le rejoins et décide d'avancer vers la lumière, celle qui est la plus belle, celle qui arrive après la pluie.

FIN

Remerciements

Voilà, ce deuxième tome est terminé et quelle émotion… Mon second roman, qui poursuit la saga *Break my soul*. J'ai encore une fois été super bien entourée avec ce bébé. Merci infiniment à mes alpha lecteurs Arnaud, Aurélie, Bartha, Céline, Aurore qui ont su me motiver dans les instants de doute où je ne croyais plus en ce que j'écrivais.

Après, il est passé dans les mains de mes bêta, je les remercie de leur implication. Merci Lorely, Mary (à qui Kane est réservé), Alexandra (Stiiich), Tiffen, Camille et Gabrielle.

Ce roman est mon deuxième, et j'ai terriblement aimé le créer. Joe et Kane ont saisi mon cœur, leur histoire m'a beaucoup émue et j'espère que vous aussi. Il y a des amitiés qui bouleversent, des amours qui transcendent, et c'est ce que j'ai voulu transmettre dans ce roman.

Je remercie ma famille de me soutenir dans cette aventure, d'accepter toutes ces heures où je reste cloîtrée dans mon monde.

Merci à Charlotte, une correctrice au top qui m'a fait un travail de dingue pour cette correction du feu de Dieu ! Merci ma belle.

Ce roman est le deuxième d'une saga qui sera dans le milieu du sport de combat. Le prochain sera sur le personnage de Zéphyr, que j'ai hâte de vous faire découvrir. Ce sera un MxM.

Vous savez, j'aime vraiment écrire une série de livres, car elle me permet de ne jamais quitter totalement mon univers, ni mes personnages.

Break my soul sera une saga de tomes compagnons, qui, j'espère, vous plaira. En cadeau, je vous offre le prologue du tome de Zéphyr, j'espère qu'il vous donnera envie !

Sur ce, je vous laisse avec l'introduction de celui-ci et je vous remercie encore d'avoir lu mon second roman.

À bientôt,

Ambre Everless

ZÉPHYR

Break my soul 3

Ambre Everless

Prologue

Certaines scènes restent à jamais gravées dans nos esprits, brisant nos âmes.

Je me souviendrai toujours du jour où tout a basculé. A changé.

Où j'ai décidé de me sauver. De survivre.

Dans notre famille, on se doit d'être des hommes virils, de se battre et de frapper les plus faibles. C'est ainsi que mon frère et moi sommes éduqués. C'est dans ce monde que ma mère, cette femme fabuleuse, sombre sous la violence psychologique et physique. Elle s'éteint petit à petit, au fil des jours, des mois et des années. Tandis que nous grandissons, elle rapetisse. Elle se tasse, voûte les épaules et se brise peu à peu.

Et moi, j'assiste à cela. Je tente de la soutenir, de lui redonner un peu de vie. Elle est ma confidente, ma bulle de tendresse au milieu de l'océan agité de violence dans lequel nous sommes prisonniers. Mon frère suit les traces paternelles, le chemin que nous montre cet homme.

Moi, je suis sa honte. Il me rejette, me déteste. Les années passent et cela se confirme, s'accentue. Je suis pourtant celui qui porte le plus ses traits. Ces dernières années, j'ai grandi. Mon corps s'est développé, musclé. Une carrure héritée du côté de son ADN.

Je l'exècre.

Je m'abhorre.

Le reflet dans le miroir me renvoie les traits d'une personne que je hais tellement. Le seul élément de mon apparence qui semble me différencier de lui est mes yeux. Si atypiques, mais si semblables à l'être que mon âme chérit le plus dans ce monde.

À seize ans, je n'ai que peu d'amis. Mon frère, âgé de quelques années de plus que moi, est devenu un des fléaux de mon lycée. Entraînant derrière lui la peur, la douleur, le chagrin. Nous nous ressemblons, mais nos cœurs sont si différents. Si opposés. Il saute de fille en fille et est réputé violent dans ses relations – soi-disant les femmes apprécient cela.

Je ne suis pas d'accord, mais qu'importe mon avis.

Au fil des années, j'ai senti des émotions, des sentiments naître. *Le désir.* Mais cette attirance m'effraie, car elle est différente, elle n'est pas censée être normale.

Je suis assis sur un banc, à l'extérieur de mon lycée. Je regarde un individu passer devant moi et ressens pulser dans mon corps des ondes de chaleur. Des flammes suffocantes, difficiles à refréner. J'aime les hommes, ils me font envie, je les désire. J'ai lutté, tenté de changer. Mais rien n'y fait.

Je ne me suis confié à personne, car si mon paternel l'apprend, cela signera ma fin. Un *pédé* dans la famille, c'est une chose impossible, passible de la peine de mort. Et comme mon frère pense comme lui, je risque de me retrouver dans une situation délicate avec les deux sur mon dos. Cela me terrorise. Mon cœur se serre et je suffoque rien qu'à l'idée que cela se sache.

Ne pouvant pas lutter contre ce désir qui me permet de quitter la réalité qui m'emprisonne, je possède à mon tour des hommes en cachette. Jamais plus de deux fois, pas de vraies relations, juste le soulagement de pulsions. C'est souvent brutal, sauvage, déchirant. Mais tellement rédempteur.

Les années passent et se ressemblent, je suis coincé entre voir ma mère prendre des coups à ma place ; et moi les recevant afin de la protéger. Un quotidien de plus en plus lourd à porter. J'avance tel un automate, subissant, survivant.

La musique prend une place importante dans mon cœur, en particulier la pulsation qu'elle insuffle à ma carcasse. Au fil des mois, la danse devient peu à peu aussi salvatrice que les rapports charnels qui soulagent ma douleur. Je danse, suivant des rythmiques différentes, me propulsant dans une autre réalité. Je respire mieux ainsi. Je continue à développer mon corps, à le construire pour ce nouvel art qui me passionne.

Ce soir, je rentre tard. J'ai traîné dans ma ville, observé les danseurs de rue de mon quartier. J'ai commencé à nouer des liens avec eux sans jamais oser leur montrer ce que j'ai appris jusque-là, par mes propres moyens. Je traîne des pieds, mes jambes sont lourdes. Je repousse toujours ces périodes familiales. Ces moments quotidiens, je préfère les fuir. Ma rue est déserte à cette heure-ci, je ne croise aucune voiture, aucune personne. J'arrive assez vite, *trop vite*, devant ma porte. Je la franchis, pénétrant dans ma demeure. Dans *sa* demeure.

J'engage un pas dans le salon. Les cris de mon père et les hurlements de ma mère surgissent. Une habitude, un rituel, un enfer permanent. Mais cette fois-ci semble différente. Je ne comprends pas tout de suite ce qui est particulier, mais l'atmosphère est plus grave que d'habitude. Puis un mot réussit à se frayer un chemin dans le brouillard de ma tête. *Pédé*.

Ces quatre lettres résonnent en moi, me paralysant.

Il sait. *Il sait !* Comment cela se peut-il ?!

Il hurle, hors de lui. Une tornade de haine qui se déchaîne sur l'unique être qui a sa place dans mon cœur. Elle pleure, le supplie. Mais tout cela, elle ne le fait pas pour elle, seulement pour moi.

Elle lui demande de me pardonner, de m'épargner. De m'accepter.

Je suis figé, bloqué.

Pétrifié par un sentiment de peur tellement puissant qu'il prend ma respiration en otage.

Chaque bouffée me brûle les poumons.

J'entends un coup plus fort que les autres, associé à un cri encore plus déchirant émanant de ma mère. Cela me réveille de ma torpeur, me fait me diriger droit vers l'étage. Et je fonce, déboule comme un fou dans la chambre.

Cette pièce qui a été témoin de tellement de choses depuis que nous habitons ici.

Je vois ma mère dans un coin de la pièce, allongée, prostrée par la peur. Luttant pour retenir les cris d'agonie qui se frayent à mesure des coups. M'entendant, mon père s'arrête, se tourne vers moi et je découvre dans son regard la haine qu'il ressent à mon égard. Il ne m'a jamais aimé, il me tolère à peine dans sa vie. Seulement, je demeure son fils. Mais, dans ses yeux, à ce moment-là, je vois uniquement l'envie de me tuer. Son esprit est focalisé sur cette émotion, coupé de toute rationalité.

Dans un grognement, comme si me parler pouvait lui écorcher les lèvres, il s'avance sur moi et le premier choc tombe avec brutalité. La force de son poing déséquilibre mon corps autant que mon cœur. *Un coup de plus*, mais plus fort que tous ceux que j'ai reçus jusque-là. Aussi vite que le premier, un autre s'écrase dans mon estomac, provoquant une puissante remontée de bile. *Je vais vomir.* Mais je n'en ai pas le temps.

Une pluie de douleur atterrit sur moi ; sur mon visage, mes côtes, mes membres, mon dos.

Je suffoque, je tremble, je souffre. Mon corps se disloque autant que mon cœur. Je me *brise.*

Je n'ai pas la force de résister, *en ai-je seulement le désir ?* Mon père martèle mon corps, mais aussi mon esprit, m'assénant des paroles de haine. Des mots que je connais, que je me doutais qu'il dirait.

« *Sale pédé ! Tu me fais honte ! Tu n'aurais jamais dû naître !* »

Mon visage est humide, ruisselant de sang et de larmes, saignant autant que mon cœur.

Puis tout s'arrête et je ne ressens plus que la douleur qui irradie dans mon corps. Plus de poing brutalisant mes traits, plus de pieds fracassant mes os.

Un cri, désespéré, *brisé*. Il parvient à me sortir de ma torpeur et semble appartenir à ma mère. Difficilement, j'ouvre les yeux et regarde l'homme qui est censé être mon père arriver vers moi avec une batte de baseball. Il veut en finir, m'achever. Dans le flou de ma vision, je vois la femme qui m'a donné la vie sauter sur lui avec le peu de force qui lui reste. Ne fais pas ça. *Ne fais pas ça. Non, ne fais…*

Bam… j'assiste, impuissant, au coup qu'il lui porte.

Un impact de batte de baseball. ***Crack !***

Un bruit qui éclate dans le silence funeste de la pièce. Ma mère retombe au sol. Mais elle ne se relève pas. Ne bouge plus, son corps est inerte, dans une drôle de position. Un cri jaillit dans la chambre, sortant de ma gorge. Je suis noyé dans du rouge, puis du noir. J'abats mes poings, applique ce que l'on m'a enseigné pour la première fois de ma vie. Extériorise ma haine sur cet être qui, chaque jour, nous a un peu plus brisés.

Essoufflé, anesthésié de tout sentiment, je reconnecte mon esprit, assis sur le corps de mon père défiguré.

Inconscient. *Vivant.*

Je tourne la tête vers ma mère.

Immobile. *Ne respirant plus.*

Je suffoque, les larmes ruissellent sur mon visage. Je me précipite sur elle, prenant son corps comme je le peux et le secoue. Je le malmène autant que mon cœur se brise face à la réalité en laquelle je refuse de croire. Ses yeux ouverts me regardent sans une once de vie à l'intérieur. Et je sens le peu d'existence qu'il me reste partir avec elle. C'est ma faute, si je n'étais pas moi, elle vivrait. *Elle survivrait encore.*

Je la repose au sol et ferme ses yeux. Mon corps est possédé par des sanglots si puissants qu'ils bloquent ma respiration. Je tente de me reprendre, mais en ai-je envie ?

Elle est morte. Plus rien ne me retient.

Promets-moi, mon fils, qu'un jour tu prendras ta vie en main et la vivras comme tu le souhaites enfin.

Cette scène me revient en tête, je sens encore sa douce main sur ma joue. La promesse que je lui avais faite me fait face. J'empoigne mon crâne entre mes mains, tirant sur mes cheveux devenus trop longs.

Je crie, chiale, pète un plomb….

D'un coup, je me relève et cours, manquant de tomber en dévalant les escaliers. Je délaisse son corps derrière moi ; avec lui, le cauchemar auquel elle n'a pas survécu, mais qu'elle souhaitait que je lâche.

Je sors de la maison, de cet enfer dans lequel j'ai vécu seize années. Il pleut à verse, comme si le ciel pleurait en même temps que mon cœur. Il sanglote la perte de cette femme, cette âme si belle qui a quitté cette terre de merde. Me laissant seul. *Seul.*

Je fuis, cours, me brise à chaque pas qui m'éloigne d'elle. Je l'ai abandonnée, mais elle n'est plus.

Elle demeurera au sein de cette promesse.

Je vais essayer de vivre pour toi, *maman.*

Printed by Amazon Italia Logistica S.r.l.
Torrazza Piemonte (TO), Italy